shiji
wenxue
jingdian

世纪文学经典

巴金 著

巴金精选集

北京燕山出版社
BEIJING YANSHAN PRESS

"世纪文学 60 家"书系总策划：
白烨、陈骏涛、倪培耕、贺绍俊、张红梅

"世纪文学 60 家"评选专家名单：
（以姓氏笔画为序）

丁　帆	南京大学中文系教授
王中忱	清华大学中文系教授
王晓明	华东师范大学中文系教授
王富仁	汕头大学中文系教授
白　烨	中国社会科学院文学研究所研究员
孙　郁	鲁迅博物馆研究员
吴思敬	首都师范大学文学院教授
陈思和	复旦大学中文系教授
陈晓明	北京大学中文系教授
陈骏涛	中国社会科学院文学研究所研究员
陈子善	华东师范大学中文系教授
孟繁华	沈阳师范大学教授
於可训	武汉大学文学院教授
杨匡汉	中国社会科学院文学研究所研究员
杨　义	中国社会科学院文学研究所研究员
张　炯	中国社会科学院文学研究所研究员
张　健	北京师范大学文学院教授
张中良	中国社会科学院文学研究所研究员
赵　园	中国社会科学院文学研究所研究员
洪子诚	北京大学中文系教授
贺绍俊	沈阳师范大学教授
谢　冕	北京大学中文系教授
程光炜	中国人民大学中文系教授
雷　达	中国作家协会创研部研究员
黎湘萍	中国社会科学院文学研究所研究员

出版前言

"世纪文学60家"书系的创编与推出，旨在以名家联袂名作的方式，检阅和展示20世纪中国文学所取得的丰硕成果与长足进步，进一步促进先进文化的积累与经典作品的传播，满足新一代文学爱好者的阅读需求。

为使"世纪文学60家"书系的评选、出版活动，既体现文学专家的学术见识，又吸纳文学读者的有益意见，我们采取了专家评选与读者投票相结合的方式。我们依据20世纪华文作家在中国现当代文学史上的地位与影响，经过反复推敲和斟酌，确定了100位作家及其代表作作为候选名单。其后，又约请25位中国现当代文学专家组成"世纪文学60家"评选委员会，在100位候选人名单的基础上进行书面记名投票，以得票多少为顺序，产生了"世纪文学60家"的专家评选结果。为了吸纳广大读者对20世纪华文作家及作品的相关看法和阅读意向，我们与"新浪网·读书频道"的全力合作，展开了为期两个月的"华文'世纪文学60家'全民网络大评选"活动。2005年12月16日，读者评选结果在"新浪网·读书频道"正式公布。为了使"世纪文学60家"的评选与编选，能够比较客观地反映专家和读者两方面的意见，经过反复协商，最终以各占50%的权重，得出了"世纪文学60家"书系入选名单。

"世纪文学60家"书系入选作家，均以"精选集"的方式收入其代表性的作品。在作品之外，我们还约请有关专家、学者撰写了研究性序言，编制了作家的创作年表，为读者了解作家作品、创作特点和其在文学史上的地位，提供必要的导读和更多的资讯。

"世纪文学60家"评选结果

排名	作家	专家评分	读者评分	评选结果	排名	作家	专家评分	读者评分	评选结果
1	鲁迅	100	100	100	31	赵树理	85	55	70
2	张爱玲	100	97	98.5	32	梁实秋	67	71	69
3	沈从文	100	96	98	33	郭沫若	70	65	67.5
4	老舍	94	94	94	33	陈忠实	67	68	67.5
4	茅盾	100	88	94	35	张恨水	64	70	67
6	贾平凹	94	92	93	36	苏童	58	75	66.5
7	巴金	94	90	92	36	冰心	51	82	66.5
7	曹禺	100	84	92	38	穆旦	78	52	65
9	钱钟书	80	99	89.5	39	丁玲	78	47	62.5
10	余华	85	92	88.5	40	顾城	29	95	62
11	汪曾祺	100	76	88	41	舒婷	51	69	60
12	徐志摩	85	89	87	42	张承志	67	51	59
12	莫言	94	80	87	43	王朔	45	72	58.5
14	王安忆	94	77	85.5	44	刘震云	58	58	58
15	金庸	70	98	84	45	韩少功	54	57	55.5
15	周作人	94	74	84	46	阿城	54	56	55
17	朱自清	70	93	81.5	47	张洁	64	44	54
18	郁达夫	78	83	80.5	48	三毛	22	85	53.5
19	戴望舒	94	66	80	49	铁凝	51	53	52
20	史铁生	80	79	79.5	50	张炜	60	40	50
20	北岛	78	81	79.5	50	李劼人	78	22	50
22	孙犁	94	62	78	52	宗璞	64	33	48.5
22	王蒙	78	78	78	53	郭小川	58	36	47
24	艾青	94	60	77	53	柳青	58	36	47
25	余光中	78	73	75.5	55	施蛰存	51	42	46.5
26	白先勇	85	64	74.5	56	张贤亮	42	49	45.5
27	萧红	85	61	73	56	刘恒	64	27	45.5
27	路遥	60	86	73	56	高晓声	45	46	45.5
29	闻一多	78	67	72.5	56	李锐	51	40	45.5
30	林语堂	54	87	70.5	60	徐訏	45	43	44

目 录

燃烧的心 ················ 朱育颖 001

小说编

憩园 ···················· 003
寒夜 ···················· 130

随笔编

随想录 ·················· 335
怀念萧珊/335/把心交给读者/346/怀念老舍同志/351/小狗包弟/356/我和文学/359/说真话/363/赵丹同志/365/悼念茅盾同志/368/现代文学资料馆/370/十年一梦/373/怀念鲁迅先生/378/未来(说真话之五)/381/解剖自

目录

己/384/知识分子/387/愿化泥土/390/我的哥哥李尧林/393/我的名字/401/我的日记/404/我的噩梦/406/我的老家/407/再忆萧珊/412/"从心所欲"/414/"文革"博物馆/418/怀念胡风/420

再思录 432

怀念从文/432/向老托尔斯泰学习/446/最后的话/448/《随想录》合订本新记/453

创作要目 .... 朱育颖 460

（本书目由陈骏涛、朱育颖选定）

燃烧的心

朱育颖

巴金是一个将热情、追求和艺术精神融为一体的作家,他像勇士丹柯一样,燃烧自己的心来照亮别人,穿越了20世纪的历史风云,为文学,为生命,为灵魂,做出丰富的注解。他的真诚,他的忧郁,他的反思,无不表现出一个具有正义感的中国知识分子对于时代的良知。

一

巴金(1904—2005),原名李尧棠,字芾甘,取自《诗经》中《召南·甘棠》首句"蔽芾甘棠",笔名佩竿、余一、赤波等。生于四川成都一个官宦世家,祖籍浙江嘉兴。童年和少年时代,他对"诗礼传家"的招牌所掩盖的"吃人"罪恶有着切身的感受,读过俄国无政府主义者克鲁泡特金写的《告少年》和波兰激进的社会党作家廖·抗夫写的《夜未央》。1923年,他和三哥冲出令人窒息的封建大家庭,乘船来到上海、南京求学。四年后,苦闷的他又踏上了游学法国追求光明的征程,在更为宽广的天地里,接触到各种社会思潮。本想学经济学的他沉浸于托尔斯泰、巴尔扎克、左拉等文学大师的作品中,文学穿透心灵的深沉力量给了他一些慰藉,然而并未抹平心中的创伤和痛苦。当热情在他的身体内燃烧的时候,"那颗快要炸裂的心"无处安放,他说:"我想到过去的爱和恨、悲哀和欢乐、希望和挣扎,我想到那过去的一切,我的心就像被刀割着痛,那不能熄灭的烈焰又猛然地燃烧起来。为了安慰这颗寂寞的年轻的心,我便开始把我从生活中得到的一点东西写下来。《灭亡》写的是一个苦闷的青年为寻求出路的心灵独白,道出"无边黑暗中一个灵魂的呻吟"。这是巴金的第一部中篇小说,也是第一次使用这个笔名,却从此为人们所熟知。

巴金1928年底回到上海,从事创作和翻译。他引进西方小说"三部曲"而运用于自己的写作实践中,不停歇地一气写下去,完成了"爱情三部曲"——《雾》、《雨》、《电》;"激流三部曲"——《家》、《春》、《秋》;"抗战三部曲"——《火》、《冯文淑》(《火》第二部)、《田惠世》(《火》第三部);出版了《复仇》、《将军》、《神·鬼·人》等短篇小说集和《海行杂记》、《忆》、《短简》等散文集,以其独特的风格和丰硕的创作令人瞩目,被鲁迅称为"一个有热情的有进步思想的作家,在屈指可数的好作家之列的作家"。正因为有着太多的痛苦和感情,需要倾吐和宣泄,才成就了巴金在文学创作上的特殊贡献。在他坦诚、率真的文字中,跳动着的是热情的脉搏,灵魂的呼号;不停地呼唤着的是光明,是理想;像火山喷发着岩浆,冲击和震动了闷在"铁屋子"里的年轻人的感情世界。

抗战后期和抗战结束后,巴金的创作转向对国统区黑暗现实的批判,对即将崩溃的旧制度进行有力的控诉和抨击,艺术上很有特色的中篇小说《憩园》《第四病室》,长篇小说《寒夜》便是这方面的力作。香港司马长风撰写的《中国新文学史》把《憩园》《第四病室》《寒夜》称为"人间三部曲","写的都是大时代的小人物,而能从小人物以见大时代,从人间的悲欢,映现祖国的苦难"。随着生活视野的开阔和思想的发展,巴金对现实生活的认识日益深化,创作面貌发生了比较明显的变化。英雄主义色彩逐渐黯淡,爱国主义和人道主义精神愈益发扬,对于生活现象本身饱含情愫的客观描述,取代了主观激情的直接倾泻。

新中国成立后,巴金捧给读者的仍是那颗滚烫的心。曾任全国文联副主席、中国作家协会主席、全国政协副主席等职,并主编《收获》杂志。出版有短篇小说集《英雄的故事》,报告文学集《生活在英雄们中间》,散文集《爝火集》,散文小说集《巴金近作选》,随笔集《随想录》、《再思录》以及《巴金六十年文选》、《创作回忆录》等多种,短篇小说《团圆》被改编为电影《英雄儿女》。巴金不仅是我国现当代著名作家,也是一位蜚声世界的文化名人。几十年来,他的许多作品先后被译为英、俄、日、法、德、瑞典、朝鲜和世界语等近二十种文字,在全世界广为传播。他还出版了大量译作。1982年4月荣获意大利但丁国际奖,1983年5月荣获法国荣誉军团勋章。1999年,当巴金96岁的时候,国际天文联合会批准将天体上新发现的8315号小行星,命名为"巴金星"。2003年11月,国务院授予巴金先生"人民作家"荣誉称号。巴金的光和热,是他二十六卷本的不朽著作和十卷本的精彩译著,更是他高尚的精神境界和完美的人格力量。2005年10月17日那颗燃烧的心停止了跃动。

巴金作为个体的人真实地存在于这个世界,为了给人间添一点温暖,总是把他的心血、悲欢尽情地倾泻在纸上。他的人生追求朴实地只有一句话:"我愿意每张嘴都有面包,每个家都有住宅,每个小孩都受教育,每个人的智慧都有机会发展";他的文学信仰也同样简单:"文学的目的就是要让人变得更好"。为了这朴实而单纯的理想与目标,巴金真诚地、无保留地献出了一切,一颗炽热的心就这样燃烧了一百年,以自己全部的光和热,逐渐成为中国文坛的领军人。他有过成功的欢欣,有过屈辱的磨难,有过痛苦的忏悔,有过平静的安宁。他为百年中国创造的一切,他的思想、精神、作品,以及复杂矛盾的性格,都已成为巨大的存在,为我们解读百年中国的政治、思想、文化,提供了一个内涵丰富的范例。

二

作为一个有强烈社会责任感的作家,巴金始终没有忘记文学的使命。在他的许多小说中,社会的批判往往与家庭问题的探讨联系在一起。以"家变"写"世变",通过家庭反映社会,是巴金家庭系列小说的运作策略。通过剖析"人"与"家"的关系,将社会的、文化的和个人生命体验的内涵加以整合,喷射激情之火,焚烧"家"这一"狭的笼"。

在中国文化传统的网络结构中,"家"占有显要的位置。既是文化的核心,又是社会的缩影,伦理纲常以家庭关系为基点,社会组织以家庭为基础,强大的父权制成为支撑历史场景的超稳定结构。在古今中外大量的文学作品中,关于"人"与"家"的关系存在着两种意义相反的母题。一种是"回家","家"被当作"诗意地栖居"的精神寓所;另一种是"毁家",当"家"成为窒息人性的精神樊笼时,就变成另外一种意象。在家庭模式发生急剧变化的20世纪,中国先进的知识分子无不对家庭问题表现出某种特殊的关注。"五四"前夕,鲁迅的《狂人日记》率先从现代启蒙者的角度深刻地揭露了封建家族制度的弊端,巴金的作品继承和深化了鲁迅所开创的对封建家族制度的批判和对现代家庭问题的理性思考的新文学传统。"激流三部曲"由《家》《春》《秋》所组成,其中以《家》为"领衔"之作,在控诉"礼教吃人"的意义上继承了《狂人日记》的主题,将锋利的解剖刀主要指向封建专制制度及其精神支柱——封建礼教,揭露它们的残酷性、虚伪性和腐朽性,不愧为一部现实主义的杰作,奠定了巴金在20世纪中国文学史上的地位。

巴金多次选择"毁家"的创作母题,这和他从小生长在一个四世同堂的封建大家庭,长期遭受精神上的压抑,因而潜意识里产生了对"家"的反叛心理不无关系。激发巴金创作的是由现实生活引燃的贮藏在心中的感情之火,当封建大家庭成为吞噬人的个性,扼制人的精神炼狱时,他无法沉默,无法平静。情溢于胸,不吐不快,化为创作的内驱力。巴金把"家"放在东西文化撞击的大潮下,暴露其内部的溃疡和不可救药。《家》写的是"五四"时期一个封建大家庭正在走向崩溃的过程,将高家作为整个社会的代表或"缩影",在高老太爷垂死的呻吟中,人们听到了"家"的丧钟。在这部小说中,巴金成功地塑造了一个在封建专制重压下灵魂扭曲、"家"的守墓人的形象,"顺从哲学"和"作揖主义"构成"这一个"高觉新,成为《家》中最有个性的人物。这一中国新文学史上长子形象的代表,获得了超时空的价值和意义。

《家》是20世纪20年代初中国社会变动的一份珍贵的艺术记录。巴金以锐利的笔锋,撩开蒙在家庭观念上温情脉脉的面纱,挑开了旧中国封建家族的大幕,显露它吃人的本质,并明确揭示它的穷途末路,是对封建旧家庭全景式的描摹。巴金在中国现当代作家中是最富于情感的一个,情感之热烈,至于使他燃烧,他的灵魂化入文本,流淌着至热至深的情感,为鸣凤的遭遇鸣不平,为梅、瑞珏的命运扼腕叹息,对觉新投去深深的同情与责备。

《憩园》和《寒夜》是巴金最为成功和最有深度的作品,也是在中国现代小说创作中真正承传鲁迅精神的佳作,关注的仍然是"家"的破裂与生命的毁灭。

《憩园》既是一部探索人生和人性的精美之作,也是一曲浸透人事沧桑之感的挽歌。小说以一座易主的花园为中介,把享用祖宗遗产的两个家庭的离合悲欢连结到一起,并以作家黎先生这一人物作为故事叙述者,把众多的生活片断加以连缀,现在的故事与过去的故事交织并行,在展现公馆新主人姚国栋的家庭生活时,叙述了公馆旧主人——败家子杨梦痴人生堕落的经历。憩园中的女主人万昭华心地善良、坦诚,生活在"家"狭小的空间里,成了憩园内雅致的摆设,像折断了翅膀的鸟儿,无力挣脱环境的桎梏,异常苦闷却又掩藏心底。小说对杨、姚二家"传财不传德"的家风给予针砭,解剖了古老中国那种福荫后人、"长宜子孙"的大家庭模式的弊端。杨家花园的易主与高公馆的败落一样都因内部的腐败而造成,这部小说正如巴金所说是高家的"冬"。巴金擅长营造压抑、悲怆、忧郁的气氛,把我们导入特定的环境,《憩园》中那座陈旧、寂寞的花园,就是一个带有感伤气息的意象,通过"憩园"里的眼泪、微笑和叹息,表现出弥漫在一个时代的悲凉氛围,把家的毁灭,生命的脆弱、短暂、无常,表现得刻骨铭心。

《寒夜》是巴金最后一部长篇小说,尽管没有《家》的影响大,却是其小说创作的巅峰之作,它与"激流三部曲"、《憩园》并列,是巴金一生最喜欢的三部作品。如果说《家》所描写的封建礼教的吃人,还只是巴金对鲁迅创作的一个回应,那么在他后期的《寒夜》里,则打破了传统的家庭模式,关注"五四"思潮影响下建立起来的现代家庭,把鲁迅在《伤逝》中提出的"娜拉走后怎样"的思考更加推进一步,达到了思想性与艺术性高度的结合。

《寒夜》有别于《家》《憩园》写大家庭在时代转换中的崩溃,着重写了小家庭在社会磨难中的破裂。这部小说里的男女主人公曾有着共同的志趣,都是在"五四"新文学的激励下走上理想主义道路的。汪文宣忠厚老实,谨慎懦弱,面对上司的刻薄、家庭的不和,他身患重病,忍气吞声,结果遭遇的是被解聘与妻子的背弃,他在抗战胜利的日子走完悲剧的人生道路。曾树生的性格较为复杂,独树一帜,这是一个充满活力极具主体意识和个性解放思想的女性。她不甘于传统女性的角色,婆母的逼迫、丈夫的失业、生计无着、家庭失和,这些都加剧了她自我拯救的勇气和决心。汪母和媳妇处在不同的社会层面,知书识墨,信守旧的家庭伦理,婆媳间的明争暗斗围绕着儿子/丈夫的"所属权"而展开,她与曾树生的冲突,是两种不同的伦理观、人生价值观的冲突。巴金把家庭和民族、战前和战后联系起来,把人性的善良与失败、自私与懦弱糅合在一起,通过性格悲剧和家庭悲剧写社会时代的悲剧,控诉黑暗社会制度毁灭人的罪恶,替小人物,特别是那些平凡的知识分子喊出痛苦的呼声。在婆媳矛盾而引发家庭悲剧这一传统的叙事母题中融入了复杂的现代语义。《寒夜》寓悲愤之情于人、事、景,注重客观的心理写实,首尾照应,以汪文宣在寒夜中寻找尚未回家的曾树生起笔,又以曾树生在寒夜中寻找难觅踪影的汪文宣结尾,结构完整,意境悲凉。巴金怀着一颗悲悯之心,把那种生活在底层,无力满足生存基本要求的普通人的困境刻画得淋漓尽致。娓娓动听的叙述和真挚朴实的描写细腻独到,自有一种打动人的艺术力量。巴金以这部杰作记录了那个时代,并与那个时代告别。

巴金笔下的"家"是文学的载体,民族的寓言。他以关心"人"的疾苦为己任,从家族的血缘关系、伦理关系和社会关系的交融中,展示人的心态、情感和命运。"不幸的家庭各有各的不幸",《家》中高家的解体,《憩园》中杨家的败落、姚家的不幸,《寒夜》中汪家的困境,使我们看到人格的分裂和心灵的冲突。文本中反复出现家的牢笼和家破人亡的结局,不是简单地复制同一母题,而是逐步深化反封建的主题话语。巴金的小说继承和深化了鲁迅所开创的对封建家族制度的批判和对现代家庭问题的理性思考的新文学传统,为中国家庭模式的现代转换提供了独特的文化思考。

三

文品与人品的高度一致,是巴金身上最为感人的地方。既有一颗炽热的心,又有一副冷静的头脑。一部《随想录》"委实让我们看到,民族的良知与理性,终于从废墟中崛起,且让我们听到,前驱者'追求光明的呼号',再次高扬"①。

在年迈体衰疾病缠身时,巴金仍然无情地鞭挞自己,灵魂和双手都在战栗,为读者继续燃烧着自己。《随想录》是巴金晚年的呕心沥血之作,收集了一百五十篇文章,共分五卷,大约有四十多万字。其中,有叙事议论之篇,也有怀人念旧之作,一以贯之的,是巴金对国家、民族的满腔热爱和对一个讲真话的世界的热切期待。巴金把《随想录》视作"一生的总结,一生的收支总账",渗透了老人晚年的真实思想与感情,写出了一个中国知识分子近四十年来心路历程的"忏悔录",被誉为一部"力透纸背,情透纸背,热透纸背"的"讲真话的大书",它的价值和影响,远远超出了作品的本身和文学范畴。正如陈思和所说的那样:"巴金先生晚年对文化的主要贡献就是写作《随想

---

① 金宏达:《巴金是一本大书》,丹晨编《巴金评说七十年》,第3页,中国华侨出版社2006年版。

录》,从中我们可以看出巴金先生内心深处的信仰和力量。"[①]

《随想录》是披肝沥胆、和血带泪写成的思想汇报,巴金在谈到自己的写作动机时说:"十年浩劫教会一些人习惯于沉默,但十年的血债又压得平时沉默的人发出连声的呐喊。我有一肚皮的话,也有一肚皮的火,还有在油锅里反复煎了十年的一身骨头。火不熄灭,话被烧成灰,在心头越集越多,我不把它们倾吐出来,清除干净,就无法不做噩梦,就不能平静地度过我晚年最后的日子,甚至可以说我永远闭不了眼睛。"这段话概括了《随想录》的内容和表达方式的特征。当一个民族付出那么惨重的代价之后,应该有勇气正视所走过的弯路。1978年的中国社会,思想解放的枷锁还没有打开。75岁的巴金,思想却异常的活跃和深邃,放弃了对乌托邦理想的期待,着力于对现实历史的反思,对自己曾经走过的道路进行审视和自我批判。《随想录》的可贵之处在于:当极"左"思潮还禁锢着人们的思想之时,巴金率先拿起笔来奋力"呐喊"!

反思"文革"给国家、给民族、给人民带来的灾难,是《随想录》的一个重要内容。这位苏醒后重温噩梦的老人,直面"文革"带来的灾难,真实记录了那场浩劫给家人与朋友带来的身心摧残,如《怀念萧珊》《怀念老舍同志》等激愤地谈到"文化大革命"这场历史大悲剧所带来的严重后果,记下了中国一代知识分子经受折磨、痛苦的心灵轨迹,情文并茂,真切感人;《小狗包弟》叙写了"我"与小狗包弟的深切情谊,既控诉了十年浩劫对平静生活的破坏,也为自己"不能保护一条小狗"感到羞耻,冷峻的叙述之中,蕴含着耐人寻思的道理;《十年一梦》中,他以梦中与魔鬼搏斗的场景,提醒大家不要让噩梦重演;《"文革"博物馆》呼吁建立一座"'文革'博物馆",让"子子孙孙、世世代代牢记十年惨痛的教训"。巴金不仅仅作为一个见证人和亲历者,发出对历史的控诉和批判,同时也怀着一个知识分子的责任感,

---

[①] 陈思和:《巴金的意义》,陈思和、周立民编《解读巴金》,第13页,春风文艺出版社2002年版。

带着强烈的自省意识,在揭露和谴责"文革"的残酷和荒诞时,对自己的心理和行为进行无情的解剖。巴金在历史面前的正直与诚实,正是被谎言所挫伤的中华民族最需要的精神品格。

讲真话,抒真情,求真理是《随想录》的总主题。对于从历史的阴影中走出来的老一代知识分子来说,"不说假话"成了衡量自己人格标准的最后底线。巴金是一个普通的不善言辞的人,他将一生所有的理想和追求浓缩为三个字:"讲真话"。正如他在五个集子的合订本的序言中所说:"讲出了真话,我可以心安理得地离开人世了。"他怀着强烈的责任感,把对历史的反思,对自己灵魂的拷问,尤其对一些他不能认同的言论与观点的批判,质朴而直白地讲述出来。认为"讲真话"并不一定是真理,但真理是在真话的基础上产生的。《随想录》的成功不在于文学成就,而在于巴金的真情、勇气,对真理、科学的呼唤,对各种社会现实问题保持着警醒和批判的态度。他说:"我一刻也不停止我的笔,它点燃火烧我自己。到了我成为灰烬的时候,我的爱,我的感情也不会在人间消失。"巴金"把心交给读者",因"讲真话"的巨大的勇气,而成为一个特殊时代中最具标志性意义的楷模。

《随想录》对自身进行无情拷问,是一部痛定思痛的"现代忏悔录"。巴金"把笔当作手术刀一下一下地割自己的心",敢于直接面对精神的苦难,敢于鲜血淋漓的解剖自我,揭开最痛苦的伤疤。他在《家》里曾为性格软弱的觉新痛心疾首,在现实中痛恨自己为什么"那么听话","跟在别人后面丢石块"。《怀念胡风》可以说是他最后的也是最动感情的一篇随想,详细剖析自己在"反胡风运动"中为明哲保身而不惜任意上纲上线写表态文章的痛苦心情,面对自己人格曾经出现的扭曲,感到深深的不安。他写道:"50年代我常说做一个中国作家是我的骄傲,可是想到那些'斗争',那些'运动',我对自己的表演(即使是不得已而为吧),也感到恶心,感到羞耻,今天翻看三十年前写的那些话,我还是不能原谅自己,也不想要求后人原谅我。"他仔细地写下了自己曾经在批判"胡风集团"的运动中写过三篇稿子,解剖着自己,同时解剖着历史,找出附于文化与心灵上的伤痕。巴金深刻剖析了"奴隶意识"和"觉新性格"的心理基础,对自己放弃了一个现代知识分子的独立思考的自觉和能力做了清算,试图重构新的精神世界与健康的文化心理。《随想录》朴实无华,没有刻意经营雕琢的痕迹,所写的不仅是个人的经历和感受,也反映出同时代中国知识分子的文化心态。

1995年,巴金出版了《再思录》,这是继《随想录》以后的又一本思想随笔集。晚年的巴金表现出对个人的、真诚的自我批判精神,对中国知识分子的人格建设起到重要的启示作用。在《怀念从文》中有一句话,沉痛至极,很有分量,可以说概括了巴金的心情:"有什么办法呢?中国知识分子的悲剧我是躲避不了的。"回忆过去的事情以及老朋友,促使他越来越注重个人往事和内心记忆的东西。巴金先生深受他所敬重的俄国老师的影响,写出《向老托尔斯泰学习》,自我忏悔,自我鞭挞,企望重建新的自我。《最后的话》是他直接表露与读者感情的最后一篇文章,更多地回到了自身,"愿化泥土","留在人们温暖的脚印里"。暮年的巴金书写了一个孤独老人的形象,一个"五四"以来第二代知识分子的形象。

巴金先生艰难地走过百年沧桑,把生命整个地融入20世纪中国文学现代化的进程,是一个鲜活的知识分子人格发展的模本和个案。作为一个深怀良知与责任感的思考者,一个历经坎坷的探索者,一个心地善良纯洁的普通人,巴金,这一名字,已成为人文精神的一种象征,它是光,是火,永远温暖着人们的心。

小说编

憩　园

一

我在外面混了十六年，最近才回到在这抗战期间变成了"大后方"的家乡来。虽说这是我生长的地方，可是这里的一切都带着不欢迎我的样子。在街上我看不见一张熟面孔。其实连那些窄小光滑的石板道也没有了，代替它们的全是些尘土飞扬的宽马路。从前僻静的街巷现在也显得很热闹。公馆门口包着铁皮的黑漆门槛全给锯光了，让崭新的私家包车傲慢地从那里进出。商店的豪华门面几乎叫我睁不开眼睛，有一次我大胆地跨进一家高门面的百货公司，刚刚指着一件睡在玻璃橱窗里的东西问了价，就给店员猛喝似的回答吓退了。

我好像一个异乡人，住在一家小旅馆里，付了不算低的房金，却住着一间开了窗便闻到煤臭、关了窗又见不到阳光的小屋子。除了睡觉的时刻，我差不多整天都不在这个房间里。我喜欢逛街，一个人默默地在街上散步，热闹和冷静对我并没有差别。我有时埋着头只顾想自己的事，有时我也会在街头站一个钟点听一个瞎子唱书，或者找一个看相的谈天。

有一天就在我埋头逛街的时候，我的左膀忽然让人捉住了，我吃惊地抬起头来，我还以为自己不当心踩了别人的脚。

"怎么，你在这儿？你住在哪儿？你回来了也不来看我！该挨骂！"

站在我面前的是我的小学同学、中学同学、大学同学姚国栋，虽说是三级同学,可是他在大学读毕业又留过洋,我却只在大学念过半年书,就因为那位帮助我求学的伯父死去的缘故停学了。我后来做了一个写过六本书却没有得到多少人注意的作家。他做过三年教授和两年官,以后便回到家里靠他父亲遗下的七八百亩田过安闲日子,五年前又从本城一个中落的旧家杨姓那里买了一所大公馆,这些事我完全知道。他结了婚,生了孩子,死了太太,又接了太太,这些事我也全知道。他从来不给我写信,我也不会去打听他的地址。他辞了官路过上海的时候,找到我的住处,拉我出去在本地馆子里吃过一顿饭。他喝了酒滔滔不绝地对我讲他的抱负、他的得意和他的不得意。我很少插嘴。只有在他问到我的写作生活、书的销路和稿费的多寡时才回答几句。那个时候我只出版过两本小说集,间或在杂志上发表一两篇短文,不知道怎样他都读过了,而且读得仔细。"写得不错!你很能写,就是气魄太小!"他红着脸,点着头,对我说。我答不出话来,脸也红了。"你为什么尽写些小人小事呢?我也要写小说,我却要写些惊天动地的壮剧,英雄烈士的伟绩!"他睁大眼睛,气概不凡地把头往后一扬,两眼光闪闪地望着我。"好,好。"我含糊地应着,在他面前我显得很寒伧了。他静了片刻,忽然哈哈大笑起来。他第二天便上了船。可是他的小说却始终不曾出版,好像他就没有动过笔似的。

现在站在我面前的就是这位朋友,高身材,宽肩膀,浓眉,宽额,鹰鼻,嘴唇上薄下厚,脸大而长,他并没有大的改变。只是人稍微发胖,皮色也白了些。他把我的瘦小的手捏在他那肥大的、汗湿的手里。

"我知道你买了杨家公馆,却不知道你是不是住在城里,我又想你会住在乡下躲警报,又害怕你那位看门的不让我进去,你看我这一身装束!"我带了一点窘相地答道。

"好了,好了,你不要挖苦我了。去年那次大轰炸以后我在乡下住过两三个月就搬回来了。你住在哪儿?让我去看看,我以后好去找你。"他诚恳地笑道。

"国际饭店。"

"你什么时候到的?"

"大概有十来天。"

"那么你就一直住在国际饭店?你回到家乡十多天还住在旅馆里头?你真怪?你不是还有阔亲戚吗?你那个有钱的叔父,这几年做生意更发财了,年年都在买田。你为什么不去找他?"他放开我的手大声说,声音是那么高,好像想叫街上行人都听见他的话似的。

"小声点,小声点,"我着急地提醒他,"你知道他们早就不跟我来往了……"

"可是现在不同了,你现在成名了,书都写了好几本,"他不等我说完便抢着说,"连我也很羡慕你呢!"

"你也不要挖苦我了。我一年的收入还不够做一套像样的西装,他们哪里看得起我?他们不是怕我向他们借钱,就是觉得有我这个穷亲戚会给他们丢脸。哦,你的伟大的小说写成没有?"

他怔了一下,忽然哈哈大笑。"你记性真好。我回家以后写了两年,足足写坏了几千张稿纸,还没有整整齐齐地写上两万字。我没有这个本领。我后来又想拿起笔翻译一点法国的作品,也不成。我译雨果的小说,别人漂亮的文章,我译出来连话都不像,去井原书念译文,连自己也念不断句,一本《九十三年》①我译了两章就丢开了。我这大学文科算是白念了。从此死了心,准备向你老弟认输,以后再也不吹牛了。现在不讲这些,你带我到你的旅馆里去。国际饭店,是吗?这个大旅馆在哪条街,我怎么不知道!"

我忍不住笑起来。"名字很大的东西实际上往往是很小的。就在这附近。我们去吧。"

"怎么,这又是什么哲理?好,我去看看就知道。"他说着,脸上露出欣喜的微笑。

---

① 《九十三年》:现通译作《九三年》,法国小说家和诗人维克多·雨果的长篇历史小说。

二

"怎么,你会住这样的房间!"他走进房门就惊叫起来。

"不行,不行!我不能让你住在这儿!这样黑,窗子也不打开!"他把窗门往外推开。他马上咳了两声嗽,连忙离开窗,掏出手帕揩鼻子。"煤臭真难闻。亏你住得下去!你简直不要命了。"

我苦笑,随便答应了一句:"我跟你不同,我这条命不值钱。"

"好啦,不要再开玩笑了,"他正经地说,"你搬到我家里去住。不管你愿意不愿意,我一定要你搬去。"

"不必了,我过两天就要走。"我支吾道。

"你就只有这点行李吗?"他忽然指着屋角一个小皮箱问道,"还有什么东西?"

"没有了,我连铺盖也没有带来。"

他走到床前,向床上看了看。"你本领真大。这样脏的床铺,你居然能够睡觉!"

我不说什么,只是笑了笑。

"行李越少越好。我马上就给你搬去。我知道你的脾气,你住在我家里,我决不会麻烦你。你要是高兴,我早晚来陪你谈谈;你要是不高兴,我三天也不来看你。你要写文章,我的花厅里环境很好,很清静,又没有人打扰你。你说对不对?"

我对他这番诚意的邀请,找不到话拒绝,而且我听见他这么一讲我的心思也活动了。可是他并不等我回答,就叫了茶房来算清旅馆账,他抢先付了钱,又吩咐茶房把我的皮箱拿下楼去。

我们坐上人力车,二十分钟以后,便到了他的家。

三

灰砖的高门墙,发亮的黑漆大门。两个脸盆大的红色篆体字"憩园"傲慢地从门楣上看下来。本来关着的内门,现在为我们的车子开了。白色的照壁迎着我。照壁上四个图案形的土红色篆字"长宜子孙"嵌在蓝色的圆框子里。我的眼光刚刚停在字上面,车子就转弯了。车子在这个方石板铺的院子里滚了几下,在二门口停下来。朋友提着我的皮箱跨进门槛,我拿着口袋跟在他后面。前面是一个正方形的铺石板的天井,在天井的那一面便是大厅。一排金色的门遮掩了内院的一切。大厅上一个角落里放着三部八成新的包车。

什么地方传来几个人同时讲话的声音,可是眼前一个人的影子也没有。

"赵青云!赵青云!"朋友大声唤道。我们走下天井。朋友向左边看,左边是门房,几扇门大开着,桌子板凳全是空着的。我又看右边,右边一排门全闭得紧紧的,在靠大厅的阶上有两扇小门,门楣上贴着一张白纸横条,上面黑黑的两个大字,还是那篆体的"憩园"。

"怎么到处都写着'憩园'?"我好奇地想道。

"就请你住在这里头,包你满意!"朋友指着小门对我说。他不等我回答,又大声唤起来:"老文!老文!"

我没有听见他的听差们的应声,我觉得老是让他给我提行李,不大好,便伸过那只空着的手去,说:"箱子给我提吧。"

"不要紧。"他答道,好像害怕我会把箱子抢过去似的,他加快脚步,急急走上石阶,进到小门里去了。我也只好跟着他进去。

我跨过门槛,就看见横在门廊尽处的石栏杆,和栏外的假山、树木、花草,同时也听见一片吵闹声。

"谁在花园里头吵架?"朋友惊奇地自语道。他的话刚完,一群人沿着左边石栏转了出来,看见我那位朋友,便站住,恭敬地唤了一声:"老爷。"

来的其实只有四个人:两个穿长衫的听差,一个穿短衣光着脚车夫模样的年轻人,和一个穿一身干净学生服的小孩。这小孩的右边膀子被那个年轻听差拖着,可是他还在用力挣扎,口里不住地嚷着:"我还是要来的,你们把我赶出去,我还是要来的!"他看见我那位朋友,气愤地瞪了他一眼,撅起嘴,不讲话。

朋友倒微微笑了。"怎么你又跑进来了?"他问了一问。

"这是我自己的房子,我怎么进来不得?"小孩倔强地说。我看他:长长脸,眉清目秀,就是鼻子有点向左偏,上牙略微露出来。年纪不过十三四岁的光景。

朋友把皮箱放下,吩咐那个年轻的听差道:"赵青云,把黎先生的箱子拿进下花厅去,你顺便把下花厅打扫一下,黎先生要住在这儿。"年轻听差应了一声,又看了小孩一眼,才放开小孩的膀子,提着我的皮箱沿着右边石栏杆走了。朋友又说:"老文,你去跟太太说,我请了一位好朋友来住,要她拣两床干净的铺盖出来,喊人在下花厅铺一张床。脸盆、茶壶同别的东西都预备好。"头发花白、缺了门牙的老听差应了一声"是",马上沿着左边石栏杆走了。

剩下一个车夫,惊愕地站在小孩背后。朋友一挥手,短短地说声"去吧"。连他也走开了。

小孩不讲话,也不走,只是撅起嘴瞪着我的朋友。

"这是你的材料,你很可以写下来。我给你们介绍一下,"朋友得意地笑着对我说,然后提高声音,"这位是杨少爷,就是这个公馆的旧主人,这位是黎先生,小说家。"

我朝小孩点一个头。可是他并不理我,他带着疑惑和仇恨的眼光望了我一眼,然后把两只手插在裤袋里,大人似的向我的朋友道:

"你今天怎么不赶走我?你在做什么把戏?"

朋友并不生气,他还是笑嘻嘻地望着小孩,从容地答道:"今天碰巧黎先生在这儿,我介绍他跟你认识。其实你也太不讲理了,房子既然卖给别人,就是别人的东西,为什么还要常常进来找麻烦呢?"

"房子是他们卖的。我又没有卖过。我来,又不弄坏你的东西,我不过折几枝花。这些花横竖你们难得有人看,折两枝,也算不了什么。你就这样小器!"小孩昂着头理直气壮地说。

"那么你为什么老是跟我的听差吵架?"朋友含笑问道。

"他们不讲理,我进来给他们看见,他们就拖我出去。他们说我来偷东西。真浑账！房子都让他们卖掉了，我还希罕你家里这点东西？我又不是没有饭吃，不过不像你有钱罢了。其实多几个造孽钱又算什么！"这小孩嘴唇薄，看得出是个会讲话的人，两只眼睛很明亮，说话的时候，一张脸挣得通红。

"你让他们卖掉房子？话倒说得漂亮！其实你就不让他们卖，他们还是要卖！"朋友哈哈笑起来，"有趣得很，你今年几岁了？"

"我多少岁跟你有什么相干？"孩子气恼地掉开头说。

那个年轻听差出现了，他站在朋友面前，恭敬地说："老爷，花厅收拾好了，要不要进去看看？"

"你去吧。"朋友吩咐道。

年轻听差望着小孩，又问一问："这个小娃儿——"

朋友不等年轻听差讲完，就打岔说："让他在这儿跟黎先生谈谈也好。"他又对我说："老黎，你可以跟他谈谈，（他指着小孩）你不要放过这个好材料啊。"

朋友走了，年轻听差也走了。只剩下我同小孩两人站在栏杆旁边。我望着他，他也望着我。他脸上愤怒的表情消失了，他正在用怀疑的眼光打量我。他不移动脚步，也不讲话。最后还是我说一句："你请坐吧。"我用手拍拍石栏杆。

他不答话，也不动。

"你今年几岁了？"我又问一句。

他自语似的小声答了一句："十五岁。"他忽然走到我面前，闪着眼睛，伸手拉我的膀子，央求我："请你折枝茶花给我好不好？"

我随着他的眼光望去。石栏外，假山的那一面，桂树旁边，立着一棵一丈多高的山茶。深绿色的厚叶托着一朵一朵的红花。

"就是那个？"我无意地问了一句。

"请你折给我。快点儿。等一会儿他们又来了。"孩子恳切地哀求，他的眼光叫我不能说一个"不"字。我知道朋友不会责备我随便乱折他园里的花。我便跨过栏杆，走到山茶树下，折了一小枝，枝上有四朵花。

他站在栏杆前伸着手等我。我就从栏外地上,把花递给他。他接过花,高兴地笑了笑,说一声:"谢谢你。"马上转过身飞跑了。

"等一下!等一下!"我在后面唤他。可是他已经跑出园门听不见了。

"真是一个古怪的小孩。"我这样想。

四

园里很静。现在只有我一个人。朋友把我丢在这里就不来管我了。我在栏外立了好几分钟,也不见一个听差进园来给我倒一杯茶。我便绕着假山,在曲折的小径里闲走。假山不少,形状全不同,都只有我身材那样高,上面披着藤蔓,青苔;中间有洞穴,穴内开着红白黄三色小草花;脚下小径旁草玉兰还没有开放。走完小径,便到一间客厅的阶下,客厅的窗台相当高,纸窗中嵌的玻璃全被绘着花鸟的绢窗帘掩住,我看不见房内的陈设,我想这应该是上花厅了。在这窗下,在墙角长着一棵高大的玉兰树,一部分树枝伸出在梅花墙外,枝上还挂着残花。汤匙似的白色花瓣撒满了一个墙角,有的已经变黄了。可是余香还一阵一阵地送入我的鼻端。

我在这树下立了片刻。我弯下身去拾了两片花瓣拿在手里抚摩。玉兰树是我的老朋友。我小时候也有过一个花园,玉兰花是我做小孩时最喜欢的东西。我不知不觉地把花瓣放到鼻端去。我忽然惊醒地向四周看了看。我忍不住要笑我自己这种奇怪的举动。我丢开了花瓣。但是我又想:那个小孩的心情大约也跟我现在的差不多吧。这么一想,我倒觉得先前没有跑去把小孩拉回来询问一番,倒是很可惜的事情了。

我并不走上台阶去推客厅的门(我看见阶上客厅门前左面有一张红木条桌和一个圆瓷凳),我却沿着墙往右边走去。我经过一个养金鱼的水缸,经过两棵垂丝海棠,一棵腊梅,走到一个长方形的花台前面。这花台一面临墙,一面正对着一间窗户全嵌玻璃的客厅。我知道这就是所谓"下花厅",我那位朋友给我预备的临时住房了。花台上种着三棵牡丹,台前一片石板地。两棵桂花树长在院子里,像是下花厅的左右两个哨亭。左右两排石栏杆外面各放了三大盆兰花,花盆下全垫着绿色的圆瓷凳。

我走上石阶,预备进花厅去。但是朋友的声音使我站住了。他远远地叫道:"老黎,怎么只有你一个人?杨家小孩什么时候走的?你跟他谈了些什么话?"

我掉过头去看他,一面说:"你们都走了,当然只有我一个人……"可是我没有把话说完又咽下去了,因为我看见他后面还有一个穿淡青色旗袍、灰绒线衫、烫头发的女人,和一个抱着被褥的老妈子。我知道他的太太带着老妈子来给我铺床了。我便走过去迎接他们。

"我给你介绍,这是我太太,她叫万昭华,你以后就喊她昭华好了;这是老黎,我常常讲起的老黎。"朋友洋洋得意地给我们介绍了。他的太太微微一笑,头轻轻地点了一下。我把头埋得低,倒像是在鞠躬了。我抬起头,正听到她说:"我常常听见他讲起黎先生。黎先生住在这儿,我们不会招待,恐怕有怠慢的地方……"

朋友不给我答话的时间,他抢着说:"他这个人最怕受招待,我们让他自由,安顿他在花厅里不去管他就成了。"

他的太太看他一眼,嘴唇微微动一下,可是她并没有说什么,只对他笑了笑。他也含笑地看了看她。我看得出他们夫妇间感情很好。

"虽说是你的老同学,黎先生究竟是客人啊,不好好招待怎么行!"太太含笑地说,话是对他说的,她的眼睛却很大方地望着我。

一张不算怎么长的瓜子脸,两只黑黑的大眼睛,鼻子不低,嘴唇有点薄,肩膀瘦削,腰身细,身材高高,她跟她的丈夫站在一块儿,她的头刚达到他的眉峰。年纪不过二十三四,脸上常常带笑意,是一个可以亲近的、相当漂亮的女人。

"那么你快去照料把屋子给他收拾好。今晚上你自己动手做几样菜,让我跟他痛快地喝几杯酒。"朋友带笑地催他的太太道。

"要你太太亲自做菜,真不敢当……"我连忙客气地插嘴说。

"那么你就陪黎先生到上花厅去坐吧。你看黎先生来了好半天,连茶也没有泡。"她带着歉意地对她的丈夫说,又对我微微点一下头,便走向下花厅去了。老妈子早已进去,连那个老听差老文也进去了,他手里抱着更多的东西。

五

"怎么样?你还是依我太太的话到上花厅去坐呢,还是就坐在栏杆上面?不然我们在花园里头走走也好。"朋友带笑问我道。

我们这时立在门廊左面一段栏杆里。我背向着栏外的假山,眼光却落在一面没有被窗帘掩住的玻璃窗上,穿过玻璃我看见房内那些堆满线装书的书架,我知道这是朋友的藏书室,不过我奇怪他会高兴读这些书。我忍不住问他:"怎么你现在倒读起线装书来了?"

他笑了笑:"我有时候无聊,也读一点。不过这全是杨家的藏书,我是跟公馆一块儿买下来的。即使我不读,拿来做摆设也好。"

他提起杨家,我马上想到那个小孩,我便在石栏上坐下来,一面要求他:"你现在就把杨家小孩的事情告诉我吧。你知道多少,就说多少。"

"你找到了材料吗?他跟你讲了些什么话?"他不回答我,却反而问我道。

"他什么话都没有说。他要我给他折枝茶花,他拿起来就跑了,我没有办法拉住他。"我答道。

他伸手搔了搔头发,便也在石栏上坐下来。

"老实说,我知道的也不多。他是杨老三的儿子,杨家四弟兄,老大死了几年,其余三个好像都在省里,老二、老四做生意相当赚钱。老三素来不务正业,是个出名的败家子,家产败光了,听说后来人也死了。现在全靠他大儿子,就是那个小孩的哥哥,在邮政局做事养活一房人。偏偏那个小孩又不争气，一天不好好念书，常常跑到我这个花园里来要花。有天我还看见他在我隔壁那个大仙祠门口跟讨饭的讲话。他跑进来，我们赶他不走，就是赶走了他又会溜进来。不是他本事大，是我那个看门的李老汉放他进来的。李老汉原是杨家的看门头儿，据说在杨家看门有二十几年了。杨老二把他荐给我。我看他做事忠心，也不忍心多责备他。有一回我刚刚提了一句，他就掉眼泪。有什么办法呢？他喜欢他旧主人，这也是人之常情。况且那个小孩手脚倒也干净，不偷我的东西。我要是不看见也就让他去了。只是我那些底下人讨厌他，常常要赶他出去。"

"你知道的就只有这一点吗？我不懂他为什么常常跑到这儿来拿花？他拿花做什么用？"我看见朋友闭了嘴，我的好奇心没有得到满足，便追问道。

"我也不知道。"朋友不在意地摇摇头说，他没有想到我对小孩的事情会发生这么大的兴趣，"也许李老汉知道多一点，你将来可以跟他谈谈。而且我相信那个小孩一定会再来，你也可以问他。"

"不过你要答应我一件事：以后小孩再来，让我对付他，你要吩咐你的听差不干涉才好。"

朋友得意地笑了笑，点点头说："我依你。你高兴怎么办就怎么办吧。只是你将来找够材料写成书，应该让我第一个拜读！"

"我并不是为了写文章，我对那个小孩的事情的确感到兴趣。我多少了解他一点。你知道我们家里从前也有个大花园，后来也跟我们公馆一块儿卖掉了。我也想到那儿去看看。"我正经地说。

"那么你为什么不去看看？我还记得地方在暑袜街。你们公馆现在是哪一家在住？你打听过没有？只要知道住的是谁，让我给你设法，包你进去。"朋友同情地、热心地说。

"我打听过了。卖了十六七年，换了几个主人，已经翻造过几次，现在是一家百货公司了。"我带点感伤地摇摇头说，"我跟那个小孩一样，我也没有说过要卖房子，我也没有用过一个卖房子得来的钱。是他们卖的，这个唯一可以使我记起我幼年的东西也给他们毁掉了。"

"这有什么难过!你将来另外买一所公馆,照样修一个花园,不是一样吗?"朋友好心地安慰我。可是他的话在我听来很不入耳。

我摇摇头,苦笑道:"我没有做富翁的福气,我也不想造这个孽。"

"你真是岂有此理!你是不是在骂我?"朋友站起来责备我说,可是他脸上又现出笑容,我知道他并没有生我的气。

"这跟你有什么相干?我是指那些买了房子留给子孙去卖掉的傻瓜。"我说着,我的气倒上来了。

"那么你可以放心,我不会把这个花园白白留给我儿子的。"朋友说,他伸出右手,做了一个姿势,头昂起来,眼里含笑,好像在表示他有什么伟大的抱负似的。我没有做声。歇了片刻他又说:"不要讲这些闲话了。石头上坐久了不舒服。我们到下花厅去看看,昭华应该把屋子收拾好了。"

六

我跟着朋友走进了下花厅。他的太太正立在窗前大理石方桌旁整理瓶里的花枝,听见我们的脚步声,便回过头来看她的丈夫,亲切地笑了笑,然后笑着对我说:"房子收拾好了,不晓得黎先生中意不中意,我又不会布置。"

"好极了,好极了。"我朝这个花厅的左面一部分看了一眼,满意地说。我的话和我的表情都是真诚的,大概她看出了这一点,她的脸上也露出微笑。

我有这样一种感觉:她每一笑,房里便显得明亮多了,同时我心上那个"莫名的重压"(这是寂寞,是愁烦,是悔恨,是渴望,是同情,我也讲不出,我常常觉得有什么重的东西压在我的心上,我总不能拿掉它,是它逼着我写文章的)也似乎轻了些。现在她立在窗前,一只手扶着那个碎瓷大花瓶,另一只手在整理瓶口几枝山茶的红花绿叶。玻璃窗上挂着淡青色窗帷,使得投射在她脸上的阳光软和了许多。这应该是一幅使人眼睛明亮的图画吧。我知道这个方桌就是我的写字桌。床安放在屋角,是用炕床铺的,连踏凳也照样放在床前。一幅圆顶的罗纹帐子悬在床上。床头朝着窗安放,我的皮箱放在床头一个方凳上;挨近床脚,有两张沙发,中间夹放着一个茶几。

她的手离开了花瓶,身子离开了方桌,她向她的丈夫走去,一面对我说:"黎先生,请坐吧。"她吩咐刚把沙发搬好的老文说:"老文,你去给黎先生泡碗茶来。"又对那个叠好铺盖以后站在床头的老妈子说:"周嫂,你记住等会儿拿个大热水瓶送来。"又对我说:"黎先生,你要什么,请你尽管跟他们说,要他们给你拿来。你不要客气才好。"

"我不会客气的,谢谢你。姚太太,今天够麻烦你了。"我感谢地说。

"黎先生,你还说不客气,你看'谢谢','麻烦',这不是客气是什么?"姚太太笑着说。

我那朋友插嘴了:"老黎,我注意到,你今天头一次讲出'姚'字来,你没有喊过我的名字,也没有喊过我的姓,我还怕你连我叫什么都忘记了!"他哈哈笑起来。

我也笑着答道:"你那个伟大的名字,姚国栋,我怎么会忘记?你是国家的栋梁啊!"

"名字是我父亲起的,我自己负不了责,你也不必挖苦我。其实我父亲也不见得就有什么用意。"朋友带笑辩道,"譬如日本人给他儿子起名龟太郎,难道是要他儿子做乌龟吗?"

"当然啊。他希望他儿子像乌龟那样长寿!"我也笑了,"还有你的大号诵诗,不知是不是要你读一辈子的诗。"

"我们回去吧,让黎先生休息一会儿,他也累了。我还要预备晚上的菜。你们晚上一边吃酒,一边慢慢谈吧。"姚太太忍住笑压低声音对她的丈夫说。

"好,好,"她的丈夫接连点着头,含笑地看了她一眼,说,"让我再说一句。"他又向着我:"这个地方清静得很,在这儿写东西倒很不错。不过太清静了,晚上你害怕不害怕?"他不等我回答,马上接着说:"你要是害怕,倒可以喊底下人找我来聊聊天。"

"你高兴,就请来谈谈,我很欢迎。不过你放心,我不会害怕的。"我笑着回答。

朋友陪着太太走了。我还听见他在窗下笑。今天也够他开心了。

我在方桌前藤椅上坐下来。我感到一点疲倦,不过我觉得心里畅快多了。我仰着头静静地听窗外树上无名的小鸟的歌声。

七

晚上就在这个下花厅里我和老姚(我开始叫他做"老姚"了)坐在一张乌木小方桌的两面,吃着他的太太做的菜,喝着陈年绍酒。菜好,酒好,他的兴致更好。他的话就像流水,他连插嘴的机会也不留给我。他批评各种各类人物,评论各种各样事情。他对什么都不满意。他一直在发牢骚。可是从他这无穷无尽的牢骚中,我却知道了一个事实:他对自己的生活并没有什么不满意,他甚至把他的第二次结婚看作莫大的幸福。他满意他这位太太,他爱他这位太太。

"老黎,你觉得昭华怎样?"他忽然放下酒杯,含笑问我道。

"很不错!你应该很满意了。"我称赞道。

他高兴地闭了一下眼睛,用右手三根手指敲着桌面,接连点了几下头,然后拿起酒杯,大大地喝了一口,忽然一个人微微笑起来:

"老黎,我劝你快结婚吧。有个家,心也要安定些。"他停了一下,又说:"你不要老是做恋爱的梦,那全是小说家的空想。你看我跟昭华也没有讲过恋爱,还不是别人介绍才认识的。可是结了婚,我们过得很好。我们都很幸福。"

"我听说你们原是亲戚。"我插嘴说。

"虽说是亲戚,可是隔得远。我们素来就少见面。说真话,我对她比对我头一个太太满意得多。"喜悦使他那张开始发红的脸显得更红了。

"像你这样对结婚生活满意,还要整天发牢骚,倒不如我一个人独来独往自由自在。"我又插嘴说。

"你不明白,对你说你也不会了解。中国人讲恋爱跟西洋人讲恋爱完全不同,西洋人讲了恋爱以后才结婚,中国人结了婚以后才开始恋爱,我觉得还是我们这样更有趣味。"他得意地、好像在阐明什么大道理似的慢吞吞说,一面还动着右手加强他的语气。

我不能忍耐了,便打岔道:"算了,算了,你这种大道理还是拿去跟林语堂博士谈吧。他也许会请你写本《新浮生六记》,去骗骗洋人。我实在不懂!"

"你不懂?你看,这不是最好的例子?"他带一点骄傲地笑起来,侧过脸望着花厅门。我也掉过头去。他的太太进来了。

周嫂打个灯笼跟在她后面。

我连忙站起来。

"请坐,请坐。菜做得不好,黎先生吃不惯吧。"她笑着说,两排白牙齿在我的眼前微微亮了一下。

"好极了,我吃得很多。就是今天太麻烦你了。姚太太吃过饭吗?"我仍然站着笑答道。

"吃过了,谢谢你。请坐吧,不要客气。"她说。我坐下了。她走到她的丈夫身边,他抬起头看她,说:"你再吃一点吧。"他把筷子递给她。她不肯接,却摇摇头说:"我刚吃过……你们酒够了吧,不要喝醉了。你说黎先生酒量也不大,就早点吃饭吧,恐怕菜也要冷了。"

"好,不喝了。老文,周嫂,添饭来吧。"老姚点了点头,便提高声音叫人盛饭。

"小虎还没有回来?"他关心地问他的太太。

"我打发老李接他去了,已经去了好久,他也应该回来了。"她答道。

"辣子酱给他留得有吗?"他又问道。

"留得有。他爱吃的东西我都会留给他。"

饭碗送到桌上来了。我端着碗吃饭,我不想打扰他们夫妇的谈话。我忽然听见一个小孩的声音高叫:"爹,爹!"我抬起头,正看见一个穿西装的十一二岁的小孩跑到朋友的身边来。

"你回来了？在外婆家玩得好吗？"朋友爱怜地问道，一面抚摩小孩的梳得光光的头。

"很好。我跟表哥他们又下棋又打扑克。明天是星期，不是老李拼命催，我还不想回来。外婆喊我明天再去耍，说下回不必打发老李来接，他们家的车子会送我回来。"

"好，下回你去，就不打发车子接你，让你玩个痛快。"朋友笑着说，"你回来连妈也不喊一声，你妈还在挂念着你呢！"

孩子站在朋友的左边，太太站在朋友的右面。孩子抬起脸看了他的后母一眼，短短地唤了一声，又把脸掉开了。他的后母倒温和地对他一笑，答应了一声，又柔声说："小虎，你还没有招呼客人。这位是黎叔叔。"

"你给黎叔叔行个礼。"朋友推着孩子的膀子说。

孩子向前走了两步，向我鞠了一个躬，声音含糊地唤了一声："黎叔叔。"

这孩子可以说是我那个朋友的缩本，他的脸，眉毛，鼻子，嘴，都跟我那个朋友的完全一样。不同的是服装。老姚穿蓝绸长袍，小姚穿咖啡色西装上衣，黄卡叽短裤，衬衫雪白，领带枣红。论体格和身材，小姚倒跟杨家小孩相似，可是装束和神采却大不相同了。

"老黎，你看，他像不像我？这是我的第二个宝贝！"老姚夸耀地说，他哈哈地笑着。我偷偷看了他的太太一眼。她红了脸，埋下头去。这告诉我：朋友的第一个宝贝便是她了。

老姚看见我不答话，便伸出左手在孩子的背上推一下，说："你走过去一点，让黎叔叔看清楚！"

孩子向前再走两步，他露出一种毫不在乎的神气动了动头，要笑不笑地说一句："看嘛。"抄着手站在我的面前，他还带着一种类似傲慢或轻蔑的眼光在打量我。

"像不像？"朋友还在追问。

"真像！……不过我觉得……"

"真像"两个字就使他满意了，他似乎没有听见下面的"不过……"这半句话,他马上伸出左手对儿子说:"小虎,过来,你妈给你留得有辣子酱,你要不要吃点东西?"

"我现在很饱。今晚上'宵夜'吧。"孩子跑到父亲身边,拉着父亲的手撒娇地要求:"爹,我今天跟表哥他们打扑克,输了四百五十块钱,你还我。"

"好,等一会儿你在你妈那儿拿五百块钱。"这位父亲爽快地一口答应了,"我问你,你在外婆家吃的什么菜?"

"妈,你等一会儿要给我啊。"孩子不回答父亲的问话,却侧过头去对他后母笑了笑,这一声"妈"叫得亲热多了。

"我回去就拿给你。你爹在跟你讲话。等一下你陪我一块儿进去,我要看着你换了衣服温习功课。"他后母温和地带笑说。

"是。"孩子不高兴地答应一声,他眼睛一眨,下嘴唇往右边一歪。这种表情,我先前在比较他们父子的面貌时就已经看到了。由于这种表情,拿整个脸来说,儿子实在不像父亲。

朋友太太看见小虎的这种表情,她默默地看了我一眼,她的脸上仍然带着微笑,眼里却似乎含有一种说不出的哀愁。但是等我注意地看她的时候,她正在愉快地跟她的丈夫讲话,我在她的脸上再也找不到类似哀愁的表情了。

姚太太带着小虎先走了。我和老姚吃完饭,又谈了好久的闲话,现在他不再发牢骚,却只谈他的太太和儿子的好处。我知道他和这个太太结婚三年多还没有生小孩。头一个太太留下一儿一女,但是女儿在母亲去世后两个月也跟着死了。

这一夜我睡在空阔的大客厅里。风吹着门响,树叶下落,鸟在枝上扑翅,沙石在空中飞舞。我并不害怕。可是我没有习惯这个环境,我不能安静地闭上眼睛。

我想着我那个朋友同他的太太和小孩的事情,我也想着杨家小孩的事情。我想了许久。我还把那两个小孩比较一下。我又想着姚太太的家庭生活是不是像她的丈夫所说的那么幸福。我越想越睡不着。后来我烦躁起来,骂着自己道:"你管别人的事情做什么?各人有各人的生活方式,用不着你担心!你好好地睡吧。"

可是在窗外黑夜已经开始褪色,小鸟吵架似的在树上和檐上叫起来了。

八

我睡到上午十点钟才起床,太阳照得满屋子金光灿烂。老文进来给我打脸水、泡茶,周嫂给我送早点来。午饭的时候老姚夫妇在下花厅里陪我吃饭。

"就是这一次,这算是礼貌。以后我们便让你一个人在这儿吃,不管你了。"老姚笑着说。

"很好,很好,我是随便惯了的。"我满意地答道。

"不过黎先生,你要什么,请管喊底下人给你拿,不要客气才好啊。"姚太太说。她今天穿了一件浅绿色旗袍,上面罩了一件白色短外套。她听见我跟朋友讲起昨晚睡得不好,她便说:"这也难怪,屋子太敞了。我昨天忘记喊老文搬一架屏风来,有架屏风隔一下,也好一点。"

饭桌上的碗筷杯盘撤去不久,屏风就搬进来了。黑漆架子紫色绸心的屏风把我的寝室跟花厅的其余部分隔开来。

我们三个人还在这间"寝室"里闲谈了一会儿。他们夫妇坐在两张沙发上。老姚抽着烟,时时张口,带着闲适的样子吐烟圈,姚太太坐得端端正正,手里拿着茶杯慢慢地喝茶,好像在想什么事情。我却毫无拘束地跷着腿坐在窗前藤椅上。我们谈的全是省城里的事,我常常发问,要他们回答。

后来姚太太低声对她丈夫讲了几句话,她的丈夫便掷了烟头站起来,在房里走了几步,对我说:"今天下午我们两个都不在家,她母亲(他掉头看了看太太)约我们去玩,还要陪她老人家听戏。你高兴听京戏吗?我可以陪你去,不过这儿也没有什么好脚色。"

"你知道我从来不看旧戏。"我答道。

他的太太也站了起来。他接着说:"我想你现在也许改变了,好些人上了年纪,就慢慢地圆通了。"

"可是也有人越老越固执啊。"我笑着回答。

朋友笑了,他的太太也笑了。她说:"他是说他自己,他老是觉得他自己很圆通。"

"你不要讲我,你还不是一样。譬如你不喜欢听京戏,你母亲一说听戏,你就陪她去。我从没有听见你说过'不去'的话。你高兴看外国电影,没有人陪你去,你就不去看。所以不知道的人还以为你是个戏迷呢!"朋友跟他的太太开玩笑,太太不回答他,却只是微笑,故意把眼光射到窗外去,可是她那淡淡擦过粉的脸上已经起了红晕。她后来又收回眼光去看她的丈夫,嘴唇动了动,似乎在求他不要往下说。但是他的口开了,话不吐完,便很难闭上。他又说:"老黎不是外人,让他听见没有关系,他不会把你写在小说里面。"(她的脸通红,她连忙装做去看什么东西,转过了身子。)"其实他还是你一个同志!他也爱看外国电影,以后有好片子,请他陪你去看吧。还有,老黎,你在这儿觉得闷的时候,要是高兴看线装书,我书房里多得很,我可以把钥匙交给你。"(他自己先笑起来)"我知道你不会看那些古董的。我太太有很多小说,新的旧的都有。商务印书馆的《说部丛书》,她就有全套。这自然不是你们写的那一种。不过总是小说吧。我也看过几本,虽是文言译的,却也很能传神!新出的白话小说这里也有。"

太太似乎害怕他再讲出什么话来,她脸上的红晕已经消散了,这时便把身子掉向他催促道:"你一开头,话就讲不完。你也该让黎先生休息一会儿。我还要进去收拾……"她的脸上仍旧笼罩着笑容,还是她那比阳光更亮的微笑。

"好,我不讲了。看你那着急的样子!"朋友得意洋洋地对他的太太笑道。"我们今天把老黎麻烦够了。我们走吧。让他安静地写他的文章。"

我对他们夫妇微笑。我站起来送他们出去,现在我是这半个花厅的主人了。我站在窗下石栏杆前,望着他们的背影。他们亲密地谈着话,沿着石栏杆走过了上花厅,往里去了。

九

下半天他们夫妇果然不曾来。也没有别人来打扰我,除了周嫂来给我冲开水,老文给我送饭。

我吃过晚饭,老文给我打脸水来。我无意地说了一句:"这太麻烦你们了,以后倒可以不必……"

老文垂着手眨着老眼答道:"黎老爷,你怎么这样说!你是我们老爷的好朋友,我们当底下人的当然要好好伺候。万一有伺候不周到的地方,请你不客气地骂我们几句。"

这番话使我浑身不舒服起来。我被人称作"黎老爷",这还是头一次。我听着实在不顺耳。我知道他以后还会这样叫下去的,会一直叫到我离开姚家为止。这使我受不了。我想了想,只好老实对他说:"你是老家人了,你跟别人不同。"(这句话果然发生了效力,他的脸上现出笑容来。)"请你不要喊我'黎老爷',我们在'下面'都是喊先生,你就照'下面'的规矩喊我'黎先生'吧。"

"是,以后就依黎老爷的话;哦,是,黎先生。说老,我们在姚家'帮'了三十几年了。我们是看见我们老爷长大的。我们老爷心地好,做事待人厚道,就跟老太爷一模一样。"

"你们太太呢?"我问道。

"是说现在这位太太吗?"他问道。我点点头。老文便接着说下去:"太太过门三年多了,她从来没有骂过我们半句。她没有过门的时候,人人都说她是个新派人物,怕她花样多。她过来了大家都夸奖她好,她心地跟她相貌一样。她脸上一天总是挂着笑容。她特别看得起我们,说我们是姚家老家人。她有些事情还要问我们。我们伺候这样的老爷、太太,是我们底下人的福气。"笑容使他的皱脸显得更皱了,可是他一对细小的眼睛里包满泪水,好像他要哭起来似的。

我洗过脸,他便走到茶几旁去端脸盆。我连忙又问一句,因为我的好奇心被他的叙述引动了,我想从他的口里多知道一些事情。

"你们头一位太太呢?"

老文放下脸盆,看了我一眼,垂着手站在茶几前,摇摇头答道:"不是我们底下人胡言乱语,前头太太比这位差得太多,真赶不上。前头太太留下了一位少爷,还有一位小姐,小姐后来也死了……"他突然把下面的话咽住了,转过头去看门外。

"你们少爷我也见过,相貌跟你们老爷一模一样。"我接下去说,我想用这句话来引出他以后的话。

"不过脾气却跟老爷两样。"他看看我,又看看门外,他似乎想收回那句话,可是已经来不及了。他一定知道我清清楚楚地把话听进去了。

"不要紧,你有话只管讲,我不会告诉别人。你说得不错。我也看得出来。你们少爷对你们太太不大好。"

"黎——先生,你还不知道,虎少爷自来脾气大,不说对他后娘,就是对他亲生妈也不好。前头太太去世时候,虎少爷快八岁了,他哭都没哭一声。他外婆太宠他,老爷也太宠他,我们太太拿他简直没办法。"他走到我面前,压低声音说:"我听见周大娘说,我们太太为他的事还哭过好几回,连老爷都不晓得。"他停了一下,仍旧小声说下去:"太太回娘家,要带他去,他死也不肯去。他自己的外婆总说我们太太待不得前娘儿子,这两年赵家外老太太简直不到我们家来了,就是时常打发人来接虎少爷过去耍。我们太太逢年过节还是到赵家去。去年赵家怕警报,下乡去住了大半年,就把虎少爷接去住了三四个月。虎少爷回都不想回来了。老爷、太太打发我们去接了好几趟,才接回来的,回来还大发脾气,说在城里头炸死了,归哪个负责!老爷不骂他,太太也不好讲话。其实他在赵家从来不翻书,一天就跟表哥表弟赌钱……"

"你们老爷为什么这样不明白?像你们少爷这样年纪,做父亲的正应该好好管教他。"我插嘴说。

"唉,"老文着急地叹了一口气,"老爷宠他,什么事都依他,从小就是这样。叫我们底下人在旁边干着急。"他忽然忘了自己地提高声音:"年纪不小了,已经十三岁了,还在读高小第四册。"过后他气恼地昂起头来,自语道:"我们说是说了,就是给旁人听见,也不怕,我们顶多告假回家就是了。"

"他十三岁?我还以为至多十一岁呢!"

"心思多的人不肯长,有什么办法?"老文的声音里还含着怒气。

"昨天那个杨家少爷也不过这样年纪……"我说。

"杨家少爷?"老文惊诧地问道,但是他不等我解释,马上接着说,"我们晓得就是常常跑进来要花的那一个。他家里从前也很阔,听说比我们老爷还有钱,现在败了。不过饭还吃得起。我听见看门的李老汉说,那个杨少爷今年还不满十五岁,已经上了三年中学,书读得很好。"

"你们老爷不是说他不肯好好念书吗?"我问道。

"那是老爷的话。我们讲的是李老汉的话,我们也不晓得究竟是真是假。我们原说,既然书读得好,怎么又会常常跑进我们花园来要花?这个道理我们实在不明白。问起李老汉,他也不肯说,我们多问两句,他就流眼泪水。昨天他还跟我们讲过情,说是只要老爷不晓得,又没有给赵青云看见,就让杨少爷来折几枝花吧。我们倒有点不好意思。其实我们也不想跟杨少爷为难,人家好好的少爷,公馆又原是他们家卖出来的,再说折两枝花,也值不了几个钱,横竖老爷、少爷都不爱花,就是太太一个人高兴看看花。其实太太也讲过,一两枝花有什么要紧,人家喜爱花,就送他一两枝。只是赵青云顶不高兴,花儿匠老刘请了三个月病假,现在归赵青云打扫花园,他顶讨厌旁人跑进花园里头来。老爷也吩咐过不要放杨少爷进公馆来,说是怕把虎少爷教坏了。所以赵青云碰到杨少爷,总要吵嘴。一个要赶,一个不肯走,偏偏杨少爷人虽小,力气倒不小,嘴又会讲话。有时候赵青云一个人把他没有办法,我们碰到,只好去帮忙。"

"你们老爷害怕虎少爷跟着杨少爷学坏,是不是你们少爷喜欢跟杨少爷一块儿玩?"我又问。

"哼,我们虎少爷怎么肯跟杨少爷一堆耍?他顶势利了,从来没有正眼看过我们,从来不肯好好地跟我们讲一句话。老爷真是太小心。"

"你们太太是个明白人,她可以劝劝你们老爷,对虎少爷的教育不好这样随便啊。"我说。

老文绝望地摇着头:"没有用。老爷什么事都明白,就是在这件事情上头有点糊涂。你跟他讲,他不会听。"他弯下身子,带着严肃的表情,低声对我说:"听说太太跟老爷讲过几回,虎少爷在家里不肯念书,时常到他外婆家去赌钱,又学了些坏习气,她做后娘的不大好管教,怕赵家讲闲话,要老爷好好管他。老爷却说,年纪小的人都是这样,大了就会改的。虎少爷人很聪明,用不着管教。太太碰了几回钉子,也就不敢多讲了。赵家对太太顶不好,外老太太同两位舅太太都是这样,她们不但在外头讲闲话,还常常教唆虎少爷跟太太为难。老爷一点也不管。太太跟周大娘讲过,幸好她自己没有添小少爷,不然,她做后娘更难做了。"

"你们太太的处境也太苦了,"我同情地、不平地说,"真是想不到。"

"是啊,要不是周大娘跟我们说,我们哪儿会晓得?太太一天都是笑脸,见到人总是有说有笑的。我们只求老太爷的阴灵保佑她添两位小少爷,将来大起来,做大事情,给她出一口气。"老家人的诚心的祝福在这空阔的厅子里无力地颤抖着。我看见他用手揩眼睛,我觉得心里不痛快,我站起来,默默地在屋里走了几步。

我觉得老文的眼光老是在我的身上打转,便站定了,望着他那微微埋下的头,等着他讲话。

"黎先生,这些话请你不要告诉旁人啊。"他小心地央求我,脸上愤怒的表情完全消失了。我看到一种表示自己无力的求助的神情。没有门牙的嘴像一个黑洞。

"你放心,我绝不会告诉人。"我感动地说。

"多谢你,我们今天把心里头的话都讲出来了。黎先生,我们虽是没有读过几年书的底下人,我们也晓得好歹,明白是非,我们心里头也很难过。"老文埋着头,捧着脸盆,伤感地流着泪走出去了。

我一个人站在下花厅门口。我引出了他的这许多话,我知道了许多事情。可是我的好奇心得到了满足么?

没有。我只觉得有什么野兽的利爪在搔我的胸膛。

十

第二天老文送午饭来,他告诉我虎少爷昨晚又没有回家,还说了一些关于小虎的话,又说起小虎甚至在外面讲过他的后母的坏话。我听了,心里不大痛快。午饭后,我不能在屋里工作,也不想出去逛街。我在花厅里,在园子里走了不知若干步,走累了,便坐到沙发上休息;坐厌了,我又站起来走。最后我闷得没有办法,忽然想起不如到电影院去消磨时间。我刚从石栏杆转进门廊,就看见周嫂给我送晚饭来,说是老文告假上街去了,所以由她送饭。

我只好回到下花厅里吃了晚饭。周嫂冲了茶,倒了脸水。她做事手脚快。年纪在四十左右,脑后梳一个大髻,脸相当长,颜色黄,颧骨高,嘴唇厚,眉毛多,身体似乎很结实。她在我面前不肯讲话。我故意问她,虎少爷在家不在家。

"他?不消说又到赵家去了。我们太太回娘家,千万求他去,他也不肯。他只爱到赵家去耍钱。"周嫂扁起嘴,轻蔑地说。

"你们老爷喊他跟太太去,他也不听话吗?"我再问一句。

"连老爷也将就他,他是姚家的小老虎,小皇帝。"她掉开头,不再讲话了。

晚饭后我走出大门,打算到城中心一家电影院去。看门人李老汉正坐在大门内一把旧的太师椅上,抽着叶子烟,看见我便站起来,取下烟管,恭敬地唤了一声:"黎老爷",对我和蔼地笑了笑。

我出了大门,这声"黎老爷"还使我的耳朵不舒服,我便转回来。他刚坐下,立刻又站起身子。

"李老汉,你坐吧,不要客气,"我做个手势要他坐下,一面温和地对他说,"你不要喊'老爷',他们都喊我'黎先生'。你明白我的意思吗?"

"是,黎先生,我明白。"他恭顺地回答。

"你坐吧,你坐吧。"我看见旁边没有别人,决定趁这个机会向他打听杨家小孩的事。我在对面一根板凳上坐下来,他也只好坐了。

"听说,你以前在杨家帮过很久,是吗?"我望着他那光秃的头顶问道。

"是,杨老太爷房子刚刚修好,我就进来了,那是光绪三十二年,离现在三十几年了。我起初当大班抬轿子,民国六年跟人家打架,腿跌坏了,老太爷出钱给我医好,就喊我看门。"他埋下头把烟管在一只鞋底上敲着,烟蒂落下地来,他连忙用脚踏灭了火。他把烟管横放在他背后椅子上。

"杨家的人都好吗?"我做出关心的样子问道。

"老太爷民国二十年就过世了。大老爷也死了五年多了,只有一个少爷,公馆卖了,他就到'下面'去,一直没有消息。二老爷在衡阳,经营生意,很顺手。四老爷在省城什么大公司当副经理,家境也很好。就是三老爷家产弄光了,吃口饭都很艰难……"他接连叹了几口气,摇了几下头,抚摩了几下他那不过一寸长的白胡须。

"昨天来的那个小少爷就是他们杨家的人吗?"

"是,这是三老爷的小少爷。跟他父亲一样,很清秀,又很聪明,人又好强。三老爷小时候,老太爷顶喜欢他,事事将就他。后来三老爷长大了,接了三太太,又给朋友带坏了,把家产败得精光,连三太太的陪奁也花光了。后来三太太、大少爷都跟他吵嘴,只有这个小少爷跟他父亲好。"

"那么杨家三老爷还在吗?"我连忙插嘴问道。

"这个……我不晓得。"他摇了几下头。我注意他的眼睛,他虽然掉开脸躲避我的眼光,可是我见到了他一双眼睛里的泪水,我知道他没有对我说真话,他隐瞒了什么事情。但是我还想用话套出他的真话来。

"杨家大少爷不是在邮政局做事吗?那么一家人也应该过得去。这位小少爷还在上学,现在要送子弟上学,也要花一笔大钱!"

"是啊,他们弟兄感情好,小少爷读书又用功。大少爷很喜欢他兄弟,就是不喜欢他父亲。小少爷在学堂里头,每回考试,都中头二三名。"李老汉说着,得意地捏着胡须微笑了,可是眼里的泪水还没有干掉。

"不错,这个我也看得出来,的确是个好孩子。"我故意称赞道。"不过有一件事我不明白,他为什么常常跑到这儿来拿花,跟姚家底下人为难呢?他爱花,可以花钱买,又不贵。何必要折别人家的花?"

"黎先生,你不晓得,小少爷心肠好,他折花也不是自家要的。"

"送人,也可以花钱去买!茶花外面也有卖的。"我接下去说,我看见一线亮光了。

"外头茶花不多,就是有,也比不上杨家公馆里的!栽了三十多年了,三老爷小的时候,花园里头就有茶花。一共两棵,一红一白。白的一棵前年给虎少爷砍坏了。现在就剩这一棵红的。三老爷顶喜欢这棵茶花。他虽说不务正业,可是那回说起卖房子,倒不是三老爷的意思,二老爷同四老爷要拿钱去做生意,一定吵着要卖,大老爷的大少爷不过二十七八岁,没有结婚,性子暴躁,平日看不起家里几个叔叔,也吵着卖房子,说是把家产分干净了,他好到外国去读书,永远不回省来。三太太的钱给三老爷花光了,也想等到卖了房子,分点钱来过活。大家都要卖,三老爷一个人说不能卖也不中用。当时大家都着急得很,怕日子久了会变卦,所以房价很便宜。得了钱大家一分,三老爷没有拿到一个钱。"他的嘴又闭上了,一嘴短而浓的白胡须掩盖了一切。

"他怎么会没有拿到一个钱呢?三太太他们分到钱总会拿点给他花。至少他吃饭住房子得花这笔钱。"我惊奇地追问道,我相信他一定对我隐瞒了一件重要的事情。

"是,黎先生说的是。"他恭顺地答道。

我知道他不会再对我讲什么话了。他大概觉察出来我在向他打听消息,我在设法探出他心里的秘密,他便用这个"是"字来封我的嘴。我要是再追问下去,恐怕不但没有好处,反而会增加他对我的疑惧,还不如就此打住,等到以后有机会再向他探询吧。

我正在这样想的时候,忽然看见一个人影在门前晃了一下。李老汉马上站起,脸色全变了,他那张圆圆脸由于惊恐搐动起来,好像他见到什么他害怕看见的东西似的。

我也吃了一惊。我站起来,走出了大门。我向街中张望。我只看见一个人的背影:瘦长的身材,粘染尘土的长头发,和一件满是油垢快变成乌黑的灰布夹袍。他走得很快,仿佛害怕有人在后面追他一般。

十一

我朝着他去的方向走,走过一个庙宇似的建筑,我瞥见了"大仙祠"三个大字。我忽然记起老姚的话。他说看见过杨少爷在这个庙门口跟乞丐在一块儿。他又说大仙祠在他的公馆隔壁,其实跟他的公馆相隔有大半条街光景。我的好奇心鼓舞我走进了大仙祠。

庙很小。这里从前大概香火旺盛,但是现在冷落了。大仙的牌位光秃秃地立在神龛里,帷幔只剩了一只角。墙壁上还挂着一些"有求必应"的破匾。供桌的脚缺了一只,木香炉里燃着一炷香;没有烛台,代替它们的是两大块萝卜,上面插着两根燃过的蜡烛棍。一个矮胖的玻璃瓶子,里面插了一枝红茶花,放在供桌的正中。明明是昨天我折给杨少爷的那枝花。

奇怪,怎么茶花会跑到这儿来呢?我想着,我觉得我快要把一个谜解答出来了。

神龛旁边有一道小门通到后面,我从小门进去。后面有一段石阶,一个小天井,一堵砖墙。阶上靠着神龛的木壁,有一堆干草,草上铺了一床席子,席子上一床旧被,枕头边一个脸盆,盆里还有些零碎东西。在天井的一角,靠着砖墙,人用几块砖搭了一个灶,灶上坐着一个瓦罐,正在冒热气。

谁住在这儿呢?难道杨家小孩跟这个人有什么关系?或者杨家小孩是大仙的信徒?我问着自己。我站在阶上,出神地望着破灶上的瓦罐。

我听见背后一声无力的咳嗽。我回过头去。一个人站在我的后面:瘦长的身材,蓬乱的长头发,满是油垢的灰布长袍。他正是刚才走过姚家门口的那个人。他的眼睛正带着疑惧的表情在打量我。我也注意地回看他。一张不干净的长脸似乎好些天没有洗过了,面容衰老,但是很清秀。眼睛相当亮,鼻子略向左偏,上嘴唇薄,虽然闭住嘴,还看得见一部分上牙。奇怪,我好像在什么地方见过这个人似的。

他老是站着打量我,不做声,也不走开。他看得我浑身不舒服起来,仿佛他那一身油垢都粘到我身上来了一样。我不能再忍受这种沉默的注视,我便开口发问:

"你住在这儿吗?"

他没有表情地点一下头。

过了一会儿,我又说一句:

"罐子里的东西煮开了。"我指着灶上的瓦罐。

他又点一下头。

"这儿就只有你一个人?"过了几分钟,我又问一句。

他又点一下头。

怎么,他是一个哑巴?我又站了一会儿,同他对望了三四分钟。我忽然想起:他的鼻子和他的嘴跟杨家小孩的完全一样。两个人的眼睛也差不多。

这是一个意外的发现。难道他就是杨家三老爷?难道他就是杨家小孩的父亲?

我应该向他问话,要他把他的身世告诉我。没有用。他不讲话,却只是点着头,我怎么能够明白他的意思?即使他不是哑巴,即使他真是那个小孩的父亲,他也不会对我这个陌生人泄露他的秘密。那么我老是痴呆地站在这里有什么用呢?

我失望地走出了小门。他也跟着我出来。我走到供桌前看见瓶里那枝茶花,我忍不住又问一句:

"这枝花是你的?"

他又点一下头。这一次我看见他嘴角挂了一丝笑意。

"这是我前天亲手在姚公馆折下来的。"我指着茶花说。

他似信非信地看了我一眼,微微一笑(我觉得他是在笑,或许不是笑也说不定),过后又点一下头。

"是杨家小少爷给你的吗?"我没有办法,勉强再问一句。

他再点一下头,索性撇开我,走下铺石板的院子,站到大门口去了。我没有看清楚他脸上的表情。这时庙里光线相当暗,夜已经逼近了。

我扫兴地走出庙门。在我后面响起了关门的声音。我回过头看。两扇失了光彩的黑漆大门把那个只会点头的哑巴关在庙里了。

我站在庙门前,掏出表来看,才六点十分,我马上唤住一部经过的街车,要那个年轻车夫把我拉到蓉光大戏院去。

我心里装了许多人的秘密。我现在需要休息,需要忘记。

十二

我回到姚家,还不到九点半钟。小虎正站在大厅上骂赵青云。他骂的全是粗话。赵青云坐在门房的门槛上,穿着短衫,袖子差不多挽到肩头,露出两只结实的膀子,冷一句热一句地回骂着。老文坐在二门内右面黑漆长凳上抽叶子烟。

"黎先生,回来啦。"老文站起来招呼我。

"他有什么事?"我指着小虎问道。

"他输了钱回来发脾气,怪赵青云接他早了。是太太打发赵青云去接他的。太太说他晚上还要温习功课,早晨七点钟上课,六点钟就该起来。其实他哪儿是读书,不过混混寿缘罢了,"老文摇头叹息道,

"一个月里头总有十天请假,半个月迟到的。上了七年学认字不过一箩筐。这真是造孽!"

"老爷没有回来吗?"我问道。

"还早嘞。今天老爷、太太陪外老太太看戏,要到十二点才回来。老爷不在家,他发脾气,也没有人理他。赵青云又是个硬性子,不会让他,是他自讨没趣。"

小虎在大厅上跳来跳去,口里×妈×娘地乱骂,话越来越难听。有一次他跳下天井,说是要打赵青云。赵青云也站起来,把膀子晃了两晃,一面回骂道:"×妈,你敢动一下,老子不把你打成肉酱不姓赵!"

小虎胆怯地退了一步。这时二门外响起包车的铃声和车夫的吆喝声。小虎连忙向前走了两步,把两手插在西装袋里,得意地笑道:"好,你打吧。老爷回来了。看你敢不敢打!"

一部包车同两部街车在二门口停住了。车上走下一个素服的中年太太、一个穿花旗袍梳两条小辫子的小姐和一个穿青色学生服的十七八岁的青年。他们先后跨进门槛。老文垂下双手招呼了他们。他们对他点了点头。

小虎看见回来的不是他的父亲,回头便跑,跑上大厅的阶沿,又站住大声骂起来。那位太太和小姐走过他的身边,他并不理睬他们。她们也不看他。只有那个青年站住带笑问他一句:"虎表弟,你在跟哪个吵嘴?"

"你不要管!"小虎生气地把身子一扭,答了一句。

青年若无其事地笑了笑,就从侧门往内院去了。

"这是小虎的表哥吗?"我问老文道。

"是。这是居孀的姑太太,还有大小姐跟二少爷。他们都晓得我们虎少爷的脾气,能避开就避开。老爷不在面前,虎少爷从不把他们放在眼里。姑太太是长辈,你看他连招呼也不招呼。姑太太是我们老爷的亲姐姐,比老爷大不到两岁。姑老爷死得早,也留得有田地,姑太太一家人也能过活。老爷好意接姑太太来住,恐怕也因为公馆里头房子多，自己一家大小三个住不完。老爷、太太待姑太太都很好，就是虎少爷看不起人家。他常常讲姑太太家里没有什么钱，他们姚家有千多亩田。田多还不是祖先传下来的！人家小姐、少爷都在上大学读书，从来不乱花钱，好多人夸奖，那才是自己的本事。"老文提起小虎，气就上来了。他一开口便发了这一大堆牢骚。我了解他的心理，我知道他的愤怒是从什么地方来的。

"我哪天一定要好好地劝劝你们老爷，再这样下去，不但害了小虎一辈子，并且会苦坏你们的太太。"我说。

"不中用，黎先生，不中用。我们老爷就是在这件事上头看不明白。况且还有赵家一家人教唆。坏就坏在赵家比我们老爷更有钱，虎少爷就相信钱。偏偏太太娘家又没有多少钱，家境比我们姑太太还差，虎少爷当然看不上眼。就是太太过门那年，他到万家去过两回，以后死也不肯再去。"

"你们太太娘家还有些什么人？"

"万家除了外老太太，还有大舅老爷、大舅太太、两位少爷。大舅老爷比太太大十多岁，在大学里教书，听说名声很好。两位少爷都在外州县上学。虽说没有多少钱，人家万家一家人过得和和气气。那才像一个家！哪儿像赵家，没有一个人做正经事情，就只知道摆阔，赌钱！连我们底下人也看不惯。黎先生，你想，虎少爷今天去赵家，明天去赵家，怎么不会学坏？"

"想不到你这样明白。"我赞了他一句。

"黎先生，你太夸奖了，我们底下人再明白，又有什么用，还不是做一世底下人！在老爷面前我们一个屁也不敢放。他读过那么多的书，走过那么多的地方，我们还敢跟他顶嘴吗？我们就是想替太太'打抱不平'，也不敢向老爷吐一个字。况且人家又是恩爱夫妻。外头哪一个不说老爷跟太太感情好！……虎少爷进去了。黎先生，你也进屋去休息吧。我们又吵了你半天。我们去给你打脸水。"他把一直捏在手里的叶子烟管别在后面裤带上，叹息似的微微摆着头，走下天井里去了。我只得跟着他走进"憩园"去。

十三

我就这样地在姚家住下来。朋友让我自由,给我方便。园子里很静,少人来。有客人拜访,朋友都在上花厅接待他们。其实除了早晚,朋友在家的时候就不多。我知道他并没有担任什么工作,听说他也不大喜欢应酬。我问老文,老爷白天出门做什么事,老文说他常常去"正娱花园"喝茶听竹琴,有时也把太太拉去陪他。

我搬来姚家的第六天便开始我的工作。这是我的第七本书,也就是我的第四本长篇小说。是一个老车夫和一个唱书的瞎眼妇人的故事。我动身回乡以前,曾把小说的结构和内容对一位文坛上的前辈讲过。那时他正在替一家大书店编一套文学丛书,要我把小说写好交给那个书店出版,我答应了他。我应当对那位前辈守信。我的工作进行得很顺利。我关在下花厅里写了一个星期,已经写了三万多字。我预计在二十天里面可以完成我这部小说。

每天吃过晚饭我照例出去逛街。有时走得较远,有时走了两三条街便回来,坐在大门内板凳上,找李老汉谈天。我们什么话都谈,可是我一提到杨家的事,他便封了嘴,不然就用别的话岔开。我觉得他在提防我。

每天我走过大仙祠,都看见大门紧闭着。我轻轻地推一下,推不开。有一次我离庙门还有四五步远,看见一个小孩从庙里出来。我认得他,他明明是杨少爷。他飞也似的朝前跑,一下子就隐在人背后不见了。我走到大仙祠前。大门开了一扇,哑巴站在门里。我看他,他也看我。他的相貌没有改变,只是一双眼睛泪汪汪的,左手拿着一本线装书。

他退后两步,打算把我关在门外。我连忙拿右手抵住那扇门,一面埋下眼睛,看他手里的书,问道:"什么书?"

他呆呆地点一下头,却把那只手略略举起。书是翻开的,全是石印的大字,旁边还加了红圈。我瞥见"共看明月应垂泪,一夜乡心五处同"十四个字,我知道这是二十多年前的旧印本《唐诗三百首》。

"你在读唐诗?"我温和地问道。

他又点一下头,往后退了两步。

我前进两步,亲切地再问:"你贵姓?"

他仍旧点一下头。泪水从眼角滴下来,他也不去揩它,好像没有觉察到似的。

我抬起眼睛看供桌,香炉里燃着一炷香。茶花仍然在瓶里,但是已经干枯了。我又对他说一句:"还是换点别的花来插吧。"

他这一次连头也忘记点了。他痴痴地望着花,泪水像两根线一样挂在他的脸颊上。

我忽然想到这天是星期六。我来姚家刚刚两个星期。那次杨少爷来要花也是在星期六。那个小孩大概每个星期六到这儿来一次。他一定是来看他的父亲。不用说,哑巴就是杨老三。照李老汉说,杨家卖了公馆,分了钱,杨老三没有拿一个。他大概从那个时候起就给家里人赶出来了;至于他怎么会住到庙里来,又怎么会变成哑巴,这里面一定有一段很长的故事,可是我有什么办法知道呢?他自己不会告诉我。杨家小孩也不会告诉我。李老汉——现在李老汉不跟我谈杨家的事了。

哑巴在我旁边咳了一声嗽,不止一声,他一连咳了五六次。我同情地望着他,正想着应该怎样给他帮忙。他勉强止了咳,指着大门,对我做手势,要我出去。我迟疑一下,便默默地走了出去。

大门在我后面关上了。我也不回过头去看。浅蓝色天空里挂起银白的上弦月,夜还没有来,傍晚的空气十分清爽。

我在街上慢慢地走着。我希望我能够忘记这些谜一样的事情。

十四

"老黎!老黎!"一个熟习的声音在叫我。从迎面一部包车上跳下来一个巨大的影子。

我站定了,抬起头看。老姚笑容满面地站在我面前。

"我正担心找不着你,想不到在半路上给我抓住了,真巧!"他满意地笑道。他马上掉转脸吩咐车夫:"你把车子先拉回家去。"

车夫应了一声,便拉起车子走了。

"有什么好事情?你这样得意!"我问道。

"碰到你,我的难题解决了。"老姚笑答道,"我今天跟昭华约好七点钟去看电影,两张票子都买好了。哪知道我到赵家去,赵家一定要留我吃晚饭,晚上陪老太太听川戏,不答应是不行的。可是我太太看电影的事怎么办呢?我想,只好请你陪她去。不过我又怕你不在家。现在没有问题了。"

"其实你看了电影再去听戏也成。"我说。

"可是我还要赶回赵家去吃饭啊。现在我先回家跟昭华讲一声。"

"你不去,恐怕你太太不高兴吧。"

"不会,不会,"他摇摇头很有把握地说,"她脾气再好没有了。她也知道我平日不高兴看电影,我去也是为了陪她。"

"赵家没有请你太太吃饭?"

"你怎么这样啰嗦,我看你快变成老太婆了。"老姚带笑地抱怨道,"快走,昭华在家里等我们。我还要赶到赵家去。赵家在南门,我们这儿是北门!"

我笑了笑,便跟着他走回公馆去。在路上他还是把我的问话回答了。他还向我解释:"赵老太太不愿意看见昭华,总是看见昭华就会想起她的亲生女儿,心里不好过。自从我头个太太死后,赵老太太就没到我家来过。其实昭华对赵家起先也很亲热。后来赵家常说怕惹起老太太伤心,不敢接她去玩,她才没有再到赵家去。其实这也难怪赵家,老太太爱她的女儿,也是人之常情,况且我头个太太又是她的独养女。"

"那么赵老太太看见你同小虎,就不会想到她的独养女吗?"我不满意他这个解释,便顶他一句。

"她喜欢小虎极了。今晚上听戏还是小虎说起的。"他似乎并没有听懂我的意思,却只顾说些叫我听了不高兴的话。

我们到了家。老姚要我回到房里等着。我跨进了憩园的门槛,还听见他在吩咐老文:"你到外面去给黎先生雇一辆车来。"

十五

我在园子里走了十多分钟,看见夜的网慢慢地从墙上、树上撒下地来。两三只乌鸦带着疲倦的叹息飞过树梢。一只小鸟从桂花树枝上突然扑下,又穿过只剩下一树绿叶的山茶树,飞到假山那面去了。

老姚夫妇来了。太太脸上仍旧带着她的微笑。她身上穿一件灰色薄呢的旗袍,外面罩了一件黑绒窄腰短外衣。老姚也脱去了长袍,换上一身西服,左膀上搭了一件薄薄的夹大衣。

"老黎,走吧,你不拿东西吗?"老姚站在石栏杆前,高兴地嚷起来。

"好。我不拿东西。"我一面回答,一面走上石阶,沿着栏杆去迎他们。

"黎先生,对不起啊,又耽误你的工作。"姚太太笑着对我道歉。

"姚太太,你太客气了。他知道(我指着她的丈夫)我是个大影迷,"我笑答道,"你们请我看电影,还说对不起我,那我应该怎么说呢?"

"不要再讲什么客气话了,快走吧,不然会来不及的。"老姚在旁边催促道。

我们走出园门。三部车子已经在二门外等着了。他们夫妇坐上自己的包车,我坐上街车,鱼贯地出了大门。

过了两条街,在十字路口,朋友跟他的太太分手了。又过了六七条街,我们这两部车子在电影院门口停下来。

我抬头看钟,知道还差八九分钟才到开映的时间。电影院门前只有寥寥十几个人。今天映的片子是《战云情泪》,演员中没有一个大明星，又是美国南北战争时期的故事，不合这里观众的口味也未可知。

戏院里相当宽敞，上座不到六成。我们前面一排，就空了五个位子。姚太太在看说明书，可是她没有看完，电灯便熄了。

银幕上映出一个和睦家庭的生活，一个安静、美丽的乡村环境。然后是一连串朴素的悲痛的故事。我的心为那些善良人的命运痛苦。我看见姚太太频频拿手帕揩她的眼睛，我还听见她一阵阵的轻微的吐气。

映到那个从战地回来的父亲躺在长沙发上咽气的时候，片子忽然断了。电灯重燃起来。姚太太嘘了一口气，默默地埋下了头。我却抬起脸，毫无目的地把眼光射到一些座位上去。

我呆了一下。在我右面前三排的座位上，我看见了杨家小孩，就是我先前在大仙祠门口看见的那个样子。他正在跟旁边的一位中年太太讲话，这位太太脸上擦了点粉，头发梳成一个小髻，蓝花旗袍上罩了一件灰绒线衫，在她右面还有一个穿灰西装的年轻人，她侧过头对那个年轻人说了两句话，她笑了，那个年轻人也笑了。过后那个年轻人忽然回过头看后面。他的脸被我看清楚了。除了头发梳理得十分光滑、脸色比较白净外，他的脸跟杨家小孩的脸简直是一个模子里铸出来的。

真巧！许多事都碰在一块儿。想不到我又在这个电影院里看见了杨家小孩的母亲和他的哥哥。

电灯又灭了。片子接着映下去。最后战争结束，兵士们回到故乡。那个善良的姑娘在她同母亲重建起来的田庄上，在绝望的长期等待中，毕竟见到了她的情人的归来。

人们离开座位走了。电灯再亮起来。姚太太看了我一眼，便也站起来。我对她短短地说一句："片子还不错。"她点点头，答了一句："我倒没有想到。"

姚太太怕挤，她主张让旁人先出去。等我们走到门口，车子已经被人雇光了。我看见杨家母子坐上最后三辆街车走了。

老李正在台阶下等候姚太太,看见她便大声说:"太太,车子在这儿。"

"黎先生的车子在哪儿?"姚太太问道。

老李答道:"我雇好一部,给人家抢去了。今天车子少。到前面多半雇得到。太太要先坐吗?"

我连忙说:"姚太太,请先上车吧。我自己到前面去雇车好了。要是没有车,走回去也很方便。"

"老李,你把车拉回去。我陪黎先生走一节路,等着雇到车再坐。横竖今晚上天气好,有月亮。"姚太太不同我讲话,却温和地吩咐老李说。

"是,太太。"老李恭敬地答道。

我只好同姚太太走下台阶。老李拉着车子慢慢地在前面走。我们两个在后面跟着。

十六

我们跟着车子转了弯。我们离开了嘈杂的人声,离开了辉煌的灯光,走进一条清静的石板巷。我不讲话,我耳朵里只有她的半高跟鞋的有规律的响声。

月光淡淡地照下来。

"两年来我没有在街上走过路,动辄就坐车。"她似乎注意到她的沉默使我不安,便对我谈起话来。

"我看,姚太太,你还是先坐车回去吧。还有好几条街,我走惯了不要紧。"我趁这个机会又说一次。这不全是客气话,因为我一则担心她会走累;二则,这样陪她走路,我感到拘束。

"不要紧,黎先生,你不要替我担心,我不学学走路,恐怕将来连路都不会走了,"她看了我一眼,含笑道,"前年有警报的时候,我们也是坐自己的车子'跑警报',不过偶尔在乡下走点路。这两年警报也少了。诵诗不但自己不喜欢走路,他还不让我走路,也不让小虎走路。"

"姚太太在家里很忙吧?"

"不忙。闲得很。我们家里就只有三个人。用的底下人都不错,有什么事情,不用吩咐,他们会办得很好。我没有事,就看书消遣。黎先生的大作我也读过几本。"

我最怕听人当面说读过我的书。现在这样的话从她的口里出来,我听了更惭愧。我抱歉地说:"写得太坏了。值不得姚太太读。"

"黎先生,你太客气了。你是诵诗的老朋友,就不应该对我这样客气。诵诗常常对我讲起你。我不配批评你的大作,不过我读了你的书,我相信你是个好人。我觉得诵诗有你这样的朋友是他的福气。他认识的人虽然多,可是知己朋友实在太少。"她诚恳地说,声音低,但吐字清楚,并且是甜甜的嗓音;可是我觉得她的语调里含得有一种捉不住的淡淡的哀愁。我怀着同情地在心里说:你呢?你又有什么知己朋友?你为什么不想到你自己?可是在她面前我不能讲这样的话。我对着她只能发出唯唯的应声。

我们走过了三条街。我没有讲话,我心里藏的话太多了。

"我总是这样想,写小说的人都怀的有一种悲天悯人的菩萨心肠,不然一个人的肚子里怎么能容得下许多人的不幸,一个人的笔下怎么能宣泄许多人的悲哀?所以,我想黎先生有一天一定可以给诵诗帮忙……"

"姚太太,你这又是客气话了,我能够给他帮什么忙呢?他不是过得很好吗?他的生活比我的好得多!"我感动地说。我一面觉得我明白她的意思,一面又害怕我猜错她的真意,我用这敷衍话来安慰她,同时也用这话来表明我在那件事情上无能为力。

"黎先生,你一定懂我的话,至少有一天你会懂的。我相信你们小说家看事情比平常人深得多。平常人只会看表面,你们还要发掘人心。我想你们的生活也很苦,看得太深了恐怕还是看到痛苦多,欢乐少……"

她的声音微微颤抖着,余音拖得长,像叹气,又像哭泣,全进到我的心里,割着我的心。

我失去了忍耐的力量,我忘记了我自己,我恨不得把心挖了出来,我恳切地对她说:"姚太太,我还不能说我懂不懂你的意思。不过你不要担心。请你记住,诵诗有你这样一位太太,应该是世界上最幸福的人……"我激动得厉害,以下的话我讲不出来了。到这时,我忽然害怕她会误会我的意思,把我的话当做一个玩笑,甚至一种冒犯。

她沉默着,甚至不发出一点轻微的声音。她略略埋下头。过了一会儿,她又抬起脸来。可是她始终不回答我一句。我也不敢再对她说什么。她的眼睛向着天空,我看不到她脸上的表情。

这沉默使我难堪,但是我也不想逃避。她不提坐车,我就得陪她走回公馆。不管我的话在她心上留下什么样的印象,我既然说出我的真心话,我就得硬着头皮承担那一切的后果。我并不懊悔。

她的脚步不像先前那样平稳了。大概她也失去了心境的平静吧。我希望我能够知道她这时候在想什么事情。可是我怎么能够知道?

离家还有两条街了,在那个十字路口,她忽然掉过脸看我,问了一句:"黎先生,听说你又在写小说,是吗?"她那带甜味的温柔声音打破了沉默。

"是的。我没有事情,拿它来消磨时间。"

"不过一天写得太多,对身体也不大好。周嫂说,你整天伏在桌子上写字。那张方桌又矮,更不方便。明天我跟诵诗说换一张写字台吧。不过黎先生,你也应该少写点。你身体好像并不大好。"她关心地说。

"其实我也写得不多。"我感激地说。接着我又加上两句:"不写,也没有什么事情。我除了看电影,就没有别的嗜好,可是好的片子近来也难得有。"

"我倒喜欢读小说。读小说跟看电影差不多。我常常想,一个人的脑筋怎么会同时想出许多复杂的事情?黎先生,你这部小说的故事,是不是都想好了?你这回写的是哪一种人的事?"

我把小说的内容对她讲了。她似乎听得很注意。我讲到最后，我们已经到了家。

老李先拉着车子进去。姚太太同我走在后面。李老汉恭敬地站在太师椅跟前，在他后面靠板壁站着一个黑黑的人。虽然借着门檐下挂的灯笼的红光，我看不清楚这个人的脸，并且我又只是匆匆地看了一眼，可是我马上断定这个人就是大仙祠里的哑巴。然而等我对姚太太讲完两句话，从内门回头望出去，我只看见一个长长的人影闪了一下，就在街中飞逝了。

我没有工夫去追问这件事。我陪着姚太太走过天井，进了二门。

"我嫁到姚家以后第一次走了这么多的路。"她似乎带点喜悦地笑道。过后她又加了一句："我一点也不累。"走了两步，她又说："我应该谢谢你。"

我以为她要跟我分手进内院去，便含笑地应道："不要客气。明天见吧。"

她却站住望着我，迟疑一下，终于对我说了出来："黎先生，你为什么不让那个老车夫跟瞎眼女人得到幸福？人世间的事情纵然苦多乐少，不见得事事如意。可是你们写小说的人却可以给人间多添一点温暖，揩干每只流泪的眼睛，让每个人欢笑；要是我能够写的话，我一定不让那个瞎眼女人跳水死，不让那个老车夫发疯。"她恳求般地说，声音里充满着同情和怜悯。

"好。"我笑了笑，"姚太太，那么为了你的缘故就让他们好好地活下去吧。"

"那么谢谢你，明天见。"她感谢地一笑，便转身走了。

我当时不过随便说一句话，我并不想照她的意思改变我的小说的结局。可是我回到花厅以后，对着那盏不会讲话的电灯，我感到十分寂寞，摊开稿纸，我写不出一个字。拿开它，我又觉得有满腹的话需要倾吐。坐在方桌前藤椅上，我听见她的声音。在屋子里走来走去，我听见她的声音。坐到沙发上去，我听见她的声音。"给人间添一点温暖，揩干每只流泪的眼睛，让每个人欢笑。"这句话不停地反复在我的耳边响着。后来我的心给它抓住了。在我面前突然现出一个新的眼界。我第一次看见我自己的无能与失败。我的半生、我的著作、我的计划全是浪费。我给人间增加苦恼,我让一些纯洁的眼睛充满泪水。在这个充满苦难的世界上我没有带来一声欢笑。我把自己关在我所选定的小世界里,我自私地活着,把年轻的生命消耗在白纸上,整天唠唠叨叨地对人讲说那些悲惨的故事。我叫善良的人受苦,热诚的人灭亡,给不幸的人增添不幸;我让好心的瞎眼女人投江,正直的老车夫发狂,纯洁的少女割断自己的生命。为什么我不能伸出手去揩干旁人的眼泪?为什么我不能发散一点点热力减少这人世的饥寒?她的话照亮了我的内心,使我第一次看到那里的空虚。全是空虚,我的工作,我的生活,我的作品。

绝望和悔恨使我快要发狂了:我已经从我自己世界里的宝座上跌了下来。我忍受不了电灯光,我忍受不了屋子里的那些陈设。我跑到花园里去,我在两棵老桂花树中间来来回回地走了许久。

这一夜我睡得很迟,也睡得很坏。我接连做了几个噩梦。我在梦里也否定了我自己。

十七

第二天我起床并不晚。可是我头痛,眼睛又不舒服。然而我并没有躺下来,我跟自己赌气,我摊开稿纸写,写不出,不想写,我还是勉强写下去。从早晨七点半钟一直写到十点半,我一共写了五百多字。在这三个钟点里面,我老是听见那个声音:"为什么不让他们好好地活下去呢?"我还想倔强地用尽我的力量来抵抗它。可是我的笔渐渐地不肯服从我的驾驭了。

我把写成的五百多字反复地念了几遍,在这短短的片段里,我第一次看出了姚太太的影响。我气愤地掷开笔,我也说不出为什么动气。就在这个时候老姚进来了。

我抬起头回答他的招呼,勉强地对他笑了笑,我仍然坐在藤椅上,不站起来。

"怎么今天你脸色不好看?"他吃惊地大声问道。

"我昨晚写文章没有睡好觉。"我低声回答。我对他撒了谎。

"是啊,我昨晚上十二点钟以后回来,还听见你在屋里咳嗽。"他接着说,"其实你身体不大好,不应该睡得太迟。反正花园里很清静,你也有空,何必一定要拼命在晚上写!"从他的声音和他的表情,我知道他的关心是真诚的。我很感激他,因此我也想趁这个机会跟他谈谈小虎的事,对他进一个忠告。

"你是跟小虎一块儿回来的吗?"我问道。

"不错。小虎这个孩子对京戏满懂。他看得很有兴趣。"老姚夸耀似的笑答道。

"不过太迟了,对他也不大好。小孩子平日应当早睡觉,而且晚上他还要在家里温习功课。他外婆太宠他了,我害怕反而会耽误他。你做父亲的当然更明白。"我恳切地对他说,我把声音故意放慢,让每个字清清楚楚地进到他的耳里。

他大声笑起来。他在我的肩头猛然一拍:"老弟,你这真是书生之见。我对小虎的教育很有把握。昭华起先也不赞成我的办法,她也讲过你这样的话。可是现在她给我说服了。对付小孩,就害怕他不爱玩,况且家里又不是没有钱。爱玩的小孩都很活泼。不爱玩的小孩都是面黄肌瘦,脑筋迟钝,就是多读了几本书,也不见得就弄得很清楚。不是我做父亲的吹牛,小虎到外面去,哪个不讲他好!"

"小虎除了赵家,恐怕很少到别家去过吧。"我冷冷地嘲讽道。

他好像没有听懂我的话,仍然得意地对我笑道:"就是赵家也有不少的人啊!"

"那是他外婆家。外婆偏爱外孙,这是极普通的事情。"我正经地说。"可是别的人呢? 是不是都喜欢他?"我本来想咽下这样的话,然而我终于说了出来。

他迟疑了片刻,可是他仍然昂头答道:"你指什么人? 就拿我们家里来说吧,昭华也从没有讲过一句他的坏话。我姐姐不大喜欢小孩,不过她对小虎也不错。这个孩子就是太聪明,太自负。自然,聪明的孩子不免要自负。我以后还得好好教他。"

"这倒是很要紧的,不然我害怕将来会苦了你太太。我觉得你对小虎未免有点偏爱。当心不要把他宠坏了。"我这是诚恳的劝告,不是冷冷的嘲讽了。

"哪儿有这种事情?"他哈哈大笑道,"你没有结过婚,不会懂做父亲的道理。不用你替我担心。我并不是糊涂虫。"

"不过我觉得旁观者清,你应当考虑一下。"我固执地说。

"老弟,这种事情没有旁观者清的。我对小虎期望大,当然不会忽略对他的教育。"他拍拍我的肩头。"我们不要再谈这种事情,这样谈法是不会有结果的,因为你完全是外行。"他得意地笑起来。

我没有笑。我掉开头,用力咬我的下嘴唇。我暗暗地抱怨自己这张嘴不会讲话。我不能使他睁大眼睛,看清楚事情的真相;我不能使他了解他所爱的女人的灵魂的一隅。

就在这个时候,他的太太来了。还是昨天那一身衣服,笑容像阳光似的照亮她的整个脸。她招呼了我,然后对她的丈夫说:"赵家又打发人来接小虎过去。"

"那么就让他去吧。"她的丈夫不假思索地接口说。

"我觉得小虎耍得太多了,也不大好。他最近很少有时间温习功课,我担心他今年又会——"她柔声表示她的意见,但是说到"会"字,她马上咽住下面的话,用切盼的眼光看她的丈夫,等着他的回答。

"没有关系,没有关系,"他摇摇头说,"上一回是学校不公平,不怪他。并且今天是礼拜,赵家来接,不给他去,赵家又会讲闲话。其实赵家一家人都喜欢他,他到赵家去,我们也可以放心。"

"不过天天去赵家,不读书,学些阔少爷脾气,也不大好。"她犹豫一下,看他一眼,又埋下头去,慢慢地说。

"爹!爹!"小虎在窗外快乐地叫道。他带着一头汗跑进房来。他穿了翻领白衬衫和白帆布短裤。他看见他的后母,匆匆地叫了一声"妈",过后又用含糊的声音招呼我一声。他对我点了一下头,可是他做得那么快,我只看见他的头晃了晃。

"什么事?你这样高兴!"朋友爱怜地笑着问。

"外婆打发车子来接我去耍。"小虎跑到父亲面前,拉着父亲的一只手答道。

"好吧,不过你今天要早点回来啊。"老姚抚摩着孩子的头说。

"我晓得。"孩子高兴地答应着,他放下父亲的手,接着又说一句:"我去拿衣服。"也不再看父母一眼,就朝外面跑去。

姚太太望着窗外,好像在想什么事情。

"你这位做父亲的也太容易讲话了。"我开玩笑地对老姚说。我不满意他的这种"教育"。

姚太太掉过脸来看我。

"这是父子的感情,没有办法。"老姚摇摇头说,看他的脸色,我知道他对他的这种"教育"也并非完全满意。

"我担心的倒是小虎耍久了,更没有心肠读书。"姚太太插嘴说,她对丈夫笑了笑。

"不会的,不会的,"老姚接连摇着头说,"你这是过虑。我有把握不叫小虎染到坏习惯。"

"黎先生,你相信他的把握吗?"她抿嘴笑着问我道。

"我不相信,"我摇头答道,"照他说,他对什么事都有把握。"

姚太太点着头说:"这是公道话。他对什么事都很自负,不大肯听别人劝。"她又看他一眼。

他仍然带着愉快的笑容,动了一下嘴,正要讲话,周嫂的长脸出现了。

"老爷,大姑太太请你去一趟,说有事情要跟你商量。"周嫂说。

老姚对我说:"那么我们下午再谈吧。昭华倒可以多坐一会儿。"他马上跟着周嫂走了。

"黎先生,我已经跟诵诗讲过了,写字台等一会儿就给你搬来。"她站在窗前望了望丈夫的背影,忽然转过身子对我说。

"谢谢你。其实不换也好,这张方桌也不错。"我客气地说。

"这张方桌稍微矮一点。你一天要写那么多的字,头埋得太低,不舒服。"她说。

"我这样写惯了,倒不觉得什么。太麻烦你们,我心里也很不安。"

"黎先生,你以后不要这样客气好不好?你是诵诗的老同学,就不该跟我客气。"她温和地笑道。

"我并没有客气——"我的话被一阵闹声打断了。

"什么事情?"她惊讶地自语道,便向门口走去,我也走到那里。

杨家小孩同赵青云正站在石栏杆前吵架,杨家小孩嚷着:"我来找黎先生讲话,你没有权干涉我。"

"黎先生认不得你。你明明是混进来偷东西的,你怕我不晓得你的底细!"赵青云挣红脸骂道。

"赵青云,你让他进来吧。"姚太太在门内吩咐道。

"是。"赵青云答应一声,就不再讲话了。

杨家小孩走到门前,对她行一个礼,唤道:"姚太太。"她含笑地点一下头,轻轻答了一声:"杨少爷。"

他又向着我唤声:"黎先生。"

"你进来坐吧。你找黎先生有什么事情?"她温和地问他。不等他回答,她又对我说:"我先走了。要是杨少爷要花,黎先生,请你折两枝给他吧。"

"谢谢你,姚太太。"杨家小孩感谢地答道。

她走了。我看见小孩的眼光送着她的背影出去。

十八

"你坐吧。"我先开口。

他看看我,动动嘴,似乎要说什么话,却又没有说出来。

"你是不是来要花的?"我带笑地问他。

"不。"他摇摇头。

"那么你找我谈什么事情？"我站在方桌前面，背向着窗。他的手放在藤椅靠背上，眼睛望着窗帷遮住了的玻璃。

"黎先生，我求你一件事……"他咽住下面的话，侧过脸用恳求的眼光望着我。

"什么事？你尽管说吧。"我鼓舞地对他说。

"黎先生，请你以后不要到大仙祠去，好不好？"他两只眼睛不住地眨动，好像要哭的样子。

"为什么呢？你怎么晓得我到大仙祠去过？"我惊愕地问道。

"我我——"他红着脸结结巴巴地答不出来。

"那个哑巴是你的什么人？"我又问一句。

"哑巴？哑巴？"他惊讶地反问道。

"就是住在大仙祠里头的哑巴。"

"我不晓得。"他避开了我的眼光。

"我看见你拿去的那枝茶花。"

他不做声。

"我昨天看见你跟你母亲、哥哥一块儿看电影。"

他动了一下嘴，吐出一个声音，马上埋下了头。

"你为什么不要我到大仙祠去？只要你把原因对我讲明白，我就依你的话。"

他抬起头看我，泪珠不断地沿着脸颊滚下来。

"黎先生，请你不要管那些跟你不相干的事。"他哭着说。

"不要哭，告诉我大仙祠跟你有什么关系。你为什么不肯对我说真话？我或者可以给你帮点忙。"我恳切地说。

"我说不出来，我说不来！"他一面说，一面伸起手揩眼睛。

"好，你不要说吧。什么事我都知道。大仙祠那个人一定是你父亲……"我的话还没有讲完，他忽然放下手，用力摇着头，大声否认道：

"他不是！他不是！"

我走过去，拉住他的两只手，安慰地说："你不要难过，我不会对旁人讲的。这又不是你的错。你告诉我,你父亲怎么会弄到这个样子。"

"我不能说!我不能说!"他挣脱了我的手,往门外跑去。

"不要走,我还有话对你说!"我大声挽留他。可是他的脚步声渐渐地去远了。只有他一路的哭声在我的耳边响了许久。

我没有移动脚,我知道我不会追上他。

十九

这天午饭以前写字台果然搬到下花厅来了。桌面新而且光滑,我在那上面仿佛看见姚太太的笑脸。

可是坐在这张写字台前面,我整个下午没有写一个字。我老是想着那个小孩的事情。

后来我实在无法再坐下去。我的心烦得很,园子里又太静了。我不等老文送晚饭来,便关上了下花厅的门,匆忙地出去。

我走过大仙祠门前,看见门掩着,便站住推一下,门开了半扇,里面没有一个人。我转身走了。

我在街口向右转一个弯,走了一条街。我看见一家豆花便饭馆,停住脚,拣了一张临街的桌子,坐下来。

我正在吃饭,忽然听见隔壁人声嘈杂,我放下碗,到外面去看。

隔壁是一家锅魁店,放锅魁的摊子前面围着一堆人。我听见粗鲁的骂声。

"什么事情?"我向旁边一个穿短衣的人问道。

"偷锅魁的,挨打。"那个人回答。

我用力挤进人堆,到了锅魁店里面。

一个粗壮的汉子抓住一个人的右膀,拿擀面棒接连在那个人的头上和背上敲打。那个人埋着头,用左膀保护自己,口里发出呻吟,却不肯讲一句话。

"你说,你住在哪儿?叫啥子名字?你讲真话,老子就不打你,放你滚开!"打人的汉子威胁地说。

被打的人还是不讲话。衣服撕破了,从肩上落下一大片,搭在背后,背上的黑肉露出了一大块。他不是别人,就是大仙祠里的哑巴。

"你说,说了就放你,你又不是哑巴,怎么总是不讲话?"旁边一个人接嘴说。

被打的人始终不开口。脸已经肿了,背上也现出几条伤痕。血从鼻子里流下来,嘴全红了,左手上也有血迹。

"你放他吧,再打不得了。他是个哑巴……"我正在对那个打人的汉子讲话,忽然听见一声痛苦的惊叫,我掉头去看。

杨家小孩红着脸流着泪奔到哑巴面前,推开那个汉子的手,大声骂着:

"他又没有犯死罪,你们做什么打他?你看你把他打成这个样子!你们只会欺负好人!"

众人惊奇地望着这个孩子。连那个打人的人也放下手不做声了,他带着一种茫然的表情看这个小孩。被打的人仍旧埋下头,不看人,也不讲话。

"我们走吧。"小孩亲热地对他说,又从裤袋里掏出一方手帕,递给他,"你揩揩鼻血。"小孩拿起他的右手,紧紧捏住,再说一句:"我们走吧。"

没有人干涉他,没有人阻挡他。这个孩子扶着被打的人慢慢地走到街心去了。许多人的眼光都跟在他们后面。这些人好像在看一幕情节离奇的戏。

两个人的影子看不见了。众人议论纷纷。大家都奇怪:"这个小娃儿"是那个"叫化子"的什么人。我从他们的谈话里才知道那个哑巴不给钱,拿了一个锅魁,给人捉住,引起了这场纠纷。

"先生,饭冷了,请过去吃吧,我给你换碗热饭来。"隔壁饭店的堂倌过来对我说。

"好。"我答应一声。我决定吃完饭到大仙祠去。

二十

我走到大仙祠。门仍然掩着,我推开门进去。我又把门照旧掩上。

前堂没有人,后面也没有声音。我转到后面去。

床铺上躺着那个哑巴。脸上肿了几块,颜色黑红,鼻孔里塞着两个纸团。失神的眼光望着我。他似乎想起来,可是动了一下身子,又倒下去了。他痛苦地呻吟了一声。

"你不要怕,我不是来害你的。"我做着手势,温和地安慰他。

他疑惑地望着我。

外面起了脚步声,是穿皮鞋的脚。我知道来的是杨家小孩。

果然是他。手里拿着一些东西,还有药瓶和热水瓶。

"你又来了!你在做侦探吗?"他看见我,马上变了脸色,不客气地问道。

这可把我窘了一下。我没有想到他会拿这种话问我。我红着脸结结巴巴地回答他:

"你不要误会我的意思。我同情你们,想来看看我能不能给你帮忙。我并没有坏心思。"

他看了我一眼,他的眼光马上变温和了。可是他并不讲话。他走到床铺前,放下药瓶和别的东西。我去给他帮忙,先把热水瓶拿在我的手里。他放好东西在枕边,又把热水瓶接过去。他对我微微一笑说:"谢谢你。我去泡开水。"他又弯下身子,拿起了脸盆。

"我跟你一块儿去,你一个人拿不了,你把热水瓶给我吧。"我感动地说。

"不,我拿得了。"他不肯把手里的东西交给我。他用眼光指着铺上的病人:"请你陪陪他。"他一手提着空脸盆,一手拿着热水瓶,走出去了。

我走到病人的枕边。他睁着眼睛望我。他的眼光迟钝,无力,而且里面含着深的痛苦。我觉得这对眼睛像一盏油干了的灯,它的微光渐渐在减弱,好像马上就要熄了。

"不要紧,你好好地养息吧。"我俯下身子安慰他说。

他又睁大眼睛看我,好像没有听懂我的话似的。他的脸在颤动,他的身子在发抖。我不知道应该怎样照料他,便慌慌张张地问他:"你痛吗?"

"谢谢你。"他吃力地说。声音低,但是我听得很清楚。我吃了一惊。他不是一个哑巴!那么为什么他从前总是不讲话呢?

外面响起了脚步声。

"他是个好孩子,"他接着说,"请你多照应他……"以后的话,他没有力气说出来。

那个小孩拿着热水瓶,捧着脸盆进来了。

我接过脸盆,蹲下去,把盆子放在病人枕头边的地上,把脸帕放到盛了半盆水的盆子里绞着。

"等我来。"小孩放好热水瓶,伸过手来拿脸帕。

我默默地站起来,让开了。我立在旁边看着小孩替病人洗了脸,揩了身,换了衣服,连鼻孔也洗干净了,换上了两团新的药棉;过后他又给病人吃药。我注意地望着那两只小手的动作,它们表现了多大的忍耐和关切。这不是一个十三四岁小孩的事情,可是他做得非常仔细、周到,好像他受过这一类的训练似的。

病人不讲话,甚至不曾发过一声呻吟。他睁大两只失神的眼睛望着小孩,顺从地听凭小孩的摆布。在他那臃肿的脸上慢慢地现出了像哭泣一样的微笑,他的眼光是一个慈爱的父亲的眼光。等到小孩做完那一切事情以后,他忽然伸出他的干瘦的手,把小孩的左手紧紧地抓住。"我对不住你,"他低声说,"你对我太好了……"泪水从他的眼里迸了出来。

"我们都不好,让你一个人受苦。"小孩抽咽地说了一句,声音就哑了,许久吐不出一个字。他坐在床铺边上。

"这是我自作自受。"病人一个字一个字痛苦地说,声音抖得很厉害。

"你不要讲了,你看你成了这个样子;我们都过得好。"小孩哭着说。

"这样我也就心安了。"病人叹了一口气说。

"可是你……你做什么一定要躲起来?做什么一定要叫你自己受罪?……"小孩哭得更伤心了。他把头埋在病人的膀子上。

病人爱怜地抚摩着小孩的头:"你不要难过。我这点苦算不得什么!"

"不,不,我们要送你到医院去!"小孩悲痛地摇着头说。

"去医院也没有用,医院医不好我的病。"病人微微摇摇头,断念似的答道。小孩没有做声。"我现在好多了,你回家去吧。不要叫家里人担心。"病人说一句话,要喘息几次,声音更弱,在傍晚灰黄的光线下,他的脸色显得更加难看,只有一对眼睛有点生气,它们爱怜地望着小孩的微微颤动的身子。

"那么你跟我回家去吧,在家里总比在这儿好些。"小孩忽然抬起头哀求地说。

"我哪儿还有家?我有什么权利打扰你们?那是你们的家。"病人摇着头,酸苦地说。

"爹!"孩子抑制不住自己的感情,哭着叫起来,"为什么你不该回去?难道我们家不是你的家?难道我不是你的儿子?这又不是丢脸事情!我做什么还不敢认我自己的父亲!……"孩子又把头埋下去,这一次他俯在父亲的胸前呜呜地哭起来。

"寒儿,我知道你心肠好。不过你母亲他们不会原谅我的。而且我也改不了我的脾气。我把你们害够了。我不忍心再——"他两只手抱着儿子的头,呜咽了许久。我在旁边连声息也不敢吐。我觉得我没有权利知道那一家人的秘密,我更没有权利旁观这父亲和儿子的痛苦。可是现在要偷偷地退出大仙祠去,也太晚了。

父亲忽然叹一口气,提高声音说:"你回去吧。我宁肯死也不到你们家去。"

父亲有气无声地哭起来。孩子不抬头,却哭得更伤心了。我看不清楚父亲脸上的表情,只看见他两只手压在儿子的后脑勺上。后来连那两只手也看不见了。

我走过去,俯下身子,轻轻地拍着孩子的肩头。我拍了三次,孩子才抬起头来,转过脸看我。我同情地说:"你让他休息一会儿。"

孩子慢慢地站起来。父亲轻轻地嘘一口气。没有别的声音。

"他累了,精神支持不住。不要跟他多讲话,不要叫他伤心、难过。"我又说。

"黎先生,你说该怎么办?他一定不肯回家,又不肯进医院。在这儿住下去,怎么行!"孩子说。

"我看只要你母亲跟你哥哥来接他,他一定肯回去。"我说。

停了好一会儿,孩子才用痛苦的声音回答我:"他们决不会来的。你不晓得他们的脾气。要是他肯进医院,就好办了。不过我不晓得住医院要花多少钱。"他的声音低到只有我一个人听得见。

"那么明天就送他进医院吧,就是三等病房也比这儿好得多。你手头没有钱,我可以设法。"我诚恳地说。我的声音稍微大一点,但是我想病人已经睡着了,这些时候我就没有听见他的声音。

"不,不能够让你出钱!"孩子摇头拒绝道。

"你不要这样固执。病人的身体要紧,别的以后再讲。等他身体好了,我们还可以找个事情给他做。你想他肯做事吗?"我对他解释道。

"那么就照你的意思办吧。"小孩感激地说。

"我们明天上午九点钟以前在这儿见面,一块儿送他进医院去,就这样决定吧。你明天要上学吗?"

"我上午缺两堂课不要紧。我明天一定在这儿等你。黎先生,你先回去吧。我还要点燃蜡烛在这儿陪我父亲。"

病人轻轻地咳一声嗽,过后又没有声息了。小孩划了五根火柴,才把蜡烛点燃。

"好,我去了。有事情,你到姚家来找我。"

我听见他的应声才迈步走出小门,进到黑暗的天井里去。

二十一

我回到姚家,经过大门的时候,李老汉站起来招呼我。

"你们三老爷在大仙祠生病,我跟他小少爷讲好明天送他进医院去。"我对他说。我告诉他这个消息,因为我知道除了那个小孩,就只有他关心杨老三。

李老汉睁大眼睛张大嘴,答不出话来。

"你不用瞒我了,你们三老爷还来找过你,我看见的。你放心,我不会告诉别人。"我安慰他说。我又添上一句:"我告诉你,我想你会抽空去看他。"

"多谢黎先生。"李老汉感激地说。他又焦急地问:"三老爷病不要紧吧?"

"不要紧,养养就会好的。不过他住在大仙祠总不是办法。你是个明白人,你怎么不劝他回家去住?看样子他家里还过得去。"

李老汉痛苦地叹了一口气,然后说:"黎先生,我晓得你心地厚道。我不敢瞒你,不过说起来,话太长,我心头也过不得,改一天向你报告吧。"他把脸掉向门外街中。

"好。我进去找老文来替你看门。你到大仙祠去看看吧。"

"是,是。"他接连说。我跨过内门,走到阶下,他忽然在后面唤我。我回过头去。他带着为难的口气恳求我:"三老爷的事情,请黎先生不要跟老文讲。"

"我知道,你放心吧。"我温和地对他点一下头。

我进了二门,走下天井。门房里四扇门全开着,方桌上燃着一盏清油灯。老文坐在门槛上,寂寞地抽着叶子烟。一支短短的烟管捏在他的左手里,烟头一闪一闪地亮着。他的和善的老脸隐约地在我的眼前现了一下,又跟着烟头的火光消失了。

我向着他走去。他站起来,走下石阶迎着我。

"黎先生回来了。"他带笑招呼我。

我们就站在天井里谈话。我简单地告诉他,李老汉要出去替我办点事情,问他可以不可以替李老汉看看门。

"我们去,我们去。"他爽快地答道。

"老爷、太太都在家吗?"我顺便问他一句。

"老爷跟太太看影戏去了。"

"虎少爷回来没有?"

"他一到外婆家,不到十一二点钟是不肯回来的。从前还是太太打发人去接他,现在老爷又依他的话,不准太太派人去接。"他愤愤地说。在阴暗中我觉得他的眼光老是在我的嘴上盘旋,仿佛在说:你想个办法吧。你为什么不讲一句话?

"我讲话也没有用。今早晨,我还劝过他。他始终觉得虎少爷好。"我说,我好像在替自己辩解似的。

"是,是,老爷就是这样的脾气。我们想,只要虎少爷大了能够改好,就好了。"老文接着说。

我不再讲话。老文衔着烟管,慢慢地走出二门去了。

月亮冲出了云层,把天井渐渐地照亮起来,整个公馆非常静。不知道从什么地方送过来一阵笛声。月亮又被一片灰白的大云掩盖了。我觉得一团黑影罩上我的身来。我的心被一种莫名的忧虑抓住了。我在天井里走了一会儿。笛声停止了。月亮还在云堆里钻来钻去。赵青云从内院走出来,并不进门房,却一直往二门外去了。

我走进了憩园。我进了我的房间。笛声又起来了。这是从隔壁来的。笛声停后,从围墙的那一面又送过来一阵年轻女人的笑声。

我在房里坐不住,便走出憩园,甚至出了公馆。老文坐在太师椅上,可是我没有心情跟他讲话。

在斜对面那所公馆的门前围聚了一群人。两个瞎子和一个瞎眼女人坐在板凳上拉着胡琴唱戏。这个戏也是我熟习的:《唐明皇惊梦》。

过了十几分钟的光景,唐明皇的"好梦"被宫人惊醒了。瞎子闭上嘴,胡琴也不再发声。一个老妈子模样的女人从门内出来付了钱。

瞎子站起来说过道谢的话,用竹竿点着路,走进了街心。走在前面的是那个唱杨贵妃一角的年轻人,他似乎还有一只眼睛看得见亮光,他不用竹竿也可以在淡淡的月光下走路。他领头,一路上拉着胡琴,全是哀诉般的调子。他后面是那个唱安禄山一角的老瞎子,他一只手搭在年轻同伴的肩头,另一只手拿着竹竿,胡琴夹在腋下。我认得他的脸,我叫得出他的名字。十五年前,我常常有机会听他唱戏。现在他唱配角了。再后便是那个唱唐明皇一角的瞎眼妇人。她的嗓子还是那么好。十五年前我听过她唱《南阳关》和《荐诸葛》。现在她应该是四十光景的中年女人了。她的左手搭在年老同伴的肩上,右手拿着竹竿。我记得十五年前便有人告诉我,她是那个年老同伴的妻子,矮胖的身材,扁圆的脸,这些并没有大的改变。只是人老得多了。

　　胡琴的哀诉的调子渐渐远去。三个随时都会倒下似的衰弱的背影终于淡尽了。我忽然想起了我的小说里的老车夫和瞎眼女人。眼前这对贫穷的夫妇不就是那两个人的影子么?我能够给他们安排一个什么样的结局呢?难道我还能够给他们带来幸福么?

　　我被这样的思想苦恼着。我不想回到那个清静的园子里去。我站在街心。淡尽了的影子若隐若现地在我的眼前晃来晃去。我忽然想起去追他们。我迈着快步子走了。

　　我又走过大仙祠的门前。我听见瞎子在附近唱戏的声音。可是我的脚像被一种力量吸引住了似的,在那两扇退了色的黑漆大门前停下来。我踌躇了一会儿,正要伸手去推门。门忽然开了。杨家小孩从里面走出来。

　　他看见我,略有一点惊讶,过后便亲切地招呼我:"黎先生。"

　　"你现在才回去?"我温和地问道。

　　"是的。"我答道。

　　"他现在好些了?"我又问,"睡了吧?"

　　"谢谢你,稍微好一点儿,李老汉在那儿。"

　　"那么,你回去休息吧,今天你也够累了。"

　　"是,我明早晨九点钟以前在这儿等你。黎先生,你有事情,来晏点儿也不要紧。"

"不,我没有事,我不会来晏的。"

我们就在这门前分别了。我等到他的影子看不见了,又去推大仙祠的门。我轻轻地推,门慢慢地开了一扇,并没有发出声响。

我走下天井,后面有烛光。我听见李老汉的带哭的声音:"三老爷,你不能够这样做啊……"

我没有权利偷听他们谈话,我更没有权利打岔他们。我迟疑了两三分钟,便静静地退了出来。我听见"三老爷"的一句话:"我再没有脸害我的儿子。"

我回到公馆里。二门内还是非常静。门房里油灯上结了一个大灯花。我看不见人影。月亮已经驱散了云片,像一个大电灯泡似的挂在蓝空。

我埋着头在天井里走了一会儿,忽然听见一个熟习的声音唤"黎先生"。我知道这是姚太太。我答应着,一面抬起头来。

她穿一件青灰色薄呢旗袍,外面罩着白色短外套,脸上仍旧露出她那好心的微笑。老李拉着空车上大厅去了。

"姚太太看电影回来了,诵诗呢?"

"他路上碰到一个朋友,找他谈什么事情,等一会儿就回来。黎先生回来多久了?我们本来想约黎先生出去看电影,在花厅里找黎先生,才知道黎先生没有吃饭就出去了。黎先生在外面吃过饭了?"

"我有点事情,在外面吃过了。今天的片子还好吧?"

"就是《苦海冤魂》,好是好,只是太惨一点,看了叫人心里很难过。"她略略皱一下眉头。她的笑容消失了。

"啊,我看过的,是一个医生跟一个女孩子的故事。结果两个人都冤枉上了绞刑台。两个主角都演得很好。"

她停了一下,带着思索的样子说:"我奇怪人对人为什么要这样残酷。一个好心肠的医生跟一个失业的女戏子,他们并没有害过什么人,为什么旁人一定要把他们送上绞刑台?为什么人对人不能够更好一点,一定要互相仇恨呢?"

她仰起头看天空,脸上带了一种哀愁的表情,这在银白的月光下,使她的脸显得更纯洁了。她第一次对我吐露她的心里的秘密。她的生活的另一面终于显露出来了。赵家的仇视,小虎的轻蔑,丈夫的不了解……这应该是多么深的心的寂寞啊……

同情使我痛苦。其实我对她有的不止是同情,我无法说明我对她的感情。我可以说,纵使我在现社会中是一个卑不足道的人,我的生命不值一文钱,但是在这时候只要能够给她带来幸福,我什么也不顾惜。

可是怎么能够让她明白我这种感情呢?我不能对她说我爱她,因为这也许不是爱。我并没有别的心思。我只想给她带来幸福,让她的脸上永远现出灿烂的微笑。

"这是旧道德观念害人。不过电影故事全是虚构的,我知道人间还有很多温暖。"我用这样的话来安慰她,话虽然简单,可是我把整个心都放在这里面,我加重语气地说,为了使她相信我的话,为了驱散她的哀愁。

她埋下眼光看我一眼,微微点了点头,低声说:"我明白,不过我觉得自己的生活太舒服了。我不说帮助人,就是给诵诗管家,也没有一点成绩。有时候想起来,也很难过。"

"小虎的事情我也知道,"我终于吐出小虎的名字来,"诵诗太疏忽了,我也劝过他。为这件事情姚太太你也苦够了。不过我想诵诗以后会明白的。你也该宽心一点。"

她轻轻地叹了一口气,停了一下,才低声说:"我也不明白为什么赵家要这样恨我?为什么为了我的缘故就把好好的小虎教成这个样子?我愿意好好地做赵家的女儿,做小虎的母亲,他们却不给我一个机会,他们把我当做仇人。外面人不明白的,一定会说我做后娘的不对。"

我的喉咙仿佛被什么东西堵塞住了,我望着她那紧锁的双眉,讲不出话来。她的眼光停留在二门外照壁上,似乎没有注意到我在看她。

"赵家为什么这样恨我？我想来想去，总想不出原因来，"她接着说，"或许因为我到姚家来诵诗对我很好，据说是比对小虎的妈妈还好，只有这件事情是他们不高兴的。不过这又不是我的错。我从没有在诵诗面前讲过别人一句坏话。我到姚家来也不过二十岁，我在娘家，是随便惯了的。我母亲担心我不会管家，不会管教孩子。我自己也很害怕。我一天提心吊胆，在这么大一个公馆里头学着做主妇，做妻子，做母亲。我自己什么也不懂，也没有人教我。我愿意把他前头太太的母亲当做自己的母亲，前头太太的儿子当做自己的儿子，可是我做不好。我不知道应该怎么办才好。诵诗也不给我帮忙。我现在渐渐胆小起来了。"她说着又埋下头去。

"姚太太，你倒不必灰心。连我这样的人也并不看轻自己，何况你呢？"我诚心地安慰她。

"我？黎先生，你在跟我开玩笑吧？"她抬起头含笑地对我说。"我哪儿比得上你？"

"不是这样看法。你也许不知道你昨晚上那几句话使我明白多少事情，要是我以后能够活得积极一点，有意义一点，那也是你的力量。你给别人添了温暖。为什么你自己不能够活得更积极些？……"

我觉得她的明亮的眼睛一直在望我，眼光非常柔和，而且我仿佛看见了泪珠，可是我没有把话说完，老姚就回来了。

"你们都在这儿！为什么不进花厅去坐？"他高兴地嚷道。

"我们谈着话在等你，"她回答了一句，态度很自然地笑了笑，"我们已经站了好久了，黎先生恐怕累了吧。"

"是的，你们也该休息了，明天见吧。"我接着说。

我们一块儿走上石阶。他们从大厅走进内院，我便走入憩园。

二十二

早晨七点半钟的光景，我走出姚家大门，李老汉站在门槛下用忧愁的眼光看我，招呼了一声"黎先生"。他好像要对我讲话，可是我匆匆地点一下头,就走到街心去了。

不久我到了大仙祠。门大开着。我想,一定是杨家小孩先来了。我急急走到后面去。

后面静静地没有人。我不但看不见病人的影子,并且连被褥、脸盆、热水瓶等等都没有了。干草凌乱地堆在地上。草上有一张纸条,是用一块瓦片压住的,纸条上写着:

忘记我,把我当成已死的人吧,你们永远找不到我。让我安安静静地过完这一辈子。

寒儿

父字

从这铅笔写的潦草的字迹,我看出一个人的心灵。我不知道这个人的"堕落"的故事,可是这短短的几句话使我明白一个慈爱父亲的愿望。我拿着纸条在思索。小孩的脚步声逼近了。我等着他。

"怎么,黎先生你一个人?"小孩惊愕地说,"我父亲呢?"

"我刚才来,你看这张字条吧。"我低声说,我把字条递给他,一面掉开头,不敢看他的脸。

"黎先生,黎先生,他到哪儿去了? 我们到哪儿去找他? 你说我们应该怎么办?"他两只手抓住我的左边膀子疯狂地摇撼着,绝望地叫道。

我用力咬嘴唇,压住我的激动,故意做出冷静的态度说:"我看只有依他的话把他忘记。我们不会找到他了。"

"不能,不能! 我们都过得好,不能够让他一个人去受罪!"他摇着头迸出哭声说。

"可是你到哪儿去找他? 这样大的地方!"

他突然扑倒在干草上伤心地哭起来。

我的眼睛是干的。我仰起头,两手交叉地放在胸前,我想问天:我怎样才能够减轻这个孩子的痛苦? 可是天青着脸,不给我一个回答。它也不会告诉我他的父亲的去处。我只知道一个事实:他的父亲拿走了被褥和别的东西,决不会去寻死。因此,我让这个孩子哭着,不说一句安慰的话,事实上我也没有可以安慰他的话了。

后来孩子的哭声停止了,他站起来,哀求地对我说:"黎先生,你知道得多,你说他会不会出什么事情?请你老实告诉我。我不害怕,请你对我说真话。"

我想了一会儿,我还是躲避着他的眼光,我温和地回答他:"不要紧,不会有什么事情。我们去问李老汉,说不定他知道得多一点。"

"是,是,我记起来了,昨晚上我走的时候,他还在这儿跟我父亲讲话。"孩子省悟般地说。

"那么我们一路到姚家去吧,你快把眼泪揩干。"我轻轻地在他的肩头拍了一下。

我们走过前堂的时候,供桌上还放着玻璃瓶,但是那枝干枯了的茶花却不见了。

二十三

李老汉站在大门口,脸朝着我们来的方向,仿佛在等候我们似的。

杨家小孩跑到他面前,焦急地抓住他的左膀问道:"李老汉,你晓得我父亲到哪儿去了?"

"小少爷,我不晓得。"李老汉忧郁地摇着头答道。

"你一定晓得,他昨晚上跟你讲过好些话。你快告诉我,我要去找他。"小孩固执地恳求道。

"小少爷,我实在不晓得。"李老汉的声音颤抖得厉害。他埋下头,似乎不愿意让杨家小孩多看他一眼。

"那么我走过后,他还跟你讲些什么话?李老汉,他们都说你有良心,你不会骗我一个小娃儿。我要找到他,黎先生给我帮忙,我们先医好他的病。以后我会去求我母亲,求我哥哥,接他回家。这对他只有好处。你做什么不让我去找他?……"小孩声音不高,不过他很激动,只见他在眨眼睛。后来哭声把他的咽喉堵塞了,他说不出话来。他放开李老汉的膀子,伸手揩了揩眼睛。

我心里很难过,便走近一步,对李老汉低声说:"李老汉,你就对他说了吧。"

李老汉抬起头来,伸起右手在他的光秃的头顶上摩了几下。我听见他长叹一声,接着他痛苦地答道:"三老爷的确没有讲过他要到哪儿去。昨晚上他跟我讲了好些话。他说他要搬开大仙祠,搬到一个小少爷找不到的地方去。我劝他不要拼命苦他自己。他说他什么都看穿了,就只舍不得小少爷。不过为了小少爷好,他应当躲起来,不要再跟小少爷见面。他要叫小少爷慢慢忘记他,像太太跟大少爷那样,当做他已经死了。我说:'三老爷,你不能这样做,你会伤小少爷的心。'他说:'长痛不如短痛。不然以后叫他伤心的时候太长了。'我也不大懂三老爷这个道理,我还以为是他老人家病了随便讲话。后来我就回来了。这全是真话。我哪儿敢骗小少爷?"他的眼圈红了,眼泪不住地滚下脸颊来。

小孩跑进门内,坐在太师椅上蒙住脸低声哭起来。李老汉转过身子,睁大眼睛,惊愕、悲痛、怜惜地望着他,不知道应该怎样做才好。

我走到小孩面前,轻轻地拉他的手,说:"我们到里面去坐坐。不要哭了,哭是没有用的。"

他挣扎着,不肯把手拿下来。我又说了一遍。

"你把他给我找回来!你还我爹!"他赌气地哭着说,这次他拿下了手。我第一次听见这个早熟的孩子说出完全小孩气的话。

"好,我一定给你找回来,我一定把他还给你。"我也用哄小孩的话去安慰他。

他终于顺从地闭了嘴站起来。

二十四

在我的房间里,我让他坐在沙发上,我用了许多话安慰他。他不再哭了。他只是唯唯应着。有时他那对哭肿了的眼睛呆呆地望着我,有时他望着门。

"我到外头去走一会儿。"他忽然站起来说。

"好。"我只说了一个字,并没有跟着他出去。我觉得疲倦,坐在软软的沙发上,不想再动一下。

我还以为他会再进房来。可是过了半点多钟,却听不见他的声音。后来我走到门外去看,园子里也没有他的影子。他已经走了,应该走远了。

我没有从这个孩子的口中探听出他的父亲的故事,我感到寂寞,我觉得心里不痛快。可是我不想上街,我也不想睡觉。为了排遣寂寞,我把我的全副精神放在我的小说里面。

这一天我写得很多。我被自己编造的故事感动了。老车夫在茶馆门口挨了打,带着一身伤痕去找瞎眼女人。他跌倒在她的门前。

…………

"你怎么啦?"女人吃了一惊,她摸索着,关心地问道。她抓到他那只伸起来的手。

"我绊了跤。"车夫勉强笑着回答。

"啊哟,你绊倒哪儿?痛不痛?"她弯下身去。

"没有伤,我一点儿也不痛!"车夫一面揩脸上的血迹,一面发出笑声。可是泪水已经顺着脸颊流下来了。

…………

这两个人仿佛就在我的眼前讲话。他们在生活,在受苦。他们又拿他们的痛苦来煎熬我的心。正在我快受不了的时候,老文忽然气咻咻地跑进房来报告:"有预行了。"据他说这是本年里的第二次预行警报。我看表,知道已经是三点十分,我料想敌机不会飞到市空来,但是我也趁这个机会放下了笔。

我问老文,老爷、太太走了没有。他回答说,他们吃过午饭就陪姑太太出去买东西,现在大约在北门外"绳溪花园"吃茶,听竹琴。他又告诉我,虎少爷上午到学校去了还没有回来。我又问他公馆里的底下人是不是全要出城去躲警报。他说,放了"空袭"以后,公馆里上上下下的人都走,只有李老汉留下来看家。李老汉一定不肯跑警报,也没有人能够说服他。

我还同老文谈了一些闲话,别了许久的空袭警报声突然响起来了。

"黎先生,你快走吧。"老文慌张地说。

"你先走,我等一下就走。"我答道。我觉得累,不想在太阳下面跑许多路。

老文走了。园子渐渐地落入静寂里。这是一种使人瞌睡的静寂。我在沙发上迷迷糊糊地睡了一会儿。我睁开眼睛,还是听不见人声。

我站起来。我的疲倦消失了。我便走出下花厅,在门前站了一会儿,注意到园里的绿色更浓了。我又沿着石栏杆走出了园子。

我走到大门口。李老汉安静地坐在太师椅上。街上只有寥寥几个穿制服的人。

"黎先生,你不走吗?"李老汉恭敬地问道。

"我想等着放'紧急'再走。"我说着便在太师椅对面板凳上坐下来。

"放'紧急'再走,怕跑不到多远;还是早走的好。"他关心地劝我。

"走不远,也不要紧。到城墙边儿,总来得及。"我毫不在乎地说。

他不做声了。但是我继续往下说:"李老汉,请你对我讲真话。你们三老爷究竟为什么要走?为什么不肯让我们送他进医院?他为什么不肯回家去?"我这次采用了单刀直入的办法。

他怔了一下。我两眼望着他,恳切地说下去:"我愿意帮忙他,我也愿意帮忙你们小少爷。你为什么还不肯对我讲真话?"

"黎先生,我不是不讲真话。我今天上午讲的没有一句假话。"他的声音颤得厉害,他低下头,不看我。我知道他快要哭了。

"但是他为什么会弄到这样?为什么要苦苦地糟蹋他自己?"我逼着问道,我不给他一点思索的时间。

"唉,"他长长地叹了一口气,"黎先生,你不晓得,人走错了一步,一辈子就算完了。他要回头,真是不容易。我们三老爷就是这样。他的事情我一说你就明白。他花光了家产,自己觉得对不起一家人,后来失悔得不得了,又不好意思用儿子的钱,就藏起来,隐姓埋名,不肯让家里人晓得,却偏偏给小少爷找到了。小少爷常常送钱给他,送饮食给他,折花给他,小少爷在我们公馆里头折的花就是给三老爷送去的,三老爷顶喜欢公馆里头的茶花。"

我知道李老汉讲的不全是真话,他至少隐瞒了一些事情。但是我并不放松他,我接着又问一句:

"你们三太太跟大少爷怎么不管他呢?"

李老汉把头埋得更深一点。我以为他不会回答我了。我默默地坐在他的对面,我的眼光掉向着街心。几个提包袱、抱小孩的行人从门前走过。我听见一个男人的粗声说:"快走!敌机来啦!"其实这时候还没有发紧急警报。

李老汉抬起头来,泪水还顺着他的脸颊滚,白胡须上面粘着的口水在发亮。

"这件事我也不大明白。大少爷自来就跟三老爷不大对。卖公馆那一年,大少爷毕业回省来刚进银行做事。三老爷在外头讨姨太太租小公馆已经有好几年,三太太拿他也没有办法。大少爷回来常常帮三太太跟三老爷吵。不晓得怎样三老爷就搬出来了。大少爷也不去找他,只有小少爷还记得他父亲,到处去找他,后来才在街上碰到。三老爷住在大仙祠。小少爷就一直跟到大仙祠,三老爷没有办法,才跟小少爷讲了真话……"

我不敢看李老汉脸上的表情。我只是注意地听他讲话。忽然警报解除了。他也闭了嘴。他这段话给我引起了新的疑问。我还想追问他,可是他站起来,默默地走到大门外去了。

"那个做丈夫、做父亲的人一定是被他的妻子和儿子赶出家里来的。"——这一个思想忽然在我的脑子里亮了一下。

李老汉已经泄露了够多的秘密了,我也应该让他安静一会儿。

二十五

十二天慢慢地过去了。日子的确过得很慢,并且很单调。我上半天写小说,下半天逛街。小说写得不顺利,写得慢,有时我还得撕毁整页稿纸来重写。那两个不幸的人的遭遇抓紧了我的心。我失掉了冷静,我更难驾驭我的笔了。

朋友姚国栋至少隔一天要来看我一次,同我上天下地乱谈一阵。他还是那么高兴,对什么都有把握,对什么都不在乎,不管他整天不歇口地发牢骚。同时他夸他的太太,夸他的儿子,夸他的家庭幸福。

姚太太一个星期没有到下花厅来了。她在害病。不过听朋友的口气,她好像是在"害喜",所以朋友并不为太太的病发愁,他反而显得高兴似的。但是,没有她的面影,我的房间也失去了从前的亮光,有时我还感到更大的寂寞。

逛街的时候,我老是摆脱不掉这样一个思想:有一天我会碰到杨家小孩和他的父亲。我不单是希望知道那一家的秘密,我还想尽我的微力给他们帮一点忙。但是省城是这么大,街上行人是这么多,我到哪里去寻找那个父亲的影子?不说父亲,就是那个小孩,我这些日子里也没有见过一面。我知道从李老汉的口中我可以打听到小孩的地址。但是我每次经过大门,看见他那衰老、愁烦的面颜,我觉得我没有权利再拿杨家的事情去折磨他。

有一天我从外面回来,他用失神的眼光望我,我忽然觉得我了解他的意思,他好像在问:"你找到他吗?"我摇摇头用失望的眼光回答:"没有,连影子也没有。"第二天他又用同样的眼光询问,我也用同样的眼光回答。第三天又是一样的情形。这样继续了好些天。有一次我差一点生气了,我想对他说:你明明知道我不会找到他,为什么老是来问我？

但是星期六来了。离我看见小孩父亲挨打的日子刚好三个礼拜。

这天我起床后就觉得头昏，仿佛有一块重东西压在我的头上，我什么事都不能做，也不想做。一个人躺在床上，我又觉得寂寞。我只希望老姚来找我谈天，我可以安静地靠在沙发上听他吹牛。可是这一天我偏偏看不见老姚的影子。老文送午饭来的时候，他告诉我老爷出门赴什么人的宴会去了。我又问起太太的病，他说，太太的病好多了，听周大娘讲太太有了小宝宝。他又说，万家外老太太同舅太太一早就来了。我没有问到虎少爷，可是老文也告诉我：虎少爷昨天去赵家玩，晚上没有回来，太太叫老李拉车去接，赵家外老太太却把老李骂了一顿，说是她要留虎少爷住半个月，省得在家里受后娘的气。老李回来，没有敢把这些话报告太太，怕惹太太怄气。不用说，老文接着又发了一顿牢骚。关于赵家同虎少爷的事，他的见解跟我的相差不远。我也说了几句责备赵家的话，后来他收了碗碟走了。

我坐在沙发上迷迷糊糊地睡了一觉。我醒来的时候，我仿佛听见有人在园子里轻声咳嗽。我站起来，走到门前。

我疑心我的眼睛花了。怎么，杨家小孩会站在山茶树下！我揉了一下眼睛。他明明站在那里，穿一身灰色学生服，光着头，在看树身上的什么东西。

我走下石阶。小孩似乎没有看见我。我一直走到他的背后。他连动也不动一下。

"你在看什么？"我温和地问道。

他吃了一惊，连忙回过头来。他的脸瘦多了，也显得更长，鼻子更向左偏，牙齿更露。

"我看爹的字。"他轻轻答道。他又把眼光移到树身上去。在那里我看见三个拇指大的字：杨梦痴。刻痕很深，笔画却已歪斜了。我再细看，下面还有六个刻痕较浅的小字——庚戌四月初七。那一定是刻树的日期。离现在也有三十二年了。那时他父亲不过是一个十几岁的少年。

"你得到他的消息吗?"我低声问他。

"没有。"他摇摇头答道,"我到处找,都找不到他。"

"我也没有。"我又说。我的眼光停留在刻字上。我心里想着:这是一条长远的路啊。我觉得难过起来了。

停了片刻,他忽然转过脸来,哀求地对我说:"黎先生,我们还有什么办法找到他吗? 他究竟躲在哪儿?"

我默默地摇摇头。

"黎先生,他是不是还活着? 我是不是还可以再看见他?"他又问道。他拼命眨他的眼睛,眼圈已经变红了。

我望着他那张没有血色的瘦脸,同情使我的心发痛,我痛苦地劝他:

"你就忘了他吧。你还老是记住他有什么用? 你看你自己现在瘦得多了。你不会找到他的。"

"我不能,我不能! 我忘不了他。我一定要找到他。"他带着哭声说。

"你在哪儿去找他呢? 地方这么大,人这么多,你又是个小孩子。"

"那么你给我帮忙,我们两个人一定找得到他。"

我怜悯地摇摇头:"不说两个人,就是二十个人也找不到他。你还是听他的话,好好地读书吧。"

"黎先生,我想到他一个人在受罪,我哪儿还有心肠读书? 我找不到他,不能够救他,就是读好书又有什么用? 活下去又有什么意思?"

我抓住他一只膀子,带点责备的口气说:"你不能说这种话。你年纪小,家里有母亲。况且人活着,并不是——"

"妈有哥哥孝顺她,爹只有一个人,他们都不管他在外头死活……"他撅着嘴打断了我的话,眼泪流到嘴边了,他也不揩一下。

"你们都是一家人,为什么你妈跟你哥哥对你爹不好呢? 你应该好好劝他们,他们一定会听你的话。"

他摇摇头:"我讲话也没有用。哥哥恨死了爹,妈也不喜欢爹。哥哥把爹赶出来了,就不准人再提起爹……"

我终于知道那个秘密了。这真相也是我早已料到的。可是现在从儿子的口中,听到那个父亲的不幸的遭遇,我仿佛受到一个意外的打击。我无法说明我这时的心情。我忽然想躲开他,不再看他那憔悴的面容;我忽然想拉着他的手疯狂地跑出去,到处寻找他的父亲;我忽然又想让他坐在我的房里,详细地叙说他的家庭的故事。

我自己不能够决定我应该怎么做。我同那个小孩在山茶树下站了这许久,我不觉得疲倦,也忘记了头昏。我似乎在等待什么。

果然一个声音,一个甜甜的女音在后面响起来了。它不让我有犹豫的时间。

"小弟弟,你不要难过,你把你爹的事情跟我们说了吧。黎先生同我都愿意给你帮忙。"

我们一齐回过头去。姚太太站在假山前面,病后的面颜显得憔悴,她正用柔和的眼光看小孩。

"你们的话我也听见几句,我不是故意来偷听的。"她凄凉地一笑,"我不晓得小弟弟会有这样的痛苦。"她走过去,拿起小孩的一只手,母亲似的用爱怜的声音说:"我们到黎先生房里去坐坐。"

小孩含糊地答应一声,就顺从地跟着姚太太走了。他们两个走在前头,像姐弟似的。我跟在后面,一面走,一面望着她那穿浅蓝洋布旗袍的苗条的背影。

二十六

"小时候爹顶爱我。我记得从我三岁起,就是爹带我睡觉。妈喜欢哥哥。哥哥自小就不听爹的话。爹一天不在家,到晚上才回来,回来就要跟妈吵嘴,有时候吵得很凶,妈哭了,第二天早晨爹跟妈讲几句好话,妈又高兴了。过两天他们又吵起嘴来。我顶怕听他们吵嘴,哥哥有时还帮妈讲几句话。我躲在床上,就是在大热天,也用铺盖蒙着头,不敢做声,也睡不着觉。后来爹上床来,拉开我的铺盖,看见我还睁开眼睛,他问我是不是他们吵嘴吵得我不能睡觉,我说不出话,我只点点头。他望着我,他说他以后不再跟妈吵嘴了,我看见他流眼泪水,我也哭了,我不敢大声哭,只是轻轻地哭。他拿好多话劝我,我后来就睡着了。"

小孩这样地开始讲他的故事。他坐在靠床那张沙发上。姚太太坐了另一张沙发,我坐在床沿上。我们的眼睛都望着他,他的眼睛却望着玻璃窗。他自然不是在看窗外的景物,他的视线给淡青色窗帷遮住了。他一双红红的眼睛好像罩上了一层薄雾,泪水满了,却没有滴下来。我想,那么他是在回顾他的童年吧。

"他们以后还是常常吵嘴,爹还是整天不在家,妈有时候也打打麻将。输了钱更容易跟爹吵嘴。有一回我已经睡了,妈拉我起来,要我同哥哥两个给爹磕头。妈说:'你们两个还不快给你们爹磕头,求他给你们留下几个钱活命,免得将来做叫化子丢他的脸!快跪呀,快跪呀!'哥哥先跪下去,我也只得跟着他跪下。我看见爹红着脸,拼命抓头发,结结巴巴地跟妈说:'你这何必呢,你这何必呢!'这一天爹没有办法了,他急得满屋子打转。妈只是催我们:'快磕头呀,快磕头呀!'哥哥真的磕头,我吓得哭起来。爹接连顿脚抓头发,结结巴巴,说了好几个'你'字。妈指着他说:'你今天怎么不讲话了!你也会不好意思吗?他们都是你的儿子,你拿出你做父亲的架子,教训他们呀!你跟他们说,你花的是你自己挣的钱,不是他们爷爷留给他们的钱!'爹说:'你看寒儿都给你吓哭了。你还紧吵什么!给别人听见大家都丢脸!'妈更生气了。她说话声音更大,她说:'往天你吵得,怎么今天也害怕吵了!你做得,我就说不得!你怕哪个不晓得你在外头嫖啊,赌啊!哪个不笑我在家里守活寡……'爹连忙蒙住耳朵说:'你不要再说了,我给你下跪好不好?'妈抢着说:'我给你跪,我给你跪!'就扑通一声跪下来。爹站住没有动。妈哭起来,拉着爹的衣服哭哭啼啼地说:'你可怜我们母子三个吧。你这样还不如爽爽快快杀死我们好,免得我们受活罪。'爹一句话也不说,就甩开妈的手转身跑出去了。妈在后面喊他,他也不回转来。妈哭,哥哥哭,我也哭。妈望着我们说:'你们要好好读书,不然我们大家都要饿死了。'我讲不出一句话。我听见哥哥说:'妈,你放心,我长大了,一定要给你报仇!'这天晚上妈就让我一个人睡,妈还以为爹会回来,妈没有睡好,我也没有睡好。我睁起眼睛紧望清油灯,等着爹回来。鸡叫了好几回,我还看不见爹的影子。

"爹一连两晚上都没有回来,妈着急了,打发人出去找爹,又叫哥哥去找,到处都找不到。妈牌也不打了,整天坐在家里哭,埋怨她自己不该跟爹吵嘴。第三天早晨爹回来了,妈又有说有笑的,跟爹倒茶弄点心。爹也是有说有笑的。后来我看见妈交了一对金圈子给爹,爹很高兴。下午爹陪着妈,带着我跟哥哥出去看戏。

"这件事我记得清清楚楚。我做梦也做过几回。爹跟妈有二三十天没有吵嘴。我们也过得很高兴。爹每晚上回来得很早,并且天天给我带点心回来。有一晚上我在床上偷跟爹说:'爹,你以后不要再跟妈吵嘴吧,你看你们不吵嘴,大家都过好日子。'他对我赌咒说,他以后决不再吵嘴了。

"可是过了不多久,他又跟妈大吵一回,就像是为着金圈子的事情。吵的时候,妈总要哭一场,可是过两天妈跟爹又好起来了。差不多每过一两个月妈就要交给爹一样值钱的东西。爹拿到东西就要带着妈跟我们出去看戏上馆子。再过一两个月他们又为着那样东西吵起嘴来。年年都是这样。

"他们都说我懂事早。的确我那个时候什么都明白。我晓得钱比什么都有用,我晓得人跟人不能够讲真话,我晓得各人都只顾自己。有时候他们吵得凶了,惊动了旁人,大家来看笑话,却没有人同情我们。

"后来他们吵得更凶了。一回比一回凶。吵过后妈总是哭,爹总是在外头睡觉。连我跟哥哥都看得出来他们越吵感情越坏。我们始终不明白,妈为什么吵过哭过以后,又高兴把东西拿给爹,让他带出去。不但东西,还有钱。妈常常对我们说,钱快给爹花光了。可是妈还是拿钱给爹用。妈还跟我们讲过,她拿给爹的是外婆留给她的钱,爹现在拿去做生意。爷爷留下的钱早就给爹花光了。

"爹拿到东西,拿到钱,在家里才有说有笑,也多跟妈讲几句话。拿不到钱他一天板起脸,什么话也不说。其实他白天就从来不在家,十天里头大约只有一两天看得见他的影子。

"有一天爹带我出去买东西,买好东西,他不送我回家,却把我带到一个独院儿里头去。那儿有个很漂亮的女人,我记得她有张瓜子脸,红粉擦得很多。她喊爹做'三老爷',喊我做'小少爷';爹喊她做'老五',爹叫我喊她'阿姨'。我们在那儿坐了好久。她跟爹很亲热,他们谈了好多话,他们声音不大,我没有留心去听,并且我不大懂阿姨的话。她给我几本图画书看,又拿了好些糖、好些点心给我。我一个人坐在矮凳子上看书。我们吃过晚饭才回家。一路上爹还嘱咐我回家不要在妈面前讲'阿姨'的事。爹又问我,觉得'阿姨'怎样。我说'阿姨'好看。爹很高兴。我们回到家里,妈看见爹高兴,随便问了两三句话,就不管我了。倒是哥哥不相信我的话,他把我拉到花园里头逼着问我,究竟爹带我到过什么地方。我不肯说真话。他气起来骂了我几句也就算了。这天爹对我特别好,上了床,他还给我讲故事。他夸我是个好孩子,还说要好好教我读书。这时候我已经进小学了。

"第二年妈就晓得了'阿姨'的事情。妈有天早晨收拾爹的衣服,在口袋里头找到一张'阿姨'的照相同一封旁人写给爹的信。爹刚刚起来,妈就问爹,爹答得不对,妈才晓得从前交给爹的东西,并不是拿去押款做生意,全是给'阿姨'用了。两个人大吵起来。这一回吵得真凶,爹把方桌上摆好的点心跟碗筷全丢在地下。妈披头散发大哭大闹。我从来没有见过他们这种凶相。后来妈闹着要寻死,哥哥才去请了大伯伯、二伯伯来;大伯娘、二伯娘也来了。大伯娘、二伯娘劝住妈;大伯伯、二伯伯把爹骂了一顿,事情才没有闹大。爹还向妈赔过礼,答应以后取消小公馆。他这一天没有出门,到晚上妈的气才消了。

"这天晚上还是我跟爹一起睡。外面在下大雨。我睡不着,爹也睡不着。屋里电灯很亮,我们家已经装了电灯了,我看见爹眼里有眼泪水,我对他说:'爹,你不要再跟妈吵嘴吧。我害怕。你们总是吵来吵去,叫我跟哥哥怎么办?'我说着说着就哭了。我又说:'你从前赌过咒不再跟妈吵嘴。你是大人,你不应该骗我。'他拉住我的手,轻轻地说:'我对不起你,我不配做你父亲。我以后不再跟你妈吵嘴了。'我说:'我不信你的话!过两天你又会吵的,会吵得连我们都没有脸见人。'爹只是叹了一口气。

"我还以为他们以后再也不吵嘴了。可是过不到一个月,我又看见爹跟妈的脸色不对了。不过以后他们也就没有大吵过。碰到妈一开口,爹就跑出去了,有时几天不回来。他一回家,妈逼着问他,他随便说两三句话就走进书房去了。妈拿他也没有办法。

"大伯伯一死,公馆里头人人吵着要彻底分家,要卖公馆。妈也赞成。就是爹一个人反对,他说这是照爷爷亲笔画的图样修成的,并且爷爷在遗嘱上也说过不准卖公馆,要拿它来做祠堂。旁人都笑爹。他的话没有人肯听。二伯伯同四爸都说,爹不配说这种话。

"他们那天开会商量的情形,我还记得很清楚。那个时候日本人已经在上海打仗了。在堂屋里头,二伯伯同四爸跟爹大吵。二伯伯拍桌子大骂,四爸也指着爹大骂。爹红着脸结结巴巴地说话。我躲在门外看他们。爹说:'你们要卖就卖吧。我绝不签字。我对不起爹的事情做得太多了。我是个不肖子弟。我丢过爹的脸。我卖光了爹留给我的田。可是我不愿意卖这个公馆。'爹一定不肯签字。二伯伯同四爸两个也没有办法。可是我们这一房没有人签字,公馆就卖不成。妈出来劝爹,爹还是不肯答应。我看见四爸在妈耳朵边讲了几句话,妈出去把哥哥找来了。哥哥毕业回省来不到两个月,还没有考进邮政局做事。他走进来也不跟爹讲话,就走到桌子跟前,拿起笔把字签了。爹瞪了他一眼。他就大声说:'字是我签的,房子是我赞成卖的。三房的事情我可以做主。我不怕哪个反对!'二伯伯连忙把纸收起来。他高兴得不得了。还有四爸，还有大伯伯的大哥，他们都很高兴，一个一个走开了。爹气得只是翻白眼，过了好一会儿，他才自言自语说了一句：'他不是我的儿子。'堂屋里头只剩下他一个人，我走到他面前，拉住他一只手。我说：'爹，我是你的儿子。'他埋下头看了我好一阵。他说：'我晓得。唉，这是我自作自受……我们到花园里头去看看，他们就要卖掉公馆了。'

"爹牵着我的手走进花园，那个时候花园的样子跟现在完全一样。我还记得快到八月节了，桂花开得很好，一进门就闻到桂花香。我跟着爹在坝子里走了一阵。爹忽然对我说：'寒儿，你多看两眼，再过些日子，花园就不是我们的了。'我听见他这样说，我心里也很难过。我问过他：'爹，我们住得好好的，为什么二伯伯他们一定要卖掉公馆？为什么他们大家都反对你，不听你的话？'爹埋下头，看了我一阵，才说：'都是为钱啊，都是为钱啊！'我又问爹：'那么我们以后就不能够再进来了？'爹回答说：'自然。所以我叫你多看两眼。'我又问他：'公馆卖不掉，我们就可以不搬家吗？'爹说：'你真是小孩子，哪儿有卖不掉的公馆？'他拉我到茶花那儿去。这一阵不是开花的时候，爹要我去看他刻在树上的字。就是我刚才看的那几个字。我们从前有两棵茶花，后来公馆卖给你们姚家，（他的眼光已经掉回来停留在姚太太的脸上了）一棵白的死了。现在只有一棵红茶花了。爹指着那几个字对我说：'它的年纪比你还大。'我问他：'比哥哥呢？'他说：'比你哥哥还大。'他叹了一口气，又说：'看今天那种神气，你哥哥比我派头还大。现在我管不住他，他倒要来管我了。'我也说：'哥哥今天对你不好，连我也气他。'他转过身拍拍我的头，看了我一阵，过后他摇摇头说：'我倒不气他。他有理，我实在不配做他父亲。'我大声说：'爹，他是你的儿子。他不该跟旁人一起欺负你！'爹说：'这是我的报应。我对不起你妈，对不起你们。'我连忙说：'那么你不要再到"阿姨"那儿去。你天天在家陪着妈，妈就会高兴的。我就去跟妈说！'他连忙蒙住我的嘴，说：'你不要去跟妈讲阿姨的事。现在已经来不及了。你看这几个字，我当初刻的时候，我比你现在大不了多少。我想不到今天我们两个会站在这儿看它。过两天这个公馆、这个花园就要换主人,连我刻的几个字也保不住。寒儿,记住爹的话,你不要学我,你不要学你这个不争气的父亲。'我说:'爹,我不恨你。'他不讲话,只是望着我。他流下眼泪水来。他叹一口气,把一只手按着我的肩头,他说:'只要你将来长大了不恨我不骂我,我死了也高兴。'他说得他哭起来。他等我哭够了,便拿他的手帕给我揩干眼睛。他说:'不要哭了。你闻闻看,桂花多香,就要过中秋了。我刚接亲的时候,跟你妈常常在花园里头看月亮。那个时候还没有花台,只有一个池塘,后来你哥哥出世的时候,你爷爷说家里小孩多了,怕跌到池塘里去,才把池塘填了。那个时候我跟你妈感情很好,哪晓得会有今天这个结果?'他又把我引到金鱼缸那儿去。缸子里水很脏,有浮萍,有虾子,有虫。爹拿手按住缸子,我也扶着缸子。爹说:'我小时候爱在这个缸子里喂金鱼,每天放了学,就跑到这儿来,不到他们来喊我吃饭,我就不肯走。那个时候缸里水真干净,连缸底的泥沙也看得清清楚楚。我弄到了两尾"朝天眼",你爷爷也喜欢它们。他常常到这儿来。有好几回他跟我一起站在缸子前头,就跟我们今天一样。那几回是我跟我父亲,今天是我跟我儿子。现在想起来我仿佛做了一场大梦。'我们又走回到桂花树底下。爹仰起头看桂花。雀子在树上打架,掉了好些花下来。爹躬着腰捡花。我也蹲下去捡,爹捡了一手心的花。过后爹去打开上花厅的门,我们在里头坐了一阵,又在下花厅坐了一阵。爹说:'过几天这都是别人的了。'我问爹,这个花园是不是爷爷修的。爹说是。他又说:'我想起来,你爷爷临死前不多久,有一天我在花园里头碰到他,他跟我讲了好些话,他忽然说:"我看我也活不到好久了。我死了,不晓得这个花园、这些东西,还保得住多久?我就不放心你们。我到现在才明白,不留德行,留财产给子孙,是靠不住的。这许多年我真糊涂!"你爷爷的确说过这样的话。我今天才懂得他的意思。可是已经迟了。'……"

姚太太用手帕蒙住眼睛轻轻地哭起来。我在这个小孩叙述的时候常常掉过眼光去看她,好久我就注意到她的眼里泛起了晶莹的泪光。等到她哭出声来,小孩便住了嘴,惊惶地看她,亲切地唤了一声:"姚太太。"我同情地望着她,心里很激动,却讲不出一句话来。下花厅里静了几分钟。小孩的眼泪一滴一滴地在脸上滚着。姚太太的哭声已经停止了。这两个人的遭遇混在一块儿来打击我的心。人间会有这么多的苦恼!超过我的笔下所能写出来的千百倍!我能够做些什么?我不甘心就这样静静地望着他们。我恨起自己来。这沉默使我痛苦。我要大声讲话。

小孩忽然站起来。他用手擦去脸上的泪痕。难道他要走开吗?难道他不肯吐露他的故事的最重要的部分吗?他刚刚走动一步,姚太太抬起脸说话了:"小弟弟,你不要走,请你讲下去。"

"我讲,我讲!"小孩踌躇一下,突然爆发似的说,他又在沙发上坐下了。

"刚才我心头真有点难过,"她不好意思地说,一面用手帕轻轻地揩她的眼睛,"你爷爷那两句话真有意思。可是我奇怪你这小小年纪,怎么会记得清楚那许多事情?过了好些年你也应该忘记了。"

"爹的事情只要我晓得,我就不会忘记。我夜晚睡不着觉,就会想起那些事,我还会背熟那些话。"

"你晚上常常睡不着吗?"我问他。

"我想起爹的事就会睡不着。越睡不着就越想。越想我越觉得我们对不住爹……"

"你怎么说你对不住你父亲?明明是他不对。谁也看得出来是他毁了你们一家人的幸福。"我忍不住插嘴说。

"不过我们后来对他也太凶了,"小孩答道,"他已经后悔了,我们也应该宽待他。"

"是,小弟弟说得对。宽恕第一。何况是对待自家人。"姚太太感动地附和道。

"不过宽恕也应当有限度,而且对待某一些顽固的人,宽恕就等于纵容了。"我接口说,我暗指着赵家的事情。

她看了我一眼,也不说什么,却掉转头对小孩说:"小弟弟,你往下讲吧。"她又加上一句:"你讲下去心头不太难过吧,你不要勉强啊。"

"不,不,"小孩用力摇着头说,"我说完了,心头倒痛快些。爹的事我从没有对旁人讲过。家里头人总当我是个小孩子。他们难得跟我讲句正经话。其实论年纪我也不小了。我不再是光吃饭不懂事的小孩子了。"

"那么请你讲下去,让我们多知道一点你爹的事情。等我先给你倒杯茶来。"她说着就站起来。

"我自己来倒。"小孩连忙说,他也站起来。可是姚太太已经把茶倒好了。小孩感激地接过茶杯,捧着喝了几大口。

我默默地站起来,走到门口,又走到写字台前。我把藤椅挪到离小孩四五步远的光景,我就坐在他的对面。我用同情的眼光看这个早熟的孩子。在他这个年纪,对痛苦和不幸不应该有这样好的记性,也不该有这样好的悟性。就是叫我来讲,我也不能把他的父亲半生的故事说得更清楚。不幸的遭遇已经在这个孩子的精神上留下那么大的影响了。

二十七

小孩继续讲他的父亲的故事:

"公馆一个多月还没有卖掉。'下面'仗打得厉害,日本飞机到处轰炸,我们这里虽然安全,但是谣言很多。二伯伯他们着急起来,怕卖不掉房子。二伯伯第一个搬出去,表示决心要卖掉公馆。接着四爸也搬走了,大哥也搬走了。妈跟哥哥也另外租了房子要搬出去,爹不答应。爹跟他们吵了一回嘴。后来我们还是搬走了。爹说要留下来守公馆,他一个人没有搬。

"搬出来以后,我每天下了课,就到老公馆去看爹。我去过十多回,只看见爹一面。我想爹一定常常到'阿姨'那儿去。妈问起来,我总说我每回都碰到爹,妈也不起疑心。

"后来公馆卖给你们姚家,各房都分到钱,大家高高兴兴。我们这一房分到的钱,哥哥收起来了。爹气得不得了。他不肯搬回家,他说要搬到东门外庙里去住个把月。妈劝他回家住,他也不肯答应,后来哥哥跟他吵起来,他更不肯回家。其实我们新搬的家里头一直给他留的有一间书房。我们新家是一个独院儿,房子干干净净,跟老公馆一样整齐、舒服。我也劝过爹回家来住,说是家里总比外头好。可是爹一定不肯回家。哥哥说他并不是住在庙里头养身体,他一定是跟姨太太一起住在小公馆里头享福。哥哥还说那个姨太太原来是一个下江妓女。

"过了两个月,爹还没有搬回来。他到家里来过四五回,都是坐了半点多钟就走了。最后一回,碰到哥哥,哥哥跟他吵起来。哥哥问他究竟什么时候搬回家,他说不出。哥哥骂了他一顿,他也不多讲话,就溜走了。等我跑出去追他,已经追不到了。以后他就不回来了。过了一个多月,元宵节那天,我听见哥哥说,爹就要搬回来了。妈问他怎么晓得。他才对我们说,爹那个妓女逃走了,爹的值钱东西给她偷得干干净净,爹在外头没有钱,一定会回家来。我听见哥哥这样讲,心里不高兴。我觉得哥哥不应该对爹不尊敬。他究竟是我们的爹,他也没有亏待我们。

"我不相信哥哥的话。可是听他说起来,他明明知道爹住在哪儿,并且他也在街上见过那个下江'阿姨'。我在别处打听不到爹的消息,我只好拉着哥哥问,哥哥不肯说。我问多了,他就发脾气。不过我们吃晚饭的时候,哥哥时常讲起爹,我也听到一点儿。我晓得爹在到处找'阿姨',都没有结果。可是我不晓得爹住的地方,我没有法子去找他。

"后来有一天爹回来了。我记得那天是阴历二月底。他就像害过一场大病一样,背驼得多,脸黄得多,眼睛落进去,一嘴短胡子,走路没有气力,说话唉声叹气。他回家的时候,我刚刚从学堂里回来,哥哥还没有回家。他站在堂屋里头,不敢进妈的房间。我去喊妈,妈走到房门口,就站在那儿,说了一句:'我晓得你要回来的。'爹埋着头,身子一摇一摆,就像要跌下去一样。妈动也不动一下。我跑过去,拉住爹的手,把他拖到椅子上坐下。我问他:'爹,你饿不饿?'他摇头说:'不饿。'我看见妈转身走了。等一下罗嫂就端了脸水来,后来又倒茶拿点心。爹不讲话,埋着头把茶跟点心都吃光了。我才看见他脸上有了一点血色。我心里很难过,我刚喊一声'爹',眼泪水就出来了。我说:'爹,你就在家里住下吧,你不要再出去找"阿姨"了。你看,你瘦成了这样!'他拉住我的手,说不出一句话,只顾流眼泪水。

"后来妈出来了。她喊我问爹累不累,要不要到屋里去躺一会儿。爹起初不肯,后来我看见爹实在很累,就把他拉进屋去了。过一会儿我再到妈屋里去,我看见爹睡在床上,妈坐在床面前藤椅上。他们好像讲过话了,妈垂着头在流眼泪水。我连忙溜出去。我想这一回他们大概和好了。

"我们等着哥哥回来吃饭。这天他回来晏一点。我高高兴兴把爹回家的消息告诉他。哪晓得他听了就板起脸说:'我早就说他会回来的。他不回来在哪儿吃饭?'我有点生气,就回答一句:'这是他的家,他为什么不回来?'哥哥也不再讲话了。吃饭的时候,哥哥看见爹,做出要理不理的样子。爹想跟哥哥讲话,哥哥总是板起脸不做声。妈倒还跟爹讲过几句话。哥哥吃完一碗饭,喊罗嫂添饭,刚巧罗嫂不在,他忽然发起脾气来,拍着桌子骂了两句,就黑起一张脸走开了。

"我们都给他吓了一跳。妈说:'不晓得他今天碰到什么事情,怎么无缘无故地大发脾气。'爹埋着头在吃饭,听见妈的话,抬起头来说:'恐怕是因为我回来的缘故吧。'妈就埋下头不再讲话了。爹吃了一碗饭,放下碗。妈问他:'你怎么只吃一碗饭?不再添一点儿?'爹小声说:'我饱了。'他站起来。妈也不吃了,我也不吃了。这天晚上爹很少讲话。他睡得早。他还是跟我睡在那张大床上。我睡得不好,做怪梦,半夜醒转来,听见爹在哭。我轻轻喊他,才晓得他是在梦里哭醒的。我问他做了什么梦,他不肯说。

"爹就在我们新家住下来。头四天他整天不出街,也不多说话,看见哥哥他总是埋着头不做声。哥哥也不跟他讲话。到第五天他吃过早饭就出去了，到吃晚饭时候才回来。妈问他整天到哪儿去了。他只说是去看朋友。第六天又是这样。第七天他回来，我们正在吃晚饭，妈问他在外头有什么事情，为什么这样晏才回家来。他还是简简单单说在外头看朋友。哥哥这天又发脾气，骂起来：'总是扯谎！什么看朋友！哪个不晓得你是去找你那个老五！从前请你回家，你总是推三推四，又说是到城外庙里头养病！你全是扯谎！全是为了你那个老五！我以为你真的不要家了，你真的不要看见我们了。哪晓得天有眼睛，你那个宝贝丢了你跟人家跑了。你的东西都给她偷光了。现在剩下你一个光人跑回家来。这是你不要的家！这是几个你素来讨厌的人！可是人家丢了你，现在还是我们来收留你，让你舒舒服服住在家里。你还不肯安分，还要到外头去跑。我问你，你存的什么心！是不是还想在妈这儿骗点儿钱，另外去讨个小老婆，租个小公馆？我劝你不要胡思乱想。我决不容你再欺负妈！……'

"爹坐在墙边一把椅子上，双手蒙住脸。妈忍不住了，一边流眼泪水，一边插嘴说：'和，（我哥哥小名叫和）你不要再说了。让爹先吃点饭吧。'哥哥却回答说：'妈，你让我说完。这些年来我有好多话闷在心头，不说完就不痛快。你也太老实了。你就不怕他再像从前那样欺负你！'妈哭着说：'和，他是你的爹啊！'我忍不住跑到爹面前拉他的手，接连喊了几声'爹'。他把手放下来。脸色很难看。

"我听见哥哥说：'爹？做爹的应该有爹的样子。他什么时候把我当成他儿子看待过？'爹站起来，摔开我的手，慢慢儿走到门口去。妈大声在后面喊：'梦痴，你到哪儿去？你不吃饭？'爹回过头来说：'我觉得我还是走开好，我住在这儿对你们并没有一点儿好处。'妈又问：'那么你到哪儿去？'爹说：'我也不晓得。不过省城宽得很，我总可以找个地方住。'妈哭着跑到他身边去，求他：'你就不要走吧。从前的事都不提了。'哥哥仍旧坐在饭桌上，他打岔说：'妈，你不要多说话。难道你还不晓得他的脾气！他要走，就让他走吧！'妈哭着说：'不能，他光身一个人，你喊他走到哪儿去？'妈又转过来对爹说：'梦痴,这个家也是你的家,你好好地来支持它吧。在外头哪儿有在家里好!'哥哥气冲冲地回到他屋里去了。我实在忍不住,我跑过去拉住爹的手,我一边哭,一边说:'爹,你要走,你带我走吧。'

"爹就这样住下来。他每天总要出一趟街。不过总是在哥哥不在家的时候。有时也向妈、向我要一点儿零用钱。我的钱还是向哥哥要的。他叫我不要跟哥哥讲。哥哥以为爹每天在家看书,对他也客气一点,不再跟他吵嘴了。他跟我住一间屋。他常常关在屋里不是看书就是睡觉。等我放学回来,他也陪我温习功课。妈对他也还好。这一个月爹脸色稍微好看一点,精神也好了些。有一天妈对我们说,爹大概会从此改好了。

"有个星期天,我跟哥哥都在家,吃过午饭,妈要我们陪爹去看影戏,哥哥答应了。我们刚走出门,就看见有人拿封信来问杨三老爷是不是住在这儿。爹接过信来看。我听见他跟送信人说:'晓得了。'他就把信揣起来。我们进了影戏院,我专心看影戏,影戏快完的时候,我发觉爹不在了,我还以为他去小便,也不注意。等到影戏完了,他还没有回来。我们到处找他,都找不到。我说:'爹说不定先回家去了。'哥哥冷笑一声,说:'你这个傻子!他把我们家就当成监牢,出来了,哪儿会这么着急跑回去!'果然我们到了家,家里并没有爹的影子。妈问起爹到哪儿去了。哥哥就把爹收信的事说了。吃晚饭的时候,妈还给爹留了菜。爹这天晚上就没有回来。妈跟哥哥都不高兴。第二天上午他回来了。就只有妈一个人在家。他不等我放学回来,又走了。妈也没有告诉我他跟妈讲了些什么话。我后来才晓得他向妈要了一点钱。这天晚上他又没有回家。第二天他也没有回来。第三天他也没有回来。妈很着急,要哥哥去打听,哥哥不高兴,总说不要紧。到第五天爹来了一封信,说是有事情到了嘉定,就生起病来,想回家身上又没有钱,要妈给他汇路费去。妈得到信,马上就汇了一百块钱去。那天刚巧先生请假,我下午在家,妈喊我到邮政局去汇钱,我还在妈信上给爹写了几个字,要爹早些回来。晚上哥哥回家听说妈给爹汇了钱去,他不高兴,把妈抱怨了一顿,说了爹许多坏话,后来妈也跟着哥哥讲爹不对。

"钱汇去了,爹一直没有回信。他不回来。我们也没有得到他一点消息。妈跟哥哥提起他就生气。哥哥的气更大。妈有时还担心爹的病没有好,还说要写信给他。有一天妈要哥哥写信。哥哥不肯写,反而把妈抱怨一顿。妈以后也就不再提写信的话。我们一连三个多月没有得到爹的消息,后来我们都不讲他了。有一天正下大雨,我放暑假在家温习功课,爹忽然回来了。他一身都泡涨了,还是坐车子回来的,他连车钱也开不出来。人比从前更瘦,一件绸衫又脏又烂,身上有一股怪气味。他站在阶沿上,靠着柱头,不敢进堂屋来。

"妈喊人给了车钱,站在堂屋门口,板起脸对爹说:'你居然也肯回家来!我还以为你就死在外州县了。'爹埋着头,不敢看妈。妈又说:'也好,让你回来看看,我们没有你,也过得很好,也没有给你们杨家祖先丢过脸。'

"爹把头埋得更低,他头发上的水只是往下滴,雨也飘到脸上来,他都不管。我看不过才去跟妈说,爹一身都是水,是不是让他进屋来洗个脸换一件衣服。妈听见我这样说,她脸色才变过来。她连忙喊人给爹打水洗澡,又找出衣服给爹换,又招呼爹进堂屋去。爹什么都不说,就跟哑巴一样。他洗了澡。换过衣服,又吃过点心。他听妈的话在我床上睡了半天。

"哥哥回来,听说爹回家,马上摆出不高兴的样子。我听见妈在嘱咐他,要他看见爹的时候,对爹客气点。哥哥含含糊糊地答应着。吃晚饭时候,他看见爹,皱起眉头喊了一声,马上就把脸掉开了。爹好像有话要跟他讲,也没有办法讲出来。爹吃了一碗饭,罗嫂又给爹添了半碗来,爹伸手去接碗,他的手抖得很厉害,没有接好碗,连碗连饭一起掉在地上,打烂了。爹怕得很,连忙弯起腰去捡。妈在旁边说:'不要捡它了。让罗嫂再给你添碗饭吧。'爹战战兢兢地说:'不必,不必,这也是一样。'不晓得究竟为了什么缘故,哥哥忽然拍桌子在一边大骂起来。他骂到'你不想吃就给我走开,我没有多少东西给你糟蹋',爹就不声不响地走了。哥哥指着妈说:'妈,这都是你姑息的结果。我们家又不是旅馆,哪儿能由他高兴来就来,高兴去就去!'妈说:'横竖他已经回来了,让他养息几天吧!'哥哥气得更厉害,只是摇着头说:'不行,不行,他把我们害到这样,我不能让他过一天舒服日子!我一定要找个事情给他做。'第三天早晨他就喊爹跟他一起出去,爹一句话也不讲,就埋着头跟他走了。妈还在后面说,爹跟哥哥一路走,看起来,爹就像是哥哥的底下人。我听到这句话,真想哭一场。

"下午哥哥先回来,后来爹也回来了。爹看见哥哥就埋下头。吃饭的时候哥哥问他话,他只是回答:'嗯,嗯。'他放下碗就躲到屋里去了。妈问哥哥爹做的什么事。哥哥总说是办事员。我回屋去问爹,爹不肯说。

"过了四五天,下午四点钟光景,爹忽然气咻咻地跑回家来。只有我一个人在家,妈出去买东西去了。我问爹怎么今天回来得这样早。爹一边喘气,一边说:'我不干了!这种气我实在受不了。明说是办事员,其实不过是个听差。吃苦我并不怕。我就丢不下这个脸。'他满头是汗,只见汗珠往下滴,衣服也打湿了。我喊罗嫂给他打水洗脸。他刚刚洗好脸,坐在堂屋里吃茶。哥哥就回来了。我看见哥哥脸色不好看,晓得他要发脾气,我便拿别的话打岔他。他不理我,却跑到爹面前去。爹看见他就站起来,好像想躲开他的样子。他却拦住爹,板起脸问:'我给你介绍的事情,你为什么做了几天就不干了?'爹埋着头小声回答:'我干不下来。有别的事情我还是可以干。'哥哥冷笑说:'干不下来?那么你要干什么事情?是不是要当银行经理?你有本事你自己找事去,我不能让你在家吃闲饭。'爹说:'我并不是想吃闲饭,不过叫我去当听差,我实在丢不下杨家的脸。薪水又只有那一点儿。'哥哥冷笑说:'你还怕丢杨家的脸?杨家的脸早给你丢光了!哪个不晓得你大名鼎鼎的杨三爷!你算算你花了多少钱!你自己名下的钱,爷爷留给我们的钱,还有妈的钱都给你花光了!'他说到这儿妈回来了,他还是骂下去:'你倒值得,你阔过,耍过,嫖过,赌过!你花钱跟倒水一样。你哪儿会管到我们在家里受罪,我们给人家看不起！'爹带着可怜的样子小声说：'你何必再提那些事情。过去的事已经过去了，我就是后悔也来不及了。'哥哥接着说：'后悔？你要是晓得后悔，也不会厚起脸皮回家了。从前请你回家，你不肯回来。现在我们用不着你了。你给我走！我没有你这样的父亲，我不承认你这样的父亲！'爹脸色大变，浑身抖得厉害，眼睛睁得大大的，要讲话又讲不出来。妈在旁边连忙喊住哥哥不要再往下说。我也说：'哥哥，他是我们的爹啊！'哥哥回过头看我，他流着眼泪水说：'他不配做我的爹，他从我生下来就没有好好管过我，我是妈一个人养大的。他没有尽过爹的责任。这不是他的家。我不是他的儿子。'他又转过脸朝着妈：'妈，你说他哪点配做我的爹？'妈没有讲话，只是望着爹，妈也哭了。爹只是动他的头，躲开妈的眼光。哥哥从口袋里摸出一封信交给妈，说：'妈，你看这封信。好多话我真不好意思讲出来。'妈看了信，对着爹只说了个'你'字，就把信递给爹，说：'你看，这是你公司一个同事写来的。'爹战战兢兢地看完信，一脸通红，嘴里结结巴巴地说：'这不是真的，我敢赌咒！有一大半不是真的。他们冤枉我。'妈说：'那么至少有一小半是真的了。我也听够你的谎话了，我不敢再相信你。你走吧。'妈对着爹挥了一下手，就转身进屋去了。妈像是累得很，走得很慢，一面用手帕子揩眼睛。爹在后面着急地喊妈，还说：'我没有做过那些事，至少有一半是他们诬赖我的。'妈并不听他。哥哥揩了眼泪水，说：'你不必强辩了。他是我的好朋友，无缘无故不会造谣害你。我现在没有工夫跟你多说。你自己早点打定主意吧。'爹还分辩说：'这是冤枉。你那个朋友跟我有仇，他舞弊，有把柄落在我手里头，他拿钱贿赂我，我不要，他恨透了我……'哥哥不等他说完，就说：'我不要听你这些谎话。你不要钱，哪个鬼相信！你要是晓得爱脸，我们也不会受那许多年的罪了。'哥哥说了，也走进妈屋里去了。堂屋里只有爹跟我两个人。我跑到爹面前，拉起他的手说：'爹，你不要怄他的气，他过一阵就会失悔的。我们到屋里歇一会儿吧。'爹喊了我一声：'寒儿，'眼泪水就流出来了。过了半天他才说：'我失悔也来不及了。你记住，不要学我啊。'

"吃晚饭的时候,天下起雨来。爹在饭桌上说了一句话,哥哥又跟爹吵起来。爹说了两三句话。哥哥忽然使劲把饭碗朝地下一甩,气冲冲地走进屋去。我们都放下碗不敢讲一句话。爹忽然站起来说:'我走就是了。'哥哥听见这句话,又从房里跳出来,指着爹说:'那你马上就给我走!我看到你就生气!'爹一声不响就跑出堂屋,跑下天井,淋着雨朝外头走了。妈站起来喊爹。哥哥拦住她说:'不要喊他,他等一会儿就会回来的。'我不管他们,一个人冒着雨赶出去。我满头满身都湿透了。在大门口我看见爹弯着背在街上走,离我不过十几步远。我一边跑,一边大声喊。我的声音给雨声遮盖了。我满嘴都是雨水。我就要追上他了,忽然脚一滑,我'一扑扒'绊倒在街上。我一脸一身都是泥水。头又昏,全身又痛。我爬起来,又跑。跑到街口,雨小了一点,我离开爹只有三四步了,我大声喊他,他回过头,看见是我,反而使劲朝前面跑。我也拼命追。他一下子就绊倒了,半天爬不起来。我连忙跑过去搀他。他脸给石头割破了,流出血来。他慢慢儿站起,一边喘气,一边问我:'你跑来做什么?'我说:'爹,你跟我回家去。'他摇摇头叹口气说:'我没有家。我什么都没有。我就只有我一个人。'我说:'爹,你不能这样说。我是你的儿子,哥哥也是你的儿子。没有你,哪儿还有我们!'爹说:'我没有脸做你们的父亲。你放我走吧。不管死活都是我自己情愿。你回去对哥哥说,要他放心,我决不会再给你们丢脸。'我拉住他膀子说:'我不放你走,我要你跟我回去。'我使劲拖他膀子,他跟着退了两步。他再求我放他走。我不肯。他就把我使劲一推,我仰天跌下去,这一下把我绊昏了。我半天爬不起来。雨大得不得了。我衣服都泡涨了。我慢慢儿站起来,站在十字路口,我看不见爹的影子,四处都是雨,全是灰白的颜色。我觉得头重脚轻,浑身痛得要命。我一点儿气力都没有了。我咬紧牙齿走了几步,我自己也弄不清楚,我觉得我好像又绊了一跤,有人把我拉起来。我听见哥哥在喊我。我放心了,他半抱半搀地把我弄回家去。我记得那时候天还没有黑尽。

"我回到家里,他们给我打水洗澡换衣服,又给我煮姜糖水。妈照料我睡觉。她跟哥哥都没有问起爹,我也没有力气讲话。这天晚上我发烧很厉害。一晚就做怪梦。第二天上午请了医生来看病。我越吃药,病越厉害。后来换了医生,才晓得药吃错了。我病了两个多月,才好起来。罗嫂告诉我,我病得厉害的时候,妈守在我床面前,我常常大声喊:'爹,你跟我回家去!'妈在旁边揩眼泪水。妈当天就要哥哥出去找爹回来。哥哥真的出去了。他并没有找回爹。不过后来我的病好一点,妈跟哥哥在吃饭的时候又在讲爹的坏话。这也是罗嫂告诉我的。

"我的病好起来了。妈跟哥哥待我都很好!就是不让我讲爹的事。我从他们那儿得不到一点爹的消息。也许他们真的不晓得。他们好像把爹忘记得干干净净了。我在街上走路,也看不到爹的影子。我去找李老汉,找别人打听,也得不到一点结果。二伯伯,四爸,大哥他们,在公馆卖掉以后就没有到我们家里来过。他们从来不问爹的事。

"在第二年中秋节那天,我们家里没有客人,这一年来妈很少去亲戚家打牌应酬,也少有客人来。跟我们家常常来往的就只有舅母同表姐。那天我们母子三个在家过节。妈跟哥哥都很高兴。只有我想起爹一个人在外头不晓得怎样过日子,心里有点儿难过。吃过午饭不久,我们听见有人在门口问杨家,罗嫂去带了一个人进来。这个人穿一身干净的黄制服,剪着光头。他说是来给杨三老爷送信。哥哥问他是什么人写的信。他说是王家二姨太太写的。哥哥把信拆开了,又问送信人折子在哪儿。送信人听说哥哥是杨三老爷的儿子,便摸出一个红面子的银行存折,递给哥哥说:'这是三万元的存折,请杨三老爷写个收据。'我看见哥哥把存折拿在手里翻了两下,他一边使劲地咬他的嘴唇,后来就把折子递还给送信人,说:'我父亲出门去了,一两个月里头不会回来。这笔款子数目太大,我们不敢收。请你拿回去,替我们跟你们二姨太太讲一声。'送信人再三请哥哥收下,哥哥一定不肯收。他只好收起存折走了。他临走时还问起杨三老爷到哪儿去了,哥哥说:'他到贵阳、桂林一带去了。'哥哥扯了一个大谎!

妈等送信人走了,才从房里出来,问哥哥什么人给爹送钱来。哥哥说:'你说还有哪个,还不就是他那个宝贝老五!她现在嫁给阔人做小老婆,她提起从前的事情,说是出于不得已,万分对不起爹,请爹原谅她。她又说现在她的境遇好一点,存了三万块钱送给爹,算是赔偿爹那回的损失……'妈听到这儿就忍不住岔说:'哪个希罕她那几个钱!你退得好!退得好!'我一直站在旁边,没有插嘴的资格。不过我却想起那个下江'阿姨'红红的瓜子脸,我觉得她还是个好人。她到现在还没有忘记爹。我又想,倘使她知道爹在哪儿,那是多么好,她一定不会让爹流落在外头。

"以后我一直没有得到爹的消息。到去年九月有个星期六下午妈带我出去看影戏,没有哥哥在。我们看完影戏出来,妈站在门口,我去喊车子。等我把车子喊来,我看见妈脸色很难看,好像她见了鬼一样。我问她是不是身体不舒服。她说不是。她问我看见什么人没有。我说没有看见。妈也不说什么。我们坐上车子,我觉得妈时常回过头看后面。我不晓得妈在看什么。回到家里,我问妈是不是碰到了什么熟人。哥哥还没有回来,家里只有我们两个。妈变了脸色,小声跟我说:'我好像看见你爹。'我高兴地问她:'你真的看见爹吗?'她说:'一定是他,相貌很像,就是瘦一点,衣服穿得不好。他从影戏院门口,跟着我们车子跑了好几条街。'我说:'那么你做什么不喊他一声,要他回家呢?'妈叹了一口气,后来就流下眼泪水来了。我不敢再讲话。过了好一阵,妈才小声说了一句:'我想起来又有点儿恨他。'我正要说话,哥哥回来了。

"我这天晚上睡不着觉。我在床上总是想着明天就会找到爹,着急得不得了。第二天我一早就起来。我不等在家里吃早饭就跑出去了。我去找李老汉,告诉他,妈看见了爹,问他有没有办法帮我找到爹。他劝我不要着急,慢慢儿找。我不听他的话。我缺了几堂课,跑了三天,连爹的影子也看不见。

"又过了二十多天,我们正在吃晚饭,邮差送来一封信,是写给妈的。妈接到信,说了一句:'你爹写来的。'脸色就变了。哥哥连忙伸过手去说:'给我看!'妈把手一缩,说:'等我先看了再给你。'就拆开信看了。我问妈:'爹信里讲些什么话?'妈说:'他说他身体不大好,想回家来住。'哥哥马上又伸出手去把信拿走了。他看完信,不说什么就把信拿在油灯上烧掉。妈要去抢信,已经来不及了。妈着急地问哥哥:'你为什么要烧它!上面还有回信地址!'哥哥立刻发了脾气,大声说:'妈,你是不是还想写信请他回来住?好,他回来,我立刻就搬走!家里的事横顺有他来管,以后也就用不到我了。'妈皱了一下眉头,只说:'我不过随便问一句,你何必生气。'我气不过就在旁边接一句话:'其实也应该回爹一封信。'哥哥瞪了我一眼,说:'好,你去回吧。'可是地址给他烧掉了,我写好回信又寄到哪儿去呢?

"又过了两三个星期,有一天,天黑不久,妈喊我出去买点东西,我回来,看见大门口有一团黑影子,我便大声问是哪个。影子回答:'是我。'我再问:'你是哪个?'影子慢慢儿走到我面前,一边小声说:'寒儿,你连我的声音也听不出来了。'我看见爹那张瘦脸,高兴地说:'爹,我找了你好久了,总找不到你。'爹摩摩我的头说:'你也长高了。妈跟哥哥他们好吗?'我说:'都好。妈接到你的信。'爹说:'那么为什么没有回信?'我说:'哥哥把信烧了,我们不晓得你的地址。'爹说:'妈晓得吧?'我说:'信烧了,妈也不晓得了。妈自来爱听哥哥的话。'爹叹了一口气说:'我早就料到的。那么没有一点指望了。我还是走吧。'我连忙拉住他的一只手。我吓了一跳。他的手冰冷,浑身在发抖。我喊起来:'爹,你的手怎么这样冷!你生病吗?'他摇摇头说:'没有。'我连忙捏他的袖子,已经是阴历九月,他还只穿一件绸子的单衫。我说:'你衣服穿得这样少,你不冷吗?'他说:'我不冷!'我想好了一个主意,我要他在门口等我一下,我连忙跑进去,跟妈说起爹的情形,妈拿出一件哥哥的长衫和一件绒线衫,又拿出五百块钱,要我交给爹,还要我告诉爹,以后不要再到这儿来,妈说妈决不会回心转意的,请爹不要妄想。妈又说即使妈回心转意,哥哥也决不会放松他。我出去,爹还在门口等我。我把钱和衣服交给他。要他立刻穿上。不过我没有把妈的话告诉他。他讲了几句话,就说要走了,我不敢留他,不过我要他把他的住处告诉我,让我好去找他。我说,不管哥哥对他怎么样,我总是他的儿子。他把他住处告诉我了,就是这个大仙祠。

"第二天早晨我就到大仙祠去,果然在那儿找到了爹。爹说他在那儿住得不久,搬来不过一个多月。别的话他就不肯讲了。以后我时常到爹那儿去,有时候我也给爹拿点东西去。我自然不肯让哥哥晓得。妈好像晓得一点儿,她也并不管我。我在妈面前只说我见到了爹,我并不告诉她爹在什么地方。不过我对李老汉倒把什么事情都说了。他离爹的住处近,有时候也可以照应爹。

"从那个时候起我就时常到你们公馆里头来。"(小孩侧过脸朝着姚太太笑了笑,带了点不好意思的样子。他脸上的眼泪还没有干掉。)"爹爱花,爹总是忘不掉我们花园,他时常跟我讲起。我想花园本来是我们的,虽说是卖掉了,我进去看看,拿点花总不要紧。我把我这个意思跟李老汉说了,他让我进去。我头一回进来,没有碰到人,我在花台上折了两枝菊花拿给爹,爹高兴得不得了。以后我来过好多回。每回都要跟你们的底下人吵嘴。有两回还碰到姚先生,挨过他一顿骂,有一回还挨了那个赵青云几下打。老实说,我真不愿意再到你们这儿来。不过我想起爹看到花欢喜的样子,我觉得我什么苦都受得了。我不怕你们的底下人打我骂我。我又不是做贼。我也可以跟他们对打对骂。只有一回我碰到你姚太太,你并没有赶我,你待我像妈妈、像姐姐一样,你还折了一枝腊梅给我。我在外头就没有碰到一个人和颜悦色地跟我讲话,就只有你们两个人。我那些伯伯、叔叔、堂哥哥、堂弟弟都看不起我们这一房人,不愿意跟我们来往,好像我们看见他们,就会向他们借钱一样。爹跟我讲过,就在前不久的时候,有一天爹在街上埋头走路,给一部私包车撞倒了,脸上擦掉了皮,流着血。那是四爸的车子,车夫认出是爹,连忙放下车子去搀爹。爹刚刚站起来,四爸看到爹的脸,认出是他哥哥,他不但不招呼爹,反而骂车夫不该停车,车夫只好拉起车子走了。四爸顺口吐了一口痰,正吐在爹身上。这是爹后来告诉我的。

"爹还告诉我一件事情。有天下午爹在商业场后门口碰见'阿姨'从私包车下来。她看见爹,认出来他是谁,便朝着爹走去,要跟爹讲话。爹起初有点呆了,后来听见她喊声'三老爷',爹才明白过来,连忙逃走了。以后爹也就没有再看见她。爹说看见'阿姨'比看见四爸早两天。我也把'阿姨'送钱的事跟他讲了。他叹了两口气,说,倒是'阿姨'这种人有良心……"

小孩讲了这许多话,忽然闭上嘴,精力竭尽似的倒在沙发靠背上,两只手蒙住了眼睛。我们,我同姚太太,这许久都屏住气听他讲话,我们的眼光一直停留在他的脸上。现在我们仿佛松了一口气。我觉得呼吸畅快多了。我看见姚太太也深深地嘘了一口气。虽然她用手帕在揩眼睛,可是我看出来她的脸上紧张的表情已经消失了。

"小弟弟,我想不到你吃了这么多的苦。也亏得你,换个人不会像你这样。"她温柔地说。小孩不做声,也不取下手来。过了片刻,她又说:"你爹呢,他现在是不是还在大仙祠?请他过来坐坐也好。"小孩的轻微的哭声从他一双手下面透了出来。我对着姚太太摇摇头,小声说:"他父亲不愿意拖累他,又逃走了。"

"可以找到吗?"她低声问。

"我看一时不会找到,说不定他已经离开省城。他既然存心躲开,就很难找到他。"我答道。

小孩忽然取下蒙脸的手,站起来,说:"我回去了。"

姚太太马上接嘴说:"你不要走。你再耍一会儿,吃点茶,吃点点心。"

"谢谢你,我肚子很饱,吃不下。我真的要回去了。"小孩说。

"我看你很累。你一个人说了这许多话,也应该休息一会儿。"姚太太关心地说。

小孩回答道:"我一点儿也不累,话说完了,我心里头也痛快多了。这几年来我在心里头背来背去,都是背这些话。我只跟李老汉讲过一点儿。今天全讲了……我真的要走了。妈在家里等我。"

"那么你以后时常来耍吧,你可以把我们这儿当做你自己的家。"

姚太太恳切地说。

"我要来的,我要来的!这儿是我们的老家啊!"小孩说完,就从大开着的玻璃门走出去了。

二十八

"你要来啊,你要来啊!"姚太太还赶到花厅门口,恳切地招呼小孩道。

"我看他不会来了。"我没有听见小孩的回答,却在旁边接了一句。

"为什么呢?"她转过脸来,用疑惑的眼光望着我。

"这个地方有他那么多痛苦的回忆,要是我,我不会再来的。"我答道,我觉得心里有点不好受。

"不过这儿也应该有他许多快乐的回忆吧,"她想了一会儿,才自语似的说,"我倒真想把花园还给他。"她在书桌前的藤椅上坐下来。

我吃了一惊,她居然有这样的念头!我便问道:"还给他?他也不会要的。而且诵诗肯吗?"

她摇摇头:"诵诗不会答应的。其实他并不爱花。我倒喜欢这个花园。"过后她又加一句:"我觉得这个孩子很不错。"

"他吃了那么多苦,也懂得那么多。本来像他这样年纪倒应该过得更好一点。"我说。

"不过现在过得好的人也实在不多。好多人都在受苦。黎先生,你觉得这种苦有没有代价?这种苦还要继续多久?"她的两只大眼睛望着我,恳切地等候我的回答。

"谁知道呢!"我顺口答了一句。但是我触到她的愁烦的眼光,我马上又警觉起来。我不能答复她的问题,我知道她需要的并不是空话。但是为了安慰她,我只好说:"当然有代价,从来没有白白受的苦。结果不久就会来的。至少再过一两年我们就会看到胜利。"

她的脸上浮现了一丝笑意。她微微点一下头,又把眼睛抬起来,她不再看我,但是她痴痴地在望着什么呢?她是在望未来的远景吧。她微微露出牙齿,温和地说:"我也这样想。不过胜利只是一件事情。我们不能把什么都推给它。可是像我这样一个女子又能够做什么呢?我还不是只有等待。我对什么事都只有等待。我对什么事都是空有一番心肠。黎先生,你一定会看不起我。"她把眼光埋下来望我。

"为什么呢?姚太太,我凭什么看不起你?"我惊讶地问道。

"我整天关在这个公馆里,什么事都不做,也没有好好地给诵诗管过家,连小虎的教育也没法管。要管也管不好。我简直是个废人。诵诗却只是宠我。他很相信我,可是他想不到我有这些苦衷。我又不好多对他讲……"

"姚太太,你不应该苛责自己。要说你是个废人,我不也是废人么?我对一切事不也是空有一番心肠?"我同情地说,她的话使我心里难过,我想安慰她,一时却找不到适当的话。

"黎先生,你不比我,你写了那么多书,怎么能说是废人!"她提高声音抗议道,同时她友谊地对我笑了笑。

"那些书又有什么用?还不是些空话!"

"这不能说是空话。我记得有位小说家说过,你们是医治人类心灵的医生。至少我服过你们的药。我觉得你们把人们的心拉拢了,让人们互相了解。你们就像是在寒天送炭、在痛苦中送安慰的人。"她的眼睛感动地亮起来,她仿佛又看见什么远景了。

一股暖流进到我的心中,我全身因为快乐而颤动起来。我愿意相信她的话,不过我仍然分辩说:"我们不过是在白纸上写黑字,浪费我们的青春,浪费一些人的时间,惹起另一些人的憎厌。我们靠一支笔还养不活自己。像我,现在就只好在你们家做食客。"我自嘲地微笑了。

她马上换了责备的调子对我说:"黎先生,你在我面前不该讲这种话。你怎么能说是食客呢?你跟诵诗是老朋友,并且我们能够在家里招待你这样的客人,也是我们的荣幸。"

"姚太太,你说我客气,那么请你也不要说'荣幸'两个字。"我插嘴说。

"我在说我心里想说的话,"她含笑答道,但是她的笑容又渐渐地淡下去了。"我并不是在夸奖你。好些年来我就把你们写的书当做我的先生,我的朋友。我母亲是个好心肠的旧派老太太,我哥哥是个旧式的学者,在学堂里头我也没有遇到一位好先生,那些年轻同学在我结婚以后也不跟我来往了。在姚家,我空时候多,他出去的时候,我一个人无聊就只有看书。我看了不少的小说,译的,著的,别人的,你的,我都看过。这些书给我打开了一个世界。我从前的天地就只有这么一点点大:两个家,一个学堂,十几条街。我现在才知道我四周有一个这么广大的人间。我现在才接触到人们的心。我现在才懂得什么叫不幸和痛苦。我也知道活着是怎么一回事了。有时候我高兴得流起眼泪来,有时候我难过得只会发傻笑。不论哭和笑,过后我总觉得心里畅快多了。同情,爱,互助,这些不再是空话。我的心跟别人的心挨在一起,别人笑,我也快乐,别人哭,我心里也难过。我在这个人间看见那么多的痛苦和不幸,可是我又看见更多的爱。我仿佛在书里面听到了感激的、满足的笑声。我的心常常暖和得像在春天一样。活着究竟是一件美丽的事,我记得你也说过这样的话。"

"我是说:活着为自己的理想工作是一件美丽的事。"我插嘴更正道。

她点一下头,接下去说:"这是差不多的意思。要活得痛快点,活得有意义点,谁能没有理想呢!很早我听过一次福音堂讲道,一个英国女医生讲中国话,她引了一句《圣经》里的话:牺牲是最大的幸福。我从前不懂这句话的意思,现在我才明白了。帮助人,把自己的东西拿给人家,让哭的发笑,饿的饱足,冷的温暖。那些笑声和喜色不就是最好的酬劳!我有时候想,就是出去做一个护士也好得多,我还可以帮助那些不幸的病人:搀这个一把,给那个拿点东西,拿药来减轻第三个人的痛苦,用安慰的话驱散第四个人的寂寞。"

"可是你也不该专想旁人就忘了自己啊!"我感动地第二次插嘴说。

"我哪儿是忘了我自己,这其实是在扩大我自己。这还是一部外国小说里面的说法。我会在旁人的笑里、哭里看见我自己。旁人的幸福里有我,旁人的日常生活里有我,旁人的思想里、记忆里也有我,要是能够做到这样,多么好!"她脸上的微笑是多么灿烂,我仿佛见到了秋夜的星空。我一边听她讲话,一边暗暗地想:这多么美!我又想:这笑容里有诵诗吧?随后又想:这笑容里也有我么?我感到一种昂扬的心情,我仿佛被她抬高了似的。我的心跳得厉害,我感激地望着她。但是那星空又突然黯淡了。她换了语调说下去:"可是我什么也做不到。我好像一只在笼子里长大的鸟,要飞也飞不起来。现在更不敢想飞了。"她说到这一句,似乎无意地看了一下她的肚皮,她的脸马上红了。

我不知道应该用什么话安慰她,我想说的话太多了,也许她比我更明白。她方才那番话还在我的心里激荡。要说"扩大自己",她已经在我的身上收到效果了。那么她需要的应该是一个证明和一些同情吧。

"黎先生,你的小说写完了吧?"她忽然问道,同时她掉转眼睛朝书桌上看了一下。

"还没有,这几天写得很慢。"我短短地答道。她解决了我的难题,我用不着讲别的话了。

她掉过头来同情地看了我一眼,关心地说:"你太累了,慢慢儿写也是一样的。"

"其实也快完了,就差了一点儿。不过这些天拿起笔总写不下去。"

"是不是为了杨家孩子的事情?"她又问。

"大概是吧。"我答道,可是我隐藏了一个原因:小虎,或者更可以说就是她。

"写不下去就索性休息一个时候,何必这样苦你自己。"她安慰地说。接着她又掉头看了看书桌上那叠原稿,一边说:"我可以先拜读原稿吗?"

"自然可以。你高兴现在就拿去也行。只要把最后一张留下就成了。"我恳切地说。

她站起来,微笑道:"那么让我拿去看看吧。"

我走过去,把原稿拿给她。她接在手里,翻了一下,说:"我明天就还来。"

"慢慢儿看,也不要紧,不必着急。"我客气地说。

她告辞走了。我立在矮矮的门槛上,望着这静寂的花园,我望了许久。

二十九

晚上,天下着雨。檐前雨点就好像滴在我的心上似的,那单调的声音快使我发狂了。我对着这空阔的花厅,不知道应该把我的心安放到哪里去。我把屏风拉开来,隔断了那一大片空间。房间显得小了。我安静地坐在靠床那张沙发上。电灯光给这间屋子淡淡地抹上一层紫色(那是屏风的颜色)。我眼前只有忧郁和凄凉,可是远远地仿佛有一个声音在唤我,那是快乐的、充满生命的声音;我隐隐约约地看见那张照亮一切的笑脸。"牺牲是最大的幸福。"我好像又听见了这句话,还是那熟习的声音。我等待着,我渴望着。然而那个声音静了,那张笑脸隐了。留给我的还是单调的雨声和阴郁的景象。

一阵烦躁来把我抓住了。我不能忍耐这安静。我觉得心里翻腾得厉害。我的头也发着隐微的刺痛,软软的沙发现在也变成很不舒适的了。我站起来,收了屏风。我在这个大屋子里来回走了好一会儿。我打算走倦了就上床去睡觉。

但是我开始觉得有什么东西从我心底渐渐地升上来。我的头烧得厉害。我全身仿佛要爆炸了。我跟跄地走到书桌前面,在藤椅上坐下来,我摊开那一张没有给姚太太带走的小说原稿,就在前一天搁笔的地方继续写下去。我越写越快。我疯狂地写着。我满头淌着汗,不停地一直往下写。好像有人用鞭子在后面打我似的,我不能放下我的笔。最后那个给人打伤腿不能再拉车的老车夫犯了盗窃行为被捉到衙门里去了,瞎眼女人由一个邻居小孩陪伴着去看他,答应等着他从牢里出来团聚。

…………

"六个月,六个月快得很,一眨眼儿就过去了!"老车夫高兴地想着,他还没有忘记那个女人回过头拿她的瞎眼来望他的情景。他想笑,可是他的眼泪淌了下来。

…………

我写到两点钟,雨还没有住,可是我的小说完成了。

我丢下笔,我的眼睛痛得厉害,我不能再睁开它们。我一摇一晃地走到床前,我没有脱衣服,就倒在床上睡着了。我甚至没有想到关电灯。

早晨,我被老姚唤醒了。

"老黎,你怎么还不起来?六点多了!"他笑着说。

我睁开眼睛,觉得屋子亮得很。我的眼睛还是不大舒服,我又闭上它们。

"起来,起来!今天星期,我们去逛武侯祠。昭华也去。她快打扮好了。"他走到床前来催我。

我又把眼睛睁开,说:"还早呢!什么时候去?"一面还在揉眼睛。

"现在就去!你快起来!"他答道。"怎么!你眼睛肿了,一定是昨晚上又睡晏了。怪不得你连电灯都没有关。刚才我还跟昭华谈起你,我们都觉得你这样不顾惜身体,不成。你脸色也不大好看。晚上应该早点睡。的确你应该结婚了。"他笑起来。

"我的小说已经写完,以后我不会再熬夜了。你们也可以放心,不必为结婚的事情替我着急了。"我笑答道。

"快四十了,不着急也得着急了。"朋友开玩笑地说。但是他立刻换了语调问我:"你的小说写完了?"

"是,写完了。"我站起来。

"我倒要看你写些什么!我忘记告诉你,昭华昨晚上看你那本小说居然看哭了。她等着看以后的。她没有想到你完得这么快。你把原稿给我,我给她带进去。那个车夫跟那个瞎眼女人结果怎样?是不是都翘辫子了?我看你的小说收尾都是这样。这一点我就不赞成。第一,小人小事;第二,悲剧。这两样都不合我的口味。不过我倒佩服你的本领。我自己有个大毛病,就是眼高手低。我没有这方面的才能,老是吹牛,也进步不了。"

"不要挖苦我了。我那种文章你怎么看得上眼?我倒想不到会惹你太太流眼泪。后面这一点原稿请你带去,让她慢慢儿看完还给我好了。"我走到写字台前,把桌上一叠原稿交给他。

"好,我给她拿去。"他看见老文打脸水进来,又加一句:"我先进去,等你洗好脸吃过早点我再来。"

过了半点钟光景他同他的太太到园子里来。我正在花台前面空地上散步。她的脸色比昨天好看些,也许是今天擦了粉的缘故。病容完全消失了。脸上笼罩着好像比阳光还明亮的微笑。她穿了一件浅绿色地(浅得跟白色相近了)印深绿色小花的旗袍,上面罩了一件灯笼袖的灰绒线衫。

"黎先生,真对不起,诵诗今天把你吵醒起来了。我们不晓得你昨晚上赶着写完了你的小说。你一定睡得很少。"她含笑说。

"不,我睡够了,诵诗不来喊我,我也要起来的。"我还说着客气话。

"老黎,你这明明是客气话。我喊你好几声,才把你喊醒,你睡得真甜。"老姚在旁边笑着说。

我没法分辩,我知道我露了一点窘相。我看见她微微一笑,对她的丈夫说:"我们走吧。黎先生不晓得还要不要耽搁。"

"我好了,那么就走吧。"我连忙回答。

二门外有三部车子在等我们。我照例坐上在外面雇来的街车,我的车夫没有他们的车夫跑得快,还只跑了六七条街,我的车子就落在后面了。我看见他们的私包车在另一条街的转角隐去。后来我的车子又追上了他们。姚太太的在太阳下发光的浓发又在我前面现出来。老姚正回过头大声跟她讲话。我听不清楚他在说什么,不过我能够看到他的满意的笑容。

快要出城的时候,我的车子又落后到半条街以上了。我这辆慢车刚跑到十字路口,就被一群穿粗布短衫的苦力拦住了路。他们两个人一组挑着大石块,从城外进来,陆续经过我面前。人数大约有三十多个。还有四五个穿制服背枪拿鞭子的人押着他们。他们全剃光头,只在顶上留了一撮头发,衣服脏得不堪,脚下连草鞋也没有穿一双。我坐在车上,并没有注意这个行列,我觉得那些人全是一样的年纪,一样的脸庞,眼睛陷入,两颊凹进,脸色灰白,头埋着,背驼着,额上冒着汗。他们默默地走了过去。无意间我的眼光挨到其中的一张脸,就停在那上面了。我惊叫了一声。我的叫声虽然不高,却使得那张脸朝着我这面转过来。那个人正抬着扁担的前一头,现在站住了,略略抬起头来看我。还是那张清秀的长脸,不过更瘦,更脏,更带病容。在他看我的那一瞬间,他的眼睛还露出一点光彩,但是马上就阴暗了。他动了动嘴唇,又好像想跟我说什么话,却又讲不出来,只把右手稍微举了一下。那只干枯的手上指缝间长满了疥疮,有的已经溃烂了。他用右手去搔那只搭在扁担上的左手。他这一搔,我浑身都好像给他搔痒了。

"走!你想做啥子!"一个粗声音在旁边叱骂道。接着一下鞭子打在他的脸上,他"哎呀"叫了一声,脸上立刻现出一条斜斜的红印,从耳根起一直到嘴边,血快淌出来了。他连忙用手遮住他的伤痕。眼泪从他那双半死似的眼睛里迸出来,他也不去揩它们,就埋下头慢慢地走了。

"杨——"我到这时才吐出一个字来,痛苦像一块石头塞住我的喉管,我挣扎了好久,忽然叫出了一声"杨先生"。

他已经走过去了,又回过头来匆匆地看我一眼。他还是什么也不说地走了。我想下车去拉他回来。但这只是我一时的想法,我什么事也没有做,就让我的车夫把车子拉过街口了。

三十

我的车子到了武侯祠,老姚夫妇站在大门口等我。

"怎么你现在才到!我们等了你好久了。"老姚笑问道。

"我碰到了一个熟人!"我简单地回答他。他并没有往下问是谁。我正踌躇着是不是要把刚才看见杨梦痴的事告诉他的太太,却听见她对老姚说:"我们等一会儿跟老李招呼一声,他给黎先生喊车子,要挑一部跑得快的。"剃光头的杨梦痴的面颜在我的眼前晃了一下。我心里暗想,倒亏得这个慢车夫,我才有机会碰见杨梦痴。

我现在知道那个父亲的下落了!可是我能够把这个消息告诉他的孩子么?我能够救他出来么?救他出来以后又把他安置在什么地方?他有没有重新做人的可能?——我们走进庙宇的时候,我一路上想的就是这些问题。两旁的景物在我的眼前匆匆地过去,没有在我的脑子里留下一个印象。我们转进了一条幽静的长廊,它一面临荷花池,一面靠壁。我们在栏杆旁边一张茶桌前坐下来。

阳光还没有下到池子,可是池里已经撑满了绿色的荷伞。清新的晨气弥漫了整个走廊。廊上几张茶桌,就只有我们三个客人。四周静得很。墙外高树上响着小鸟的悦耳的鸣声。堂倌拿着抹布懒洋洋地走过来。我们向他要了茶,他把茶桌抹一下又慢慢地走开了。过了几分钟,他端上了茶碗。一种安适的感觉渐渐地渗透了我全身。我躺在竹椅上打起瞌睡来。

"你看,老黎在打瞌睡了。"我听见老姚带笑说。我懒得睁开眼睛,我觉得他好像在远地方讲话一样。

"让他睡一会儿吧,不要喊醒他,"姚太太低声答道,"他一定很累了,昨晚上写了那么多的字。"

"其实他很可以在白天写。晚上写多了对身体不大好。我劝过他,他却不听我的话。"老姚又说。

"大概晚上静一点,好用思想。我听说外国人写小说,多半在晚上,他们还常常熬夜。"姚太太接着说,她的声音低到我差一点听不清楚了。"不过这篇小说写完,他应该好好地休息了。"她忽然又问一句:"他不会很快就走吧?"

我的睡意被他们的谈话赶走了,可是我还不得不装出睡着的样子,不敢动一下。

"他走?他要到哪儿去?你听见他提过走的话吗?"老姚惊讶地问道。

"没有。不过我想他把小说写好了,说不定就会走的。我们应该留他多住几个月,他在外头,生活不一定舒服,他太不注意自己了。老文、周嫂他们都说,他脾气好,他住在我们花园里头,从来不要他们拿什么东西。给他送什么去,他就用什么。"姚太太说。

"在外面跑惯的人就是这种脾气。我就喜欢这种脾气!"老姚笑着说。

"你也跑过不少地方,怎么你没有这种脾气呢?"姚太太轻轻地笑道。

"我要特别一点。这是我们家传。连小虎也像我!"老姚自负地答道。

姚太太停了一下,才接下去说:"小虎固然像你,不过他这两年变得多了。再让赵家把他纵容下去,我看以后就难管教了。我是后娘,赵家又不高兴我,我不好多管,你倒应该好好管教他。"

"你的意思我也了解。不过他是赵家的外孙,赵家宠他,我也不便干涉。横竖小虎年纪还小,脾气容易改,过两年就不要紧了。"老姚说。

"其实他年纪也不算小了……别的都可以不说。赵家不让他好好上学,就只教他赌钱看戏,这实在不好。况且就要大考了。你看今晚上要不要再打发人去接他回来?"姚太太说。

"我看打发人去也没有用,还是我自己走一趟吧。不过小虎外婆的脾气你也晓得,跟她讲道理是讲不通的,只有跟她求情还有办法。"老姚说。

"我也知道你我处境都难,不过你只有小虎这个儿子,我们也应该顾到他的前途。"姚太太说。

"你这句话不对,现在不能说我只有小虎一个儿子,我还有……"他得意地笑了。

"呸!"她轻轻地啐了他一口,"你小声点。黎先生在这儿。我说正经话,你倒跟人家开玩笑。"

"我不说了。再说下去,就像我们特意跑到这儿来吵架了。要是给老黎听见,他写起小人小事来,把我们都写进去,那就糟了。"老姚故意开玩笑道。

"你可不是'小人'啊。你放心,他不会写你这种'贵人'的。"姚太太带笑地说。

我不能再忍耐下去。我咳声嗽,慢慢地睁开眼睛来。

"黎先生,睡得好吧?是不是我们把你吵醒了?"她亲切地问我。

我连忙分辩说不是。

"我们正在讲你,你就醒了。幸好我们还没有讲你的坏话。"老姚接着说。

"这个我相信。你们决不是为了讲我的坏话才来逛武侯祠的。"我说着,连自己也笑了。

"老黎,你要不要到大殿上去抽个签,看看你的前程怎样?"老姚对我笑道。

"我用不着抽。你倒应该陪你太太去抽支签才对。"我开玩笑地回答。

"好,我们去抽支看看。"老姚对他的太太说。他站起来,走到太太的竹椅背后去。

"这个没有意思,我不去!"他的太太摇摇头,不好意思地说。

"这不过是逢场作戏,你何必把它认真!去吧,去吧。"他接连地催她站起来。

"好,我在这儿守桌子,你们去吧。既然诵诗有兴致,姚太太就陪他走一趟吧。"我凑趣地帮忙老姚说话。

姚太太微笑着,慢慢地站起来,掉过脸对她的丈夫说:"我这完全是陪你啊。"她又向我说:"那么请你在这儿等一会儿,你可以好好地睡觉了。"她笑了笑,拿着手提包,挽着丈夫的膀子走了。

这时我后面隔两张桌子的茶桌上已经有了两个客人,这是年轻的学生,各人拿了一本书在读。阳光慢慢地爬下池子。几只麻雀在对面屋檐上叽叽喳喳地讲话。一种平静、安适的空气笼罩着这个地方。我正要闭上眼睛,忽然,对面走廊上几个游人引起了我的注意。我的疲倦马上消失了。我注意地望着他们,我最先看到杨家小孩(他穿了一身黄色学生服),其次是他的哥哥,后来才看见他的母亲同一位年轻小姐。她们走在后面,那位小姐正在跟杨三太太讲话,她们两个都把脸向着池子,忽然杨三太太笑了,小姐也笑了。走在前面的两个青年都停住脚步,掉转身子跟那位小姐讲话。他们也笑了。

他们的笑声隐隐地送到我的耳里来。我疑心我是在做梦。我刚才不是还看见那个丈夫和父亲?我不是亲眼看见那一下鞭打?现在我又听见了这欢乐的笑声!他们什么也不知道。他们跟那个抬石头的人相隔这么近,却好像生活在两个世界里面。我不知道他们是不是还保存着一点点旧日的记忆。可是过去的爱和恨在我的眼里还凝成一根链子,把他们跟那个人套在一起。我一个陌生人忘不掉他们那种关系。我也知道我没有资格来裁判他们,然而他们的笑声引起了我的反感。他们正向着我这面走来,他们愈走近,我心里愈不高兴。我看见小孩的哥哥陪着那位小姐从小门转到外面去了。小孩同他母亲便转到我这条走廊上来。小孩走在前面,他远远地认出了我,含笑地跟我打招呼,他还走到茶桌前来,客气地唤了我一声:"黎先生。"

"你跟你母亲一块儿来逛武侯祠。"我笑着说,我看见他那善良、亲切的笑容,我的不愉快渐渐地消失了。

"是,还有我哥哥,跟我表姊。"他带笑回答,便掉转身到他的母亲身边去,对她低声讲了几句话。她朝我这面看了一眼,便让他挽着她的膀子走到我面前,他介绍说:"这是我妈。"

我连忙站起来招呼她。她对我微笑地点了点头,说了一声"请坐"。我仍然立着。她又说:"我寒儿说,黎先生时常给他帮忙,又指教他,真是感谢得很。"

"杨太太,你太客气了,我哪儿说得上帮忙?更说不上指教。令郎的确是个好子弟,我倒喜欢他。"我谦虚地说。小孩在旁边望着我笑。

"黎先生哪儿晓得,他其实是最不听话的孩子,"她客气地答道,又侧过头去对她的儿子说,"听见没有?黎先生在夸奖你,以后不要再淘气了。"过后她又对我说:"黎先生,请坐吧,我们不打扰你了。"她带笑地又跟我点一下头,便同儿子一路走了。

"黎先生,再见啊。"小孩还回过头来招呼我。

我坐下来。我的眼里还留着那个母亲的面影。这是一张端正而没有特点的椭圆形脸,并不美,但是嘴角却常常露出一种使人愉快的笑意。脸上淡淡地擦了一点粉,头发相当多,在后面绾了一个髻。她的身上穿了一件咖啡色短袖旗袍。从面貌上看,她不过三十几岁的光景(事实上她应当过了四十!),而且她是一个和善可亲的女人。

那是可能的吗,杨家小孩的故事?就是这个女人,她让她的儿子赶走了父亲吗?——我疑惑地想着,我转过头去看他们。母子两个刚在学生后面那张茶桌上坐下来,母亲亲切地对儿子笑着。她决不像是一个冷酷的女人!

"老黎,好得很,上上签!"老姚的声音使我马上转过头去。他满面光彩地陪着太太回来了,离我的茶桌还有几步路,正向着我走来。

"在哪儿?给我看看。"我说。

"她不好意思,给她撕掉了。"老姚得意地笑着说。

"没有什么意思。"她红着脸微微笑道。

我也不便再问。这时小孩的哥哥陪着小姐进来了,我便对姚太太说:"杨家小孩的哥哥来了,那个是他的表妹。"

姚太太抬起头,随着我的眼光看去。老姚也回过头去看那两个人。

小姐穿了一件粉红旗袍,两根辫子垂在脑后,圆圆的一张脸不算漂亮,但是也不难看,年纪不过十八九,眼睛和嘴唇上还带着天真的表情。她并不躲避我们三个人的眼光,笑容满面地动着轻快的步子走过我们的身旁。

"两弟兄真像!哥哥就是白净点,衣服整齐点。也不像是厉害的人,怎么会对他父亲那样凶!简直想不到!"姚太太低声对我说。

"人不可以貌相。其实他父亲也太不争气了,难怪他——"老姚插嘴说。从这句话我便知道姚太太已经把小孩的故事告诉她的丈夫了。

"表妹也不错,一看就知道是个实心的好人。弟弟在哪儿呢?"姚太太接着说。

"就在那张桌子上,他母亲也在那儿。"我答道,把头向后面动了一下。

"对啦,我看到了,"她微微点头说,"他母亲相貌很和善。"她喝了两口茶,把茶碗放回到桌上。她又把眼光送到那张茶桌上去。过了好几分钟,她又回过头来说:"他们一家人很亲热,很和气,看样子都是可亲近的人。怎么会发生那些事情?是不是另外还有原因?"

"我给你说,外表是不可靠的。看人千万不要看外表。其实就是拿外表来说,那个小孩哪里比得上小虎!"老姚说。

姚太太不做声。我也沉默着。我差一点儿要骂起小虎来了,我费了大力才咽下已经到了嘴边的话。我咬紧嘴唇,也把脸掉向那张茶桌。

我的感情已经有了改变,现在变得更多了。我想:我有什么权利憎厌那几个人的笑声和幸福呢?他们为什么不应该笑呢?难道我是一个宣言"复仇在我"的审判官,还得把他们这仅有的一点点幸福也完全夺去吗?

断续的笑声从他们的桌上传过来。还是同样的愉快的笑声,可是它们现在并不刺痛我的心了。为什么我不该跟着别人快乐呢?为什么我不该让别人快乐呢?难道我忘了这一个事实:欢乐的笑声已经渐渐地变成可珍贵的东西了?

没有人猜到我的心情。我跟老姚夫妇谈的是另一些话。其实我们谈话并不多,因为老姚喜欢谈他的小虎,可是我听见他夸奖小虎就要生气。

十一点光景,我们动身到庙里饭馆去吃午饭。小孩也到外面去。他走过我们的茶桌。我们刚站起来,他忽然过来先跟姚太太打个招呼,随后拉着我的膀子,向外走了两步,他带着严肃的表情小声问我:"你有没有打听到我爹的消息?"

我踌躇了一下。话几乎要跳出我的口来了,我又把它们咽下去。但是我很快地就决定了用什么话来回答他。我摇摇头,很坦然地说:"没有。"我说得很干脆,我不觉得自己是在说谎。

小孩同我们一路出去。老姚夫妇在前面走,我和小孩跟在后面。小孩闭紧嘴,不讲话。我知道他还在想他的父亲的事。他把我送到饭馆门口。他跟我告别的时候,忽然伸过头来,像报告重要消息似的小声说:"黎先生,我忘记告诉你一件喜事:我表姐其实是我未来的嫂嫂。他们上个星期订婚的。"

他的脸上露出一丝笑意。他不等我说话就转身跑开了。

我站在门口望着他的背影。这个孩子不像是一个有着惨痛身世的人。他的脚步还是那么轻快。这件"喜事"显然使他快乐。

我这样想着,他的表姊的圆圆脸就在我的眼前晃了一下。这是一张没有深印着人生经验的年轻的脸,和一对天真地眨着的亮眼睛。我应该替这个小孩高兴。真的,他不该高兴吗?

"老黎,你站在门口干吗?"老姚在里面大声叫我。

我惊醒地转过身去。我在饭桌旁坐下来以后,便把小孩告诉我的"喜事"转告他们。

"那位小姐倒还不错。看起来他们一家人倒和和气气的。好些家庭还不及他们。我觉得也亏得那个做哥哥的,全靠他一个人支持这个家。"姚太太说着,脸上也露出了喜色。

三十一

这天回到家里,我终于把遇见杨老三的事情对老姚夫妇讲了。

他们在表示了怜悯、发出了叹息以后,一致主张设法救那个人出来。老姚自负地说他有办法,他知道那个地方,他有熟人在那里做事。他的太太第一个鼓舞他,我也在旁边敦促。他一时高兴,就叫人立刻预备车子,他要出去找人想办法。他说他对这件事情很有把握。

老姚走后,他的太太还跟我谈了一阵话。她认为那个人出来以后,我们应该给他安排一个"安定的"生活。我主张先送他进医院。她说,等他从医院出来,她的丈夫总可以给他找一个适当的工作,将来他的坏习气改好了,我们再设法让他们一家人团聚。我们说着梦话,并不知道自己是在做梦。我们太相信老姚的"把握"了。

晚上我等着老姚来报告他活动的结果。可是等到十点钟我还没有听见老姚的脚步声。疲倦开始向我袭击。蚊子也飞到我的周围来了。在这一年里,我第一次注意到蚊子的讨厌。我又看见一只苍蝇在电灯下飞舞。我失掉了抵抗的勇气。我躲到帐子里去了。

这一晚我得到一个无梦的睡眠。早晨我醒得很迟,没有人来打扰我。我起来了许久,老文才来给我打脸水。

从老文的嘴里,我知道朋友昨晚回家迟,并且为着小虎的事情跟他的太太吵了架,今天一早就坐车出去了。

"这不怪太太。虎少爷在赵家白天赌钱,晚上看戏,不去上学读书,又不要家里人去接。太太自然看不惯,老爷倒一点不在乎。太太打发人去接,接了两天都接不回来。老爷说自己去接,他倒陪赵外老太太带虎少爷去看戏,看完戏,还是一个人回来。太太多问了几句,老爷反而发起脾气来,把太太气哭了。"老文带着不平的语调说,他张开没有门牙的嘴,苦恼地望着我。

"你们太太呢?"我关心地问他。

"多半还没有起来。不过今早晨老爷出门的时候,并不像还在生气的样子,现在多半没有事情了。我们还是听见周大娘讲的。"

我吃过早点以后不久,周嫂来收检碗碟,还给我带来我那小说的全部原稿。她说:"太太还黎先生的,太太说给黎先生道谢。"

姚太太把原稿给我装订起来了,她还替我加上白洋纸的封面和封底。倒是我应该感谢她。我把这个意思对周嫂说了,要周嫂转达。我又向周嫂问起吵架的事。周嫂的回答跟老文的报告差不多,不过更详细一点:他们吵得并不厉害,不久就和解了。老爷一讲好话,太太就止哭让步。今早晨老爷出门,还是为着别的事情。

周嫂跟老文一样,不知道杨家的事。我从她的口里打听不到老姚昨天奔走的成绩。不过我猜想,周嫂说的别的事情大概就是杨梦痴的事吧。看情形姚太太今天不会到花园里来了。我只有忍耐地等着老姚回来。

直到下午三点钟光景,老姚才到下花厅来看我。

"唉,不成,不成!没有办法!"他一进来,就对我摇头,脸上带了一种厌倦的表情(我从没有见过他有这一类的表情!)。他走到沙发前,疲乏地跌坐下去。

"你一定打听到他的下落了。那么以后慢慢想法也是一样。"我说。

"就是没有打听到他的下落!地方倒找到了,可是问不到姓杨的人。那里根本就没有姓杨的人!要是找到人,我一定有办法。"

我望着他的脸,我奇怪他平日那种洒脱的笑容失落在什么地方去了。我感到失望,就说:"也许是他们故意推脱。"

"不会的,不会的,"他摇头说,"我那个朋友陪我一起去,他们不会说假话来敷衍我。"他停了一下,抬起手在鬓边搔了搔,沉吟地说:"说不定他用的不是真姓名。"

"这倒是可能的,"我点头说,一道光在我的脑子里闪了一下,"不错,一定是这样。他出了事害怕给家里人丢脸,才故意改了姓名。那么说不定就是认出他来,他也会不承认自己是杨梦痴。"

"这就难办了。"老姚说。他掏出烟盒来,点了一支纸烟抽着,一面倒在沙发靠背上。我看见他一口一口地吐着烟圈,我想起他跟他的太太吵架的事。我打算给他劝告,却又不知道应该怎样开始才好。过了好几分钟,他稍微弯起身子,又说:"我还有个办法。你把杨老三的相貌给我仔细地描写一番。我过两天想法亲自去看一看。只要找到他本人,不管他承认不承认,保出来再说。或者我再找你去看一看,你一定会认出他。"

这是一个好办法!我放心地吐了一口气。我好像在崎岖的山道上瞥见了一条大路。我凭着记忆把杨梦痴的面貌详细地描绘了一番,他听得很仔细,好像要把我的每句话都记在心里似的。

谈完杨梦痴的事,我们都感到一点疲倦。我们静静地坐了一会儿。老姚忽然站起来,在屋里走了一阵。他愁烦地望着我,说:"老黎,我昨天跟昭华吵过架。"他又掉转身踱起来。

"为什么呢?我还是第一次听见说你们夫妇吵架。"我故意做出惊愕的样子,其实我已经知道了那个原因。

他把手放在鬓上搔了搔,走到我的面前站住了。他皱了皱眉毛,说:"就是为了小虎的事情。昨天我去赵家接他,没有接回来,他外婆留他多耍几天。昭华觉得我太纵容小虎,她抱怨我,我们就吵起来了。后来还是我让了步,才没有事。其实是她误会了我的意思。并不是我不接小虎回家。我实在拗不过他外婆。有钱人的脾气真古怪。她又只有这么一个外孙。你看我有什么办法!"

他求助似的向我摊开两只手。我不讲一句话。我不满意他那种态度。

他走回到他原先坐的沙发前面坐下来。他接着说:"我昨晚上整晚都没有睡好觉。我越想心里越不好过。这是我们头一次吵架。我们结婚三年多,从来没有吵过架。现在开了头,以后就难说了。昨天也是我不好,我先吵起来。"他又取出一根纸烟,点着抽了几口。

我不能再忍耐了。我说:"这的确是你不好。你根本就不该让赵家毁掉小虎,小虎是你的儿子——"

"你不能说赵家毁他。赵家比我更爱小虎。"他不以为然地插嘴说。他把纸烟掷在地板上,用脚踏灭了火。

我生起气来。这一次轮着我站在他面前讲话了。我挥着手大声说:"你还说不是毁掉他?你想想看小虎在赵家受的是什么教育!赌钱,看戏,摆阔,逃学……总之,没有一件好事!你以为赵家现在有钱,那么他们就永远有钱,永远看着别人连饭都吃不饱,他们自己一事不做,年年买田,他们儿子、孙子、外孙、曾孙、重孙都永远有钱,都永远赌钱,看戏,吃饭,睡觉吗?你以为我们人就吃的是钱,睡的是钱,把钱当做父母,一辈子抱住钱啃吗?"我觉得自己脸都涨红了。

"不要说了,不要说了,"老姚连忙摇着手说,"你也误会了我的意思。我从来没有想到钱上面。"

我的气还没有消,我固执地说:"我并没有误会你的意思。上回我劝你,你明明白白跟我说过,你又不是没有钱,用不着害怕小虎爱赌钱不读书。其实讲起赌钱,一个王国也可以输掉,何况你一院公馆,千把亩田!我们是老朋友,我应当再提醒你,杨家从前也是这里一家大富,现在杨老三怎样了?"

"不要说了,不要说了。"他连连挥手说。他不跟我发脾气,也不替他自己辩护。他只是颓丧地躺在沙发上。

我并不同情他,我继续用话逼他。我说:"你也应当想到你太太,你这样,叫她做后娘的怎么办?你当初就应当想到赵家的脾气,就不该续弦;既然续了弦就不该光想到赵家。我怕你为着赵家,毁了你自己的幸福还不够,你还会毁掉你太太的幸福。"我只顾自己说得痛快,不去想他的痛苦。后来我看见他用左手蒙住两只眼睛,我才闭了嘴。

以后我们都没有讲话。他取下手来,抽完一支烟才告辞走了。

这天我刚刚吃过晚饭,老姚忽然来约我去看影戏。我知道他是陪太太去的。我想,在他们夫妇吵过架以后,我应该让他们多有时间单独在一起,不要夹在中间妨碍他们,我便找个托辞推掉了。我顺口问他去看什么片子,他答说是《吾儿不肖》。我感到惊喜。我看过这部影片,已经很陈旧了,不过对他们倒是新鲜的。并且它一定会给老姚一个教训,也许比我的劝告更有效。

我送他们夫妇上车。姚太太安静、愉快地对我微笑,笑容跟平日一样。老姚的脸上也有喜色,先前的疲倦已经消散了。

我希望他们以后永远过着和睦的日子。

三十二

第二天老姚在午饭时间以前来看我。他用了热烈的语调对我恭维昨晚的影片。他受了感动,无疑地他也得到了教训。他甚至对我说他以后要好好地注意小虎的教育了。

我满意地微笑。我相信他会照他所说的做去。

"小虎昨天回来了吧?"我顺口问了一句。

"没有。昨天我跟昭华回来太晚,来不及派人去接他。今天我一定要接他回来。"老姚说着,很有把握地笑了笑。

老姚并没有吹牛。下一天早晨老文来打脸水,便告诉我,虎少爷昨晚回家,现在上学去了。后来他又说,虎少爷今天不肯起床,还是老爷拉他起来的,老爷差一点儿发脾气,虎少爷只好不声不响地坐上车子让老李拉他去上学。

这个消息使我感到痛快,我觉得心里轻松了许多。我洗好脸照常到园子里散步。吃过早点后不久我便开始工作。

我在整理我的小说。我预计在三个多星期里面写成的作品,想不到却花了我这么多天的工夫。我差一点对那位前辈作家失了信。他已经寄过两封信来催稿了。我决定在这个星期内寄出去。

整理的工作相当顺利。下半天老姚同他的太太到园里来,我已经看好五分之一的原稿了。

他们就要去万家,车子已经准备好了,他们顺便到我这里来坐一会儿,或许还有一个用意:让我看见他们已经和好了。下午天气突然热起来。丈夫穿着白夏布长衫,太太穿着天蓝色英国麻布的旗袍。两个人的脸上都带着幸福的表情。

"黎先生,谢谢你啊,"姚太太看见我面前摊开的稿纸,带笑地说,

"我觉得你这个结局改得好。"

"这倒要感谢你,姚太太,是你把他们救活了的。"我高兴地回答她。

"其实你这部小说,应该叫做《憩园》才对。你是在我们的憩园里写成的。"老姚在旁边插嘴说。

"是啊。黎先生可以用这个书名做个纪念。本来书里头有个茶馆,那个瞎眼女人从前就在那儿唱书。车夫每天在茶馆门口等客,有时看见瞎眼女人进来,有时看见她出去,偶尔也拉过她的车。他们就是在那儿认得的。后来瞎眼女人声音坏了,才不在那家茶馆唱书。那家茶馆里头也有花园,黎先生叫它做明园。要改,就把明园改做憩园好了。"姚太太接着说,这番话是对她的丈夫说的,不过她也有要我听的意思。我听见她这么熟悉地谈起我的小说,我非常高兴,我愿意依照她的意思办这件小事。

"不错,不错,叫那个茶馆做憩园就成了,横竖不会有人到我们这儿来吃茶。老黎,你觉得怎样?"老姚兴高采烈地问我道。

我答应了他们。我还说:"你既然不在乎,我还怕什么?"我拿起笔马上在封面上题了"憩园"两个字。

他们走的时候,我陪他们出去。栏杆外绿瓷凳上新添的两盆栀子花正在开花,一阵浓郁的甜香扑到我的鼻端来。我们在栏前站了片刻。

"黎先生,后天请你不要出去,就在我们家里过端午啊。"姚太太侧过脸来说。

我笑着答应了。

"啊,我忘记告诉你,"老姚忽然大声对我说,他拍了一下我的肩头,"昨天我碰到我那个朋友,我跟他讲好了,过了节就去办杨老三的事。他不但答应陪我去,他还要先去找负责人疏通一下。我看事情有七八成的把握。"

"好极了。等事情办妥,杨梦痴身体养好,工作找定,我们再通知他家里人,至少他小儿子很高兴;不过我还担心他那些坏习气是不是一时改得好。"我带笑说。

"不要紧,杨老三出来以后,什么事都包在我身上。"老姚说着,还得意地做了一个手势。

"黎先生,花厅里头蚊子多吧？我前天就吩咐过老文买蚊香,他给你点了蚊香没有？"姚太太插嘴问道。

"不多,不多,不点蚊香也成,况且又有纱窗。"我客气地说。

"不成,单是纱窗不够,花厅里非点蚊香不可！一定是老文忘记了,等会儿再吩咐他一声。"老姚说。

我们走出园门,看见车子停在二门外,老文正站在天井里同车夫们讲话。姚太太在上车以前还跟老文讲起买蚊香的事,我听见老文对她承认他忘记了那件事情。老文的布满皱纹的老脸上现出抱歉的微笑。可是并没有人责备他。

我回到园内,心里很平静,我又把上半天改过的原稿从头再看一遍,我依照老姚夫妇的意思,把那个茶馆的招牌改做了憩园。

我一直工作到天黑,并不觉得疲倦。老文送蚊香来了。我不喜欢蚊香的气味,但也只好让他点燃一根,插在屋角。我关上门。纱窗拦住了蚊子的飞航。房里相当静,相当舒适。我扭燃电灯又继续工作,一直做到深夜三点钟,我把全稿看完了。

睡下来以后,我一直做怪梦。我梦见自己做了一个车夫,拉着姚太太到电影院去。到了电影院我放下车,车上坐的人却变做杨家小孩了！电影院也变成了监牢。我跟着小孩走进里面去,正碰见一个禁子押了杨梦痴出来。禁子看见我们就说："人交给你们了,以后我就不管了。"他说完话,就不见了。连监牢也没有了。只有我们三个人站在一个大天井里面。杨梦痴戴着脚镣,我们要给他打开,却没有办法。忽然警报响了,敌机马上就来了,只听见轰隆轰隆的炸弹声,我一着急,就醒了。第二次我梦见自己给人关在牢里,杨梦痴和我同一个房间。我不知道我是为了什么事情进来的。他说他也不知道他的罪名。他又说他的大儿正在设法救他。这天他的大儿果然来看他。他高兴得不得了。可是他去会了大儿回来,却对我说他的大儿告诉他,他的罪已经定了:死刑,没有挽救的办法。他又说,横竖是一死,不如自杀痛快。他说着就把头朝壁上一碰。他一下就碰开了头,整个头全碎了,又是血,又是脑浆……我吓得大声叫起来。我醒来的时候,满头是汗,心咚咚地跳。窗外响起了第一批鸟声。天开始发白了。

后来我又沉沉地睡去。到九点多钟我才起来。

我对我这部小说缺乏自信心。到可以封寄它的时候,我却踌躇起来,不敢拿它去浪费前辈作家的时间。这天我又把它仔细地看了一遍,还是拿它搁起来。到端午节后一天我又拿出原稿来看一遍,改一次,一共花了两天工夫,最后我下了决心把它封好,自己拿到邮局去寄发了。

我从邮局回来,正碰到老姚的车子在二门外停下。他匆匆忙忙地跳下车,一把抓住我的膀子说:"你回来得正好,我有消息告诉你。"

"什么消息?"我惊讶地问道。

"我打听到杨老三的下落了。"他短短地答了一句。

"他在什么地方?可以交保出来吗?"我惊喜地问他,我忘了注意他的脸色。

"他已经出来了。"

"已经出来了?那么现在在哪儿?"

"我们到你房里谈吧。"老姚皱着眉头说。我一边走一边想:难道他逃出来了?

我们进了下花厅。老姚在他常坐的那张沙发上坐下来。我牢牢地望着他的嘴唇,等着它们张开。

"他死了。"老姚说出这三个字,又把嘴闭上了。

"真的?我不信!他不会死得这么快!"我痛苦地说,这个打击来得太快了,"你怎么知道死的是他?"

"他的确死了,我问得很清楚。你不是告诉我他的相貌吗?他们都记得他,相貌跟你讲的一模一样,他改姓孟,名字叫迟。不是他是谁!我又打听他的罪名,说是窃盗未遂,又说他是惯窃,又说他跟某项失窃案有关。关了才一个多月……"

"他怎么死的?"我插嘴问道。

"他生病死的。据说他有一天跟同伴一块儿抬了石头回来,第二天死也不肯出去,他们打他,他当天就装病。他们真的就把他送到病人房里去。他本来没有大病,就在那儿传染了霍乱,也没有人理他,他不到三天就死了。尸首给席子一裹,拿出去也不知道丢在哪儿去了……"

"那么他们把他埋在哪儿?我们去找到他的尸首买块地改葬一下,给他立个碑也好。我那篇小说寄出去了,也可以拿到一点钱。我可以出一半。"

老姚断念地摇摇头说:"恐怕只有他的鬼知道他自己埋在哪儿!我本来也有这个意思。可是问不到他尸首的下落。害霍乱死的人哪个还敢沾他!不消说丢了就算完事。据说他们总是把死人丢在东门外一个乱坟坝里,常常给野狗吃得只剩几根骨头。我们就是找到地方,也分不出哪根骨头是哪个人的。"

我打了一个冷噤。我连忙咬紧牙齿。一阵突然袭来的情感慢慢地过去了。

"唉,这就是我们憩园旧主人的下场,真想不到,我们那棵茶花树身上还刻的有他的名字!"老姚同情地长叹了一声。

死了,那个孩子的故事就这样地完结了。这一切都是可能的吗?我不是在做梦?这跟我那个晚上的怪梦有什么分别!我忽然记起他留给小儿子的那封短信。"把我看成已死的人吧……让我安安静静地过完这一辈子。"他就这样地过完这一辈子么?我不能说我同情他。可是我想起大仙祠的情形,我的眼泪就淌出来了。

"我去告诉昭华。"老姚站起来,自语似的说,声音有点嘶哑;他又短短地叹一口气,就走出去了。

我坐着动也不动一下,痴痴地望着他的背影。一种不可抗拒的疲倦从头上压下来。我屈服地闭上了眼睛。

三十三

我昏昏沉沉地过了一个多星期。我每天下午发烧,头昏,胃口不好,四肢软弱。我不承认我害病。我有时还出去看电影。不过我现在用不着伏在桌上写字了。天晴的日子我一天在园子里散步两次。我多喝开水,多睡觉。

老姚每天来看我一次,谈些闲话。他不知道我生病,只说我写文章太辛苦了,这两天精神不大好。他劝我多休息。他自己倒显得精力饱满。他好像把那些不痛快的事情完全忘记了似的,脸上整天摆着他那种对什么都不在乎的笑容,他还常常让我听见他的爽朗的笑声。他的太太也常来,总是坐一些时候,就同丈夫一道回去。到底是她细心,她看出了我在生病,她劝我吃药;她还吩咐厨房给我预备稀饭。她的平静的微笑表示出内心的愉快。我在旁边观察他们夫妇的关系,我觉得他们还是互相爱着,跟我初来时看见的一样。小虎也到我的房里来过两次,我好久没有被他正眼看过了。他现在对我也比较有礼貌些。我向他问话的时候,他也客气地回答几句。从老姚的口中我知道赵外老太太带着孙儿、孙女到外县一个亲戚家里做客去了,大约还要过两个星期才回省来。小虎没有人陪着玩,也只好安安分分地上学读书,回家温课,并且也肯听父亲的话了。

那么这一家人现在应该过得够幸福了。我替他们高兴,并且暗暗祝福他们。有一天我向老文谈起小虎,我说小虎现在改变多了。老文冷笑道:"他才不会改好!黎先生,你不要信他。过几天赵外老太太一回来,他立刻又会变个样子。老爷、太太都是厚道的人,才受他的骗。我们都晓得他的把戏。"我不相信老文这番话,我认为他对小虎的成见太深了。

我这种患病的状态突然停止了。我不再发热,也能够吃饭。他们夫妇来约我出去玩,我看见他们兴致好,一连陪他们出去玩了三天。第三天我们回来较早,他们的车子先到家。我的车夫本来跑得不快,在一个街口转弯的时候,又跟迎面一部来车相撞,这两位同业放下车吵了一通,几乎要动起武来,却又忍住,互相恶毒地骂了几句,各人拉起车子走了。我回到姚家,在大门内意外地碰到杨家小孩。他正坐在板凳上跟李老汉谈话。

"黎先生,你才回来!我等你好久了!"小孩看见我,高兴地跳起来。"姚太太他们回来好一阵了。"

"你好久没有来了,近来好吗?"我带笑望着他,亲切地说。

"我来过两回,都没有碰到你。我近来忙一点。"小孩亲热地答道。

"我们进去坐吧,今天月亮很好。"我说。

他跟着我进里面去了。他拉着我的手,用快乐的调子对我说:"黎先生,我哥哥明天结婚了。"

我问他:"你高兴吗?"我极力压住我的另一种感情,我害怕我说出在这个时候不应该讲的话。

他点点头说:"我高兴。"他接着又解释道:"他们都高兴,我也高兴。我喜欢我表姐,她做了嫂嫂,对我一定更好。"

这时我们已经进了花园的门廊。石栏杆外树阴中闪着月光,假山上涂着白影,阴暗和明亮混杂在一块儿。

"你晚上还没有来过。"我略略俯下头对小孩说。

"是。"他应了一声。

我们沿着石栏杆转到下花厅门前。栀子花香一股一股地送进我的鼻里来。

"我不进去,我在下面站一会儿就走。"小孩说。

"你急着回去,是不是帮忙准备你哥哥的婚礼?"我笑着问他。

"我明天一早就要起来,客人多,我们家里人少怕忙不过来。"小孩答道。

我们走下台阶,在桂花树下面站住了。月光和树影在小孩的身上绘成一幅图画。他仰起头,眼光穿过两棵桂花树中间的空隙,望着顶上一段无云的蓝空。

"我想参加你哥哥的婚礼,你们欢迎不欢迎?"我半开玩笑地问道。

"欢迎,欢迎!"小孩快乐地说。"黎先生,你一定来啊!"我还没有答话,他又往下说:"明天一定热闹,就只少了一个人。要是爹在,我们人就齐了。"他换了语调,声音低,就像在跟自己说话一样。他忽然侧过头,朝我的脸上看,提高声音问道:"黎先生,你还没有得到我爹的消息吗?"

我愣了一下,毅然答道:"没有!"我马上又加一句:"他好像不在省城里了。"

"我也这样想。我这么久都没有找到他。李老汉也没有他的消息。他要是还在这儿,一定会有人看见他,我们大家到处找,一定会找到他的!他一定到别处做事去了,说不定他有天还会回来。"

"他会回来。"我机械地应道。我并不为着自己的谎话感到羞愧。我为什么连他这个永远不能实现的希望也要打破呢?

"那么我会陪他到这儿来,看看他自己亲手刻的字。"小孩做梦似的说,就走到山茶树下,伸手在树身上摩抚了一会儿。他的头正被大块黑影盖着,我看不见他的脸上的表情。他不讲话。园里只有小虫唤友的叫声,显得相当寂寞。一阵风吹起来,月影在地上缓缓地摇动,又停住了。两三只蚊子连连地叮我的脸颊。我的心让这沉默淡淡地涂上了一层悲哀。突然间那个又瘦又脏的长脸在我的脑际浮现了,于是我看见那双亮了一下的眼睛,微动的嘴唇和长满疥疮的右手。我并没有忘记这最后的一瞥!他要跟我讲的是什么话?为什么我不给他一个机会?为什么不让他在垂死的时候得到一点安慰?但是现在太迟了!

"黎先生,我再朝那边儿走走,好不好?"小孩忽然用带哭的声音问我。

"好。"我惊醒过来了。四周都闪着月光,只有我们站的地方罩着浓影。我费力地在阴暗中看了这个小孩一眼。我触到他的眼光,我掉开头说了一句:"我陪你走。"我的心微微地痛起来了。

我们默默地走过假山中间的曲折的小径。他走得很慢,快走到上花厅纸窗下面的时候,他忽然站住,用手按住旁边假山的一个角说:"我在这儿绊过跤,额楼①碰在这上头,现在还有个疤。"

"我倒看不出来。"我随口答了一句。

"就在这儿,给头发遮住了,要不说是看不见的。"他伸起右手去摸伤疤,我随着他的手看了一眼,却没有看到。

我们沿着墙,从玉兰树,走到金鱼缸旁边,他把手在缸沿上按了一下,自语似的说:"我还记得这个缸子,它年纪比我还大。"过了两三分钟,他朝着花台走去。后来我们又回到桂花树下面了。

"到里面去坐坐吧。"我站得疲乏了,提议道。

"不,我要回去了。"小孩摇摇头说,"黎先生,谢谢你啊!"

"好,我知道你家里人在等你,我也不留你了。你以后有空常常来玩吧。"

"我要来。"孩子亲切地答道。他迟疑了一下,又接下去说:"不过听说哥哥有调到外县当主任的消息,我希望这不是真的。不然我们全家都要搬走了,那么将来爹回来,也找不到我们了。"从这年轻的声音里漏出来一点点焦虑,这使我感动到半天讲不出一句话。但是在这中间小孩告辞走了。临走他还没有忘记邀请我,他说:"黎先生,你明天一定要来啊。李老汉晓得我们的地方。"

我只好唯唯地应着。

我走进我的房间,扭开电灯,看见书桌上放了一封挂号信。我拆开信看了,是那位前辈作家写来的,里面还附了一张四千元的汇票,这是我那本小说的一部分稿费。他在信上还说:"快来吧,好些朋友都在这里,我们等着你来,大家在一块儿可以做点事情……"他举出几个人的名字,其中有两个的确是我的老朋友,我三年多没有看见他们了。

这一夜我失眠,我躺在床上翻来覆去地想了许久。我想到走的

---

① 额楼:前额。

事情。的确我应该走了。我的小说完成了,杨梦痴的故事完结了,老姚夫妇间的"误会"消除了。我的老朋友在另一个地方等着我去。我还要留在憩园里干什么呢?我不能在这儿做一个长期的食客!

第二天老姚夫妇来看我,我便对他们说出我要走的话。我在他们的脸上看到惊讶与失望的表情。自然,他们两个人轮流地挽留我,他们说得很诚恳。可是我坚决地谢绝了。我有我的一些理由。他们有他们的理由。最后我们找到一折衷办法:我答应明年再来,他们答应在半个月以后放我走。我当时就把买车票的事托给老姚。

这天周嫂来给我送饭,老文替李老汉看门。据说李老汉请假看亲戚去了。我知道他一定是去参加杨家的婚礼,去给他的旧主人再办一天事。不过他回来以后,我也没有对他提过这样的话。

三十四

十天平静地过去了。星期三的早晨老文告诉我一个消息:赵外老太太已经从外州县回省,昨天下午打发人来接了虎少爷去,并且说得明白,这回要留虎少爷多住几天,请姚老爷不要时常派车去接他回家。我听着,厌恶地皱起了眉头。我想:为什么又来扰乱别人家庭的和平呢?

下午老姚来通知我,他已经替我订了星期六的车票(他还交给我买票的介绍信),并且讲好星期五下半天他们夫妇在外面馆子里给我饯行。从他的谈话中我知道他的太太今天不大舒服,又知道他等一会儿要到赵家去。我问他小虎这回是不是要在赵家久住。他先说,外婆刚回省,接小虎去陪她,多住几天也不要紧,反正学堂已经放暑假,不必温习功课;后来他说,后天就要接小虎回来给我送行。最后他又说:"这两天天气热起来了,车上很不舒服,你不如到了秋凉再走吧。"

我自然不会听从他的话。他走了。我想到赵外老太太的古怪脾气,我有点为姚太太,为这一家人的幸福担心。可是老姚本人好像并没有注意到这件事。

这一天的确很热。我没有上街。我搬了一把藤躺椅到窗下石栏杆旁边,我坐在躺椅上,捧着一卷书,让那催眠歌似的蝉噪单调地在我的耳边飘过,这样消磨了我的整个下午。从晚上九点钟起落着大雨,天气又转凉了。

雨哗啦哗啦地落了很久。我半夜醒来还听见雷声和水声。我担心屋瓦会给雨打破,又担心园里花木会给雨打倒。可是我第二天睁开眼睛,看见的却是满屋的阳光。

下午四点钟光景,老姚正在园里跟我闲谈。他把我常坐的那张藤椅搬出来,放到台阶下花盆旁边,他坐在那里悠闲地听着蝉声,喝着新泡的龙井。忽然赵青云带着紧张的脸色跑了进来,声音颤抖地说:"老爷,赵外老太太打发人来请老爷就过去,虎少爷给水冲起走了。"

"什么!"老姚正在喝茶,发出一声惊叫,就把手里杯子一丢,跳了起来。茶杯打碎了,水溅到我的脚上。

"虎少爷跟赵家几位少爷一路出城去浮水①。他们昨天下午也去过。今天水涨了,虎少爷不当心,出了事情。水流得急,不晓得人冲到哪儿去了。"赵青云激动地说。

老姚脸通红,额上不住地冒汗,眼珠也不转动了,他伸起手搔着头发。停了片刻他声音沙哑地说:"我立刻去。我不进去了。你去跟太太说我有事情出去了。你们不要让太太知道虎少爷的事情,等我回来再说。"

赵青云连连答应着"是"。他先出去了。

我站起来轻轻地拍一下老姚的肩头,安慰他说:"你不要着急,事情或者不至于——"

"我知道,我自己也应该负责。我走了。你要是见到昭华,不要告诉他小虎的事情。"老姚皱紧眉头打岔说,只有片刻的工夫,他的脸色就变成灰白了。他茫然看我一眼,也不再说什么,就走了出去。

---

① 浮水:游泳。

我跟着他走出园门。我看见他坐上包车。我也没有再跟他讲话。我有一种奇怪的感觉。我反复地咀嚼着他那句话:"我自己也应该负责。"这是他的真心话。他的确是有责任的。但是我的平静的心境给这件意外事情扰乱了,这一天就没有恢复过来。

老文送晚饭来的时候,我在他的脸上看到一种幸灾乐祸的表情。他眨着他那对小眼睛说:"黎先生,天老爷看得明白,做得公道,真是报应分明啊。"我茫然望着他这张似笑非笑的皱脸。他解释般地接下去说:"赵家天天想害我们太太,结果倒害了他自家外孙。这又怪得哪个?要是老爷肯听太太的话,也不会有这回事情。太太受了几年罪,现在也该出头了。"

他这番话要是迟几天对我讲,我也许会听得很高兴。可是现在听到,却引起了我的反感。我不想反驳他,我只是淡淡地提醒他一句:"不过你们老爷就只有这一个少爷啊!"

老文埋下头,不做声了。我端着碗吃饭,可是我的眼光还时常射过去看他的脸。我看见他慢慢地抬起头来,掉转身子朝着窗外,偷偷地揩眼睛。他走到门口,在那里站了一会儿。他再走过来收碗的时候,他一边抹桌子,一边战战兢兢地说:"只求天保佑虎少爷没有事情就好了。"凭他的声音,我知道这句话是从他心里吐出来的。

"也许不会有事情。"我也应了一句。我故意用这句话来安慰他。其实我同他一样地知道事情已经完结了。唯一的希望是能够找回小虎的尸首来。

三十五

我们这个希望并没有实现。

第二天一早我拿着老姚的介绍信去汽车站买票。起初是没有到时间,以后是找不到地方,再后是找不到人。一直到十一点半钟我才把手续办好,拿到车票。可是人已经累得不堪了。

我记起来,在这附近有一个可以歇脚的地方。那是一家兼卖饭菜的茶馆,房子筑在小河旁边,有着茅草盖的屋顶,树枝扎的栏杆,庭前种了些花草,靠河长了几棵垂柳。进门处灌木丛生,由一条小径通入里面。在大门外看,这里倒像是一座废园。这个茶馆我去过一次,座位清洁,客人不多,我倒喜欢这种地方。

我在河畔柳阴下围栏前一张小茶桌旁边坐下来。我吃了两碗面,正靠在竹椅背上打瞌睡,忽然给一阵嘈杂的人声惊醒了。我不知道发生了什么事情。我只看见一些客人兴奋地朝外面跑去。也有几个人就站在围栏前向对岸张望。对岸横着一条弯弯曲曲的黄土路,路的另一边是一块稻田,稻田外面又是一条白亮亮的河。我面前这条小河便是它的支流。看热闹的乡下人和小孩们正拉成一根线从黄土路到它那里去。

"什么事?他们在看什么?"过了好一会儿,我看见一个堂倌走过来,便指着那些站在围栏前张望的人问他道。

"淹死人。"堂倌毫不在意地答道,好像这是很平常的事。他朝我用手指的那个方向看了一眼,轻蔑地动一下嘴添上一句:"在这儿怎么看得见?"

又淹死人!怎么我到处都看见灾祸!难道必须不断地提醒我,我是生活在苦难中间?

一个胖女人用手帕蒙住脸呜呜地哭着走过去了。她后面跟着一个老妈子同一个车夫模样的男人。他们是从河那边来的。

"这是他的妈,刚才哭得好伤心。"堂倌指着那个女人说。"她是寡妇,两房人就只有这一个儿子。"

"什么时候淹死的?"我问。

"昨天下半天,离这儿有好几里路!年纪不过十八九岁,说是跟人打赌,人家说,你敢浮过对面去?他说声敢,不管三七二十一就浮过去。昨天水太大,他不当心,浮到半路上,水打了两个漩儿,他就完了。尸首冲到这儿来,给桥柱子挡住了,今早晨才看见,他妈晓得,刚才赶来哭一场,现在多半去给他预备后事。"堂倌像在叙说一个古代的故事似的,没有同情,也没有怜悯。

我不再向他问话,疲倦地把头放在竹椅的靠枕上,阖上了眼睛。我并没有睡意,我只是静静地想着小虎的事。

大概过了半点钟吧,一切都早已回到平静的状态里面了。我站起来付了钱,走出大门去。我走了不到一百步,在路上,我看见了堂倌讲的那座桥。桥头还站着五六个人。好奇心鼓动我走到那里去。

桥静静地架在两岸上,桥身并不宽。在我站的这一头左边有一棵低垂的柳树,树叶快挨到水面了,靠近这棵柳树,在桥底下,仰卧地浮着一个完全赤裸的年轻人。他的左手向上伸着,给一条带子拴在桥柱上,右手松弛地垂在腰间。一张端正的长脸带着黑灰色,眼睛和嘴唇都紧紧闭着。他好像躺在那里沉睡,绝不像是一具死尸。

"简直跟活人一样!"我惊奇地自语道。

"起先更好看,一张脸红东东的!"旁边一个乡下人接嘴说。"等到他母亲来一哭,脸色立刻就变了。"

"真有这样的事?"我不相信地再说一句。

"我亲眼看见的,未必还有假!"他说着,瞪了我一眼。

我埋下头,默默地注视这张安静的睡脸。渐渐地我看得眼花了。我好像看见小虎睡在那里。我吃了一惊,差一点要叫起来,连忙揉了揉眼睛,桥下还是那一张陌生的睡脸。这就是死!这么快,这么简单,这么真实!

三十六

我回到姚家,看见老文同李老汉在大门口讲话。我问他们有没有虎少爷的消息。他们回答说没有。又说老爷一早带了赵青云出去,一直没有回来。老文还告诉我,太太要他跟我说,今天改在家里给我钱行。

"其实可以不必了。虎少爷出了事情,你们老爷又不在家,太太又有病,何必还客气。"我觉得不过意就对老文说了。

"太太还讲过,这是老爷吩咐的,老爷还说要赶回来吃饭。"老文恭顺地说。

"老爷赶得回来吗?"我顺口问道。

"老爷吩咐过晚饭开晏点儿,等他回来吃。"老文说到这里,立刻补上一句:"陪黎先生吃饭。"

老姚果然在七点钟以前赶回家。他同他的太太一起到下花厅来。他穿着白夏布的汗衫、长裤,太太穿一件白夏布滚蓝边的旗袍。饭桌摆好在花厅的中央。酒壶和菜碗已经放在桌上。他们让我在上方坐下,他们坐在两边。老姚给我斟了酒,也斟满他自己的杯子。

菜是几样精致可口的菜,酒是上好的黄酒。可是我们三个人都没有胃口。我们不大说话,也不大动筷子。我同老姚还常常举起酒杯,但我也只是小口地呷着,好像酒味也变苦了。饭桌上有一种沉郁的气氛。我们(不管是我或者是他们)不论说一句话,动一下筷子,咳一声嗽,都显得很勉强似的。他们夫妇的脸上都有一种忧愁的表情。尤其是姚太太,她想把这阴影掩藏,却反而使它更加显露了。她双眉紧锁,脸色苍白,眼光低垂。她的丈夫黑起一张脸,皱起一大堆眉毛,眼圈带着灰黑色,眼光常常茫然地定在一处,他好像在看什么,又像不在看什么。我看不到自己的脸,不过我想,我的脸色一定也不好看吧。

"黎先生,请随便吃点儿菜,你怎么不动筷子啊?"姚太太望着我带笑地说。我觉得她的笑里有苦涩味。她笑得跟平日不同了。

"我在吃,我在吃。"我连声应着,立刻动了两下筷子,但是过后我的手又不动了。

"其实你这回应当住到秋凉后才走的。你走了,我们这儿更清静了。偏偏又遇到小虎的事。"她慢慢地说,提到小虎,她马上埋下头去。

我一直没有向老姚问起小虎的下落,并不是我不想知道,只是因为我害怕触动他的伤痛。现在听见他的太太提到小虎的名字,我瞥了他一眼,他正埋着头在喝酒,我忍不住问他的太太道:"小虎怎么了?人找到没有?"

她略略抬起脸看我一眼,把头摇了摇。"没有。诵诗到那儿去看过,水流得那么急,不晓得冲到哪儿去了。现在沿着河找人到处打捞。他昨天一晚上都没有睡觉……"她哽咽地说,泪水在她的眼里发亮了,她又低下头去。

"是不是给别人搭救起来了?"我为着安慰他们,才说出这句我自己也知道是毫无意义的话。

姚太太不做声了。老姚忽然转过脸来看我,举起杯子,声音沙哑地说:"老黎,喝酒吧。"他一口就喝光了大半玻璃杯的酒。姚太太关心地默默望着他。他马上又把杯子斟满了。

"老姚,今天我们少喝点。我自然不会喝酒。可是你酒量也有限,况且是空肚子喝酒……"我说。

"不要紧,我不会醉。你要走了,我们不知道什么时候才能够再碰到一块儿喝酒,今天多喝几杯有什么关系!吃点菜吧。"他打断了我的话,最后拿起筷子对我示意。

"天气热,还是少喝点儿吧。"他的太太在旁边插嘴说。

"不,"他摇摇头说,"我今天心里头不好过,我要多喝点儿酒。"他又把脸向着我:"老黎,你高兴喝多少就喝多少,我不劝你。我只想喝酒,不想讲话,昭华陪你谈谈吧。"他的一双眼睛是干燥的。可是他的面容比哭的样子还难看。

"不要紧,你不必管我,你用不着跟我客气,"我答道,"其实我在这儿住了这么久,已经不算是客人了。"

"也没有几个月,怎么说得上久呢?黎先生,你明年要来啊!"姚太太接着说。

我刚刚答应着,老姚忽然向我伸过右手来,叫了一声"老黎"。他整个脸都红了。我也把右手伸过去。他紧紧捏住它,恳切地望着我,用劲地说着两个字:"明年。"

"明年。"我感动地答应着,我才注意到两只酒瓶已经空了。可是我自己还没有喝光一杯酒。

"这才够朋友!"他说,就把手收回去,端起酒杯喝光了。过后他向着他的太太勉强地笑了笑,说:"昭华,再开一瓶酒吧。喊老文去拿来。"

"够了,你不能再喝了。"他的太太答道。她又转过脸去,看了老文一眼。老文站在门口等着他们的决定。

"不,我还没有喝够,我自己去拿。"他推开椅子站起来,他没有立稳,身子晃了两晃,他连忙按住桌面。

"怎么啦?"他的太太站起来,惊问道。我也站起来了。

"我喝醉了。"他苦笑地说,又坐了下来。

"那么你回屋去躺躺吧。"我劝道。我看他连眼睛也红了。他不回答我,忽然伸起双手去抓自己的头发,痛苦地、声音沙哑地嚷起来:"我没有做过坏事,害过人!为什么现在连小虎的尸首也找不到?难道就让他永远泡在水里,这叫我做父亲的心里怎么过得去!"他蒙住脸呜呜地哭了。

"姚太太,你陪他进去吧,"我小声对他的太太说,"他醉了,过一会儿就会好的。他这两天也太累了。你自己也应当小心,你的病刚好。你们早点休息吧。"

"那么我们不陪你了,你明年——"她只说了这几个字,两只发亮的黑眼睛带了惜别的意思望着我。

"我明年一定来看你们。"我带点感伤地说。我看见她的脸上浮出了凄凉的微笑。她的眼光好像在说:我们等着你啊!她站到丈夫的身边,俯下头去看他,正要讲话。

老姚忽然止了哭,取下蒙脸的手,站起来,用他的大手拍我的肩头,大声说:

"我明天早晨一定送你到车站。我已经盼咐过,天一亮就给我们预备好车子。"

"你不必送我。我行李少,票子又买好了,一个人走也很方便。你这两天太累了。"

"我一定要送你,"他固执地说,"明天早晨我一定来送你。"他让太太挽着他的膀子摇摇晃晃地走出花厅去了。我叫老文跟着他们进去,我担心他会在半路上跌倒。

我一个人坐在这个空阔的厅子里吃了一碗饭,又喝光了那杯酒。老文来收碗的时候,他对我说太太已经答应,明天打发他跟我上车站去。我感谢他的好意。可是我不能够像平日那样地听他长谈,我的脑筋迟钝了。酒在我的身上发生效力了。

酒安定了我的神经。我睡得很好。我什么事都不想,实在我也不能够用思想了。

老文来叫醒我的时候,天刚发白,夜色还躲藏在屋角。他给我打脸水,又端了早点来。等我把行李收拾好,已经是五点多钟了。我决定不等老姚来,就动身去车站。我刚刚把这个意思告诉了老文,就听见窗外有人在小声讲话,接着脚步也听见了。我知道来的是谁,就走出去迎她。

我跨出门槛就看见姚太太同周嫂两人走来。

"姚太太,怎么你起来了?"我问道,我的话里含的有惊喜,也有感激。我并且还想着:老姚也就要来了。

"我们还怕来不及。"她带着亲切的微笑说。她跟我走进厅子里去,一边还说:"诵诗不能够送你了,他昨晚上吃醉了,吐了好几回,今早晨实在起不来,很对不起你。"

"姚太太,你怎么还这样客气!"我微笑道。接着我又问她:"诵诗不要紧吧?"

"他现在睡得很好,大概过了今天就会复原的。不过他受了那么大的打击,你知道他多爱小虎,又一连跑了两天,精神也难支持下去。倘使以后你有空,还要请你多写信劝劝他,劝他看开一点。"

"是的,我一定写信给你们。"

"那么谢谢你,你一定要写信啊!"她笑了笑,又转过脸去问老文:"车子预备好了吧?"

"回太太,早就好了。"老文答道。

"那么,黎先生,你该动身了吧?"

"我就走了。"我又望着她手里拿的一封信,这个我先前在门外看见她的时候就注意到了,我便问她:"姚太太,是不是要托我带什么信?"

"不是,这是我们的结婚照片,那天我找了出来,诵诗说还没有送过你照片,所以拿出来给你带去。"她把信封递给我。"你不要忘记我们这两个朋友啊,我们不论什么时候都欢迎你回来。"她又微微一笑。这一次我找回她那照亮一切的笑容了。

我感谢了她,可是并不取出照片来看,就连信封一起放在我的衣袋里。然后我握了一下她伸过来的手:"那么再见吧。我不会忘记你们的。请你替我跟诵诗讲一声。"

我们四个人一路出了园门,老文拿着我的行李,周嫂跟在姚太太后面。

"请回去吧。"我走下天井,掉转脸对姚太太说。

"等你上车子吧。今天也算是我代表他送你。"她说着一直把我送到二门口。我正要上车,忽然听见她带着轻微的叹息说:"我真羡慕你能够自由地往各处跑。"

我知道这只是她一时的思想。我短短地回答她一句:"其实各人有各人的世界。"

车子拉着我和皮箱走了,老文跟在后面,他到外面去雇街车。车子向开着的大门转弯的时候,我回头去看,姚太太还立在二门口同周嫂讲话。我带了点留恋的感情朝着她一挥手,转眼间姚公馆的一切都在我的眼前消失了。那两个脸盆大的红字"憩园"仍然傲慢地从门楣上看下来。它们看着我来,现在又看着我去。

"黎先生!"一个熟习的声音在后面喊我,我回过头,正看见李老汉朝着我的车子跑来。我叫老李停住车。

李老汉跑得气咻咻的,一站住就伸手摸他的光头。

"黎先生,你明年一定要来啊!"他结结巴巴地说,一张脸也红了,白胡须在晨光中微微地摇颤。

"我明年来。"我感谢地答应道。车子又朝前滚动了。它走过大仙祠的门前,老文刚雇好车子坐上去。至于大仙祠,我应当在这里提一句:我有一个时期常常去的那个地方在四五天以前就开始拆毁了,说是要修建什么纪念馆。现在它还在拆毁中,所以我的车子经过的时候,只看见成堆的瓦砾。

一九四四年七月

寒　夜

一

　　紧急警报发出后快半点钟了,天空里隐隐约约地响着飞机的声音,街上很静,没有一点亮光。他从银行铁门前石级上站起来,走到人行道上,举起头看天空。天色灰黑,像一块褪色的黑布,除了对面高耸的大楼的浓影外,他什么也看不见。他呆呆地把头抬了好一会儿,他并没有专心听什么,也没有专心看什么,他这样做,好像只是为了消磨时间。时间仿佛故意跟他作对,走得特别慢,不仅慢,他甚至觉得它已经停止进行了。夜的寒气却渐渐地透过他那件单薄的夹袍,他的身子忽然微微抖了一下。这时他才埋下他的头。他痛苦地吐了一口气。他低声对自己说:"我不能再这样做!"

　　"那么你要怎样呢?你有胆量么?你这个老好人!"马上就有一个声音在他的耳边反问道。他吃了一惊,掉头往左右一看,他立刻就知道这是他自己在讲话。他气恼地再说:

　　"为什么没有胆量呢?难道我就永远是个老好人吗?"

　　他不由自主地向四周看了看,并没有人在他的身边,不会有谁反驳他。远远地闪起一道手电的白光,像一个熟朋友眼睛的一瞬,他忽然感到一点暖意。但是亮光马上就灭了。在他的周围仍然是那并不十分浓的黑暗。寒气不住地刺他的背脊。他打了一个冷噤。他搓着手在人行道上走了两步,又走了几步。一个黑影从他的身边溜过去了。他忽然警觉地回头去看,仍旧只看到那不很浓密的黑暗。他也不知道他的眼光在找寻什么。手电光又亮了,这次离他比较近,而且接连亮了几次。拿手电的人愈来愈近,终于走过他的身边不见了。那个人穿着灰色大衣,身材不高,是一个极平常的人,他在大街上随处都可以见到。这时他的眼光更不会去注意那张脸,何况又看不清楚。但是他的眼睛仍然朝那个人消失的方向望着。他在望什么呢?他自己还是不知道。但是他忽然站定了。

飞机声不知道在什么时候消失了。他到这一刻才想起先前听到过那种声音的事。他注意地听了听。但是他接着又想,也许今晚上根本就没有响过飞机的声音。"我在做梦罢,"他想道,他不仅想并且顺口说了出来。"那么我现在可以回去了。"他马上接下去想道。他这样想的时候,他的脚已经朝着回家的路上动了。他不知不觉地走出这一条街。他继续慢慢地走着。他的思想被一张理不清的网裹住了。

"我卖掉五封云片糕、两个蛋糕,就是这点儿生意!"一个沙哑的声音从墙角发出来。他侧过脸去,看见一团黑影蹲在那儿。

"我今晚上还没有开张。如今真不比往年间,好些洞子都不让我们进去了。在早我哪个洞子不去?"另一个比较年轻的声音接着说。

"今晚上不晓得炸哪儿,是不是又炸成都,这们(么)久还不解除警报。"前一个似乎没有听明白同伴的话,却自语似的慢慢说,好像他一边说一边在思索似的。

"昨天打三更才解除,今晚上怕要更晏些。"另一个接腔道。

这是两个小贩的极不重要的谈话。可是他忽然吃了一惊。昨天晚上……打三更!……为什么那个不认识的人要来提醒他!

昨天晚上,打三更……究竟发生了什么事情?解除警报,他跟着众人离开防空洞走回家去。

昨天那个时候,他不止是一个人,他的三十四岁的妻子,他的十三岁的小孩,他的五十三岁的母亲同他在一起。他们有说有笑地走回家,至少在表面上他们是有说有笑的。

可是以后呢?他问他自己。

他们回到家里，儿子刚睡下来，他和妻谈着闲话，他因为这天吃晚饭时有人给妻送来一封信，便向妻问起这件事情，想不到惹怒了她。她跟他吵起来。他发急了，嘴更不听他指挥，话说得更笨拙。他心里很想让步，但是想到他母亲就睡在隔壁，他又不得不顾全自己的面子。他们夫妇在一间较大的屋子里吵，他母亲带着他儿子睡在另一间更小的屋里。他们争吵的时候他母亲房门紧闭着，从那里面始终没有发出来什么声音。其实他们吵的时间也很短，最多不过十分钟，他妻子就冲出房去了。他以为她会回来。起初他赌气不理睬，后来他又跑下楼去找她，他不仅走出了大门，并且还走了两三条街，可是他连一个女人的影子也没有看见，更不用说她。虽说是在战时首都的中心区，到这时候街上也只有寥寥几个行人，街两旁的商店都已关上铺门，两三家小吃店里电灯倒燃得雪亮，并且有四五成的顾客。他在什么地方去找她呢？这么大的山城他走一晚都走不完！每条街上都可以有她，每条街上都可以没有她。那么他究竟在哪里找得到她呢？

不错，他究竟在哪里找得到她呢？他昨天晚上这样问过自己。今天晚上，就在现在他也这样问着自己。为什么还要问呢？她今天不是派人送来一封信吗？可是信上就只有短短的几句话，措辞冷淡，并且只告诉他，她现在住在朋友家里，她请他把她随身用的东西交给送信人带去。他照样做了。他回了她一封更短更冷淡的信。他没有提到他跑出去追她的事，也不说请她回家的话。他母亲站在他的身边看他写信，她始终不曾提说什么。关于他妻子"出走"的事（他在思想上用了"出走"两个字），他母亲除了在吃早饭的时候用着怜惜的语调问过他几句外，就没有再说话，她只是皱着双眉，轻轻摇着头。这个五十三岁的女人，平素多忧虑，身体不太好，头发已经灰白了。她爱儿子，爱孙儿，却不喜欢媳妇。因此她对媳妇的"出走"，虽说替她儿子难过，可是她暗中高兴。儿子还不知道母亲的这种心理，他等着她给他出主意，只要她说一句话，他就会另外写一封热情的信，恳切地要求他妻子回来。他很想写那样的一封信，可是他并没有写。

他很想求他妻子回家,可是他却在信里表示他妻子回来不回来,他并不关心。信和箱子都被人带走了,可是他同他妻子中间的隔阂也就增加了一层。这以后,他如果不改变态度写信到他妻子服务的地方去(他不愿意到那里去找她),他们两个人就更难和解了。所以他到这时候还是问着那一句老问话,还是找不到一个满意的答复。

"说不定小宣会给我帮忙。"他忽然想道,他觉得松了一口气,但是也只有一分钟。以后他又对自己说:"没有用,她并不关心小宣,小宣也不关心她。他们中间好像没有多大的感情似的。"的确小宣一清早就回到学校去了。这个孩子临走并没有问起妈,好像知道了昨天晚上发生的事情似的。无论如何,向父亲告别的时候,小宣应该问一句关于妈的话。可是小宣并没有问!

他在失望中,忍不住怨愤地叫道:"我这是一个怎样的家呵!没有人真正关心到我!各人只顾自己。谁都不肯让步!"这只是他心里的叫声。只有他一个人听见。但是他自己并没有注意到这一点,他忽然以为他嚷出什么了,连忙掉头向四周看。四周黑黑的,静静的,他已经把那两个小贩丢在后面了。

"我站在这里干什么呢?"这次他说出来了,声音也不低。这时他的思想完全集中在"自己"两个字上面,所以他会这样发问。这句问话把他自己惊醒了。他接着就在想象中回答道:"我不是在躲警报吗?——是的,我是在躲警报。——我冷,我在散步。——我在想我跟树生吵架的事。——我想找她回来——"他马上又问(仍然在思想上):"她会回来吗?我们连面都见不到,我怎么能够叫她回家呢?"

没有人答话。他自己又在想象中回答:"妈说她自己会回来的。妈说她一定会回来的。"接着:"妈显得很镇静,好像一点也不关心她。妈怎么知道她一定会回来呢?为什么不劝我去找她呢?"接着:"妈现在在什么地方?是不是妈趁着我出去的时候到那里去了呢?说不定现在她们两个在一块儿躲警报。那么什么问题都解决了。我在警报解除后慢慢走回家去,就可以看见她们在家里有说有笑地等着我。——我对她先讲什么话呢?"他踌躇着,"随便讲两句她高兴听的话,以后话就会多起来了。"

他想到这里,脸上浮出了笑容。他觉得心上的重压一下子就完全去掉了。他感到一阵轻松。他的脚步也就加快了些。他走到街口,又转回来。

"看,两个红球了!快解除了罢?"这不是他的声音,讲话的是旁边两个小贩中的一个,他们的谈话一直没有中断,可是他早已不去注意他们了,虽然他几次走过他们的身边。他连忙抬起头去看斜对面银行顶楼上的警报台,两个灯笼红亮亮地挂在球竿上。他周围沉静的空气被一阵人声搅动了。

"我应该比她们先回去,我应该在大门口接她们!"他忽然兴奋地对自己说。他又看了球竿一眼。"我现在就回去,警报马上就会解除的。"他不再迟疑,拔步往回家的路上走了。

街道开始醒转来,连他那不注意的眼睛也看得见它的活动了。虽然那一片墨黑的夜网仍然罩在街上,可是许多道手电光已经突破了这张大网。于是在一个街角,有人点燃了电石灯,那是一个卖"嘉定怪味鸡"的摊子,一个伙计正忙着收拾桌面,另一个在发火,桌子前聚集了一些人,似乎都是被明亮的灯光招引来的。他侧过头朝那里看了两眼,他也不知道自己为什么要看那个地方。他又往前面走了。

他大约又走了半条街的光景。眼前突然一亮,两旁的电灯重燃了。几个小孩拍手欢叫着。他觉得心里一阵畅快。"一个梦!一场噩梦!现在过去了!"他放心地想着。他加快了他的脚步。

不久他到了家。大门开着。圆圆的门灯发射出暗红光。住在二楼的某商店的方经理站在门前同他那个大肚皮的妻子讲话。厨子和老妈子不断地穿过弹簧门,进进出出。"今晚上一定又是炸成都。"方经理跟他打了招呼以后,应酬地说了这一句。他勉强应了一声,就匆匆地走进里面,经过狭长的过道,上了楼,他一口气奔到三楼。借着廊上昏黄的电灯光,他看见他的房门仍然锁着。"还早!"他想道,三楼的廊上只有他一个人。"他们都没有回来。"他在房门前站了一会儿。有人上来了。这是住在他隔壁的公务员张先生,手里还抱着两岁的男孩。孩子已经睡着了。那个人温和地对他笑了笑,问了一句:"老太太还没有回来?"他不想详细回答,只说了一句:"我先回来。"那个人也不再发问,就走到自己的房门口去。接着张太太也上来了。她穿的那件褪色的黑呢大衣,不但样式旧,而且呢子也磨光了。永远是那张温顺的瘦脸,苍白色,额上还有几条皱纹,嘴唇干而泛白。五官很端正,这一个二十六七岁的女人,现在看起来,还是并不难看。她一路喘着气,看见他站在那儿,向他打个招呼,就一直走到她丈夫的身边。她俯下头去开锁,她小声同她丈夫说话。门开了,两个人亲密地走了进去。他目送着他们。他用羡慕的眼光看他们。

然后他收回眼光,看看自己的房门,看看楼梯口。他并没有看出什么来。"怎么还不回来?"他想,他着急起来了。其实他忘记了他母亲往常出去躲警报,总是比别人回家晚一点,她身体不太好,走路慢,出去时匆匆忙忙,回来时从从容容,回到家里照例要倒在他房间里那把藤躺椅上休息十来分钟。他妻子有时同他母亲在一块儿。有时却同他在一块儿。可是现在呢?……

他决定下楼到外面去迎接他母亲,他渴望能早见到她,不,他还希望他妻子同他母亲一块儿回来。

他转身跑下楼去。他一直跑到门口。他朝街的两头一望。他看不清楚他母亲是不是在那些行人中间。有两个女人远远地走过来,其实并不远,就在那家冷酒馆前面。高的像他妻子,也是穿着青呢大衣;矮的像他母亲,穿一件黑色棉袍。一定是她们!他露出笑脸,向着她们走去。他的心跳得很厉害。

但是快要挨近了,他才发觉那两个人是一男一女,被他误认作母亲的人却是一个老头儿。不知道怎样,他竟然会把那个男人看作一个上了年纪的女人,他的眼睛会错得这样可笑!

"我不应该这样看错的,"他停住脚失望地责备自己道,"并没有一点相像的地方。"

"我太激动了,这不好,等会儿看见她们会不会又把话讲错。——不,我恐怕讲不出话来。不,我也许不至于在她面前讲不出话。我并没有对不起她的地方。不,我怕我会高兴得发慌。——为什么要发慌?我真没有用!"

他这样地在自己心里说了许多话。他跟自己争论,还是得不出一个结论。他又回到大门口。他听见人在叫他的名字:"宣。"他抬起头。他母亲正站在他的面前。

"妈!"他忍不住惊喜地叫了一声。但是他的喜色很快地消失了。接着他又说:"怎么你一个人——"以后的话他咽在肚里去了。

"你还以为她会回来吗?"他母亲摇摇头低声答道,她用一种怜悯的眼光看他。

"那么她没有回来过?"他惊疑地问。

"她回来?我看她还是不回来的好,"她瞅了他一眼,含了一点轻蔑的意思说。"你为什么自己不去找她?"她刚说了这句责备的话,立刻就注意到他脸上痛苦的表情,她的心软了,便换了语调说:"她会回来的,你不要着急。夫妻间吵架没有什么大不了的事。还是回屋里去罢。"

他跟着她走进里面去。他们都埋着头,不做声。他让她提着那个相当沉重的布袋,一直走到楼梯口,他才从她的手里接过它来。

他们开了锁,进了房间,屋子里这晚上显得比往日空阔,凌乱。电灯光也比往常更带昏黄色。一股寒气扑上他的脸来,寒气中还夹杂着煤臭和别的窒息人的臭气。他忍不住呛咳了两三声。他把布袋放到小方桌上去。他母亲走进她的房里去了。他一个人站在方桌前,茫然望着白粉壁,他什么也看不见,他的思想像飞絮似的到处飘。他母亲在内房唤他,对他讲话,他也没有听见。她后来便出来看他。

"怎么你还不休息?"她诧异地问道。"你今天也够累了。"她走到他的身边来。

"哦,……我不累。"他说,好像从梦里醒过来似的。他用茫然的眼光看了她一眼。

"你不睡?你明天早晨还要去办公。"她关心地说。

"是,我要去办公。"他呆呆地小声说。

"那么你应该睡了。"她又说。

"妈,你先睡罢。我就会睡的。"他说,可是他皱着眉头。

他母亲站在原处,默默地望了他一会儿,她想说话,动了动嘴,却又没有说出什么来。他还是不动。她又站了几分钟,忽然低声叹了两口气,就回到自己的房里去了。

他还是站在方桌前。他好像不知道他母亲已经去了似的。他在想,在想。他的思想跑得快。他的思想很乱。然后它们全聚在一个地方,纠缠在一起,解不开,他越是努力要解,越是解不开。他觉得脑子里好像被人塞进了一块石头一样,他支持不住了。他踉跄地走到床前,力竭地倒下去。他没有关电灯,也没有盖被,就沉沉地睡去了。

这不是酣睡。这是昏睡。

二

他做着连续的梦。他自然不知道自己是在梦中。

他和妻住在一个平静的小城里,他们生活得并不怎么快乐,还是常常为着一些小事情争吵。他们夫妇间的感情并不坏,可是总不能互相了解。她爱发脾气,他也常常烦躁。这天他们又为着一件小事在吵架。他记得是为着他母亲的事情。这天妻的脾气特别大。他们还在吃饭,妻忽然把饭桌往上一推,饭桌翻倒在地上,碗碟全打碎了。母亲不在家,孩子躲在屋角哭。他气得说不出一句话,只是用含糊的声音咒骂自己,用力打自己的头。

正在这个时候,他忽然听见一声霹雳似的巨响。这声音不知道是从什么地方发出来的,可是他们的屋子摇动了两下,震动相当厉害。

"什么事?"他吃惊地说。他的脑子比较清醒了。

妻默默地站在房门口。孩子的哭声停止了。

"我出去看看。"他说着,就往门外走,打算到楼下去。

"你不要去,要去我们一块儿去。有什么事我们在一块儿也好些。"妻不再生气了,却改变了态度,关心地阻止他出去。

他听从她的话,就在门前廊上站住了。可是他也不说什么。他望着楼板上的碎碗剩菜,带了一点懊悔,等着她讲话。

她不做声。他仍旧在等待。忽然他听见了大炮声(他想,这应该是大炮声),一声,两声。又静下去了。孩子又哭起来。妻发出一声尖叫。

"敌人打来了!"他惊惶地自语道。接着他叫了一声:"妈!"就沿着走廊跑到楼梯口去。

"宣!"妻在后面唤他,"你到哪里去?"

"我找妈去!"他头也不回地答应一句,就一口气跑下了楼。

妻拖着孩子也跑下楼来。"你不能一个人走,你不能丢开我们母子。就是死,我们也要跟着你。"妻哭叫着。

"我要去找妈。我们不能丢开她。万一有事情,她一个人怎么办!"他一面说,一面打开大门。

门外人声嘈杂。马路上全是人,他只看见万头攒动。大家疯狂地背向着城奔跑。他们有的抱着小孩,有的拿着包袱,有的搀扶着老年人。小孩在哭,女人在唤她们的亲人,男人在催促他们的同伴。

南面的天空被浓烟盖满了。这烟还不断地一股一股朝上卷腾。爆炸声接连地响着,一声高过一声,一声比一声可怕。他知道危险就在面前了。他的第一个念头是"妈!"他立刻跑下石阶,他要跨过门前草地到马路上去。他要进城去找他母亲。

"你要到哪里去!你不能够丢开我们!"他妻子从后面拖住他的一只膀子,哭嚷起来。"要逃难,你不能一个人逃,不顾我们母子死活!"

"我不是逃难!我去接妈回来,她还在城里!"他站住分辩道。

"你还想在城里找得到她!"妻子冷笑地说。"难道她没有脚没有眼睛,自己不会走路。"

"你快进去收拾东西。等我去接妈回来,大家一块儿走。就说逃难,也得随身带点东西。"他着急地挣脱了她的手。

"你妈不是在那边!"妻指着马路旁沟边一丛牵牛藤说。他顺着她的手指望过去。他母亲就站在牵牛藤下面(牵牛藤是沿着一棵老树干爬上去的),头发蓬乱,脸色惨白,额上好像还有血迹。她正张大眼睛向四处看。显然她是在找寻他。他抬起头大声叫"妈!"他挥着手。可是没有用。他想跑过去。然而他得穿过面前这条人挤得水泄不通的马路。他跑到马路边。人们不给他留一个缝。他用力挤,人们总是把他推开。他似乎听见他母亲的叫声。他也在叫。可是有一只手拉住了他的左膀。那是他的妻子,她手里提着一个小皮箱,孩子跟在她后面。

"我们走罢,不要管她!"她着急地说。

"不行,我要过去接妈回来。"他生气地答道。

"这时候还要去接她?我看你发昏了,我问你性命要不要?我可不能等你!"他妻子板起脸厉声说。

"你让我去。我一定要去接她。她就在我面前,我不能丢开她,只顾自己逃命。"他说,一面抽出他的左膀。

"那么好,你去接你那位宝贝母亲,我带着小宣走我们的路。以后你不要怪我!"她赌气地说。他觉得她在竖起眼睛看他,并且她的眼睛竖得那么直,他从没有见过一个人的眼睛生得这样!他不由自主地打了一个寒颤。

她果然转过身牵着孩子走了。她没有露一点悲痛的表情,不,她还用她那高傲的眼光看他。

但是他还想她会回来,回到他的身边来;或者他以后可以追上她。然而一转眼她的影子就看不见了。人们好像从四面八方向着他挤过来,仿佛有无数只手在推他,他只觉得身子摇来晃去,似乎立在一只受着大浪颠簸的船上一样。他的脑子发热、发昏。他也用力推别人,用力挤上去。

于是他醒了,醒来的时候,他的手还在动。

这不过是他的一个梦。他这一晚却做了好几个跟这类似的荒唐的梦。

三

他睁开眼睛,天已经亮了。屋子里没有声音。母亲的房门开着。他平安地躺在床上,心扑冬扑冬地跳着。眼前隐隐约约地现着那些可怕的影子。一种疲乏的、昏沉的感觉压住他。他没有动,也没有想。他慢慢地移动他的眼光,他努力睁大他的眼睛。可是他并没有看清楚什么。他不知道现在和先前,哪一种是梦,哪一种是真。他也不知道自己现在处在什么样的情形里面。他只觉得有什么事情不对。他头痛。痛得不厉害,但是他头痛。他在挣扎,他也弄不清楚他在跟什么挣扎。他这样迷迷糊糊地过了一会儿。

忽然什么东西刺了他的脑子一下。他一跳就下了床。他站在屋子中央(就算是中央罢,因为他不靠近一样家具),惊愕地向四处望。他又用力搔自己的头发,绝望地自语道:

"我应该怎么办呢?"他记起昨天的事情了,记起前天的事情了。

"这是我的错。我昨天应该亲自去向她解释,向她道歉。事情是我闹出来的,难怪她生气。"他又说。

"为什么我昨天要写那封信?为什么我不对她讲老实话?为什么我不自己去找她。为什么?……"想到这里他下了决心:"我现在就去。"

他母亲回来了,手里提着菜篮。她看见他还在房里,便惊讶地问:"九点半钟了,你怎么还不去上班?"

九点半钟!他应该去上班!可是他忘记了。他已经迟了半点多钟了。怎么办呢?

"你还没有洗脸?你脸色不好看。你有什么不舒服吗?要不,请一天假也好。你写个字条我给你送去。"他母亲关心地说。

他吃了一惊,慌张地说:"我很好。我就去。"

他不愿意再听她讲话。他拿着脸盆在走廊上水缸里去舀了一盆冷水。他捧着脸盆进屋,刚把它放在方桌上,他母亲又说:"你洗冷水？这怎么要得？快去换热水。锅里头还给你留的有热水。我给你去倒。"她说着就伸手来拿脸盆。

"妈,我已经洗好了。"他连忙说,他的脸给冷水一浸,脑子倒清醒多了。他把脸帕绞干往椅背上一搭,也不倒掉盆里的水,就匆匆走出房去。他并没有刷牙,也忘记戴上他那顶旧呢帽。他走得这样急,显然他不想跟他母亲多谈话。

"真没有出息!跟自己老婆吵了架,就像失掉了魂魄一样!"母亲在屋里这样批评他。可是他已经听不见。

他走下楼。他走到街上。街上有那么多的人,那么多的尘土。这一天是这个山城里少有的不冷不热的好天。

"我先到哪儿去?"他站在人行道上问自己。

"先去找她!"这是第一个回答。他顺从这个意见,朝她办公地方的那个方向走去。他走了几步。他站住,想了一下。他又朝前走几步。

"不对,我应该先去办公,我那个鬼地方连请两点钟假,也要扣薪水。"他最后这样决定了。他又掉转身子。

不久他到了他服务的地方。那是一个半官半商的图书文具公司的总管理处。他的办公桌在二楼的一个角落里。楼下的签到簿已经收起来了。这是他三年半以来的第一次迟到。他默默地走上楼去。编辑部主任兼代经理周××忽然在主任室里抬起头来,朝外面看,看见了他,也不说什么话,却露出一种轻视的表情。他并没有注意到这个,他的整个心思都放在一个人身上。那是她,仍然是她!

他的工作开始了。还是那单调沉闷的工作。他桌上一堆校样(他进来时就看见它们躺在那儿)并不比昨天那堆高。那些半清晰半模糊的字迹,那些似乎还带着油墨气味的字迹,今天并不比往常更叫人厌烦。他机械地移动眼光,移动手,移动笔,他在校样上写下好些字……而且他始终埋着他的头。他们的办公室里有一个旧式大挂钟。他听见钟敲了十点……十一点……十二点。他没有记住校样上面的一个字。可是钟声他却听得很清楚。特别是这坚决的十二下。

他懂得它们的意义。下班了!

他站起来,简直可以说是不知不觉地就站了起来。但是别人比他更快,他们都已经离开办公桌了。他把没有看完的校样和原稿折叠起来,放在一边。他站在桌子前面,眼光迟钝地望着那几扇临街的玻璃窗。窗户全关着,玻璃上积了不少尘土。他也没有想过要看什么。他是在思索。不,他也不能说是在思索。他的思想停滞在一点,停滞在一个字上面——就是"她"!

铃声早已响过了。但是他没有听见。而且他根本就没有想到这时候他应该下楼去吃饭。别人好像也忘记了他的存在似的,没有人上楼来叫他。他们更没有想到他还在楼上。

但是他的脑子终于活动起来。他醒了。他离开了办公桌,走下楼去。

饭厅里碗碟狼藉的桌上还有人在吃饭。

"怎么!你在上面!"一个同事惊讶地说,同时用了类似怜悯的眼光看了看他。

他含糊地答应了一句,想了想,也不坐下吃饭,就走出饭厅,往门外去了。

他好像听见了同事们的轻蔑的笑声。

"他们一定知道我的事情。"他这样想道,他觉得脸上烧到耳根了。

他不饿,他也没有想到"饿"同"饱"的事情。他只有一个念头:去找她!

可是走了不到十步,他忽然想:他们会跟在我后面吗?"他们"指的是他的同事们。这个念头使他放慢脚步,他感到踌躇了。不过并没有停止脚步,或者转过身来。他开始在想象他就要同她见面的情景:她会用怎样的面孔,怎样的话对待他。

"她会原谅我的。"他对自己说了两遍。他温柔地微微一笑。他觉得他是在对着她笑。他的勇气又增加了。

他不知不觉地就到了她办事的地方。

四

她是一家商业银行的行员。大川银行就在附近一条大街的中段。他刚刚走到街角,就看见她从银行里出来。她不是一个人,她和一个三十左右的年轻男子在一块儿。他们正朝着他走来。的确是她。还是那件薄薄的藏青呢大衣。不同的是,她的头发烫过了,而且前面梳得高高的。男人似乎是银行里的同事,有一张不算难看的面孔,没有戴帽子,头发梳得光光。他的身材比她高半个头。身上一件崭新的秋大衣,一看就知道是刚从加尔各答带来的。

男人带笑地高谈阔论,她注意地听着。他们并没有看见他。他觉得心里发冷。他不敢迎着他们走去。他正想躲开,却看见他们走下人行道穿过马路到对面去了。他改变了主意,他跟着他们走到对面去。他们脚步下得慢,而且身子挨得很近。他看得出来,男的故意把膀子靠近女人的身体,女的有意无意地在躲闪。他起初不敢走近他们,害怕她觉察出来他是在跟她。这时他忽然有了勇气,他跟在他们后面。那个男人不知道说了一句什么话,她声音清脆地笑起来。这熟悉的笑声刺痛他的心。他的脸色变了。他的脚也不动了。他呆呆地望着她的背影。她的丰满的身子显得比在什么时候都更引诱人,这更伤了他的心。他望着,别人的身体遮了他的视线。他忽然向前走去。他一张脸通红,心跳得厉害,他想伸出手去抓她,或者大声唤她。但是他什么也没有做,她同那个男人走进前面一家新开的漂亮的咖啡店去了。

他站在门口,不知道应该怎样做。他想:进去找她讲话罢?——不好。说不定会把事情弄糟。那么回书店去,等着另一个机会,再找她谈话罢。——不好,他放不下心。他应该争取时间,早点同她和解。那么就站在门口等候他们出来罢。——不好。这会伤她的面子。并且要是她不理他呢?要是另一个人帮忙她对付他呢?万一争吵起来,他没有什么权利约束她。他们中间只有同居关系,他们不曾正式结过婚。当初他反对举行结婚仪式,现在他却后悔他那么轻易地丢开了他可以使用的唯一的武器。她始终有完全的自由。这样一想,他只有垂头丧气地走回自己的办公地方去了。

一路上尽是妻同那个年轻人亲密讲话的影子,偶尔还听见她的笑声,他差一点被一辆人力车撞倒了。

他走进公司,两个同事坐在楼下办公桌前看报。

"怎么啦,老汪?你今天气色不好,连饭也不吃,有什么心事吗?"那个姓潘的年轻人带着讽刺的调子说,这个人一定知道了他的事情,他想道。

"没有事。我肚子不大好。"他连忙做出笑容,临时编出一句假话来。

"肚子不好,吃点药罢。今天下午不要办公了。汪兄,你就请半天假罢。"另一个姓钟的同事说,这个人年纪在五十左右,身子肥壮,头顶全秃了,两腮的肉重重地垂下来,使他的脸成了方形。鼻子特别大,鼻头发红色。这是一个有趣的人,脸上常带笑容,和同事们处得不错。爱喝酒,爱说话。他在这里没有家室,也没有亲人。这里的同事们都称他做"锺老",并且赞他"会生活","会享乐","会安排生活"。

"不要紧,我精神很好。"他(现在我应该写出他的完全的姓名了:汪文宣)敷衍地答了一句,就要上楼去。

"老汪,在下面坐一会儿罢,现在还不到办公时间,你何必就上楼去?"姓潘的笑着挽留道。

"你近来瘦了,应该多休息。为这点薪水卖命,也太值不得。"锺老关心地看他一眼,劝道。

他在一个空凳子上坐下来,忍不住低声叹了一口气。

"什么事?什么事?"锺老惊问道,接着就在他的肩头拍一下:"你们年轻人,看开点罢。不要太认真啊!这个年头谁又真正高兴啊!要紧的还是保养自己的身体。"

"靠这点钱连自己的老婆也养不活!哪里说得上保养身体!"他沮丧地答道。

"我懂啰,你跟你太太又闹过架了。"锺老省悟地说。

"不是,不是。"他连忙摇头分辩道,但是看他的脸色,人便知道他是在掩饰。

"汪兄,你不必否认,"锺老微笑道,"夫妻吵架也是平常的事。要是真的吵起来,你让她一点,尊夫人也就会体贴你的。这种事何必放在心上!"

他没有做声,心里思索着,却不由自主地点了点头。

"锺老这种说法,我不赞成。一味让步岂不成了'惧内懦夫'吗?"小潘笑着说。"夫妻吵架,男人不应该让步。女人有什么本事,除了哭,除了骂,难道她们还打得过我们!"

"不要讲了,谁不知道你是怕太太的!"锺老挥着手笑道,"这里又没有外人。"

小潘一张脸通红,掉开头不做声了。汪文宣抬起头看了小潘一眼,嘴一动,似乎要讲话,却又闭紧了。

"汪兄,这里有句俗话:听人劝,得一半。这个年头,大家都在吃苦,还有什么好吵的!女人不及男人会吃苦,有时候闷不过,发点牢骚,也是人情之常。你就让她讲几句,不去理她,什么事都不要紧了。对付太太的最好武器便是沉默。"

"锺老这是经验之谈啊!"小潘大声笑着说。汪文宣吃了一惊。他似乎听懂了这番话,似乎又没有听进去。他忽然站起来,低声自语了一句:"我再去找她。"他就往外面走。

"老汪,走哪里去?"小潘在后面问道。

"我就回来。"他匆匆答道,头也不回地走出去了。

"他去干什么?"小潘好奇地问道。

锺老默默地摇着头,过了片刻才轻轻地叹了一口气。

五

他到了大川银行。没有到办公时间,大门还关着。他又没有胆量从侧门进去。要是她还没有回来呢？要是她拒绝见他,或者见到他不给他一个笑脸,不回答他一句温和的话,他怎么办呢？他的笨拙的口舌能够表达他的感情么？他能够使她了解他的苦衷、明白他的胸怀么？他能够说服她,感动她,使她满意地跟着他回家去么？……他想着,他的决心动摇了,勇气消失了。他迟疑着,不知道应该把脚朝前放或者向后移好。他在侧门前立了两三分钟,终于垂着头转身走开了。

他已经走了十多步了,一阵高跟皮鞋的响声使他抬起头来,她就在他面前,还是先前那一身装束。她迎面走来,认出了他,便停了脚步。她惊讶地看他,动一下嘴,好像要说话,但是忽然把脸掉开,默默地走过去了。

"树生。"他鼓起勇气叫了一声,他觉得自己的心跳得更厉害了。他等待她的表示。

她转过头来,带着诧异的眼光看他,不做声。他声音颤抖地再叫一声。她向他走来。

"什么事?"她冷冷地问了一句,连她的眼光也是冷峻的。

"你可不可以给我一刻钟的时间？我有话跟你谈。"他埋着头说,声音还有点发颤。

"我要办公去。"她简单地答道。

"我有点要紧事跟你谈。"他红着脸,像一个挨了骂以后的小孩似的说。

她软化了,停了片刻,她低声说:"那么你五点钟到行里来找我。"

"好的。"他差不多要流泪地感激说。

她又看了他一眼。他望着她的背影在银行的侧门里消失了。

他跟她不过分别了一天多,怎么就显得这样生疏？——他忽然有了这个疑问。他等着什么人来给他一个回答。他等待着。他的脑子变得十分沉重,好像有一块坚硬的东西放在那里。一只膀子迎面撞过来,他的身子摇晃了两下,他差一点跌倒在人行道上。他仿佛从深梦中醒过来一般,"哦。"他轻轻地叫出一声。他连忙站定身子。

人们在他的眼前来来去去,汽车和人力车带着尘土狂奔。他想道:"我也应该去办公。"他跨着大步走了。

他一路上还在想那个问题。走到公司门前,他忽然自语道:"都是我不好。今天下午我应该向她道歉。"

他回到楼上办公桌前。周主任不在。另外两个高级职员李秘书和校对科吴科长抽着香烟在谈闲话。他们低声在笑,斜着眼睛看他。他们一定在谈他和他妻子的事情,他暗暗断定道。他觉得脸在发烧,便把头埋在校样上面,不敢看他们一眼。

他校的是一位名家的译文。原作是传记,译文却像佛经,不少古怪字眼,他抓不到一个明白的句子,他只是机械地一个字一个字校对着。同事的笑声愈来愈高,他的头越埋越低,油墨的气味强烈地刺戟他的鼻子,这闻惯了的气味今天却使他发恶心。但是他只有忍耐着。

周主任来了。不知道为了什么事,他非常不高兴,刚坐下就骂起听差来。一个同事去找他,谈起加薪的问题,这样说:目前这点薪金实在不够维持生活,尤其是低级职员,苦得很。

"公家的事,这有什么办法?他们不在我这儿做事,也得吃饭啊!"主任生气地高声答道。

"那么你一个钱也不给,不是更好吗?"汪文宣在一边暗暗骂道。"你年终一分红,就是二三十万,你哪管我们死活!要不是你这样刻薄,树生怎么会跟我吵架?"可是他连鼻息也极力忍住,不敢发出一点声音,怕周主任会注意到他心里的不平。

好容易忍耐到五点钟。他不敢早退,他听到打铃,才站起来,把校样锁在抽屉里,急急地走下楼去。锺老在后面唤他,要跟他讲话,他却没有听见。

他走到大川银行门口,大门已经关上,侧门还开着。他刚走进侧门,就看见她从办公室转到巷子里来。她看见他,脸上露出一丝笑意,她略略点一点头。他的勇气增加了,周围突然亮起来,仿佛春天马上就到了似的。他堆着一脸笑向她走过去。

"我们到国际去坐坐。"她低声提议道。

"好的。"他感激地答道,他没有想到国际就是几个钟点以前她同另一个男子进去的那个咖啡店。他觉得心里很轻松,好像谁把这两天来压在他心上的石头拿走了似的。

她在他的右边走着,和他离得并不太近。她一路上闭紧嘴,一共只轻轻咳了三声嗽。

"你不舒服吗?"他实在不能忍耐了,关心地问道。他又看她的脸,她的脸上没有病容。

"没有什么。"她略一摇头,短短地答道。她的嘴又紧紧闭上了。

他发问的勇气也就消失了。他一直沉默着。不久他们就进了国际的厅子。

他还是第一次进国际咖啡店。他觉得厅子布置得十分好看,尤其是天青色的窗帷使他的眼睛里充满了柔和的光。家具全是新的,狭长的厅子里坐满了客人,可是谈话声并不嘈杂。只有靠里一张临街的桌子还空着,他跟着她走过去坐下了。

"这个地方我还是头一回来。"他说不出别的话,就这样说了。

她的脸上现出了怜悯的表情,她低声说:"拿你那一点薪水,哪里能常到咖啡店啊!"

他觉得一根针往心上刺,便低下头来,自语似的说:"从前我也常坐咖啡店。"

"那是八九年前的事。从前我们都不是这样过日子的。这两年大家都变了。"她也自语似的说。她又小声叹了一口气,她也许还有话说,可是茶房过来把她的话打断了。她向茶房要了两杯咖啡。

"以后不晓得还要苦到怎样。从前在上海的时候我们做梦也想不到会过今天这样的生活。那个时候我们脑子里满是理想,我们的教育事业,我们的乡村化、家庭化的学堂。"他做梦似的微微一笑,但是马上又皱起眉头来,接下去:"奇怪的是,不单是生活,我觉得连我们的心也变了,我也说不出是怎样变起来的。"他带了点怨愤的口气说。

茶房端上两杯咖啡来,他揭开装糖的玻璃缸,用茶匙把白糖放进她面前的咖啡杯里,她温和地看了他一眼。

"从前的事真像是一场梦。我们有理想,也有为理想工作的勇气。现在……其实为什么我们不能够再像从前那样过日子呢?"她说。余音相当长,这几句话显然是从她的心里吐出来的。他很感动,他觉得她和他中间的距离缩短了。他的勇气突然间又大大地增加了。他说,仍然带着颤音:

"那么你今天跟我回家去罢。"

她并不答话,却望着他,眼里有一点惊讶的表情,又带一点喜悦。他看出她的眼睛在发亮,但是过了片刻,光又灭了。她把头掉开去看窗外,只一分钟,她又回过头,叹息地说:"你还没有过够这种日子吗?"她的眼圈红了。

"过去都是我不好,"他埋下头负罪似的说,"我不知道为什么我的脾气变得这样……"

"这不怪你,"她不能忍耐地打岔说,"在这个年头谁还有好脾气啊?这又不是你一个人的错。我的脾气也不好。"

"我想我们以后总可以过点好日子。"他鼓起勇气说。

"以后更渺茫了。我觉得活着真没有意思。说实话,我真不想在大川做下去。可是不做又怎么生活呢?我一个学教育的人到银行里去做个小职员,让人家欺负,也够可怜了!"她说到这里,眼圈都红了,便略略埋下头去。

"那么我又怎样说呢?我整天校对那些似通非通的文章。树生,你不要讲这些话,你原谅我这一次,今天就跟我回家去,我以后决不再跟你吵架。"他失掉了控制自己的力量,哀求地说了。

"你镇静点,人家在看我们啊!"她掉头朝着他伸过来,小声警告说。她拿起杯子放在唇边,慢慢地喝着咖啡。

他觉得一瓢冷水泼到他的头上,立刻连心里也冰凉了。他也端起杯子喝着,今天的咖啡特别苦。"很好,越苦越好。"他暗暗地对自己说。他把满杯咖啡喝光了。

"你不要难过,我并不是不可以跟你回去。不过你想想,我回去以后又是怎样的情形。你母亲那样顽固,她看不惯我这样的媳妇,她又不高兴别人分去她儿子的爱;我呢,我也受不了她的气。以后还不是照样吵着过日子,只有使你更苦。而且生活这样高,有我在,反而增加你的负担。你也该想明白点,像这样分开,我们还可以做个好朋友……"她心平气和地说,可是声音里泄露出来一种极力忍住的酸苦。

"可是小宣——"他痛苦地说出这四个字。

"小宣跟他祖母合得来,他有祖母喜欢,有父亲爱护,也是一样。反正他跟我在一起的时间并不多,现在年纪也不小了,用不着我这样的母亲了。"她一字一字十分清晰地说。

"但是我需要你——"他还在要求。

"你母亲更需要你。我也不能赶走她。有她在,我怎么能回去!"她坚决地说。

"那么我怎么办?我还不如不活着好!"他两手捧着头悲苦地说。

"我们还是走罢,你也该回去吃饭了。"她短短地叹了一口气,柔声说,便提高声音叫茶房来收钱,一面把钞票放在桌上,自己先站起来,推开椅子走了一步。他也只得默默地站起来跟着她走了。

他们走出咖啡店,夜已经来了。寒气迎面扑来,他打了一个冷噤。

"那么,再见罢。"她温和地说,便掉转了身子。

"不!"他不能自主地吐出这个字。他看见她回转身来,抑制不住,终于吐出了这个整天都在他的脑子里打转的疑问:

"请你坦白告诉我,是不是还有第三个人,我不是说我母亲。"

她的脸色和态度似乎都没有改变。他的问话并不曾激怒她,却只引起她的怜悯。她明白他的意思,她忧郁地笑了笑。

"第三个人可以说有,也可以说没有。不过请你放心,我今年三十四岁了,我晓得管住我自己。"她点了点头,便撇下他,毅然朝另一个方向走了。

他呆呆地站在原地方望着她的背影。其实他什么也看不见,他的眼里只有一个景象：她同那个穿漂亮大衣的年轻男子在前面走着，永远在前面走着。

"失败了，谈了许多话，一点结果也没有。我真不晓得她究竟是什么心思。我应该怎么办呢？"他这样想道，他觉得眼前只是一片黑。

"回家罢。"他好像听见自己的声音在他的耳边说。他没精打采地转过身走了。

"家，我有的是一个怎样的家啊！"他一路上不断地念着这句话。

六

他回到家。大门里像是一个黑洞，今天又轮着这一区停电，也没有一个好心人在门口点一盏油灯。他摸索着走完了漆黑的过道，转上楼梯。他上了二楼，又走上三楼。

他的房门开了一条缝，漏出一点光来。他推门进去。母亲坐在方桌前垂着头吃饭，听见门响，抬起脸来，高兴地说一句："你回来啦！"他点了点头。"快来吃饭。我等你到现在，我还以为你不回来吃饭了。"她絮絮地说。

"我有点事情，所以回来迟一点。"他有气无力地说。他走到饭桌前，在母亲对面的一个方凳上坐下。母亲站起来，给他盛了一碗饭放到他的面前。

"快吃罢，趁现在饭还热。"她坐下望着他带笑地说。"我下午在二楼方经理那里分到一斤肉，煮了一碗红烧肉。这是你爱吃的，我放在饭锅子里，刚才拿出来，还是热的。你尝尝看，这是你爱吃的菜。"她匆忙地把自己碗里的饭几口吃光了。

他静静地听着母亲的慈爱的话，眼光在菜上盘桓了一会儿，他看到粘在碗边的零星的饭粒，他觉得一阵心酸，他只想倒在床上痛哭。可是他仍然低着头用唯唯的答应口吻敷衍他母亲，并且不管自己有没有胃口，他还是一口一口地咽着饭，一筷子一筷子地挟着红烧肉。他在母亲的面前还是一个温顺的孩子。

"你今天不大舒服,是不是?"母亲注意到他这种忍受性的沉默,她感到不安了,便关心地问道。

"没有。"他摇摇头答道,接着添一句:"我很好。"他又低下头不出声了。

他母亲关心地望着他,她希望他对她多讲几句话。但是他连看也不看她一眼。她忍不住又说:"菜没有冷罢?"

"没有。"他机械地答道,也不抬起头来。

她感到失望,等了他这一天,他回来却这样冷淡地对待她!她明白了,一定是那个女人在他的心上作怪。她更留心地看他。他放下碗筷,默默地站起来。

"吃饱啦?"她压住刚刚升上来的怒气,温和地问道。

"是。"他答道。他动手收拾饭桌。

"你才吃一碗嘛。"她又说。

"我刚才同树生喝了咖啡。"他大意地老实说了出来。

她的怒火立刻冒上来了。又是那个女人!她在家里烧好饭菜等他回来同吃,他却同那个女人去喝咖啡。他们倒会享福。她这个没出息的儿子。他居然跑去找那个女人,向那个不要脸的女人低头。这太过分了,不是她所能忍受的。

"你怎么还会去找她?……她还有脸见你?"她大声说。

"我要她跟我回家。"他低声答道。

"哼!她还好意思回来!"她冷笑道。

"她虽然不肯回来,不过我想,过几天她会回心转意的。"他胆怯地说。

"她还会回来?你真是在做梦!我如果是你,我就登报跟她离婚,横竖泼出去的水是收不回的,"她涨红脸生气地说,"我十八岁嫁到你汪家来,三十几年了,我当初做媳妇,哪里是这个样子?我就没有见过像她这样的女人!"她气得没有办法,知道儿子不会听她的话,又知道他仍然忘不了那个女人,甚至在这个时候她还是压不倒那个女人,树生这个名字在他的口里念着还十分亲热。

"我看她也有她的苦衷,不过她不肯讲出来——"儿子似乎并没有听母亲讲话,他只顾想自己的事,说出的话也是说给自己听的,可是话说了一半,就被母亲打断了。

"你现在还替她辩护,真不中用!她背着你交男朋友,写情书,还有什么苦衷可说!"母亲也站起来,拿右手的食指指着他的鼻端说。

"那不见得就是情书啊。"他解释道。

"不是情书,为什么害怕拿给你看?为什么要私奔——"说到"私奔"两个字,做母亲的人也讲不下去了,她瞪着两眼站在他的面前。

"妈。"他哀求地唤一声,眼里已经装满了泪水。他半晌接不下去。

"你说嘛。"过了片刻,她和蔼地说。他的眼泪赢得她的同情,她的恨消失了。她爱怜地望着他,仿佛他还是从前那个孩子,在外面受了委屈,回家来向母亲哭诉似的。

"妈,你太不了解树生,她并不是私奔,她不过到朋友家里住几天,她会回来的。"他痛苦地说。

"哼,我不了解她?"她冷笑道。"老实对你说,我比你更了解她。她不会永远跟着你吃苦的。她不是那种女人,我早就看出来了。到现在你该明白了罢。只有你母亲才不会离开你,不管你苦也好,阔也好。你说我不了解她,是不是她对你那样说的?"

他看见母亲又动气了,对她的最后一句问话,便不肯老实地回答,他只是摇着头说:"不是,她没有说什么。"

母亲瞪了他一眼,过了片刻,才长长地叹一口气,她说:"你去休息罢,等我来收拾。你一天也够累了。"

"不要紧,我不累。"他没精打采地说。他的确很倦,但是他终于支持着,帮忙他母亲把碗筷洗干净了放进碗橱里去。

母亲把瓦烛台放在屋中央方桌上,吩咐他说:"我在这儿缝点东西。你没有事,还是躺一会儿罢。"她走进旁边小屋去拿了一件男孩的大衣出来,坐在方桌前,将就着烛光,开始补衣服。她的头埋得低。

眼镜也戴上了。烛光摇晃得厉害,过不多久,光线又暗淡了,她的头似乎也埋得更低了。

他本来到了床前,也想躺下睡一会儿。可是他只在床沿上坐了一下,又站起来,走回到方桌前,默默地立在那里。他的眼光停留在母亲的头上,她的头上像撒了一堆盐似的。他才注意到她竟然这样衰老了,头发全变了颜色。她忽然取下眼镜,用力揉了几下眼睛,又把眼镜戴上,继续工作。"小宣也可怜,这件大衣穿了三个冬了。就是不坏,明年也穿不上身了。论理今年该给他做件新的,不过他爸爸这样苦,能够给他上学读书已经不容易了。……唉,蜡烛越来越坏了,三十块钱一支还是这样的,一点也不亮,又伤眼睛。我究竟老了,人简直不中用了。也只有这几针,花了我这么多的工夫。他妈又不管他。也是他命苦,才投生到我们家里来。"她唠唠叨叨地在自言自语,她似乎没有觉察到他站在她旁边看她。

"妈,你晚上不要做了,你眼睛近来更坏了,你要好好保养啊。"他感动地、痛苦地大声说。

"我快完了,没有几针了,"她抬起头看了看他,回答道,"晚上不做,白天又要买菜煮饭,哪儿有工夫做啊!我这双眼睛也没有别的用处,还要保养它们做什么?"她右手拿着穿了线的针打颤地在那件旧大衣上面动着。"比不得他妈,像鲜花一样,这也不能做,那也不能做。只顾自己打扮得漂亮,连儿子也不管。说是大学毕业生,受过高等教育,在银行里做体面事情,可是就没有看见她拿过几个钱回家用。"

"妈,还不说贴补家用,单是小宣的学食费也就亏她了,这学期已经花了两万多,快三万了。"他插嘴说。

"那还不是她自己招来的,她一定要把他送到那种贵族学堂去。他同学都是阔人子弟,只有他是穷家小孩,处处比不过别人。她又不肯多给他钱花。小宣常常叫苦。"她说。

他实在听不下去。不管他怎样倦,他心里烦得厉害。他不能安静地睡去,也不能安静地做事,他甚至不能安静地看他母亲工作。屋子里这样冷,这样暗。他的心似乎飘浮在虚空里,找不到一个停留处。他觉得自己痛得不够,苦得不够,他需要叫一声,哭一场,或者大大地痛一阵,挨一次毒打。但是他不能安静地站在母亲的身边。

他大步走向门。他拉开门出去了。"宣!宣!"他听见母亲在屋子里唤他,他连应都不应一声,就匆匆走下楼去。他在黑暗中把右眉碰肿了,可是他并没有感到痛。他只有一个思想:"我对不起每一个人。我应该受罚!"

七

他走到大门口。对面人行道上水果摊和面担子旁边几盏电石灯星子似的在黑暗的街中闪光。他感到冷意,把肩头耸了一下。"到哪里去呢?"他问自己。他找不到回答。他大步走下街心。

他无目的地走过三条街,差一点被一辆飞跑下坡的人力车撞倒。车夫骂了他两句,他也没有听进耳里,仿佛他周围的一切都和他隔得很远似的。他心里空虚得很。

他又走了一条街,还是不知道应该走到哪里去。对面那条街灯光辉煌,不知道有多少盏电灯。两条街成了两个世界!他便朝着灯光走去。

他刚走到街角,忽然一个声音在唤他的名字:"文宣!"他吃惊地侧头一看。他发觉自己站在一家冷酒馆的门前。就在靠门一张方桌旁边,一个穿西装的中年人立起来招呼他。

"你来得正好,坐下来吃杯酒罢。"那个人大声说。他认出这是他的一个中学同学。他们有半年光景没有见面,那个人却苍老了许多。要是在平时,他至多站着谈三四句话就走了。现在他却默默地走到方桌旁,拉开板凳,在那个同学对面坐下来。

"来杯红糟!"同学掉转脸向着柜台大声吩咐道。

柜台那面有人答应着,于是一杯香喷喷的大曲酒端上来了。

"给我再来一杯。"同学一口把杯里的残酒喝干了,红着脸拍着桌子叫道。

他说话了:"柏青,我记得你从前不会喝酒,你几时学会的?"

"我没有学过,我没有学过。我想吃,我非吃不可,"同学摇摆着头大声说,"你先干一杯。"

他望着同学,并不答话。过了片刻,他拿起酒杯,默默地喝了一大口。他放下杯子,长叹了一声。一股热气直往喉管冒,他压不下去,打了一个嗝。

"干一杯,干一杯!你没有干,不行!"同学做着手势接连地催他喝酒。

"我干,我干。"他激动地说,他真的一口把剩余的酒喝干了。他觉得心跳得厉害,脸也烧起来。

"再来一杯。"同学拍着桌子叫道,一面从桌子中央几个瓦碟子里拿了一块豆腐干,又抓了一把花生放在他的面前,说:"你吃。"

"我不能喝了。"他连忙摇手拦阻道。

"老兄,怕什么!吃醉了有什么要紧!我觉得醉了还比醒着好些。"同学说。酒已经送到他面前了。

"可是人不能一辈子喝醉啊,总有醒的时候。"他寂寞地苦笑道。他望着同学的脸,他发觉这个三十岁的人在半年中间至少老了十年,额上现出好几条皱纹,两颊深陷进去,眉毛聚在一起,眼睛完全失了光彩,两颗眼珠呆呆地望着他。他心里一阵难过,又加上一句:"醒来岂不是更苦吗?"

那个人不做声了,埋下头喝了一口酒,又抬起脸看他一眼,然后又喝一口酒。"我心里真不好过。"同学摇摆着头自语似的说了。

"不好过,为什么还到这里来喝酒?早点回宿舍不好吗?我送你回去。"他关心地说。

"不吃酒又干什么?吃多了至多也不过病——死,我不怕。死了也好,"那个人带着痛苦的表情说,"我完了,我什么都完了。"

"你不明白,你的处境总比我好。我都能忍下去,你还不能吗?"他同情地说。他望着那张瘦脸,觉得自己的伤痕被触动了,心里一阵痛,他差一点掉下泪来。"你太太好吗？是不是还住在乡下？"他换过话题说。他想到那个孩子面孔的女人,他们一年前在百龄餐厅结婚,他同树生还去参加了那个简单的婚礼。他后来也到他们乡下家中去做客。那个年轻太太笑起来多么甜,树生也喜欢她。他想到自己的痛苦,就想到树生,于是联想到那位太太的身上。

"她过去了。"同学低声说,掉开脸不看他。

"她不在了？什么病？"他吃惊地说,他仿佛坐到了针尖上一样,差一点要跳起来了。

"她没有病。"同学摇摇头冷冷地说,脸色却十分难看。他难猜出这是什么意思。

"那么她——"说到"她"字他连忙住了口,他自己也害怕听下面的话:自杀？惨死？好像一根锥子在钻他的心。

同学不做声,他也不做声。这沉默太叫人难堪了。别的桌上的酒客们似乎都不快乐,有的人唠唠叨叨地在诉苦,有的在和同伴争论一件事情,右边角落里桌子旁边一个中年酒客埋着头,孤寂地喝着闷酒,忽然站起来付了酒钱走了。这个人出门后,堂倌告诉一个白脸客人说,这是一个每晚必到的老主顾,不爱讲话,喝酒也不过量,两块豆腐干便是他的下酒菜。他按时来准时去。谁也不知道他是一个怎样的人,干什么样的职业。

汪文宣听得厌烦了,昂起头长叹一声,酸苦地说:"无处不是苦恼!"

那个同学吃惊地望着他,眼泪一滴一滴地掉下来。"今天是她的头七。"歇了一下他又说:"十天前她还是很好的,一点病也没有。她怀着小孩已经足月了,我陪她到那里的卫生院去检查,医生说她还不到月份,最早也要在半个月以后,不让她住院。我不能够在乡下多住半个月,我那个机关的科长跟我合不来,他故意捣乱,不准我的假。我进城来了。第三天我女人就发作了。她痛了大半天,没有人管,后来同院子住的太太发觉了,才送她进卫生院去。从前检查的时候,说是顺产,一切都没有问题。到了卫生院,孩子却生不下来。接生的医生把我女人弄来弄去，弄到半夜，才把孩子取出来，已经死了。产妇也不行了。我女人一晚上叫着我的名字，她叫了一两百声才死去。据说她叫得很惨，她声音连楼下的人也听得见。她只想在死去以前跟我见一面，要我给她伸冤。可是我住在城里哪里知道！我得到电话，立刻赶去，她已经冷硬了，肚皮大得吓人，几乎连棺材也盖不上。我还是跟没有结婚以前一样，一个人。我葬了我女人，进城来第一件事就是请长假。我一天什么事都不能做，我只听见我女人的声音在叫我的名字。不管我在家里，在街上，我都听见那个声音。你听她在叫：'柏青！柏青！'"说话的人用两根手指敲着右边太阳角。"是，的确是她的声音，她叫得多惨！……所以我只想吃酒，我只想醉，顶好醉得不省人事，那时候我才听不见她的声音。活着，活着，真不容易啊！以后除了酒，我还有什么伴侣呢？"这个人用右手蒙着脸，轻轻抽泣了几声，然后像睡去似的寂然了。

汪文宣听完了这个人的故事，他觉得仿佛有一只大手把他的心紧紧捏住似的，他尝到一种难忍的苦味。背脊上一阵一阵地发冷。他的自持的力量快要崩溃了。"你这样不行啊！"他为了抵抗那越来越重的压迫，才说出这句话来。他心里更难过，他又说："你是个文学硕士，你还记得你那些著作计划吗？你为什么不拿起笔来？"

"我的书全卖光了，我得生活啊，著作不是我们的事！"同学突然取下蒙脸的手，脸上还有泪痕，两眼却闪着逼人的光。"你说我应该怎样办呢？是不是我再去结婚，再养孩子，再害死人？我不干这种事。我宁愿毁掉自己。这个世界不是我们这种人的。我们奉公守法，别人升官发财……"

"所以我们还是拼命喝酒！"汪文宣大声接嘴说。他完全崩溃了，他用不着再抑制自己，堤决了一个口，水只有向一个地方流去。他悲愤到了极点，他需要忘记一切。醉自然成了他唯一的出路。"拿酒来，拿酒来！"他喝着。堂倌又送来一杯酒。他望着杯里香喷喷的液体，心里想：这是怎样的一个世界啊！他端起杯子，喝了一大口，咬着牙吞下去，立刻一股热气冲上来，他受不住，打了一个嗝。"我喝不了酒。"他抱歉地说。他想:我真不中用,连酒也不会喝,就该永远受人欺负。于是他反抗似的把余酒接连几口就喝光了。

"你脸红得跟关公一样,你吃醉没有?"同学好意地问道。

"没有,没有!"他用力回答道,他觉得脑子凝成一块重重的硬东西,他一用力讲话,脑子就痛。脸烧得厉害,身子轻飘飘的。他想站起来,没有立稳,又颓然坐下。

"怎么!当心啊!"同学大声说。

"我一点也没有醉。"他说着,想笑一笑,可是他连笑也不会了。他只想哭。他觉得一切可悲的事都涌到了他的心头。他也分不清楚是些什么事情。他头晕得厉害,心里也很难过。他忍不住。他觉得那个同学的眼睛变成了许多对,在他的面前打转。他用力一看,还是那张忧郁的瘦脸孔。但是过了片刻,他又看见许多对眼睛了,连电灯光也在旋转。他挣扎着,终于支住桌子站起来。"我醉了。"他认输地说。他朝同学点一个头,就踉跄地走出了冷酒馆。

他东歪西倒地在人行道上走了一条多街,忽然想起了家。好像看见一道光照亮自己的身子,他有点清醒了。"我怎么会这样啊。"他懊恼地想道。他掉转身朝着回家的方向走去。他刚走了两步,一个庞大的黑影迎面撞来,撞得他眼前直冒火星,大半个脸发巨痛又发烧,他的身子摇晃了两下,差一点倒下去。

那个人凶狠地骂了两三声。他没有听进耳去,仍旧歪歪斜斜地走了。他想走得快,可是他心里很难过,似乎有一肚皮的东西在向上翻腾。他还想忍耐,但是他终于张开口,喷泉似的吐出了他先前在家里吃的晚饭。

他觉得吐够了,也不揩干净嘴,便又往前走。那种酒臭连他自己也厌恶。他只想回家静静地睡一觉。他恨不得两步就走到家。可是他的心越急,脚越是走不快。走了大半条街他又吐起来。这次他吐得不畅快了,仿佛未吐尽的饭菜都塞在他的喉管里,他心里烧得难过。他用力挣一下,才吐出一口来。他一路走,一路呕。过路人中间有几个好奇地望着他。那些眼光并不曾引起他的反感。周围的一切都跟他不相干了。这时候就是有人死在他的旁边,他也不会掉头去看一眼。

可是就在这时候两个女人从一家灯光耀眼的下江饭馆里谈着话走出来。他的眼光无意地触到她们的粉脸上,他大吃一惊,连忙掉开了头。他的动作十分不灵活,两个女人中年纪较大的一个已经把他看清楚了。她叫了一声:"宣。"

他不答应她,却大步走向黑暗的地方去。但是走了不多远,整个身体已经不由他控制了,他就站在人行道的边沿上弯着腰吐起来。他大声呕着,吐出来的东西不多,可是心却像被熬煎似的难过,满口都是苦味。他慢慢地伸直身子,靠着旁边一根电线杆喘气。

"宣。"他听见这一声柔和的呼唤,不自觉地掉过脸去,他的眼里泪水模糊,她又背了光立着,他匆促的一瞥,只看见她一个轮廓,但是他已经认出树生来了。"你怎么了?"她惊问道。

他喘着气,望望她,觉得有满肚皮的话,不知道怎么说起,实在也说不出一句话来。

"你生病吗?"她关心地说。

他摇摇头,觉得气顺了,但是眼泪又流了出来,先前的泪水是呕吐时挣出来的,现在流的却是感激与悲伤的眼泪。

"你怎么不回家去? 看你吐得这样难过!"她又说。

"我喝醉了。"他悔恨地答道。

"你怎么去喝酒? 你本来不会喝的。快回家去睡觉,看真的闹出病来。"她着急地说。

"在家里妈也不了解我。我心里很烦,到街上走走,碰到一个同学拉我去喝酒,就喝醉了。"他抱歉似的解释道。"谢谢你,再见。"他觉得好了些,便离开电线杆走下街心去。身子仍然在摇摇晃晃。

"当心,看跌倒的!"她在后面大声叮嘱道。她马上又跟着他走下去,走到他的身边,说一句:"我送你回去。"便挽着他的左膀往前走了。

"你真的送我回去?"他声音发颤地问道。他胆怯地看看她。

"我不送你,我怕你又会跑去喝酒。"她含笑地说。他感到一丝暖意,心里也舒服多了。

"我再也不喝酒了。"他孩子似的说,便让她扶着走回家去。

八

他们走到大门口,他看见那个大黑洞,就皱起眉头,踌躇着不进去。

"你看不清楚,当心,慢慢走啊!"她并不离开他,反而偎得更紧,她关心地嘱咐他,一面用力抬他的膀子。

"你?你不进去?"他担心地问。

"我陪你上楼去。"她在他的耳边小声回答。

"你对我真好。"他感激地说了一句,他真想搂着她高兴地哭一场。可是他只看了她一眼,就默默地低下头,移动脚步,走进大门,踏下他极熟悉的台阶。"当心啊。"她不断地在他的旁边说,她还用了全力支持着他。可是她的扶持只有使他走得更慢。

"上楼啊。"她又在叮嘱。他暗暗高兴地又答应了一声。

他们终于走上了二楼,刚踏完最上一级楼梯,就看见隔壁那位公务员的太太举着一支蜡烛从房里出来。

"汪太太,你回来啦!"那个苍白脸的女人含笑招呼道。脸上露出一点惊讶的表情,不过人可以看出来这是带善意的。

她对这个温顺的女人点头笑了笑,然后应酬说:"张太太,你下楼去?"

张太太一面应着,一面惊奇地看了他一眼,温和地问道:"汪先生有什么不舒服吗?"

他垂着头站在妻子的身旁,答不出话来。她代他答道:"不是,他喝了酒。"

"我们张先生也吃醉啦,我出去给他买几个广柑。汪太太,你快陪汪先生进去罢,让他睡一会儿就会好的。"这个小女人亲切地微笑道,她的笑容并不是虚假的,不过就在笑的时候,她额上几条忧郁的皱纹还是十分显露,双眉也没有完全开展。"这个小女人,生活把她压得太苦了!"汪太太每次看见她,就要起怜悯的念头。小女人走着慢步子下楼去了。他们夫妇借着她的烛光,走到了房门口。

门并没有上闩,他一推,门就大开了。屋里还是那样阴暗,蜡烛仍然点在方桌上,母亲仍旧坐在方桌旁,戴着眼镜,补衣服。她显得那样衰老,背弯得那样深,而且一点声息也不出。烛芯结了小小的烛花,她也不把它剪去。她好像这许久都没有移动过似的。

"宣,你到哪里去了?也不先对我讲一声。是不是又去找那个女人?你也是……我劝你还是死了心罢。现在的新派女人,哪里会长远跟着你过这种苦日子啊!"母亲一面说话,一面动针,她并没有抬起头来。她还以为她儿子是一个人回来的。"宣,不要难过,那个女人走了也好。将来抗战胜利,有一天你发了财,还怕接不到女人!"她没有听见儿子回答,便诧异地抬头一看,她满眼金光,什么也看不出来,眼睛干得十分难过。她放下针线取下眼镜,用手在眼皮上揉了几揉。

他母亲说到"那个女人"的时候,他便痛苦地皱起眉头,一面伸手去紧紧捏住他妻子的一只手,他害怕他妻子会跟他母亲吵起来。可是他妻子始终不做声。到这时他不能再忍耐了,便叫了一声:"妈!"声音里含着恳求和悲痛。

"什么事?"母亲惊问道。她把手从眼睛上拿下来。这次她看见了,在他的身旁就站着那个女人!

"我陪他回来的。"树生故意装出安静的样子说。

"好,你本领大,你居然把她请回来了。"母亲冷笑道,她又埋下头动起针线来。

树生带着微笑看了母亲一眼,后来才说:"并不是他去请我回来的,他不晓得在哪里喝了酒,在街上到处乱吐,我看见,才送他回来的。他走路都走不稳了。"她故意用这样的话来气他的母亲。

"宣,你怎样不给我讲一声就偷偷跑出去吃酒?"母亲差不多惊得跳起来,她把衣服针线全丢在桌上,走到儿子的面前,她仔细地看他。

"你不会吃酒嘛,怎样忽然跑出去吃酒?你不记得你父亲就是醉死的!我从小就不让你沾一口酒。怎么你还要出去吃酒!"她痛苦地大声说。

"他心里难过,你让他睡觉罢。"树生打岔道。

"我没有跟你讲话!"母亲掉过脸带怒地抢白道。

树生冷笑一声,赌气地不响了。

"宣,你告诉我你怎样吃酒的。"母亲像对一个溺爱惯了的小孩讲话似的柔声说。

他疲倦地垂着头不答话。

"你说呀!你心里有什么事,你说呀!"母亲催促道。"你尽管直说,我不怪你。"

"我心里难过,我觉得还是醉了好些。"他被逼得失掉了主意,老老实实地答道。

"那么你什么时候碰到她的?"母亲还不放松地追问,另一种感情使她忘记了她儿子的痛苦。

"你让他睡罢。"树生忍不住又插嘴说了一句。

母亲不理睬,还是要儿子回答。

"我——我——"他费力吐出了这两个字,心上一阵翻腾,一股力量从胃里直往上冲,他一用力镇压,反而失去了控制的力量,张开嘴哇哇地吐起来。他自己身上和母亲的身上都溅到了他吐的脏东西。

"你快坐下来。"母亲慌张地说,她把她那些问题全抛在脑后了。

他仍旧立在原处弯着腰呕吐,妻子给他捶背,母亲为他端了凳子来。他吐出的东西并不多,可是鼻涕眼泪全挣出来了。他坐在凳子上喘气,两只手压在两个膝头上。

"真是何苦来。"妻子立在他背后怜惜地说。

"你照料他去睡罢,"母亲终于心软了,让步地对她儿媳说:"我去弄点灰来扫地。"

母亲出去以后,妻子便扶着丈夫走到床前,她默默地给他脱去鞋袜和外衣。他好些年没有享过这样的福了。他像孩子似的顺从她。

最后他上了床,她给他盖好被。她正要转身走开,他忽然从被里伸出手来将她的右手握住,并且握得紧紧的。

"你好好睡罢。"她安慰他道。

"你不要走啊……我都是为了你……"他睁大眼睛哀求地说。

她不答话。她在思索。她在他旁边站了好一阵子,泪珠从两只眼角慢慢地滚了下来。他不久就睡着了。可是他的手始终没有放松。

这晚上她留了下来。他的一个难题就这样简单地解决了,他自己还不知道。

这一夜他睡得好,一直睡到天大亮他才醒过来。他妻子正坐在窗口小书桌前化妆。

"树生。"他惊喜地唤道。她回过头看他,脸上绽出灿烂的微笑。她柔声问他:

"你好了?要起来吗?"

他点点头,伸一个懒腰,满意地答道:"我好了。我就起来。"

她又转过头去继续化妆。她脑后烫得卷起的头发在他的眼里显得新鲜,好看。她轻轻地咳了一声嗽。

她回来了。这并不是梦。这是真实的事。

九

这一对夫妇过了十几天平静的生活。两个人都是按时上班,按时回家。妻子也不再提离开的话,连那个箱子也从友人家拿回来了。就在拿回箱子的晚上,丈夫陪了妻子在国泰戏院看过一次电影;他们后来又去看过一次,可是这次刚看到三分之二,就因警报台上挂出一个红球而停演了。

母亲常常躲在她那个小房间里。她似乎故意避开她的儿媳,不过两个人要是遇在一处,她也并不对树生板面孔,说讽刺话。她只是少讲话罢了。

星期日早晨小宣回家来,下午搭最后一班汽车回学校去。祖母见到孙儿,特别高兴。她自然把她亲手补好的大衣给小宣试穿了。为了这件大衣,她儿媳也对她含笑地说过几句感谢话。

天永远是阴的,时而下小雨,时而雨停。可是马路始终没有全干过。有时路上布满泥浆,非常滑脚,人走在上面,很不容易站稳。人行道上也是泥泞的。半个月很快地过去了,汪文宣某一天上午去公司办公,刚走到十字路口就跌了一跤,把左边膝盖皮擦破一块,他忍住痛,一歪一拐地走到公司门口。还没有到办公时间。锺老坐在办公桌前,两眼望着路上行人,看见他进来,便问:"你怎么啦,跌了跤吗?"

他点点头,不答话,签了到以后就往楼梯口走。

"你请天假罢,不要把身体累坏了啊!"锺老关心地说。

他在楼梯口站住了,回过头无可奈何地笑了笑,轻轻地答道:"你晓得的,我有多少薪水好扣啊!"

"这种时候,你还担心扣薪水! 你还要替公司拼死命! 你知道我们还能够在公司吃多少天饭!"锺老有点激动地埋怨道。

"有什么办法! 我们既然吃公司的饭。"他疲倦地答道。他想笑,却笑不出声来。

"吃公司的饭? 我们这个不是铁饭碗啊。"锺老冷笑道。

他吃了一惊,连忙走近锺老的办公桌,小声问道:"你听到什么消息吗?"

"日本人打下了桂林,柳州,来势很凶啊。听说总经理有过表示,要是敌人进了贵州,就把公司搬到兰州去,他已经打电报到兰州去找房子了。要是真的搬兰州的话,什么都完了。我们这班人还不是只好滚蛋!"锺老又发牢骚地说。

会有这样的事! 他发呆了。他的眼前一片黑暗。他疲倦地摇着头说:"不会罢,不会罢。"

"也说不定。不过他们那种人什么事都做得出来。就拿公司来说:一些人一事不做,拿大薪水;像你整天拼命卖气力,却只拿那么一点钱,真少得可以!"锺老还没有把话讲完,看见周主任大步走进来,便收了话头,低声对他说:"他今天怎么来得这样早!……你上楼去办公罢。"

他没精打采地上了楼。他走过吴科长的办公桌前,吴科长忽然抬起头把他打量了一下,看得他毛骨悚然。他胆颤心惊地走到自己位子前坐下,摊开那部永远校不完的长篇译稿,想把自己的脑子硬塞到那堆黑字中间去。"真没有出息啊,他们连文章都做不通,我还要怕他们!"他暗暗地责备自己。可是他仍然小心翼翼地做他的工作。

腿不断地痛,他的思想不能够集中,他不知道自己一上午干了些什么事。他想到家,想到这里的工作情形,想到刚才锺老的话。他好些天没有看报了。他个人的痛苦占有了他的整个心,别的身外事情再也引不起他的注意。过去,湘北战事爆发,长沙沦陷,衡阳苦战,全州失守,都不曾给他添一点苦恼。生活的担子重重地压着他,这几年他一直没有畅快地吐过一口气。周围的一切跟他有什么关系呢?人人都在对他说,世界大局一天一天地在好转,可是他的日子却一天比一天地更艰难了。

开饭的铃声惊醒了他,把他从那些思想的纠缠中救了出来。他仰起头吐了一口气。一个同事马上走到他面前,说声:"你签个字罢。"就摊开一张信笺在他的桌上。他吃惊地一看,原来是同事们发起的给周主任做寿的公启,每人名下摊派一千元。一千元,这是一个不小的数目,他踌躇一下,但是那个同事轻蔑地在旁边咳嗽了。他惶恐地立刻拿起笔签上自己的名字。同事笑了笑走开了。他站起来,觉得不仅左膝还在痛,连周身骨头都酸痛了。他勉强支持着走下楼去吃中饭。

在饭桌上同事们激动地谈论着桂、柳的失陷,和敌人的动向。他埋着头吃饭,不参加讨论,也不倾听他们谈论。他觉得浑身发冷,疑心是"摆子"发作了。他放下碗离开饭桌,锺老望见他,便走过来说:"你不舒服罢?你脸色很难看,下半天不要办公了。回家去睡个午觉也好。"

他感激地点一个头，回答道："那么就请你替我请半天假罢；我自己也觉得精神不大好。"他走出门去。一辆人力车正拉到门前，车夫无意地看了他一眼。锺老在门内劝道："你坐车回去罢。"

"不要紧，路很近，我可以慢慢走。"他回过头答道，便打起精神走下马路，到对面人行道上去。

他走得很慢。身子摇摇晃晃；头变得特别重，不时要往颈上缩。走路时左膝的伤处仍然在痛，他只好咬紧牙关，三步一停地埋着头走，终于走了一大段路。前面就是国际了。他忽然听见一个女人的声音。分明是他的妻子在说话。他吃惊地抬起头。果然是她，她同那个穿漂亮大衣的年轻男子站在玻璃橱窗前，看里面陈列的物品。但是她马上跟着那个人进里面去了。她没有看见他，也不会想到他离她就只有三四步的光景。

他看到她的背影，今天她的身子似乎比任何时候都动人，她丰腴并且显得年轻而富于生命力。虽然她和他同岁，可是他看看自己单薄瘦弱的身子，和一颠一簸的走路姿势，还有他那疲乏的精神，他觉得她同他相差的地方太多，他们不像是同一个时代的人。

这样一想，他感到一种锋利的痛苦了。那个身材魁梧的年轻男人使他苦恼。她和那个人倒似乎更接近，距离更短。她站在那个人旁边，倒使有见的人起一种和谐的感觉。他的心不安静了。他本来已经走过了那个咖啡店，现在又转回来，也站在橱窗前，看看里面放着些什么东西。大蛋糕、美国咖啡、口香糖、巧克力糖，真是五光十色。他们在看什么呢？——他想。" Happy Birthday "，蛋糕的奶油面上红花绿叶中间现出这两个红色的英文字。他忽然记起来还有半个多月便是她的生日。他们刚才在看的，是不是这个生日蛋糕呢？那个年轻男人在准备送给她的生日礼物吗？可是他自己呢？他又有什么礼物送给她？他不自觉地把手伸进衣袋里去。他掏出一把钞票来。他低头数了一数，一千一百几十元！这是他的全部财产。他明晚还得拿出公宴主任的份子钱一千元。他再看蛋糕，他看见了旁边一张白纸条，上面写着："四磅奶油大蛋糕法币一千六百元。"他叹了一口气。他连一磅也买不起,多寒伧!他躲避似的掉开了头。他刚把身子转开,忽然想道:"他一定买得起的。"这个"他"指的是里面那个年轻人。这个思想伤害了他。他已经走过了咖啡店,又回转来,走进大门,站到玻璃货柜前,假装在看里面陈列的糖果点心,却偷偷地侧过头朝咖啡厅看去。树生正拿起杯子放到唇边小口地呷着,她的脸上带着笑容。妒忌使他心里难过。他又害怕她会看到他。他不敢再停留,便急急地走出了大门。

一路上他只觉得心在翻腾,头在燃烧,他担心自己会倒在这条倾斜不平的泥泞路上。他总算支持着到了家。

母亲系着围裙,立在方桌前挽起袖子洗衣服,抬起头惊讶地问他一句:"你吃过饭没有?"

"吃过了。"他疲倦地答道。他勉强地在母亲旁边站了片刻。

"你今天怎么回来得这样早?脸色又这样难看!你不舒服吗?"母亲吃惊地说,她把两只手从盆里拿出来,在围裙上揩干了。"快去睡下来,快去睡下来!"她半扶半推地把他送到床前。

"我没有病。"他还在解释,但是到了床前他再也支持不住,连鞋子也不脱,便倒下去。

"你把鞋子脱掉,舒服点。"母亲站在床前说。

他挣扎着刚要坐起来,马上又倒下去了,同时发出了一声痛苦的呻吟。

"你好好地睡,我给你脱。"母亲说着,真的弯下身子去解他的鞋带。他闭着眼睛躺在床上。母亲把他的两只皮鞋都脱掉了。她伸直身子带着痛苦的关心望他的脸。"我给你盖床毯子罢。"她又说,便把那幅叠好放在床脚的毛毯打开,盖在他的身上。

他睁开眼睛望着她,有气没力地说了一句:"我恐怕在打摆子。"他的脸色白得像一张纸,连嘴唇也是灰白的。

"你睡罢,你只管睡你的,等一会儿我给你吃奎宁。"母亲安慰他说。她脸上的皱纹显得更多了,头发也好像没有一根是黑色的了。她刚回到四川来的时候完全不是这个样子。现在她自己烧饭,自己洗衣服,这些年她也苦够了。完全是他使她受苦的。可是她始终关心他,不离开他。"她真是好母亲啊。"他暗暗地称赞道。

后来母亲拿来三粒奎宁丸给他吞下了。她把剩下的半杯白开水放到方桌上去。

"妈。"他感激地唤了一声,泪水从眼角掉下来了,他望着他母亲,半晌说不出话。

"什么事?"母亲又走到床前俯下头亲切地问道。

"你真好……你对我太好了……"他断断续续地说。

"你睡罢,这些话等你好起来再说。"母亲和蔼地安慰他。

"我不要紧。"他摇摇头无力地说。他看见母亲并不注意听他的话,又解释道:"我只请半天假。明天他们公宴周主任,给他祝寿,我还要去参加。"

"你只请半天假?"母亲不以为然地说。"其实你可以多休息一天,不必担心扣不扣薪水。"

"我明天一定要去,不然他们会看不起我,说我太'狗',想赖掉份子钱。"他用力说,脸都挣红了。

"'狗'不'狗'是你自己的事,跟他们有什么相干?周主任又不是什么了不起的人!"母亲气愤地说。她忽然又问一句:"你看见树生吗?"

"我刚才还看见她。"他不加思索地回答。

"那么她不陪你回家?她很可以请假回来看护你,她们当'花瓶'的,不怕扣薪水。"她的妒忌和憎恨又被他那句话引起来了,她只顾发泄自己的怒气,却没有想到她的话怎样伤了他的心。

他呆呆地望着母亲,过了一会儿才露出微笑(多么痛苦的微笑!),自语似的小声说:

"她,她是天使啊。我不配她!"

母亲只听清楚他的后一句话,便气恼地接嘴说:

"你不配她?明明是她不配你啊!说是在银行办公,却一天打扮得妖形怪状,又不是去做女招待,哪个晓得她一天办些什么公?"

他不答话,只是痛苦地叹了一口气。

十

他昏昏沉沉地睡了一个下午。将近七点钟他才醒过来,躺在床上,没有一点力气,汗背心湿透了,冷冰冰地贴着背上的肉。他知道自己淌了不少的汗,便动一下身子,想把汗背心从肉上拉开,又想下床来找一件汗背心换过。可是他刚把身子一动,就觉得浑身酸痛,好像骨头全脱了节似的,他不由得发出了一声呻吟。

母亲走到床前,问他:"你醒来了? 不舒服吗?"

这一晚没有停电,黄黄的电灯光涂在母亲的脸上,她的脸也带着病容。而且她显得多么孤寂,多么衰弱!

"还好,"他答道。他睁大疲乏的眼睛,在屋子里各处找寻。"她不在?"他失望地问道。

"她? 你在说树生吗?"母亲轻蔑地说,"早晨出去到现在还没有回来过。"

"她也该回来了。"过了片刻,他才叹息道。

"是啊,她哪天不该早回来?"母亲气恼地接嘴道。她看见他不做声,便改了口问他:"你要不要吃点东西?"

"我不想吃,我不饿。"他说。

"吃点稀饭好不好,我给你煮的。家里还有皮蛋下稀饭。"母亲说。

"吃一碗也好。"他感激地说,勉强笑了笑。

母亲满意地转身走到碗橱前,拿了一个碗,又在门边小泥炉上瓦罐里舀了稀饭。

"究竟是自己的母亲好。"他小声对自己说。他的心不像先前那样空虚了。他正要拿出勇气抬起身子下床去,母亲已经把稀饭和皮蛋端过来了。她说:"你不要起来,就坐在床上吃罢。我给你拿着碟子。"她等他坐了起来,就把饭碗和筷子递给他,自己在旁边端了碟子守着他吃。

他并没有胃口,但是为了母亲的缘故,也勉强吃了一碗稀饭。他吃完饭,母亲又拿了脸帕来让他揩了脸,说:"你还是睡下罢,今天不要起来了。"

他听从了母亲的话,又躺下去。但是他不肯脱衣服,他还想醒在床上等候树生回来。

有人在敲门,离他躺下的时间不过十多分钟。母亲把门拉开。一个男人的影子闪进来,粗声说:"汪先生在家吗?曾小姐有信给他。"他惊了一跳。他听见母亲在问:"哪里送来的?"可是没有人回答,送信人已经退出去了。

他看见母亲手里拿着信,呆呆地立在房中,仿佛不知道应该做什么似的,他忍不住,叫了一声"妈"。母亲立刻走过来,用一种不在意的口气对他说:"她送了封信来,不晓得又有什么事情。"她并不把信交给他,只顾自己咕噜道:"曾小姐?儿子都有十三岁了,还好意思叫小姐,真不害羞!"

"让我看看她写些什么话。"他说着,便伸出手去拿信,母亲只好把信递到他的手里。

他接过信,战战兢兢地拆开来读。是树生的亲笔,写着:

宣:

> 朋友约我参加今晚胜利大厦的舞会,我会回来很晚。请你不要等我,也不要闩上门。不必对母亲说我去跳舞,省得明天听她发一番陈腐议论。

妻即晚

他看完信,一声不响,信纸还捏在手里,他望着天花板,好像在思索什么事情。

"她信上怎么说?"母亲不能忍耐地问道。

"她在一个同学家吃饭,说是有事情,回来晚一点。"他声调平平地答道。

"什么事?还不是看戏,打牌,跳舞!你想她还有什么正经事情!我做媳妇的时候哪里敢像她这样!儿子都快成人了,还要假装小姐,在外面胡闹,亏她还是大学毕业,学教育的!"母亲咕噜地抱怨道。

"她倒并不打牌。"他不知道母亲这时候的心情,却只顾替他妻子辩护,他并没有想到他的辩护只会增加母亲对树生的恶感。

"不打牌?她不是打外国纸牌吗?你生病她也不赶回家来看一下。做太太的规矩也不懂!"母亲又说。

"她不晓得。如果晓得,她一定早回来了。其实我这并不算生病。"他继续替他妻子解释,他的眼前仿佛还晃动着她那张带笑的脸。

"你这个人心太软。她对你那样不好,你还要替她讲话。我说,她那些脾气都是你养成的。我要是你啊,她今晚上回来,我一定要好好教训她一顿。"母亲指着他的前额大声说。

"夫妻间吵架多了,也不大好。常常为了点小事会闹出大问题来的。"他小声答道。

"你怕什么,这又不是你错。明明是她没理,她不守妇道,交男朋友——"

他忍不住痛苦地呻吟一声。母亲吃了一惊,连忙把下面的话咽在肚里了。她俯下头看他,关心地问:"你怎么啦?"

他摇了摇头,过了半晌,才无力地吐出一句:"妈,她决不是一个坏女人。"

母亲听到这句意外的答话,起初有点不懂他的意思,但是马上就明白过来了。她恼怒地说:"她不是坏人,那么我就是坏人。"

"妈,你不明白我的意思,"他着急地央求道,"我并不是在袒护她。"

"哪个说你袒护她!"母亲的脸上微微露出笑意来,她的怒气渐渐地消失了。"我看,她把你迷住了。"

"不是这样说,"他认真地解释道,"你们都是好人;其实倒是我不好,我没有用,我使你们吃苦。想不到我们现在会过这种日子,你自己烧饭……洗衣服……"他觉得一阵鼻酸,眼泪迸出来了。他呜咽着,再也接不下去。

"不要讲了,你好好睡罢。这不怪你。不打仗,我们哪里会穷到这样!"母亲温和地说,她心里也难过。她不敢多看他:他脸色那么难看,两边脸颊都陷进去了。他们初到这里的时候,他完全不是这样。她记得很清楚:他脸颊丰满,有血色。"听说战事明年可以胜利了,这倒好,不然大家都——"这句话是随便讲的,她这样说,只是为了安慰他。可是他不等她说完,便打岔道:

"妈,你说胜利? 看着敌人就要打过来了,说不定我们马上就要逃难……"他说到这里又忽然担心起来。

"你听见哪个说的?"母亲吃惊地问,但是她并不害怕。"没有这样严重罢。他们都说日本人这次打湖南、广西,不过抢点东西。他们守不住,自己会退的。"

"那就好。"他带点疲倦地回答,母亲的话又使他心安了。他并没有自己的明确的看法。他觉得她的话也很中听。他又说:"我也弄不清楚,不过公司里有人在讲,时局不好,公司方面有搬到兰州去的意思。"

"兰州,那样远的地方! 又不是充军,哪个肯去! 住得好好的要搬家,那些有钱人胆子比耗子还小。日本人这两年炸都不敢来炸,哪儿还有本事打过来!"母亲只顾在咕噜,仿佛要把她对媳妇的不满(因为儿子的缘故,她忍了一半在心里)另外换一个对象尽量发泄出来。

"我也是这样想,不过这些事也难说。"他答道,他的眼光停留在母亲的脸上,仿佛在寂寞、彷徨中找到了一个支持。他感激地说:"妈,你歇一会儿罢。你太辛苦了。"

"我不累。"母亲又换了语调温和地答道,她在他的床沿上坐下来。

"你现在舒服吗?"她问他。

"好多了。"他答道。可是他觉得非常疲乏,却又没有一点睡意。

"这几年总算是熬过去了,以后不晓得还要过些什么日子。我担心的就是树生——"她埋着头一个人自言自语,说到树生这个名字,她的声音立刻低到除了她自己以外,再没有人听得清楚。但是"树生"这两个字他一定听见了。他半晌不开口,忽然小声叹了一口气,又把嘴闭上了。

母亲在床沿上坐了一会儿,又站起来,望了他一两分钟,看见他闭上眼不出声息,以为他睡熟了,便轻手轻脚地走出去。过了一阵她又进来,掩住门,不上闩,却端了一把椅子抵住门,关了电灯,然后回到她的小屋子去了。

他其实并不曾睡熟。他闭上眼睛,只是为了使他母亲可以放心地回到她的小屋去休息。他不能睡,他的思想活动得厉害,他前前后后想了许多事情,在那许多事情中间总有一张女人的脸庞在摇来晃去。她时而笑,时而哭,时而发怒,时而忧愁。他累极了,头痛起来,出了一身汗。他的耳朵始终在等着一个人的脚步声。

房间暗而不黑,从母亲的房里透出一线微光。他的眼睛看得清楚房门口的椅子。"她"为什么不回来?母亲在咳嗽,她还不睡!她老人家太辛苦了。时候应该不早了罢。

是的,街上二更的梆子响了。"她"快回来了罢。他注意地倾听着门外的声音。有声音了。老鼠在走廊上跑。并且房里也有老鼠了。它似乎跑到他的床脚就停住了。它在做什么?它在咬他的皮鞋吗?他那双穿了五个多月的皮鞋已经遭过两次难,鞋口被咬成像一只破碗的缺口似的。它再来光顾一次,他就无法穿它们上街了。每天晚上他临睡时,总得把皮鞋放到床下一口旧皮箱上面。今天他忘了做这件事,现在他不能静静地躺着不管。他连忙抬起身子伸手去拿皮鞋。老鼠一溜烟跑掉了。他不知道皮鞋究竟被咬着没有,但是他仍旧小心地把它们放在皮箱上。

他又躺下来。他对自己说:我应该睡了。可是刚闭上眼睛,他就觉得他听见了高跟鞋走上楼梯的声音。他连忙睁开眼倾听。什么也没有。"她"为什么还不回来呢?

他终于睡着了,不过并不是熟睡,他迷迷糊糊地过了十几分钟,便醒了。没有女人的脚步声。他又睡了,不久又醒了。他做着不愉快的梦。有一次他低声哭着醒来,就再也睡不着了。那时他母亲的房里已经熄了灯,他也无法知道时候的早迟。街上相当静。一个老年人用凄凉的声音叫卖着"炒米糖开水"。这声音是他听惯了的。那个老人常常叫卖一个整夜,不管天气怎样冷。这一次他却打了一个冷噤,好像那个衰老的声音把冷风带进了被窝里似的。

就在这个时候他听见熟习的高跟鞋走路的声音了。"她"到底回来了。

她轻轻推开门,走进屋子来,口里哼着西洋曲子,打开了电灯。

这时的电灯光非常强。他的眼睛被刺痛了,但是他还微微睁开它们偷看她。她的脸上带着兴奋的微笑。嘴还是那样地红,眉毛还是那样地细,脸还是那样地白嫩。

她在屋子中间站了片刻,不知在想什么,忽然掉过眼光来看他。他连忙闭上眼睛装睡了。

她却慢慢地走过来,走到他的床前。他闻到一阵脂粉香。她俯下头看他,她替他盖好被。她发觉他没有脱外面衣服,便轻轻地唤他。他只好睁开眼睛,装着从睡梦中醒过来的样子。

"你不脱衣服就睡着了,你是在等我吗?"她亲热地含笑问道。

他不知道应该怎样回答她,却默默地点了点头。

"我说过叫你不要等,你怎么还等呢?"她说,不过她露了一点感激的表情。

"我也睡过了一觉。"他笨拙地答道。他心里有许多话,却没有勇气说出来。

"你没有把我的信给妈看?"她又问,声音更低。

"没有。"他摇摇头回答。

"她没有说什么?"

"她不知道。"他答道。接着他问了一句:"你今晚上跳得痛快罢?"

"痛快极了,"她得意地说,"我好久不跳了,所以兴趣特别好。

我还是在朋友家里换过衣服去的,来不及回家了。"她昂起头,轻快地把身子旋转了一下。

"你跟哪几个人跳?"他问道,勉强装出笑容来。

"我跟几个人跳过,不过还是跟陈主任跳的次数多。"她愉快地说,但是她并不告诉他,陈主任是谁。

"啊。"他答了一声。他想:陈主任大概就是那位同她在国际喝咖啡的年轻人罢,他痛苦地望着她那充满活力的身体。

"你好好脱了衣服睡罢,你对我太好了。"她温柔地对他一笑,安慰他说,便俯下脸去,轻轻地吻了吻他的嘴唇,又把柔嫩的脸颊在他的左边脸上紧紧地靠了一下,然后走到书桌前坐下来,对着镜子弄她的头发。

他轻轻地摸着左边脸颊,用力吸着她留下来的香气,痴痴地望着她的浓黑的头发。过了一会儿,他想道:"她对我并没有变心。她没有错。她应该有娱乐。这几年她跟着我过得太苦了。"他想到这里,便翻一个身把脸转向墙壁,落下了几滴惭愧的眼泪。

十一

第二天上午他起身比他妻子早。母亲要他在家多躺一天。他不肯。他说他精神很好,而且今天得去参加替周主任祝寿的公宴,他不去,同事们会以为他穷或者吝啬,会更加看轻他。母亲也放弃了她的主张。他陪着母亲吃了一碗昨夜剩下来的稀饭。母亲上街去买菜,他同她一块儿出去。那时树生还坐在书桌前化妆。

他们走出大门,母亲注意地看了他一眼。他不知道母亲怀着什么心思。两个人走了一段路,快要分手了,母亲忽然声音颤抖地唤着他说:"宣,你这样下去是不行的!……你要为家庭牺牲你自己了。"

他皱了皱眉,过了一两分钟才低声说:"不这样又有什么办法?你还不是一样吃苦?"

"可是她,她过得快活啊,上办公还要打扮得那样摩登,像去吃喜酒一样。"她忍不住爆发地说。

他低下头不出声。

"宣,我给你说,她跟我们母子不是一路人,她迟早会走自己的路。"她又说。

他停了半响才回答一句:"她跟我结婚也已经十四年了。"

"你们那种结婚算什么结婚呢!"母亲轻蔑地说。

他觉得这句话很刺耳,心里不高兴,就闭紧嘴不再做声了。

母亲也不再说什么,他们分道走了。

他到了公司。还是锺老带着笑脸跟他打招呼。"你怎么不多休息一天?今天又来得这样早!"锺老说,一面用肥大的手摸自己发光的秃头顶。

"我没有什么病,我很好。"他笑答道。他在锺老的眼光和态度中看到了怜悯,那个老人在可怜他,可是他并不觉得受侮辱。他说了两句闲话,便走上楼去。

单调的工作又开始了。永远是那些似通非通的译文,那些用法奇特的字句。他没有权修改它们,他必须逐字校读。他坐下不过一点多钟,就觉得背上发冷,头发烧。他不去管它。"就为了几个钱啊!"他不时痛苦地暗暗念着。他勉强工作到十二点钟。

他并不想吃什么,可是他对自己说:"我至少应该吃一碗饭,我没有生病啊。"他便走下楼去,在饭桌旁坐下,他果然吃完了一碗饭。碾过的平价米在平日吃起来倒并不怎样难吃,今天却有点难下咽了。放下碗,他立在门前看街景,站了一会儿,他觉得毫无趣味,便回到楼上办公桌前去。

他坐在自己位子上随意翻了翻文件,又把看过的校样整理好。工友送了一封信来。他看信封上的字,便知道是小宣从学校里寄来的。他好像得到了一点安慰似的,轻轻吐了一口气。他把信拆开了:

……先生说:物价高涨,我们这期收的图书费、伙食费都不够。每个人还应该补缴三千二百元,说是多了以后还可以退回来。很多同学都缴了。我知道爸爸很苦,没有多的钱,不敢向爸爸要。不过先生又来催了,催得很厉害,说是不缴钱,今年不准参加学期考试。我只好向爸爸、妈妈要求,请爸爸、妈妈三天内把这笔钱寄到学校里来……

仅有的一点安慰也消失了。他的眼光停在那几行稚嫩的字迹上。"已经缴过两万多了,还要补缴,哪里来的钱!"他低声抱怨道。没有人注意他。

"学堂又不是商店,只晓得要钱怎么成!中国就靠那班人办教育,所以有这种结果!"他愤怒地小声骂道。信纸冷冷地躺在他的面前,不回答他。

"找树生商量,看她有没有办法,"他想道,"那么现在去。"

"现在不好,还是晚上罢,"他又想道,"她也许不在行里,我也累,不想多动。"

最后他把信纸折好放回在信封内,又郑重地把信封揣在衣袋里面。下半天的工作又开始了。

还是那些疙里疙瘩的译文,他不知道这是哪一个世界的文字。它们像一堆麻绳在他的脑子里纠缠不清。他疲乏极了。可是他不能丢开它们。他觉得浑身不舒服起来。他很想闭上眼睛,忘掉这一切,或者就伏在桌子上睡一觉。但是吴科长的严厉的眼光老是停留在他的脸上(他这样觉得),使他不敢偷懒片刻。后来他连头也不敢抬起了。

"天啊,我怎么会变成这样一个人啊!我什么都忍受!什么人都欺负我!难道我的生命就该被这些纠缠不清的文字消磨光吗?就为了那一点钱,我居然堕落到这个地步!"他心里发出了这个无声的抗议。

然而没有用,这种抗议他已经发过千百回了。但是谁也没有听见,谁也不知道他起过不平的念头。当面也好,背后也好,大家喜欢称他做"老好人",他自己也以老好人自居。好几年都是这样。

"就是最近几年的事。我以前并不是这样的。以前,我和树生,和我母亲,和小宣,我们不是这样地过活的。完了!我一生的幸福都给战争,给生活,给那些冠冕堂皇的门面话,还有街上到处贴的告示拿走了。"他的眼光不停地在校样上面移动,他的思想却在另一个地方。

"我这是什么思想!我怎么改变到这个地步!贪生怕死,只顾自己!"他又这样地责备自己。但是过了一会儿,他又止不住要想:"要是胜利早一点到来,我应该有办法改善我们的生活。……但是日本人已经深入广西……他们还说要攻取贵州——"

他不敢再往下想。事实上他也不能往下想了。他头痛得厉害。他拿左手按住他的前额。他还在发烧。发烧,没有关系。近年来他常常在下午发烧。他已经习惯了。反正他不会这么早就死去。况且他也没有考虑死活问题的余裕。那一对严厉的眼睛老是这么凶恶地望着他。"为什么要这样欺负我?至多我不吃你们这碗饭就是了,我哪一点不及你们!"他曾经这样想过。但是他离开这个吃饭地方,又到哪里去呢?他在这个山城里没有一个居高位或者有势力的亲戚朋友,这个小小位置还是靠了一位同乡的大力得来的。那是在他失业三个月、靠着妻子的薪金过活的时候。那位对他有好感的同乡已经到别的省份去了。他的唯一的希望也失去了。

"为了生活,我只有忍受。"他常常拿这句话来答复他心里的抗议,现在他又拿这句话来对付他的解决不了的问题了。

好容易熬到了五点钟。他停止办公,倒在靠背椅上养养神,准备到广州大酒家去参加宴会。周主任是广东人,所以同事们今天挑选了一家广东菜馆。他到那里的时候,周主任和别的同事都到了,还没有入座,说是在等候总经理。大家在灯光明亮的厅子里兴高采烈地谈笑。只有两个人不讲话。他自然是其中的一个。他躲在一个角落里,缩在一把椅子上,用茫然的眼光望着众人,偶尔端起杯子喝一两口茶。

等了半点多钟,总经理坐着汽车来了。他一年中间见不到这位瘦得像猴子一般的大人物几面。大人物点着一根手杖庄严地走进来,众人一窝蜂地拥上去迎接,他多少带点惶恐地跟在大家后面。总经理带笑地道歉说:"对不起,我来迟了。"

"不迟,不迟!我们也是才来!"许多声音一齐说。他没有做声,他不想跟那位大人物讲话,那个人连看也不看他一眼。别的同事们好像也忘了他的存在似的,仍旧把他抛在角落里。

摆好了两桌酒席。就座的时候,大家客气地让座,他默默地远远站着,那几个地位跟他差不多的同事都有说有笑地坐定了。还是锺老招呼他过去,锺老给他保留了一个座位。

别人喝酒吃菜,兴致非常好。总经理和周主任坐在另外一席。他这一桌的同事们都过去敬了酒,就只有他一个人不曾去。除了锺老,谁都不理他,连小潘今天也不肯跟他讲一句话。他看不惯大家对总经理和周主任巴结的样子,那些卑下的奉承话使他发呕。这个环境对他太不相宜了,尤其是在这个时候,他多么需要安静。他们并不需要他,他也不需要他们。也没有人强迫他到这里来。可是他却把参加这个宴会看作自己的义务。他自动地来了,而来了以后他却没有一秒钟不后悔。他想走开,但是他连动也不曾动一下。

他一直是埋着头默默地喝酒。锺老偶尔对他讲两三句话,他也只是唯唯地应着。说是因为禁酒的缘故,茶房把黄酒斟在茶杯里冒充茶,免得警察来打麻烦。他现在真的把酒当做茶来喝了。没有人向他劝酒,可是他自己喝了好几杯。他知道自己酒量差,他想喝醉,想使脑筋糊涂,但是一直到席终他还是十分清醒。周主任却醉得只会傻笑,接连讲着一些不合身份的话。他趁着众人吵闹地纠缠在一起似乎在准备游艺节目的时候,一个人偷偷地溜走了。

他走出菜馆,到了冷静的街上,觉得有点冷,但是呼吸舒畅多了。他大步走着。

他急急地走到了家,欣慰地对自己说:"我还以为今天会生病,现在倒没有事了。"他上了楼。他的房门微微开着,母亲坐在方桌前做衣服,只有她一个人在等候他。房里没有树生的影子。

"你回来了?"母亲问道,她抬起头亲切地对他笑了笑。

"是,妈。"他答道。眼光还在找寻另外一个人。

"你今天没有不舒服罢。我倒担心了一天,我看你早晨出去的时候脸色不大好。"母亲说,就把手里的东西放在桌子上,又把眼镜取下来,揉了揉眼睛。

"我很好。妈,你不休息一下?晚上还要做东西?"他说。

她拿起刚才放在桌上的东西给他看:"我在给你做一件汗衣。今天理箱子,找出一段平价白布来。我看你汗衣短裤破得实在不像话,趁着我还能够动针线的时候给你做两套换一下。"

"妈,你也不能太累啊。这些东西缓点做也没有关系,"他感动地说,"我那两身旧的总还可以穿三五个月,以后我可以买新的。"

"买新的?可怜你那几个钱的薪水,哪里买得了?这两年你连袜子也没有买过一双。你脾气也太好了。要是没有我累着你,你或许不会苦到这样。你从不想到你自己。这几年来你瘦得多了,看起来你好像过了四十岁的人,白头发也有了好多根了。"母亲说着,眼圈也红了。

"妈,你不要老想这些事,在这个年头谁不是过一天算一天,能够活下去就算好的了。"他叹了一口气说。"她没有回来过?"他忽然问一句。

"她,你说树生吗?她回来过,又出去了,说是行里有什么事,十点钟一定回来。"母亲答道。但是她马上又改变了语调添上两三句:"你看,就是她一个人舒服。家里事她什么都不管。一天就在外面交际。"她忽然望着他,关心地说:"你今天又吃了酒了,吃得不多罢?你身体差,不宜多吃酒啊。"

"我喝得不多。"他答道,又叹了一口气。他觉得不舒服极了,头晕,心和喉咙都像被什么东西在搔着一般。他打算去倒一杯开水来喝,刚走一步,身子就向右边歪了一下,仿佛要倒下去似的。他连忙站定,但是身子又接连摇晃了两下。

"你怎么啦?"母亲惊问道,便站起来。

"我喝了两杯酒。"他勉强笑了笑。母亲走到他的身边要搀扶他。他摇着头让开身子,接连说:"不要紧,不要紧,我没有醉。"

"那么你早点睡罢。"母亲说。

"不,我不想睡,我要等她回来。"他说着,在书桌前那把藤椅上坐下了。

"你要等她?你晓得她什么时候回来?"

"你不是说她十点钟回来吗?"他反问道。

"她的话相信不得。你还是睡罢。"

"好,我睡,我先躺一会儿也好。"他说着就站起来。

当——当——当——当,当——当。预行警报的钟声响了。

"警报啰。妈,你躲一下罢,我今天不想走。"他说,走到床前,在床沿上坐了下来。

"你不走,我也不走。你还是躺一下罢,横顺还没有放'空袭'。"母亲镇静地说。

整个楼房里本来相当安静,现在突然活动起来了。到处都是人声,脚步声,还有关门的声音。街上有人在跑,还有更多的人在叫唤,在讲话。

"××,你不走啊?"隔壁有人在大声问。

"我不走,敌机不会来,何必多此一举。"另一个人答道。

"这两天快打到贵州来了,说不定敌人会来一次大轰炸,至少可以扰乱人心。我得到银行界的消息,昨天贵阳炸得厉害,连报上都不敢登。我劝你还是去躲一下罢。"

"那么出去走走也好,我们就一路走。"

接着是关门和走路的声音。虽然中间还隔着一段走廊,但是薄薄的木板壁很容易传声。他们的谈话被这母子两个人听见了。

"妈,你还是走罢。"他恳求道。

"不要紧,现在才是预行。"母亲慢慢地回答。

过了几分钟,空袭警报的汽笛声突然尖锐地响起来。

"妈,走得了。"他催促道。

"我等到放'紧急'再走。"母亲答道,她仍旧安静地坐着。

"我看还是早点走好,迟了怕来不及进洞了。"他有点着急地说。母亲不曾回答。他忽然站起来,又说:"那么我们一块儿走罢。"

"敌机不见得会来,走一趟太吃力,我看还是等到放'紧急'再走好。"母亲固执地说。他不做声了。母亲又说:"就是炸死了,也没有关系。我们像这样过日子,还不如炸死好。"

"妈,你不要这样说,我们没有抢过人,偷过人,害过人,为什么我们不该活呢?"他悲愤地说,他又在床沿上坐了下来。

门推开了,一个女人走进来。"你们还没有走!"树生惊喜地说。

"你不去躲警报,怎么还跑回来?"他站起来迎着她问道。

"我回来给你送防空证的。我不知道什么时候把你的防空证也放到我手提包里面了,刚才发觉,特地赶回来送给你。"她含笑说道,一面打开手提包,拿出一张卡片递到他的手里。

他感激地对她笑了笑,接过防空证揣在衣袋里,又从那里拿出一封信来。他说:"其实我还没有想到防空证上面去。要是不发紧急警报,我们就不躲了。"

"现在走罢,"树生含笑地催他,"早点进防空洞好些。"她又望着母亲说。

"我不走,我不信就会炸死。"母亲板起脸赌气似的说。

树生碰了钉子,怔了一下,但是马上又装出笑脸对他说:"你呢,你也不怕死吗?"

"我很累,我不想走。"他疲倦地答道。

"那么我一个人走了。"她仍然装出笑脸说,便掉转了身子。

"树生。"他想起手里捏的一封信便唤了一声。

她回转头来。他把捏信的手伸向她,一面说:"小宣来的信,他们学堂又要他补缴三千两百块钱。你看罢。"

她走回来,接过信封,取出信笺来看了一遍。她用轻快的声音说:"好的,我明天给他寄三千五百块钱去。"她把信放在了手提包里,又往外面走。

"你不为难吗?"他问了一句。

"不要紧,我可以向行里借。我总比你有办法。"她不在乎地答道,接着又问他一次:"你不去躲吗?"她看见他在迟疑,就一个人匆匆地走出去了。

"你看,她好神气,也是你才受得了!"母亲气愤地说。这时高跟鞋的声音还在走廊上响。

"不过小宣的学费也亏她。不是靠她,小宣早就停学了。我这个爸爸真不中用。"他叹息地说。

"要是我,我宁肯让小宣停学。"母亲咬着牙说。

他觉得有一口痰贴在他的喉管上,他用力咳嗽,想把痰咳出来。

"我给你倒杯开水,你忍一下。"母亲说。等到她把开水端来,他已经把痰吐在地上了,不仅地上,他的左手背也溅了些。他看见痰里的血丝,心中一冷,连忙把手背在衣服上擦,又用脚把地板上的痰也擦去了。

"好啰,咳出来就好了。"母亲安慰他说,一面把杯子递给他。

他接过杯子,大口地喝了几口,然后勉强装出笑容,回答道:"是,我现在好多了。"他把杯子放到方桌上去,又说:"我累得很,我想睡一会儿。"

"那么你不要脱衣服啊。万一放'紧急',跑起来也方便些。"母亲叮嘱道。

他含糊地答应着,已经走到床前和衣倒下来了。就在这一刻,他的精神和体力似乎完全崩溃了。在昏迷中他觉得母亲来给他盖上了棉被。

十二

他不肯让母亲和妻子知道他吐血的事。第二天他居然支持着到公司去办公。晚上睡得不好,精神相当差。仍旧是那单调的工作和纠缠不清的译文,周主任的厌恶的表情、吴科长的敌视的眼光和同事们的没有表情的面孔。他忍受着,他挨着时间。他的心并不在纸上。他也弄不明白自己究竟校出了多少错字。听见开饭的铃声,他放下笔,轻轻叹一口气,他仿佛就是一个遇赦的犯人。他的胃口还是不好,他吃得少,也不讲话。他觉得全桌的眼光都带着怜悯在看他,他不安起来。好容易放下碗,他又像得救似的嘘一口气,离开饭桌。他不敢看旁人,也没有谁理他。

他回到楼上,又在办公桌前坐下。他并不看校样。还没有到办公时间,他用不着多耗费他那有限的精力。他的眼光茫然地朝四处看。除了白茫茫的一片外,他似乎什么也看不见。他疲倦,脑筋也较往日迟钝,眼皮渐渐地往下垂,头越来越重。他睡着了。

同事们的笑声惊醒了他。他连忙坐正。脑子里还装了一些古怪的影子。他从悲欢离合的梦中醒过来了。他还有一种怅惘的感觉。

办公时间近了。周主任和吴科长都不在,同事们高兴地讲着笑话。忽然一个同事提起战局,另一个同事跟着报告昨晚得到的消息。空气立刻紧张起来。日本人不停地向这里前进,没有人挡住他们。据说敌人已经到了宜山。

"报上都没有说,你知道!不会有这样快!"汪文宣暗暗地驳斥道,但是他只敢在心里说。

"不见得罢。怎么你的消息倒这样灵通?报上还说这两天前方战况很好。"小潘插嘴说。

"你相信报纸?你晓得报上每天有多少检查扣掉的新闻?"那个消息灵通的同事反驳道。

"是啊,这两天情形的确不妙,我有个亲戚在贵阳住家四年了,现在也要把全家搬过来。"另一个同事说。

"这算什么!我有个朋友已经定了飞机票就要搬家到兰州去啰。要逃索性彻底一点。"又一个同事说。

"所以我们公司要搬兰州,这就是彻底啊。"消息灵通的同事说。

"你去吗?"小潘问道。

"我去?恐怕公司不会要我们这班小职员去罢。你还存这个希望吗?"消息灵通的同事说。其实这个同事不能算是小职员,他是出版科的科员,进公司时间久,底薪也比汪文宣的高得多。

"不要我们,总得发一笔遣散费。多支三个月薪水也好。"小潘满不在乎地说。

"三个月?我看至多也不过两个月。拿到那一点钱有什么用?逃难不够用;不逃难更不够用。况且这种半官半商、亦官亦商的机关——"消息灵通的同事说到这里,听见楼梯上的脚步声,连忙咽下以后的话,同时做出一个可笑的怪相。

周主任来了。整个楼面立刻静下来。小潘也悄悄地回到楼下去。下半天的工作开始了。

汪文宣不出声息地坐在办公桌前。他觉得自己还是在梦中。他的眼睛看不见面前摊开的校样。同事们的谈话占据了他的整个脑子。逃难……遣散……这不就是他的毁灭吗?还有他的家庭。……湘桂撤退的惨剧,他从别人口中听到的一切……他又是一个这么不中用的人!……要是真的到了那一天……?他一身发冷。他不敢再往下想,却又不能制止自己。他越想,心越乱。他翻过了两张校样,却没有把一个字装进脑子里去。工作,他已经不关心了。周主任的表情和吴科长的眼光,他也不再关心了。他仿佛听见一个熟悉的声音在他的耳边说:毁灭!他被人宣告了死刑。他没有上诉的心思。

他昏昏沉沉地过了半点钟光景。他觉得周身不舒服,头忽然发起烧来,头有点晕。几分钟,十几分钟,半点钟,一点钟以后,热度还没有退。"一定是肺病,我昨晚还吐过血!"他断定道。"没有关系,我反正要死。"他安慰自己,心稍稍安定了。他不再像先前那样地害怕了。他却另有一种凄凉的感觉。

"我死,我一个人死,多寂寞啊。"他想着,他恨不得马上跑回家中,抱着母亲、抱着妻、抱着小宣痛哭一场。

到下班的时候,他已经不发烧了。他觉得精神稍微好一点,慢慢地走回家去。

母亲在家里煮好饭等待他。她用慈爱的调子同他谈话,问他这一天的工作情形。吃饭的时候,母亲谈起树生,又发了一通牢骚。他唯唯地应着,他觉得母亲的话有道理,同时又觉得树生并没有错。

"晚饭她既然不在行里吃,就应该回家来吃。你亲眼看见的,她一个月有几天在家?不是去找情人还有什么事!"母亲收拾饭碗的时候,终于忍不住这样地直说了。

他不做声。他不相信母亲的话。但是母亲的话使他痛苦。永远是这样的控诉,仇视。"为什么不让我安静?既然你爱我,为什么不也爱她呢?你知道我多么离不开她!"他想道。但是他不敢把这答话说出来。"离不开她"四个字伤了他自己,使他感到寂寞。寂寞中又夹杂了一点焦急不安。他默默地站起来,轻轻咬着嘴唇,在屋子里走了几步。

"你没有事,要不要去看电影?我们究竟是读书人,再穷也该有娱乐啊。"母亲做完事情,过来对他说。

"我累得很,不想出去了。"他懒懒地答道。过了半响,他又带着苦笑加上两句:"现在读书人是下等人了。看电影看戏,只有那班做黑货白货生意①的人才花得起钱。"

树生推开门进来。

"你吃过饭吗?"他惊喜地问道。

"吃过了,"她含笑地答道,"我本来想赶回家吃饭的,可是一个女同事一定要请客,不放我回来。今天行里出了一件很有趣的事,等一会儿告诉你。"

"她笑得多灿烂,声音多清脆!"他想道。可是母亲只含糊地应一声,就走进小屋去了。

她换衣服和鞋子的时候,电灯忽然灭了。他慌忙地找寻火柴点蜡烛。

"这个地方真讨厌,总是停电。"她在黑暗中抱怨道。

蜡烛点燃后只发出摇曳的微光。满屋子都是黑影。他还立在方

---

① 黑货:指鸦片烟;白货:指大米。

桌前。她走过来,靠着方桌的一面坐下。她自语般地说:"我就怕黑暗,怕冷静,怕寂寞。"

他默默地侧过头埋下眼光看她。过了几分钟,她忽然抬起头望着他,说:"宣,你为什么不跟我讲话?"

"我怕你累,你休息一会儿罢。"他勉强做出笑容答道。

她摇摇头:"我不累,行里工作不重,我们又比较自由,主任近来对我很好,同事们都不错。就是——"她停顿一下,忽然改变了语调,皱了一下眉头。"我在外面,常常想到家里。可是回到家里来,我总觉得冷,觉得寂寞,觉得心里空虚。你近来也不肯跟我多讲话。"

"不是我不肯讲话,我怕你精神不好。"他惶恐地分辩道。这不是真话,事实是:他害怕讲多了会使她不高兴,并且每天他和她见面的时候并不多。

"你真是'老好人'!"她带笑地责备道。"我一天精神好得很,比你好得多,你还担心我!你就是这样一个人:常常想到别人却忘了你自己。"

"不,我也想到自己。"他笨拙地辩道。

母亲的房里没有声息,烛光摇晃得厉害,屋角的黑影比先前更浓。从二楼送来一个小孩的咳嗽声和哭声。窗外簌簌地下起小雨来。

"我们打两盘 bridge 罢。"她忽然站起来,兴奋地提议道。

他很倦,他不想玩"桥牌"。可是他立刻答应了,并且去把纸牌拿来,放到方桌上。他坐下来洗牌发牌。

他看得出来她的兴致愈来愈差。他自己对玩牌更少兴趣。刚玩了两盘,她忽然厌倦地站起来说:"不打了,两个人打没有趣味。而且看不清楚。"

他默默地把纸牌放进盒子里,低声叹了一口气。他注意到烛芯偏垂在一边,烛油流了一大滩在方桌上。他找着剪刀,把烛芯剪短了。

"宣,我真佩服你。"她站在方桌前看他做着这一切,忽然用激动的声音说。他惊讶地抬头望着她,不明白她的意思。"你真能忍耐,什么你都受得了。"她带着抱怨的调子继续说。

"不忍受又有什么办法?"他带着凄凉的微笑答道。

"那么你预备忍到什么时候?"

"我不知道。"

"我烦得很。宣,你说我们要等到什么时候,才可以不过这种生活?到什么时候才可以过得好一点?"

"我想,总有一天,等到抗战胜利的时候——"

她不等他说完,便摆了摆手打断他的话头:"我不要再听抗战胜利的话。要等到抗战胜利恐怕我已经老了,死了。现在我再没有什么理想,我活着的时候我只想活得痛快一点,过得舒服一点。"她激动地甚至带点气愤地说。她在屋子里走来走去。

过了半晌他才吐出一句话:"这要怪我没有出息。"这句话是用痛苦和抱歉的调子说出来的。

"怪你有什么用?只怪我当初瞎了眼睛。"她烦躁地说。话刚出口,她的心就软了,但是她要咽住话已经来不及了。每个字像一根针似的刺进他的心。他捧着头,默默地用他的十根手指抓他的头发。她连忙走到他的身旁,温柔地说:"原谅我,我的心乱得很。"她把他的右手从头上拿下来,紧紧地捏在自己的两只手里,捏了许久。她忽然觉得一阵心酸,便放开了它,走到窗前,长长地叹了一口气。

十三

他继续过着这样的平凡、单调而痛苦的日子。是什么一种力量支持着他那带病的身体,连他自己也不知道。他每天下午发着低热,晚上淌着冷汗。汗出得并不太多。他对吐痰的事很留心,痰里带血,还有过两次。他把家里人都瞒过了。母亲只注意他的脸色,她常说:"你今天脸色又不好看了。"他照例回答她:"我觉得倒还好。"母亲痛苦地看他一眼,也不再说什么。她不会知道他的心。有一次妻在旁边听见母亲讲起他脸色怎样的话,妻冷冷地插嘴说:"这两年来他脸色哪一天好看过!"妻说的是真话。但是妻也不知道他的心。关切,怜悯——她们能够给他的就只有这一点点。母亲似乎比妻更关心他,母亲似乎更少想到她自己。但是连母亲也减少不了他内心的痛苦。

"活着好,还是死好?"他常常偷偷地想着,尤其是在办公的时候。他觉得"死"就在前面等他。周主任的表情和吴科长的眼光似乎在鞭策他走向着"死"。他回到家中,母亲的关心和妻的怜悯并不曾给他多大的安慰。母亲喜欢诉苦,妻老是向他夸耀丰富的生命力,和她的还未失去的青春。他现在开始害怕看母亲的憔悴的愁容,也怕看妻的容光焕发的脸庞。他变得愈不爱讲话了。他跟她们中间仿佛隔着一个世界。她们关心地望着他或者温和地跟他谈话的时候,他总要在心里说:"你们不了解。"她们的确不了解。她们也许觉得他有时会用一种奇怪的眼光看她们,但是她们并没有特别担心。母亲或许担心,可是她的叮嘱和询问(叮嘱他小心身体,问他是不是有病)反而增加他的害怕和痛苦。"她就要看出来了。"他对自己说,他更加小心起来。有一次母亲谈起他的身体,妻立刻接口说:"让他到医院去检查一下。"妻还掉过眼睛来看他,这次是真诚的要求:你去一趟罢。"我很好,我很好。"他慌张地答道。"去检查一次究竟稳当些。"妻说。他不直接回答她,停了片刻,他才有气无力地自言自语:"现在看病吃药住医院都要花钱。像我们这种人只要有饭吃,就算是有福气了。他们说湘桂路上不晓得饿死多少人。"

母亲愤愤不平地叹了一口气。妻想了想,才说:"说不定有一天我们也会像他们那样。不过我们活着的时候,总得想办法。"她皱着眉头,脸上掠过一个阴影。但是阴影立刻散去了。她的脸上不留一点忧郁的表情。

"想办法?我看拖到死都不会有办法,前年说到去年就好,去年说到今年就好,今年又怎么说呢?只有一年不如一年!"母亲终于在旁边发起牢骚来了。

"这要怪我们这位先生脾气太好啰。"妻带了点嘲笑的调子说。

母亲变了脸色,接着说:"我宁肯饿死,觉得做人还是不要苟且。宣没有一点儿错。"

妻冷笑了两声,过了两三分钟又自语似的说:"我看做人倒不必这样认真,何必自讨苦吃!"

"这是我甘心情愿。无论如何,做一个老妈子,总比做一个'花瓶'好。"母亲气冲冲地说。

"妈,不要说了,树生的意思其实跟你的并没有不同。"他连忙插进来劝解道,他害怕再听她们的争吵。

"不同,完全不同!"妻挣红脸用劲地说。"现在骂人做'花瓶',已经过时了……"

"树生,你不要多说。都是我不好,连累大家受苦,也怪不得妈。"他着急地向妻央求,拉开她。他又低声对她说:"妈上了年纪,想不通,你让她一点罢。"

"哪里是她想不通,明明是你想不通!"妻气恼地骂他,但是声音不大,她坐到床沿上不再做声了。

"当然啊,现在人脸皮厚了,什么都不在乎了。"母亲还在一边嘲骂道。

他正要过去安慰母亲,忽然听见人在唤"汪先生,汪太太。"他吃惊地向房门那边看去。隔壁的张太太苍白着脸立在门前。

"张太太,请进来坐。"他连忙招呼道,妻和母亲也跟着向那个女人打招呼。

"汪先生,你看这里不要紧罢?我真害怕,要是逃起难来,我们外省人简直没有办法。"张太太刚刚坐定,便惊恐地睁大两只眼睛说。

他没有答话,倒是妻先说了:"我看不要紧。外面谣言很多,我就不去理它。"

"谣言?你听到什么谣言?"他惊问道,他的心突然跳得很厉害了。

"说是日本人已经到了南丹,逼近贵州了。行里同事都是这么说。"妻相当镇静地回答。

"我听说已经进了贵州啊。我们张先生的机关在准备搬家。不过我们小职员是跟不去的。以后怎么办呢?汪先生,你是本地人,你要照料我们啊!"张太太用惊恐、焦急的声调央求他。

他心里想:你还找我,我自己都没有办法!可是他却答道,"好,我一定帮忙。"

"我们想到乡下去躲一下,最好你们去哪里,我们也一起去。"张太太又说。

"现在就去躲?还早罢。张太太,你不要怕。到那个时候总可以想办法。"妻微笑地安慰那个带病容的年轻女人。

"我就是说,将来万一要逃难……汪太太,汪先生,老太太,谢谢你们啊,谢谢你们啊。我去告诉我们张先生。他听见也就放心了。"张太太站起来,说着感激的话,脸上露出一丝笑容。

"多坐一会儿罢。"妻挽留道。

"不坐啦,不坐啦。"张太太一面说一面往房门外走。

客人走后,房里三个人沉默了两三分钟,母亲忽然发问:"宣,真的要逃难吗?"

他的心跳得厉害,他不敢回答。

"不会的,不会坏到这样。"妻接嘴说,她的脸上现出平静的笑容。

但是第二天妻下班回来,就皱着眉头对他说:"今天消息的确不大好,说是连独山也靠不住了。又说贵阳天天有警报。"

"那么我们怎么办?"母亲张皇地插嘴问道。

"除了等着日本人打过来,也没有别的办法。"他断念似的说,又凄凉地笑了笑。他并不害怕,他只有一种疑惑不定的感觉。死,活,灾难对他并没有什么区别。要来的事反正会来,他没有力量挡住它。不来的,更用不着害怕它。

"我们不能等死啊。"母亲焦急地说。

妻怜悯地笑了:"不会到这样地步。该走时大家都会走开。今天还有个同事约我到乡下去暂避一下,说是怕敌人来个大轰炸。我也没有答应。"

"你自然比我们有办法。"母亲生气地嘲讽道。

"也许罢,我高兴走的时候,我总走得了。"妻故意做出得意的神气答道。

"可是小宣呢?可是小宣呢?我跟宣两个人你可以不管,小宣是你亲生的儿子,你不能丢开他啊!"母亲挣红脸,大声说。

他的眼光轮流地望着这两个女人的脸。他想说:"我都要死了,你们还在吵!"可是他不敢说出来。

"小宣有学校照顾他,用不着你们操心。"妻冷冷地说。

"好的,这样你可以跟着男朋友到处跑了。我从没有见过像你这样的妈!"母亲咬牙切齿地骂道。

"对不起,我不是你那样的人,我也不想活到你那样的年纪。"妻开始变脸色,大声回答。

"树生,你就让妈多说两句罢,都是一家人,何必这样!说不定过两天大难一来,大家都会——"他忍耐不住,终于痛苦地高声说了。他觉得头痛得厉害,便闭上嘴咬紧了牙齿。

"我并不要吵,是你母亲吵起来的,你倒应该劝劝她。"妻把头偏向一边,昂然说。

"我不要听你那些花言巧语。"母亲指着妻骂道。

"你们吵罢,你们吵罢。"他气恼地在心里说。她们的声音在他的脑子里撞击,他觉得他的头快要炸开了,他再不能忍耐下去。他默默地走向房门。她们不理他。他走出门,一口气跑下楼去。

他走在人行道上,脑子里还是乱烘烘的。夜的寒气开始洗他的脸,他的脑子渐渐地清醒了。

"到哪里去呢?"他问自己,没有回答。他无目的地走着。他又到了那个冷酒馆的门前。

"你应该使自己忘记一切。"好像有一个声音在他的耳边说。他朝那个小店里面望。桌子都被客人占据了。只有靠里那张方桌比较空,只坐了一个客人,穿一件旧棉袍,头发长,脸黑瘦。那个人埋着头喝酒,不理睬旁人。"我去拼个位子。"他低声自语道,就走进去,在那个人的对面拉开板凳坐下来。

"来一杯红糟!"他大声说。堂倌送来一杯酒。他马上端起杯子,大大地喝了一口。酒进到肚里,一股热气冒上来,他受不住,打了一个嗝。

"文宣。"对面那个客人忽然抬起头来看他,唤他的名字。他呆呆地望着那张带病容的黑瘦脸,一时认不出是谁来。

"你认不得我?你吃醉了吗?连老同学——"那个人痛苦地笑了笑。

"柏青!你怎么变成了这个样子!"他睁大眼睛,吃惊地说,打断了那个人的话。相貌全变了,声音也哑了,两颊陷进那么深,眼里布满了血丝。围着嘴生了一大圈短短的黑胡子。"你做了什么事?还不到一个月!"他问着,他有点毛骨悚然了。

"我完了,我已经死了。"那个人嘶声回答,还勉强做出笑容,可是他笑得像在抽筋似的,牙齿黄得可怕。

"不要这样说,柏青,你是不是生过病?"他关心地问,他忘记了自己的苦恼。

"病在这里,在这里!"那个人用手指敲着前额说。

"那么,你不要喝酒了,快回家去休息。"他着急地劝道。

"我要吃,吃了酒才舒服啊。"那个人狞笑地答道,却并不去动面前的酒杯,那里面还有大半杯酒。

"那么你快喝干,好回家去。"他催促道。

"家!我哪里还有家?你要我到哪里去?"那个人冷笑说。

"你住的地方,我陪你回去。"他说。

"我没有住的地方,我没有,我什么也没有,"那个人生气地答道,突然端起杯子,把酒一口喝光了。"痛快!痛快!"他大声说。"我白读了一辈子书,弄成这种样子,真想不到!你知道我住在哪里?有时候我睡小客栈,有时候我就睡马路,我还在你们大门口睡过……"

"你喝醉了,不要多说,我们走罢。"他截断了那个人的话,一面站起来叫堂倌来把两个人的酒钱收了。他拉着那个人的膀子,接连说:"走,走。"

"我没有醉,我没有醉。"那个人不停地摇头说,不肯站起来。

"那么我们找个地方喝茶去。"他说。

"好罢,"那个人站起来,身子摇摆一下,又坐下了。"你先走罢,我多坐一会儿。"那个人痛苦地看了他一眼,有气无力地说。

"那么到我家去坐坐,树生还一直记挂你的太太。"他温和地说,刚说出"太太"两个字,他马上明白自己说错了话,便闭上嘴不做声了。

"你看我这样子怎么能到你家里去!"那个人说,两腮略略动了一下,接着埋头看看自己的胸膛,右手五根手指在旧棉袍的油腻的前胸上敲了两下:"我穿这样的衣服。"摸摸下巴:"我这样的脸貌。"又摇摇头:"不,我不去。我已经死了,你的老同学唐柏青已经死了。我为什么还要管这些?穿什么衣服,住什么地方,跟朋友有什么关系呢?朋友们都不理我,也好,横竖我已经死了,死了。"最后勉强笑了笑:"你回去罢,不要理我。啊,刚才你还说,你们都记挂我内人。你们都记得她,我怎么能够忘记她!"

汪文宣掉转头看了看四周,几张桌子上客人的眼光全向着他的同学。他脸红了。

"快走罢,那些人都在看你。"他低声催促道。

"看我?让他们看罢,我们都是一样,"那个人抬起头望着他,两眼射出一种类似疯狂的眼光,"到冷酒馆来吃酒的就没有一个快活的人。你也一样。"汪文宣听见这句话,忽然打了一个寒噤。他仍旧低声在催促:"不要说了,我们走罢。"

"势利,势利,没有一个人不势利!"那个人只顾自己地说下去。"我把人看透了。我那些老朋友,一年前我结婚,他们还来吃过喜酒的,现在街上碰见,都不理我了。哼,钱,钱!"勉强做出轻蔑的笑容。"没有人不爱钱,不崇拜钱!我这个穷光蛋!你死罢,最好早点死,我活着有什么意思!好!"那个人忽然站起来:"我跟你去看看大嫂。我内人活着的时候就说过要到府上去拜望大嫂,现在……"说不下去开始抽泣了。

汪文宣拉着那个同学的膀子走出了酒馆。两个人在人行道上走了几步,同学忽然站住,说:"我不去了。"

"那么你到哪里去呢?"他问。

"我也不知道。你不要管我。"那个人坚决地说。

"柏青,这样不行,你到我家里去住一晚罢。"他同情地劝道,又把那个人的膀子拉住。

"不!不!"那个人摇头说。

"柏青,你不能这样,你该记得你从前的抱负,你振作起来罢。"他痛苦地大声说。他只想哭。

他们又往前走了几步,刚刚要转进他住的那条街,那个人忽然固执地大声说:"不,我要走。"又说:"你放开我!"挣脱了他的手,那个人就跑下马路朝对面跑去。

"柏青!柏青!"他失望地唤着。他要跑过去追那个人。他听见一阵隆隆的声音,接着一声可怖的尖叫。他的眼睛模糊了,他仿佛看见一辆大得无比的大卡车在他的身边飞跑过去。

人们疯狂地跑着,全挤在一个地方。就在这个十字街口马上围了一大群人。他呆呆地走过去,站在人背后,什么也看不见。但是他觉得一个可怖的黑影罩在他的头上。

"好怕人!整个头都成了肉泥,看得我心都紧了。"一个声音在他的耳边说。

"我说像这样的地方,根本就不应该行驶卡车。这个月辗死好几个人了。前天在小十字辗死一位年轻太太,那才惨!车子也是逃掉了,还跌伤一个警察。"另一个声音说。

他醒了过来。他明白了。他恐怖地、痛苦地叫了一声。但是他的喉咙哑了。眼泪止不住地流了他一脸。他心里难过得厉害,他浑身发冷。

他悄悄地离开人群走回家去。没有人注意他。只有一个声音伴送他到家。那个熟悉的声音不断地嚷着:"我完了,我完了。"

他推开房门。电灯相当亮。妻一个人坐在书桌前看书。她放下书抬起头看他,脸上现出惊喜的表情,亲热地问了一句:"你又到冷酒馆去了?"

他点点头,过了一会儿,才费力地吐出一句:"我做了一个梦,一个可怕的梦。"

母亲从里屋跑出来,大声说:"宣,你回来了!"

"什么梦?你怎么了?休息一会儿罢。"妻温和地说。

他想答话。但是那声可怕的尖叫还在他的脑子里震响。他的精力竭尽了,他似乎随时都会倒下来。他努力支持着。两对急切、关怀、爱怜的眼睛望着他,等待他的答话。他一着急,嘴动了,痰比话先出来,他的心在燃烧。

"血!血!你吐血!"两个女人齐声惊呼。她们把他搀到床前,让他躺下来。

"我完了,我完了。"他迷迷糊糊地念着那句可怕的话,脑子里还响着那声尖叫,眼泪像水似的流下来,他觉得他再没有力气挣扎了。他顺从地闭上了眼睛。

十四

他一晚上不停地做着可怕的梦,早晨醒来他疲倦,发烧,四肢无力,心神不安。

母亲和妻不再争吵了,她们一样亲切地看护着他。下午医生来给他诊病。是一位中医,还是妻去请来的。妻相信西医,主张请大川银行的医药顾问。可是母亲坚持着请中医。他不愿意得罪母亲,妻也只好让步。她到他服务的图书公司去替他请了病假,又到大川银行去为自己请一天假,然后去请医生。医生张伯情是他母亲的一位远亲,在这城里行医三四年,也还有一点名气,每次到他们家来诊病,除了车费外,并不另收诊费。他自己因为这个缘故,更赞成请中医诊病。"西药多贵！只要少花钱就好！我哪里来那些钱呢？"他这样想道。

医生是一个和善的老人，仔细地把着脉，问着病情，又用温和的调子安慰病人和家属，说这是肝火旺，又加上疲劳，并不是肺病，养息几天就会慢慢地好起来。

妻不大相信医生的话，母亲却很相信。他则是将信将疑。但是无论如何医生使他们三个人都心安了。他渐渐觉得中医也很有道理。"几千年来我们中国人都是这样地看病吃药，怎么能说没有一点道理呢？"他安慰自己地想着，他又看见了一线希望，死的黑影也淡了些。

妻出去买了药回来，母亲拿来煮给他吃了。吃过药，他睡了一觉。他睡得不好，老是觉得透不过气来。

傍晚时分，他的热度加高，他又落进了可怖的梦网里。庞大的黑影一直在他的眼前晃动，唐柏青的黑瘦脸和红眼睛，同样的有无数个，它们包围着他，每张嘴都在说："完了，完了。"他害怕，他逃避，他走，他跑。多么疲倦！但是他不能够停住脚。忽然他走进了荒山。他看不见人影。他也不知道要去什么地方。天黑了，他在黑暗中摸索。好累人的旅行啊！忽然他看见了亮光，忽然四周的树木燃烧起来。到处是火，火燃得很旺，火越逼越近。他的衣服烤焦了。他不能忍受，他嘶声大叫："救命！"

他醒了。他躺在床上，盖着棉被，一身都是汗，口里发出痛苦的呻吟。

"宣，你怎么啦？"妻坐在床沿上，埋下头唤他。"你心里难过吗？"她温柔地问。

他叹了一口气，望着她，并不回答。过了一会儿他低声问她，"你下班多久了？"

"我今天请了一天假，不是跟你说过吗？"妻惊讶地说。

"我忘记了。"他答道。接着他加上一句解释："梦把我弄昏了。"停了片刻他再说："我梦见……好像是……我那个老同学给汽车压死了。"

他骗了自己,把真实当做梦景了。

"老同学?你说哪个?"妻惊问道。她慢慢地伸过手去摸他的前额。前额润湿,热已经退了。

"唐柏青,我们在百龄餐厅吃过他喜酒的,他太太生小孩死了,我前不几天才跟你讲过。"他吃力地说。

"是,你跟我讲过,我记得。你不要多讲话,不要想别人的事情,你精神差,先前还在发热。你再睡一会儿罢。"妻温柔地安慰他。

"我怕睡着了,又会做怪梦。"他像小孩似的诉苦道。

"不会的,你什么也不要想,你安心地睡。我在旁边陪着你,你不会做怪梦。"妻含笑地对他说。

"妈呢?"他又问。

"妈在煮饭。你睡罢。等会儿又要吃药了。"她说。把头掉开不再看他。

过了半晌他忽然说:"请你给我倒一点茶。"他并不真想喝茶,不过想跟妻谈话。

妻倒了大半杯热茶来,他抬起头就在她的手里喝了三口,说一句"谢谢你",又把头放下去。

"你可以再睡一会儿。"妻说着站起来,去把茶杯放在方桌上。

他刚闭上眼睛,又睁开。他偷偷地望着妻,不让她觉察出来。但是过了十多分钟,他忍不住了,又喊着妻的名字,又对她说话。

"树生,我看我的病不会好了。"他说。

"你又在乱想了,"她柔声责备他,脸上露出好意的微笑,"医生不是说吃两付药,静养几天就会好吗?"

他停了片刻才说:"可是你并不相信中医。"

妻一时答不出话,后来便说:"可是妈很相信啊,况且他是你们的亲戚,不会对你说假话。"

"这个年头哪个不说假话啊!"他苦笑道。"我知道我的病,我这个身子拖不到抗战胜利。也好,我活着不但不能给你们帮忙,我只会累你们。"他好像在自言自语,最后声音变了,他突然闭了嘴。妻注意到他在淌眼泪,她心里也不好过。她只说了一句:"你不要这样说。"便用力咬自己的下嘴唇。

"还有妈年纪大了,生活又苦,脾气更不好,有时候多发几句牢骚,希望你能够原谅她,她的心是好的。"他哀求地往下说,他吐字慢,不像刚才那样激动。

"我知道。"她说了三个字,埋着头,伸过右手去捏住他的左手,她也想哭。

"谢谢你。我现在睡了。"他似乎放心地说。

电灯光孤寂地照着这个屋子。光线暗得很,比蜡烛光强不了多少。那种病态的黄色增加了屋子的凄凉。他闭着眼,半张开嘴,一张瘦脸像涂上一层蜡,显得十分可怜。

她仍旧捏住那只手不放松,仍旧坐在床沿上,用寂寞的眼光看各处。同情和爱怜使她苦恼。但是另一种说不出的感情在搔她的心。

"为什么我们应该过这种日子?"一个不平的声音在她的心里说。

她觉得右手里捏的那只手非常软弱无力,并且指头发冷。她想抗议:"这就是他忍受的报酬!我不能——"

她吃惊地看他一眼。他轻微地吐着气。现在他似乎舒服多了。似乎并没有噩梦惊扰他的睡眠。她轻轻地放开他那只手。她又伸手去摸他的额角。她站起来,伸了一个懒腰。

隔壁传来一阵沙沙的语声。从街中又传来几声单调的汽车喇叭声。老鼠一会儿吱吱地叫,一会儿又在啃楼板。它们的活动似乎一直没有停过。这更搅乱了她的心。她觉得夜的寒气透过木板从四面八方袭来,她打了一个冷噤。她无目的地望着电灯泡。灯泡的颜色惨淡的红丝暖不了她的心。

"这就是我们的生活,永远亮不起来,永远死不下去,就是这样拖。前两三年还有点理想,还有点希望,还可以拖下去,现在……要是她不天天跟我吵,要是他不那么懦弱,我还可以……"她一个人自言自语,这次她皱起了眉头。她心里更烦,她不知道怎样安放她这颗心。她在屋子里踱起来。但是踱了几步,她又停止了,她害怕脚步声会惊醒他。

半掩的房门突然大开了。母亲捧着饭锅子进来。

"她也在吃苦啊。"她看见母亲那种吃力的样子,不禁这样想道。

"他睡了?"母亲的憔悴的脸上露出一丝笑容,脸向着床低声问她道。

她点点头,小声回答:"这回好像睡得还好。"

"那么让他多睡一会儿,等他醒来再吃药罢。"母亲说,"我们先吃饭。"

她和母亲对面坐着吃了一碗饭。母亲的胃口不好。她觉得寂寞,觉得没趣,在饭桌上勉强和母亲讲了几句话。

"她都受得了,她似乎就安于这种生活,为什么我就不可以呢?"她暗暗地责备自己,可是这并没有减轻她的寂寞之感。

"为什么我总是感到不满足? 我为什么就不能够牺牲自己?……"她更烦躁,她第二次在心里责备自己。

但是这一晚终于平静地过去了。

第二天起他的病势稍微减轻了。树生仍旧每天到银行去办公,不过上午去得较晚,午后下了班便回到家里来。她暂时断绝了同事间的交际。她帮母亲烧饭,有时候还照料他吃药和吃早饭、晚饭。晚饭后他不想睡觉时,她还陪他谈些闲话。她谈着她那个银行里的种种事情,她什么都谈,就只不谈时局。

中药似乎很有功效。他的身体一天比一天地好起来。母亲当着妻的面称赞中医高明,妻并没有反驳,只是微微一笑。其实有效的药倒是妻的态度的改变。他需要的正是休息和安慰。

"日本人究竟打到了什么地方了?"他觉得病渐渐好起来精神可以集中时,就常常想着这个问题。但是他不敢问她,他害怕听到一个令人心惊的回答。有时候他也注意地看她的脸色,他想从她的表情上猜出战局的好坏,但是这没有用。在这些天里她常常给他看到她的温和而愉快的表情。偶尔他看见她在沉思,但是她马上就用笑容掩饰了一切。她不再跟母亲吵架了。他有时也看见(当他闭着眼或者半闭着眼假寐时)她们两个人坐在一处交谈。"只希望她们从此和好起来,那么我这次吐血也值得。"他也曾欣慰地这样想过。

一天妻下班回来,很兴奋地对他说:

"我告诉你一个好消息,贵阳大轰炸全是谣言,独山失守也是谣言,日本人根本就没有进贵州。"

她灿烂地笑了,他喜欢看她这样的笑容。

"真的?"他高兴地吐了一口气,用感谢的眼光望着她。"明天我倒想出去看看。"他慢慢地说。

"你才只睡了五天。至少你要睡上十天半月才好。"妻劝他道。"你只管养病好了,别的事情你一概不用管。"

"钱呢?"他问道。

"我有办法,你不必管它。"妻回答。

"不过多用你的钱也不好。你自己花钱的地方很多,小宣也在花你的钱。"他抱歉地说。

"小宣不是我的儿子吗? 我们两个人还要分什么彼此! 我的钱跟你的钱不是一样的?"她笑着责备他道。

他不做声,他找不出话来驳她。

"前些天我们行里在闹着调整待遇,后来因为湘桂战事搁下来了。现在又在说,战事好转以后就要实行调整。调整后我的收入可以增加三分之一,所以多花点钱也不要紧。"她看见他闭上嘴在沉思,便又含笑解释道。

"不过这总不大好,我过意不去。想不到我活到这样大,连自己也养不活。"他沉吟地说。

"你怎么这样迂! 连这点事也想不通。你病好了,时局好了,日本人退了,你就有办法了。你以为我高兴在银行里做那种事吗? 现在也是没有办法。将来我还是要跟你一块儿做理想的工作,帮忙你办教育。"她温和地安慰他。

"是啊,日本人打退了,我就有办法了。"他喃喃地自语道。

母亲端着饭锅子进来了。

"妈,让我来。"她走去迎母亲,想从母亲手里接过锅子来。

"你快去看看宣的稀饭,不要烧焦了。这个我自己会弄。"母亲摇摇头说。但是她仍然捡了一张旧报纸放在桌上给母亲垫锅子。

他望着妻的背影在门外消失了,他感激地暗暗对自己说:"她仍然对我好。不管我多么不中用,她仍然对我好。这个好心的女人!只是我不好意思多用她的钱。她会看轻我的,她有一天会看轻我的。我应该振作起来。"他想了一会儿,忍不住出声念着她刚才说过的话:"时局好了,日本人打退了,就有办法了。我将来还是回到教育界去。"

"你要什么,宣?"母亲以为他在对她讲话,便过来问道。

"我没有讲话。"他摇头说,他好像刚刚走进一个梦境,就突然被他母亲唤醒了。这个阴暗寒冷的房间能够给他什么希望呢?

母亲还立在床前,她伸手摸了一下他的前额,轻轻地问道:"你现在觉得怎样?"

"很好,"他答道。"我觉得约很有效。"

"明天再请医生来一趟。"她说。

"不必了,我已经好了。"他说。心里却想道:"我哪里有钱看病吃药啊?你真要我靠树生过日子吗?"

妻进屋来照料他吃了稀饭。电灯突然熄了。"怎么今晚上又停电?"他扫兴地说。"他们总不给你看见光明。"他诉苦地又加了一句。

"光明?你现在也要光明了?"妻说。他不知道妻是在赞美他,还是在讽刺他。

母亲点燃了蜡烛,又走出去了。屋子里亮起来。但是摇曳不定的惨黄色的烛光,给每一件东西都抹上一层忧郁的颜色。两只老鼠穿过屋子赛跑。楼下有一个女人用凄凉的声音给小孩叫魂。

"光明,我哪里敢存这个妄想啊!"他叹口气断念地说。

"你不要悲观,你好好养病罢。你还有一道药要吃。我去给你弄来,你吃了药好早点睡觉。"妻柔声安慰道。

"不,你自己先吃了饭再说。其实吃不吃药都没有关系,我知道你并不相信这种药。你吃过饭再给我吃药也好,也许这种药很有用处,我觉得今晚上人好多了。我有点怕吃这种药,真苦啊。不过也有人说药越苦越灵验。妈相信这种药。她的世界里就只有我同小宣两个人,偏偏我又不中用。"他勉强笑了笑。"你快去吃饭。妈怎么不进来?她还在弄菜吗?她一定是在给我弄药。她真是太好了。你快去看看她。你们快点吃饭罢。我可以闭上眼睛睡一会儿。"他又笑了笑。"你快去!我今天很高兴,战局好转,也免得大家逃难;不然我这个身体会累坏你们。"

妻走出了房门。他的眼光无力地向屋子四周移动。烛光摇晃得厉害。屋里到处都是阴影,他什么也看不透。他痛苦地叹了一口气。

第二天妻回来得很早。她锁住眉头,疲倦地走进屋来,招呼了他和母亲,勉强地一笑,就默默地在书桌前坐下了。

"你怎么今天回来得这样早,还不到下办公时间?"母亲问道。

"行里没有事,坐着心烦得很,所以我早退了。"妻没精打采地答道。

"你今天没有什么应酬罢?"母亲无意地问了一句。

"没有,"妻摇摇头;过了片刻,她又说:"今天消息不大好,大家都没有心情办公。"

"究竟怎么啦?"母亲变了脸色问道。

"听说独山已经失守了。又说日本人已经过了独山,就要到都匀了。"

"那么我们怎么办?宣又在害病!"母亲慌张地说。"你看日本人会不会打到四川来?"

"我想也许不会。不过打来了,我们也只有逃难。我可以跟着银行走,就是宣的问题——"妻皱着眉头沉吟地说,但是母亲打断了她的话。

"你自然有办法。不过我跟宣,还有小宣,我们往哪里去好? 我们赤手空拳怎么好逃难? 偏偏小宣两个星期都没有进城,说是功课忙。宣又在害病,真急死人!"母亲只顾诉苦地说下去,她带着一种彷徨无依靠的可怜样子。

"妈,我的病差不多全好了,我可以走动,你不要担心。我们公司一定也有办法安置我们。"他忍不住提高声音插嘴说。关于公司的话,是他说来安慰母亲的,那只是他的妄想,话一说出,他马上看见了周主任的冷冰冰的脸孔和严厉的眼光,他的心就冷了半截。

"你们公司有办法? 你太老好了! 你对公司还有什么指望? 我看那个周主任就不是个好人,他那对贼一样的眼睛真讨厌!"妻带了点气愤地说。"要是我有办法,我一定不让你在他手下做事。"

他知道她说的是真话。但是当着母亲的面说出来,这种真话伤了他的心,引起了他的反感。"为什么我不能在他手下做事? 我是靠我的劳力吃饭的!"他分辩道。

"你的话不错。可是他给你吃饱没有? 你应该记得你过的是些什么日了! 你甘心受他那种人欺负,太不值得!"妻说。

"记住有什么用? 过去的横顺已经过去了。"他叹口气说。

"可是你还有将来啊,宣,你不应该灰心。"妻又说,她的声音突然变得非常柔和,眼睛里涌现了泪水。

她的声音使他吃惊,他感激地望着她的眼睛。

"汪先生! 汪先生!"隔壁张太太的声音在门外响起来,把他的眼光唤到房门口去。

"请进来,请进来。"母亲连忙大声招呼。

张太太推开掩着的门进来。"汪太太,你今天下班早!"她没有想到会看见树生在房里。"汪先生今天身体好些了罢?"然后她又向着他的母亲:"老太太,你这两天够辛苦啊!"再后说:"汪太太,汪先生,老太太,一定要请你们帮忙。要逃难,让我们跟你们一道。我跟我们张先生,带个两岁小孩,又是外省人,无亲无戚,逃难,没有钱,又没有车。他们的机关说不定随时都会撤销,不会带我们走的。万一东洋人打来,你们做做好事救救我们罢!你们本省人,到乡下去也可以,到别的县份去也可以。总之,我们跟着你们走,好不好?"她带着一种孤苦无靠的神情哀求道。

"事情还不会坏到这样罢。"他说,为了表示镇静,他勉强露出笑容。

"听说都匀已经失守,东洋人离贵阳只有几十里了。"张太太好像害怕人听见似的,做出严肃的样子压低声音说。"有人说还有一条路可以不经过贵阳就到四川来。汪先生,汪太太,实在要找你们帮忙啊!"

"张太太,你不要怕,都是谣言。事情不会坏到这样。"树生温和地说。

"这两天外面人心惶惶,我们张先生没有办法,就只顾吃酒,你们看怎么不叫人着急!好的,谢谢你们啊。小孩恐怕要醒了,我回去,有事情我再过来,谢谢你们啊。"张太太的苍白脸上现出微笑。但是这微笑并没有使她的双眉开展,也不曾使她额上的皱纹平顺。她轻脚轻手地走出去了。

"树生,那么你的消息证实了。"他小声对妻说,话里不带感情,好像这是一件跟他毫无关系的事一样。

"我也不清楚,不过陈主任劝我走。"妻冷冷地答道,好像这件事情也跟她不相干似的,可是实际上它正搅乱着她的心。

"走,走哪里去呢?"他极力压低声音问道。

"他运动升调兰州,今天发表了,他做经理,要调我去。"妻也极力压低声音说,她故意掉开眼睛不看他。

"那么你去不去?"他又问,声音提高许多,他无法掩饰他的慌张了。

"我不想去,我能够不去就不去。"她沉吟地答道。

"行里调你去,你不去可以吗?"他继续问。

"当然可以,我还有我的自由,至多也不过辞职不干!"她也提高声音回答。

"你一个人走了,那么小宣怎么办? 宣又怎么办?"母亲忽然板起脸问道。

"我并没有答应去,我实在不想去。"妻坦然回答,母亲的话并没有激怒她。

"那么你也没有回绝他。"母亲不肯放松地说。

"不过我也说过我家里有人,我不便去。况且会不会调,还不知道。现在只是一句话。"妻的声音里带了一点不愉快,但是她还能够保持安静。

"你想抛下我们,一个人走,你的心我还不知道!"母亲仍然在逼她。

妻不回答,她走到床前,在床沿上坐下,略略埋下头看他。她看出了他的眼泪。她默默地抓住他的一只手,过了好一会儿,她才挣出一句话:"我不会走的。"

"我知道,"他点着头感动地说,"谢谢你啊!"过了半晌,他又低声说:"其实你应该走。你跟着我一辈子有什么好处? 我这一辈子算是完结了。"

"你不要这样说,这是境遇,不能怪你。这两年你也苦够了。你先养好身体再说。"妻感激地安慰他。

"不怪我,又怪谁呢? 为什么别的人又有办法?"他说。听见她这样安慰的话,他更不能压下责备自己的念头。

"这是因为你太老好。"妻微笑说,她的眼光里含着爱和怜悯。

老好! 这两个字使他的心隐隐地发痛。又是这个他听厌了的评语! 虽然她并没有一点讥讽他的意思。他不再做声了。他想着那个他永远解决不了的问题。"我不要做老好人!""可是怎样才能够不做老好人呢?""没办法。我本性就是这样。"这三句话把他的一切不平和反抗的念头消耗尽了。他这几年的光阴也就浪费在这个问题上面。……于是他轻轻地叹了一口气。

"怎样,你又不快活了?"妻吃惊地问。

"没有。"他摇摇头说,他这时才注意到母亲已经回到小屋去了。

"那么,你再睡一会儿。我就在家里陪你。我不会一个人走的,你不要担心。"妻温柔地说。

"我知道,我知道。"他小声答应着,一面点点头。

她站起来,慢慢地走到一扇窗前,看下面的街景。窗户开在这所楼房的右面砖墙上。下面是一条小小的横街(其实只是小巷)。这所楼房比它四近的房屋都高,并没有墙壁和屋顶遮住窗内的视线。她也可以看见大街。大街是从山坡开辟出来的。迎着她眼光的正是高的一段。因此她能够看见几辆人力车衔接地从坡上跑下来,车夫的几乎不挨地悬空般跑着的双脚使她眼花缭乱。

"他们都忙啊。"她自语道,这是她随口说出来的,声音低,只有她自己听得见。她说这句话好像并没有用意,但是又像有很多意思。她心里仿佛装了不少的东西,但是又好像空无一物。她并不想看什么,却一直站在窗前望着尘土飞扬的马路。她觉得"时间"像溪水一样地在她的身边流过,缓缓地,但是从不停止。她的血似乎也跟着在流。

"难道我就应该这样争吵、痛苦地过完我一辈子?"这是她心里的声音。她不能回答。她吐了一口气。

忽然门上起了两下叩声。她吃惊地掉转身子。银行里的工友推开掩着的门进来。

"曾小姐,陈主任有封信给你。"工友把信递给她。

她拆开信,看完了信上的寥寥几句话。他约她到胜利大厦吃晚饭。她默默地把信笺撕了。

工友站在她面前,等候她的回话。"知道了,你回去罢。"她吩咐道。

"是。"工友唯唯应着,掩上门走出去了。

她把撕碎了的信笺揉成纸团捏在手里,背靠着窗站了一会儿。屋子渐渐地在褪色,但是夜像一管画笔,在屋角胡乱涂抹。病人的脸开始模糊了。他在床上发出急促的呼吸声,不知道他做着怎样的梦。母亲在小屋里没有一点声息。他们把寂寞留给她一个人!她觉得血在流走,不停地流走。她渐渐地感到不安了。"难道我就这样地枯死么?"她忽然起了这个疑问。她在屋子里走了几步。她不知道自己应该做些什么。她并不想去赴陈主任的约,她甚至忘记了手里那个撕碎的纸团。

母亲从小屋走出来,扭开了这间屋子的电灯,又是使人心烦的灰黄光。"啊,你还没有走?"母亲故意对她发出这句问话。

"走?走哪里去?"她惊讶地问道。

"不是有人送信来约你出去吗?"母亲冷笑道。

"还早。"她含糊地回答道。她略略埋下头看了看那只捏着纸团的手,忽然露出了报复的微笑。现在她决定了。

"今天又有人请吃饭?"母亲逼着再问一句。

"行里的同事。"她简单地答道。

"是给你们两个钱行罢?"

母亲的这句话刺伤了她。她脸一红,眉毛一竖。但是她立刻把怒气压住了,她故意露出满不在乎的微笑,点着头说:"是。"

她换了一件衣服,再化妆一下。她想跟他讲几句话。可是他还在睡梦中。她看了他一眼,然后装出得意的神气走出了房门。她还听见母亲在她后面叽咕,便急急地走下楼去了。

"你越说,我越要做给你看,本来我倒不一定要去。"她撅起嘴气恼地自语道。

十五

她坐人力车到了胜利大厦。陈主任在门口等候她。他陪她上楼。他已经在餐室里定好了座位。他帮忙她脱去大衣,让她坐下来。他坐在她的对面。他含笑地望着她,看得她有点不好意思。她便开口先说:

"飞机票弄好了吗?"

"弄好了,大后天走。"他换了一个比较紧张的表情回答。

"很好,那么再见了。明年回来罢?"她笑着说。

她这笑容使他不知道她的真意是什么,但是这鼓舞着他。他做出恳切的表情,低声说:"树生。"他唤她的名字,这还是第一次,以前他都称她为"密司曾"。她听见这个称呼,吃了一惊,脸微微红一下。他接下去说:"我刚才得到可靠的消息,敌人已经打进了都匀,看这情形是挡不住的了,还有谣言说贵阳已经靠不住了。"

"不会这样快罢?"她摇摇头说,极力掩饰她心里的恐惧。

"快得很,简直叫你想不到!"他差一点要把舌头伸出来了。这时茶房端上汤来,他连忙把嘴闭上,低下头拿起汤匙喝了两口汤。"你打算怎么办?"

"我吗? 我往哪里去呢? 我还不是留在这个地方!"她故意笑着回答。

"那么日本人打来怎么办?"他又问。

"等他们打来再说。来得及就逃,来不及就躲到乡下去。"她故意装出不在乎的神情答道。她埋下头喝汤。

"这样不行,日本人来,会到乡下找花姑娘。你还是早走的好,行里的事没有问题。我有办法给你弄张黑市飞机票,你大后天跟我走。"他做出严肃的表情说。

"大后天太快了,我来不及。"她说,抬起眼睛看他,又埋下头去。

"你还嫌快? 日本人来得更快啊!"他着急地说。"这是一个好机会,错过了就不容易找了。我说的全是真话,现在局势的确很严重,请你早点打定主意。"

她并不做声。她开始在思索。丈夫的没有血色的病脸,母亲的憎恨与妒忌的眼光,永远阴暗的房间。……还有湘桂路上逃难的故事,敌人的暴行……这一切全挤到她的脑子里来。她的心乱得很,她无法打定主意。她不能再装假了。她放下汤匙,抬起头叹息地说:"我目前怎么走得了!"

"走不了？你记住这是逃难的时候啊。你家庭不是很简单吗？你还有什么丢不下的！"他说，他知道她有一个丈夫和丈夫的母亲，他也知道她丈夫多病，她又跟那个母亲合不来，他也知道她不大喜欢她这个家。他却不知道她还有一个十三岁的男孩。他也不知道她"丢不下的"还是那个多病的丈夫。

"太快了，让我多想想。"她摇头说，她不希望他再拿这样的话逼她。她不愿意马上就决定这个大问题。

"那么我明天早晨听回信，过了明天就难弄到飞机票了。"他说。

"等我想想看。"她沉吟地答道；但是接着她又摇一下头。"我看还是现在回答你罢，我不去了。"她含笑说。

"这是一个最后的机会，你不能放过啊，"他略略变了脸色说。"你不应该为你家里的人牺牲，他们都不关心你，你何必管他们的事。"

汤盆早已收去，现在换上了炸鱼。她低着头，不做声。

"树生，你多想一想。你不能这样白白牺牲你自己啊。你还是跟我一块儿走罢。"他恳求道。

"但是他们怎么办？"她好像在对自己说话似的说。

"他们会照顾自己，你不走对他们也没有好处。你走了，还可以给他们留一笔不小的安家费。"

"可是他——"她原想说"他在生病"，但是刚说出"他"字，她忽然住了口。应该说是那张黄瘦的病脸堵住了她的嘴。她不愿意在这个年纪比她小两岁的男人面前提到她的丈夫。这太寒伧了。

"在这种时候，你还想到别人，你的心肠太好了，"他连忙接下去说，"可是心肠好，又有什么用？你只有白白牺牲你自己，太不值得！"

他这几句话她听起来不大入耳，她冷冷地说一句："不走也不见得就会死罢。"

"树生，你不知道，战局多严重。我并不是在跟你开玩笑。"他着急地说。

"我并没有说你在开玩笑，"她说，微微一笑，接着又说，"不过这里有千千万万的人,你为什么就关心我一个?"

"因为我——"他答道,但是她害怕听他说出下面的话,她已经明白他的意思,她脸一红,连忙用别的话打岔了。

到最后喝咖啡的时候,他们忽然听见邻座一个人说:"我决定全家搬回乡下去。你呢?不可不早打主意啊。"

"我才逃到这里来,已经精疲力尽了,还有什么办法呢?"另一个声音回答。"我们这些'脚底下人'①,要逃都没有去处。"

"你听他们的话!"陈主任低声提醒她说。"可见时局的确严重。你非跟我走不可!"

"要走也没有这样容易,我有许多未了的事啊。"她顺口答道,她有点害怕,她的心思更活动了。

"这个时候还管那些事情!你不必多讲了。你准备大后天走罢。"他激动地说。

"听你这口气,好像你要强迫我跟你走。"她微笑说,故意掩饰她的迟疑不决。

"当然,因为我关心你。"他用了颤抖的声音说。他伸过手来拿着她的一只手。

她埋下头不做声,慢慢地把手缩回,过了两分她忽然站起来,低声说:"我要回去了。"

"等两分钟,我送你回去。"他连忙说。她又默默地坐下来。

陈主任付了账,陪着她走下楼。他们站在大厦门前。几辆汽车叫吼着一齐开到前面空地上来。人声嘈杂。盛装的淑女、贵妇和魁梧的外国军官从车中走出,鱼贯地往旁边跳舞厅走去。

"不像就要逃难的样子。我看那些话都是谣言。"她疑惑地说。

"谣言?你还不相信我的话?"他不以为然地说。"我敢说不到一个星期,这班人都会溜光的!"在他的脑中这个城市的前途是一片漆黑,除了毁灭,他再也看不见什么。

---

① "脚底下人":当时重庆人常常称江浙等省的人为"脚底下人"。

"可是走不了的人也很多,能走的究竟是少数。"她感慨地说,她又觉得她的丈夫很可怜。

"不管怎样,有办法走的人总得走啊。"他说。

他们慢步穿过汽车中间的小块空地,慢步走出了巷子。

"现在回家未免太早。我们散散步好不好?"陈主任提议道。

"我想早点回去。"她低声回答。

"迟一点也没有关系,你迟半点钟回家,不会有什么不方便。我想你在家里一定很寂寞。"他说。

她觉得末一句话搔着了她的痒处。她想拒绝他的提议,她想分辩说她在家里并不寂寞,可是她的心反抗。她咬紧嘴唇,什么话也不说。她的脚却顺从地跟着他的脚步走去。

夜并不深,可是显得十分凄凉。街灯昏暗,店铺大半关了门。只有几家小食店还在营业,虽不冷静,却也没有往日那样热闹。寒风暗暗地吹着。路上的行人和车辆都带着怕冷的样子匆匆地逃走了。

"你看,一切都变了。"他带着一点威胁的调子在她的耳边说。"过两天还要更荒凉!"

她不讲话,只顾埋头跟着他的脚步走。她的眼前还浮动着胜利大厦门前淑女贵妇们的面影。"她们都比我幸福。"她不平地想道。

他们走过她住的那条街口,她甚至忘记抬头看一眼她的家所在的那座楼房。他们走向江边。他顺着那条通到江边去的马路走着。马路蜿蜒地向下弯。他们转下坡去。在中途,在可以望到对岸的地方站住了。他们靠着石栏杆,眺望对岸的星星似的灯火。江面昏黑,灯火高低明灭,像无数只眼睛在闪动,像许多星星在私语。

就在这一段马路上,离他们有二十步光景,有一对恋人似的青年男女,也靠着石栏杆。两个人咕噜地一直讲个不停。

"我在这个鬼地方住够了,也应该走了。"他自语似的说。

"住在这里,觉得这里不好。到了别处去,又不知道怎样。"过了半响她也自语似的说。

"无论如何总比这个鬼地方好。兰州天气好,是出名的。"他接嘴说。

"我要是去兰州,我的工作不会成问题罢?"她忽然问道。

"不成问题。包在我身上!"他兴奋地说。"那么你决定了!"

"我还是决定不去。"过了一会儿她才回答一句。他不知道她是在说真话,还是开玩笑。

"我们明天再谈去兰州的事,今晚上不要再提这种事情。"他连忙岔开说。"你看夜多么静,我真想写首诗。"

最后一句话差一点惹她笑出声来,但是她竭力忍住了。她含笑问道:"陈主任还写诗吗!"

"我新诗旧诗都爱读,也偷偷写过几首,写得不好,怕你见笑。"他带点慌张、也带点得意地答道。

"没有想到陈主任还是位诗人,我倒想拜读陈主任的诗。"她说。

"你不要再叫陈主任,你就叫我的名字,叫我奉光罢。"他央求道。

"我们叫陈主任叫惯了,改不过口来。还是叫陈主任顺口些。"她带笑回答说。她有点兴奋。她起了一点幻想,连自己也弄不清楚的幻想。

"横顺以后要改口的。"他想出这句双关话,他自己也很得意,故意停了一刻,才补上一句:"在兰州我是经理了。"他笑了笑。

"我们将来逃到兰州来,没有办法,向陈经理要碗饭吃,你不要板起面孔拒绝啊。"她也故意笑着说。

"将来?你不是大后天就走吗?"他半开玩笑地说。

她的身子微微颤抖了一下。她觉得他的热气喷到她的脸颊上来了。她便把身子移开一点。"我还没有决定啊。"接着又加一句:"我不能够丢开他们一个人走。"

"你不能放弃这张飞机票啊。而且你不应该为别人牺牲你自己。而且你先走,他们可以随后跟来,而且……"他着急地说,他把一只手突然伸出去轻轻搂着她的腰。她想避开,但是已经来不及了。她觉得自己脸红,心也跳得厉害。她没有工夫分析她这时的心理。她极力约束自己。她打断他的话:"你看对岸,看江面,看我们周围,多宁静,多和平。大家都很安静,我们何必自相惊扰。你有任务当然应该走,可是我赶去做什么呢?"

"因为——因为我爱你啊。"他鼓起勇气激动地在她的耳边说。

这句话对她并不全是意外。但是她仍然吃了一惊。她浑身发热。心跳得更急。她有一种形容不出的异样的感觉。她不知道怎样回答他才好。她把头埋得更低,眼睛望着黑暗的水面。

"你现在知道我的心了。你还不跟我走么?"他还在她的耳边絮絮地说。

她看见丈夫的带哭的病脸,他母亲的带着憎恶的怒容,还有小宣的带着严肃表情(和他的小孩脸庞不相称)的苍白脸,她摇着头痛苦地说:"不!不!不!"他以为她在表示她不愿意跟他走。可是她自己都不知道这三个"不"字里含着什么意思。

"为什么还说'不'呢?难道你不相信我?"他温柔地问道,一只手还放在她的腰间。他俯下头去,想看出她脸上的表情,可是他的头刚刚挨近她的脸,闻到一股甜甜的粉香,他就大胆地伸过嘴去亲了一下她的左边脸颊,同时放在她腰间的右手也搂得紧些了。

"不!不!"她吃惊地小声说,连忙挣脱他的手,向后退了两步,脸涨得通红。他也跟到她身边,还要对她讲话,刚说出一个"我"字,她忽然摇摇手说:

"我的心乱得很。你送我回去罢。"她又害羞,又兴奋,可是又痛苦;而且还有一种惶惑的感觉:她仿佛站在十字路口,打不定主意要往什么地方去。

"可是你还没有回答我啊。"他低声催促道。

她不做声。她的脸仍然发热,左边脸颊特别烫,心不但跳得急,好像还在向左右摇来摆去。她没有一点主意,她的脑子也迟钝了。江面上横着一片白蒙蒙的雾,她也没有注意到雾是什么时候加浓的。现在却嗅到雾的气味了,那种窒息人的,烂人肺腑似的气味。夜在发白,雾弥漫到岸上来了。雾包围着她。她除了他外,看不见一个人。那一对青年男女已经被雾吞食了。她有点胆怯。她仿佛听见一个熟习的声音轻轻说着:"我只会累你们。"她打了一个冷噤。她再说一句:"我们还是回去罢。"先前被引起来的那一点浪漫的情感已经消失了。

"时候还早呢!我们再找个地方坐坐好不好?"他说。

"我想早点回去,"她短短地说,"明早晨八点钟我在冠生园等你。"

"那么你明天一定要回答我啊。"他郑重地叮嘱道。他很高兴,他相信她一定会给他一个满意的回答。

"明天,好的。"她点头答道。她把左手插在他的右胳膊底下,挽着他的右膀,走下人行道,向浓雾掩罩的街心走去。

他们默默地走了一会儿。他忽然关心地问她:"你家里有什么事情吗?你今天好像不大高兴。"

"没有。"她摇摇头说,她仍旧挽住他的膀子在雾中走着。她有一种茫然的感觉。她有一点怕,又有一点烦,她只想抓住一件东西,所以她更挽紧他的膀子。

"这样离开你,我实在不放心。"他又说:"你在这里不会过得好。"

他的话使她想到别的事情。她觉得心酸,她又起了一种不平的感觉。这是突然袭来的,她无法抵抗。她想哭,却竭力忍住。没有温暖的家,善良而懦弱的患病的丈夫,极端自私而又顽固、保守的婆母,争吵和仇视,寂寞和贫穷,在战争中消失了的青春,自己追求幸福的白白的努力,灰色的前途……这一切像潮似的涌上她的心头。他说了真话:她怎么能说过得好呢?……她才三十四岁,还有着旺盛的活力,她为什么不应该过得好?她有权利追求幸福。她应该反抗。她终于说出来了:"走了也好,这种局面横顺不能维持长久。"声音很低,她像是在对自己的心说话。

"那么就决定搭这班飞机罢。到了兰州一切问题都容易解决。"他惊喜地大声说。

"不!"她惊醒般地说。但是接着她又添上一句:"我明天回答你。"

"明天？这一晚上的时间多长啊。"他失望地叹息道。

"我得回去好好想一想，这回我要打定主意了。"她说，她并没有感到爱与被爱的幸福。她一直在歧途中彷徨，想决定一条路。可是她一直决定不了。

"那么你明天不会拒绝罢。"他结束地说，希望还不曾完全消失。"明天八点钟在冠生园，我等你答复。"

"明天我也许会决定走，"她说，"这里的雾我实在受不了，好像我的心都会给它烂掉似的。这两年我也受够了。"她心烦，她想反抗。可是她的眼前只有白茫茫的一片雾。她看不见任何的远景。

十六

她又回到了家。进了大门，好像进了另一个世界。一切都是那么熟习，可是她不由得皱起眉头来。她似乎被一只手拖着进了自己的房间。

母亲房里有灯光，却没有声息。丈夫静静地躺在床上。他没有睡，看见她进来，他说："你回来了。"声音是那么亲热，他没有抱怨，这倒使她觉得惭愧。她走到床前，温柔地对他说："你还不睡？"

"我等你回来。"他答道。

"你自己身体要紧啊，为什么还只想到我？"她感动地说。

"我白天睡得多，所以晚上睡不着，"他亲切地回答，"今晚上张太太又来过，她说我们这里大门口堆了很多行李，说是有一些从贵阳逃来的难民。张太太听人说连贵阳都保不住了。她劝我们早走。你看怎么样？"

"我好像没有看见什么。大门口冷清清的。情形不会坏到这样罢。"她心不在焉地说。

"我也是这样想，不会这样快。其实我们这种人无钱无势，也用不着逃难。就是遇到不幸，也不过轻如鸿毛。其实活着也不见得比死好。这样一想我的心倒也定了。我一直等着你回来,想跟你谈谈。"他小心地压低声音:"我跟妈常常谈不拢,我也不敢多跟她商量。你比她懂得多,更明白,所以我盼望你回来,我好跟你商量。"

"什么事?你说逃难吗?"她随口问道。

"是,就是逃难的事。"他用恳切的眼光望着她,答道。"我看这回十分之八九有问题。我是逃不动的了。我也不怕什么。不过你应该早做准备。你不必陪我守在这里。你要是能把小宣带走,也给妈找个安身地方,那我就心安了。"他的声音略带颤抖,却没有一点感伤的调子。

"我不走。"她简短地说;他这番话是她没有料到的,他在这时候显得十分大量却使她感到良心的责备。她暗想:"他要我走,你居然也让我走!"她反而觉得心里不痛快。

"到那时候你不走是不行的。你不要只顾想着我,我临时可以跟着我们公司走,"他着急地开导她。"我们男人的办法究竟多一点。你不是说行里有意思调你去兰州吗?刚才……"他停了一下,又接着说:"我想了半天,我觉得你还是答应去的好。这是一个难得的机会。"

"我不想去。"她仍旧简短地回答他;她坐在床沿上,他的诚恳的关心的表情,使她心里更不舒服,她掉开头去不看他。

"树生。"他颤声唤她,她不得不回过头来。"我这个意思不会错,我是平心静气地想过的——"

"是不是妈跟你讲过什么话?"她打断他的话头,突然问道。

"我没有讲过!我才不在背后讲人坏话!"母亲意外地在小屋里大声分辩道。

树生不做声,却气得用力咬嘴唇。他提高声音回答:"妈,并不是说你讲过树生的坏话,请你不要多心。"

"我知道,我什么都知道,"母亲继续说,"她横竖是留不住的,让她早点走了也好。"

"我偏不走,看你有什么办法!"树生赌气地说,但是声音低,母亲并没有听清楚。

"妈就是这个脾气,你不要认真,就让她说两句罢。"他小声劝她。

"我这几年也受够了,你亲眼看见的。"她低声答道。

"那么你一个人先走罢。能带小宣就带小宣去;不能带,你自己先走。你不要太委屈了你自己。"他温和地、清清楚楚地说,声音低,故意不让他母亲听见。

"你真的是这样决定吗?"她冷冷地问道,她极力不泄露出自己的感情。

"这是最好的办法,"他恳切地、直率地回答,"对大家都好。"

"你是不是要赶我走?为什么要我一个人先走?"她又发问。

"不,不,我没有这个心思,"他着急地分辩。"不过时局坏到这样,你应该先救你自己啊。既然你有机会,为什么要放弃?我也有办法走,我们很快地就可以见面。你听我的话先走一步,我们慢慢会跟上来。"

"跟上来?万一你们走不了呢?"她仍旧不动感情地问。

他停了片刻,才低声回答她:"至少你是救出来了。"他终于吐出了真话。

她突然把脸埋在他的胸膛上,眼里浮出了泪水,心里难过得很。她想大哭一场,然后决定一条路,就不再踌躇。

"宣,你睡罢,为什么你总是不想到你自己啊?"她站起来,揉了揉眼睛,叹息地说。

"我是不要紧的,我是不要紧的。"他接连地说。

"可是我不能这样做。"她自语似的说。她在房里来回走了几转。"我不走。要走大家一齐走!"她说,她决定了,虽然这个决定并没有给她带来快乐。

第二天早晨她带给陈主任的答复就是这三个字:我不走。

陈主任立刻变了脸色。过了一会儿他才勉强做出笑容问一句:"你真的这样决定了?"

"我仔细地想过了,我决定留下来。"

过了几分钟他带着严肃的表情低声对她说:"我不是故意吓你,我告诉你一个消息:行里昨晚得到贵阳分行的电报,说是在办结束了。你得打定主意啊。"

"我已经打定主意了。"她冷淡地说。

"你多考虑一下。今天情形更不对了。你看在这里吃早点的人比往天少得多,而且都是慌慌张张的。大难近在目前,就是拖也只有几天好拖。"他说。

"你的飞机票拿到了吗?"她打岔地问,她不愿意再听他讲那些话。

"还没有,今天下午再去问。"他无精打采地答道。

"你要早点去啊,你不怕票子会给别人抢去吗?"她假意关心地问道。

"票子给别人抢去也好,我一个人走不走也没有关系。"他自语般地说,他故意用愁苦的眼光看了她一眼。这时茶房送来他要的一碗广东粥,他就埋下头去,用汤匙舀起粥来喝着。

她觉得无话可说,就端起杯子放在嘴边,呷着茶。她看了他两眼。她相信他不是在装腔作势,她相信他的痛苦和失望是真的。她开始同情他。她开始怀疑自己的决定是否合理。她想:我就答应跟他去,会有怎样的结果?她的决心动摇了。

"你先去罢,说不定我将来会跟着来的。"她并不存心要说这样的话,现在只是为了安慰他,才顺口说了出来。

"将来?我看等不到将来了!"他着急地说。他睁大两眼望着她,好像在责备她:你怎么还不觉悟啊! 他的话激起了她的反感。她赌气般地冷冷答道:

"那么你将来回来替我们收尸罢。"

"我给你说,我不去了!"他板起面孔说。

"你不去?这不是你自己想了好久的位置吗?"她惊讶地问道。"你连飞机票也弄好了。"

"我原先准备好你也去的。"他只回答一句。她立刻脸红起来。他的意思她完全了解。她不愿意听他说这样的话,可是她又有意无意地逼着他说出这类话来。这时她不敢再答话了。她的决心本来就并不怎样坚定,她害怕他会来搅乱它。他也不再说话。他默默地望着她。这注视,这沉默使她难堪。她觉得那一对火似的眼光在烧她的脸,她受不住。她低声说:"我们走罢。"她自己却坐着不动。他似乎没有听见她的话。过了一会儿,她再说:"要是行里一定要调我去,我也会去的。"她已经让步了,可是他并不曾感觉到,而且连她自己也不觉得。

他们从冠生园出来,他送她到银行门口,就走开了。她以为他去航空公司。他自己却不知道应该去什么地方,最后他决定到国际咖啡店去消磨时间。

她进了银行,看见那些办公桌,那些玻璃板,算盘,账簿,那些人头(这一切似乎永远不会改变!),她突然感到寂寞。她想跑出去唤他进来,但是她并不曾向大门走一步,她自己也不知道要找他来做什么。她默默地走到她自己的座位上去。

新会计主任已经到了,是一个五十光景的老先生,为人似乎古板。他带着奇怪的眼光接连看了她几眼,微微摇了一下头。

她坐在办公桌前,觉得心里很空虚。办公时间早到了,可是往日那种平静、愉快的气氛已经消失。同事们张皇地进进出出,交头接耳地谈话,也不遵守办公时刻。她忽然发觉两张桌子空了,办事人不知道去了什么地方。忽然一个平日跟这个银行有着不小的往来的客人跑来报告:"贵阳已经失守了。"贵阳到此地只有两天的汽车路程。有些同事失声叫起来。"谣言!"她在心里说。

"那我们怎么办?"一个管储蓄户的男同事惶恐地问。

"你是本地人还怕什么?我决定不逃。逃也光,不逃也光,还不如不逃省事。"那个中年客人镇静地说,他似乎一点也不害怕。

"我打算明天就把家眷送走。"另一个管汇兑的同事说。

"要是敌人真的来得这样快,那么逃都来不及啰。"管储蓄户的同事接嘴道。

"谣言!"她在心里驳斥道。

但是这样的谣言被人们反复不停地散布着,银行里整个上午的时间都被它占去了。经理和主任往各处打电话探询消息。他们得到的消息虽然互相冲突,不一定可信,但是其中却没有一件不是叫人担心的。谁都没有心肠办公。听见什么响声,大家就记起警报来。

她忍受不了这种气氛。她忽然想起家,想起丈夫和儿子。她立刻写了一封信给小宣,要他请假回家走一趟。她写好信把它交给工友拿去寄发,以后她觉得心里更烦,实在坐不住,就自动地提早下班,也没有人干涉她。

走在街上,她觉得一切都跟往日不同,她好像在梦中,对自己的过去和现在都很模糊。"我在做什么?我为什么要回家去?我的家究竟在什么地方?我这样匆忙地奔走究竟为着什么?"她这样问她自己。"我决定了没有?我为什么不能够决定?我应该怎样办?"

她在这么短的时间里找不到一个答复。她已经到了家。

大门口站着一群人在谈论时局。挑夫们正抬着大皮箱从过道里走出来。有人在搬家,或者离开这个城市。她有点着急,连忙走上楼去。

三楼相当静。自己说没有办法的张太太一家人大清早就搬走了,不知道去了什么地方,但是房门还锁着。汪家的房门平日总是掩着的,今天却紧紧地关上了。她推不开门,便用手叩了几下。

自然是母亲来开门。她进屋后第一眼便发觉他不在房里,他的床空着。

"妈,他到哪儿去了?"她吃惊地问道。

"他上班去啰。"母亲平平淡淡地回答。

"他的病还没有完全好,怎么今天就去上班?"她不以为然地说。

"他自己要去,我有什么办法!"母亲板起脸答道。

她好像挨了一下闷棍,过了半响,才自语似的吐出话来:"其实不应该让他去,他的病随时都会加重的。"她怀着满腔的热情回家来,现在心完全冷了。她脸上的表情和说话的声调都会使母亲感到不痛快。

母亲没有能留住儿子,正在为这件事情懊恼,现在听见媳妇的这种类似责备的话,动了气,心想:我就是做错了事,也没有由你来责备的道理!何况你从来就不关心他,只顾自己在外面交男朋友。你这个连家也不要、打算跟男朋友私奔的女人,还有脸对我讲话!

"那么你为什么不早回来拉住他?现在倒要说漂亮话!我问你:今天你走得那样早,究竟为了什么事情?"母亲挣红脸,伸出右手的两根手指头指着媳妇的鼻子说。

"我去会男朋友,我明白地给你说,你管得着吗?"媳妇也挣红脸大声回答。

"我管得着。你是我的媳妇,我管得着!我偏要管!"母亲骂道。

两个女人就这样地吵了起来。

十七

这时候汪文宣在公司里办公。他不会知道家里发生的事情。

这天早晨妻已经出门了,他才起床。他吃过早点后,忽然说要去办公。母亲阻止不了他。

"不要紧,我已经好了。"

"我不能请假太多。再不去办公,连饭碗都会成问题。"

"我们不能把全家人都交给树生一个人养活啊。我这几天吃药治病都是花她的钱。"

他拿这些话来回答母亲。

母亲找不到反驳的话了。其实她自己也想:我宁愿挨饿,宁愿忍受一切痛苦。她不愿意让树生来养活她。

"还是让我出去做事罢,我当个大娘,当个老妈子也可以。"母亲最后吐出了这样的话。她充满爱怜地望着她这个独子,她的眼圈红了。

"妈,你怎么这样说?你是读书人啊,哪里能做这种事!"他痛苦地说,掉开眼光不敢看她。

"我只后悔当初不该读书,更不该让你也读书,我害了你一辈子,也害了我自己。老实说,我连做老妈子的资格也没有!"母亲痛苦地说。

"在这个时代,什么人都有办法,就是我们这种人没用。我连一个银行工友都不如,你也比不上一个老妈子。"他愤慨地说。最后他抬起头叹了一口长气,就走出了房门。母亲追出去唤他,要他留下,他却连头也不回地走下楼出去了。

他到了公司。楼下办公室似乎比平日冷静些。签到簿已经收起了。锺老带笑地对他点一个头。他上了楼。二楼办公室里也有几个空位。吴科长刚打完电话,不高兴地瞪了他一眼,淡淡地问一句:"你病好了?"

"好了,谢谢你。"他低声答道。

"我看你身体太差,应该长期休养。"吴科长冷冷地说。他不知道吴科长怀着什么心思,却听见周主任在小房间里不高兴地咳了一声嗽。

他含糊地答应了一个"是",连忙到自己的位子上坐下来。

他刚坐下,工友就送来一叠初校样到他的面前。"吴科长说,这个校样很要紧,当天就要的。"工友不客气地说。

他心想:时局这样紧张,同事中今天也有几位没有来办公,大家都是忙忙慌慌,为什么单单逼我一个人加倍工作?要是我今天不上班呢?你们就只会欺负我!这太不公道了。可是他哼都不哼一声,只是温和地点点头。

"吴科长说,当天就要的。"工友站在旁边望着他,像在折磨他似的又说了一遍。

他抬起头,但是他连愤怒的表情也没有,他温和地答了一声"好"。工友走开了。

他默默地翻开校样和原稿,他不觉皱起眉来。这是一本关于党义的书，前面还有好几位党国要人的序言，是用四号字排的。他埋下头低声念这些序文，又念正文。他的心不知道跑到哪里去了。他觉得头昏，四肢无力。但是他还勉强支持着把校样看下去。

在这中间，周主任走了，吴科长又走了。同事们大声交谈起来。他们在交换战事的消息。每个人都带着忧虑的表情讲话，并不热心工作。只有他仍旧把头埋在校样上面。"当天要的。"一个粗鲁的声音不断地在他的耳边说。最后他忍不住在心里答复了："不要逼我，至多我把命赔给你就是了。"

到了十二点钟，开饭的铃声响了。他好像遇到救星似的，离开了办公室。他的胃口仍然不好。他勉强吃了一碗饭。他觉得同事们都带了轻蔑和怜悯的眼光在看他，并且故意发一些关于战事的"危言"吓他。"老汪，你不久要加薪了。在这种时候你居然还能够埋头工作，年底真该得奖金啊。"一个同事这样讥笑他。他不回答，却又躲到楼上办公桌前面去。他不抽烟，又没有精神看书。他无聊地坐在位子上，对着玻璃窗打起瞌睡来。

不知道过了多少时候，他忽然听见有人在叫"汪先生"，他吃惊地睁开眼睛，挺起身子。那个工友又立在他面前，望着他说："有人给你送来一个字条，请你立刻去。"

字条放在桌上，是树生的笔迹。上面写着：

宣：

  有事情同你谈，请即刻到国际一晤。

           树生即日

他吃了一惊。"有什么事情呢？"他想道，连忙站起来，匆匆走下楼去。

"汪兄，到哪里去？"锺老问道。

他含糊地答应一声，就走到人行道上去了。

他走进国际咖啡厅。顾客很少，桌子大半空着。树生坐在靠里一张圆桌旁。眼睛正朝着门口,她的擦了粉的脸上带着怒容。看见了他,她忽然站起来,但是马上又坐下了,她望着他,等候他走过去。

"我接到字条马上就来了,"他陪笑地说,在她对面坐下,"什么事?"

"我要跟你离婚!"她睁圆眼睛,撅起嘴,没头没脑地说了一句。

他几乎不相信自己的耳朵了。但是她的表情他却看得十分清楚。他知道一定发生了什么事情。然而他不敢再问她。他默默地埋下头去。

"我受不了你母亲的气,我今天下了决心了。有我就没有她,有她就没有我!这一个星期我全忍着,快闷死我了!"

他吐了一口气,抬起头来。他觉得事情并不十分严重,还是那个老问题。他可以向她解释,他甚至可以代母亲向她赔罪。她的怒气会慢慢地平静下来的。

"什么事呀?你得先跟我讲明白。"他鼓起勇气陪笑道。"我妈的脾气你是知道的,她脑筋旧,思想不清楚,有点啰嗦,不过人倒是顶好的。"

"什么事?还不是为了你!我提前下了班回家去看你,知道你走了,我觉得她不应该放你走,多说了几句话,她就吵起来了!……"她红着脸激动地说。

"这是我不好,妈本来不放我走,我一定要走,我怕假请多了,公司方面不满意。你也知道我们那里的周主任、吴科长都是刻薄成性的,我吃了他们的饭就没有自由了。"他不等她说完,便插嘴说。

"可是你在吐血生病啊,难道生病也不能请假吗?他又没有买了你的命!"她答道。

"公司不是慈善机关,哪里管得了这些,"他苦笑道,"听吴科长今天的口气,好像他嫌我身体不好,倒希望我辞职。"

"辞职,就辞职!你不做事我也可以养活你!"她赌气地说。

他脸红了一下,他略略埋下头,喃喃说,"不过……"

"是,我知道,又是你母亲,她不愿意,"她气愤地说,"她看不起我！她恨我！"

"不，你误会了，她不恨你，这跟她不相干。"他连忙打岔道。

"她恨我，她看不起我，她刚才还对我讲过，我没有跟你正式结过婚，我不是你的妻子，我不过是你的姘头。她骂我不要脸，她骂我比娼妓还不如。我可怜她没有知识，我不屑于跟她吵。我不是在跟你开玩笑，我跟你说明白，如果你不另外找个地方安顿她，我就跟你离婚！我们三个人住在一起，一辈子也不会幸福，她根本就不愿意你对妻子好。你有这样的母亲，就不应该结婚！"她愈往下说愈激动，也愈生气，一张脸挣得通红，两只眼睛里燃着怒火。

"树生，你稍微忍耐一下，"他惶恐地说，"等到抗战胜利了，她要到昆明——"

"等到抗战胜利！"她冷笑了一声，"你真是在做梦！日本人已经打到贵阳了，你还在等待胜利！"

"那么大家何苦还要吵呢？彼此忍耐一点不好吗？"他脸上勉强做出笑容，可是他心里很难过。

"忍耐！忍耐！你总是说忍耐的话！我问你，你要我忍耐到几时？"她烦躁地问。

"只要环境好一点，大家就可以相安的。"他带着希望地答道。

"等环境好一点，这样的话我听你说了几年了。环境只有一天天坏下去。跟着你吃苦，我并不怕，是我自己要跟你结婚的。可是要我天天挨你母亲的骂，那不行！"她又生起气来，脸又挣红了。

"那么你看在我的份上，原谅她罢，她这两年也吃够苦了。"他脸色惨白地央求道。

"那是她活该，生出你这个宝贝儿子来！"她忽然变了脸色说，从手提包里掏出三张百元钞票丢在桌面上，也不再说什么，就站起来，气冲冲地走出去了。

他呆呆地坐在椅子上，过了几分钟才跑出去追她。

他满眼都是人，他应该到哪里去找她呢？他掉头四望，他看不见她的背影。"她一定是去银行。"他想，他便朝那个方向走去。他大步走着，全身发热，淌汗。

他走过大半条街,终于见到她的背影了。他兴奋地唤了一声:"树生!"她似乎没有听见。他鼓起勇气向前跑去。他离她愈来愈近了。他第二次大声唤她的名字。她停下来,回头看他。他连忙跑上去,抓住她的膀子。他睁大两只眼睛瞪着她,半晌才气咻咻地吐出一句话:

"树生,我都是为了你。"他的额上冒着汗。脸病态地发红,嘴无力地张着在喘气,脸上带着一种求宽恕的表情。

"你何苦来!"她怜悯地望着他说,"为什么不回家去躺躺?你病还没有好,怎么能办公啊?"

"我应该向你说真话,"他仍旧很激动地说,"我去办公,我不过想借支一点钱。"

"我原先就说过,你要用钱,我可以拿给你,用不着你去办公。"她打岔地说。

"我想买点东西……后天是你的生日……我想送你一点礼物……至少也要买一个蛋糕才……"他断断续续地说,带着羞惭的表情,略略低下头去。

她显然吃了一惊。他的话是她没有料想到的。她脸上的表情渐渐在变化:怜悯被感激和柔爱代替了。"你是这样的打算?"她感动地小声问。

他点点头,又添一句:"可是我还没有拿到钱。"

"你为什么不早说?"她微笑道,带着柔情望他。

"我说了,你一定不让我做。"他答道,他的紧张的心松弛了,他的脸上也露出了笑容。

"你还记得我的生日,我自己倒忘记了,我真该谢谢你。"她感激地含笑道。

"那么你不再生我的气了?"他也怀着感激地说。

"我本来就没有跟你生气。"她坦白地回答。

"那么你不离开我们?"他又问,声音还略带颤抖。

"我本来就没有离开你的意思。"她答道。她看见他的脸上现出安慰的表情,便柔声劝他:"你放心,我没有别的意思。不过你母亲——"她突然住了嘴,改口说:"你还是早点回家去休息罢。不要再去公司了。"

"我去一趟,我把东西收拾一下,就回去。"他说。妻点点头,两个人就在十字路口分别了。

他回到公司,已经是办公时间了。他的精神比较爽快,可是身体还是疲乏。他坐下来,立刻开始工作。他觉得很吃力,有点透不过气来。他打算回家休息,但是他想到"当天要"三个字,他连动也不敢动了。

校样一页一页地翻过了。他弄不清楚自己看的是什么文章。他的心在猛跳,他的脑子似乎变成了一块坚硬的东西。眼前起了一层雾,纸上的黑字模糊起来。他隐隐约约地看见周主任那对凶恶的眼睛(周主任刚刚从外面回来)。"到这个时候你还不放松我?你不过比我有钱有势!"他愤慨地想道。

也不知道是怎样起来的,他忽然咳一声嗽,接着又咳了两声。他想吐痰,便走到屋角放痰盂的地方去。在十几分钟里面,他去了两次。吴科长不高兴地咳嗽一声,不,吴科长只是哼了一声。他便不敢去第三次。偏偏他又咳出痰来,他只好咽在肚里。他居然忍耐住把剩下的十多页校样看完了。

过了三四分钟,他觉得喉咙又在发痒,他想忍住不咳出声来,可是他心里发慌,最后,一声咳嗽爆发出来了。一口痰不由他管束地吐在校样上。是红色的,是鲜红的血,他仿佛闻到了腥气。他呆呆地望着它。他所有的自持、挣扎、忍耐的力量一下子全失去了。

"那么到了无可挽救的时候了。"他痛苦地想道。忽然听见周主任一声轻咳,他仿佛又看到了那一对眼睛,他吃了一惊,连忙俯下身子在字纸篓里拾起一片废纸把血痰揩去。刚揩好痰,他又发出接连的咳声。他走到痰盂前弯下身子吐了几口痰。嘴里干得厉害。他想喝一杯茶,却没有人理他。他按着胸膛在喘气。

周主任叫工友来请他到小房间去。

"密斯脱汪,你今天不要办公了,还是早点回家休息罢,我看你身体太差……"周主任靠在活动椅背上,慢吞吞地含笑说。

他竭力装出平静的声音回答一句:"不要紧,我还可以支持。"然而他的身体却不想支持下去。他头昏眼花,四肢无力,身子忽然摇晃起来。

"密斯脱汪,你身体不好,趁早休息罢。不然病倒了,医药费是一笔大数目啊。"周主任又说。

"回去就回去,不吃你这碗饭,难道就会饿死!"他气恼地想道,口里却用温和的调子说:"那么我就请半天假罢。"他连忙用手帕掩住嘴咳起来。

"半天恐怕不行罢……。也好,你先回家再说。"周主任带了点嘲笑的表情说,便把头朝面前那张漂亮的写字台埋下去。

他不想再说什么,恨不得马上离开这个可怕的地方。可是他不得不硬着头皮向那个人要求:"我想借支一个月薪水,请主任——"

周主任不等他说明理由,立刻截断了他的话,厌烦地挥手说:"支半个月罢,你去会计科拿钱。"

他没有第二句话说,只好忍羞到会计科去支了三千五百元。他想:这点点钱能够做什么用呢?他带着苦笑把钞票揣在怀里。

他把看完的校样交出去以后,便走下楼。没有人理他,却有些怜悯的眼光跟随他。"何苦啊。"周主任摇摇头低声说了这三个字。

他希望在楼下看见锺老,他盼望着听到一句安慰的话。他的心太冷了,需要一点温暖。但是楼下没有锺老的影子。

天还是灰色,好像随时都会下雨似的。走惯了的回家的路突然变得很长,而且崎岖难走。周围是一个陌生的世界,人们全有着那么旺盛的精力。他们跟他中间没有一点关联。他弯着腰,拖着脚步,缓慢地走向死亡。

十八

他到了家。房门半掩着,他推开门进去。母亲立在方桌前洗衣服。他一看便知道旧洋磁脸盆里面泡着的正是他的罩袍。

"宣,你回来了!"母亲惊喜地说。

"我累得很。"他喘息地答道。接着他苦笑地对她说:"妈,你还在给我洗衣服!我不是说过拿给外面洗衣服的大娘去洗吗?"他把书桌前的藤椅掉转方向在它上面坐下来。

"包月洗要八百元一个月,太贵了!横顺我在家里没有事做。我不比树生,她可以到外面去挣钱。"母亲发牢骚地说。

"树生回家来过吗?"他忍不住问了一句。

母亲马上变了脸色,不高兴地回答:"她没头没脑地发了一顿脾气又走了。我看她越来越不像话。你也得管管她。像她这种脾气,我实在伺候不了。我想等你身体好一点,我要回昆明去住一个时候。唉……"(她改换了语调叹一口气)"我离开云南二十多年了。我二哥他们不晓得老到什么样子……"她的眼睛里开始闪着泪光。

看见母亲的眼泪,他觉得心里一阵难过,他自己也就想哭了。他连忙安慰她说:"妈,你不要伤心。我不会偏袒她,我是你的儿子——"

不等他说完她便插嘴说:"是啊,她不过是你的姘头。她动不动就说走。其实她走了倒好。她走了,我另外给你接一个更好的来。"

母亲的这句话激起了他的反感,他不敢反驳,却用不安的声调说:"我们这样人家,还有什么钱来结婚?连自己都养不活,还会有人嫁给我?"他苦笑了。

"养不活,怕什么!这个年头哪个有良心的人活得好?拖也好、挨也好,我们总要活下去。我们不能因为没有钱,就连妻子、儿女都不要了!"母亲愤慨地说。

"不过我实在离不开树生,结婚十四年了,我们彼此相当了解……"他痛苦地说,话还未说完,他觉得一阵头晕,就把藤椅放还原,将头压在书桌上。他像睡着了一样,半天都不出声息。

母亲走到他的身旁,用充满慈爱和怜悯的眼光看他。"你真是不到黄河心不死。"她低声说,无可奈何地摇摇头。接着她又唤道:"宣。"他应了一声,却不抬起头来。

"你到床上去躺躺罢,"她柔声说,"她会回来的,你何苦这样难过。"

"我不是为了她的事情,"他有气无力地摇摇头说,"她会回来,我知道。我先前还看见她。"

"你看见她?她去公司找过你吗?真不要脸!还好意思向你告状!"母亲气红脸,离开他走一步,大声说。她愤怒地想:这个女人究竟在玩什么花样?

他痛苦地看了她一眼,皱着眉头说:"她没有讲什么。她……她不过说时局不……大好。"

"时局好不好,跟她有什么相干!"母亲气愤地说,"她要走,一个人走就是啰。做什么还要来害人!"

"妈!"他不能忍耐地叫起来,这太过分了!为什么她要这样恨树生?为什么女人还不能原谅女人?"她不走,她说过,她不走。她就要回来。"

"她回来?她还有脸见我?"母亲又惊奇又愤恨地说。

"是我要她回来的。"他畏怯地说。

"你还要她回来?你不知道,你不知道!"她在房里走了两步,忽然走到床前,在床沿上坐下,两手蒙住脸,好像在哭。她又取下手,站起来,自语似的说:"我什么苦都受得了,就是受不了她的气!我宁肯死,宁肯大家死,我也不要再看见她!"她咬牙切齿地说,仿佛就在咬那个女人的肉似的。她说完并不理他,马上走进她的小屋去了。

他的脑子里杂乱地响着各种声音。他呆呆地望着她,仿佛在做梦。声音渐渐地静下来。他忽然明白了,立刻站起来,走进母亲的屋子里去。

母亲侧着身子躺在床上,脸向着墙壁,低声在哭。

"妈!"他大声唤道。她应着,翻身坐起来,泪珠从她的起皱的眼角落下。

"你还有什么话?"她哑声问道。

"妈,你不要难过,我不让她回来就是啰。"他立在床前,温和地说。

她用手帕揩了眼泪,脸上露出了一点喜色。"你这是真话?"她问道。

"妈,是真话。"他不加考虑地回答。

"那么你答应我了?"她不放心地再问一句。

"我答应你。你放心罢。"他望着他母亲的受苦的面颜,他感情冲动地回答。他忘了自己,忘了病,也忘了他的过去和将来。

"只要你肯答应我,只要我不再看见那个女人,我什么苦都可以吃,什么日子我都过得了!"她带着欣慰的口气说。她站起来。"其实她哪里会回来啊?我看她一定会跟着她的什么主任飞兰州的。"她露出一点得意的口气说,她觉得自己得到胜利了。她的愤怒消失了。她的痛苦也消失了。她心平气和地走出她的小屋,回到洋磁脸盆前面,把她的一双变得粗糙的手伸进冰冷的水中去。

他带着苦笑跟在她的后面,默默地望着她搓洗衣服。他忽然觉得头发晕,眼睛发黑,心里难受得很,他差一点跌倒在地上。他连忙靠着墙壁,闭上眼睛养神。

母亲埋着头,看不见他这情形。她还在对他讲话。她说:"家里少了那个女人,什么事都简单多了。……小宣这个星期一定要回来的。这个孩子很可怜,他妈从来不管他。……今天外面谣言更多,人心惶惶,好像大祸就要临头。我却不管。这些年头什么日子我没有过过!未必还有更苦的在后头!……你公司里有什么消息吗?"

"啊,"他好像从梦中醒过来似的应道,"没有,"他摇摇头。

"那么不会搬兰州……"她又说。

"好像要搬,又好像不搬,我不大清楚。"他答道,接连咳了几声嗽。

"怎么你又在咳嗽?你快躺下去歇歇罢。"她关心地说,她抬起头来看他。"你快去睡!你脸色这样难看!你的病刚刚好一点,现在怕又要发作了。"她惊惶地说。

他一直咬紧嘴唇在支持着。但是他听见母亲的这几句话以后,他的精神的力量马上崩溃了。他并不回答她,却摇摇晃晃地走到床前,倒在床上。他发出一声痛苦的呻吟。

"你怎么啦?你怎么啦?"她惊问道,连忙走到床前来。

"我睡一下,我睡一下。"他喃喃地说。

"宣,你要当心啊。时局这样坏,你又病倒,叫我怎样办?"她有点张皇失措的样子,带着哭声说。

"我不是病,我不是病。"他有气无力地说,接着他又咳了几声嗽,他的咳声空虚无力,很可怕。

"你还要说不是病!还不肯休息!要是真的再倒下来,你怎么受得住?"母亲着急地责备道,她的泪水顺着脸颊直流。

"妈,你放心,我不会死。我们这种贱骨头不会死得这么容易。"他吃力地、感伤地说。而其实他所想的正是这个"死"字。"死"使他悲观,使他难过。

"你不要说话,你先睡一会儿罢。"她忍住悲痛说,她给他盖上了棉被。

"其实死了也好,这个世界没有我们生活的地方。"他自语似的说。

"你不要这样想。我们没有偷人,抢人,杀人,害人,为什么我们不该活?"母亲愤恨不平地说。

就在这个时候房门突然大开,树生回来了。

"怎么,宣,你又躺下来了?"她顺口问了一句,声音还是那么清脆,脸上带着笑容。

"我走累了,现在躺一会儿。"他连忙撑起半个身子答道。

母亲看见树生进来,大吃一惊。她一张脸涨得通红,半天说不出话。羞和愤压倒了她。

"你睡你的,不要起来。我给你带来好消息:独山克服了。"树生望着他高兴地大声说。"这是晚报。"她把手里捏的一张晚报递给他。

"我们可以不逃难了。"他读完了那条消息放心地说;他想下床,可是他刚刚移动他的腿,身子就倒了下去。他叹了一口长气。

母亲什么话也不说,就板起脸孔躲进小屋去了。"妈。"他在床上唤她,可是她连头也不回过来。

"让她去,让她去。"树生低声对他说,一面做了一个手势。

他摇摇头恳切地说:"这样不好。你看我的面上对妈客气点。你们和解罢。"

"她一直恨我,怎么肯跟我和解?"树生说,她仍然保持着愉快的心情。

"可是你们两个人我都离不开。你跟妈总是这样吵吵闹闹,把我夹在中间,我怎么受得了?"他开始发牢骚。

"那么我们两个中间走开一个就成罗啰,哪个高兴哪个就走,这不很公平吗?"树生半生气半开玩笑地说。

"对你这自然公平,可是对我你怎么说呢?"他烦躁地说。

"对你也并没有什么不公平。这是真话:你把两个人都拉住,只有苦你自己。"树生坦然答道。

"可是我宁愿自己吃苦啊。"他痛苦地说,终于忍耐不住,爆发了一阵咳嗽,咳声比他们的谈话声高得多。

妻连忙走到床前,母亲立刻从小屋里跑出来。两个女人都站在他的身边,齐声问着:"怎么又咳嗽啦?"

他侧起身子,咳着,喘着气,喉咙痒,心里难过。他眼泪汪汪地望着她们。

"你喝点茶罢?"妻说,他点点头。母亲却抢着去端了一杯茶来。妻看了母亲一眼,也不说什么。

他咳出了两三口痰,缓了一口气,接过了茶杯,喘吁吁地说:"我要死了。"

"哪里的话?你不要怕,过两天就会好的。"妻柔声劝他道。

"我不怕。"他摇摇头说。"不过我知道我不会好了。我满嘴腥气,我又在吐血。"

妻不由自主地朝床前痰盂里看了一眼。她打了一个冷噤。但是她仍然安慰他道:"吐血也没有多大关系。你上次吐血,不是吃几付药就好了吗?"

他感激地看了妻一眼,他说:"你自己就不相信中医,我这个病哪里是随便几付药就可以医好的?"

母亲不说话,埋着头在揩眼泪。妻似乎还保持着镇静,她继续温和地劝他:"就是肺病罢,也可以养得好。"

他痛苦地笑了笑,眼里还包着泪水。"养?我哪里有钱来养病?偏偏我们穷人生这种富贵病。就说要养罢,一睡就是三五年。哪里来的钱?现在你们大家都在吃苦。我还要乱花钱。"

"我可以设法,只要你肯安心养病,钱总有办法。"妻沉吟地但又是恳切地说,显然她一面说话,一面在思索,她两只大眼睛忽然一亮,她想起了陈主任刚才对她讲的那句话:"我们搭伙做的那批生意已经赚了不少。"她有办法了。她含笑地加一句:"你只管放心养病,钱绝不成问题。"

"我不能再增加你的负担,"他摇头说,"我知道你的收入也不算太多,用处却不少。就说你能找到钱,我将来拿什么来还,我不能给你们留一笔债啊!"

"你的身体比钱要紧。不能为了钱就连病也不医啊!"妻劝道。"只要你能养好病,我可以筹到这笔钱。"

"万一我再花你许多钱,仍旧活不了,这笔钱岂不等于白花!实际上有什么好处?"他固执地说。

"可是生命究竟比钱重要啊!有的人家连狗啊、猫啊生病都要医治。何况你是人啊!"妻痛苦地说。

"你应该看明白了:这个年头,人是最不值钱的,尤其是我们这些良心没有丧尽的读书人,我自然是里面最不中用的。有时想想,倒不如死了好。"他说着,又咳起嗽来,咳得不太厉害,但是很痛苦。

"你不要再跟他讲话,你看他咳得这样,心里不难过吗?"母亲忽然抬起头,板着脸责备妻子道。

妻气红了脸,呆了半天才答道:"我这是好意。他只要肯好好养病,一定治得好。"她接着又加一句:"我难过不难过,跟你不相干!"她把身子掉开,走到右面窗前去了。

"他咳得这样,还不让他休息。你这是什么居心?"母亲带着憎厌的目光瞪了妻一眼。她的声音不大,可是仍然被妻听见了。

妻从窗前掉转头来,冷笑道:"我好另外嫁人——这样你该高兴了!"

"我早就知道你熬不过的——你这种女人!"母亲高傲地说。她想:你的原形到底露出来了。

"我这种女人也并不比你下贱。"妻仍旧冷笑说。

"哼,你配跟我比!你不过是我儿子的姘头。我是拿花轿接来的。"母亲得意地说,她觉得自己用那两个可怕的字伤了对方的心。

妻变了脸色,她差一点失掉了控制自己的力量。她在考虑用什么武器来还击。但是他,做着儿子和丈夫的他插嘴讲话了。

她们究竟为着什么老是不停地争吵呢?为什么这么简单的家庭,这么单纯的关系中间都不能有着和谐的合作呢?为什么这两个他所爱而又爱他的女人必须像仇敌似的永远互相攻击呢?……这些老问题又来折磨他。她们的声音吵闹地在他的脑子里响着,不,她们的尖声在敲击他的头。他的头发痛,发胀。他心里更痛。那些关切和爱的话语到什么地方去了呢?现在两对仇恨和轻蔑的眼光对望着,他的存在被忘记了。这争吵要继续到什么时候?什么时候他才能够得到休息?

"妈,树生,你们都不要说了。都是一家人,彼此多少让点步,就没有事了。"他痛苦地哀求道。他心里想说:"你们可怜我,让我休息罢。"

"是你母亲先吵起来的。你亲眼看见,我今天并没有得罪她,她凭什么又骂我是你的姘头?我要她说个明白!"妻把脸挣得通红,她的心的确被刺伤了,她需要着补偿。

"你是他的姘头,哪个不晓得!我问你:你哪天跟他结的婚?哪个做的媒人?"

他绝望地用棉被蒙住了头。

"你管不着,那是我们自己的事。"妻昂然回答。

"你是我的媳妇,我就有权管你!我偏要管你!"母亲厉声说。

"我老实告诉你:现在是民国三十三年,不是光绪、宣统的时代了,"妻冷笑道。"我没有缠过脚——我可以自己找丈夫,用不着媒人。"

"你挖苦我缠过脚?我缠过脚又怎样?无论如何我总是宣的母亲,我总是你的长辈。我看不惯你这种女人,你给我滚!"母亲咬牙切齿地说。

他实在忍受不下去了。他觉得头要爆炸,心要碎裂。一个"滚"字像一下结实的拳头重重地打在他的胸上。他痛苦地叫了一声,立刻掀开被头,疯狂地用自己两个拳头打他的前额,口里接连嚷着:"我死了好了!"

"什么事?什么事?"妻惊恐地叫着,就跑到他的床前,俯下头看他。

"宣,你怎样?"母亲惊惶地问道。

"你们不要吵……"他抽泣地说,他只说了这五个字,就蒙着脸低声哭起来。

"你不要难过……我们以后再也……不吵了。"过了片刻母亲悲声说。

"你们会吵的,你们会吵的……"他病态地哭着说。

妻默默地望了他一会儿,她咬着下嘴唇在想什么。她怜悯地说:"真的,宣,以后不会再吵架了。"

他取下蒙脸的手。一双泪眼看看母亲,又看看妻。他说:"我恐怕活不到多久了。你们让我过点清静日子罢。"

"宣,你不会的,你安心养病罢。"母亲说。

"你只管放心罢。"妻说。

"你们只要不吵架,我的病也好得快些。"他欣慰地说,他差不多破涕为笑了。

可是等他沉沉睡去,母亲出去请医生,妻一个人立在右边窗前看街景的时候,这个三十四岁的女人忽然感觉到像被什么东西搔着她的心似的不舒服。一个疑问在她的脑子里响着：

"这种生活究竟给了我什么呢？我得到什么满足么？"

她想找出一个明确的答复。可是她的思想好像被困在一丛荆棘中间，挣扎了许久，才找到一条出路：

"没有！不论是精神上，物质上，我没有得到一点满足。"

"那么我牺牲了我的理想，换到什么代价呢？"

"那么以后呢？以后，还能有什么希望么？"她问自己。

她不由自主地摇摇头。她的脑子里装满了近几年生活中的艰辛与不和谐。她的耳边还隐隐约约地响着他的疲乏的、悲叹的声音和他母亲的仇恨的冷嘲、热骂，这样渐渐地她的思想又走进一条极窄的巷子里去了。在那里她听见一个声音："滚！"就只有这一个字。

她轻轻地咳了一声嗽。她回头向床上看了一眼。他的脸带一种不干净的淡黄色，两颊陷入很深，呼吸声重而急促。在他的身上她看不到任何力量和生命的痕迹。"一个垂死的人！"她恐怖地想道。她连忙掉回眼睛看窗外。

"为什么还要守着他？为什么还要跟那个女人抢夺他？'滚！'好！让你拿去！我才不要他！陈主任说得好，我应该早点打定主意。……现在还来得及，不会太迟！"她想道。她的心跳得厉害。她的脸开始发红。

"我怎样办？……'滚！'你说得好！我走我的路！你管不着！为什么还要迟疑？我不应该太软弱。我不能再犹豫不决。我应该硬起心肠，为了自己，为了幸福。"

"我还能有幸福么？为什么不能？而且我需要幸福，我应该得到幸福。……"

她的眼前忽然闪过一张孩子的脸，一张带着成人表情的小孩脸。"小宣！"她快要叫出声来。

"为了小宣——"她想。

"他没有我，也可以活得很好。他对我好像并没有多大的感情，我以后仍旧可以帮助他。他不能够阻止我走我自己的路。连宣也不能够。"

她又掉转头去看床上睡着的人。他仍旧睡得昏昏沉沉。他不会知道她这种种的思想,这个可怜的人!

"我真的必须离开他吗?——那么我应该牺牲自己的幸福来陪伴他吗?——他不肯治病,他完结了。我能够救他,能够使他母亲不恨我,能够跟他母亲和睦地过日子吗?"

她想了一会儿,她低声说出来:"不能。"接着她想:没有用,我必须救出自己。……

飞机声打岔了她,声音相当大,一架中国战斗机低飞过去了。

她得到结论了:找陈主任去。他可以帮忙她离开这个可怕的地方。

她兴奋地把头一昂,她觉得浑身发热,心也跳得很急。但是她充满勇气,她不再踌躇了。她从抽屉里拿出手提包,走出门去。她已经走到门外廊上了,忽然想起他母亲不在家,他一个人睡在床上,她不放心,便又推开门,回到房里去,看看他是不是睡得很好。

她刚走到他的床前,忽然他在梦中发出了一声哭叫。他唤着她的名字。她吃了一惊,连忙问:"什么事?什么事?"她俯下头去。

他向外一翻身,伸出一只手来抓她的手。她把右手送了过去,他抓到她的手便紧紧捏住。他低声呻吟着。再过三四分钟,他睁开眼来。他的眼光挨到她的脸,就停住不动了。"你在这儿!"他惊喜地说,声音软弱无力。"你没有走?"

"走哪里去?"她问。

"兰州去,我梦见你离开我到兰州去了,"他答道,"把我一个人丢在医院里,多寂寞,多害怕!"

她打了一个冷噤,说不出一句话来。

"幸而这是梦,"他无力地嘘了一口气,"你不会丢了我走罢?"他的声音颤得厉害。"其实我们相处的日子也不会多了,我看我这个病是不会好的了。"不仅声音,连他的眼睛也在哀求。

"我不会走,你放心罢。"她感动地说,她的心冷了。刚才的那个决定在这一瞬间完全瓦解了。

"我知道你不会走的,"他感激地说,"妈总说你要走。请你原谅她,上了年纪的人总有点怪脾气。"

这个"妈"字像一记耳光打在她的脸上,她惊呆了,她脸上的肌肉微微在抖动,似乎有一个力量逼迫她收回她那句话,她在抗拒。

"谢谢你,谢谢你啊,"他很兴奋地说,"我不会久拖累你的。还有小宣,说起来我实在不好意思,我并没有好好尽过做父亲的责任。"

"你不要再说了。"她抽回她的手,略带粗声地打断了他的话。他那些话似乎是故意说来折磨她的,她再也不能忍受下去了。她想找个安静的地方畅快地哭一场,她仿佛受了多少的委屈。结果她还是坐在床沿上。

他半天不做声,后来忽然叹了一口气,柔声唤道:"树生。"她侧过头看他。"其实你还是走的好。我仔细想想,你在我家里过着这样的日子啊,我真对不起你。妈的脾气又改不了……她心窄……以后的日子……我不敢想……我何必再耽误你……我是没有办法……我这样的身体……你还能够飞啊……"他的喉咙被堵住了,他的声音哑了。

她站起来,短短地叹一口气,说:"你还是睡一会儿罢。现在多想这些事情又有什么用?你应该认真治病啊。"

他突然又爆发了一阵咳嗽。他接连咳着,好像有痰粘在他的喉管上,他在用力要咳出它来,可是他把脸都挣红了,却始终咳不出什么。

她轻轻地替他捶背,又给他端来一杯开水。他喝了两口,又咳起来。这一次他咳出痰来了。痰里带了点血丝,不过她没有看见(他也不让她有机会看清楚)。

"医生快来了罢。"她为了想安慰他,顺口说道。

"其实何必再看医生,白淘神,还要花钱,"他叹息说,"我是为了妈的缘故。"

"你到这种时候,还只想到别人,你太老好了。"她关心地说,但是关心中还夹杂了一点点埋怨。"你真不应该为了妈反对，就不进医院，就不用我的钱认真治病。你自己身体要紧啊！"她短短地叹一口气："这个世界并不是为你这种人造的。你害了你自己，也害了别人……"

一阵脚步声打岔了她。她知道母亲回来了，一定是跟医生一块儿来的。她便走到方桌前在一个凳子上坐下。

于是门被推开，母亲伴着张伯情医生走进来。医生向她和他打招呼。仍旧是那张和善而又通世故的脸。仍旧是那样近于敷衍的诊断。

"他不过是在拖着他挨日子啊。他哪里能治好他的病？"她想道。她略略皱着眉头。

"不要紧，不要紧。多吃两付药就会好的。"医生很有把握似的说。

"我看这是肺病罢。"他胆怯地说。

"不是，不是。"医生摇头道。"是肺病还了得。肝火旺。吃两付药，少走动，包你好。"这个老人和蔼地笑了笑。

"谢谢你啊。"送走医生时，母亲还接连地感谢道。妻一句话也没有说。

"妈，我看用不着去检药了。"他忽然说。

母亲正拿着药方在看，听见他这句话，便惊问道："为什么呢？"

"我看吃不吃药都是一样，我这种病不是药医得好的。"他断念似的答道。

"哪有药医不好病的道理？"母亲不以为然地说，她折好了药方。"我去给你检药。"她拿着手提包，预备走出房门。

"你身边钱不够罢？"他问道。

"我这里还有钱。"妻马上接嘴说。

"我有。"母亲望着他说，并不看妻一眼，好像没有听见她说话似的。妻红了脸，眉毛一竖，但是哼都不哼一声，就走到窗前去了。

"妈，你拿一千元去罢，我今天借支了薪水，"他说，一面伸手在自己的衣袋里掏钱,"你把伙食钱扯了,还是要填补的。刚才请医生已经扯过钱了。"

"你放心,我有钱,我另外找了点钱。"母亲说。

"你在哪里找的钱?……我知道,你一定把你那个金戒指卖掉了!"他说。

"我是老太婆,不必戴戒指,放着它也没有用处。"母亲解释地说。

"那是爹送给你的纪念品,你不能因为我的缘故卖掉啊。"他痛苦地说。

"横竖我跟你爹见面的日子近了,有没有它都是一样。"母亲装出笑容回答道。

"不过你就只有这一件贵重东西,现在连这个也卖了。这是我没有出息。我对不起你。"他带着悔恨地说。

"事情既然做过了,还说它做什么?你好好地养病罢。只要你身体好,我就高兴了。"母亲说罢,不等他讲话就匆匆地走了出去。

妻仍旧立在窗前,沉浸在自己的思想中。屋子里只有老鼠啃木头的声音。

他翻来覆去地想着,他的脑子不肯休息。他睡不着,他感动地说:"妈也很苦啊。她为了我连最后一件宝贝也卖掉了。"他的话是说给妻听的。可是妻静静地立在窗前,连头也不掉过来。

十九

第二天傍晚,陈主任差人送来一封信,里面有这样的几句话:

> ……我的飞机票发生问题,要延迟一个星期。但下星期三一定可以走。……你的事已讲妥了。
>
> 这星期内调职通知书就会下来。……明早八点钟仍在冠生园等候……

树生看完信抬起头,她的眼光无意间同母亲的眼光碰到了。她看出了憎恨和讥笑。"我都知道,你那些鬼把戏!"母亲的眼光似乎在这样说。

"你管不着我!"她心里想,她轻轻地咳了一声。这时她同母亲两个人正在吃晚饭,母亲比她先放下碗。

他在床上断续地干咳。这种咳声在她们的耳里渐渐变成熟习的了,他时常用手在胸膛上轻轻擦揉,他内部有什么东西出了毛病,痛得厉害,而且使他呼吸不畅快。这样的擦揉倒可以给他一点舒适。他时时觉得喉管发痒,他忍不住要咳嗽,却又咳不出痰来。有时他必须用力咳。但是一用力,他又觉得胸部疼痛。这痛苦他一直忍受着,他竭力不发出一声响亮的(甚至别人可以听见的)呻吟。他尽可能不让她们知道他的真实情形。另一方面他却极仔细地注意她们的动作,倾听她们的谈话。

"行里送信来,有要紧事吗?"他停止了咳嗽,关心地问,声音不高。

妻没有听见。母亲掉过脸来看他,显然她也没有听清楚他的话,因为她在问:"宣,你要什么?"

"没有什么,"他摇摇头答道。但是停了两三分钟他又说:"我问树生,信里是不是有什么要紧事情?"这次声音较高,妻也听见了。

"一个同事写来的,没有什么要紧事。"妻淡淡地回答。母亲马上掉过头看她一眼,那神情仿佛在说:"你在骗他,我知道。"

"我听见说是陈主任送来的。"他想了想又说。

"是他。"妻淡淡地回答。

"他不是要飞兰州吗?怎么还没有走?"他又想了一下,再问。

"本来说明天飞的。现在又说飞机票有问题,要延迟一个星期。"妻仍旧用淡漠的调子回答。

过了几分钟,妻站起来,收拾饭桌上的碗碟,母亲到外面去提开水壶。他忽然又问:

"我记得你说过行里要调你到兰州去,怎么这两天又不见提起了?"

妻掉过头,用诧异的眼光看了他一眼,竭力做出平淡的声调回答:

"那不过是一句话,不见得就成事实。"

恰恰在这个时候母亲提了开水壶进来,她听见树生的话,哼了一声,又看了树生一眼,仿佛说:"你撒谎!"

妻脸上微微发红,嘴动了一下,但是她并没有说什么,就把眼睛掉开了。

"万一行里真的调你去,你去不去呢?"他还在追问。妻不知道他存着什么样的心思。

"我不一定去。"她短短地答道,他这种类似审问的问话使她心烦。

"既然调你去,不去恐怕不行罢。"他不知道她的心情,只顾絮絮地讲下去。

"不行,就辞职。"她答得很干脆,而其实她并没有考虑这个问题。

"辞职,怎么行!我病在床上,小宣又要上学。我们还有什么办法活下去?"他自语似的说。

"那么卖东西,借债。总不会饿死罢。"妻接嘴说,她故意说给母亲听。她觉得今天受那个女人的气太多了,她总想找个机会刺那个女人一下。

他苦笑了。"你看,我们还有值钱东西吗?这两年什么都吃光了。借钱向哪个借?只有你还有几个阔朋友……"

"不要说了,不要说了。"她带点厌烦地打断了他的话:"你有病不能多讲话,你好好地睡罢。"她掉开脸不看他。

"我睡不着,一闭上眼,就像在演电影。脑子简直不能够休息。"他诉苦般地说。

"你思虑太多。你不要多想,还是安安静静地睡罢。"妻同情地看他一眼温和地安慰道。

"我怎么能不想呢?才三十四岁就害了这种病,不知道能不能好啊!"他痛苦地说。

"宣,你不要着急,你一定会好的,张伯情说吃几付药,养半个月,一定会好。"母亲插嘴说。

"我主张你去医院检查一下,最好透视一下,这样靠得住些。我对……"妻沉吟半晌终于正色说道。但是话未说完,就被他打岔了。

"万一检查出来是第三期肺病,又怎么办?"他问。

"那么就照治肺病的办法医治。"妻毫不犹豫地回答。

"那是富贵病啊,不说医,就是养,也要一笔大钱。"他苦笑道。

"那么穷人生病就该死吗?"妻愤慨地说。她关心地望着他:"不要紧,我还可以给你设法,医药费不会成问题。"

"不过我不能白白地乱花你的钱啊!"他摇摇头说。其实他的决心已经因她的话开始动摇了。他还要说话,可是他的胸部像被什么东西压住了似的,气紧得很,仿佛随时都会闭塞住。他接连沙沙地咻着。呼吸声也很粗重。

"请你让他休息一会儿罢。"母亲瞪了妻一眼,说。她马上又走到他的床前,改用怜惜的眼光望着他,柔声说:"你不要多说话,说话伤神,会加病的。你闭上眼睛睡罢。"

他答了一个"是"字,轻轻地叹一口气,真的把眼睛闭上了。

妻碰了一个钉子,颇不甘心,她脸一红,很想即刻发作。但是她又想:这样单调的争吵有什么好处呢?永远得不到结果,不管怎样把那些没有意义的话反复重说,不管怎样用仇恨的眼光互相注视。没有和解,也没有决裂。他没有方法把母亲和妻拉在一起,也没有毅力在两个人中间选取一个。永远是敷衍和拖。除了这个,他似乎再不能做别的事情。现在他病在床上,他还能够给她什么呢?安慰?支持?……他在那边叹气。现在应该她叹气了。她把她的青春牺牲在这间阴暗、寒冷的屋子里,却换来仇视和敷衍。她觉得自己的忍耐快达到限度了。

"你会讨好他。好罢,我就让你,我并不希罕他。"她在心里骂道。她轻轻地冷笑一声,就慢步走到右侧窗前,隔着玻璃窗看街景。

夜相当冷。寒气凉凉地摸她的脸。下面是一片黑。只有寥寥几盏灯光。原来她这所楼房是一个界线,楼房外算是另一区域,那一区今天停电。她打了一个冷噤,又耸了耸肩。"为什么总是停电?"她烦躁地小声自语。没有人理她。在这个屋子里她是不被人重视的!她的孤独使她自己害怕。她又转过身来迎着电灯光。电灯光就跟病人的眼睛一样,它也不能给她的心添一点温暖。她把眼光移向病床。他闭着眼张着嘴重重地在吐气。他似乎一点钟一点钟地瘦下去。"他也实在可怜。"她想道。母亲已经出去了。她走到病床前把棉被轻轻拉了一下。他忽然睁开眼睛来看她,他定睛望着她,好像不认识她似的。她的心猛然跳了一下。但是她接着温和地解释道:"你的铺盖快掉下地了,我给你拉上来。"

"是吗?"他说,接着又问:"妈睡了?你不休息?"

"还早,"她答道。"你好好睡罢。"

"我正说不睡,怎么又睡着了?"他微笑说。"我有话对你说。明天是你生日……"

"连我自己都忘了,你还提它做什么!"她温柔地插嘴说。

"这是一千六百元,请你替我去定一个四磅蛋糕,明天要的。我不敢麻烦妈,只好请你自己去定,很对不起你……"他颤抖地伸出手来,手中有一卷旧钞票。

"我哪里还有心肠过生日?不要买罢。"她感激地说,差一点流下泪来。

"你要去定啊……一定要替我定啊……我自己不敢出去……只好麻烦你……你把钱拿着……"他断断续续地说。

有人在叩门。她想:"难道又是他差人送信来?"这个"他"是指陈主任。她随口说了一句:"请进来。"

出乎她的意外,进来的是一个秃头的老头子,他公司里的同事锺老。"好,我真谢谢你。"她小声说,就把钞票收下了。

"汪兄,怎么啦?睡了吗?"锺老一进门就大声说。又向着她说:"大嫂好。"

"锺先生,请坐。"她连忙招呼道。

"锺老,怎么你跑来了?我的病不要紧,就会好的。对不起,让你跑一趟。我今天早晨刚起来,正要去上班,忽然头晕得很,便又睡下了,一直睡到现在。"他抱歉地说,勉强坐了起来。

"你睡,你睡,我坐坐就走的。"锺老走到床前,一面说话,一面做出要他躺下的手势。

"不要紧,我就在床上坐坐,我不想睡。你看我衣服都没有脱。"他坐在床上说。

"看受凉啊,你还是躺下罢。你躺下我们谈,也是一样。"锺老和蔼地说。

"锺先生,请坐罢。请吃茶啊。"她倒了一杯茶放在方桌上,一面对锺老说。

"谢谢,大嫂。"锺老客气地带笑说,就在一个凳子上坐了。

"刚才看见晚报,六寨也克服了。这倒是个好消息啊。"锺老端起茶杯呷了一口。

"是。"他说,干咳了四五声。"那么公司不会搬家了。"他感到一点安慰地说。

"当然不会搬了。搬兰州不过是一句话,现在用不着逃难了。"锺老说。

"那么请你明天替我请一天假。我想再休息一天就上班,免得多扣薪水。"他说。

"你用不着后天就去,你可以在家里多休息几天。公司里校对的工作对你身体不相宜。还是身体要紧。"锺老慢吞吞地劝他道。

"不过我们周主任和吴科长的脾气你是知道的。要吃他们这碗饭,就只好忍点气。"他说着,皱了两次眉头。锺老正要开口,他忽然问道:"昨天我走后你没有听见他们讲起我什么事罢?"

"我在楼下办公,怎么听得见呢?"锺老答道。"不过——"锺老从怀里掏出一卷钞票,又站起来,走到床前,把钞票放在病人的枕头旁边。"这里一万另五百块,是你一个半月的薪水,周主任要我给你送来。"

"一个半月的薪水,他要你给我送来?为什么?"他惊问道。停了片刻,他忽然大声说:"是不是他要裁掉我?"

"他说……他说,"锺老结结巴巴地说,红着脸讲不下去了。

"我做了什么错事呢?他不能无缘无故就赶走我,"他愤慨地说。他觉得自己的血往上直冲,整个头都在发烧。左胸一股一股地痛,他开始喘气。"我在公司里一天规规矩矩地办公,一句话也不敢说。我已经忍无可忍了,我什么气都忍受下去,我简直——"

"老汪,你不要生气,他不是赶走你……他说……你身体不好……一定有T. B.①。他要我劝你休息半年再说。"

锺老鼓起勇气说了起来。"这自然是他的武断,据我看你不见得就有肺病。你不过营养差一点,平日人也太累,休息个把月就会好的。不过周主任,他不这样想,他要你多休息。他说送你两个月薪水,你支了半个月,所以这里只有一个半月的钱。也好,你索性多休息几天,身体养好了,另外找个事,反倒痛快些。"

他埋下头不做声。

"真岂有此理!给他们做了两年牛马,病倒了就一脚踢开。"妻气愤地插嘴说。"宜,锺先生的话不错,等你病好了,另外找个比较痛快的事。"

"现在找事也不容易。"他抬起头说。

"我可以托人设法,我不信连你现在这样的事也找不到。"妻说。他不再说话。

"大嫂的意思不错,其实我们公司,那种官而商商而官的组织是弄不好的。汪兄丢了这里的事并不可惜。"锺老接嘴说。

"他人太老好,在外面做事容易吃亏。这两年要不是靠锺先生关照,恐怕早就站不住了。"妻说。

"大嫂太客气了。我哪里说得上关照,一点忙也没有帮到,实在

---

① T. B.:英文缩写,肺结核。

"对不起汪兄,"锺老带笑地说,脸上微微露出了歉意,"不过我跟汪兄平日谈得拢,我很敬佩汪兄的为人。公司里都知道我跟汪兄熟,所以周主任要我来办这个差使。"锺老接着又解释道。

"我知道,我们明白锺先生的意思。既然周主任有这样的表示,文宣就遵命辞职罢。"妻也带笑说(她的笑容看得出是很勉强的)。她马上又向着她的丈夫问道:"是不是这样,宣?"

"是,是。"他含含糊糊地应道。

"大嫂这个意思很不错,"锺老称赞道,"公司既然没有前途,也值不得留恋。请汪兄好好保养身体。身体好了,另外找事也不难……"他又谈了几句闲话,忽然立起来客气地说:"我不打扰你们了。我改天再来。汪兄,你好好养病罢。在这个时代还是身体宝贵啊。"

"锺老,再坐一会儿,我们很闲。"他挽留道。妻觉得他替她说了话。来一个客人,至少给这个屋子添一点变化,一点热,一点生气。

"不坐了,改天再来畅谈,"锺老带笑地告辞道,"我还有别的事。"他加上这句解释。

"那么我不送你了,走好啊。"他失望地说。

"不要送,我以后会常来的。"锺老客气地回答,一面朝房门走去。

"我送锺先生。"她说。

"大嫂,不敢当,请留步罢。"锺老说,他已经走到房门口了。

"外面黑得很,我送锺先生出去。"她说。她打着手电把客人送到楼梯口,就站在那里用手电光照着锺老走下楼去,她一面叮嘱:"走好啊,走好啊。"

"看得见,大嫂,请回去罢。"锺老在下面客气地说。她懒洋洋地转过身,打算回屋去。忽然听见锺老的声音在跟别人讲话。

"她回来了。"她想道,这个"她"自然是指他的母亲。她马上起了一种不愉快的感觉,便急急走回房去。

"他走啦?"他问道。这是不必问也不必回答的问话,他显然是为了排遣寂寞才说的。他已经躺下去了。

"走了。"她没精打采地答道。屋子里没有一点热气。永远是那种病态的黄色的电灯光,和那几样破旧的家具。他永远带着不死不活的样子。她受不了!她觉得自己还是一个活人。她渴望看见一个活人。

"这笔钱你替我收起来,"他苦笑地说,"这是我卖命的钱啊。"

她应了一声。后一句话声音更低,没有被她听见。她似乎要走到床前去。但是她忽然又退后一步,温和地说:"你交给妈罢,免得她不高兴。"

他轻轻地叹一口气,也不再说什么。在外面廊上已经响着母亲的脚步声,接着那个老妇人走进来了。

"妈,你到哪儿去了?"他亲切地问道。他的声音在这间阴暗寒冷的屋子里寂寞地颤抖着。

"我到张伯情那儿去了一趟。我不放心,我问他究竟你的病怎样。他说不要紧,并不是肺痨,吃几付药,就会好的。"母亲温和地说,但是她的声音里却露出了一点焦虑。

"是,不要紧,我也知道不要紧,"他感激地答道,"你何必还要出去。外面一定很冷。你一天也够累了。你简直是在做我们的老妈子。我真对不起你啊。"他的眼泪流出来了。

"你好好养病罢,不要管这些闲事。我这些年已经做惯老妈子了。我没有她那样的好命。"母亲答道。说了最后一句,她感到一阵痛快,她不自觉地瞥了树生一眼。

树生正立在方桌前听他们母子谈话。她仿佛又挨了一记意外的耳光,她在心里叫了一声:"哎呀!"她回看了他母亲一眼。但是母亲已经走到病人的床前去了,现在还在说:"不过张伯情说,这个地方冬天的雾对你身体实在不相宜,他劝我们搬个地方。"

"搬地方……我们朝哪里搬?我们哪里还有钱搬家?"他叹息道。

永远是这一类刺耳的话。生命就这样平平淡淡一点一滴地消耗。树生的忍耐力到了最高限度了。她并没有犯罪,为什么应该受罚?这里不就是使生命憔悴的监牢?她应该飞,她必须飞,趁她还有着翅膀的时候。为什么她不应该走呢?她和他们中间再没有共同点了,她不能陪着他们牺牲。她要救出她自己。

母亲还在那里讲话,声音像箭似的朝着她的心射过来。"你射来罢,我不怕,我不屑于跟你争……"她自负地想道。她的心突然暖和起来了。

二十

星期六下午树生拿着调职通知书回家,她怀着又兴奋又痛苦的矛盾心情上了楼,推开自己的房门。小宣坐在书桌前藤椅上看书,母亲坐在方桌旁一张凳子上,他仍然躺在病床上。他们正在谈论什么事。小宣看见她进房,便立起来,唤了一声"妈",脸色苍白地勉强笑了笑。

她应了一声,接着就问:"我的信收到了吗?"

"收到了。学堂功课太严,我们好些同学都赶不上。"小宣像板起脸孔似的说,这算是他好些天不曾回家的理由。

她含糊地答应一句。她注意地看了看她这个儿子。贫血,老成,冷静,在他的身上似乎永远不曾有过青春。他还是一个十三岁的孩子,但是他已经衰老了!她皱了一下眉头,逃避似的掉开了眼睛。她走到床前,问病人:"今天好些罢?"

"好些了。"病人点头回答。

这样的问答成了"例行公事"。她每天照样地问,他每天照样地答,虽然他的病一点儿也不见好。

她听见他在咳嗽,看见他拿着枕头旁边的漱口杯(临时做了吐痰杯)吐痰,又慢慢地把漱口杯放下。他两颊上的肉更少了,两只眼睛带着一种可怕的眼神望着她。

"药吃过了?"她怜悯地再问一句。

他点点头,看他那种神情好像他很痛苦。

"我看,你还是到医院去检查一下罢。"她忍不住又说了那句不知说过多少遍的话。

"过几天再说罢。"他力竭似的摇头说。

"为什么不早去?我求求你!不要把病耽误了啊。"她恳切地望着他,央求似的说,眼睛里忽然迸出了几滴泪水,她便慢慢地把头掉开了。

"我现在还可以支持,除了咳嗽也没有什么病。"他慢吞吞地答道。

"咳嗽就是病啊,而且你每天发烧,"她又回过脸来说,"我担心——"她咽下了后面的话。

"你是说我害肺病吗?"他问。

她不敢回答。她现出了一点窘相。她后悔不该对他多讲话。

"其实不用检查,我也知道我这是肺病,"他说,"可是知道了又有什么用?我去检查,等于犯人听死刑宣告。"话说出来,他觉得心里很难过,自己也不想再说下去了。

她默默地望着他,她想:他什么都知道,甚至那个残酷的真实。她的劝告对他有什么用处呢?他躺在床上,不过在挨日子。不论是快,或者慢,他总之是在走向死亡。她还有什么办法拯救他?……没有。他不听她的话,不肯认真治病。她只有等待奇迹。或者……或者她先救出自己。她的脑子里有着矛盾的思想。所以她一边偷偷流泪,一边又暗暗抱着希望。

"不见得。肺病也养得好。你不要怕花钱。我说过,我愿意给你设法。"她忍住眼泪,最后一次努力地劝他。

"养病就不说要花钱,也应当有好心境,这你是知道的。像我这样生活,哪里会有好心境啊?"他又说。

"宣,你讲话太多了。睡一会儿罢,又快要吃药了。"母亲不耐烦地干涉道。

妻暗暗地瞪了母亲一眼。她走到方桌前坐下来。她坐在那里不知道应该做什么事好。没有人理她,连小宣也不过来跟她讲话。她感到厌倦,现在连眼光也似乎无处可放了。

她觉得无聊地枯坐了一会儿。她想难道必须坐在这里等着母亲煮好饭送上来吗？连吃饭的时候也是冷清清没有生气的。饭后更不会有温暖。永远是灰黄的灯光（不然就是停电时的漆黑，那样的时刻也不少），单调而无生气的闲谈，带病的面容。这样的生活她实在受不了。她不能让她的青春最后的时刻这样白白地耗尽。她不能救别人，至少先得救出她自己。不然她会死在这个地方，死在这间屋子里。

她突然站起来。她又一次下了决心。她用不着再迟疑了。她的手提包里还放着调职通知书。她为什么要放弃这个机会呢？

她走到小宣的身旁。"小宣，你跟我出去走走。"她说。

"不等吃饭吗？"小宣抬起头看她，有气无力地问道，这个孩子讲话像大人，尤其是像父亲。

"我们到外面去吃饭。"她短短地答道。

"那么不约婆一道去？"小宣又问，声音提高了些。

"不去也好。"她突然改变了主意。她觉得心烦。不知道怎样，孩子的话激怒了她。

小宣诧异地看了她一眼，还问一句："妈，你也不出去？"

"不出去。"她摇摇头说，心想这个孩子怎么这样多嘴！

小宣看了她一眼，也不再说话，又把头埋到书上去了。

"他好像不是我的儿子。"她想道；她还立在小宣的背后，注意地看了他好几次。小宣一点也不觉得。他在读一个剧本。白日的光线渐渐在消失，刚刚亮起来的电灯光又不太亮。所以他把头埋得很深。"他是在弄坏自己的眼睛啊！"她又想。她忍不住怜悯地说："小宣，你歇一会儿罢，你不要太用功啊。"

小宣又抬起头，惊奇地看她一眼，他回答一声："是。"他的眼睛不住地闪着，好像它们不大舒服似的。随后他合上书，懒洋洋地站起来。

"怎么，他笑都不笑一声，动作这样慢。他完全不像一个小孩。他就像他父亲。"她又想。

小宣静静地走到床前去看父亲。"他对我一点也不亲热，好像我是他的后母一样。"她痛苦地想。她就在孩子刚才离开的藤椅上坐下。

母亲正坐在床沿上跟宣讲话,小宣立在床前静静地听着。他们似乎谈得很亲密。

"她不要我跟他讲话。怎么她又不让他休息呢?这个自私的老太婆!"她愤慨地想道。她无意间伸手在书桌上拿起小宣刚才看的那本书来。"她就恨我!我是她的仇人!小宣对我冷淡,一定是她教出来的。宣也在敷衍她!不,他其实更爱她。"她继续想道,心更烦起来。她受不住这寂寞,这冷淡。她需要找一件分心的事情。她把眼光放到拿在手里的书上。她首先看到两个红字:《原野》。这是曹禺写的剧本。她看过它的上演。可是又听说后来被禁止了,不知道为什么。偏偏是这个戏,多么巧!戏里也有一个母亲憎恨自己的儿媳妇。那个丈夫永远夹在中间,两种爱的中间受苦。结果呢?结果太可怕了!她不会弄出那样的结果,她不是那样的女人!她在这里是多余的。她有机会走开。调职通知书还在她的手提包里。她为什么要放过机会呢?不,那是已经决定的事情了。行里不会改派另一个人,除非她辞职。她当然不会辞职。离开那个银行,她一时也找不到别的职业,而且她还借支了薪金,而且她这两个月还同陈主任搭伙在做囤积的生意。

"飞啊,飞啊!"好像有一个声音反复地在她的耳边轻轻地鼓舞她。调职通知书渐渐地在她的眼前扩大。兰州!这两个大字变成一架飞机在她的脑子里飞动。她渐渐地高兴起来。她觉得自己又有了勇气了。她甚至用轻蔑的眼光看他的母亲。她心想:"你们联在一起对付我,我也不怕,我有我的路!我要飞!"

二十一

他做了一个可怕的梦:她丢开他跟着另一个男人走了,母亲也好像死在什么地方了。他从梦中哭醒,他的眼睛还是湿的。他的心跳得厉害,他倾听着这敲鼓似的声音。他张开嘴,睁大眼睛,想在黑暗中看出什么来。但是屋子很黑,就好像有一张黑幕盖在他的头上和全身一样。他觉得气紧,呼吸似乎不十分畅快。胸部还在隐隐地痛。他疲乏地闭上眼睛,但是他立刻又睁开,因为那个可怕的梦景在他的眼前重现了。

"我究竟在什么地方?"他疑惑地想,"是死还是活?"四周没有人声,然而并不是完全静寂的,因为屋子里充满了细小的声音。"我一个人。"他寂寞地说了出来。忽然一阵心酸,他又落下了眼泪。

"真是走的走、死的死了吗?"他痛苦地问自己。没有回答。他翻了一个身,又一个身。"怎么一点动静也没有?"他想道。"我在做梦吗?"他的手摸着自己颊上的泪痕。他的喉咙发痒,他咳起嗽来。

他突然揭开被,跳下床。他扭开了电灯。屋子亮起来,灯光白得像雪似的,使他的眼睛差一点睁不开。他披着衣服站在方桌前。他第一眼便看他那个睡在床上的妻。谢谢天。妻睡得很好,棉被头盖着她下半个脸,黑黑的长睫毛使她睡着的时候也像睁开眼睛一样。她的额上没有一条皱纹,她还是像十年前那样地年轻。他看看自己,丝棉袍的绸面已经褪了色,蓝布罩衫也在泛白了。他全身骨头一齐发酸、发痛,痰似的东西直往喉管上冒。他同她不像是一个时代的人。他变了!这并不是一个新发现。但是这一次却像有一个拳头在他的胸膛上猛击一下。他的身子晃了晃,他连忙扶着方桌站定了。

他在方桌前立了一会儿。他忽然打了一个寒噤,他不自觉地把头一缩。屋子里依然很亮。老鼠又在啃地板。外面街上有一个人的脚步声,那个人走得慢,而且用一种衰老而凄凉的声音叫着:"炒米糖开水!"他无可奈何地叹了一口气。

他把眼光掉向母亲的房门。门关着,里面传出来一个人的鼾声,是小宣的,并不太高,不过他听得出。他们睡得很好。他侧耳再听,那还是小宣的鼾声。"这孩子也可怜,偏偏生在我们家里,"他想,"妈也是,老来受苦,"他又叹一口气,"不过幸好他们都很平安。"这一个念头倒给了他一点安慰。

接着他咳了两声嗽,他觉得痰贴在喉管上,他必须咳出它来。他不敢大声咳,他害怕惊醒妻和母亲。他慢慢地咔着。他的胸部接连地痛。他摸出手帕掩住嘴。他走到书桌前,跌坐在藤椅上。

他咔了好几声,居然把痰咳出来了;他要吐它在地上,可是痰贴在他的舌尖、唇边,不肯下地。"我连这点点力气也没有了。"他痛苦地、灰心地想道。

他吐出痰后,觉得喉咙干,想喝两口茶。他便站起来。他无意间把书桌上一件黑黑的东西撞落在地上。他即刻弯下身去拾那件东西。那是树生的手提包。他拾起来,手提包打开了,落下几张纸和一支唇膏。他再俯下身去拾它们。他看见了那张调职通知书。

他把通知书拿在手里,又坐回到藤椅上,他仔细地读着。虽然那上面不过寥寥几行字,他却反复不厌地念了几遍。他好像落在冷窖里一样,他全身都冷了。

"她瞒着我。"他低声自语道。接着他又想:她为什么要瞒我呢?我不会妨碍她的。他感到一种被人出卖了以后的痛苦和愤慨。他想不通,他默默地咬着自己的下嘴唇。胸部还是隐约地在痛。他用左手轻轻擦揉着胸膛。"病菌在吃我的肺,好,就让它们吃个痛快罢。"他想。

"她真的要走吗?"他问自己。他又埋下头看手里那张调职书。他用不着再问了。那张纸明明告诉他,她会走的。

"走了也好,她应该为自己找一个新天地。我让她住在这里只有把她白白糟蹋。"他安慰自己地想。他又抬头掉过去看她。她已经向里翻过了身,他只看见她一头黑发。"她睡得很好。"他低声说。他把头放在靠背上,闭着眼睛,休息了一会儿。通知书仍然捏在他的手里。

他忽然又惊醒似的睁开眼睛。屋子里多么亮!多么静!多么冷!他又掉过头去看她。她还睡在床上,但是又翻过了身来,面向着他,并且把右膀伸到被外来了。这是一只白而多肉的膀子。"她会受凉的。"他想着,就站起来,走到床前,把她的膀子放回到被里去。他轻轻地拿着她的手,慢慢地动着,但是仍然把她惊醒了。

她起先哼了一声,慢慢地睁开眼睛。"你还不睡?"她问道。但是接着她又吃惊地说:"怎么,你下床来了!"

"我看见你一只膀子露在外面,怕你着凉。"他低声解释道,通知书还捏在手里。

她感激地对他一笑,然后慢慢地把眼光移到别处去。她忽然看见了那张通知书。

"怎么在你手里?"她惊问道,就坐起来,把睡衣的领口拉紧一点。"你从哪里找到的?"

"我看见了。"他埋下头答道,他的脸立刻发红。他连忙加上一句解释:"你的手提包从桌上掉下来打开了。"

"我今天才拿到它。我还不知道应该怎么办。"她抱歉似的说,她记起来是自己大意把手提包忘记在书桌上的。她打了一个冷噤,连忙用棉被裹住自己的身子。

"你去罢,我没有问题。"他低声说。

"我知道,"她点点头。她看见他望着自己好像有多少话要说,却又说不出来,她心里也难过,"我本来不想去,不过我不去我们这一家人怎么生活——"

"我知道。"他结结巴巴地说,打断了她的话。

"陈主任帮我订飞机票,说是下星期三走。"她又说。

"是。"他机械地答道。

"横顺我也没有多少行李。西北皮货便宜,我可以在那边做衣服。"她接下去说。

"是,那边皮货便宜。"他没精打采地应道。

"我可以在行里领路费,还可以借支一笔钱,我先留五万在家里。"

"好的。"他短短地回答。他的心像被木棒捣着似的痛得厉害。

"你好好养病。我到那边升了一级,可以多拿薪水,也可以多寄点钱回家。你只管安心养病罢。"她愈说愈有精神,脸上又浮起了微笑。

他实在支持不下去,便说:"我睡啰。"他勉强走到书桌那边,把通知书放回她的手提包里,然后回到床前,他颓然倒下去,用棉被蒙着头,低声哭起来。

她刚刚闭上了眼睛,忽然听见他的哭声。她的兴奋和愉快一下子都飞散了。她觉得不知道从哪里掉下许多根针,全刺在她的心上。她唤一声:"宣!"他不答应。她再唤一声。他仍然不答应,可是哭声却稍微高了些。她再也控制不住自己的感情。她掀开自己的棉被,也拉开他的棉被,把半个身子扑到他的身上,伸出两只膀子搂着他,不管他怎样躲开,她还是把他的脸扳过来。她流着眼泪,呜咽地喃喃说:"我也并不想去。要不是你妈,要不是大家的生活……我心里也很苦啊!……我一个女人,我……"

二十二

从这一晚起,他又多了做梦的资料。梦折磨着他。每晚他都得不到安宁。一个梦接连着另一个。在梦中他不断地跟她分别,她去兰州或者去别的地方,有时甚至在跟他母亲吵架以后负气出走。醒来,他常常淌一身冷汗。他无可如何地叹一口长气,他知道自己的病已经很深了。

晚上妻睡在他的旁边。他为了自己的病,常常避免把脸向着她。他们睡在一处,心却隔得很远。妻白天出门,晚上回家也不太早。她有应酬,同事们接连地替她饯行。她每晚回家,总看见母亲在房里陪伴他,但是等她跨进了门,母亲就回到小屋去了。然后她坐在床沿上或者方桌前凳子上絮絮地讲她这一天的见闻。现在她比平日讲话多,他却较从前沉静寡言。他常常呆呆地望着她,心里在想分别以后还能不能有重见的机会。

不做梦时他喜欢数着他们以后相聚的日子和时刻。日子和时刻逐渐减少,而他的挣扎也愈加痛苦。让她去,或者留住她?让她幸福,或者拉住她同下深渊?

"你走后还会想起我么?"他常常想问她这句话,可是他始终不敢说出来。

五万元交来了:两万元现款和一张银行存单。妻告诉他,存"比期",每半个月,办一次手续,利息有七分光景。到底妻比他知道得多!妻的行装也准备好了。忽然她又带回家一个好消息:飞机票可能要延迟两个星期。她也因为这个消息感到高兴。她还对他说,她要陪他好好地过一个新年。对他说来,当然再没有比这个更能够安慰他的了。他无法留住她,却只好希望多和她见面,多看见她的充满生命力的美丽的面颜。

但是这样的见面有时也会给他带来痛苦。连他也看得出来她的心一天一天地移向更远的地方。跟他分离,在她似乎并不是一件十分痛苦的事。她常常笑着对他说:"过三四个月我就要回来看你。陈主任认识航空公司的人,容易买到飞机票,来往也很方便。"他唯唯应着,心里却想:"等你回来,不晓得我还在不在这儿。"他觉得要哭一场才痛快。可是痰贴在他的喉管里,他用力咳嗽的时候,左胸也痛,他只好轻轻地咻着。这咻声她也听惯了,但是仍然能够得到她的怜惜的注视,或者关心的询问。

他已经坐起来,并且在房里自由地走动了。除了脸色、咳嗽和一些动作外,别人不会知道他在害病。中药还在吃,不过吃得不勤。母亲现在也提起去医院检查、照 X 光一类的话。然而他总是支吾过去。他愿意吃中药,因为花钱少,而且不管功效如何,继续不断地吃着药,总可以给自己一点安慰和希望。

有时他也看书,因为他寂寞,而且冬天的夜太长,他睡尽了夜,不能再在白天闭眼。他也喜欢看书,走动,说话,这使他觉得自己的病势不重,甚至忘记自己是一个病人。但是母亲不让他多讲话,多看书,多走动;母亲却时时提醒他:他在生病,他不能像常人那样地生活。

可是他怎么能不像常人那样地生活呢? 白天躺在床上不做任何

事情,这只有使他多思索,多焦虑,这只有使他心烦。他计算着,几乎每天都在计算,他花去若干钱,还剩余若干。钱本来只有那么一点点,物价又在不断地涨,他的遣散费和他妻子留下的安家费,再加上每月那一点利息,凑在一起又能够用多久呢?他仿佛看着钱一天一天不停地流出去,他束着手无法拦住它。他没有丝毫的收入,只有无穷无尽的花费……那太可怕了,他一想起,就发呆。

有一次母亲为他买了一只鸡回来,高兴地煮好鸡汤用菜碗盛着端给他吃。那是午饭后不久的事。这两天他的胃口更不好。

"你要是喜欢吃,我可以常常煮给你吃。"母亲带点鼓舞的口气说。

"妈,这太花费了,我们哪里吃得起啊!"他却带着愁容回答,不过他还是把碗接了过来。

"我买得很便宜,不过千多块钱,吃了补补身体也好。"母亲被他浇了凉水,但是她仍旧温和地答道。

"不过我们没有多的钱啊,"他固执般地说,"我身体不好,偏偏又失了业。坐吃山空,怎么得了!"

"不要紧,你不必担心。横顺目前还有办法,先把你身体弄好再说。"母亲带笑地劝道,她笑得有点勉强。

"东西天天贵,钱天天减少,树生还没有走,我们恐怕就要动用到她那笔钱了。"他皱着眉头说。鸡汤还在他的手里冒热气。

母亲立刻收起了笑容。她掉开头,想找个地方停留她的眼光,但是没有找到。她又回过脸来,痛苦而且烦躁地说了一句:"你快些吃罢。"

他捧着碗喝汤,不用汤匙,不用筷子,还带了一点慌张不安的样子。母亲在旁边低声叹了一口气。她仿佛看见那个女人的得意的笑容。她觉得自己的脸在发烧。她埋下头。但是他的喝汤的响声引起了她的注意。"很好,很好。"他接连称赞道,他的愁容消失了。他用贪婪的眼光注视着汤碗。他用手拿起一只鸡腿在嘴边啃着。

"妈,你也吃一点罢。"他忽然抬起头看看母亲,带笑地说。

"我不饿。"母亲轻轻地答道。她用爱怜的眼光看他。她心里难受。

"我不是病,我就是营养不良啊,我身体以后会慢慢好起来的。"他解释般地说。

"是啊,你身体会慢慢好起来的。"母亲机械地答道。

他又专心去吃碗里的鸡肉,他仿佛从来没有吃好饮食似的。他忽然自言自语:"要是平日吃得好一点,我也不会得这种病。"他一面吃,一面说话。母亲仍然站在旁边看他,她一会儿露出笑容,一会儿又伸手去揩眼睛。

"他的身体大概渐渐好起来了。他能吃,这是好现象。"她想道。

"妈,你也吃一点。味道很好,很好。人是需要营养的。"他吃完鸡肉,用油手拿着碗,带着满足的微笑对母亲说。

"好,我会吃。"母亲不愿意他多讲话,就含糊地答应了,其实她心想:"就只有这么一只瘦鸡,给你一个人吃还嫌少啊。"她接过空碗,拿了它到外面去。她回来的时候,他靠在藤椅上睡着了。母亲轻手轻脚地走过去,想给他盖上点什么东西,可是刚走到他面前,他忽然睁开眼唤道:"树生!"他抓住母亲的手。

"什么事?"母亲惊问道。

他把眼睛掉向四周看了一下。随后他带了点疑惑地问:

"树生还没有回来?"

"没有。连她的影子也看不见。"她带着失望的口气回答。他不应该时常想着树生。树生对他哪点好?她(树生)简直是在折磨他,欺骗他!

他沉默了一会儿,忽然露出了苦笑。"我又在做梦了。"他感到寂寞地说。

"你还是到床上去睡罢。"母亲说。

"我睡得太多了,一身骨头都睡痛了。我不想再睡。"他说,慢慢地站起来。

"树生也真是太忙了。她要走了,也不能回家跟我们团聚两天。"

他扶着书桌,自语道。他转过身推开藤椅,慢步走到右面窗前,打开掩着的窗户。

"你当心,不要吹风啊。"母亲关心地说,她起先听见他又提到那个女人的名字,便忍住心里的不痛快,不讲话,但是现在她不能沉默了,她不是在跟他赌气啊。

"太气闷了,我想闻一点新鲜空气。"他说。可是他嗅到的冷气中夹杂了一股一股的煤臭。同时什么东西在刮着他的脸,他感到痛和不舒服。

天永远带着愁容。空气永远是那样地沉闷。马路是一片黯淡的灰色。人们埋着头走过来,缩着颈项走过去。

"你还是睡一会儿罢,我看你闲着也无聊。"母亲又在劝他。

他关上窗门,转过身来,对着母亲点了点头说:"好的。"他望着他的床,他想走过去,又害怕走过去。他无可奈何地叹了一口气。"日子过得真慢。"他自语道。

后来他终于走到床前,和衣倒在床上。但是他仍旧睁着两只眼睛。

母亲坐在藤椅上闭着眼睛养神。她听见他在床上连连地翻身,她知道是什么思想在搅扰他。她有一种类似悲愤之感。后来她实在忍耐不住,便掉过头看他,一面安慰他说:"宣,你不要多想那些事。你安心睡罢。"

"我没有想什么。"他低声回答。

"你瞒不过我,你还是在想树生的事情。"母亲说。

"那是我劝她去的,她本来并不一定要去,"他分辩道,"换个环境对她也许好一点。她在这个地方也住厌了。去兰州待遇高一点,算是升了一级。"

"我知道,我知道,"母亲加重语气地说,"不过你光是替她着想,你为什么不想到你自己,你为什么只管想到别人?"

"我自己?"他惊讶地说,"我自己不是很好吗!"他说了"很好"两个字,连他自己也觉得话太不真实了,他便补上一句:"我的病差不多全好了,她在兰州更可以给我帮忙。"

"她?你相信她!"母亲冷笑一声,接着轻蔑地说:"她是一只野鸟,你放出去休想收她回来。"

"妈,你对什么人都好,就是对树生太苛刻。她并不是那样的女人。而且她还是为了我们一家人的缘故才答应去兰州的。"他兴奋地从床上坐起来说。

母亲呆呆地望着他,忽然改变了脸色,她忍受似的点着头说:"就依你,我相信你的话。……那么,你放心睡觉罢。你话讲多了太伤神,病会加重的。"

他不做声了。他埋着头好像在想什么事情。母亲用怜悯的眼光望着他,心里埋怨道:你怎么这样执迷不悟啊!可是她仍然用慈爱的声音对他说:"宣,你还是睡下罢,这样坐着看招凉啊。"

他抬起头用类似感激的眼光看了母亲一眼。停了一会儿,他忽然下床来。"妈,我要出去一趟。"他匆匆地说,一面弯着身子系皮鞋带。

"你出去?你出去做什么?"母亲惊问道。

"我有点事。"他答道。

"你还有什么事?公司已经辞掉你了。外面冷得很,你身体又不好。"母亲着急地说。

他站起来,脸上现出兴奋的红色。"妈,不要紧,让我去一趟。"他固执地说,便走去取下挂在墙上洋钉上面的蓝布罩袍来穿在身上。

"等我来。"母亲不放心地急急说,她过去帮忙他把罩袍穿上了。"你不要走,走不得啊!"她一面说,一面却取下那条黑白条纹的旧围巾,替他缠在颈项上。"你不要走。有事情,你写个字条,我给你送去。"她又说。

"不要紧,我就会回来,地方很近。"他说着,就朝外走。她望着他,突然觉得自己像是在梦中一样。

"他这是做什么?我简直不明白!"她孤寂地自语道。她站在原处思索了片刻,然后走到他的床前,弯下身子去整理床铺。

她铺好床,看看屋子,地板上尘土很多,还有几处半干的痰迹。她皱了皱眉,便到门外廊上去拿了扫帚来把地板打扫干净了。桌上已经垫了一层土。这个房间一面临马路,每逢大卡车经过,就会扬起大股的灰尘送进屋来。这一刻她似乎特别忍受不了骯髒。她又用抹布把方桌和书桌连凳子也都抹干净了。

做完这个,她便坐在藤椅上休息。她觉得腰痛,她用手在腰间擦揉了一会儿。"要是有人来给我捶背多好啊。"她忽然想道。但是她马上就明白自己处在什么样的境地了,她责备自己:"你已经做了老妈子,还敢妄想吗!"她绝望地叹一口气。她把头放在靠背上。她的眼前现出了一个人影,先是模糊,后来面颜十分清楚了。"我又想起了他。"她哂笑自己。但是接着她低声说了出来:"我是不在乎,我知道我命不好。不过你为什么不保佑宣?你不能让宣就过这种日子啊!"她一阵伤心,掉下了几滴眼泪。

不久他推开门进来,看见母亲坐在藤椅上揩眼睛。

"妈,你什么事?怎么在哭?"他惊问道。

"我扫地,灰尘进了我的眼睛,刚刚弄出来。"她对他撒了谎。

"妈,你把我的床也理好了。"他感动地说,便走到母亲的身边。

"我没有事,闲着也闷得很。"她答道。接着她又问:"你刚才到哪里去了来?"

他喘了两口气,又咳了两三声嗽,然后掉开脸说:"我去看了锺老来。"

"你找他什么事?你到公司去过吗?"她惊讶地问道,便站了起来。

"我托他给我找事。"他低声说。

"找事?你病还没有全好,何必这样着急!自己的身体比什么都要紧啊。"母亲不以为然地说。

"我们中国人身体大半是这样,说有病,拖起来拖几十年也没有问题。我觉得我现在好多了,锺老也说我比前些天好多了。他答应替我找事。"他的脸上仍旧带着病容和倦容,说起话来似乎很吃力。

他走到床前,在床沿上坐下。

"唉,你何必这样急啊!"母亲说。"我们一时还不会饿饭。"

"可是我不能够整天睡着看你一个人做事情。我是个男人,总不能袖手吃闲饭啊。"他痛苦地分辩道。

"你是我的儿子,我就只有你一个,你还不肯保养身体,我将来靠哪个啊?……"她说不下去,悲痛堵塞了她的咽喉。

他把左手放到嘴边,他的牙齿紧紧咬着大拇指。他不知道痛,因为他的左胸痛得厉害。过了一会儿,他放下手,也不去看指上深的齿印。他看他母亲。她默默地坐在那里。他用怜悯的眼光看她,他想:"你的梦、你的希望都落空了。"他认识"将来","将来"像一张凶恶的鬼脸,有着两排可怕的白牙。

两个人不再说话,不再动。这静寂是可怕的,折磨人的。屋子里没有丝毫生命的气象。街中的人声、车声都不能打破这静寂。但是母亲和儿子各人沉在自己的思想中,并没有走着同一条路,却在一个地方碰了头而且互相了解了:那是一个大字:死。

儿子走到母亲的背后。"妈,你不要难过,"他温和地说,"你还可以靠小宣,他将来一定比我有出息。"

母亲知道他的意思,她心里更加难过。"小宣跟你小时候一模一样,这孩子太像你了。"她叹息似的说。她不愿意把她的痛苦露给他看,可是这句话使他更深更透地看见了她的寂寞的一生。她说得不错。小宣太像他,也就是说,小宣跟他一样地没有出息。那么她究竟有什么依靠呢?他自己有时也在小宣的身上寄托着希望,现在他明白希望是很渺茫的了。

"他年纪还小,慢慢会好起来。说起来我真对不起他,我始终没有好好地教养过他。"他说,他还想安慰母亲。

"其实也怪不得你,你一辈子就没有休息过,你自己什么苦都吃……"她说到这里,又动了感情,再也说不下去,她忽然站起来,逃避似的走到门外去了。

他默默地走到右面窗前,打开一面窗。天像一张惨白脸对着他。

灰黑的云像皱紧的眉。他立刻打了一个冷噤。他觉得有什么东西冷冷地挨着他的脸颊。"下雨啰，"他没精打采地自语道。

背后起了脚步声，妻走进房来了。不等他掉转身子，她激动地说："宣，我明天走。"

"明天？怎么这样快？不是说下礼拜吗？"他大吃一惊，问道。

"明天有一架加班机，票子已经送来，我不能陪你过新年了。真糟，晚上还有人请吃饭。"她说到这里不觉皱起了眉尖，声调也改变了。

"那么明天真走了？"他失望地再问。

"明早晨六点钟以前赶到飞机场。天不亮就得起来。"她说。

"那么今晚上先雇好车子，不然怕来不及。"他说。

"不要紧，陈主任会借部汽车来接我。我现在还要整理行李，我箱子也没有理好。"她忙忙慌慌地说。她弯下身去拿放在床底下的箱子。

"我来给你帮忙。"他说着，也走到床前去。

她已经把箱子拖出来了，就蹲着打开盖子，开始清理箱内的衣服。她时而站起，去拿一两件东西来放在箱子里面，她拿来的，有衣服，有化妆品和别的东西。

"这个要带去吗？""这个要吗？"他时不时拿一两件她的东西来给她，一面问道。

"谢谢你。你不要动，我自己来。"她总是这样回答。

母亲从外面进来，站在门口，冷眼看他们的动作。她不发出丝毫的声息，可是她的心里充满了怨愤。他忽然注意到她，便大声报告："妈，树生明早晨要飞了。"

"她飞她的，跟我有什么相干！"母亲冷冷地说。

树生本来已经站直了，要招呼母亲，并且说几句带好意的话。可是听见母亲的冷言冷语，她又默默地蹲下去。她的脸涨得通红，她只是轻轻地哼了一声。

母亲生气地走进自己的小屋去了。树生关上箱盖，立起来，怒气已经消去一半。他望着她,不敢说一句话。但是他的眼光在向她哀求什么。

"你看,都是她在跟我过不去,她实在恨我。"树生轻轻地对他说。

"这都是误会,妈慢慢会明白的,你不要怪她。"他小声回答。

"我不会恨我,我看在你的面上。"她温柔地对他笑了笑,说。

"谢谢你,"他赔笑道,"我明早晨送你上飞机,"他用更低的声音说。

"你不要去!你的身体受不了,"她急急地说,"横顺有陈主任照料我。"

末一句话刺痛了他的心。"那么我们就在这间屋里分别?"他痛苦地说,眼里含着泪光。

"不要难过,我现在还不走。我今晚上早点回来,还可以陪你多谈谈。"她的心肠软了,用同情的声调安慰他说。

他点了点头,想说一句"我等你",却又说不出来,只是含糊地发出一个声音。

"你睡下罢,站着太累,你的病还没有完全好啊。我可以在床上坐一会儿。"她又说。

他依从了她的劝告躺下了。她给他盖上半幅棉被,然后坐在床沿上。"明天这个时候我不晓得是怎样的情形,"她自语道,"其实我也不一定想走。我心里毫无把握。你们要是把我拉住,我也许就不走了。"这是她对他说的真心话。

"你放心去好了。你既然决定了,不会错的。"他温和地回答,他忘了自己的痛苦。

"其实我自己也不晓得这次去兰州是祸是福,我连一个可以商量的人也没有,你又一直在生病,妈却巴不得我早一天离开你。"她望着他,带了点感伤和烦愁地说。

"病"字敲着他的头。她们永远不让他忘记他的病!她们永远把他看作一个病人!他叹了一口气,仿佛从一个跟她同等的高度跌下来,他最后一线游丝似的希望也破灭了。

"是啊,是啊。"他无可奈何地连连说,他带着关切和爱惜的眼光望着她。

"你气色还是不好,你要多休息,"她换了关心的调子说,"经济问题倒容易解决。你只管放心养病。我会按月寄钱给你。"

"我知道。"他把眼光掉开说。

"小宣那里我今天去过信,"她又说。但是没有让她把话说完,汽车的喇叭声突然在楼下正街上响起来了。她略微惊讶地掉过脸来,朝那个方向望了望,又说下去,"我要他礼拜天进城来。"喇叭似乎不耐烦地接连叫着。她站起来,忙忙慌慌地说:"我要走了,他们开车子来接我了。"她整理一下衣服,又拿起手提包,打开它,取出了小镜子和粉盒、唇膏。

他坐起来。"你不要起来,你睡你的。"她一面说,一面专心地对镜扑粉涂口红。但是他仍旧下床来了。

"我走啰,晚上我早一点回来。"她说着,掉过脸,含笑地对他点一个头,然后匆匆地走出门去。

屋子里寒冷的空气中还留着她的脂粉香,可是她带走了清脆的笑声和语声。他孤寂地站在方桌前面,出神地望着她的身影消去的地方,那扇白粉脱落了的房门。"你留下罢,你留下罢!"他仿佛听见了自己的内心的声音。但是橐橐的轻快的脚步声早已消失了。

母亲走出小屋,带着怜悯的眼光看他。"宣,你死了心罢,你们迟早要分开的。你一个穷读书人哪里留得住她!"母亲说,她心里装满了爱和恨,她需要发泄。

他埋下头看看自己的身上,然后把右手放到眼前。多么瘦!多么黄!倒更像鸡爪了!它在发抖,无力地颤抖着。他把袖子稍稍往上挽。多枯瘦的手腕!哪里还有一点肉!他觉得全身发冷。他呆呆地望着这只可怕的手。他好像是一个罪人,刚听完了死刑的宣告。母亲的话反复地在他的耳边响着:"死了心罢,死了心罢。"的确他的心被判了死刑了。

他还有什么权利,什么理由要求她留下呢?问题在他,而不是在她。这一次他彻底地明白了。

母亲扭开电灯,屋子里添了一点亮光。

他默默地走到书桌前,用告别一般的眼光看了看桌上的东西,然后崩溃似的坐倒在藤椅上。他用两只手蒙着脸。他并没有眼泪。他只是不愿意再看见他周围的一切。他放弃了一切,连自己也在内。

"宣,你不要难过,女人多得很。等你的病好了,可以另外找一个更好的。"母亲走过去,用慈爱的声音安慰他。

他发出一声痛苦的哀叫。他取下手来,茫然望着母亲。他想哭。为什么她要把他拉回来?让他这个死刑囚再瞥见繁华世界?他已经安分地准备忍受他的命运,为什么还要拿于他无望的梦来诱惑他?他这时并不是在冷静思索,从容判断,他只是在体验那种绞心的痛苦。树生带走了爱,也带走了他的一切;大学时代的好梦,婚后的甜蜜生活,战前的教育事业的计划……全光了,全完了!

"你快到床上去躺躺,我看你不大好过罢。要不要我现在就去请个医生来,西医也好。"母亲仍旧不能了解他,但是他的脸色使她惊恐,她着急起来,声音发颤地说。

"不,不要请医生。妈,不会久的。"他绝望地说,声音弱,而且不时喘气。他摇摇晃晃地站起来。

"你说什么?等我来搀你。"母亲吃惊地说,她连忙搀扶着他的右肘。

"妈,你不要怕,没有什么事,我自己可以走。"他说,好像从梦里醒过来一样。他摆脱了母亲的扶持,离开藤椅,走到方桌前,一只手压在桌面上,用茫然的眼光朝四周看。昏黄的灯光,简陋的陈设,每件东西都发出冷气。突然间,不发出任何警告,电灯光灭了。眼前先是一下黑,然后从黑中泛出了捉摸不住的灰色光。

"昨天才停过电,怎么今天又停了?"母亲低声埋怨道。

他叹了一口气。"横竖做不了事,就让它黑着罢。"他说。

"点支蜡烛也好,不然显得更凄凉了。"母亲说。她便去找了昨天用剩的半截蜡烛点起来。烛光摇曳得厉害。屋子里到处都是黑影。

不知从哪里进来的风震摇着烛光,烛芯偏向一边,烛油水似的往下流。一个破茶杯倒立着,做了临时烛台,现在也被大堆烛油焊在桌上了。

"快拿剪刀来!快拿剪刀来!"他并不想说这样的话,话却自然地从他的口中漏出来,而且他现出着急的样子。这样的事情不断地发生,他已经由训练得到了好些习性。他做着自己并不一定想做的事,说着自己并不一定想说的话。

母亲拿了剪刀来,把倒垂的烛芯剪去了。烛光稍稍稳定。"你现在吃饭好吗?我去把鸡汤热来。"她说。

"好嘛。"他勉勉强强地答道。几小时以前的那种兴致和食欲现在完全消失了。他回答"好",只是为了敷衍母亲。"她为什么还要我吃?我不是已经饱了?"他疑惑地想道。他用茫然的眼光看母亲。母亲正拿了一段还不及大拇指长的蜡烛点燃了预备出去。

"妈,你拿这段长的去,方便点。"他说。"我不要亮。"他又添一句。他想:有亮没有亮对我都是一样。

"不要紧,我够了。"母亲说,仍旧拿了较短的一段蜡烛出了房门。

一段残烛陪伴他留在屋子里。

"又算过了一天,我不知道还有多少天好活。"他自语道,不甘心地叹了一口气。

没有人答话。墙壁上颤摇着他自己的影子。他不知道自己应该坐下还是站着,应该睡去还是醒着。他甚至不知道自己要做什么动作。他仍旧立在方桌前,寒气渐渐地浸透了他的罩衫和棉袍。他的身子微微颤抖。他便离开方桌,走了几步,只为了使身子暖和一点。

"我才三十四岁,还没有做出什么事情。"他不平地、痛苦地想道。"现在全完了。"他惋惜地自叹。大学时代的抱负像电光般地在他的眼前亮了一下。花园般的背景,年轻的面孔,自负的言语……全在他的脑子里重现。"那个时候哪里想得到有今天?"他追悔地说。

"那个时候我多傻,我一直想着自己办一个理想中学。"他又带着苦笑地想。他的眼前仿佛现出一些青年的脸孔,活泼、勇敢、带着希望……。他们对着他感激地笑。他吃惊地睁大眼睛。蜡烛结了烛花,光逐渐暗淡。房里无限凄凉。"我又在做梦了。"他不去剪烛花,却失望地自语道。他忽然听见了廊上母亲的脚步声。

"又是吃!我这样不死不活地挨日子又有什么意思!"他痛苦地想。

母亲捧了一菜碗热气腾腾的鸡汤饭进来,她满意地笑着说:"我给你煮成了鸡汤饭,趁热吃,受用些。"

"好!我就多吃一点。"他顺从地说。母亲把碗放在方桌上。他走到方桌前一个凳子上坐下。一股热气立刻冲到他的脸上来。母亲俯着头在剪烛花。他看她。这些天她更老了。她居然有那么些条皱纹。颧骨显得更高,两颊也更瘦了。

"连母亲也受了我的累。"他不能不这样想。他很想哭。他对着碗出神了。

"快吃罢,看冷了啊。"母亲还在旁边催促他。

二十三

他吃过晚饭后就盼望着妻,可是妻回来得相当迟。

时间过得极慢。他坐在藤椅上或者和衣躺在床上。他那只旧表已经坏了好些天了,他不愿意拿出一笔不小的修理费,就让它静静地躺在他的枕边。他不断地要求母亲给他报告时刻。……七点……八点……九点……时间似乎故意跟他为难。这等待是够折磨人的。但是他有极大的忍耐力。

终于十点钟又到了。母亲放下手里的活计,取下老光眼镜,揉揉眼睛。"宣,你脱了衣服睡罢,不要等了。"她说。

"我睡不着。妈,你去睡。"他失望地说。

"她这样迟还不回来,哪里还把家里人放在心上?明天一早就要走,也应该早回来跟家里人团聚才是正理。"母亲气恼地说。

"她应酬忙,事情多,这也难怪她。"他还在替他的妻子辩解。

"应酬,你说她还有什么应酬?还不是又跟她那位陈主任跳舞去了。"母亲冷笑地说。

"不会的,不会的。"他摇头说。

"你总是袒护她,纵容她!不是我故意向你泼冷水,我先把话说在这里搁起,她跟那位陈主任有点不明不白——"她突然咽住以后的话,改变了语调叹息道:"你太忠厚了,你到现在还这样相信她,你真是执迷不悟!"

"妈,你还不大了解她,她也有她的苦衷。在外面做事情,难免应酬多,她又爱面子,"他接口替妻辩护道,"她不见得就喜欢那个陈主任,我相信得过她。"

"那么我是在造谣中伤她!"母亲勃然变色道。

他吃了一惊,偷偷看母亲一眼,不敢做声。停了一两分钟,母亲的脸色缓和下来,那一阵愤怒过去了,她颇后悔自己说了那句话,她用怜惜的眼光看他,她和蔼地说:"你不要难过,我人老了,脾气更坏了。其实这样吵来吵去有什么好处!——我也不明白为什么她那样看不起我!不管怎样,我总是你的母亲啊!"

他又得到了鼓舞,他有了勇气。他说:"妈,你不要误会她,她从没有讲过你的坏话。她对你本来是很好的。"他觉得有了消解她们中间误会的机会和希望了。

母亲叹了一口气,她指着他的脸说:"你也太老好了。她哪里肯对你讲真话啊!我看得出来,我比你明白,她觉得她能够挣钱养活自己,我却靠着你们吃饭,所以她看不起我。"

"妈,你的确误会了她,她没有这个意思。"他带着充分自信地说。

"你怎么知道?"母亲不以为然地反问道。就在这时候电灯突然亮了。整个屋子大放光明。倒立的茶杯上那段剩了一寸多长的蜡烛戴上了一大朵黑烛花,现着随时都会熄灭的样子。母亲立刻吹灭了烛,换过话题说:"十点半了,她还没有回来!你说她是不是还把我们放在眼里!"

他不做声,慢慢地叹了一口气。他的左胸又厉害地痛起来。他用乞怜的眼光偷偷地看母亲,他甚至想说:你饶了她罢。可是他并没有这样说。他压下了感情的爆发(他想痛哭一场)。他平平淡淡地对母亲说:"妈,你不必等她了。你去睡罢。"

"那么你呢?"母亲关心地问。

"我也要睡了。我瞌睡得很。"他故意装出睁不开眼睛的样子,并且打了一个呵欠。

"那么你还不脱衣服?"母亲又问。

"我等一会儿脱,让我先睡一觉。妈,你把电灯给我关了罢。"他故意慢吞吞地说,他又打了一个呵欠。

"好的,你先睡一觉也好,不要忘记脱衣服啊。"母亲叮嘱道。她真的把电灯扭熄了。她轻手轻脚地拿了一个凳子,放在掩着的门背后。于是她走进她那间小屋去了。她房里的电灯还亮着。

他并无睡意。他的思潮翻腾得厉害。他睁着眼睛望那扇房门,望那张方桌,望那把藤椅,望一切她坐过、动过、用过的东西。他想:到明天早晨什么都会变样了。这间屋子里不会再有她的影子了。

"树生!"他忽然用棉被蒙住头带了哭声暗暗地唤她。他希望能有一只手来揭开他的被,能有一个温柔的声音在他的耳边轻轻回答:"宣,我在这儿。"

但是什么事都不曾发生过。母亲在小屋里咳了两声嗽,随后又寂然了。

"树生,你真的就这样离开我?"他再说。他盼望得到一声回答:"宣,我永远不离开你。"没有声音。不,从街上送进来凄凉的声音:"炒米糖开水。"声音多么衰弱,多么空虚,多么寂寞。这是一个孤零零的老人的叫卖声!他仿佛看见了自己的影子,缩着头,驼着背,两只手插在袖筒里,破旧油腻的棉袍挡不住寒风。一个多么寂寞、病弱的读书人。现在……将来? 他想着,他在棉被下面哭出声来了。

幸好母亲不曾听见他的哭声。不会有人来安慰他。他慢慢地止了泪。他听见了廊上的脚步声,是她的脚步声! 他兴奋地揭开被露出脸来。他忘了泪痕还没有揩干,等到她在推门了,他才想起,连忙用手揉眼睛,并且着急地翻一个身,使她在扭开电灯以后看不到他的脸。

她走进屋子,扭燃了电灯。她第一眼看床上,还以为他睡熟了。她先拿起拖鞋,轻轻地走到书桌前,在藤椅上坐下,换了鞋,又从抽屉里取出一面镜子,对着镜略略整理头发。然后她站起来,去打开了箱子,又把抽屉里的一些东西放到箱子里去。她做这些事还竭力避免弄出任何响声。她不愿意惊醒他的梦。但是正在整理箱子的中间,她忽然想到什么事,就暂时撇下这个工作,走到床前去。她静静地立在床前看他。

他并没有睡去,从她那些细微的声音里他仿佛目睹了她的一举一动。他知道她到了他的床前。他还以为她就会走开,谁知她竟然在床前立了好一阵。他不知道她在做什么。他不能再忍耐了。他咳了一声嗽。他听见她小声唤他的名字,便装出睡醒起来的样子翻一个身,伸一个懒腰,一面睁开眼来。

"宣,"她再唤他,一面俯下头看他,"我回来迟了。你睡了多久了?"

"我本来不要睡,不晓得怎样就睡着了。"他说了谎,同时还对她微笑。

"我早就想回来,谁知道饭吃得太迟,他们又拉着去喝咖啡,我说要回家,他们一定不放我走……"她解释道。

"我知道,"他打断了她的话,"你的同事们一定不愿意跟你分别。"这是敷衍的话。可是话一出口,他却觉得自己失言了。他绝没有讥讽她的意思。

"你是不是怪我不早回来?"她低声下气地说:"我不骗你,我虽然在外面吃饭,心里却一直想到你。我们要分别了,我也愿意同你多聚一刻,说真话,我就是怕——"她说到这里便转过脸朝母亲的小屋望了望。——

"我知道。我并没有怪你。"他接嘴说。"你的行李都收拾好了吗?"他改变了话题问。

"差不多了。"她答道。

"那么你快点收拾罢,"他催她道,"现在大概快十一点了。你要早点睡啊,明天天不亮你就要起来。"

"不要紧,陈主任会开汽车来接我,车子已经借好了。"她顺口说。

"不过你也得早起来,不然会来不及的。"他勉强装出笑容说。

"那么你——"她开始感到留恋,她心里有点难过,说了这三个字,第四个字梗在咽喉,不肯出来。

"我瞌睡。"他故意打了一个假呵欠。

她似乎沉思了一会儿,然后她抬起头说:"好的,你好好睡。我走的时候你不要起来啊。太早了,你起来会着凉的。你的病刚刚才好一点,处处得小心。"她叮嘱道。

"是,我知道,你放心罢。"他说,他努力做出满意的微笑来,虽然做得不太像。可是等她转身去整理行李时,他却蒙着头在被里淌眼泪。

她忙了将近一个钟头。她还以为他已经睡熟了。事实上他却一直醒着。他的思想活动得快,它跑了许多地方,甚至许多年月。它超越了时间和空间的限制,但是它始终绕着一个人的面影。那就是她。她现在还在他的近旁,可是他不敢吐一口气,或者大声咳一下嗽,他害怕惊动了她。幸福的回忆,年轻人的岁月都去远了。……甚至痛苦的争吵和相互的折磨也去远了。现在留给他的只有分离(马上就要来到的)和以后的孤寂。还有他这个病。他的左胸又在隐隐地痛。她会回来吗?或者他能够等到她回来的那一天吗?……他不敢再往下想。他把脸朝着墙壁,默默地流眼泪。他后来也迷迷糊糊地睡了一些时候。然而那是在她上床睡去的若干分钟以后了。

他半夜里惊醒,一身冷汗,汗背心已经湿透了。屋子里漆黑,他翻身朝外看,他觉得有点头晕,他看不清楚一件东西。母亲房里没有声息。他侧耳静听。妻在他旁边发出均匀的呼吸声。她睡得很安静。"什么时候了?"他问自己。他答不出。"她不会睡过钟点吗?"他想。他自己回答:"还早罢,天这么黑。她不会赶不上,陈主任会来接她。"想到"陈主任",他仿佛挨了迎头一闷棍,他愣了几分钟。什么东西在他心里燃烧,他觉得脸上、额上烫得厉害。"他什么都比我强。"他妒忌地想道。……

渐渐地、慢慢地他又睡去了。可是她突然醒来了。她跳下床,穿起衣服,扭开电灯,看一下手表。"啊呀!"她低声惊叫,她连忙打扮自己。

突然在窗外响起了汽车的喇叭声。"他来了,我得快。"她小声催她自己。她匆匆地打扮好了。她朝床上一看。他睡着不动。"我不要惊醒他,让他好好地睡罢。"她想道。她又看母亲的小屋,房门紧闭,她朝着小屋说了一声:"再会。"她试提一下她的两只箱子,刚提起来,又放下。她急急走到床前去看他。他的后脑向着她,他在打鼾。她痴痴地立了半响。窗下的汽车喇叭声又响了。她用柔和的声音轻轻说:"宣,我们再见了,希望你不要梦着我离开你啊。"她觉得心里不好过,便用力咬着下嘴唇,掉转了身子,她离开了床,马上又回转身去看他。她踌躇片刻,忽然走到书桌前,拿了一张纸,用自来水笔在上面匆匆写下几行字,用墨水瓶压住它,于是提着一只箱子往门外走了。

就在她从走廊转下楼梯的时候,他突然从梦中发出一声叫唤惊醒过来了。他叫着她的名字,声音不大,却相当凄惨。他梦着她抛开他走了。他正在唤她回来。

他立刻用眼光找寻她。门开着。电灯亮得可怕。没有她的影子,一只箱子立在屋子中央。他很快地就明白了真实情形。他一翻身坐起来,忙忙慌慌地穿起棉袍,连钮子都没有扣好,就提起那只箱子大踏步走出房去。

他还没有走到楼梯口,就觉得膀子发酸,脚沉重,但是他竭力支持着下了楼梯。楼梯口没有电灯,不曾扣好的棉袍的后襟又绊住他的脚,他不能走快。他正走到二楼的转角,两个人急急地从下面上来。他看见射上来的手电光。为了避开亮光,他把眼睛略略埋下。

"宣,你起来了!"上来的人用熟悉的女音惊喜地叫道。手电光照在他的身上。"啊呀,你把我箱子也提下来了!"她连忙走到他的身边,伸手去拿箱子。"给我。"她感激地说。

他不放开手,仍旧要提着走下去,他说:"不要紧,我可以提下去。"

"给我提。"另一个男人的声音说。这是年轻而有力的声音。他吃了一惊。他看了说话的人一眼。恍惚间他觉得那个人身材魁梧,意态轩昂,比起来,自己太猥琐了。他顺从地把箱子交给那只伸过来的手。他还听见她在说:"陈主任,请你先下去,我马上就来。"

"你快来啊。"那个年轻的声音说,魁梧的身影消失了。"咚咚"的脚步声响了片刻后也寂然了。他默默地站在楼梯上,她也是。她的手电光亮了一阵,也突然灭了。

两个人立在黑暗与寒冷的中间,听得见彼此的呼吸声。

汽车喇叭叫起来,叫了两声。她梦醒似的动了一下,她说话了:"宣,你上楼睡罢,你身体真要当心啊……我们就在这里分别罢,你不要送我。我给你留了一封信在屋里。"她柔情地伸过手去,捏住他的手。她觉得他的手又瘦又硬(虽然不怎么冷)!她竭力压下了感情,声音发颤地说:"再见。"

他忽然抓住她的膀子,又着急又悲痛地说:"我什么时候可以再见到你?你什么时候回来?"

"我说不定,不过我一定要回来的。我想至迟也不过一年。"她感动地说。

"一年?这样久!你能不能提早呢?"他失望地小声叫道。他害怕他等不到那个时候。

"我也说不定,不过我总会想法提早的。"她答道,讨厌的喇叭声又响了。她安慰他:"你不要着急,我到了那边就写信回来。"

"是,我等着你的信。"他揩着眼泪说。

"我会——"她刚刚说了两个字,忽然一阵心酸,她轻轻地扑到他的身上去。

他连忙往后退了一步,吃惊地说:"不要挨我,我有肺病,会传染人。"

她并不离开他,反而伸出两只手将他抱住,又把她的红唇紧紧地压在他的干枯的嘴上,热烈地吻了一下。她又听到那讨厌的喇叭声,才离开他的身子,眼泪满脸地说:"我真愿意传染到你那个病,那么我就不会离开你了。"她用手帕揩了揩脸,小声叹了一口气,又说:"妈面前你替我讲一声,我没有敢惊动她。"她终于决然地撇开他,打着手电急急忙忙地跑下了剩余的那几级楼梯。

他痴呆地立了一两分钟,突然沿着楼梯追下去。在黑暗中他并没有被什么东西绊倒。但是他赶到大门口,汽车刚刚开动。他叫一声"树生",他的声音嘶哑了。她似乎在玻璃窗内露了一下脸,但是汽车仍然在朝前走。他一路叫着追上去。汽车却像箭一般地飞进雾中去了。他赶不上,他站着喘气。他绝望地走回家来。大门口一盏满月似的门灯孤寂地照着门前一段人行道。门旁边墙脚下有一个人堆。他仔细一看,原来是两个十岁上下的小孩互相抱着缩成了一团。油黑的脸,油黑的破棉袄,满身都是棉花瘩瘩,连棉花也变成黑灰色了。他们睡得很熟,灯光温柔地抚着他们的脸。

他看着他们,他浑身颤抖起来。周围是这么一个可怕的寒夜。就只有这两个孩子睡着,他一个人醒着。他很想叫醒他们,让他们到他的屋子里去,他又想脱下自己的棉衣盖在他们的身上。但是他什么也没有做。"唐柏青也这样睡过的。"他忽然自语道,他想起了那个同学的话,便蒙着脸像逃避瘟疫似的走进了大门。

他回到自己的屋子里,在书桌上见到她留下的字条,他拿起它来,低声念着:

宣:
  我走了。我看你睡得很好,不忍叫醒你。你不要难过。我到了那边就给你写信。一切有陈主任照料,你可以放心。我对你只有一个要求:保重自己的身体,认真地治病。
  妈面前请你替我讲几句好话罢。

妻

他一边念,一边流泪。特别是最后一个"妻"字引起他的感激。

他拿着字条在书桌前立了几分钟。他觉得浑身发冷,两条腿好像要冻僵的样子。他支持不住,便拿着字条走到床前,把它放在枕边,然后脱去棉袍钻进被窝里去。

他一直没有能睡熟,他不断地翻身,有时他刚合上眼,立刻又惊醒了。可怖的梦魇在等候他。他不敢落进睡梦中去。他发烧,头又晕,两耳响得厉害。天刚大亮,他听见飞机声。他想:她去了,去远了,我永远看不见她了。他把枕畔那张字条捏在手里,低声哭起来。

"你是个忠厚老好人,你只会哭!"他想起了妻骂过他的话,可是他反而哭得更伤心了。

二十四

妻走后第二天他又病倒了。在病中他一共接到妻的三封信。第一封信写着:

宣:

我到了兰州,一切都很陌生,只觉空气好,天虽冷,却也冷得痛快。

行里房屋还在改修中,我们都住在旅馆里。陈经理对我很好,你可不必担心。初到一个地方,定不下心来,过一两天再给你写长信。

母亲还发脾气吗?我在家她事事看不顺眼,分开了她也许不那么恨我罢。

你的身体应该注意,多吃点营养东西和补品,千万不要省钱,我会按月寄给你。祝福你。

妻×月×日

没有写明回信地址,但是这封短信使他很满意,只除了"陈经理"

三个字。他等着第二封信。这并不要他久等,过了三天第二封信就来了。这封信不但相当长,而且写得很恳切,有不少劝他安心治病的话,还附了一封介绍他到宽仁医院去找内科主任丁医生的信,信末的署名是"陈奉光"。他知道这是陈经理的名字,他的脸红了一下。他顺口向母亲提了一句:"树生要我到宽仁医院去看病,她还请陈经理写了封介绍信来。"母亲冷冷地说了一句:"哼,哪个希罕他介绍?"他就不敢讲下去了,以后也不敢再提这件事情。他又盼望着第三封信,他相信它一定比第二封信长。过了一个星期,第三封信到了。它却是一封很短的信,在信内她只说她正在为筹备银行开幕的事忙着,一时没有工夫写长信,却盼望他多去信,告诉她他的生活状况。信末写上了她的通信处,署名却改用了"树生"两个字。

他读完信,叹一口气,不说一句话。母亲伸过手来拿信,他默默地交给她。

"她好神气,才去了十几天就拿出要人的派头来了。"母亲看完信,不满意地说。她不曾看到树生的第一封信。

"她大概真忙,也难怪她,新开行,人手少,陈经理对她好,她也得多出力。"他还在替妻辩护,他竭力掩饰了自己的失望和疑虑(的确他有一点点疑虑)。

"你还要说陈经理对她好!你看着罢,总有一天他们两个会闹出花样来的!"母亲气愤地说。

"妈,我该吃药了罢。"他不愿意母亲再谈这个问题(它使他心里很难过),便打岔道。

"是啊,我去给你煎药。"母亲接着说,想起他的病,她立刻忘记了那个女人。她用慈爱的眼光看他。他还是那么黄瘦。不过眼神好了些,嘴唇也有了点血色。她匆匆忙忙地走出房去了。

他又叹了一口气,把眼睛掉向墙壁。过了两三分钟,他又把眼睛掉向外面,后来又掉向天花板。不管在哪里他都看见那个女人的笑脸,她快乐地笑,脸打扮得像舞台上的美人脸。他整个脸热烘烘的,耳朵边响着单调的铃子声,眼睛干燥得像要发火。他终于昏沉沉地睡着了。

他做着短而奇怪的梦,有时他还发出呻吟,一直到母亲端了药汤进来,他才被唤醒。他大吃一惊,而且出了一身汗。他用了求救的眼光望着她。

"宣,你怎么了?"母亲惊恐地说。她差一点把碗里的药汤泼了出来。

他好像没有听懂她的话。过了半晌,他才长长地吐出一口气来。他的表情改变了。他吃力地说:"我做了好些怪梦,现在好了。"

母亲不大明白地看了看他。"药好了,不烫,现在正好吃。你要起来吃吗?"她关心地说。

"好。你递给我罢。"他说着就推开棉被坐起来。

"你快披上衣服,看受凉啊,"母亲着急地说。她把药碗递给他以后,便拿起他的棉袍替他披上。"今天很冷,外面在下雪。"她说。

"大不大?"他喝了两大口药,抬起头问道。

"不大,垫不起来的。不过冷倒是冷,所以你起来一定要先穿好衣服。"她说。

他喝光了药汤,把碗递还给母亲。他忽然拉着她的红肿的手惊叫道:"妈,你怎么今年生冻疮了?"

母亲缩回了手,淡淡地说:"我去年也生过的。"

"去年哪有这样厉害!我说冷天你不要自己洗衣服罢,还是包给外面大娘洗好些。"

"外面大娘洗,你知道要多少钱一个月!"她不等他回答,自己又接下去:"一千四百元,差不多又涨了一倍了。"

"涨一倍就涨一倍,不能为了省一千四,就让你的手吃苦啊。"他痛心地说。"我太对不住你了。"他又添上一句。

"可是钱总是钱啊。我宁肯省下一千四给你医病,也不情愿送给那班洗衣服的大娘。"母亲说。

"树生不是说按月寄钱来吗?目前也不在乎省这几个钱。"他说,伸了个懒腰,拿掉棉袍,又倒下去。

母亲不做声了。她的脸上现出了不愉快的表情。她立刻掉开头,不给他看见她的脸。

"妈,"他温和地唤道。她慢慢地回过头来。"你也得保重身体啊,你何必一定要叫自己多吃苦。"

"我并不苦。"她说,勉强笑了笑。她不自觉地摸着手上发烫的肿痕。

"你不要骗我,我晓得你不愿意用树生的钱。"他说。

"没有这回事,我不是已经在用她的钱吗?"她说,声音尖,又变了脸色,眼眶里装满了泪水,她咬着嘴唇,并且把身子掉开了。

"妈,我真对不起你,你把我养到这么大,到今天我还不能养活你。"他答道。她真想跑进自己的房里去畅快地大哭一场。

"你现在还恨树生吗?"过了半响他又问。

"我不恨,我从没有恨过她。"她说。她巴不得马上离开这间屋子,她害怕他再谈起树生。

"她说过她对你并没有恶感。"他说。

"谢谢她。"她冷淡地插嘴说。

"那么要是她写信给你,你肯回信吗?"他胆怯地问。

她想了片刻,才答道:"回信。"她仍然不让他看见她的脸色。

"那就好。"他欣慰地说,吐了一口气。

"你以为她会写信给我吗?"她忽然转过身来,问道。

"我想她会的。"他带了几分确信地答道。

她摇摇头,她想说:"你在做梦!"可是她刚刚说了一个"你"字,立刻闭上了嘴。她不忍打破他的梦。同时她也盼望他的这个梦会实现。

关于树生的事他们就谈到这里为止。晚上等母亲回到小屋睡去以后,他从床上起来,穿好衣服,伏在书桌上给树生写了回信。他报告了他的近况。他也说起他和母亲间的那段谈话,他请她立刻给母亲写一封表示歉意和好感的长信来。封好了信,他疲倦不堪地倒在床上昏沉地睡了。

第二天早晨,不管他发着热,他还亲自把信放到母亲的手里,叮嘱她趁早到邮局作为航空挂号信寄出去。母亲接过信没有说什么,走出房门后却暗暗地摇头。他没有工夫去猜测母亲的心思。他的脸颊发红(因为发热),两眼射出希望的光辉,他好像在盼望着奇迹。

为了写这一封信,他多睡了四天。可是一个星期白白地过去了,邮差就没有叩过他的门。在第二个星期里面她的信来了。是同样的航空挂号信。他拆信时,心颤抖得厉害。但是他读完信,脸却沉下来了。一张邮局汇票,一张信笺。信笺上只有寥寥几行字:银行开幕在即,她忙,没有工夫给母亲写长信,请原谅。家用款由邮局飞汇。希望他千万到医院去看病。

"她信里怎样说?"母亲问道,她看见了他的表情。

"她很好,很忙。"他短短地答道。他把汇票和信封递给他母亲:"这个交给你罢。"

母亲接了过来。她皱了皱眉,一句话也不说。

"妈,以后衣服给洗衣大娘去洗罢。今天说定了啊,"他说。"你也不必太省俭了,横顺树生按月寄钱来。"

"不过这万把块钱也不经用啊。"母亲说。

"妈,你忘了她留下的那笔安家费。"他提醒她道。

"我们不是已经动用了一点吗?剩下的恐怕还不够缴小宣的学费。上次是两万几。这学期说不定要五万多。"她看见他不答话,停了片刻又接下去说:"其实我倒想让他换个学校。我们穷家子弟何必读贵族学堂?进国立中学可以省许多钱。"

"这是他母亲的意思,我看还是让他读下去罢。他上次考了个备取,他母亲费了大力辗转托人讲情,他才能够进去。"他不以为然地说。他想:我不能够违背她的意思。

"那么你写信去提醒她,说学费还不够,要她早点想办法。"她说。

"好。"他应了一声。他还没有决定要不要在信里写上那种话。

"我想还是叫小宣回家来住罢,他回来也多一个人跟你做伴。"母亲换了话题说。

他想了想,才说,"他既然来信说,假期内到学堂附近同学家去住,温习功课方便,就让他去罢,何必叫他回来?"

"我看你也实在太寂寞了,他回来,家里也多点热气。"母亲说。

"不过我怕他会染到我的病。他最好跟我隔开,他年纪太轻,容易传染到病。"他用低沉的声音说。

"好罢,就依你。"母亲简短地说;她心里难过,脸上却装出平静的样子。她走开了。刚走到右面窗前,她又转回到他的身边。她慈爱地望着他:"你宽心点,不要太想你的病。你究竟还年轻,不要总苦你自己。"

他略略仰起头看母亲,然后点头说:"我知道,你放心。"

"这种生活,我过得了。我是个不中用的老太婆了。对你,实在太残酷,你不该过这种日子。"过了一会儿,她忽然抑制不住感情的奔腾,便说了以上的话。

"妈,不要紧,我想我们总可以拖下去,拖到抗战胜利的一天你就好了。"他反而用话去安慰母亲,他说"你",不用"我们",只因为他害怕,不,他相信,自己多半拖不到那一天。

"我怕我等不到那一天了,看起来也很渺茫,"母亲感慨地说,"我今天碰到二楼一位先生,他说今年就会胜利。固然今年才开头,还有十二个月,不过我们拿什么来胜利,我实在不明白!"

"你老人家也想得太多了,现在横顺日本人打不过来,我们能够拖下去,大家就满意了。"他苦笑说。

"是啊,就是这样。前些时日本人要打到贵阳来了,大家慌张得不得了。现在日本人退了,又没有事了,那班有钱人还是有吃有穿,做官的,做大生意的还是照样神气。不说别人,就说她那位陈主任,陈经理罢……"母亲又说。

"他们也是在拖啊。"他苦笑地说。

"那么拖到胜利一定还是他们享福。"母亲不平地说。

"当然啰,这还用得着说。"他痛苦地答道。

母亲不再说话,她默默地望着他。他也常常掉过眼光看她。两个人都有一种把话说尽了似的感觉。屋子显得特别大(其实这是一个不怎么大的房间),特别冷(虽然有阳光射进来,阳光却是多么地微弱)。时间好像停滞了似的。两个人没精打采地坐着:他坐在藤椅上,背向着书桌,两只手插在袖筒里,头渐渐地变重,身子渐渐地往下沉;母亲一只手支着脸颊,肘拐压在方桌上,她觉得无聊地常常眨眼睛。一只大老鼠悠然自得地在他们的面前跑来跑去,他们也不想把它赶开。

房间里渐渐地阴暗,他们的心境也似乎变得更阴暗了。他们觉得寒气从鞋底沿着腿慢慢地爬了上来。

"我去煮饭。"母亲说,懒洋洋地站起来。

"还早,等一会儿罢。"他哀求般地说。

母亲又默默地坐下,想不出什么话来说。过了一阵,房间快黑尽了。她又站起来:"现在不早了,我去煮饭。"

他也站起来。"我去给你帮忙。"他说。

"你不要动,我一个人做得过来。"她阻止道。

"动一动也好一点,一个人坐着更难过。"他说,便跟着母亲一起出去了。

他们弄好一顿简单的晚饭,单调地吃着。两个人都吃得不多。吃过饭,收拾了碗筷以后,两个人又坐在原处,没有活气地谈几句话,于是又有了说尽了话似的感觉。看看表(母亲的表),七点钟,似乎很早。他们挨着时刻,终于挨到了八点半,母亲回到自己的小屋,他上床睡觉。

这不是他某一天的生活,整个冬天他都是这样地过日子。不同的是有时停电,他们睡得更早;有时母亲在灯下补衣服;有时母亲对他讲一两段已经讲过几十遍的老故事;有时小宣回家住一夜,给屋子添一点热气(那个不爱讲话、不爱笑的"小书獃子"又能够添多少热气呢!);有时他身体较好;有时他精神很坏。

"我除了吃、睡、病,还能够做什么?"他常常这样地问自己。永远得不到一个回答。他带着绝望的苦笑撇开了这个问题。有一次他似乎得到回答了,那个可怕的字(死)使他的脊梁上起了寒栗,使他浑身发抖,使他仿佛看见自己肉体腐烂,蛆虫爬满全身。这以后,他好些天不敢胡思乱想。

母亲不能够安慰他,这是他的一个秘密。妻更不能给他安慰,虽然她照常写短信来(一个星期至少一封)。她永远是那样地忙,她没有一个时刻不为他的身体担心,她每封信都问候他的母亲,可是她并不曾照他的要求直接给母亲写一封信。从这一件事,从她的"忙",从来信的"短",他感觉到她跟他离得更远了。他从不对母亲说起妻的什么,可是他常常暗暗地计算他跟妻中间相距的路程。

二十五

寒冷的冬天像梦魇似的终于过去了。春天给人们带来了希望。浓雾被春风吹散了。人们带笑地谈论战争的消息。

但是汪文宣的生活里并没有什么变化。他的身体仍旧是时好时坏。好时偶尔去外面走走,坏时整天躺在床上。母亲照常煮饭,打扫屋子,他生病时还给他煎药。小宣两个星期进城一次,住一个晚上,谈一两段学校的故事,话不多,这个孩子更难得有笑容。小宣回来时,屋子里听不见笑声,可是这个孩子一走,屋子更显得荒凉了。妻照常来信,寄款,款子一月一汇,信一星期一封,她从没有写过三张信笺,虽然字里行间也有无限深情。她始终很忙。但是他永远有耐心,他每星期寄一封长信去,常常编造一些谎话,他不愿意让她知道他的实际生活情况。写信成了他唯一的消遣,也可以说是他唯一的工作。

春天里日子变得更长,度日更成为一件苦事。他觉得自己快要丧失说话的能力了。他某一次受凉失去嗓音以后,就一直用沙哑的声音讲话。母亲更现老态,她的话也愈来愈少。常常母子两个人在房中对坐,没有一点声音。有时他一天说不上三十句整句的话。

时光像一个带病的老车夫拖着他们慢慢地往前走,是那样地慢,他有时甚至觉得车子已经停住了。

但是他仍然活着,仍然有感情,仍然有思想。他的左胸时常痛。他夜间常常出冷汗,他常常干咳。偶尔他也暗暗地吐一两口血——那只是痰里带血。痛苦继续着,并且不断地增加,欢乐的笑声却已成了远去了的渺茫的梦。

他没有呻吟,也没有抱怨。他默默地送走一天灰色的日子,又默默地迎接一天更灰色的日子。他的话更少,因为他害怕听见自己的沙哑声音。有时气闷得没有办法,他只好长叹,但是他不愿意让母亲听到他的叹声,他总是背着人叹息。

日子愈来愈长,也愈难挨。一个念头折磨着他:他的精神力量快要竭尽,他不能再拖下去了。

但是没有人允许他不拖下去。妻还是叮嘱他安心治病、等待她回来。锺老答应设法替他找适当的工作。母亲不断地买药给他吃。她拿回来的有中国的单方,也有西洋的名药。他不知道那些药对他的身体有无益处,他只是顺从地、断断续续地吃着。他这样做,大半是为了敷衍母亲。有一次母亲还拉他到宽仁医院去看病。他想起了妻寄来的介绍信,可是到处都找不着,原来母亲早已把它撕毁了。他又不愿意多花钱挂特别号,只挂普通号,足足等候了三个钟点。母亲已经让步到拉他去医院了,他也只好忍耐地等待他的轮值,不管候诊室里怎样拥挤,天井内怎样冷(那还是春天到来以前的事)。一个留八字胡的医生对他摆出一张冰冻了的面孔,医生吩咐他解开衣服,用听诊器听了听,又各处敲敲,然后皱着眉,摇摇头,又叫他穿好衣服,开一个方,要他去药剂室购了一瓶药水。医生似乎不愿意多讲话,只吩咐他下星期去"透视"。医生说照 X 光最好,不过"透视"费低。他出来在问询处问明了透视费的价目,他吐了吐舌头,默默地走出了医院。后来他又去过一次医院,那个医生仍旧吩咐他下星期去透视。他计算一下这一个月已经用去了若干钱,又猜想透视以后会有什么样的结果,他不敢再到医院去了。

"要来的终于要来,让它去罢。"他对自己说。他颇想"听命于天"了。事实上除了这里他的心也没有一个安放处。

有一天午饭后他出街散步。天气很好,不过街上仍然多尘土,车辆拥挤不堪,而且秩序坏,在一个路角堆了大堆的垃圾,从那里发散出来一股一股的霉臭。他掩着鼻走过了一条街。无意间侧头一看,他正立在国际咖啡厅的玻璃橱窗前。橱窗里陈列着几个生日大蛋糕和好几种美国糖果。一切都和几个月前一样。不同的是他再听不见那一个人的笑声,再看不见那一个婷婷的身影。

他进去了。厅子里客人相当多,刚巧他从前坐过的那张小圆桌空着,他便挤到里面去坐下来。两个茶房忙碌地端着盘子各处奔走。客人们正在竞赛叫唤茶房的声音的高低。他胆怯地坐在角落里,默默地等待着。

一个穿白制服的茶房终于走过来了。"两杯咖啡。"他低声说。

"嗯?"茶房不客气地问。

"两杯咖啡。"他提高声音再说。

茶房不回答,猝然转身走了。过了一会儿茶房端了两个杯子走回来,一杯咖啡,放在他面前,另一杯放在他对面。"要牛奶吗?"茶房拿起牛奶罐头问道。他摇摇头说:"我不要。"又指着对面那个杯子说:"这杯要。"茶房把牛奶注入杯中,便拿着罐头走开了。他拿起茶匙舀了糖,先放进对面的杯里,又用茶匙在杯里搅了一下,然后才在自己的杯中放糖。

"你喝罢。"他端起杯子对着空座位低声说。在想象中树生就坐在他的对面,她是喜欢喝牛奶咖啡的。他仿佛看见她对他微笑。他高兴地喝了一大口。他微笑了。他睁大眼睛看对面。位子空着,满满的一杯咖啡不曾有人动过。他又喝了一口。他的嘴上还留着刚才的微笑,但是笑容慢慢地在变化,现在是凄凉的微笑了。"你还会记住我吗?"他小声说,他的心颤得厉害。他觉得鼻酸。他连忙掉开脸去看别人。四座都是烟雾,人们在高谈阔论,大抽香烟。没有人注意到他。

"我敢写保票,不到两个月德国就会投降。日本也熬不过一年。

说不定我们会在南京过下一个新年!"旁边一张桌上一个穿中山装的大块头眉飞色舞地大声说。

他吃了一惊。他看看说话的人。这个预言给他带来一种奇特的感觉。他没有快乐,他却感到了羡慕和妒忌。他又望了一下空座位和满杯的咖啡,怅惘地叹了一口气,便站起来付了账走出去了。

回到家,他正碰见母亲捧着一堆湿衣服从房里出来。

"妈,你怎么又自己洗起衣服来了?"他惊问道。

"不要紧,我可以洗。"母亲笑答道。

"其实你不应该省这点钱,你也该少累点。"他说。

"可是洗衣服大娘又涨价了,树生只寄来那么一点钱,不省怎么够用!"母亲略带烦躁地说。"从过年到现在物价不知涨了多少,收入却不见增加。我有什么办法!"

"她这点钱比我做事拿的薪水还要多些。"他想道,可是他不敢对母亲讲出来。他只好默默地进屋,让母亲到晒台上晾衣服去。

屋子里只有他一个人。他不想坐,不想躺,也不想看书。他只好在屋子里踱来踱去。

"为什么她永远是那样忙?为什么她总是写一些短信?她既然关心我,为什么她不让我知道她的生活情形?"他疑惑地、烦躁地想道。

没有回答。他永远找不到回答。

但是有人来打岔了。他听见粗重的脚步声。于是一个邮差推开门进来,大声叫道:"汪文宣收信!盖图章!"

他接过来,很厚的一封信,邮票在信封上贴满了。他一眼就认出来树生的笔迹。

他在一阵欢喜中盖好图章,把邮件回执交给邮差。"谢谢你。"他感激地对邮差说。

长信终于来了,这正是他需要的回答,他感激地接连吻着信封。他低声笑,他反复念着封面的地址。他忘了自己的烦恼,甚至忘了自己的病。

于是他拆开了信,拿出厚厚的一叠信笺来。

"她给我写长信了!她给我写长信了!"他自己带笑地说了好几遍。他摊开了信笺,可是他只看了称呼的"宣"字以后,马上又把信笺折起,拿着它们,兴奋地在屋子里走了几转。

最后,他在藤椅上坐下来。他从容地打开那一叠信笺,开始读着她的来信。

二十六

那一叠信笺上全是她的笔迹,字写得相当工整,调子却跟往常的不同。她不再说她的"忙"和银行的种种事情。她吐露她的内心,倾诉她的痛苦。他的手跟着那些字颤抖起来,他屏住气读下去。那些话像一把铁爪在抓他的心。但是他禁不住要想:"她为什么要说这些话呢?"他已经有一种预感了。

她继续吐露她的胸怀:

> ……我知道我这种脾气也许会毁掉我自己,会给对我好的人带来痛苦,我也知道在这两三年中间我给你添了不少的烦恼,我也承认这两三年我在你家里没有做到一个好妻子。是的,我承认我也有对不起你的地方(不过我并没有背着你做过什么见不得人的丑事情),有时我也受到良心的责备。但是……我不知道怎样说才好,我不知道怎样才能够使你明白我的意思……特别是近一两年,我总觉得,我们在一起不会幸福,我们中间缺少什么联系的东西,你不了解我。常常我发脾气,你对我让步,不用恶声回答,你只用哀求的眼光看我。我就怕看你这种眼光。我就讨厌你这种眼光。你为什么这样软弱!那些时候我多么希望你跟我吵一架,你打我骂我,我也会感到痛快。可是你只会哀求,只会叹气,只会哭。事后我总是后悔,我常常想向你道歉。我对

自己说,以后应当对你好一点。可是我只能怜悯你,我不能再爱你。你从前并不是这种软弱的人!……

一下叩门声突然打岔了他。一个人在门外大声叫:"汪兄!"他大吃一惊,连忙把信笺折好往怀里揣。锺老已经走进来了。

"汪兄,你在家,近来好吗?没有出街?"锺老满面笑容地大声说。

"请坐,请坐。"他客气地说,他勉强地笑了笑,他的心还在信笺上。"近来很忙罢。"他随口说,他一面倒开水敬客。他的举动迟缓,他的眼前还有一张女人的脸,就是树生的脸,脸上带着严肃的表情。

"不喝茶,不喝茶,刚才喝了来的。"锺老接连点着头,客气地说。

"我们这里只有开水,随便用一杯罢。"他端了一杯开水放在锺老的面前,略带羞惭地说。

"我喝开水,我喝开水,"锺老赔笑说,"喝开水卫生。"便接过来喝了一口,放下杯子,又说:"伯母不在家,近来好罢?"朝四周看了看。

"还好,谢谢你。"他也笑了笑,但是立刻又收起了笑容,他的心还在咚咚地跳,他的思想始终停在那一叠信笺上面。"家母刚刚出去。"他忽然想起了对方的问话,慌忙地加上一句。他没有说出他母亲在晒台上晾衣服。

"我有个好消息来报告你,"锺老略现得意之色说,"公司里的周主任升了官调走了。新来的方主任,不兼代经理。他对我很客气。昨天我跟他谈起老兄的事,他很同情你,他想请老兄回去,仍旧担任原来的职务,他要我来先同老兄谈谈。那么老兄的工作没有问题了。"

"是,是。"他答道,他只淡淡地笑了笑,他并没有现出欢喜的表情。他的眼睛望着别处,他好像并不在听对方讲话似的。

"那么老兄什么时候去上班?"锺老问道,他的反应使锺老感到惊讶。锺老原以为他会热烈地欢迎他带来的好消息,却想不到他连一点兴奋的表示也没有。

"过两天罢。啊,谢谢你关照。"他惊醒般地说,还提高了声音,他刚要做出笑容,却在中途改变了主意,仍旧板起脸孔来。

"你身体怎样?还有什么不舒服吗?"锺老又问,这次带着关心的样子。

"没有什么,我还好。"他吃惊地看了对方一眼,摇摇头回答。心里在想:树生写这封信来有什么用意?难道她真要——他的脸突然发红,脸上的肌肉搐动起来。

"那么你早点来上班罢。日子久了,恐怕又要发生变化。这个机会也很难得。"锺老停了片刻又叮嘱道。

"是的,我过两天一定来。"他短短地答道,又不做声了。锺老诧异地看了他一眼,知道他一定有什么心事,却又不便问他。多讲话也引不起他的兴趣。这个好心的老人再坐一会儿,又讲了几句闲话,觉得没趣,便告辞走了。

他也不留客,便陪着锺老走出房来。到了楼梯口,锺老客气地要他留步,他却坚持着把客人送到大门。

"汪兄,请早点来上班啊。"锺老在大门口跟他分别的时候又叮嘱了一次。

"一定来。"他恭敬地点头答道。他转过身急急走上楼去,在过道里他撞在一个老妈子的身上,那个女人提着一壶开水,开水溅了好几滴到他的脚背上,烫得他叫出声来。

老妈子还破口大骂,他连忙道了歉,忍住痛逃回楼上去了。他的心仍然被束缚在那一叠信笺上,任何别的事情都不能使他关心。甚至锺老的"喜讯"也没有给他带来快乐。

他回到房里,母亲仍然不在。照理她应该晾好衣服回房来了,她不在,正好给他一个安心读信的机会。他在藤椅上坐下,又把妻的信拿出来读着。他还没有开始,心就咚咚地大跳,两只手像发寒颤似的抖起来。

他在信笺上找到先前被打断了的地方,从那里继续读下去:

……我说的全是真话。请你相信我。像我们这样地过日子,我觉得并没有幸福,以后也不会有幸福。我不能说这全是你的错,也不能说我自己就没有错。我们使彼此痛苦,也使你母亲痛苦,她也使你我痛苦。我想不出这是为了什么。并且我们也没有方法免除或减轻痛苦。这不是一个人的错。我们谁也怨不得谁。不过我不相信这是命。至少这过错应该由环境负责。我跟你和你母亲都不同。你母亲年纪大了,你又体弱多病。我还年轻,我的生命力还很旺盛。我不能跟着你们过刻板似的单调日子,我不能在那种单调的吵架,寂寞的忍受中消磨我的生命。我爱动,爱热闹,我需要过热情的生活。我不能在你那古庙似的家中枯死。我不会对你说假话:我的确想过,试过做一个好妻子,做一个贤妻良母。我知道你至今仍然很爱我。我对你也毫无恶感,我的确愿意尽力使你快乐。但是我没有能够做到,我做不到。我自己其实也费了不少的心血,我拒绝了种种的诱惑。我曾经发愿终身不离开你,体贴你,安慰你,跟你一起度过这些贫苦日子。但是我试一次,失败一次。你也不了解我这番苦心。而且你越是对我好(你并没有对不起我的地方),你母亲越是恨我。她似乎把我恨入骨髓。其实我只有可怜她,人到老年,反而尝到贫苦滋味。她虽然自夸学问如何,德行如何,可是到了五十高龄,却还来做一个二等老妈,做饭、洗衣服、打扫房屋,哪一样她做得出色!她把我看作在奴使她的主人,所以她那样恨我,甚至不惜破坏我们的爱情生活与家庭幸福。我至今还记得她骂我为你的"姘头"时那种得意而残忍的表情。

　　这些都是空话,请恕我在你面前议论你母亲。我并不恨她,她过的生活比我苦过若干倍,我何必恨她。她说得不错,我们没有正式结婚,我只是你的"姘头"。所以现在我正式对你说明,我以后不再做你的"姘头"了,我要离开你。我也许会跟别人结婚,那时我一定要铺张一番,让你母亲看看。……我也许永远不会结婚。离开你,去跟别人结婚,又有什么意思?总之,我不愿意再回到你的家,过"姘头"的生活。你还要我写长信向她道歉。你太伤了我的心。纵然我肯写,肯送一个把柄给她,可是她真的能够不恨我吗?你希望我顶着"姘头"的招牌,当一个任她辱骂的奴隶媳妇,好给你换来甜蜜的家庭生活。你真是在做梦!

他痛苦地叫了一声。仿佛在他的耳边敲着大锣。他整个头都震昏了。过了半天他才吐出一口气来。信笺已经散落在地上了,他连忙拾起来,贪婪地读下去。他的额上冒汗,身上也有点湿。

宣,请你原谅我。我不是在跟你赌气,也不是同你开玩笑。我说真话,而且我是经过长时期的考虑的。我们在一起生活,只是互相折磨,互相损害。而且你母亲在一天,我们中间就没有和平与幸福,我们必须分开。分开后我们或许还可以做知己朋友,在一起我们终有一天会变做路人。我知道在你生病的时候离开你,也许使你难过。不过我今年二十五岁了,我不能再让岁月蹉跎。我们女人的时间短得很。我并非自私,我只是想活,想活得痛快。我要自由。可怜我一辈子就没有痛快地活过。我为什么不该痛快地好好活一次呢?人一生就只能活一次,一旦错过了机会,什么都完了。所以为了我自己的前途,我必须离开你。我要自由。我知道你会原谅我,同情我。

我不向你提出"离婚",因为据你母亲说,我们根本就没有结过婚。所以我们分开也用不着什么手续。我不向你讨赡养费,也不向你要什么字据。我更不要求把小宣带走。我什么都不要,我只要求你让我继续帮忙你养病。从今天起我不再是你的妻子,我不再是汪太太了。你可以另外找一个能够了解你、而且比我更爱你、而且崇拜你母亲、而且脾气好的女人做你的太太。我对你没有好处,我不是一个贤妻良母。这些年来我的确有对不住你、对不住小宣的地方,我不配做你的妻子同他的母亲。我不是一个好女人,这两年我更变得多了。可是我自己也没有办法。离开我,你也许会难过一些时候,但是至多也不会超过一两年,以后你就会忘记我。比我好的女人多得很,我希望填我这个空位的女人会使你母亲满意。你最好让她替你选择,并且叫新人坐花轿行拜堂的大礼。……

他发出一声呻吟,一只手疯狂似的抓自己的头发。他的左胸痛得厉害,现在好像不单是左胸,他整个胸部都在痛。她为什么要这样凶狠地伤害他?她应该知道每一个字都是一根锋利的针刺,每根针都在渴望他的心血。他在什么事情上得罪了她?她对他的恨竟然是这么深!单是为了自由,她不会用这些针刺对待一个毫无抵抗的人!想到这里,他抬起头呼冤似的长叹了一声。他想说:"为什么一切的灾祸全落到我的头上?为什么单单要惩罚我一个人?我究竟做过了什么错事?"

没有回答。他找不到一个公正的裁判官。这时候他甚至找不到一个人来分担他的痛苦。他呆呆地望着天花板,他在望什么呢?他自己也不知道。

过了一些时候,他忽然想起了未读完的信,才埋下头把眼光放在信笺上继续读着:

(这里还有两行又四分之一的字被涂掉了,他看不出是些什么字。)我自己也不知道为什么要写了这许多话。我的本意其实就只是:我不愿意再看见你母亲;而且我要自由。宣,请你原谅我。你看,我的确改变得多了。这样的时代和这样的生活,我一个女人,我又没有害过人,做过坏事,我有什么办法呢?不要跟我谈过去那些理想,我们已经没有资格谈教育,谈理想了。宣,不要难过,你让我走罢,你好好地放我走罢。忘记我,不要再想我。我配不上你。但我并不是一个坏女人。我的错处只有一个:我追求自由与幸福。

小宣那里我不想去信,请你替我向他解释。我自己说不明白,而且说不定在不久的将来我就要失去做他母亲的权利。不过我希望你们不要误会,我并不是为了要同别人结婚才离开你,虽然已经有人向我求婚,我至今还没有答应,而且也不想答应。但是你也要了解我的处境,一个女人也不免有软弱的时候。我实在为我自己害怕。我有我的弱点,我又找不到一个知己朋友给我帮忙。宣,亲爱的宣,我知道你很爱我。那么请你放我走,给我自由,不要叫我再担"妻"的虚名,免得这种矛盾的感情生活,免得你母亲的仇恨把我逼上身败名裂的绝路……

请原谅我,不要把我看作一个坏女人。在你母亲面前也请你替我说几句好话。我现在不是她的"姘头"媳妇了。她用不着再花费精神来恨我。望你千万保重身体,安心养病。行里的安家费仍旧按月寄上。不要使小宣学业中断。并且请你允许我做你的知己朋友,继续同你通信。祝你健康。

倘使可能,盼早日给我回音,就是几个字也好。

树生×月××日

信完了,他也完了。他颓然倒在椅背上。他闭着眼睛,死去似的过了好一会儿。他忽然被母亲唤醒了。他吃惊地把胸部一挺,手一松,那一叠信笺又落在地上。

"妈,你晾衣服,怎么这样久才回来?"他问道。

"我出去了。宣,你怎么不到床上去睡?"母亲说。她看见落在地上的信笺,便问道:"哪个写来的信?"她走去想拾起信笺。

"妈,等我来。"他连忙俯下身子去捡信,一面解释似的加上一句:

"树生的信。"

"写得这样长,她说些什么?"母亲再问。

"她没有说什么。"他慌张地回答,立刻把信揣在怀里,他明明是在掩饰。母亲想,一定是媳妇在对丈夫说她的坏话。她忍不住又说:

"她一定在讲我的坏话。我不怕,让她讲好了。"

"妈,她并没有讲你,她在讲别的事,讲——她那边的生活,陈经理对她……"他大声替写信人辩护道,可是他说到一半,他的声音哑了,他只得中途闭了嘴。

母亲注意到这个情形,不再谈论那封信了。她想起另一件事,便换过话题说:

"刚才我碰到锺先生,他说已经跟你讲过,你的事情已经弄好了,你可以回公司去做事。不过我说,如果新来的主任容易说话,最好让你休息两个月再去上班,只要他肯帮忙先讲好,就不会有问题。"

"我想,明天就去。"他说,脸上没有丝毫欣喜的表情。

"何必这样急,等钟先生来回话以后再去也不迟。"母亲说。

"锺老要我早点去,他说日子久了恐怕会发生变化。"他竭力装出淡漠的声调说。可是他自己觉得有许多小虫在吃他的肺,吃他的心。

"明天就去,未免太急了。或者你后天先去看看情形。明天不要去,明天我做几样好菜请你吃,我想把张伯情也请来。他给你看了好多次病,我们也没有多少钱酬劳他。"母亲装出高兴的样子说。

他想了想,又看了看母亲的脸。他痛苦地说:"妈,你又当了、卖了什么东西?你为了我把你那一点点值钱的东西全弄光了!"

"不要紧,你不要管。"母亲答道,她的笑更显得不自然了。

"不过你不想一想,万一我死了,你怎么办?你拿什么来过日子?"他争吵似的指着母亲说。

"你不要担心,我会死在你前头的。而且还有小宣,他一定长大成人了。又还有树生,她究竟是你的妻子,我的媳妇啊。"母亲装出不在乎的样子微微笑道,可是她的心却像被铁爪捏紧了一样。

"妈,你怎么能靠他们!小宣太小,树生——"下面的话已经滑到了他的嘴边,他连忙收住。但是感情的流露却是收不住的。泪水进出他的眼眶来了。他猝然站起来,什么话也不说,就走出房去。

他听见母亲在房里唤他,他并不答应,却迈着大步急急走下了楼。但是到了大门口,他又迟疑起来。对着这一条街的灰尘,他不知道应该到哪里去。他站在门前人行道上,他的脚好像生了根似的,他朝东看看,又朝西看看。他的眼前尽是些漠不相关的陌生人影。在这茫茫天地间只有他一个渺小病弱的人找不到一个立足安身的地方!他寂寞,他自己也说不出是怎样深的寂寞。脸上的泪痕还不曾干去。心里似乎空无一物。

旁边布店里柜台上堆着各色各样的布,生意似乎还好,三个少妇模样的时髦女子(并不太时髦)有说有笑地在挑选花布。另一边一家新开的小食店门前立着两块花花绿绿的广告牌,牌上有一个年轻女侍对着行人微笑。

"他们都比我快乐。"他想道,但是这所谓"他们",究竟是谁,连他自己也没有想过。可是他觉得胸部仍旧一阵一阵地在痛。他不自觉地把手按在胸上。

"宣,宣。"他听见母亲的声音又在后面叫唤。他茫然转过头去。母亲走得气咻咻的,刚走到他的身边,便问:"你到哪里去?"

"我走走。"他做出淡漠的样子回答。

"我看你脸色不好,你还是改天上街罢。横顺你没有什么事。"母亲劝道。

他不做声。母亲又说:"你还是回屋去罢。"

他想了想,其实他并没有用脑筋,他不过愣了一下,接着就说:"不,妈,你让我走走。"他又低声加上一句:"我心里烦。"

母亲叹了一口气,用疑虑的眼光看了看他,她低声嘱咐道:"那么你快点回来,不要走远啊。"

"是。"他答应着就撇下母亲拔步走了。母亲却立在门前,望着他的背影慢慢地消失。

他毫无目的地走着。他不是在"疾走",也不是在"散步"。他怀着一个模糊的渴望,想找一个使他忘记一切的地方,或者干脆就毁灭自己。痛苦的担子太重了,他的肩头挑不起。他受不了零碎的宰割和没有终止的煎熬。他宁愿来一个痛痛快快的了结。

人碰到他的头,人力车撞痛他的腿。他的脚在不平的人行道上被石子砖块弄伤了,他几次差一点跌倒在街上。他的眼睛也似乎看不见颜色和亮光,他的眼前只有一片灰暗。他的世界里就只有一片灰暗。

他的脚在一个小店的门前停住。为什么?他自己也不知道。他走了进去,在一根板凳上坐下。这家冷酒馆子他并不陌生。连那张方桌旁边的座位也是他坐过的。

堂倌走过来问一句:"一杯红糟?"

"快!快!"他惊醒似的大声说,其实他也没有想到这是什么意思。

堂倌端上酒来。他糊里糊涂地喝了一大口。一股热气直往喉管冒,他受不住,立刻打了一个嗝。他放下酒杯,又从怀里摸出树生的信来,先放在桌上,又拿起杯子喝了一口酒。他又打一个嗝。他赌气不喝酒了。他拿起信笺,随意地翻着,低声念了几句。他心里很不好过。眼泪又流出来了。他想不再看信。可是他刚刚把信笺折好,忍不住又打开来,重新翻看,又低声念出几句。他心里更难过。眼泪成股地流下来。他下了决心地端起酒杯大口喝着。他感觉到一股热流灌进肚子里去。他的喉管里,他的胃里都不舒服。他的整个头发烧,思想停滞,记忆也渐渐地模糊。只有信笺上的字句像一根鞭子在他的逐渐麻木的情感上面不停地抽着。

酒馆里白天很清静,除了他,另外还有两个客人对酌谈心。其余的桌子全空着。没有人注意他。堂倌看见他的酒杯空了,便走过来问一句:"再来杯红糟?"

"不!不!"他摇摇头含糊地说;一张脸通红,他才只喝了一两白酒。

堂倌站在旁边用惊奇的眼光看他。他也没有注意到。他反复地翻看她的来信。他自己也不知道看了几遍。他不再流泪了。他只是摇头叹息。

"再来杯红糟?"过了一会儿,堂倌看见他不动也不走,又走过来问一句。

"好,好。"他短短地回答。酒送上来,他立刻喝了一大口。他放下杯子,全身发热,头又有点晕。他埋着头,眼光在信笺上,心却不知放在哪里去了。他忽然觉得对面坐了一个人,也低着头在喝酒。他便抬起头睁大眼睛看,什么也没有。"我想到唐柏青了,"他自语道。揉了揉眼睛。他又埋下头去。他恍惚地看到唐柏青在对他苦笑。"怎么我现在也落到他的境地来了?"他痛苦地想。他就像听见警报似的立刻站起来,付了钱便往外面走了。

一路上唐柏青的影子追着他。他只有一个念头:回家去。

到了家,他才稍稍心安。他一进屋坐下来就给树生写信。母亲同他讲话,他含糊地应着,一句话也没有听进去。他在信上写着:

> 收到来信,读了好几遍,我除了向你道歉外无话可说。耽误了你的青春,这是我的大不是。现在的补救方法,便是还你自由。你的话无一句不对。一切都照你所说办理。我只求你原谅我。
>
> 公司已允许我复职,我明日即去办公,以后请停寄家用款。我们母子二人可以靠我的薪金勉强过活。请你放心。这绝非赌气话,因为我到死还是爱你的。祝幸福!
>
> 文宣×月×日

他一口气写了这些话,并不费力。可是刚刚把信写好,他就觉得所有的力气全用尽了。好像整个楼房全塌了下来,他完了,他的整个世界都崩溃了。他绝望地伏在书桌上低声哭起来。

"宣,什么事?什么事?"母亲惊问道。她连忙到他的身边去。

他抬起头来,让她看见他满脸的泪痕,他就像小孩一样哭着说:

"你看她的信。"但是他递给她看的却是他写给树生的信,并不是树生寄来的信。

母亲看了那封短信,不用听他解释,便明白了一切。她说:"我原说过,她不会跟你白头偕老的。现在怎样? 我早就看透了她的心了。"

她气愤,但是她觉得痛快,得意。她起初还把这看作好消息。她并没有想到她应该同情她的儿子。

二十七

树生的信像投了一个石子在他的生活里,激起一阵水花,搅动了整个水面,然后又平静下去了。但是石子却沉在水底,永远留在那里,无法拿开。她以后还有信来,一个月至少要来三次信。信上话不多,不讲自己的生活情况,只探询他同小宣的健康和近况。她仍旧按月汇款。他母亲要他把款子退回去,他没有照办。他收下款子,不用,也不退回,他把汇款领来全部存入银行,而且依照她的意见,存"比期"。他写回信时也提过请她不要再汇款的话。可是她好像没有见到他的信似的,下次照常汇寄。他要她叙述她的近况,她却一字不提,偶尔提到,也仅有"忙"和"好"两个字。他只有默默地忍受一切,他不愿写一个字或者做一件事伤她的心。

他有了工作和收入。他接到她的长信以后隔了一天,便到公司去上班了。新来的方主任是一个不太严厉的中年人,对他相当客气,甚至向他说了一番安慰的话。同事们(除了锺老)虽然没有什么欢迎的表示,不过全对他点头打招呼。他心里高兴,因此对那些古怪的译文或者官场公式文章也就不觉得怎么讨厌了。

家中仍旧少有人声。除了星期六或者星期天(常常是两个星期一次)小宣回来坐坐,吃一两顿饭或者住一个晚上外,就只有他和母亲两个人,有时甚至只有他们中的一个在家。

日子仍旧单调地一天一天过去,无所谓快,也无所谓慢。他只有一种类似"挨"和"拖"的感觉。他没有娱乐,也没有消遣,他连写信和谈话的快乐也得不到。春天并没有给他带来喜悦。但是春天也终于挨过去了。

夏天里他更憔悴了。他的身体从来不曾好过,他的病一直在加重。他自己也不知道是一种什么力量在支持他使他不倒下去。他每天下午发热,晚上出冷汗,多走路就气喘,又不断地干咳,偶尔吐一口带血痰。左胸有时痛得相当厉害,连右胸也扯起痛了。他起初咬着牙在挣扎,后来也渐渐习惯了。挨日子在他说来并不是一件难事。反正他的生活就只是一片暗灰色。他对一切都断念了。他再不敢有什么妄想。甚至德国投降也不曾带给他快乐和安慰。他听见人说日本在一年内就要崩溃,他也笑不出声来。那些光明、美丽的希望似乎都跟他断绝了关系。他觉得自己就像一个衰老的车夫,吃力地推着一辆载重的车子,一步一步地往前面走,他早已不去想什么时候能达到目的地,卸下这一车重载,他也不再计算已经走了若干路程,他只是一步一步缓慢地走着,推着,一直到他力竭的时候。

一天晚饭后母亲忽然望着他说:"宣,你这两天没有什么不舒服罢?怎么你脸色这样难看?"

"我还好,没有什么不舒服。"他装出高兴的样子说。可是他的喉咙不肯帮忙他掩饰,他接连干咳几声。他连忙用手掩嘴。他害怕又像白天那样咳出血痰来。白天在办公时间里他咳了一口血痰在校样上面,虽然他已经小心地揩去了血迹,但是纸上的红点还隐约看得见。

"不过你得当心啊,你又在咳嗽。我看你的咳嗽就一直没有好过。"母亲皱着眉说。

"不,也好过一阵子,不过总不能断根。人一累,就要发。"他解释地说。他自己也知道这不是真话,但是他愿意这样说,他不仅想骗过母亲,同时也想骗他自己。

母亲沉默半天,才叹了一口气说:"其实你不应该去做事,不过我们还有什么别的办法!"

他心里很不好过,答不出话来。他越是想不要咳,越是咳得厉害,一咳就不可收拾,脸挣得通红,泪水也咳出来了。急得他的母亲在屋子里乱跑,又拿开水,又替他捶背。他终于缓过气来。他从母亲的手里接过脸帕揩了脸。

"不要紧了。"他吃力地说,用感激的眼光望着母亲。

"你躺躺罢。"母亲怜惜地说。

"不要紧,等我多坐一会儿。"他沙声答道。

"宣,明天我就去公司替你请一两个月的假。你应该休息。你不要愁生活。实在没有办法,我出去当老妈子。"母亲下了决心似的说。

他摇摇头,有气没力地说:"妈,你是个上了年纪的人,怎么吃得消!这种办法有什么用?受苦的并不止我们一两个,我们不拖也只好拖……"

"这样我宁肯不活。"母亲愤愤地说。

"这个年头死也死不下去啊。"他说了一句,又感觉到胸部的隐痛。病菌在吃他的肺。他没有一点抵抗的力量。他会死的,不管他愿意不愿意,他很快地就会死去。

母亲呆呆地望着他,他似乎没有注意到。他想到这天在公司里听见的同事们关于肺病的闲谈。那是在吃饭的时候,小潘卖弄似的叙述一个亲戚害肺病死去的情形。"只有害肺病的人死的时候最惨,最痛苦。我要是得那种病到了第二期,我一定自杀。"小潘说,眼光射到他的脸上,话一定是故意说给他听的。

"听说有一种特效药,是进口货,贵得吓人。"锺老接嘴说。

"不过并不灵验,而且这种病单靠吃药也不行啊。"小潘得意地说。

"最惨,最痛苦。"他想着,就再也不能把那个念头驱逐开去。绝望和恐怖从远处逼近。他不自觉地打了一个冷噤(虽然已经是夏天,他还感到冷。他真有一种整个身子落进冰窖里去的感觉)。

"为什么就没有一种人人都买得起的、真正灵验的特效药?难道我就应该那样悲惨、痛苦地死去?"

他绝望地暗暗问自己。

"宣,你早点睡罢,不要再想什么事情,请假的话明早晨再说。"母亲看见他精神不好,脸色黄得可怕,眼光停滞而带恐惧,她暗暗地充满了焦虑,不敢再跟他讲话,便温和地劝他道。

他吃了一惊。他好像从一个可怖的梦中醒过来一样。可是他看看四周,屋子里白日光线才开始消去,楼下人声嘈杂,打锣鼓唱戏,骂街吵架,种种奇特的声音打成了一片。他觉得口干,便走去拿茶壶,倒了杯微温的白开水来喝。"好的,我就睡,"他带着苦笑地说,"妈,你也睡罢。我看你也很寂寞。"

"我倒也过惯了。我横顺是个快进坟墓的人,我不怕寂寞。"母亲微微叹息道。

母亲进了小屋,关上门。他上了床,左胸又在痛,不单是左胸,好像全身都痛。他的脑子十分清醒。他睡不着。街中的锣鼓声和唱戏声仍然没有停止。不知是哪一家请端公(巫师)做法事,那个扮旦角的正唱得起劲。他不要听那些戏词,可是它们却不客气地闯进他的耳朵里来,搅乱了他的思想。他在床上翻来覆去,越睡越睡不着,越着急,急出了一身大汗。他又不敢把那床薄被掀开。他害怕受凉,也不愿意随意损伤自己的健康,虽然他先前还在想他的内部快要被病菌吃光,他已经逼近死亡。

母亲的房里还有灯光,她不曾睡,她偶尔发出一两声咳嗽。她在做什么?她为什么整年不歇地工作?她换到了什么呢?她的生存似乎完全是为着他,为着小宣。但是他拿什么来报答她呢?他想着,他接连抓自己的头发。

然后又是树生,她的美丽的脸在对他微笑。她嘲笑他,还是怜悯他?她前天还来过一封信,以熟朋友关心的口气问起他的健康和一家的生活情况。她又附寄了汇票来。自然他仍旧把款子存入银行。他写了回信,却始终没有告诉她他并未动用她寄来的款子。她究竟是什么意思呢?她已经跟他脱离了夫妻关系,这还是依照她的意见办的。那么她为什么还不忘记他？为什么还要按月寄款、通信？他越想越不明白。可是一种渴望被这个思想引起来了。

他一个垂死的病人却有着一个健康人的渴望，这个渴望折磨得他很苦，因为连他自己也明白他的渴望是不会得到满足的，一丝一毫的满足也得不到。但是他又不能抑制它，消灭它。他在挣扎，湿透了的汗衣冷冰冰地贴在他的发热的背上。

"我要活，我要活。"他控制不住自己地叫了出来，声音不高，他的嗓子开始哑了。

没有人听见他的叫声，更没有人理睬他。在窗外响着各种各样的声音，那么多的人来来去去，巷口新近摆起来的面摊上正是生意兴隆的时候，幺师大声叫唤，顾客们高谈阔论。他也听到"炒米糖开水"的叫卖声。然而那是一个年轻的声音，而且有几个清脆的女性的尖声在叫"买开水！"或者"炒米糖开水，这儿！"现在连卖"炒米糖开水"的也换了人，而且也正忙着。只有他一个人静静地躺在床上。哪怕他已经接近死亡，也没有人来照顾他。

"我要活。"他还在叫，声音只有自己听得见。他究竟在向谁呼吁呢？他说不出。

二十八

他渐渐地失去了他的声音。他的体力也在逐渐消失。

他每天下班回家，走进门总要喘气，并且要在藤椅上像死人似的坐了好一阵才能够走动、讲话。

"宣，你就请几天假罢，再这样你又要病倒了。"母亲怜惜地劝道。她也知道他的病逐渐在加重。但是她有什么办法救他呢？张伯情没有用，医院也没有用。而且他们母子两个就只有空空的两双手啊。

"不要紧，我还可以支持下去。"他装出淡漠的声音答道，他的心却好像让一大把针戳了一下似的。他清清楚楚地记得在公司里一面看校样一面咳嗽、看多了就要喘气的情形。他还记得吃饭时同事们厌恶的眼光。他还可以支持多久呢？他不敢想,他又不能叫自己不想。可是他不愿意别人对他提起这件事情。

母亲默默地望着他。她悲痛地想:你为什么要这样固执啊？"不过你总该小心保养身体。"她忍不住又说了一句。她看见他微微地摇头,脸上现出一种无可奈何的表情。她忽然想起来:是我害了他,累了他。她想哭,却极力忍住。"不,是那个女人害他的。"她反抗地想,她竖起眉毛来。

窗下马路上传来哭声和鞭炮声。一个女人哭得很伤心。

"哪个在哭?"他忽然用惊惧的声调问道。

"对面裁缝店里死了人,害霍乱,昨天还是好好的,才一天的工夫就死了。"母亲解释道。

"这样倒也痛快,何必哭。"他想了想,自语道。

"你这两天在外面要当心啊,我知道你不会吃生冷,不过你身体差,总以小心为是。"母亲关切地嘱咐。

"我知道。"他顺口答道。可是他心里想的却是另一件事:人死了是不是还有灵魂存在,是不是还认识生前的亲人?

对这个疑问谁能够给他一个确定的答复呢？他知道这是一个永远得不到回答的问题。以前有人拿这个问题问过他,他还哂笑过那个人。现在他自己有了同样的疑问了！母亲,树生,还有小宣,是不是他们必须全跟他永别?

他不觉又把眼光射在母亲的脸上。多么慈祥的脸。他柔声唤道:"妈。"

"嗯?"母亲也掉过眼光来看他。她看见他不说话便问道:"什么事?"

"我看看你。"他亲热地说。他勉强笑了笑。接着他又说:"小宣后天要回家了,这两个星期里面不晓得他是不是又瘦了?"

"他的体质跟你差不多。他的脸色也不大好看。补药又太贵,不然买点给他吃也好。"母亲说。她注意地看他。她忽然把脸掉开,立刻有两颗眼泪挂在她的眼角。

小宣的回来给这个寂寞的人家添了些温暖,至少也多了一个人讲话。做祖母的关心地询问孙儿半个月中的生活情况,功课、饮食等等全问到了。小宣答得简单,这是一个不喜欢开口的孩子。不过祖母的问话必须得到回答,连寡言的人也得讲一些话。

"你爹这两天常常挂念你,他很想见你。等一阵他回来看见你一定很高兴。"祖母对孙儿说。

"是,"小宣答得这么短,也没有笑。"这孩子怎么变得更老成了!"祖母奇怪地想。她便关心地问:

"你是不是有什么不舒服?"

"没有。"小宣仍旧短短地回答,后来皱着眉头添了一句:"功课总是赶不上。"

"赶不上,也不必着急,慢慢来,横顺你年纪轻得很。"她温和地安慰道。

"不过先生逼得很紧,我害怕不及格留级,对不起家里。"小宣诉苦般地说。

"你这样小,还管什么留级不留级!你身体要紧啊,不要又弄到你父亲那个样子。"祖母痛惜地说。

他,做父亲的他推开门进来了。口里喘着气,脸色灰白,像一张涂满尘垢的糊窗的皮纸。他一直走到书桌前,跌倒似的坐在藤椅上,藤椅摇动几下,它的一只脚已经向外偏斜了。他不说话,紧紧地闭着眼睛,动也不动一下。

祖母向孙儿丢了一个眼色,叫这个孩子不要惊扰刚刚回家来的父亲。她带着恐惧的表情望着他。

过了一会儿,他忽然睁开眼叫了一声:"妈。"声音差不多全哑了。他转动眼珠去找寻她。

她走过去,温柔地问他:"宣,什么事?"

他伸起一只颤抖的手去拉她的手。他的手抓到了她的便紧紧捏住不放。"小宣呢?"他拖长声音说,又用眼光去找寻他的儿子。小宣本来站在他的右边,不过稍稍向后一点,可是他的眼光一直在他的前面移来移去,没有能把小宣找到。

"你快过来! 快来,你爹叫你!"她还以为他已经到了垂危的地步,他在向家人告别,她的声音抖得厉害,她的心抖得更厉害,她用了类似惨叫的声音对小宣说。小宣立刻走到父亲的膝前去。

他用另一只手抓住儿子的手。他注意地看了这个孩子一眼。"你好罢?"他说,他似乎想笑,但是并没有笑,却把眼睛闭上了。两只手仍然紧紧捏住他母亲和他儿子的手。

他母亲流着眼泪,孩子望着他发愣,他们都以为惨痛的事故就要发生了。"完了。"他母亲这样想,眼前开始发黑。唯一的希望是手始终不冷。

"宣。"他的母亲忍不住悲声唤他。他的儿子也跟着悲声叫"爹"。

他睁开眼,勉强笑了笑,他的身子动了。"不要怕,我还不会死。"他说。

他的母亲吐了一口气,紧张的心略微松弛。她忍住泪低声问:"你心里难过?"

他摇摇头,说:"没有什么。"

小宣一直不转睛地望着他。母亲柔声说:"那么你睡下罢。我去给你请医生。"

他松开两只手,摇动一下身子。他用力说:"不要去。妈,我不是病。"

"宣,你不要固执,你怎么能说不是病?"母亲说,"有病不必怕,只要早点医治。"

他又摇头说:"我不害怕。"他伸手在怀里摸索了一会儿,掏出一张弄皱了的信笺来,也不说明这是什么,就递到母亲的手里去。

母亲摊开信笺,低声读出下面的话:

文宣先生:
　　同人皆系靠薪金生活之小职员,平日营养不良,工作过度,身体虚弱,疾病丛生。对先生一类肺病患者,素表同情,未敢歧视。但先生肺病已到第三期,理应告假疗养;纵为生活所迫,不得不按时上班,也当洁身自爱,不与人同桌进食,同杯用茶,以免传布病菌,贻害他人。兹为顾全同人福利起见,请先生退出伙食团,回家用膳。并请即日实行。否则同人当以非常手段对付,勿谓言之不预也。(后面还有六个人的签名和日期)

"他们当面交给你的?"母亲没头没脑地问了一句。

"叫工友送来的;小潘起的稿,同桌七个人就只锺老没有签名。"他答道。停了一下他又说:"话自然也有道理,不过措辞不应该这样,有话可以好说,我也是一个人啊……"他吐不出声音来了,就索性闭了口。

"真岂有此理!连信也写不通的人,居然这样神气!大家同事一两年,难道连一点感情也没有!"母亲气得脸通红,过了半天才颤巍巍地讲出这几句话来,她几下就把信撕得粉碎。

"我说爹不必理他们,看他们怎样对付你!"小宣也居然变了脸色,气愤地说。

"大家都是同事,为什么你不能在公司吃饭?要说害肺病就那么容易传染,怎么这里的人又未见死绝?哪个心虚,才害怕!"母亲的怒气不能平下去,她继续骂着。

他摇摇头,很吃力地吐出一句哑声的话:"其实这还是怪我生了不治的病。"他母亲和他儿子都带着惊疑的表情望着他。过了片刻,他又说:"不能怪他们。他们也怕生这种病。真的,他们染到了这种病又怎么办?……"

母亲气得朝地上吐痰。她打断了他的话:"你这个人真没有办法。自己到了这个地步,还去管他们做什么?要是我,我就叫他们都染到这个病。要苦,大家一齐苦。不让有一个人幸灾乐祸。"

"这对我又有什么好处呢?"他苦笑地说。他的沙哑声使人想到他的喉咙开始在溃烂了。他摇摇晃晃地站起来,自语道:"我吃杯茶。"

母亲连忙扶着他,一面吩咐小宣:"你去给你爹倒杯茶来。"

小宣答应着,很快地就把杯子端了来,里面还在冒热气。他接过杯子看了一眼,愁苦地说了两个字:"开水",然后拿起来咕嘟咕嘟地喝光了。他把杯子交还给小宣,一面小心嘱咐:"小宣,你记住好好用开水把这个杯子洗干净。"他费了大力才把这句话对小宣讲清楚。

"用不着那样洗。我不怕传染,难道我们自己家里人还要写信逼你吗?"母亲痛苦地悲声说。

他看看母亲,又看看小宣,然后说:"不过小宣究竟很年轻啊。"接着他又加一句:"我们汪家就只有他一个男丁……"他慢慢地朝着床走去。"我躺一会儿。"他到了床前,低声自语道;于是他跌下似的倒在床上了。

第二天他照常上班。他那件平价布的长衫前后有几块灰白色印迹。他又流汗、又喘气地上了楼,走到自己的办公桌前,坐下来,打开抽屉,拿出了昨天未看完的校样。

他还不曾开始工作,就觉得精神支持不住。汗不停地出。脑子空空的,不知道自己在做什么。他只得咬紧牙关,定下心来,强迫着自己开始办公。

面前摊开的是一本歌功颂德的大著的校样。他一个字一个字地校对着。作者大言不惭地说中国近年来怎样在进步,在改革,怎样从半殖民地的地位进到成为四强之一的现代国家;人民的生活又怎样在改善,人民的权利又怎样在提高;国民政府又如何顾念到民间的疾苦,人民又如何感激而踊跃地服役,纳税,完粮……"谎话!谎话!"他不断地在心里说,但是他不得不小心地看下去,改正错植的字,拔去一些"钉子"。

这个工作已经是他的体力所不能负担的了。但是他必须咬紧牙关支持着,慢慢地做下去。他随时都有倒在地上的可能。可是他始终用左手托着腮在工作。他常常咳嗽。不过他已经用不着担心他的咳声会惊扰同事们了。他已经咳不出声音来了。自然他会咳出痰来，痰里也带点血。他把痰吐在废纸上，揉成一团，全丢在字纸篓中去。有一次他不小心溅了一点血在校样上，他用一片废纸拭去血迹，他轻轻地揩了一下，不敢用力，害怕弄破纸质不好的校样。他拿开废纸，在那段歌颂人民生活如何改善的字句中间还留着他的血的颜色。"为了你这些谎话，我的血快要流尽了！"他愤怒地想，他几乎要撕碎那张校样，但是他不敢。他凝视着淡淡的血迹，叹了一口气。他终于把这张校样看完翻过去了。

忽然楼下人声嘈杂，好像发生了什么意外事情。有人跑下楼去。接着楼上起了小小的骚动，人们大声在谈论一件事。他却退缩在自己的座位上，眼光定在校样上，整个脑子里响着蟋蟀的叫声。他连动也没有动一下。忽然他听见"锺老"两个字，人们不止一次地讲着"锺老"。他吃惊地抬头看。主任带着严肃的表情在同科长讲话。

"锺老什么事？"他想道，他要站起来，但是他鼓不起勇气。他仍旧坐着不动，像生根在椅子上一样。

接着主任和科长也下楼去了。他用探询的眼光送他们下楼。不久科长一个人走上来。楼下的闹声早已消失了。

"走了。一定是霍乱。幸好借到汽车送去，有二三十里路啊。"他听见科长对人说。

"有人陪去罢？"

"小潘去，他原车回来。等会儿再派个工友去看看他。"科长说。

"小潘！"他惊奇地想道，"他现在怎么又不怕传染呢？他单单欺负我。"他觉得胸部一阵剧痛。

开午饭的时候，他没有下去。主任最后下楼，看见他端坐不动，便问道："你不下去吃饭？"

"我不想吃。"他带窘相地答道。

"你不舒服吗？"

"不。"他连忙站起来摇头说。"他不知道。"他感激地想。

"你打过预防针没有？"

"没有。"他摇头答道。

"你要打才成。锺老已经送进医院去了,一定是霍乱症。"主任关心地嘱咐道。

"是,谢谢你。"他答道。

"你嗓子哑了好几天了,还没有看医生吗?"

"看过,一直在吃药,不过始终不见好。"他埋着头回答。

"你要当心啊,"主任皱皱眉头说,"你身体不好,告一两天假也不要紧。"

"是。"他应道。他抬不起头来。

主任下楼去了。他一个人留在楼上。他忽然想:"主任是不是在暗示要我辞职?"他心里很不好过。本来已经病弱的身体似乎又遭受到一个意外的打击,他快要倒下去爬不起来了。他两手托腮,一个人对着校样纳闷。

"不会的,他对我好像还客气。"他忽然自语道。这个念头减少了他的痛苦和疑虑,他的心稍微舒畅一点。

小潘一直没有消息。下班前一个钟点的光景那个年轻人突然回来了。他先在楼下讲话,后来又上楼来,到主任的房里去了。

"去的时候汽车在路上抛锚,差不多耽搁了两个多钟头。"小潘先说。

"锺老的病怎样?不要紧罢?"主任关心地问。

"那个医院是临时改设的。糟透了。一共只有两个医生,四个护士,二十张病床。现在收了三十几个病人。有的就摆在过道上,地板上,连打盐水针也来不及,大小便满地都是,奇臭不堪。病人还是陆续在送来。全城就只有这么一个时疫医院,而且汽车开不到门口,还要用滑竿抬上去。锺老送到医院,医生来看了病,的确是霍乱。又等了一点多钟,才有人来给他打盐水针。医生护士们实在忙不过来,他们也累得很。看情形非派个工友去照料不可……"小潘兴奋地一口气说了这许多话。

"医生怎么说?既然是霍乱,打了盐水针,总不会有生命危险了。"主任说。

"医生没有说什么,他只是摇头叹气。他好像在说,他不过是个寻常的医生,现在把全城人的性命交给他们两个人照料,他们担不起这个责任。"小潘说。

"好,这样罢,这里明天放一天假,好好打扫一番,也消消毒,免得再传染人。"主任想了想又说。

同事们继续谈论着锺老的事。只有汪文宣一个人把头埋在校样上,不敢插一句嘴。但是锺老的和善而略带滑稽的面颜一直浮现在他的脑际。他有一种如在梦中的感觉。他这一天没有看见锺老,他签到时锺老还不曾来。大概锺老是带病上班的,所以这一天会迟到,而且突然发了病。锺老的病会不会有危险呢?不会罢,锺老昨天还是那么健康,那么结实,跟他一天天在瘦下去的情形完全不同。那么为什么小潘又说得这样可怕呢?他想着。锺老是他在公司里的唯一的友人,锺老又没有在那封信上签名,他不能不想念锺老。

下了班回到家里,他把这个不幸的消息告诉母亲,母亲只叹了两口气,说了两三句同情的话,以后就不再提起锺老的名字了。可是他一晚上都没有睡好。有几只蚊子和苍蝇来搅扰他。老鼠们把他的屋子当做竞走场。窗下街中,人们吵嘴、哭诉、讲笑话、骂街一直闹到夜半。他不断地看见锺老的笑脸、发光的秃顶和发红的鼻子。他一直想着锺老的事。锺老会死?不会死?科学能不能救活那个老人?霍乱对他并不是一个陌生的名词,他十一二岁的时候就见到"麻脚瘟"的"威力"了。

这个夜晚他时睡时醒,老是觉得有一个可怕的重量压在他的胸膛上。他不断地小声呻吟。他梦到锺老死去,甚至全公司的人都死去。他小声哭叫。他的声音只有他自己听得见,所以没有惊醒母亲。

第二天早晨他起身后只觉得头晕,四肢无力。他母亲关心地问他:"宣,你眼睛怎么这样红?昨晚睡得怎样?"

"不好,不晓得醒过多少回。"他答道。

"那么你今天不要出街罢,既然放一天假,你也落得休息一天。"她说。

"我想去看看锺老是不是好了一点。"他沉吟地说。

"你去医院?"母亲惊问道。

"我到公司去,公司里会有消息的。"他解释道。

"今天放假,怎么还会有消息?"母亲不以为然地说。

他看了母亲一眼,也不再说话了。这一天他一直在家里睡觉,他完全照母亲的意思办。可是他心里老是在想锺老的事情。凶呢?吉呢?他几乎要祷告了。留下"他"罢。用科学的力量救活"他"罢!他整天呼吁着。整夜希望着。

他的心一上一下,始终没有安宁。好容易挨到另一天天明,挨到上班时间。他到了公司,一切如旧,只有锺老的座位空着。上楼就坐后,他摊开前天未看完的校样继续校对下去。不久工友送来一张吴科长的字条,要他为这本他正在校对的"名著"写一篇广告辞。

这张字条等于命令,他不能不服从。他想了想,抽出一张信纸,拿起笔,打算试写一两百字。可是写了一句,他就不知道应该写些什么。字句混杂在一起成了一个整块搁在他的脑子里,他不能够把它们一一分开。他的思路停滞了。他拿着笔,不住地在砚台上蘸墨汁,许久写不出一个字。他的额上满是汗珠,整个脸像火烧似的发烫。没有办法,他拿开信笺,又继续看校样。

忽然他听到一声吴科长的咳嗽。他吃了一惊。吴科长是随意咳出来的,他却以为是对他不满的表示。他连忙振作精神,又把那张信纸拿过来,放在面前。"没有关系,随便敷衍几句罢。"他想道,就糊里糊涂地写了一百五六十个字。他自己念一遍。"谎话,完全说谎!"他骂自己。可是他却拿起广告辞,走到吴科长的办公桌前,恭敬地把它递到科长的手里。

"不大妥当,恭维的话太少,"吴科长皱皱眉摇摇头说,"像这样的名著非郑重介绍不可。不然某先生看见会不高兴。"

某先生就是这本书的作者,是一位候补中委和政界的忙人,难道

连书店的广告辞也要注意吗?他不大相信吴科长的话,就顺口说了一句:

"某先生不见得会注意罢。"

"你哪里知道?他们做大官的对什么事情都注意。某先生是文化界出身的,他非常关心文化,著作的兴趣也不亚于从政,他又是我们公司的常务董事。"吴科长板起脸说。

"是,是。"他埋下头答道。

"你拿回去重写过罢。"吴科长说,把广告辞交还给他。

他唯唯地应着,正要转身走开,又听见吴科长吩咐道:

"还有你校对那本书,要特别小心,不能有一个错字,某先生对于书上的错字平日也很注意。"

他厌恶地应了一声,连头也不抬地回到自己的座位上去了。他怨愤地对自己说:"好罢,我来大捧一场。"他又拿起笔,费力地在脑子里找寻了些最高的赞颂词句,胡乱地写到纸上去。"你看,我也会撒谎的。"他痛苦地自语道。好在这些无声的语言不怕被别人听见。

他忽然听见小潘的脚步声。小潘气急色败地跑上楼来,进了主任的小房间,喘息地大声说:"方主任,张海云刚刚打电话来说,锺老一早就死了。他连打几个电话,都打不通。"

他眼前一阵黑,耳朵里全是铃子声。他连忙用双手捧住了头。

二十九

他在公司里就只有锺老这么一个朋友。锺老死去以后,他失去了自己跟公司中间的联系。现在可以说公司跟他完全没有关系了。下班时他仔细地把自己的办公桌收拾清楚。下楼出门时,他还在锺老的座位前站了一会儿。他不知道自己要做什么。后来走出大门,他又用古怪的眼光看了看门口,他觉得自己快要跟这个地方永别了。

事实上他第二天还来,第三天还来,第四天还来,一直到第六天他还来。

那天下午有几个同事约好到锺老的墓地去。他也参加。他们搭长途汽车去,也搭长途汽车回来。他们被人像装沙丁鱼似的塞在车子里面。他几乎连一个站的地方也找不到,他不得不把左脚悬在空中。一路上车子颠簸得厉害,车里闷热,空气坏,他心里很不好过,差一点要在车上呕吐了。

锺老就葬在时疫医院附近斜坡上的一块小地方,坟上土已经干了,还没有长草,只放了一个纸花圈,是用红、白、绿三色土花纸扎成的。上款写"又安先生千古",下款写"一中书局挽"。另外还有一个花圈绑在一个木架子上,高高地立在墓前,上款仍是"又安先生千古",下款却是"弟方永成敬挽",这是主任送的,也是纸扎的花圈。来不及立碑,就让这两个没有香味的花圈一立一躺地陪伴着和善的老人。

"公司就这样办丧事,也太简陋了,一共花不了几个钱。"一个同事说。

"这已经不容易了。要是周主任在这儿,恐怕连这样也办不到。"另一个同事说。

"其实想得开一点,人死了,再怎样,也没有意思。还不如生前待得好一点。"第三个同事插嘴说。

"对,我就是这个意思。公司对我们活着的人也不过如是,何况死人!"第二个说话的人接口说。

没有人跟汪文宣讲话。他们好像都在避开他。他一个人站在一个角里,胆怯地望着他那个朋友的坟头,好像他真害怕他们随时都会把他赶走似的。

泪水使他的眼睛模糊了。他肺痛,喉痛,现在眼睛又痛。他揉眼睛,用力擦眼睛。怎么花圈上写着他的名字:文宣!他定了定神。他看错了,那里明明是"又安"两个字。不,不是他看错。他想到了另一个同样的纸花圈,白纸条的上款的确写着他的名字。他也会躺在这同样的土堆下面。陪伴他的也只有这同样的荒凉的环境。

同事们都走了,他们回到城里去了。他们临走时并不唤他一声。

他一个人立在墓前不时左右观望,他好像不是在拜望一位朋友,他现在是来看他的简陋的新居。

天空里黑云愈积愈厚,四周的景色逐渐阴暗,后来连他也觉察出来了。他不能再留下,便匆匆地赶到长途汽车站去。他并没有跑,但是到了车站,他已经满头大汗,气喘得没有办法。他只等了半点多钟就被人挤上了车子。在车上站了一点又二三十分钟,才到了他住处的附近。本来汽车只走四十多分钟,这次因为半途遇雨,雨太大,车子在中途停了若干时候。

他回到家就力竭地睡倒下来。从这时起他便没有再去公司了。

他整天躺在床上,发着低热,淌着汗,不停地哮喘。他讲话的时候喉咙呼噜呼噜地响。他的胸部、喉咙都痛得厉害。但是他并不常常发出呻吟。他默默地忍受一切。他不让小宣回家。在母亲面前他的话更少了,看见母亲对他流泪时,他常常苦笑。

他完全断了念。可是母亲却不肯放弃这个绝望的战斗。母亲请了西医来给他诊病,西医摇摇头,表示他的病已经不是药物所能治疗的了。她只得又向张伯情求助,张伯情曾经带给她一线希望,可是现在连张伯情也觉得没有治愈的把握了。

他的嗓音终于完全失去,现在他说话连自己也听不见了。他第一次发现这种情形时,他伤心地哭了一场。这所谓哭也不过是眼泪畅流,哭出来他倒觉得心里较为畅快。母亲看见他在哭,过来问他为了什么。他答不出声,只有张开嘴用手指指着喉咙。她明白了他的痛苦。她沉默半天,才怜爱地说:

"宣,你不要难过。……你是个好人……天应该有眼睛……"她的喉咙暂时也哑了。

"妈,我不难过。你怎么相信起天来了!"他想说却说不出来,他只有竭力止了悲,摇摇头,装出了笑容。

"你不要怕,你不会死的。"她说。

"我并不怕,人人都要死;不过留下你一个人受苦,我心里很难过。小宣年纪又太小……"他用力说,但是母亲只听见一点咻声,她

不知道他在说什么,可是那种挣扎的情形使她又害怕又痛苦。她望着他,一面打断了他的话:

"你不要讲话了,你好好休息罢。"她脸上的肌肉在搐动,眼里装满了泪水。

他长长地叹一声,睁大泪眼,用求助的目光看着母亲。

屋子里异常闷热,板壁好像随时会燃烧起来似的。他把盖在身上的一幅平价布床单也揭开了,从破旧汗衣的洞孔中他看见了自己那个只有皮和骨头的黄色胸膛。

这以后母亲为他买了一个铃子。唤人时他用铃子代替他说话;请人做事时他求助于纸笔。这里所谓人,其实就是母亲一个,此外就难得有人到他的屋子里来,除了医生和邮差。但是邮差也不常来,因为小宣难得写信,树生的信也来得少了。树生仍旧按月寄款来。款子已经动用了。过去一直在银行里存"比期"的款子也由母亲陆续取了出来。还是母亲开口向他要了存单以后去取的。现在为了儿子的生命,她什么事都肯做了,只除了先给树生去信。给树生的信都是他自己写的,他不要母亲代笔。他在每封信上都写着:"我还好,我的健康逐渐在恢复,你不要为我担心。"一类的话。给小宣的信,有时他写,有时母亲写,他只叫孩子不要回家(暑假中那个孩子住在同学的家里),好好念书,温习功课。母亲的信里话多一些,但是她也不忍讲出真实的情形,并且她还暗暗地抱着一线希望。

然而跟她的希望相反,真实的情形却逐渐坏下去。他自己清清楚楚地感觉到他的内部一天一天地在腐烂,他的肺和他的咽喉的痛苦一天一天地增加。母亲也看得出他在用缓慢的脚步走向死亡。

但是母亲的心还是不能轻易放弃。她继续给他吃药,给他喝鲜牛奶和鸡汁,她帮他穿衣,伺候他大小便,她为他做着一切连老妈子也不愿意做的事。可是有一天他终于吃力地在纸上写下了这样的话:

"妈,你给我吃点毒药,让我快死。我不能看见你这样受苦。我太痛苦。"

母亲读这张字条的时候,他眼泪汪汪地望着她。

"我不能,我就只有你一个儿子。"她哭着说。

他又写:"我迟早还是要死。"

"你死,我跟你一齐死,我也不要活了!"母亲大声哭着说,她制止不了自己的悲痛。

他放下笔,头疲倦地倒在枕上。

炎热增加他的痛苦。喧哗更像在火上添油。霍乱为这个城市带走了不少的人,这条街上常常有凄惨的哭声。他躺着,成天地躺在床上,仰着,侧着,伏着。他的心静不下来,他从没有能够痛快地睡一刻钟。

他不能够自己穿衣服,也不能够自由地坐起来。每次他给树生写信,总是怀着拼死的决心,忍受极大的痛苦,才能够写下四五行字。"我还好,我的身体可以支持下去。"他永远这样说。

"你何苦啊,我替你写罢。"母亲用了类似哀告的声音说,也没有用,在这件事上他不肯听从母亲的话。要是他不能亲笔写信,那么她知道他一定是病重了。

"为什么不让她知道呢?"

有一天母亲忍不住吐出了这句话。

他迟疑了半天才写出五个字的答语来:

"我愿她幸福。"

母亲想:"她已经是别人的人了,为什么不让她难过一下,让她受点良心的责备呢?""你这傻子。"她温和地责备他。可是她再看一眼纸上歪歪斜斜的字迹,她的心软下来了。她又想,他活在世界上究竟有过什么幸福?他苦了一生,为什么连这样一个小小的愿望她也不肯帮忙实现?他到底是她的亲骨血啊。她默默地望着他那张没有光泽的瘦脸,她的心好像被什么东西绞着似的发痛。她想笑,她想叫。她愿意地板上开一个洞让她跌进地狱里去;她愿意天上丢下一颗炸弹把她这个小小的世界整个毁灭。

这天下午隔壁人家的一个年轻人害霍乱死了。两个女人哭得很

伤心。哭声进了他的房间。他倾听了一阵,忽然写给他母亲:

"妈,我死了,你不要哭啊。"

"你为什么说这种话?"母亲痛苦地问。

"想到你哭,我就死不下去,我心里更苦。"他回答。

"你不会死!你不会死!"母亲流着泪大声说。

最热的气候过去了。屋子里的空气比较好受一点。可是他的病还是照常进行,痛苦也不断地增加。他用了更大的忍耐来对付这个病。有时候忍不住了,他也呻吟,可是连他的痛苦的呻吟也是无声的。

一个晚上母亲拿鸡汤给他喝。她用汤匙喂他。他吞了两口,忽然推开她的手,又微微地摇着头。

"你再吃几口罢,你一天只吃那么少的东西不行啊。"母亲劝道。

他用颤抖的手拿起笔,费力地写了两个字:"喉痛。"

母亲打了一个冷噤。她那只拿着汤匙的手也在打颤。她忍着心痛再劝道:"你忍住痛再吃两口罢,不吃东西怎么行!"她又把汤匙送到他的嘴边。他颤动地张开了口,努力吞下鸡汤,一次两次他的眼珠往上翻,手抓紧了薄被。

"宣。"母亲低声呼唤;他含泪地看她,缓缓地吐了一口气。

母亲咬紧牙关,再把汤匙放进他的嘴里去。他照样痛苦地把汤吞下去了,以后又吞了两次。再一次他就把一汤匙的鸡汤全喷了出来。他无声地呛咳了一阵。母亲连忙放下碗擦揉他的胸膛。

他慢慢地闭上了眼睛。他想睡。可是痛苦使他清醒。他不能呻吟,不能叫唤。他默默地跟痛苦战斗。母亲的手使他感到安慰,他努力把思想集中在母亲的身上,他希望暂时忘记他那个痛苦。

忽然街上响起了鞭炮声。虽然在这个山城里几年来很少听到这样的声音,但是他们并没有心肠注意它。出乎他们的意外,鞭炮声接连地响着,远远近近都在放鞭炮,好像发生了什么大的喜庆事,人声嘈杂,许多人在跑,有人大声唱歌,有人笑着讲话。

"什么事？"他想道，母亲却说了出来。

"日本投降啰！日本投降啰！"孩子的声音在街上叫着，年轻人的声音响应着。

他吃了一惊。母亲忘了一切地大声问他："宣，你听见没有？说是日本投降啰！"

他摇摇头，他还不相信。可是外面鞭炮声响得更密了。

人们像潮涌似的走过窗下的街心。

"大概是真的，不然不会这样！"母亲兴奋地说。

他还是在摇头。这个消息来得太突然了！

"合众社电报：日本政府向中美英苏四国无条件投降！"有人在街上大声报告。

"你听，这还不是真的吗？日本投降了！抗战胜利了！我们不再吃苦了！"她歇斯特里地高声叫道。她一边笑，一边流眼泪，她好像忘记自己是在一间黑暗的屋子里，床前一根板凳上放着一支蜡烛，烛光抖得厉害，烛芯偏垂在一边，烛油从一个小缺口流下来。

他睁大眼睛呆呆地望着母亲，仿佛不懂母亲的意思。突然他迸出了眼泪。他想笑，又想哭。但是很快地他又冷静下来。他吐了一口长气。他想：你完了，我也完了。

"号外！号外！日本人投降！"报贩大声叫着跑过窗下。

母亲拉着他的手，温和地带笑问他："宣，你高兴吗？胜利啰！胜利啰！"

他用颤抖的手捏着笔，吃力地在纸上写着：

"我可以瞑目死去。"

母亲看见这些歪斜的字，她忘记了一切，又哭又笑地叫起来："宣，你不会死！你不会死！胜利了，就不应该再有人死了！"

她的泪水畅快地流下来，她紧紧捏住儿子的手，不知道心里是喜是悲。

三十

母亲的那个愿望并没有实现。在她说了那些话以后,某一天的夜晚,她坐在床沿上,守着她的儿子。电灯光还是半明半暗的,旁边一根板凳上放着满满一小饭碗的鸡汤,碗里有一根汤匙。

"宣,你吃两口罢。"她说。

他翻了翻白眼,微微动一动身子,手挥舞一下,也不去拿笔。他不回答。

"宣,你两天不吃东西了,忍着痛吃一点罢。"她哀求地大声说。

他慢慢地动一下头。他张开嘴,又伸起手,很费力地放到嘴边,抓住下嘴唇。然后他又松开手,把手指伸进口里去,像是要抓舌头。

"宣,你难过吗?你忍耐点罢。"她捏紧他的另一只手悲痛地说。

他点点头,把手从嘴里拿出来,就放在喉咙上。他眼里含着泪,望着他母亲。

"你不要难过,你不会死的。"她安慰道。

他那五根手指不停地在喉咙上擦揉,动作仍然迟缓而且手指僵硬。他忽然把胸膛向上挺了一下。

"宣,你要什么?"母亲问。

他不回答。过了半天,他那五根好像僵硬了的手指忽然狂乱地抓他的喉咙。身子颤抖着,床板发出响声。

"宣,你忍耐点。"母亲说。她放开了他的左手,站起来,又把他的右手从他的喉咙上拉开。但是过了两三分钟他的右手又放到那个地方了。他大大地张开嘴,用力咻着。他的眼睛翻白。他的手指在喉咙上乱抓。五根手指都长着长指甲,它们在他的喉咙上划了几条血痕。

"宣,你忍耐点,这样是不行的,你不能这样啊!"母亲悲痛地求他。他的眼光慢慢地移到她的脸上。他的眼光说着话:我痛得厉害。他的身子在床上摇摆,颤抖。

"宣,你痛得厉害吗?"她又问。

他点点头。他把右手从喉咙上取了下来。手指头在空中乱抓,她不知道他要什么。

"宣,你要什么?"她问。

他的眼光慢慢地移到枕旁那支铅笔上。

"你有话要说,要笔吗?"她一面问,一面把铅笔拿起来递到他的手里。他似乎要抢过笔来,可是他的手指颤得厉害,他接过笔时,差一点把它落在被上。

母亲递了一本书给他。"你就写在书后面罢。"她说。

他一只手拿笔,一只手拿书,很费力地在书的封底上写了一个"痛"字。其实只有七分像字,笔划写够了,却安排得不匀整。

母亲看到这个字,眼泪又迸出来了。"宣,你忍耐点罢。等到小宣把张伯情请来就好了。"她虽然在安慰他,可是说完话就背过脸低声哭起来。

他的神志清醒。他锐敏地感到痛,感到自己的衰弱。他知道他的身体组织的各部分逐渐在死亡,而且就要到了最后的关头。他这时候强烈地感觉到对于生命的依恋,对于死亡的恐惧。他也看见自己所带给母亲的痛苦。他看见母亲哭着走到窗前去。他能够做什么呢?哪怕就说一句话,留下几句遗言也好。"我做过了什么错事呢?我一个安分的老好人!为什么我该受这惩罚?还有她,我母亲,我死了,她一个人怎样生活?拿什么生活?小宣又怎样活下去?他们又做过什么坏事呢?"他装满了一肚皮的怨气,他想叫,想嚷。但是他没有声音。没有人听得见他的话。他要求"公平"。他能够在哪里找到"公平"呢?他不能够喊出他的悲愤。他必须沉默地死去。

街上有一对夫妇在吵架,女的在哭在叫,男的在打在骂,还有第三个人在劝解。另外有一个人唱着川戏从窗下走过。

"为什么他们都应该活,而我必须死去,并且这么痛苦地死去?"他又想。"我要活!"他无声地叫道。

母亲掉回脸来看他。她的眼睛红肿,脸色惨白,她好像随时都会病倒似的。

"她也太辛苦了。"他痛苦地想。他把头一动。忽然一阵剧痛袭来,喉咙和肺一齐痛,痛得他忍耐不住。他两只手乱抓。他张开嘴叫,没有声音。他拼命把嘴张大,还是叫不出声音来。他满头是汗,他觉得两只手被人捏住,母亲的声音在说着什么。……但是他痛得晕过去了。

他又被母亲的哭唤声惊醒。他躺在床上,满身冷汗,裤子给小便打湿了。他抓紧母亲的手,呆呆地望着那张亲爱的脸。痛苦稍微减轻了一些。他想对母亲笑,但是眼泪不由他控制地流出来。

"你醒过来了,以后不要紧了。"母亲嘘了一口气,亲热地说,她的眼角和两颊都还有泪痕。

他不以为然地摇摇头。

小宣从外面走进屋子。他一进门就说,"婆,张伯情在打摆子,不能来。"

母亲愣了一下。完了!她的心上挨了一下石子。她问道:"你怎么去了这么久?"

"大街上人多得很,明天庆祝胜利,到处都在准备,我走错路,到张家又耽搁了好一阵,"小宣答道。他又加一句解释:"今晚上很热闹,到处扎好了灯彩。"

"你肚子饿不饿?你身上还剩得有钱,你出去吃两碗面罢。我今天下午没有煮饭,上午有点剩饭我炒来吃了。你快去吃罢。"她又说。

"好。"小宣应道。

这一番对话他全听进去了。"他们在庆祝。"他想道;他愿意为他们笑一笑,可是痛苦阻止了他。"胜利会不会给他们带来解救呢?"他又想,第二个"他们"指的是母亲和小宣。可是痛苦又阻止了他。他被痛苦占有了。痛苦第一。痛苦逐渐增加,不停地增加,痛苦赶走了别的思想。痛苦使他忘记了一切。他只记得忍受痛,或者逃避痛。一场绝望的战斗又在进行。他失败了。但是他不得不继续作战。他无声地哀叫着:"让我死罢,我受不了这种痛苦。"

然而他的亲爱的人,他母亲和他儿子不能了解这种无声的语言。他们不会帮忙他解除这种痛苦。

痛苦继续着,而且不停地增加。

九月三日,胜利日,欢笑日,也没有给这个房间带来什么变化。在大街上人们带着笑脸欢迎胜利游行的行列。飞机在空中表演,并且散布庆祝的传单。然而在汪文宣的屋子里却只有痛苦和哭泣。

他这一天晕过去三次,而又醒了转来。他觉得已经到了一个人所能忍受的痛苦的顶点了,他愿意"死"马上来带走他。可是他仍旧活着。母亲和小宣一直守在床前。他眼泪汪汪地望着他们。他只求他们帮助他早一刻死亡。

他的生命一分钟一分钟地慢慢死去。他的脑子一直是清醒的,虽然不能多用思想。在这些最后的时刻里,他始终不肯把眼光从母亲和小宣的脸上掉开。后来他们的面影渐渐地模糊起来,他仿佛又看见了第三个人的脸,那自然是树生的,他并没有忘记她。但是甚至这三个人的面颜也不能减轻他的痛苦。他一直痛到最后一刻。一口气吊着,他许久死不下去。母亲和小宣每人捏紧他的一只手,望着他咽气。

最后他断气时,眼睛半睁着,眼珠往上翻,口张开,好像还在向谁要求"公平"。这是在夜晚八点钟光景,街头锣鼓喧天,人们正在庆祝胜利,用花炮烧龙灯。

尾　　声

将近两个月以后的一个夜晚,在山城里说是因为修理锅炉全市停电。早晨下过一阵雨,下半天气候骤然转寒,冷风一阵一阵地吹过市空,赶走了摊头的顾客。电石灯的臭味随着风四处飘送,火光孤寂地打着寒颤。

一辆人力车经过阴暗、寒冷、荒凉的市街,到了一所大楼的门前。

从车上走下来一个装束入时的女人。她夹着手提包走进弹簧门去。她用手电光照路,走过了黑洞似的过道,上了二楼,又走上三楼。

在一间屋子的门前她站住了。她的心跳得厉害。她兴奋地敲着房门。

没有应声。她看见房内有亮,门上没有锁,心里想屋子里不会没有人,也许他们睡着了,她便用力再敲两下。

"哪个?"屋子里一个女人的声音问道。这个声音似乎是她熟悉的,但是她又说不出是谁的声音。

"我。"她顺口答应了一个字。

门开了,射出一道微光。她瞥见方桌上燃着一支蜡烛。开门的也是一个女人,脸背着光,她认不清楚是谁的脸孔。

"找哪个?"开门人惊讶地问。

"请问汪家是不是住在这儿?"叩门人更惊讶地问。

"这儿没有姓汪的。"开门人回答。

"以前不是汪家住在这儿吗? 明明是这一间屋,家具也是。"叩门人说,她的惊奇更大了。

"啊,你是汪太太! 请进来坐! 今天停电,我没有看清楚。"开门人笑着说,她闪开身子,把叩门人让了进去。

"方太太,你们不是在二楼住吗? 几时搬上来的?"叩门人想起开门人原来是住在二楼的方太太,毕竟遇到了一个熟人,她稍微心安一点。房间里的陈设没有多大的改变,就是四壁白了许多,看起来顺眼些。

"就是这个月月半。"方太太回答。"汪太太,啊,我不晓得现在要怎样叫你才好,你不是在兰州吗? 几时回来的?"

"今天刚到的,方太太,我还是从前那样。"树生红了脸说。接着她声音发颤地问:"方太太,他们搬到哪儿去了? 我说文宣他们。"

"你说汪先生吗? 你还不晓得?"方太太惊问道。

"我的确不晓得。我两个月没有接到他们的信了。"树生不安地说。

"汪先生不在了。"方太太低声说。

"他不在了？什么时候？"树生身子一动，变了脸色，惊叫道。

"就在上个月庆祝胜利那一天。"方太太说。树生的身子猛然抖了一下。"老太太带小少爷走了。我们这间房子就是老太太让给我们的，家具也是她让的，我们出了一点钱。"

树生好像让人迎头浇了一桶冷水似的，她全身发冷，脸色惨白。她呆了半天才吐出一句问话："他们搬到哪儿去了？"她连忙伸手擦揉眼睛，一面把脸掉开。

"我也不晓得。我问过老太太，她说是先搬到一个亲戚家去住几天，又说要去昆明，又好像听她说在托什么人买船票。"方太太一边想，一边答道，她的声音平淡，好像她对自己的话并没有把握似的。

"去昆明也用不着买船票，他们在这个地方并没有亲戚。"树生怀疑地说，"不晓得他们到哪儿去了？"

"老太太是这样说的，"方太太说，"不过我想他们到昆明去的成分居多。他们搬走以前，差不多把东西都卖光了，就在这个门口摆地摊卖了的。啊，汪太太，你坐了半天，我还没有倒茶。"她抱歉似的说，就站起来，走向一个茶几，那里放着热水瓶、茶壶和茶杯。

"方太太，你不要客气，我不渴。"树生连忙欠身阻止道。"我请问你，你知道我们文宣临死的情形吗？他现在葬在哪里？"

"汪太太，你不要难过，你歇歇，先吃杯茶罢。"方太太温和地说，端了一杯茶放在树生的面前。

"谢谢你，请你告诉我他临死的情形。我在兰州还以为他的病渐渐好起来了。他每封信都说他身体不坏。请你告诉我，我不怕，你说真话罢。"

"其实我不晓得。我实在不晓得。汪先生生病的时候我只去看过老太太一次。我只晓得他声音哑了，睡了不到两个多月就死了。我那次看见他睡在床上，说不出话，瘦得可怜——"方太太用了一种类似悒郁的声调说。

"他葬在哪儿？我要去看他！"树生忘了一切地打岔道。她感到一阵剧烈的心痛，她后悔，她真想立刻就到他的墓地去。

"我不晓得。我听说汪先生临死身边没有什么钱，尸首搁在房里,什么东西都没有预备。也亏得老太太,她跑了两个整天,才弄到一点钱,买了棺材装好抬出去葬了。我不晓得汪先生葬在哪儿。我问过老太太,她也不说。老太太也真苦,这两个多月她瘦得多,头发全白了。"方太太一面说,一面用同情的眼光看她。

树生一边听,一边咬嘴唇。她的鼻头酸痛,心跳得厉害,悔恨的情感扭绞着她的心。眼泪顺着脸颊流下来。她还竭力控制自己。"那么隔壁邻舍总有人知道他葬在哪里罢?他不能够就这样失踪的。公司里一定有人知道,至少锺先生总晓得。"她像同谁争论般地说。她不知道锺老已经不在这个世界上了。

"这儿的人都不晓得。棺材是大清早抬出去的。没有人跟去送葬。老太太也没有通知我们。不过汪先生公司里总有人晓得。"方太太好心地说,她很愿意给这位客人帮忙,可是自己也知道没有办法。

"我明天到公司去打听明白。"树生失望地说。她埋下头用手帕揩泪痕。她又问:"老太太他们哪天搬出去的?"

"我记得是十二。她头天搬走,我们第二天粉刷墙壁,第四天就搬进来。楼下那一间,我们先生拿来做会客、办公、讲生意用。啊,汪太太,还没有问你住在哪儿?"方太太关心地问。

"我暂时住在……朋友家里……我过几天就要回去。"树生迟疑地说。

"那么你还去不去找老太太他们?"方太太继续问道。

婴孩的哭声突然从小屋里传来。方太太不等客人回答马上站起来,着急地说:"我女儿醒了,你请坐一下罢。"她忙忙慌慌地走进小屋里面去了。

树生免去了回答一个难题的痛苦。她仍旧坐着,一个人伴着一支蜡烛。她忽然起了一种似在梦中的感觉。这是她自己住过的屋子,自己用过的家具:方桌、书桌、小书架、碗橱、床……"一切都是她熟习的,虽然破的修理好了,旧的弄干净了,墙壁刷得白白的。可是她坐在她坐了几年的凳子上,现在却变成了一个陌生人,一个生客。甚至在那一切熟悉的东西上面她也找不到过去的痕迹了。同样燃着一支蜡烛,可是现在却比从前亮了许多。不到一年的工夫,一切都改变了。他死了,母亲和孩子走了。他葬在哪里?他们去到哪里?她不知道。为什么不让她知道?她还有什么办法知道?别人的孩子在她的屋子里哭。多么新奇的声音!现在那个年轻的母亲在小屋里抱着小孩走来走去,唱催眠曲。她从前也这样做过的。那是十几年前的事了,为了小宣。可是现在她的小宣又在哪儿呢?那个孩子,他并不依恋她,她也没有对他充分地表示过母爱。她忽略了他。现在她要永远失掉他了。她就只有这么一个孩子啊!方太太还不出来,婴孩仍旧不时地哭叫,方太太有耐心地继续唱催眠曲,一面走一面拍拍孩子。那个女人似乎忘了她的存在,只顾着孩子,就忘记了客人,让她冷清清地坐在外屋里,被回忆包围、折磨。她忽然想起了楼梯口的一幕。他们在黑暗中握手。她含着眼泪扑到他的身上去吻他。"我要你保重!为什么病到那样还不让我知道呢?"她痛苦地想道。"只要对你有好处,我可以回来,我并没有做过对不起你的事情。"她今天下飞机的时候,还这样想过。她可以坦白地对他说这种话。然而现在太迟了。她不敢想象他临死的情形。太迟了,太迟了。她为了自己的幸福,却帮忙毁了别一个人的……她想着,想着,她突然站起来,她为什么还要留在这里?她再受不了这个房间和这些家具,每件东西都在叙说他和她的故事,每件东西都在刺痛她。她甚至受不了那个年轻母亲的催眠歌。歌声使她想起她自己也曾经做过母亲,给她唤起她久已埋葬了的回忆。她应该走了。

"方太太,我走了,你不要出来。"她大声说,便拿起手提包朝房门外走。

方太太抱着婴孩赶出来,诚恳地叫道:

"汪太太,你再坐一会儿。还早嘛!"树生停了脚步回过头来。

"我走了,谢谢你。"树生说。

"慢走啊。"方太太柔声说,接着又加一句:"你还再来罢。"

"谢谢你,我不来了。"树生摇摇头说。这次她不曾流泪,可是她觉得比流了泪还更痛苦。

"那么你等等,我拿蜡烛来送你,外面很黑。"方太太殷勤地说,她一只手抱婴孩,一只手拿起了烛台。

"方太太,你请留步。我有电筒,看得见,这个地方我住惯了的。"树生客气地说,就急急往门外廊上走去。

"汪太太! 等等,等等啊! 我送你到楼梯口。"方太太大声唤道。接着她又在抱怨:"真讨厌,现在还停电。胜利了两个多月,什么事都没有变好,有的反而更坏。"

树生已经走到了楼梯口。她回过头,朝着方太太打了一下手电,大声说:"方太太,请回去,我走啰!"她也不等回答,就急急走下楼去了。的确这是她走惯了的地方,走起来并不费力。

她刚走出大门,迎面一股寒风使她打了一个冷噤。"怎么才阳历十月底,夜里就这样冷!"她想道,她觉得身上那件秋大衣不够暖了。门前连一辆车子也看不见。她回头看了看大门和那盏闭着眼睛似的门灯,她轻轻叹了一口气。她不知道现在到什么地方去好。她心里空虚得很。她只想找个地方关上门大哭一场。但是没有办法。她只好慢慢地在人行道上走着。

"小姐,我们是从桂林逃难来的,东西都丢光了……"突然从黑暗里闪出一个黑影,一下子就跑到她的身边,一只枯瘦的手伸到她的面前,使她大吃一惊。她仔细一看,说话的是一个老太婆。

她打开手提包,拿出一张钞票递到那只黑手上。

"小姐,谢谢啊。"老太婆说,又把身子缩进黑暗里去了。

她摇了摇头,又继续往前面走。于是她看见了亮光。

"相因卖,相因卖,五百块钱……三百块钱……两百块钱……"

电石灯的臭味随着寒风扑上她的鼻端。从那些带笑的嘴唇里发出哀叫似的声音。一个年轻女人坐在矮凳上,怀里抱一个睡着的婴孩,正在用沉滞的目光望着面前一堆卖不出去的东西。

她又打一个冷噤。"夜真冷啊!"她想道,"人家也是母亲啊。"她又想。她在那个地摊前站了片刻,她用同情的眼光看那个女人和怀里的孩子。"我总要找到小宣,"她在心里说。她又看看眼前的母亲和孩子,"他们也摆过这样的地摊,"她再想道,这个"他们"不用说是指老太太和小宣,她心里更加难受了。

"你哪天走?"旁边有人在讲话。

"走不了。船票哪有我们老百姓的份!"另一个人说。

"想办法罢,当黄鱼总行!"

"现在是官复员,不是老百姓复员。我有个亲戚买不到票当黄鱼,上了船给人抓下来了。白出了船钱。"

"你还好,走不了,在四川多住几个月也不愁没饭吃。我下个月再走不了,就要饿饭了。东西快卖尽吃光了。原先以为一胜利就可以回家。"

"胜利是他们胜利,不是我们胜利。我们没有发过国难财,却倒了胜利霉。早知道,那天真不该参加胜利游行。……"

她又打了一个冷噤。她好像突然落进了冰窖里似的,浑身发冷。她茫然四顾,她觉得眼前的一切都是假的,她好像在做梦。昨天这个时候她还在另一个城市的热闹酒楼上吃饭,听一个男人的奉承话。今天她却立在寒夜的地摊前,听这些陌生人的诉苦。她为着什么回来?现在又怀着怎样的心情走出那间屋子?……以后又该怎样?……她等待着明天。

死的死了,走的走了。就是到了明天,她至多也不过找到一个人的坟墓。可是她能够找回她的小宣吗?她能够改变眼前的一切吗?她应该怎样办呢?走遍天涯地角去作那明知无益的找寻吗?还是回到兰州去答应另一个男人的要求呢?

她只有两个星期的假期。她应该在这两个星期内决定自己的事情。……至少她还有十二三天的工夫,而且事情又是不难决定的。为什么她必须站在地摊前忍受寒风的吹打呢?

"我会有时间来决定的。"她终于这样对自己说。她走开了。她走得慢,然而脚步相当稳。只是走在这条阴暗的街上,她忽然起了一种奇怪的感觉,她不时掉头朝街的两旁看,她担心那些摇颤的电石灯光会被寒风吹灭。夜的确太冷了。她需要温暖。

一九四六年十二月三十一日写完

随笔编

随想录

怀念萧珊

一

今天是萧珊逝世的六周年纪念日。六年前的光景还非常鲜明地出现在我的眼前。那一天我从火葬场回到家中,一切都是乱糟糟的,过了两三天我渐渐地安静下来了,一个人坐在书桌前,想写一篇纪念她的文章。在五十年前我就有了这样一种习惯:有感情无处倾吐时我经常求助于纸笔。可是一九七二年八月里那几天,我每天坐三四个小时望着面前摊开的稿纸,却写不出一句话。我痛苦地想,难道给关了几年的"牛棚",真的就变成"牛"了?头上仿佛压了一块大石头,思想好像冻结了一样。我索性放下笔,什么也不写了。

六年过去了。林彪、"四人帮"及其爪牙们的确把我搞得很"狼狈",但我还是活下来了,而且偏偏活得比较健康,脑子也并不糊涂,有时还可以写一两篇文章。最近我经常去火葬场,参加老朋友们的骨灰安放仪式。在大厅里,我想起许多事情。同样地奏着哀乐,我的思想却从挤满了人的大厅转到只有二三十个人的中厅里去了,我们正在用哭声向萧珊的遗体告别。我记起了《家》里面觉新说过的一句话:"好像珏死了,也是一个不祥的鬼。"四十七年前我写这句话的时候,怎么想得到我是在写自己!我没有流眼泪,可是我觉得有无数锋利的指甲在搔我的心。我站在死者遗体旁边,望着那张惨白色的脸,那两片咽下千言万语的嘴唇,我咬紧牙齿,在心里唤着死者的名字。我想,我比她大十三岁,为什么不让我先死?我想,这是多么不公平!她究竟犯了什么罪?她也给关进"牛棚",挂上"牛鬼蛇神"的小纸牌,还扫过马路。究竟为什么?理由很简单,她是我的妻子。她患了病,得不到治疗,也因为她是我的妻子。想尽办法一直到逝世前三个星期,靠开后门她才住进医院。但是癌细胞已经扩散,肠癌变成了肝癌。

她不想死,她要活,她愿意改造思想,她愿意看到社会主义建成。这个愿望总不能说是痴心妄想吧。她本来可以活下去,倘使她不是"黑老K"的"臭婆娘"。一句话,是我连累了她,是我害了她。

在我靠边的几年中间,我所受到的精神折磨她也同样受到。但是我并未挨过打,她却挨了"北京来的红卫兵"的铜头皮带,留在她左眼上的黑圈好几天以后才褪尽。她挨打只是为了保护我,她看见那些年轻人深夜闯进来,害怕他们把我揪走,便溜出大门,到对面派出所去,请民警同志出来干预。那里只有一个人值班,不敢管。当着民警的面,她被他们用铜头皮带狠狠抽了一下,给押了回来,同我一起关在马桶间里。

她不仅分担了我的痛苦,还给了我不少的安慰和鼓励。在"四害"横行的时候,我在原单位(中国作家协会上海分会)给人当做"罪人"和"贱民"看待,日子十分难过,有时到晚上九十点钟才能回家。我进了门看到她的面容,满脑子的乌云都消散。我有什么委屈、牢骚,都可以向她尽情倾吐。有一个时期我和她每晚临睡前要服两粒眠尔通才能够闭眼,可是天刚刚发白就都醒了。我唤她,她也唤我。我诉苦般地说:"日子难过啊!"她也用同样的声音回答:"日子难过啊!"但是她马上加一句:"要坚持下去。"或者再加一句:"坚持就是胜利。"我说"日子难过",因为在那一段时间里,我每天在"牛棚"里面劳动、学习、写交代、写检查、写思想汇报。任何人都可以责骂我、教训我、指挥我。从外地到"作协分会"来串连的人可以随意点名叫我出去"示众",还要自报罪行。上下班不限时间,由管理"牛棚"的

"监督组"随意决定。任何人都可以闯进我家里来,高兴拿什么就拿走什么。这个时候大规模的群众性批斗和电视批斗大会还没有开始,但已经越来越逼近了。

她说"日子难过",因为她给两次揪到机关,靠边劳动,后来也常常参加陪斗。在淮海中路"大批判专栏"上张贴着批判我的罪行的大字报,我一家人的名字都给写出来"示众",不用说"臭婆娘"的大名占着显著的地位。这些文字像虫子一样咬痛她的心。她让上海戏剧学院"狂妄派"学生突然袭击、揪到"作协分会"去的时候,在我家大门上还贴了一张揭露她的所谓罪行的大字报。幸好当天夜里我儿子把它撕毁。否则这一张大字报就会要了她的命!

人们的白眼,人们的冷嘲热骂蚕食着她的身心。我看出来她的健康逐渐遭到损害。表面上的平静是虚假的。内心的痛苦像一锅煮沸的水,她怎么能遮盖住!怎么能使它平静!她不断地给我安慰,对我表示信任,替我感到不平。然而她看到我的问题一天天地变得严重,上面对我的压力一天天地增加,她又非常担心。有时同我一起上班或者下班,走近巨鹿路口,快到"作协分会",或者走近湖南路口,快到我们家,她总是抬不起头。我理解她,同情她,也非常担心她经受不起沉重的打击。我记得有一天到了平常下班的时间,我们没有受到留难,回到家里她比较高兴,到厨房去烧菜。我翻看当天的报纸,在第三版上看到当时做了"作协分会"的"头头"的两个工人作家写的文章《彻底揭露巴金的反革命真面目》。真是当头一棒!我看了两三行,连忙把报纸藏起来,我害怕让她看见。她端着烧好的菜出来,脸上还带笑容,吃饭时她有说有笑。饭后她要看报,我企图把她的注意力引到别处。但是没有用,她找到了报纸。她的笑容一下子完全消失。这一夜她再没有讲话,早早地进了房间。我后来发现她躺在床上小声哭着。一个安静的夜晚给破坏了。今天回想当时的情景,她那张满是泪痕的脸还在我的眼前。我多么愿意让她的泪痕消失,笑容在她那憔悴的脸上重现,即使减少我几年的生命来换取我们家庭生活中一个宁静的夜晚,我也心甘情愿!

二

我听周信芳同志的媳妇说,周的夫人在逝世前经常被打手们拉出去当做皮球推来推去,打得遍体鳞伤。有人劝她躲开,她说:"我躲开,他们就要这样对付周先生了。"萧珊并未受到这种新式体罚。可是她在精神上给别人当皮球打来打去。她也有这样的想法:她多受一点精神折磨,可以减轻对我的压力。其实这是她一片痴心,结果只苦了她自己。我看见她一天天地憔悴下去,我看见她的生命之火逐渐熄灭,我多么痛心。我劝她,安慰她,我想拉住她,一点也没有用。

她常常问我:"你的问题什么时候才解决呢?"我苦笑着说:"总有一天会解决的。"她叹口气说:"我恐怕等不到那个时候了。"后来她病倒了,有人劝她打电话找我回家,她不知从哪里得来的消息,她说:"他在写检查,不要打岔他。他的问题大概可以解决了。"等到我从五·七干校回家休假,她已经不能起床。她还问我检查写得怎样,问题是否可以解决。我当时的确在写检查,而且已经写了好几次了。他们要我写,只是为了消耗我的生命。但她怎么能理解呢?

这时离她逝世不过两个多月,癌细胞已经扩散,可是我们不知道,想找医生给她认真检查一次,也毫无办法。平日去医院挂号看门诊,等了许久才见到医生或者实习医生,随便给开个药方就算解决问题。只有在发烧到摄氏三十九度才有资格挂急诊号,或者还可以在病人拥挤的观察室里待上一天半天。当时去医院看病找交通工具也很困难,常常是我女婿借了自行车来,让她坐在车上,他慢慢地推着走。有一次她雇到小三轮车去看病,看好门诊回家雇不到车了,只好同陪她看病的朋友一起慢慢地走回来,走走停停,走到街口,她快要倒下了,只得请求行人到我们家通知。她一个表侄正好来探病,就由他去把她背了回家。她希望拍一张 X 光片子查一查肠子有什么病,但是办不到。后来靠了她一位亲戚帮忙开后门两次拍片,才查出她患肠癌。以后又靠朋友设法开后门住进了医院。她自己还很高兴,以为得救了。只有她一个人不知真实的病情,她在医院里只活了三个星期。

我休假回家假期满了,我又请过两次假,留在家里照料病人。最多也不到一个月。我看见她病情日趋严重,实在不愿意把她丢开不管,我要求延长假期的时候,我们那个单位的一个"工宣队"头头逼着我第二天就回干校去。我回到家里,她问起来,我无法隐瞒。她叹了一口气,说:"你放心去吧。"她把脸掉过去,不让我看她。我女儿、女婿看到这种情景,自告奋勇跑到巨鹿路向那位"工宣队"头头解释,希望同意我在市区多留些日子照料病人。可是那个头头"执法如山",还说:他不是医生,留在家里,有什么用!"留在家里对他改造不利!"他们气愤地回到家中,只说机关不同意,后来才对我传达了这句"名言"。我还能讲什么呢?明天回干校去!

整个晚上她睡不好,我更睡不好。出乎意外,第二天一早我那个插队落户的儿子在我们房间里出现了,他是昨天半夜里到的。他得到家信,请假回家看母亲,却没有想到母亲病成这样。我见了他一面,把他母亲交给他,就回干校去了。

在车上我的情绪很不好。我实在想不通为什么会有这样的事情。我在干校待了五天,无法同家里通消息。我已经猜到她的病不轻了。可是人们不让我过问她的事情。这五天是多么难熬的日子!到第五天晚上在干校的造反派头头通知我们全体第二天一早回市区开会。这样我才又回到了家,见到我的爱人。靠了朋友帮忙,她可以住进中山医院肝癌病房,一切都准备好,她第二天就要住院了。她多么希望住院前见我一面,我终于回来了。连我也没有想到她的病情发展得这么快。我们见了面,我一句话也讲不出来。她说了一句:"我到底住院了。"我答说:"你安心治疗吧。"她父亲也来看她,老人家双目失明,去医院探病有困难,可能是来同他的女儿告别了。

我吃过中饭,就去参加给别人戴上反革命帽子的大会,受批判、戴帽子的人不止一个,其中有一个我的熟人王若望同志①他过去也

---

① 王若望同志在一九五七年被错划为右派(一九六二年摘帽),最近已经改正,恢复名誉。

是作家,不过比我年轻。我们一起在"牛棚"里关过一个时期,他的罪名是"摘帽右派"。他不服,不听话,他贴出大字报,声明"自己解放自己",因此罪名越搞越大,给捉去关了一个时期不算,还戴上了反革命的帽子监督劳动。在会场里我一直像在做怪梦。开完会回家,见到萧珊我感到格外亲切,仿佛重回人间。可是她不舒服,不想讲话,偶尔讲一句半句。我还记得她讲了两次:"我看不到了。"我连声问她看不到什么?她后来才说:"看不到你解放了。"我还能再讲什么呢?

我儿子在旁边,垂头丧气,精神不好,晚饭只吃了半碗,像是患感冒。她忽然指着他小声说:"他怎么办呢?"他当时在安徽山区农村已经待了三年半,政治上没有人管,生活上不能养活自己,而且因为是我的儿子,给剥夺了好些公民权利。他先学会沉默,后来又学会抽烟。我怀着内疚的心情看着他。我后悔当初不该写小说,更不该生儿育女。我还记得前两年在痛苦难熬的时候她对我说:"孩子们说爸爸做了坏事,害了我们大家。"这好像用刀子在割我身上的肉。我没有出声,我把泪水全吞在肚里。她睡了一觉醒过来忽然问我:"你明天不去了?"我说:"不去了。"就是那个"工宣队"头头今天通知我不用再去干校就留在市区。他还问我:"你知道萧珊是什么病?"我答说:"知道。"其实家里瞒住我,不给我知道真相,我还是从他这句问话里猜到的。

三

第二天早晨她动身去医院,一个朋友和我女儿、女婿陪她去。她穿好衣服等候车来。她显得急躁,又有些留恋,东张张西望望,她也许在想是不是能再看到这里的一切。我送走她,心上反而加了一块大石头。

将近二十天里,我每天去医院陪伴她大半天。我照料她,我坐在病床前守着她,同她短短地谈几句话。她的病情恶化,一天天衰弱下去,肚子却一天天大起来,行动越来越不方便。当时病房里没有人照料,生活方面除饮食外一切都必须自理。后来听同病房的人称赞她

"坚强",说她每天早晚都默默地挣扎着下了床,走到厕所。医生对我们谈起,病人的身体经不住手术,最怕的是她的肠子堵塞,要是不堵塞,还可以拖延一个时期。她住院后的半个月是一九六六年八月以来我既感痛苦又感到幸福的一段时间,是我和她在一起度过的最后的平静的时刻,我今天还不能将它忘记。但是半个月以后,她的病情又有了发展,一天吃中饭的时候,医生通知我儿子找我去谈话。他告诉我:病人的肠子给堵住了,必须开刀。开刀不一定有把握,也许中途出毛病。但是不开刀,后果更不堪设想。他要我决定,并且要我劝她同意。我做了决定,就去病房对她解释。我讲完话,她只说了一句:"看来,我们要分别了。"她望着我,眼睛里全是泪水。我说:"不会的……"我的声音哑了。接着护士长来安慰她,对她说:"我陪你,不要紧的。"她回答:"你陪我就好。"时间很紧迫,医生、护士们很快做好了准备,她给送进手术室去了,是她的表侄把她推到手术室门口的。我们就在外面廊上等了好几个小时,等到她平安地给送出来,由儿子把她推回到病房去。儿子还在她的身边守过一个夜晚。过两天他也病倒了,查出来他患肝炎,是从安徽农村带回来的。本来我们想瞒住他的母亲,可是无意间让他母亲知道了。她不断地问:"儿子怎么样?"我自己也不知道儿子怎么样,我怎么能使她放心呢?晚上回到家,走进空空的、静静的房间,我几乎要叫出声来:"一切都朝我的头打下来吧,让所有的灾祸都来吧。我受得住!"

我应当感谢那位热心而又善良的护士长,她同情我的处境,要我把儿子的事情完全交给她办。她做好安排,陪他看病、检查,让他很快住进别处的隔离病房,得到及时的治疗和护理。他在隔离病房里苦苦地等候母亲病情的好转。母亲躺在病床上,只能有气无力地说几句短短的话,她经常问:"棠棠怎么样?"从她那双含泪的眼睛里我明白她多么想看见她最爱的儿子。但是她已经没有精力多想了。

她每天给输血,打盐水针。她看见我去就断断续续地问我:"输多少西西的血?该怎么办?"我安慰她:"你只管放心。没有问题,治病要紧。"她不止一次地说:"你辛苦了。"我有什么苦呢?我能够为我最亲爱的人做事情,哪怕做一件小事,我也高兴!后来她的身体更不行了。医生给她输氧气,鼻子里整天插着管子。她几次要求拿开,这说明她感到难受,但是听了我们的劝告,她终于忍受下去了。开刀以后她只活了五天。谁也想不到她会去得这么快!五天中间我整天守在病床前,默默地望着她在受苦(我是设身处地感觉到这样的),可是她除了两三次要求搬开床前巨大的氧气筒,三四次表示担心输血较多付不出医药费之外,并没有抱怨过什么。见到熟人她常有这样一种表情:请原谅我麻烦了你们。她非常安静,但并未昏睡,始终睁大两只眼睛。眼睛很大,很美,很亮。我望着,望着,好像在望快要燃尽的烛火。我多么想让这对眼睛永远亮下去!我多么害怕她离开我!我甚至愿意为我那十四卷"邪书"受到千刀万剐,只求她能安静地活下去。

不久前我重读梅林写的《马克思传》,书中引用了马克思给女儿的信里的一段话,讲到马克思夫人的死。信上说:"她很快就咽了气。……这个病具有一种逐渐虚脱的性质,就像由于衰老所致一样。甚至在最后几小时也没有临终的挣扎,而是慢慢地沉入睡乡。她的眼睛比任何时候都更大、更美、更亮!"这段话我记得很清楚。马克思夫人也死于癌症。我默默地望着萧珊那对很大、很美、很亮的眼睛,我想起这段话,稍微得到一点安慰。听说她的确也"没有临终的挣扎",也是"慢慢地沉入睡乡"。我这样说,因为她离开这个世界的时候,我不在她的身边。那天是星期天,卫生防疫站因为我们家发现了肝炎病人,派人上午来做消毒工作。她的表妹有空愿意到医院去照料她,讲好我们吃过中饭就去接替。没有想到我们刚刚端起饭碗,就得到传呼电话,通知我女儿去医院,说是她妈妈"不行"了。真是晴天霹雳!我和我女儿、女婿赶到医院。她那张病床上连床垫也给拿走了。别人告诉我她在太平间。我们又下了楼赶到那里,在门口遇见表妹。还是她找人帮忙把"咽了气"的病人抬进来的。死者还不曾给放进铁匣子里送进冷库,她躺在担架上,但已经给白布床单包得紧紧的,看不到面容了。我只看到她的名字。我弯下身子,把地上那个还有点人形的白布包拍了好几下,一面哭着唤她的名字。不过几分钟的时间。这算是什么告别呢?

据表妹说,她逝世的时刻,表妹也不知道。她曾经对表妹说:"找医生来。"医生来过,并没有什么。后来她就渐渐地"沉入睡乡"。表妹还以为她在睡眠。一个护士来打针,才发觉她的心脏已经停止跳动了。我没有能同她诀别,我有许多话没有能向她倾吐,她不能没有留下一句遗言就离开我!我后来常常想,她对表妹说:"找医生来",很可能不是"找医生",是"找李先生"(她平日这样称呼我)。为什么那天上午偏偏我不在病房呢?家里人都不在她身边,她死得这样凄凉!

我女婿马上打电话给我们仅有的几个亲戚。她的弟媳赶到医院,马上晕了过去。三天以后在龙华火葬场举行告别仪式。她的朋友一个也没有来,因为一则我们没有通知,二则我是一个审查了将近七年的对象。没有悼词,没有吊客,只有一片伤心的哭声。我衷心感谢前来参加仪式的少数亲友和特地来帮忙的我女儿的两三个同学,最后,我跟她的遗体告别,女儿望着遗容哀哭,儿子在隔离病房还不知道把他当做命根子的妈妈已经死亡。值得提说的是她当做自己儿子照顾了好些年的一位亡友的男孩从北京赶来,只为了看见她的最后一面。这个整天同钢铁打交道的技术员,他的心倒不像钢铁那样。他得到电报以后,他爱人对他说:"你去吧,你不去一趟,你的心永远安定不了。"我在变了形的她的遗体旁边站了一会。别人给我和她照了相。我痛苦地想:这是最后一次了,即使给我们留下来很难看的形象,我也要珍视这个镜头。

一切都结束了。过了几天我和女儿、女婿到火葬场,领到了她的骨灰盒。在存放室寄存了三年之后,我按期把骨灰盒接回家里。有人劝我把她的骨灰安葬,我宁愿让骨灰盒放在我的寝室里,我感到她仍然和我在一起。

四

梦魇一般的日子终于过去了。六年仿佛一瞬间似的远远地落在后面了。其实哪里是一瞬间！这段时间里有多少流着血和泪的日子啊。不仅是六年，从我开始写这篇短文到现在又过去了半年，半年中我经常在火葬场的大厅里默哀，行礼，为了纪念给"四人帮"迫害致死的朋友。想到他们不能把个人的智慧和才华献给社会主义祖国，我万分惋惜。每次戴上黑纱、插上纸花的同时，我也想起我自己最亲爱的朋友，一个普通的文艺爱好者，一个成绩不大的翻译工作者，一个心地善良的人。她是我的生命的一部分，她的骨灰里有我的泪和血。

她是我的一个读者。一九三六年我在上海第一次同她见面。一九三八年和一九四一年我们两次在桂林像朋友似的住在一起。一九四四年我们在贵阳结婚。我认识她的时候，她还不到二十，对她的成长我应当负很大的责任。她读了我的小说，给我写信，后来见到了我，对我发生了感情。她在中学念书，看见我以前，因为参加学生运动被学校开除，回到家乡住了一个短时期，又出来进另一所学校。倘使不是为了我，她三七、三八年一定去了延安。她同我谈了八年的恋爱，后来到贵阳旅行结婚，只印发了一个通知，没有摆过一桌酒席。从贵阳我和她先后到了重庆，住在民国路文化生活出版社门市部楼梯下七八个平方米的小屋里。她托人买了四只玻璃杯开始组织我们的小家庭。她陪着我经历了各种艰苦生活。在抗日战争紧张的时期，我们一起在日军进城以前十多个小时逃离广州，我们从广东到广西，从昆明到桂林，从金华到温州，我们分散了，又重见，相见后又别离。在我那两册《旅途通讯》中就有一部分这种生活的记录。四十年前有一位朋友批评我："这算什么文章！"我的《文集》出版后，另一位朋友认为我不应当把它们也收进去。他们都有道理，两年来我对朋友、对读者讲过不止一次，我决定不让《文集》重版。但是为我自己，我要经常翻看那两小册《通讯》。在那些年代，每当我落在困苦的境地里、朋友们各奔前程的时候，她总是亲切地在我的耳边说："不要难过，我不会离开你，我在你的身边。"的确，只有在她最后一次进手术室之前她才说过这样一句："我们要分别了。"

我同她一起生活了三十多年。但是我并没有好好地帮助过她。

她比我有才华,却缺乏刻苦钻研的精神。我很喜欢她翻译的普希金和屠格涅夫的小说。虽然译文并不恰当,也不是普希金和屠格涅夫的风格,它们却是有创造性的文学作品,阅读它们对我是一种享受。她想改变自己的生活,不愿做家庭妇女,却又缺少吃苦耐劳的勇气。她听一个朋友的劝告,得到后来也是给"四人帮"迫害致死的叶以群同志的同意,到《上海文学》"义务劳动",也做了一点点工作,然而在运动中却受到批判,说她专门向老作家组稿,又说她是我派去的"坐探"。她为了改造思想,想走捷径,要求参加"四清"运动,找人推荐到某铜厂的工作组工作,工作相当忙碌、紧张,她却精神愉快。但是到我快要靠边的时候,她也被叫回"作协分会"参加运动。她第一次参加这种急风暴雨般的斗争,而且是以反动权威家属的身份参加,她不知道该怎么办好。她张皇失措,坐立不安,替我担心,又为儿女的前途忧虑。她盼望什么人向她伸出援助的手,可是朋友们离开了她,"同事们"拿她当做箭靶,还有人想通过整她来整我。她不是"作协分会"或者刊物的正式工作人员,可是仍然被"勒令"靠边劳动、站队挂牌,放回家以后,又给揪到机关。过一个时期,她写了认罪的检查,第二次给放回家的时候,我们机关的造反派头头却通知里弄委员会罚她扫街。她怕人看见,每天大清早起来,拿着扫帚出门,扫得精疲力竭,才回到家里,关上大门,吐了一口气。但有时她还碰到上学去的小孩,对她叫骂"巴金的臭婆娘"。我偶尔看见她拿着扫帚回来,不敢正眼看她,我感到负罪的心情,这是对她的一个致命的打击。不到两个月,她病倒了,以后就没有再出去扫街(我妹妹继续扫了一个时期),但是也没有完全恢复健康。尽管她还继续拖了四年,但一直到死她并不曾看到我恢复自由。这就是她的最后,然而绝不是她的结局。她的结局将和我的结局连在一起。

我绝不悲观。我要争取多活。我要为我们社会主义祖国工作到生命的最后一息。在我丧失工作能力的时候,我希望病榻上有萧珊翻译的那几本小说。等到我永远闭上眼睛,就让我的骨灰同她的掺和在一起。

把心交给读者

前两天黄裳来访，问起我的《随想录》，他似乎担心我会中途搁笔。我把写好的两节给他看；我还说："我要继续写下去。我把它当做我的遗嘱写。"他听到"遗嘱"二字，觉得不大吉利，以为我有什么悲观思想或者什么古怪的打算，连忙带笑安慰我说："不会的，不会的。"看得出他有点感伤，我便向他解释：我还要争取写到八十，争取写出不是一本，而是几本《随想录》。我要把我的真实的思想，还有我心里的话，遗留给我的读者。我写了五十多年，我的确写过不少不好的书，但也写了一些值得一读或半读的作品吧，它们能够存在下去，应当感谢读者们的宽容。我回顾五十年来所走过的路，今天我对读者仍然充满感激之情。

可以说，我和读者已经有了五十多年的交情。倘使关于我的写作或者文学方面的事情，我有什么最后的话要讲，那就是对读者讲的。早讲迟讲都是一样，那么还是早讲吧。

我的第一篇小说（中篇或长篇小说《灭亡》）发表在一九二九年出版的《小说月报》上，从一月号起共连载四期。小说的单行本在这年年底出版。我什么时候开始接到读者来信？我现在答不出来。我记得一九三一年我写过短篇小说《光明》，描写一个青年作家经常接到读者来信，因无法解答读者的问题而感到苦恼。小说里有这样一段话：

> 桌上那一堆信函默默地躺在那里，它们苦恼地望着他，每一封信都有一段悲痛的故事要告诉他。

这难道不就是我自己的苦恼？那个年轻的小说家不就是我？

一九三五年八月我从日本回来，在上海为文化生活出版社编辑了几种丛书，这以后读者的来信又多起来了。这两三年中间我几乎对每一封信都做了答复。有几位读者一直同我保持联系,成为我的老友。我的爱人也是我的一位早期的读者。她读了我的小说对我发生了兴趣,我同她见面多了对她有了感情。我们认识好几年才结婚,一生不曾争吵过一次。我在一九三六、三七年中间写过不少答复读者的公开信,有一封信就是写给她的。这些信后来给编成了一本叫做《短简》的小书。

那个时候,我光身一个,生活简单,身体好,时间多,写得不少,也有足够的时间和精力回答读者寄来的每一封信。后来,特别是解放以后,我的事情多起来,而且经常外出,只好委托萧珊代为处理读者的来信和来稿。我虽然深感抱歉,但也无可奈何。

我说抱歉,也并非假意。我想起一件事情。那是在一九四〇年年尾,我从重庆到江安,在曹禺家住了一个星期左右。曹禺在戏剧专科学校教书。江安是一个安静的小城,外面有什么人来,住在哪里,一下子大家都知道了。我刚刚住了两天,就接到中学校一部分学生送来的信,请我去讲话。我写了一封回信寄去,说我不善于讲话,而且也不知道讲什么好,因此我不到学校去了。不过我感谢他们对我的信任,我曾经常想到他们,青年是中国的希望,他们的期望就是对我的鞭策。我说,像我这样一个小说家算得了什么,如果我的作品不能给他们带来温暖,不能支持他们前进。我说,我没有资格做他们的老师,我却很愿意做他们的朋友,在他们面前我实在没有什么可以骄傲的地方。当他们在旧社会的荆棘丛中,泥泞路上步履艰难的时候,倘使我的作品能够做一根拐杖或一根竹竿给他们用来加一点力,那我就很满意了。信的原文我记不准确了,但大意是不会错的。

信送了出去,听说学生们把信张贴了出来。不到两三天,省里的督学下来视察,在那个学校里看到我的信,他说:"什么'青年是中国的希望'!什么'你们的期望就是对我的鞭策'!什么'在你们面前我没有可以骄傲的地方'!这是瞎捧,是诱惑青年,把它给我撕掉!"信给撕掉了,不过也就到此为止,很可能他回到省城还打过小报告,但是并没有制造出大冤案。因此我活了下来,多写了二十多年的文章,当然已经扣除了徐某某禁止我写作的十年。①

话又说回来,我在信里表达的是我的真实的感情。我的确是把读者的期望当做对我的鞭策。如果不是想对我生活在其中的社会贡献一点力量,如果不是想对和我同时代的人表示一点友好的感情,如果不是想尽我作为一个中国人所应尽的一份责任,我为什么要写作?但愿望是一回事,认识又是一回事;实践是一回事,效果又是一回事。绝不能由我自己一个人说了算。离开了读者,我能够做什么呢?我怎么知道我做对了或者做错了呢?我的作品是不是和读者的期望符合呢?是不是对我们社会的进步有贡献呢?只有读者才有发言权。我自己也必须尊重他们的意见。倘使我的作品对读者起了毒害的作用,读者就会把它们扔进垃圾箱,我自己也只好停止写作。所以我想说,没有读者,就不会有我的今天。我也想说,读者的信就是我的养料。当然我指的不是个别的读者,是读者的大多数。而且我也不是说我听从读者的每一句话,回答每一封信。我只是想说,我常常根据读者的来信检查自己写作的效果,检查自己作品的作用。我常常这样地检查,也常常这样地责备自己,我过去的写作生活常常是充满痛苦的。

解放前,尤其是抗战以前,读者来信谈的总是国家、民族的前途和个人的苦闷以及为这个前途献身的愿望或决心。没有能给他们具体的回答,我常常感到痛苦。我只能这样地鼓励他们:旧的要灭亡,新的要壮大;旧社会要完蛋,新社会要到来;光明要把黑暗驱逐干净。在回信里我并没有给他们指出明确的路。但是和我的某些小说不同,在信里我至少指出了方向,并不含糊的方向。对读者我是不会使用花言巧语的。我写给江安中学学生的那封信常常在我的回忆中出现。我至今还想起我在三十年代中会见的那些年轻读者的面貌,那么善良的表情,那么激动的声音,那么恳切的言辞!我在三十年代和

---

① 徐某某可能表示"抗议"说:"我上面还有'长官',我按照他们的指示办事。我也只是讲讲话,骂骂人。执行的是别人,是我下面的那些人。他们按照我的心思办事。"总之,这一伙人中间的任何一个都是四十年代的督学所望尘莫及的。

四十年代初期见过不少这样的读者,我同他们交谈起来,就好像看到了他们的火热的心。一九三八年二月我在小说《春》的序言里说:"我常常想念那无数纯洁的年轻的心灵,以后我也不能把他们忘记……"我当时是流着眼泪写这句话的。序言里接下去的一句是"我不配做他们的朋友",这说明我多么愿意做他们的朋友啊!我后来在江安给中学生写回信时,在我心中激荡的也是这种感情。我是把心交给了读者的。

在三十年代和四十年代中很少有人写信问我什么是写作的秘诀。从五十年代起提出这个问题的读者就多起来了。我答不出来,因为我不知道。但现在我可以回答了:把心交给读者。我最初拿起笔,是这样的想法,今天在五十二年之后我还是这样想。我不是为了做作家才拿起笔写小说的。

我一九二七年春天开始在巴黎写小说,我住在拉丁区,我的住处离先贤祠(国葬院)不远,先贤祠旁边那一段路非常清静。我经常走过先贤祠门前,那里有两座铜像:卢骚(梭)和伏尔泰。在这两个法国启蒙时期的思想家,这两个伟大的作家中,我对"梦想消灭不平等和压迫"的"日内瓦公民"的印象较深,我走过像前常常对着铜像申诉我这个异乡人的寂寞和痛苦;对伏尔泰我所知较少,但是他为卡拉斯老人的冤案、为西尔文的冤案、为拉·巴尔的冤案、为拉里—托伦达尔的冤案奋斗,终于平反了冤狱,使惨死者恢复名誉,幸存者免于刑戮,像这样维护真理、维护正义的行为我是知道的,我是钦佩的。还有两位伟大的作家葬在先贤祠内,他们是雨果和左拉。左拉为德莱斐斯上尉的冤案斗争,冒着生命危险替受害人辩护,终于推倒诬陷不实的判决,让人间地狱中的含冤者重见光明。

这是我当年从法国作家那里受到的教育。虽然我"学而不用",但是今天回想起来,我还不能不感激老师,在"四害"横行的时候,我没有出卖灵魂,还是靠着我过去受到的教育,这教育来自生活,来自朋友,来自书本,也来自老师,还有来自读者。至于法国作家给我的

"教育"是不是"干预生活"呢?"作家干预生活"曾经被批判为右派言论,有少数人因此二十年抬不起头。我不曾提倡过"作家干预生活",因为那一阵子我还没有时间考虑。但是我给关进"牛棚"以后,看见有些熟人在大字报上揭露"巴金的反革命真面目",我朝夕盼望有一两位作家出来"干预生活",替我雪冤。我在梦里好像见到了伏尔泰和左拉,但梦醒以后更加感到空虚,明知伏尔泰和左拉要是生活在一九六七年的上海,他们也只好在"牛棚"里摇头叹气。这样说,原来我也是主张"干预生活"的。

左拉死后改葬在先贤祠,我看主要原因还是在于他对平反德莱斐斯冤狱的贡献,人们说他"挽救了法兰西的荣誉"。至今不见有人把他从先贤祠里搬出来。那么法国读者也是赞成作家"干预生活"的了。

最后我还得在这里说明一件事情,否则我就成了"两面派"了。

这一年多来,特别是近四五个月来,读者的来信越来越多,好像从各条渠道流进一个蓄水池,在我手边汇总。对这么一大堆信,我看也来不及看。我要搞翻译,要写文章,要写长篇,又要整理旧作,还要为一些人办一些事情,还有社会活动,还有外事工作,还要读书看报。总之,杂事多,工作不少。我是"单干户",无法找人帮忙,反正只有几年时间,对付过去就行了。何况记忆力衰退,读者来信看后一放就忘,有时找起来就很困难。因此对来信能回答的不多。并非我对读者的态度有所改变,只是人衰老,心有余而力不足。倘使健康情况能有好转,我也愿意多为读者做些事情。但是目前我只有向读者们表示歉意。不过有一点读者们可以相信,你们永远在我的想念中。我无时无刻不祝愿我的广大读者有着更加美好、更加广阔的前途,我要为这个前途献出我最后的力量。

可能以后还会有读者来信问起写作的秘诀,以为我藏有万能钥匙。其实我已经在前面交了底。倘使真有所谓秘诀的话,那也只是这样的一句:把心交给读者。

怀念老舍同志

我在悼念中岛健藏先生的文章里提到一九七七年九月二日虹桥机场送别的事。那天上午离沪返国的,除了中岛夫妇外,还有井上靖先生和其他几位日本朋友。前一天晚上我拿到中岛、井上两位赠送的书,回到家里,十一点半上床,睡不着,翻了翻井上先生的集子《桃李记》,里面有一篇《壶》,讲到中日两位作家(老舍和广津和郎)的事情,我躺在床上读了一遍,眼前老是出现那两位熟人的面影,都是那么善良的人,尤其是老舍,他那极不公道的遭遇,他那极其悲惨的结局,我一个晚上都梦见他,他不停地说:"告诉朋友们,我没有问题。"总之,我睡得不好。第二天一早我到了宾馆陪中岛先生和夫人去机场。在机场贵宾室里我拉着一位年轻译员找井上先生谈了几句,我告诉他读了他的《壶》。文章里转述了老舍先生讲过的"壶"的故事,①我说这样的故事我也听人讲过,只是我听到的故事结尾不同。别人对我讲的"壶"是福建人沏茶用的小茶壶。乞丐并没有摔破它,他和富翁共同占有这只壶,每天一起用它沏茶,一直到死。我说,老舍富于幽默感,所以他讲了另外一种结尾。我不知道老舍是怎样死的,但是我不相信他会抱着壶跳楼。他也不会把壶摔碎,他要把美好的珍品留在人间。

---

① 下面抄一段井上的原文(吴树文译):
"老舍讲的故事,内容是这样的:
"很久以前,中国有一个富翁,他收藏有许多古董珍品。后来他在事业上失败了,于是把收藏的古董一件件变卖,最后富翁终于落魄成为讨饭的乞丐,然而即使成了乞丐,有一只壶,他是怎么也不肯割爱的,他带着这只壶到处流浪。当时,另外有一个富翁知道了这件事,他千方百计想要获得这只壶。富翁出了很高的价钱想把壶买到手,虽经几次交涉,乞丐却坚决不脱手。就这样过了好几年,乞丐已经老态龙钟,连走路都十分困难了。富翁便给乞丐房子住,给乞丐饭吃,暗中等着乞丐死去。没多久,乞丐衰老之极,病死了。富翁高兴极了,觉得盼望已久的这一天终于来临。可是谁知道,乞丐在咽气之前,把这只壶掷到院子里,摔得粉身碎骨。"

那天我们在贵宾室停留的时间很短,年轻的中国译员没有读过《壶》,不了解井上先生文章里讲些什么,无法传达我的心意。井上先生这样地回答我:"我是说老舍先生抱着壶跳楼的。"意思可能是老舍无意摔破壶。可是原文的最后一句明明是"壶碎人亡",壶还是给摔破了。

有人来通知客人上飞机,我们的交谈无法继续下去,但井上先生的激动表情给我留下深刻的印象,他告诉同行的佐藤女士:"巴金先生读过《壶》了。"我当时并不理解为什么井上先生如此郑重地对佐藤女士讲话,把我读他的文章看做一件大事。然而后来我明白了,我读了水上勉先生的散文《蟋蟀罐》(一九六七年)和开高健先生的得奖小说《玉碎》(一九七九年)。日本朋友和日本作家似乎比我们更重视老舍同志的悲剧的死亡,他们似乎比我们更痛惜这个巨大的损失。在国内看到怀念老舍的文章还是近两年的事。井上先生的散文写于一九七〇年十二月,那个时候老舍同志的亡灵还作为反动权威受到批斗。为老舍同志雪冤平反的骨灰安放仪式一直拖到一九七八年六月才举行,而且骨灰盒里也没有骨灰。甚至在一九七七年上半年还不见谁出来公开替死者鸣冤叫屈。我最初听到老舍同志的噩耗是在一九六六年年底,那是造反派为了威胁我们讲出来的,当时他们含糊其辞,也只能算做"小道消息"吧。以后还听见两三次,都是通过"小道"传来的,内容互相冲突,传话人自己讲不清楚,而且也不敢负责。只有在虹桥机场送别的前一两天,在衡山宾馆里,从中岛健藏先生的口中,我才第一次正式听见老舍同志的死讯,他说是中日友协的一位负责人在坦率的交谈中讲出来的。但这一次也只是解决了"死"的问题,至于怎样死法和当时的情况中岛先生并不知道。我想我将来去北京开会,总可以问个明白。

听见中岛先生提到老舍同志名字的时候,我想起了一九六六年七月十日在人民大会堂同老舍见面的情景,那个上午北京市人民在人民大会堂举行支援越南人民抗美斗争的大会,我和老舍,还有中岛,都参加了大会的主席团,有些细节我已在散文《最后的时刻》中描写过了,例如老舍同志用敬爱的眼光望着周总理和陈老总,充满感情地谈起他们。那天我到达人民大会堂(不是四川厅就是湖南厅),老舍已经坐在那里同当时的北京市副市长王昆仑在谈话。看见老舍我感到意外,我到京出席亚非作家紧急会议一个多月,没有听见人提到老舍的名字,我猜想他可能出了什么事,很替他担心,现在坐在他的身旁,听他说:"请告诉朋友们,我没有问题……"我真是万分高兴。过一会中岛先生也来了,看见老舍便亲切地握手,寒暄。中岛先生的眼睛突然发亮,那种意外的喜悦连在旁边的我也能体会到。我的确看到一种衷心愉快的表情。这是中岛先生最后一次看见老舍,也是我最后一次同老舍见面,我哪里想得到一个多月以后将在北京发生的惨剧!否则我一定拉着老舍谈一个整天,劝他避开,让他在精神上有所准备。但有什么办法使他不会受骗呢?我自己后来不也是老老实实地走进"牛棚"去吗?这一切中岛先生是比较清楚的。我在一九六六年六月同他接触,就知道他有所预感,他看见我健康地活着感到意外的高兴,他意外地看见老舍活得健康,更加高兴。他的确比许多人更关心我们。我当时就感觉到他在替我们担心,什么时候会大难临头。他比我们更清醒。

可惜我没有机会同日本朋友继续谈论老舍同志的事情。他们是热爱老舍的,他们尊重这位有才华、有良心的正直、善良的作家。在他们的心上、在他们的笔下他至今仍然活着。四个多月前我第二次在虹桥机场送别井上先生,我没有再提"壶碎"的问题。我上次说老舍同志一定会把壶留下,因为他热爱祖国、热爱人民,他虽然含恨死去,却留下许多美好的东西在人间,那就是他那些不朽的作品,我单单提两三个名字就够了:《月牙儿》、《骆驼祥子》和《茶馆》。在这一点上,井上先生同我大概是一致的。

今年上半年我又看了一次《茶馆》的演出,太好了!作者那样熟悉旧社会,那样熟悉旧北京人。这是真实的生活。短短两三个钟头里,我重温了五十年的旧梦。在戏快要闭幕的时候,那三个老头儿(王老板、常四爷和秦二爷)在一起最后一次话旧,含着眼泪打哈哈,

"给自己预备下点纸钱","祭奠祭奠自己"。我一直流着泪水,好些年没有看到这样的好戏了。这难道仅仅是在为旧社会唱挽歌吗?我觉得有人拿着扫帚在清除我心灵中的垃圾。坦率地说,我们谁的心灵中没有封建的尘埃呢?

我出了剧场脑子里还印着常四爷的一句话:"我爱咱们的国呀,可是谁爱我呢?"完全没有想到,一个熟悉的声音在追逐我。我听见了老舍同志的声音,是他在发问。这是他的遗言。我怎样回答呢?我曾经对方殷同志讲过:"老舍死去,使我们活着的人惭愧……"这是我的真心话。我们不能保护一个老舍,怎样向后人交代?没有把老舍的死弄清楚,我们怎样向后人交代呢?一九七七年九月二日井上先生在机场上告诉同行的人我读过他的《壶》,他是在向我表示他的期望:对老舍的死不能无动于衷!但是两年过去了,我究竟做了什么事情呢?我不能不感到惭愧。重读井上靖先生的文章、水上勉先生的回忆、开高健先生的短篇小说,我也不能不责备自己。老舍是我三十年代结识的老友。他在临死前一个多月对我讲过:"请告诉朋友们,我没有问题……"我做过什么事情,写过什么文章来洗刷涂在这个光辉的(是的,真正是光辉的)名字上的浊水污泥呢?

看过《茶馆》半年了,我仍然忘不了那句台词:"我爱咱们的国呀,可是谁爱我呢?"老舍同志是伟大的爱国者。全国解放后,他从海外回来参加祖国社会主义建设事业,他是写作最勤奋的劳动模范,他是热烈歌颂新中国的最大的"歌德派",一九五七年他写出他最好的作品《茶馆》。他是用艺术为政治服务最有成绩的作家。他参加各项社会活动和外事活动,可以说是把整个生命和全部精力都贡献给了祖国。他没有一点私心,甚至在红卫兵上了街、危机四伏、杀气腾腾的时候,他还拿着事先准备好的发言稿,到北京市文联开会,想以市文联主席的身份发动大家积极参加文化大革命,但是就在那里他受到拳打脚踢,加上人身侮辱,自己成了文化大革命专政的对象。老舍夫人回忆说:"我永远忘不了我自己怎样在深夜用棉花蘸着清水一点一点地替自己的亲人洗清头上、身上的斑斑血迹,不明白是哪里出了问题,不明白为什么会闹成这个样子……"

我仿佛看见满头血污包着一块白绸子的老人一声不响地躺在那里。他有多少思想在翻腾,有多少话要倾吐,他不能就这样撒手而去,他还有多少美好的东西要留下来啊!但是过了一天他就躺在太平湖的西岸,身上盖了一床破席。没有能把自己心灵中的宝贝完全贡献出来,老舍同志带着多大的遗憾闭上眼睛,这是我们想象得到的。

"为什么会闹成这个样子?"去年六月三日在北京八宝山公墓礼堂参加老舍同志的骨灰安放仪式,我低头默哀的时候,想起了胡絜青同志的那句问话。为什么呢……? 从主持骨灰安放仪式的人起一直到我,大家都知道,当然也能够回答。但是已经太迟了。老舍同志离开他所热爱的新社会已经十二年了。

一年又过去了。那天我离开八宝山公墓的时候,我忽然想起一位外籍华人、一位知名的女作家的谈话,她说:"中国的知识分子是很了不起的,他们是忠诚的爱国者。西方的知识分子如果受到'四人帮'时代的那些待遇、那些迫害,他们早就跑光了。可是中国的知识分子,不管你给他们准备什么条件,他们能工作时就工作。"这位女士脚迹遍天下,见闻广,她不会信口开河。老舍同志是中国知识分子最好的典型,没有能挽救他,我的确感到惭愧,也替我们那一代人感到惭愧。但我们是不是从这位伟大作家的惨死中找到什么教训呢? 他的骨灰虽然不知道给抛撒到了什么地方,可是他的著作流传全世界,通过他的口叫出来的中国知识分子的心声请大家侧耳倾听吧:"我爱咱们的国呀,可是谁爱我呢?"

请多一点关心他们吧,请多一点爱他们吧。不要挨到太迟了的时候。

话又说回来,虽然到今天我还没有弄明白,老舍同志的结局是自杀还是被杀,是含恨投湖还是受迫害致死,但有一点是可以肯定的:人亡壶全,他把最美好的东西留下来了。最近我在北京出席第四次全国文代会,没有看见老舍同志我感到十分寂寞。有一位好心人对我说:"不要纠缠在过去吧,要向前看,往前跑啊!"我感谢他的劝告,我也愿意听从他的劝告。但是我没有办法使自己赶快变成《未来世界》中的"三百型机器人",那种机器人除了朝前走外,什么都看不见。很可惜,"四人帮"开动了他们的全部机器改造我十年,却始终不曾把我改造成机器人。过去的事我偏偏记得很牢。

老舍同志在世的时候,我每次到北京开会,总要去看他,谈了一会,他照例说:"我们出去吃个小馆吧。"他们夫妇便带我到东安市场里一家他们熟悉的饭馆,边吃边谈,愉快地过一两个钟头。我不相信鬼,我也不相信神,但是我却希望真有一个所谓"阴间",在那里我可以看到许多我所爱的人。倘使我有一天真的见到了老舍,他约我去吃小馆,向我问起一些情况,我怎么回答他呢?……我想起了他那句"遗言":"我爱咱们的国呀,可是谁爱我呢?"我会紧紧捏住他的手,对他说:"我们都爱你,没有人会忘记你,你要在中国人民中间永远地活下去!"

小狗包弟

一个多月前,我还在北京,听人讲起一位艺术家的事情,我记得其中一个故事是讲艺术家和狗的。据说艺术家住在一个不太大的城市里,隔壁人家养了小狗,它和艺术家相处很好,艺术家常常用吃的东西款待它。"文革"期间,城里发生了从未见过的武斗,艺术家害怕起来,就逃到别处躲了一段时期。后来他回来了,大概是给人揪回来的,说他"里通外国",是个反革命,批他,斗他,他不承认,就痛打,拳打脚踢,棍棒齐下,不但头破血流,一条腿也给打断了。批斗结束,他走不动,让专政队拖着他游街示众,衣服撕破了,满身是血和泥土,口里发出呻吟。认识的人看见半死不活的他都掉开头去。忽然一只小狗从人丛中跑出来,非常高兴地朝着他奔去。它亲热地叫着,扑到他跟前,到处闻闻,用舌头舔舐,用脚爪在他的身上抚摸。别人赶它走,用脚踢,拿棒打,都没有用,它一定要留在它的朋友的身边。最后专政队用大棒打断了小狗的后腿,它发出几声哀叫,痛苦地拖着伤残的身子走开了。地上添了血迹,艺术家的破衣上留下几处狗爪印。艺术家给关了几年才放出来,他的第一件事就是买几斤肉去看望那只小狗。邻居告诉他,那天狗给打坏以后,回到家里什么也不吃,哀叫了三天就死了。

听了这个故事,我又想起我曾经养过的那条小狗。是的,我也养过狗,那是一九五九年的事情,当时一位熟人给调到北京工作,要将全家迁去,想把他养的小狗送给我,因为我家里有一块草地,适合养狗的条件。我答应了,我的儿子也很高兴。狗来了,是一条日本种的黄毛小狗,干干净净,而且有一种本领:它有什么要求时就立起身子,把两只前脚并在一起不停地作揖。这本领不是我那位朋友训练出来的。它还有一位瑞典旧主人,关于他我毫无所知。他离开上海回国,把小狗送给接受房屋租赁权的人,小狗就归了我的朋友。小狗来的时候有一个外国名字,它的译音是"斯包弟"。我们简化了这个名字,就叫它做"包弟"。

包弟在我们家待了七年,同我们一家人处得很好。它不咬人,见到陌生人,在大门口吠一阵,我们一声叫唤,它就跑开了。夜晚篱笆外面人行道上常常有人走过,它听见某种声音就会朝着篱笆又跑又叫,叫声的确有点刺耳,但它也只是叫几声就安静了。它在院子里和草地上的时候多些,有时我们在客厅里接待客人或者同老朋友聊天,它会进来作几个揖,讨糖果吃,引起客人发笑。日本朋友对它更感兴趣,有一次大概在一九六三年或以后的夏天,一家日本通讯社到我家来拍电视片,就拍摄了包弟的镜头。又一次日本作家由起女士访问上海,来我家做客,对日本产的包弟非常喜欢,她说她在东京家中也养了狗。两年以后,她再到北京参加亚非作家紧急会议,看见我她就问:"您的小狗怎样?"听我说包弟很好,她笑了。

我的爱人萧珊也喜欢包弟。在三年困难时期,我们每次到文化俱乐部吃饭,她总要向服务员讨一点骨头回去喂包弟。一九六二年我们夫妇带着孩子在广州过了春节,回到上海,听妹妹们说,我们在广州的时候,睡房门紧闭,包弟每天清早守在房门口等候我们出来。它天天这样,从不厌倦。它看见我们回来,特别是看到萧珊,不住地摇头摆尾,那种高兴、亲热的样子,现在想起来我还很感动,我仿佛又听见由起女士的问话:"您的小狗怎样?"

"您的小狗怎样?"倘使我能够再见到那位日本女作家,她一定会拿同样的一句话问我。她的关心是不会减少的。然而我已经没有小狗了。

一九六六年八月下旬红卫兵开始上街抄四旧的时候,包弟变成了我们家的一个大包袱,晚上附近的小孩时常打门大喊大嚷,说是要杀小狗。听见包弟尖声吠叫,我就胆战心惊,害怕这种叫声会把抄四旧的红卫兵引到我家里来。当时我已经处于半靠边的状态,傍晚我们在院子里乘凉,孩子们都劝我把包弟送走,我请我的大妹妹设法。可是在这时节谁愿意接受这样的礼物呢?据说只好送给医院由科研人员拿来做实验用,我们不愿意。以前看见包弟作揖,我就想笑,这些天我在机关学习后回家,包弟向我作揖讨东西吃,我却暗暗地流泪。

形势越来越紧。我们隔壁住着一位年老的工商业者,原先是某工厂的老板,住屋是他自己修建的,同我的院子只隔了一道竹篱。有人到他家去抄四旧了。隔壁人家的一动一静,我们听得清清楚楚,从篱笆缝里也看得见一些情况。这个晚上附近小孩几次打门捉小狗,幸而包弟不曾出来乱叫,也没有给捉了去。这是我六十多年来第一次看见抄家,人们拿着东西进进出出,一些人在大声叱骂,有人摔破坛坛罐罐。这情景实在可怕。十多天来我就睡不好觉,这一夜我想得更多,同萧珊谈起包弟的事情,我们最后决定把包弟送到医院去,交给我的大妹妹去办。

包弟送走后,我下班回家,听不见狗叫声,看不见包弟向我作揖、跟着我进屋,我反而感到轻松,真有一种甩掉包袱的感觉。但是在我吞了两片眠尔通、上床许久还不能入睡的时候,我不由自主地想到了包弟,想来想去,我又觉得我不但不曾甩掉什么,反而背上了更加沉重的包袱。在我眼前出现的不是摇头摆尾、连连作揖的小狗,而是躺在解剖桌上给割开肚皮的包弟。我再往下想,不仅是小狗包弟,连我自己也在受解剖。不能保护一条小狗,我感到羞耻;为了想保全自己,我把包弟送到解剖桌上,我瞧不起自己,我不能原谅自己!我就这样可耻地开始了十年浩劫中逆来顺受的苦难生活。一方面责备自己,另一方面又想保全自己,不要让一家人跟自己一起堕入地狱。我自己终于也变成了包弟,没有死在解剖桌上,倒是我的幸运。……

整整十三年零五个月过去了。我仍然住在这所楼房里,每天清早我在院子里散步,脚下是一片衰草,竹篱笆换成了无缝的砖墙。隔壁房屋里增加了几户新主人,高高墙壁上多开了两堵窗,有时倒下一点垃圾。当初刚搭起的葡萄架给虫蛀后早已塌下来扫掉,连葡萄藤也被挖走了。右面角上却添了一个大化粪池,是从紧靠着的五层楼公寓里迁过来的。少掉了好几株花,多了几棵不开花的树。我想念过去同我一起散步的人,在绿草如茵的时节,她常常弯着身子,或者坐在地上拔除杂草,在午饭前后她有时逗着包弟玩。……我好像做了一场大梦。满园的创伤使我的心仿佛又给放在油锅里熬煎。这样的熬煎是不会有终结的,除非我给自己过去十年的苦难生活作了总结,还清了心灵上的欠债。这绝不是容易的事。那么我今后的日子不会是好过的吧。但是那十年我也活过来了。

即使在"说谎成风"的时期,人对自己也不会讲假话,何况在今天,我不怕大家嘲笑,我要说:我怀念包弟,我想向它表示歉意。

我和文学

——一九八〇年四月十一日在日本京都"文化讲演会"上的讲话

我不善于讲话,也不习惯发表演说,我一生就没有做过教师。这次来到日本,在东京朝日讲堂谈过一次我五十年的文学生活。这是破例的事,这是为了报答邀请我来访问的朋友们的好意。"文化大革命"中我靠边受批判,熟人在路上遇见也不敢相认的时候,日本朋友到处打听我的消息、要求同我见面,很可能问的人多了,"四人帮"才不敢对我下毒手。我始终忘记不了这一件事。为了让日本朋友进一步了解我,我讲了自己的事,我也解剖了自己。

我正是因为不善于讲话,有感情表达不出来,才求助于纸笔,用小说的情景发泄自己的爱和恨,从读者变成了作家。一九二八年在法国写成第一部小说《灭亡》,寄回国内,由朋友介绍在当时的权威杂志《小说月报》上发表。这样我顺利地进入了文坛。

过了一年半载,就用不着我自己写好稿到处投寄,杂志的编辑会找人来向我组稿。我并未学过文学,中文的修养也不高,唯一的长处是小说读得多,古今中外的作品能够到手的就读,读了也不完全忘记,脑子里装了一大堆"杂货"。

我写作一不是为了谋生,二不是为了出名,虽然我也要吃饭,但是我到四十岁才结婚,一个人花不了多少钱。我写作是为着同敌人战斗。那一堆"杂货"可以说是各种各样的武器,我打仗时不管什么武器,只要用得着,我都用上去。

前两天有一位日本作家问我你怎么能同时喜欢各种流派的作家和作品呢?① 我说,我不是文学家,不属于任何派别,所以我不受限制。那位朋友又问:"你明明写了那么多作品,你怎么说不是文学家呢?"我说,唯其不是文学家,我就不受文学规律的限制:"我也不怕别人把我赶出文学界。"我的敌人是什么呢? 我说过:"一切旧的传统观念,一切阻止社会进步和人性发展的不合理的制度,一切摧残爱的势力,它们都是我最大的敌人。"我所有的作品都是写来控诉、揭露、攻击这些敌人的。

从一九二九年到一九四八年这二十年中间,我写得快,也写得

---

① 日本作家指著名剧作家木下顺二先生,四月六日他和我在东京新大谷饭店三十九层楼上"对谈"了一个上午,因为我四日在东京朝日讲堂发表的《文学生活五十年》的演说中讲到"我也有日本老师,例如夏目漱石、田山花袋、芥川龙之介、武者小路实笃,特别是有岛武郎,他的作品我读得不多,但我经常背诵有岛的短篇《与幼小者》……"他才提出"怎么能同时喜欢各种流派的文学作品?"这样的问话。

多。我觉得有一根鞭子在抽打我的心,又觉得仿佛有什么鬼魂借我的笔为自己申冤一样。我常常同主人公一起哭笑,又常常绝望地乱搔头发。

我说我写作如同在生活,又说作品的最高境界是写作同生活的一致,是作家同人的一致,主要的意思是不说谎。

我最近还在另一个地方说过:艺术的最高境界是无技巧。我几十年前同一位朋友辩论时就说过:长得好看的人用不着浓妆艳抹,而我的文章就像一个丑八怪,不打扮,看起来倒还顺眼些。他说:"流传久远的作品是靠文学技巧流传,谁会关心百十年前的生活?"我不同意。我认为打动人心的还是作品中所反映的生活和主人公的命运。这仍然是在反对那些无中生有、混淆黑白的花言巧语。我最恨那些盗名欺世、欺骗读者的谎言。

在最初的二十年中间我写了后来编成十四卷《文集》的长篇、中篇、短篇小说。里面有《激流三部曲》,有《憩园》,有《寒夜》。第二个二十年里面,新中国成立了,一切改变了,我想丢掉我那枝写惯黑暗的旧笔,改写新人新事,可是因为不熟悉新的生活,又不能深入,结果写出来的作品连自己也不满意,而且经常在各种社会活动中花费大量的时间,写作的机会更加少了。

我一次一次地订计划叫嚷要为争取写作时间奋斗。然而计划尚未实现,"文化大革命"来了。我一下子变成了"大文霸"、"牛鬼蛇神",经常给揪出去批斗,后来索性由当时"四人帮"在上海的六个负责人王洪文等决定把我打成不戴帽子的反革命,赶出文艺界。造反派和"四人帮"的爪牙贴了我几千张大字报,甚至在大马路上贴出大字标语说我是"卖国贼"、"反革命",要把我搞臭。张春桥公开宣布,我不能再写作。但是读者有读者自己的看法。张春桥即使有再大的权力也不能把我从读者的心上挖掉。事实是这样,"四人帮"垮台以后,我仍然得到读者的信任。我常说:"读者们的期望就是对我的鞭策。"读者们要我写作用不着等待长官批准。"四人帮"倒了,我的书重版,却得到了更多的读者。

我虽然得到了"第二次解放",毕竟白白浪费了将近十年的时间,真是噩梦醒来,人已衰老,我今年七十六岁,可以工作的时间已经不多了。我必须抓紧时间,也抓紧工作。

我制定五年计划,宣布要写八本书(其中包括两部长篇小说),翻译五卷的赫尔岑的回忆录。本来作者写作品用不着到处宣传,写出就行,我大张旗鼓,制造舆论,就是希望别人不要来干扰,让我从容执笔,这是我最后一次为争取写作时间而奋斗。

我要奋笔多写。究竟写什么呢?五本《随想录》将是我生活中探索的结果。我要认真思考,根据个人的经验,就文学和生活中的许多问题发表自己的看法。两本小说将反映我自己在"文化大革命"中的遭遇,不一定写真人真事,也写可能发生的事。

我认为那十年浩劫在人类历史上是一件大事。不仅和我们有关,我看和全体人类都有关。要是它当时不在中国发生,它以后也会在别处发生。我对一位日本朋友说:我们遭逢了不幸,可是别的国家的朋友免掉了灾难,我们也算是一种反面教员吧。我又说,在这一点上我们也可以引以为骄傲。古今中外的作家,谁有过这种可怕而又可笑、古怪而又惨痛的经历呢?当时中国的作家却很少有一个逃掉。每一个人都作了表演,出了丑,受了伤,甚至献出了生命,但也经受了考验。今天我回头看自己在十年中间所作所为和别人的所作所为,实在不能理解。我自己仿佛受了催眠一样变得多么幼稚,多么愚蠢,甚至把残酷、荒唐当做严肃、正确。我这样想:要是我不把这十年的苦难生活作一个总结,从彻底解剖自己开始弄清楚当时发生的事情,那么有一天说不定情况一变,我又会中了催眠术无缘无故地变成另外一个人,这太可怕了!这是一笔心灵上的欠债,我必须早日还清。它像一根皮鞭在抽打我的心,仿佛我又遇到了五十年前的事情。"写吧,写吧。"好像有一个声音经常在我耳边叫。

于是,我想起了一九四四年我向读者许下的愿,我用读者的口说出对作家们的要求:"你们把人们的心拉拢了,让人们互相了解,你们就是在寒天送炭、在痛苦中送安慰的人。"我要写,我要奋笔写下去。

首先我要使自己"变得善良些、纯洁些、对别人有用些"。

我快要走到生命的尽头了。我不愿意空着双手离开人世,我要写,我决不停止我的笔,让它点燃火狠狠地烧我自己,到了我烧成灰烬的时候,我的爱、我的恨也不会在人间消失。

说 真 话

最近听说上海《新民晚报》要复刊。有一天我遇见晚报的前任社长,问起来,他说:"还没有弄到房子,"又说:"到时候会要你写篇文章。"

我说:"我年纪大了,脑子不管用,写不出应景文章。"

他说:"我不出题目,你只要说真话就行。"

我不曾答应下来,但是我也没有拒绝,我想:难道说真话还有困难!

过了几天我出席全国文联的招待会,刚刚散会,我走出人民大会堂二楼东大厅,一位老朋友拉住我的左胳膊,带笑说:"要是你的《爝火集》里没有收那篇文章就好了。"他还害怕我不理解,又加了三个字:"姓陈的。"我知道他指的是《大寨行》,我就说:"我是有意保留下来的。"这句话提醒我自己:讲真话并不那么容易!

去年我看《爝火集》清样时,人们就在谈论大寨的事情。我曾经考虑要不要把我那篇文章抽去,后来决定不动它。我坦白地说,我只是想保留一些作品,让它向读者说明我走过什么样的道路。如果说《大寨行》里有假象,那么排在它前面的那些文章,那许多豪言壮语,难道都是真话? 就是一九六四年八月我在大寨参观的时候,看见一辆一辆满载干部、社员的卡车来来去去,还听说每天都有几百个参观、学习的人。我疑惑地想:这个小小的大队怎么负担得起? 我当时的确这样想过,可是文章里写的却是另外一句话:"显然是看得十分满意。"那个时候大队支部书记还没有当上副总理,吹牛还不曾吹到"天大旱,人大干"每年虚报产量的程度。我的见闻里毕竟还有真实的东西。这种写法好些年来我习以为常。我从未考虑听来的话哪些是真,哪些是假。现在回想,我也很难说出是什么时候开始的,可能是一九五七年以后吧。总之,我们常常是这样:朋友从远方来,高兴地会见,坐下来总要谈一阵大好形势和光明前途,他谈我也谈。这样地进行了一番歌功颂德之后,才敢开心来谈真话。这些年我写小说写得很少,但是我探索人心的习惯却没有给完全忘掉。运动一个接着一个没完没了,每次运动过后我就发现人的心更往内缩,我越来越接触不到别人的心,越来越听不到真话。我自己也把心藏起来藏得很深,仿佛人已经走到深渊边缘,脚已经踏在薄冰上面,战战兢兢,只想怎样保全自己。"十年浩劫"刚刚开始,为了让自己安全过关,一位三十多年的老朋友居然编造了一本假账揭发我。在那荒唐而又可怕的十年中间,说谎的艺术发展到了登峰造极的地步,谎言变成了真理,说真话倒犯了大罪。我挨过好几十次的批斗,把数不清的假话全吃进肚里。起初我真心认罪服罪,严肃对待;后来我只好人云亦云,挖空心思编写了百份以上的"思想汇报"。保护自己我倒并不在乎,我念念不忘的是我的妻子、儿女,我不能连累他们,对他们我还保留着一颗真心,在他们面前我还可以讲几句真话。在批判会上,我渐渐看清造反派的面目,他们一层又一层地剥掉自己的面具。一九六八年秋天一个下午他们把我拉到田头开批斗会,向农民揭发我的罪行;一位造反派的年轻诗人站出来发言,揭露我每月领取上海作家协会一百元的房租津贴。他知道这是假话,我也知道他在说谎,可是我看见他装模作样毫不红脸,我心里真不好受。这就是好些外国朋友相信过的"革命左派",有一个时期我差一点也把他们当做新中国的希望。他们就是靠说假话起家的。我并不责怪他们,我自己也有责任。我相信过假话,我传播过假话,我不曾跟假话作过斗争。别人"高举",我就"紧跟";别人抬出"神明",我就低首膜拜。即使我有疑惑,我有不满,我也把它们完全咽下。我甚至愚蠢到愿意钻进魔术箱变"脱胎换骨"的戏法。正因为有不少像我这样的人,谎话才有畅销的市场,说谎话的人才能步步高升。……

现在那一切都已经过去,正在过去,或者就要过去。这次我在北京看见不少朋友,坐下来,我们不谈空洞的大好形势,我们谈缺点,谈弊病,谈前途,没有人害怕小报告,没有人害怕批斗会。大家都把心掏出来,我们又能够看见彼此的心了。

赵丹同志

昨天傍晚在家看电视节目,听见广播员报告新闻:本日凌晨赵丹逝世……

一个多月来不少的朋友对我谈起赵丹的事情。大家都关心他的病,眼看着一位大艺术家一步一步走向死亡,却不能把他拉住,也不能帮助他多给人民留下一点东西。一位朋友说,赵丹问医生,可以不可以让他拍好一部片子后死去。这些年他多么想拍一两部片子!但是癌症不留给他时间了。我想得到,快要闭上眼睛的时候,他多痛苦。

然而赵丹毕竟是赵丹,他并没有默默地死去。在他逝世前两天《人民日报》发表了他"在病床上"写的文章《管得太具体,文艺没希望》,最后有这样一句话:"对我,已经没什么可怕的了。"他讲得多么坦率,多么简单明了。这正是我所认识的赵丹,只有他才会讲这样的话:我就要离开人世,不怕任何的迫害了。因此他把多年来"管住自己不说"积压在心上的意见倾吐了出来。

我认识赵丹时间也不短,可以说相当熟,也可以说不熟。回想起来,我什么时候在什么地方第一次同他见面,也说不出。"文革"期间没有人来找我外调他的事情。我们交往中也没有什么值得提说的事。但是他在我的脑子里留下很深的印象,有一些镜头我永远忘记不了。

三十年代我看过他主演的影片《十字街头》和《马路天使》,解放后的影片我喜欢《聂耳》和《林则徐》,不过给我印象最深的还是讨饭办学的武训,将近三十年过去了,老泪纵横的受尽侮辱的老乞丐的面影还鲜明地出现在我的眼前,我觉得他的演技到了家。影片出了问题,演员也受到连累。我没有参加那一次的运动,但赵丹当时的心情我是想象得到的。

在讨论《鲁迅传》电影剧本的时候,我也曾向人推荐赵丹扮演鲁迅先生,我知道他很想塑造先生的形象,而且他为此下了不少的工夫。有一个时期听说片子要开拍了,由他担任主角。我看见他留了胡髭又剃掉,剃了又留起来,最后就没有人再提影片的事。

十年浩劫其实不止十年,在一九六四年年尾举行的三届全国人代会的省市小组会上就有一些人受到批判,听说赵丹是其中之一,刚刚拍好的他主演的故事片《在烈火中永生》也不能公开放映。对《北国江南》、《早春二月》、《舞台姐妹》一批影片的批判已经开始了。人心惶惶,大家求神拜佛、烧香许愿,只想保全自己。但是天空飘起乌云,耳边响起喊声,头上压着一块大石,我有一种预感:大祸临头了。

于是出现了所谓"文革"时期。在这期间赵丹比我先靠边,我在九月上旬给抄了家。我们不属于一个系统,不是给关在一个"牛棚"里。我很少有机会看见他。现在我只想起两件事情:

头一件,一九六七年九月十八日我给复旦大学中文系学生揪到江湾,住了将近一个月,住在学生宿舍六号楼,准备在二十六日开批斗会。会期前一两天,晚饭后我照例在门前散步,一个学生来找我闲聊。他说是姓李,没有参加我的专案组,态度友好。他最近参加了一次批斗赵丹的会,他同赵丹谈过话。赵丹毫不在乎,只是香烟抽得不少,而且抽坏烟,赵丹说,没有钱,只能抽劳动牌。大学生笑着说:"他究竟是赵丹啊。"

第二件,大约是在一九六八年一月下旬,我和吴强给揪到上海杂技场参加批斗会。我们只是陪斗,主角可能是陈丕显和石西民。总之,挨斗的人不少,坐了满满一间小屋,当然都坐在冷冰冰的水泥地上。赵丹来了,坐在白杨旁边,我听见他问白杨住在什么地方。在旁边监视的电影系统的造反派马上厉声训斥:"你不老实,回去好好揍你一顿。"这句话今天还刺痛我的耳朵。十一年后赵丹在病床上说:

"对我,已经没什么可怕的了。"这是多么强烈的控诉!他能忘记那些拳打脚踢吗?他能忘记各式各样的侮辱吗?

后来在一九七七年九月中岛健藏先生一行来上海访问,我和赵丹一起接待他们,我们向久别的日本朋友介绍我们十年的经验,在座谈会上赵丹谈了他的牢狱生活,然后又谈起"四人帮"下台后他去江西的情况。他说:"由于我受到迫害,人们对待我更亲切、更热情。"真实的情况就是这样。还有一次我听见他表露他的心情:"为了报答,我应当多拍几部好片子。"我很欣赏他这种精神状态。他乐观,充满着信心。我看见他总觉得他身上有一团火,有一股劲。我听说他要在《大河奔流》中扮演周总理,又听说他要拍《八一风暴》,还听说他要扮演闻一多,最后听说他要同日本演员合拍影片。我也替他宣传过,虽然这些愿望都不曾实现,但我始终相信他会做出新的成绩。

我没有料想到今年七月会在上海华东医院里遇见他。我在草地上散步,他在水池边看花。他变了。人憔悴了,火熄了,他说他吃不下东西。他刚在北京的医院里检查过,我听护士说癌症的诊断给排除了,还暗中盼他早日恢复健康。我说:"让他再拍一两部好片子吧。"我这句话自己也不知道是向谁说的。主管文艺部门的长官,领导文艺部门的长官是不会听见我的声音的。华东医院草地上的相遇,是我和赵丹最后一次的见面。我从北欧回来,就听说他病危了。

赵丹同志不会回到我们中间来了。我很想念他。最近我们常常惋惜地谈起我国人才的"外流"。这个优秀的表演艺术家这些年的遭遇可以帮助我们头脑清醒地考虑一些事情。"让你活下去",并不解决人才的问题。我还是重复我去年十二月里讲过的话:

"请多一点关心他们吧,请多一点爱他们吧,不要挨到太迟了的时候。"

对赵丹同志来说,已经太迟了,他只能留下"已经没什么可怕的了"这样的遗言了。

悼念茅盾同志

十年浩劫之后我到北京开会,看见茅盾同志,我感到格外亲切。他还是那样意气昂扬,十分健谈,不像一位老人。这是我最初的印象,它使我非常高兴。这几年中间我见过他多次,有时在人民大会堂,没有机会长谈;有时我到他的住处,没有干扰,听他滔滔不绝地谈话,我仿佛又回到了三十年代和四十年代的日子。我每次都想多坐一会,但又害怕谈久了会使他疲劳,影响他的健康。告辞的时候我常常觉得还有许多话不曾讲出来,心想:下次再讲吧。同他的接触中我也发现他一年比一年衰老,但除了步履艰难外,我没有看到什么叫人特别担心的事情,何况我自己也是一年不如一年。因此我一直丢不开"下次吧"这个念头,总以为我和他晤谈的机会还有很多。最近有人来说"茅公身体不好,住进了医院"。我想到了冬天老年人总要发这样或者那样的毛病,天气暖和就会好起来,我那"下次吧"的信心并不动摇。万万想不到突然来的长途电话就把我的"下次吧"永远地结束了。

二十年代初商务印书馆的《小说月报》改版,开始发表新文艺作品,茅盾同志做了第一任编辑,那时我在成都。一九二八年他用"茅盾"的笔名在《小说月报》发表三部曲《蚀》的时候,我在法国。三十年代在上海看见他,我就称他为"沈先生",我这样尊敬地称呼他一直到最后一次同他的会见,我始终把他当做一位老师。我十几岁就读他写的文学论文和翻译的文学作品,三十年代又喜欢读他那些评论作家和作品的文章。那些年他站在鲁迅先生身边用笔进行战斗,用作品教育青年。我还记得一九三二年他的长篇小说《子夜》出版时的盛况,那是《阿Q正传》以后我国现代文学的又一伟大胜利。那个时期他还接连发表了像《林家铺子》、《春蚕》那样的现实主义短篇杰作。我国现代文学始终沿着"为人生"的现实主义道路成长、发展,少不了他几十年的心血。他又是文艺园中一位辛勤的老园丁,几十年如一日浇水拔草,小心照料每一朵将开或者初放的花朵,他在这方面也留下不少值得珍视的文章。

我不是艺术家,我不过借笔墨表达自己的爱憎,希望对祖国和人民能尽一点点力,由于偶然的机会我走上了文学道路,只好边走边学。几十年中间,我从前辈作家那里学到不少做文和做人的道理,也学到一些文学知识。我还记得三十年代中在上海文学社安排的几次会晤,有时鲁迅先生和茅盾同志都在座,在没有人打扰的旅社房间里,听他们谈文学界的现状和我们前进的道路,我只是注意地听着,今天我还想念这种难得的学习机会。

然而我不是一个好学生,缺乏刻苦钻研的学习精神,因此几十年过去了,我在文学上仍然没有多大的成就,回想起来我总是感到惭愧,甚至一些小事自以为记得很牢,也常常不能坚持下去。一九三七年"八·一三"抗战爆发,文艺刊物停刊,《文学》、《中流》、《译文》、《文丛》等四份杂志联合创办《呐喊》周报,我们在黎烈文家商谈,公推茅盾同志担任这份小刊物的编辑。刊物出了两期被租界巡捕房查禁,改名《烽火》继续出下去,我们按时把稿子送到茅盾同志家里。不久他离开上海,由我接替他的工作。我才发现他看过采用的每篇稿件都用红笔批改得清清楚楚,而且不让一个笔画难辨的字留下来。我过去也出过刊物,编过丛书,从未这样仔细批稿,看到他移交的稿件,我只有钦佩,我才懂得做编辑并不是容易的事。第二年春天他在香港编辑《文艺阵地》,刊物在广州印刷,他每期都要来广州看校样。他住在爱群旅社,我当时住在广州,到旅社去看他,每次都看见他一个字一个字地专心改正错字。我自己有过长期校对的经验,可是我校过的书刊中,仍然保留了不少的错字。记得我在四十年代后期编了一种丛书,收的有一本萧乾的作品(大概是《创作四试》吧)。书印出后报纸上刊载评论赞扬它,最后却来一句:"书是好书,可惜错字太多。"我每想起自己的粗心草率,内疚之后,眼前就现出茅盾同志在广州爱群旅社看校样的情景和他用红笔批改过的稿件。他做任何工作都是那样认真负责,一丝不苟,连最后写《回忆录》时也是这样。我尊他为老师,可是我跟他的距离还差得很远。看来我永远赶不上他了。但是即使留给我的只有一年、两年的时间,我也要以他为学习的榜样。

人到暮年,对生死的看法不像过去那样明白、敏锐。同亲友分别,也不像壮年人那样痛苦,因为心想:我就要跟上来了。但是得到茅盾同志的噩耗我十分悲痛,眼泪流在肚里,只有我自己知道。我们浪费了多少时间啊,现在到了尽头了。他是我们那一代作家的代表和榜样,他为祖国和人民留下了不少宝贵财富,他不应该有遗憾。但是我呢?我多么想拉住他,让他活下去,写完他所想写的一切啊!

去年三月,访问日本的前夕,我到茅盾同志的寓所去看他,在后院那间宽阔、整洁的书房里和他谈了将近一个小时,我和罗荪同志同去,但谈得最多的还是茅盾同志,他谈他的过去,谈他最近一次在睡房里摔了一跤后的幻景,他谈得十分生动。我们不愿意离开他,却又不能不让他休息。我们告辞后,他的儿媳妇搀他回到寝室。走出后院,我带走了一个孤寂老人的背影。我想多寂寞啊!这两年我脑子里一直有一个孤寂老人的形象。其实我并不理解他。今天我读了他的遗书,他捐献大量稿费,作为奖励长篇小说的基金;在病危的时候,他这样写道:"我自知病将不起,我衷心地祝愿我国社会主义文学事业繁荣昌盛。"他的心里装着祖国的社会主义的文学事业,他为这个事业贡献了毕生的精力。他怎么会感到寂寞呢?

现代文学资料馆

近两年我经常在想一件事:创办一所现代文学资料馆。甚至在梦里我也几次站在文学馆的门前,看见人们有说有笑地进进出出。醒来时我还把梦境当做现实,一个人在床上微笑。

可能有人笑我考虑文学馆的事情着了魔。其实在一九七九年中期关于文学馆的想法才钻进我的脑子。我本来孤陋寡闻,十年浩劫中我给封闭在各种"牛棚"里几乎与世隔绝。在那些漫长的日子里文学资料成了"四旧",人们无情地毁掉它们仿佛打杀过街的老鼠,我也亲手烧毁过自己保存多年的书刊信稿,当时我的确把"无知"当做改造的目标。我还记得有一个上午我在作家协会上海分会的厨房里劳动,外面的红卫兵跑进来找"牛鬼"用皮带抽打,我到处躲藏,给捉住了还要自报罪行,承认"这一生没有做过一件好事"。传达室的老朱在扫院子,红卫兵拉住他问他是什么人,他骄傲地答道:"我是劳动人民。"我多么羡慕他!也有过一个时候我真的相信只有几个"样板戏"才是文艺,其余全是废品。我彻底否定了自己。我丧失了是非观念。我没有过去,也没有将来,只是唯唯诺诺,不动脑筋地活下去,低着头,躲着人,最怕听见人提到我的名字,讲起我写过的小说。在那种时候,在那些日子里,我不会想、也不敢想文学和文学资料,更不用说创办文学馆和保存我们的文学资料了。在一九六七、六八年中我的精神状态就是这样可怜、可鄙的。这才是真的着魔啊!

但是"四人帮"贴在我的脑门子上的符咒终于给撕掉了,我回头看以前走过的道路又比较清楚了,文学究竟是什么我也懂得一点,不能说自己读过的书都是毒药或者胡说。文学是民族和人类的财产,它是谁也垄断不了的,是谁也毁灭不了的。十年浩劫中的血和火搅动了我心灵中的沉渣,它们全泛了起来,我为这些感到羞耻。我当时否定了自己,否定了文学,否定了一切美好的事物,我真的这样想过。现在我把那些否定又否定了,我的想法也绝非虚假。万幸我在入迷的时候并没有把手边的文学资料全部毁弃,虽然我做过的蠢事已经够多了。我烧毁了大哥写给我的一百多封信以及一些类似的东西,自己也受到了惩罚,我再要写《激流》一类的作品就有困难;同那些信件一起,我过去的一段生活也变成了灰烬。但是一个人的历史可以随意改写吗?可以任意编造吗?在一九六六年和以后的两三年中间我的想法真是这样。我甚至相信过一个没有文化、没有知识、当然也没有资料的理想世界。

我想起来了。当时也有人偷偷地问过我:"难道我们的祖先就没有留下一点值得重视的遗产?难道'五四'以来我国的现代文学就全是废品、全是'四旧'？难道你几十年中那许多作品就全是害人害世的毒草？"我答不出来,一方面我仍处于神志不清的状态,另一方面我已经给"打翻在地还踏上一只脚",不敢"乱说乱动",唯恐连累亲戚朋友。活命哲学是我当时唯一的法宝。

一九七九年春天起我出国三次。我出去并非镀金,也不想捞取什么,我只是让一些外国朋友看看我并不曾被"四人帮"迫害致死,还能够用自己的脑子思考。在国外我才发现人们关心中国,多数读者想通过中国现代文学认识我们国家,了解中国人的心灵。好些国家中都有人在搜集我国现代文学作品和有关资料；或者成立研究会、召开国际会议讨论有关问题。我们的"文革"期间被视为粪土的东西,在国外却有人当做珍贵文物收藏。

在世界闻名的几个都市里我参观了博物馆、纪念碑,接触了文化和历史资料,看到了人民的今天,也了解他们的过去。任何民族,任何人民都有自己光辉的历史。毁弃过去的资料,不认自己的祖宗,这是愚蠢而徒劳的。你不要,别人要；你扔掉,别人收藏。我们的友邦日本除了个别作家的资料馆外,还有一所相当完备的他们自己的"近代文学馆"。日本朋友也重视我们现代文学的资料。据一位美籍华人作家说这方面的资料美国收藏最多,居世界第一,欧洲有些学者还要到美国去看材料。荷兰莱顿有一所"西欧汉学研究中心图书馆",成立已经五十年,虽然收藏我国现代作品不多,但正在广泛地搜集。我说句笑话,倘使我们对这种情况仍然无动于衷,那么将来我们只有两条路可走：或者把一代的文学整个勾销,不然就厚着脸皮到国外去找寻我们自己需要的资料。

现在还是能够有所作为的时候。听说日本的"近代文学馆"是日本的作家们创办的,并没有向国家要一个钱。日本作家办得到的事,难道我们中国作家就办不到？我的力量虽然有限,但决心很大,带个头总是可以的吧。创办和领导的工作由中国作家协会担任,我们只要求国家分配一所房子。我准备交出自己收藏的书刊和资料,还可以捐献自己的稿费,只希望在自己离开人世前看见文学馆创办起来,而且发挥作用。

我设想中的"文学馆"是一个资料中心,它搜集、收藏和供应一切我国现代文学的资料,"五四"以来所有作家的作品,以及和他们有关的书刊、图片、手稿、信函、报道……等等。这只是我的初步设想,将来"文学馆"成立,需要做的工作可能更多。

对文学馆的前途我十分乐观。我的建议刚刚发表,就得到不少作家的热烈响应。同志们给了我很大的鼓励。我心情振奋,在这里发表我的预言:十年以后欧美的汉学家都要到北京来访问现代文学馆,通过那些过去不被重视的文件、资料认识中国人民美好的心灵。

点着火柴烧毁历史资料的人今天还是有的;以为买进了最新的机器就买进了一切的人也是有的。但是更多的人相信我们需要加强我们的民族自豪感,提高对我们民族精神的认识。认识自己,认识我们的文学,认识中国人民的心灵美。我们有一个丰富的矿藏,为什么不建设起来好好地开采呢?

我那些美好的梦景一定会成为现实,我的愉快的微笑并不是毫无原因的。

十年一梦

我十几岁的时候,读过一部林琴南翻译的英国小说,可能就是《十字军英雄记》吧,书中有一句话,我一直忘记不了:"奴在身者,其人可怜;奴在心者,其人可鄙。"话是一位公主向一个武士说的,当时是出于误会,武士也并不是真的奴隶,无论在身或者在心。最后好像是"有情人终成眷属"。

使我感兴趣的并不是这个结局。但是我也万想不到小说中一句话竟然成了十年浩劫中我自己的写照。经过那十年的磨炼,我才懂得"奴隶"这个字眼的意义。在悔恨难堪的时候,我常常想起那一句名言,我用它来跟我当时的处境对照,我看自己比任何时候更清楚。奴隶,过去我总以为自己同这个字眼毫不相干,可是我明明做了十年的奴隶！这十年的奴隶生活也是十分复杂的。我们写小说的人爱说，有生活跟没有生活大不相同，这倒是真话。从前我对"奴在身者"和"奴在心者"这两个词组的理解始终停留在字面上。例如我写《家》的时候，写老黄妈对觉慧谈话，祷告死去的太太保佑这位少爷，我心想这大概就是"奴在心者"；又如我写鸣凤跟觉慧谈话，觉慧说要同她结婚，鸣凤说不行，太太不会答应，她愿做丫头伺候他一辈子。我想这也就是"奴在心者"吧。在"文革"期间我受批斗的时候，我的罪名之一就是"歪曲了劳动人民的形象"。有人举出了老黄妈和鸣凤为例，说她们应当站起来造反，我却把她们写成向"阶级敌人"低头效忠的奴隶。过去我也常常翻阅、修改自己的作品，对鸣凤和黄妈这两个人物的描写不曾看出什么大的问题。忽然听到这样的批判，觉得问题很严重，而且当时只是往牛角尖里钻，完全跟着"造反派"的逻辑绕圈子。我想，我是在官僚地主的家庭里长大的，受到旧社会、旧家庭各式各样的教育，接触了那么多的旧社会、旧家庭的人，因此我很有可能用封建地主的眼光去看人看事。越想越觉得"造反派"有理，越想越觉得自己有罪。说我是地主阶级的"孝子贤孙"，我承认；说我写《激流》是在为地主阶级树碑立传，我也承认；一九七〇年我们在农村"三秋"劳动，我给揪到田头，同当地地主一起挨斗，我也低头认罪；我想我一直到二十三岁都是靠老家养活，吃饭的钱都是农民的血汗，挨批挨斗有什么不可以！但是一九七〇年的我和一九六七、六八年的我已经不相同了。六六年九月以后在"造反派"的"引导"和威胁之下（或者说用鞭子引导之下），我完全用别人的脑子思考，别人大吼"打倒巴金"！我也高举右手响应。这个举动我现在回想起来，觉得不大好理解。但当时我并不是作假，我真心表示自己愿意让人彻底打倒，以便从头做起，重新做人。我还有通过吃苦完成自我改造的决心。我甚至因为"造反派"不"谅解"我这番用心而感到苦恼。我暗暗对自己说："他们不相信你，不要紧，你必须经得住考验。"每次批斗之后，"造反派"照例要我写《思想汇报》，我当时身心十分疲倦，很想休息。但听说马上要交卷，就打起精神，认真汇报自己的思想，总是承认批判的发言打中了我的要害,批斗真是为了挽救我,"造反派"是我的救星。那一段时期,我就是只按照"造反派"经常高呼的口号和反复宣传的"真理"思考的。我再也没有自己的思想。倘使追问下去,我只能回答说:只求给我一条生路。六九年后我渐渐地发现"造反派"要我相信的"真理"他们自己并不相信,他们口里所讲的并不是他们心里所想的。最奇怪的是六九年五月二十三日学习毛主席的《讲话》我写了《思想汇报》。我们那个班组的头头大加表扬,把《汇报》挂出来,加上按语说我有认罪服罪、向人民靠拢的诚意。但是过两三天上面讲了什么话,他们又把我揪出来批斗,说我假意认罪、骗取同情。谁真谁假,我开始明白了。我仍然按时写《思想汇报》,引用"最高指示"痛骂自己,但是自己的思想暗暗地、慢慢地在进行大转弯。我又有了新的发现:我就是"奴在心者",而且是死心塌地的精神奴隶。

这个发现使我十分难过!我的心在挣扎,我感觉到奴隶哲学像铁链似的紧紧捆住我全身,我不是我自己。

没有自己的思想,不用自己的脑子思考,别人举手我也举手,别人讲什么我也讲什么,而且做得高高兴兴,——这不是"奴在心者"吗?这和小说里的黄妈不同,和鸣凤不同,她们即使觉悟不"高",但她们有自己的是非观念,黄妈不愿意"住浑水",鸣凤不肯做冯乐山的小老婆。她们还不是"奴在心者"。固然她们相信"命",相信"天",但是她们并不低头屈服,并不按照高老太爷的逻辑思考。她们相信命运,她们又反抗命运。她们决不像一九六七、六八年的我。那个时候我没有反抗的思想,一点也没有。

我没有提一九六六年。我是六六年八月进"牛棚",九月十日被抄家的,在那些夜晚我都是服了眠尔通才能睡几小时。那几个月里我受了多大的折磨,听见捶门声就浑身发抖。但是我一直抱着希望:不会这样对待我吧,对我会从宽吧;这样对我威胁只是一种形式吧。我常常暗暗地问自己:"这是真的吗?"我拼命拖住快要完全失去的希望,我不能不这样想:虽然我"有罪",但几十年的工作中多少总有一点成绩吧。接着来的是十二月。这可怕的十二月！它对于我是沉重的当头一击，它对于萧珊的病和死亡也起了促进的作用。红卫兵一批一批接连跑到我家里，起初翻墙入内，后来是大摇大摆地敲门进来，凡是不曾贴上封条的东西，他们随意取用。晚上来，白天也来。夜深了，我疲劳不堪，还得低声下气，哀求他们早些离开。不说萧珊挨过他们的铜头皮带！这种时候，这种情况，我还能有什么希望呢？从此我断了念，来一个急转弯，死心塌地做起"奴隶"来。从一九六七年起我的精神面貌完全不同了。我把自己心灵上过去积累起来的东西丢得一干二净。我张开胸膛无条件地接收"造反派"的一切"指示"。我自己后来分析说，我入了迷，中了催眠术。其实我还挖得不深。在那两年中间我虔诚地膜拜神明的时候，我的耳边时时都有一种仁慈的声音：你信神你一家人就有救了。原来我脑子里始终保留着活命哲学。就是在入迷的时候，我还受到活命思想的指导。在一九六九年以后我常常想到黄妈，拿她同我自己比较。她是一个真实的人，姓袁，我们叫她"袁袁"，我和三哥离开成都前几年中间都是她照料我们。她喜欢我们，我们出川后不久，她就辞工回家了，但常常来探问我们的消息，始终关心我们。一九四一年年初我第一次回到成都，她已经死亡。我无法打听到她的坟在什么地方，其实我也不会到她墓前去感谢她的服务和关怀。只有在拿她比较的时候，我才知道我欠了她一笔多么深切的爱。她不是奴隶，更不是"奴在心者"。

　　我在去年写的一则《随想》中讲起那两年在"牛棚"里我跟王西彦同志的分歧。我当时认为自己有大罪，赎罪之法是认真改造，改造之法是对"造反派"的训话、勒令和决定句句照办。西彦不服，他经常跟监督组的人争论，他认为有些安排不合情理，是有意整人。我却认为磨炼越是痛苦，对我们的改造越有好处。今天看来我的想法实在可笑，我用"造反派"的训话思考，却得出了陀思妥耶夫斯基式的结论。对"造反派"来说，陀思妥耶夫斯基是"反动的"作家。可是他们用了各种方法，各种手段逼迫我、也引导我走上陀思妥耶夫斯基的路。这说明大家的思想都很混乱，谁也不正确。我说可笑，其实也很可悲。我自称为知识分子,也被人当做"知识分子"看待,批斗时甘心承认自己是"精神贵族",实际上我完全是一个"精神奴隶"。

到六九年,我看出一些"破绽"来了:把我们当做奴隶、在我们面前挥舞皮鞭的人其实是空无所有,他们并不知道自己的明天。有人也许奇怪我会有这样的想法,其实这也是容易理解的。我写了几十年的书嘛,总还有那么一点"知识"。我现在完全明白"四人帮"为什么那样仇恨"知识"了。哪怕只有那么一点"知识",也会看出"我"的"破绽"来。何况是"知识分子",何况还有文化!"你"有了对付"我"的武器,不行!非缴械不可。其实武器也可以用来为"你"服务嘛。不,不放心!"你"有了武器,"我"就不能安枕。必须把"你"的"知识"消除干净。

六七、六八年两年中间我多么愿意能够把自己那一点点"知识"挖空,挖得干干净净,就像扫除尘土那样。但是这怎么能办到呢?果然从一九六九年起,我那么一点点"知识"就作怪起来了。迷药的效力逐渐减弱。我自己的思想开始活动。除了"造反派"、"革命左派",还有"工宣队"、"军代表"……他们特别爱讲话!他们的一言一行,我都看在眼里,听在耳里,记在心上。我的思想在变化,尽管变化很慢,但是在变化,内心在变化。这以后我也不再是"奴在心者"了,我开始感觉到做一个"奴在心者"是多么可鄙的事情。

在外表上我没有改变,我仍然低头沉默,"认罪服罪"。可是我无法再用别人的训话思考了。我忽然发现在我周围进行着一场大骗局。我吃惊,我痛苦,我不相信,我感到幻灭。我浪费了多么宝贵的时光啊!但是我更加小心谨慎,因为我害怕。当我向神明的使者虔诚跪拜的时候,我倒有信心。等到我看出了虚伪,我的恐怖增加了,爱说假话的人什么事都做得出来!无论如何我要保全自己。我不再相信通过苦行的自我改造了,在这种场合连陀思妥耶夫斯基的道路也救不了我。我渐渐地脱离了"奴在心者"的精神境界,又回到"奴在身者"了。换句话说,我不是服从"道理",我只是屈服于权势,在武力之下低头,靠说假话过日子。同样是活命哲学,从前是:只求给我一条生路;如今是:我一定要活下去,看你们怎样收场!我又记起一九六六年我和萧珊用来互相鼓舞的那句话:坚持下去就是胜利。

萧珊逝世,我却看到了"四人帮"的灭亡。

编造假话,用假话骗人,也用假话骗了自己,而终于看到假话给人戳穿,受到全国人民的唾弃,这便是"四人帮"的下场。以"野蛮"征服"文明"、用"无知"战胜"知识"的时代也跟着他们永远地去了。

一九六九年我开始抄录、背诵但丁的《神曲》,因为我怀疑"牛棚"就是"地狱"。这是我摆脱奴隶哲学的开端。没有向导,一个人在摸索,我咬紧牙关忍受一切折磨,不再是为了赎罪,却是想弄清是非。我一步一步艰难地走着,不怕三头怪兽,不怕黑色魔鬼,不怕蛇发女怪,不怕赤热沙地……我经受了几年的考验,拾回来"丢开"了的"希望"①,终于走出了"牛棚"。我不一定看清别人,但是我看清了自己。虽然我十分衰老,可是我还能用自己的思想思考。我还能说自己的话,写自己的文章。我不再是"奴在心者",也不再是"奴在身者"。我是我自己。我回到我自己身上了。

那动乱的十年,多么可怕的一场大梦啊!

怀念鲁迅先生

四十五年了,一个声音始终留在我的耳边:"忘记我。"声音那样温和、那样恳切、那样熟悉,但它常常又是那样严厉。我不知对自己说了多少次:"我决不忘记先生。"可是四十五年中间我究竟记住一些什么事情?!

四十五年前一个秋天的夜晚和一个秋天的清晨,在万国殡仪馆的灵堂里我静静地站在先生灵柩前,透过半截玻璃棺盖,望着先生的慈祥的面颜,紧闭的双眼,浓黑的唇髭,先生好像在安睡。四周都是用鲜花扎的花圈和花篮,没有一点干扰,先生睡在香花丛中。两次我

---

① 见《神曲》《地狱》第三曲:"你们进来的人,丢开一切的希望吧。"

都注视了四五分钟,我的眼睛模糊了,我仿佛看见先生在微笑。我想,要是先生睁开眼睛坐起来又怎么样呢?我多么希望先生活起来啊!

四十五年前的事情仿佛就发生在昨天。不管我忘记还是不忘记,我总觉得先生一直睁着眼睛在望我。

我还记得在乌云盖天的日子,在人兽不分的日子,有人把鲁迅先生奉为神明,有人把他的片语只字当成符咒;他的著作被人断章取义、用来打人,他的名字给新出现的"战友"、"知己"们作为装饰品。在香火烧得很旺、咒语念得很响的时候,我早已被打成"反动权威",做了先生的"死敌",连纪念先生的权利也给剥夺了。在作协分会的草地上有一座先生的塑像。我经常在园子里劳动,拔野草,通阴沟。一个窄小的"煤气间"充当我们的"牛棚",六七名作家挤在一起写"交代"。我有时写不出什么,就放下笔空想。我没有权利拜神,可是我会想到我所接触过的鲁迅先生。在那个秋天的下午我向他告了别。我同七八千群众伴送他到墓地。在暮色苍茫中我看见覆盖着"民族魂"旗子的棺木下沉到墓穴里。在"牛棚"的一个角落,我又看见了他,他并没有改变,还是那样一个和蔼可亲的小小老头子,一个没有派头、没有架子、没有官气的普通人。

我想的还是从前的事情,一些很小、很小的事情。

我当时不过是一个青年作家。我第一次编辑一套《文学丛刊》,见到先生向他约稿,他一口答应,过两天就叫人带来口信,让我把他正在写作的短篇集《故事新编》收进去。《丛刊》第一集编成,出版社刊登广告介绍内容,最后附带一句:全书在春节前出齐。先生很快地把稿子送来了,他对人说:他们要赶时间,我不能耽误他们(大意)。其实那只是草写广告的人的一句空话,连我也不曾注意到。这说明先生对任何工作都很认真负责。我不能不想到自己工作的草率和粗心,我下决心要向先生学习,才发现不论是看一份校样,包封一本书刊,校阅一部文稿,编印一本画册,事无大小,不管是自己的事或者别人的事,先生一律认真对待,真正做到一丝不苟。他印书送人,自己设计封面,自己包封投邮,每一个过程都有他的心血。我暗中向他学习,越学越是觉得难学。我通过几位朋友,更加了解先生的一些情况,了解越多我对先生的敬爱越深。我的思想、我的态度也在逐渐变化。我感觉到所谓潜移默化的力量了。

我开始写作的时候,拿起笔并不感到它有多么重,我写只是为了倾吐个人的爱憎。可是走上这个工作岗位,我才逐渐明白:用笔作战不是简单的事情。鲁迅先生给我树立了一个榜样。我仰慕高尔基的英雄"勇士丹柯",他掏出燃烧的心,给人们带路,我把这幅图画作为写作的最高境界,这也是从先生那里得到启发的。我勉励自己讲真话,卢骚(梭)是我的第一个老师,但是几十年中间用自己的燃烧的心给我照亮道路的还是鲁迅先生。我看得很清楚:在他,写作和生活是一致的,作家和人是一致的,人品和文品是分不开的。他写的全是讲真话的书。他一生探索真理,追求进步。他勇于解剖社会,更勇于解剖自己;他不怕承认错误,更不怕改正错误。他的每篇文章都经得住时间的考验,他的确是把心交给读者的。我第一次看见他,并不感觉到拘束,他的眼光,他的微笑都叫我放心。人们说他的笔像刀一样锋利,但是他对年轻人却怀着无限的好心。一位朋友在先生指导下编辑一份刊物,有一个时期遇到了困难,先生对他说:"看见你瘦下去,我很难过。"先生介绍青年作者的稿件,拿出自己的稿费印刷年轻作家的作品。先生长期生活在年轻人中间,同年轻人一起工作,一起战斗,分清是非,分清敌友。先生爱护青年,但是从不迁就青年。先生始终爱憎分明,接触到原则性的问题,他决不妥协。有些人同他接近,后来又离开了他;一些"朋友"或"学生",变成了他的仇敌。但是他始终不停脚步地向着真理前进。

"忘记我!"这个熟悉的声音又在我的耳边响起来,它有时温和有时严厉。我又想起四十五年前的那个夜晚和那个清晨,还有自己说了多少遍的表示决心的一句话。说是"决不忘记",事实上我早已忘得干干净净了。但在静寂的灵堂上对着先生的遗体表示的决心却是抹不掉的。我有时感觉到声音温和,仿佛自己受到了鼓励,我有时又感觉到声音严厉,那就是我借用先生的解剖刀来解剖自己的灵魂了。

二十五年前在上海迁葬先生的时候,我做过一个秋夜的梦,梦景至今十分鲜明。我看见先生的燃烧的心,我听见火热的语言:为了真理,敢爱,敢恨,敢说,敢做,敢追求。……但是当先生的言论被利用、形象被歪曲、纪念被垄断的时候,我有没有站出来讲过一句话?当姚文元挥舞棍子的时候,我给关在"牛棚"里除了唯唯诺诺之外,敢于做过什么事情?

十年浩劫中我给"造反派"当成"牛",自己也以"牛"自居。在"牛棚"里写"检查"、写"交代"混日子已经成为习惯,心安理得。只有近两年来咬紧牙关解剖自己的时候,我才想起先生也曾将自己比做"牛"。但先生"吃的是草,挤出来的是奶和血"。这是多么优美的心灵,多么广大的胸怀!我呢,十年中间我不过是一条含着眼泪等人宰割的"牛"。但即使是任人宰割的牛吧,只要能挣断绳索,它也会突然跑起来的。

"忘记我!"经过四十五年的风风雨雨,我又回到了万国殡仪馆的灵堂。虽然胶州路上殡仪馆已经不存在,但玻璃棺盖下面慈祥的面颜还很鲜明地现在我的眼前,印在我的心上。正因为我又记起先生,我才有勇气活下去。正因为我过去忘记了先生,我才遭遇了那些年的种种的不幸。我会牢牢记住这个教训。

若干年来我听见人们在议论:假如鲁迅先生还活着……当然我们都希望先生活起来。每个人都希望先生成为他心目中的那样。但是先生始终是先生。

为了真理,敢爱,敢恨,敢说,敢做,敢追求……

如果先生活着,他决不会放下他的"金不换"。他是一位作家,一位人民所爱戴的伟大的作家。

未来(说真话之五)

客人来访,闲谈中我说明自己的主张:"鼓舞人前进的是希望,而不是失望。"客人就说:"那么我们是不是把一切不愉快的事情都深深埋葬,多谈谈美满的未来?!"

于是我们畅谈美满的未来,谈了一个晚上。客人告辞,我回到寝室,一进门便看见壁炉架上萧珊的照片,她的骨灰盒在床前五斗柜上面。它们告诉我曾经发生过的那些不愉快的事情。

萧珊逝世整整十年了。说真话,我想到她的时候并不多,但要我忘记我在《怀念萧珊》中讲过的那些事,恐怕也难办到。有人以为做一两次报告,做一点思想工作,就可以使人忘记一些事情,我不大相信。我记得南宋诗人陆游的几首诗,《钗头凤》的故事知道的人很多,诗人在四十年以后"犹吊遗踪一泫然",而且想起了四十三年前的往事,还要"断肠"。那么我偶尔怀念亡妻写短文说断肠之情,也是可以理解的吧。我不是在散布失望的情绪,我的文章不是"伤痕文学"。也没有人说陆游的诗是"伤痕文学"。陆游不但有伤痕,而且他的伤痕一直在流血,他有一些好诗就是用这血写成的。七百多年以后,我在法国一位学哲学的中国同学那里读了这些诗①,过了五十几年还没有忘记,不用翻书就可以默写出来。我默念这些诗,诗人的痛苦和悲伤打动我的心,我难过,我同情,我思索,但是我从未感到绝望或者失望。人们的幸福生活给破坏了,就应当保卫它。看见人们受苦,就会感到助人为乐。生活的安排不合理,就要改变它。看够了人间的苦难,我更加热爱生活,热爱光明。从伤痕里滴下来的血一直是给我点燃希望的火种。通过我长期的生活经验和创作实践,我认为即使不写满园春色的美景,也能鼓舞人心;反过来说,纵然成天大做一切都好的美梦,也产生不了良好的效果。

据我看,最好是讲真话。有病治病;无病就不要吃药。

要谈未来,当然可以。谈美满的未来,也可以。把未来设想得十分美满,谁也干涉不了,因为每个人都有未来,而且都可以为自己的

---

① 当时(一九二七—二八)我和哲学家住在沙多—吉里城拉封丹中学食堂楼上两间邻接的屋子里,他每晚朗读陆游的诗。我听见他"吟诵",遇到自己喜欢的诗,就记在了心里。

未来作各种的努力。未来就像一件有可塑性的东西,可以由自己努力把它塑成不同的形状。当然这也不那么容易。不过努力总会产生效果,好的方面的努力就有可能产生好的效果。产生希望的是努力,是向上、向前的努力,而不是豪言壮语。

客人不同意我这种"说法"。他说:"多讲些豪言壮语有什么不好?至少可以鼓舞士气嘛。"

我听过数不清的豪言壮语,我看过数不清的万紫千红的图画。初听初看时我感到精神振奋,可是多了,久了,我也就无动于衷了。我看,别人也是如此。谁也不希罕不兑现的支票。我不久前编自己的选集,翻看了大部分的旧作,使我感到惊奇的是从一九五〇到一九六六年十六年中间,我也写了那么多的豪言壮语,我也绘了那么多的美丽图画,可是它们却迎来十年的浩劫,弄得我遍体鳞伤。我更加惊奇的是大家都在豪言壮语和万紫千红中生活过来,怎么那么多的人一夜之间就由人变为兽,抓住自己的同胞"食肉寝皮"。我不明白,但是我想把问题弄清楚。最近遇见几位朋友,谈起来他们都显得惊惶不安,承认"心有余悸"。不能怪他们,给蛇咬伤的人看见绳子会心惊肉跳。难道我就没有恐惧?我在《随想录》中不断地提出问题,发表意见,正因为我有恐惧。不用说大家都不愿意看见十年的悲剧再次上演,但是不弄清楚它的来龙去脉,不把它的来路堵死,单靠念念咒语,签发支票,谁也保证不了已经发生过的事不再发生。难道对于我们的未来中可能存在的这个阴影就可以撒手不管?我既然害怕见到第二次的兽性大发作,那么为什么要把自己的恐惧埋葬在心底?为什么不敢把心里话老实地讲出来?

埋葬!忘记!有一个短时期我的确想忘记十年的悲剧,但是偏偏忘记不了,即使求神念咒,也不管用。于是我又念起陆游的诗。像陆游那样朝夕盼望"王师北定中原"的爱国大诗人,对于奉母命离婚的"凡人小事"一辈子也不曾忘记,那么对于长达十年使几亿人受害的大灾难,谁又能够轻易忘记呢?

不忘记浩劫,不是为了折磨别人,而是为了保护自己,为了保护我们的下一代。保护下一代,人人有责任。保护自己呢,我经不起更大的折腾了。过去我常想保护自己,却不理解"保护"的意义。保护自己并非所谓明哲保身,见风转舵。保护自己应当是严格要求自己,面对现实,认真思考。不要把真话隐藏起来,随风向变来变去,变得连自己的面目也认不清楚,我这个惨痛的教训是够大的了。

十年的灾难,给我留下一身的伤痕。不管我如何衰老,这创伤至今还像一根鞭子鞭策我带着分明的爱憎奔赴未来。纵然是年近八旬的老人,我也还有未来,而且我还有雄心壮志塑造自己的未来。望梅止渴、画饼充饥的年代早已过去,人们要听的是真话。我是一个什么样的人?是不是想说真话?是不是敢说真话?无论如何,我不能躲避读者们的炯炯目光。

解剖自己

《随想》第七十一则发表好久了,后来北京的报纸又刊载了一次。几天前一位朋友来看我,坐下来闲谈了一会,他忽然提起我那篇短文,说他那次批斗我是出于不得已,发言稿是三个人在一起讨论写成的,另外二人不肯讲,逼着他上台;又说他当时看见我流泪也很难过。这位朋友是书生气很重的老实人,我在干校劳动的时候,经常听见造反派在背后议论他,模仿他带外国语法的讲话。他在大学里是一位诗人,到欧洲念书后回来,写一些评论文章。在"文化大革命"中他的地位很尴尬,我有时看见他"靠边",有时他又得到"解放"或者"半解放",有时我又听说他要给"结合进领导班子"。总之变动很快,叫人搞不清楚。现在事情早已过去,他变得不多,在我眼前他还是那个带书生气的老好人。

他的这些话是我完全不曾料到的。我记起来了:我曾在一则《随想》里提过一九六七年十月在上海杂技场里召开的批斗大会,但也只有短短的一句话,并没有描述大会的经过情形,更不曾讲出谁登台发言,谁带头高呼口号。而且不但在过去,就是现在坐在朋友的对面,我也想不起他批判我的事情,一点印象也没有。我就老实地告诉他:用不着为这种事抱歉。我还说,我当时虽然非常狼狈,讲话吞吞吐吐,但是我并没有流过眼泪。

他比我年轻,记忆力也比我好,很可能他不相信我的说法,因此他继续解释了一番。我理解他的心情。为了使他安心,我讲了不少的话,尽可能多多回忆当时的情况,我到杂技场参加批斗会的次数不少,其中两次是以我为主的,一次是第一次全市性的批斗大会,另一次是电视大会,各个有关单位同时收看,一些靠边的对象给罚站在每台电视机的两旁。那位朋友究竟在哪一次会上发言,我至今说不出来,这说明我当时就不曾把他的话记在心上。我是一个"身经百斗"的"牛鬼",谁都有权揪住我批斗,我也无法将每次会、每个人的"训话"一一记牢。但是那两次大会我还不曾轻易忘记,因为对我来说它们都是头一次,我毫无经验,十分紧张。

杂技场的舞台是圆形的,人站在那里挨斗,好像四面八方高举的拳头都对着你,你找不到一个藏身的地方,相当可怕。每次我给揪出场之前,主持人宣布大会开始,场内奏起了《东方红》乐曲。这乐曲是我听惯了的,而且是我喜欢的。可是在那些时候我听见它就浑身战栗,乐曲奏完,我总是让几名大汉拖进会场,一连几年都是如此。初次挨斗我既紧张又很小心,带着圆珠笔和笔记本上台,虽然低头弯腰,但是不曾忘记记下每人发言的要点,准备"接受批判改正错误"。那次大会的一位主持人看见我有时停笔不写,他就训话:"你为什么不记下去?!"于是我又拿笔续记。我这样摘录批判发言不止一次,可是不到一年,造反派搜查牛棚,没收了这些笔记本,还根据它们在某一次会上批斗我准备"反攻倒算",那时我已经被提升为"无产阶级专政的死敌"了。

我第一次接受全市"革命群众"批斗的时候,两个参加我的专案组的复旦大学学生把我从江湾(当时我给揪到复旦大学去了)押赴斗场,进场前其中一个再三警告我:不准在台上替自己辩护,而且对强加给我的任何罪名都必须承认。我本来就很紧张,现在又背上这样一个包袱,只想做出好的表现,又怕承认了罪名将来洗刷不清。埋着头给拖进斗场,我头昏眼花,思想混乱,一片"打倒巴金"的喊声叫人胆战心惊。我站在那里,心想这两三个小时的确很难过去,但我下定决心要重新做人,按照批判我的论点改造自己。

两次杂技场的大会在我的心上打下了深的烙印。电视大会召开时,为了造舆论、造声势,从作家协会上海分会到杂技场,沿途贴了不少很大的大字标语,我看见那么多的"打倒"字样,我的心凉了。要不是为了萧珊,为了孩子们,这一次我恐怕不容易支持下去。在那两次会上我都是一直站着受批,我还记得电视大会上批判结束,主持人命令把我押下去时,我一下子提不起脚来,造反派却骂我"装假"。以后参加批斗会,只要台上有板凳,我就争取坐下,我已经渐渐地习惯了,也取得一点经验了。我开始明白我所期待的那种"改造"是并不存在的。

朋友的一番话鼓舞我做了一次长途旅行,我从一个批斗会走到另一个,走完了数不清的不同的会场,我没有看见一张相熟的面孔。不是说没有一位熟人登台发言,我想说那些发言并未给我带来损害,我当时就不曾把它们放在心上,事后也就忘记得一干二净。

回顾过去,我觉得自己这样做也合情合理。我的肚皮究竟有多大?哪里容得下许许多多芝麻大的个人恩怨!在那个时期我不曾登台批判别人,只是因为我没有得到机会,倘使我能够上台亮相,我会看做莫大的幸运。我常常这样想,也常常这样说,万一在"早请示、晚汇报"搞得最起劲的时期,我得到了解放和重用,那么我也会做出不少的蠢事,甚至不少的坏事。当时大家都以"紧跟"为荣,我因为没有"效忠"的资格,参加运动不久就被勒令靠边站,才容易保持了个人的清白。使我感到可怕的是那个时候自己的精神状态和思想情况,没有掉进深渊,确实是万幸,清夜扪心自问,还有点毛骨悚然。

解剖自己的习惯是我多次接受批斗的收获。了解了自己就容易了解别人。要求别人不应当比要求自己更严。听着打着红旗传下来的"一句顶一万句"的"最高指示",谁能保持清醒的头脑?谁又能经得起考验？做一位事后诸葛亮已经迟了。但幸运的是我找回了失去多年的"独立思考"。有了它我不会再走过去走的老路,也不会再忍受那些年忍受过的一切。十年的噩梦醒了,它带走了说不尽、数不清的个人恩怨,它告诉我们过去的事决不能再来。

"该忘记的就忘掉吧,不要拿那些小事折磨自己了,我们的未来还是在自己的手里。"我紧握着客人的手,把他送到门外。

知识分子

去年年底我为《寒夜》——挪威文译本写了如下的序言：

我知道我的小说《寒夜》已经被译成挪威文,友人叶君健问我是否愿意为这个新译本写序,我当然愿意。

《寒夜》脱稿于一九四六年的最后一天。一九六〇年冬天在成都校阅自己的《文集》时,我又把全书修改了一遍。一个多月前我新编自己的《选集》(十卷本),又一次读了全文,我仍然像三十五年前那样激动。我不能不想到自己过去常说的一句话："我写文章如同在生活。"我仿佛又回到一九四五年的重庆了。

我当时就住在主人公汪文宣居住的地方——民国路上一座破破烂烂的炸后修复的"大楼"。我四周的建筑物、街道、人同市声就和小说中的一样。那些年我经常兼做校对的工作,不过我靠稿费生活,比汪文宣的情况好一些。汪文宣的身上有我的影子,我写汪文宣的时候也放进了一些自己的东西。最近三四年来我几次对人说,要是我没有走上文学道路(我由于偶然的机会成了作家),我很可能得到汪文宣那样的结局。我的一个哥哥和几个朋友都死于肺结核病,我不少的熟人都过着相当悲惨的生活。在战时的重庆和其他所谓"大后方",知识分子的生活都是十分艰苦的。

小说里的描写并没有一点夸张。我要写真实,而且也只能写真实。我心中充满悲愤。我不想为自己增添荣誉,我要为受难人鸣冤叫屈。我说,我要控诉。的确,对不合理的社会制度我提出了控诉(J'accuse)。我不是在鞭挞这个忠厚老实、逆来顺受的读书人,我是在控诉那个一天天烂下去的使善良人受苦的制度,那个"斯文扫地"的社会。写完了《寒夜》,我有一种轻松的感觉,我把蒋介石国民党的统治彻底地否定了。

关于《寒夜》,过去有两种说法:一说是悲观绝望的书;一说是充满希望的书,我自己以前也拿不定主意,可以说是常常跟着评论家走。现在我头脑清醒多了。我要说它是一本充满希望的书,因为旧的灭亡,新的诞生;黑暗过去,黎明到来。究竟怎样,挪威的读者会作出自己的判断,……

我很高兴挪威的读者通过我的小说接触到我国旧知识分子正直善良的心灵,了解他们过去艰苦的生活和所走过的艰难曲折的道路。互相了解是增进人民友谊的最好手段,倘使我的小说能够在这方面起一些作用,那我就十分满意了。

一九八一年二月三十日

序言写到这里为止,想说的话本来很多,但在一篇序文里也没有说尽的必要,留点余地让读者自己想想也是好的。

那些年我不止一次地替知识分子讲话。在一九四三年写的《火》第三部里面,我就替大学教授打抱不平。小说里有这样一段话:"现在做个教授也实在太苦了,靠那点薪水养活一家人,连饭也吃不饱,哪里还有精神做学问?我们刚才碰见历史系的高君允提个篮子在买菜,脸黄肌瘦,加上一身破西装,真像上海的小瘪三。"昆明的大学生背后这样地议论他们的老师,这是当时的实际情况。学生看不起老师,因为他们会跑单帮,做生意,囤积居奇,赚大钱,老师都是些书呆子,不会做这种事。在那个社会知识无用,金钱万能,许多人做着发财的美梦,心地善良的人不容易得到温饱。钱可以赚来更多的钱,书却常常给人带来不幸。在《寒夜》中我写了四十年代前半期重庆的一些事情。当时即使是不大不小的文官,只要没有实权,靠正当收入过日子,也谈不到舒适。我有几个朋友在国民党的行政院当参事或者其他机关担任类似的职务或名义,几个人合租了一座危楼(前院炸掉了,剩下后院一座楼房)。我住在郊外,有时进城过夜,就住在他们那里,楼房的底层也受到炸弹的损害,他们全住在楼上。我在那里吃过一顿饭,吃的平价米还是靠他们的"特权"买来的,售价低,可是稗子、沙子不少,吃起来难下咽。这些贩卖知识、给别人用来装饰门面的官僚不能跟握枪杆子的官相比,更不能跟掌握实权的大官相比,他们也只是勉强活下去,不会受冻挨饿罢了。

那几年在抗战的大后方,我见到的、感受到的就是这样:知识分子受苦,知识受到轻视。人越善良,越是受欺负,生活也越苦。人有见识、有是非观念,不肯随波逐流,会处处受歧视。爱说真话常常被认为喜欢发牢骚,更容易受排挤,遭冷落。在那样的社会里我能够活下去,因为(一)我拼命写作,(二)我到四十岁才结婚,没有家庭的拖累。结婚时我们不曾请一桌客,买一件家具,婚后只好在朋友家借住,在出版社吃饭。没有人讥笑我们寒碜,反正社会瞧不起我们,让我们自生自灭,好像它不需要我们一样。幸而我并不看轻自己,我坚持奋斗。我也不看轻知识,我不断地积累知识。我用知识作武器在旧社会进行斗争。有一段长时期汪文宣那样的命运像一团黑影一直在我的头上盘旋。我没有屈服。我写《寒夜》,也是在进行斗争,我为着自己的生存在挣扎。我并没有把握取得胜利,但是我知道要是松一口气放弃了斗争,我就会落进黑暗的深渊。说句心里话,写了这本小说,我首先挽救了自己。轻视文化、轻视知识的旧社会终于结束了,我却活到现在,见到了光明。

在三十年代我也写过一些关于中国知识分子不幸遭遇的短篇,如《爱的十字架》、《春雨》等。但是我还写过批判、鞭挞知识分子的小说如《知识阶级》、《沉落》,就只这两篇,目标都是对准当时北平的准备做官的少数教授们。我写《沉落》,是在一九三四年十月,把稿子交给河清(即黄源,他帮助郑振铎和傅东华编辑《文学》月刊)后不久,我就到日本去了。我的一个好朋友读了我的小说很生气,从北平写长信来批评我。他严厉地责问我:写文章难道是为着泄气(发泄气愤)?!我把他的劝告原封退还,在横滨写了一篇散文答复他,散文的标题也是《沉落》。在文章里我说,我"所攻击的是一种倾向,一种风气:这风气,这倾向正是把我们民族推到深渊里去的努力之一"。但是我不曾说明,小说中的那位教授是有所指的,指一位当时北平知识界的"领袖人物"。我并未揭发他的"隐私",小说中也没有什么"影射"的情节,我只是把他作为"一种倾向、一种风气"的代表人物来批判,进一番劝告。他本人当然听不进我这种劝告。我那位好友也不会被我说服。我记得我们还通过长信进行辩论,谁也不肯认输。不过这辩论并没有损害我们之间的友谊。后来我的小说给编进集子在读者中间继续流传,朋友对我也采取了宽大的态度。至于小说中的主人公,他继续"沉落"下去。不过几年他做了汉奸。再过几年,他被判刑、坐牢。我曾经喜欢过他的散文,搜集了不少他的集子,其中一部分还保存在我的书橱里。但是对于我他只是黑暗深渊里的一个鬼魂。我常常想,人为什么要这样糟蹋自己?!但"沉落"下去的毕竟是极少数的人。

这"沉落"的路当然不会是中国知识分子的道路!经过了八年的抗战,我们可以说中国知识分子是经受得住这血和火的考验的。即使是可怜的小人物汪文宣吧,他受尽了那么难熬的痛苦,也不曾出卖灵魂。

关于中国知识分子,以后有机会我还想谈一谈,现在用不着多讲了。

中国人民永远忘记不了闻一多教授。

愿化泥土

最近听到一首歌,我听见人唱了两次:《那就是我》。歌声像湖上的微风吹过我的心上,我的心随着它回到了我的童年,回到了我的家乡。近年来我非常想念家乡,大概是到了叶落归根的时候吧。有一件事深深地印在我的脑子里,三年半了。我访问巴黎,在一位新认识的朋友家中吃晚饭。朋友是法籍华人,同法国小姐结了婚,家庭生活很幸福。他本人有成就,有名望,也有很高的地位。我们在他家谈得畅快,过得愉快。可是告辞出门,坐在车上,我却摆脱不了这样一种想法:长期住在国外是不幸的事。一直到今天我还是这样想。我也知道这种想法不一定对,甚至不对。但这是我的真实思想。几十年来有一根绳子牢牢地拴住我的心。一九二七年一月在上海上船去法国的时候,我在《海行杂记》中写道:"再见吧,我不幸的乡土哟!"一九七九年四月再访巴黎,住在凯旋门附近一家四星旅馆的四楼,早饭前我静静地坐在窗前扶手椅上,透过白纱窗帷看窗下安静的小巷,在这里我看到的不是巴黎的街景,却是北京的长安街和上海的淮海路、杭州的西湖和广东的乡村,还有成都的街口有双眼井的那条小街……到八点钟有人来敲门,我站起来,我又离开了"亲爱的祖国和人民"。每天早晨都是这样,好像我每天回国一次去寻求养料。这是很自然的事,我仿佛仍然生活在我的同胞中间,在想象中我重见那些景象,我觉得有一种力量在支持我。于是我感到精神充实,心情舒畅,全身暖和。

我经常提到人民,他们是我所熟悉的数不清的平凡而善良的人。我就是在这些人中间成长的。我的正义、公道、平等的观念也是在门房和马房里培养起来的。我从许多被生活亏待了的人那里学到热爱生活、懂得生命的意义。越是不宽裕的人越慷慨,越是富足的人越吝啬。然而人类正是靠这种连续不断的慷慨的贡献而存在、而发展的。

近来我常常怀念六七十年前的往事。成都老公馆里马房和门房的景象,时时在我眼前出现。一盏烟灯,一床破席,讲不完的被损害、受侮辱的生活故事,忘不了的永远不变的结论:"人要忠心"。住在马房里的轿夫向着我这个地主的少爷打开了他们的心。老周感慨地说过:"我不光是抬轿子。只要对人有好处,就让大家踏着我走过去。"

我躲在这个阴湿的没有马的马房里度过多少个夏日的夜晚和秋天的黄昏。

门房里听差的生活可能比轿夫的好一些,但好得也有限。在他们中间我感到舒畅、自然。后来回想,我接触到通过受苦而净化了的心灵就是从门房和马房里开始的。只有在十年动乱的"文革"期间,我才懂得了通过受苦净化心灵的意义。我的心常常回到门房里爱"清水"恨"浑水"的赵大爷和老文、马房里轿夫老周和老任的身边。人已经不存在了,房屋也拆干净了。可是过去的发过光的东西,仍然在我心里发光。我看见人们受苦,看见人们怎样通过受苦来消除私心杂念。在"文革"期间我想得多,回忆得多。有个时期我也想用受苦来"赎罪",努力干活。我只是为了自己,盼望早日得到解放。私心杂念不曾消除,因此心灵没有得到净化。

现在我明白了。受苦是考验,是磨炼,是咬紧牙关挖掉自己心灵上的污点。它不是形式,不是装模作样。主要的是严肃地、认真地接受痛苦。"让一切都来吧,我能够忍受。"

我没有想到自己还要经受一次考验。我摔断了左腿,又受到所谓"最保守、最保险"方法的治疗。考验并未结束,我也没有能好好地过关。在病床上,在噩梦中,我一直为私心杂念所苦恼。以后怎样活下去?我不能回答这个问题。

漫长的不眠之夜仿佛一片茫茫的雾海,我多么想抓住一块木板浮到岸边。忽然我看见了透过浓雾射出来的亮光:那就是我回到了老公馆的马房和门房,我又看到了老周的黄瘦脸和赵大爷的大胡子。我发觉自己是在私心杂念的包围中,无法净化我的心灵。门房里的瓦油灯和马房里的烟灯救了我,使我的心没有在雾海中沉下去。我终于记起来,那些"老师"教我的正是去掉私心和忘掉自己。被生活薄待的人会那样地热爱生活,跟他们比起来,我算得什么呢?我几百万字的著作还不及轿夫老周的四个字"人要忠心"。(有一次他们煮饭做菜,我帮忙烧火,火不旺,他教我"人要忠心,火要空心"。)想到在马房里过的那些黄昏,想到在门房里过的那些夜晚,我仿佛回到了自己的童年。

我多么想再见到我童年时期的脚迹!我多么想回到我出生的故乡、摸一下我念念不忘的马房的泥土。可是我像一只给剪掉了翅膀的鸟,失去了飞翔的希望。我的脚不能动,我的心不能飞。我的思想……但是我的思想会冲破一切的阻碍,会闯过一切难关,会到我怀念的一切地方,它们会像一股烈火把我的心烧成灰,使我的私心杂念化成灰烬。

我家乡的泥土,我祖国的土地,我永远同你们在一起接受阳光雨露,与花树、禾苗一同生长。

我唯一的心愿是:化做泥土,留在人们温暖的脚印里。

我的哥哥李尧林

一

前些时候我接到《大公园》编者的信,说香港有一位读者希望我谈谈我哥哥李尧林的事情。在上海或者北京也有人向我表示过类似的愿望,他们都是我哥哥的学生。我哥哥去世三十七年了,可是今天他们谈论他,还仿佛他活在他们的中间,那些简单、朴素的语言给我唤起许多忘却了的往事。我的"记忆之箱"打开了,那么一大堆东西给倾倒了出来,我纵然疲乏不堪,也得耐心地把它们放进箱内,才好关上箱子,然后加上"遗忘之锁"。

一连两夜我都梦见我的哥哥,还是在我们年轻的时候,醒过来我才想起我们已经分别三十七年。我这个家里不曾有过他的脚迹。可是他那张清瘦的脸在我的眼前还是这么亲切,这么善良,这么鲜明。我不知道自己还可以工作多少时候,但是我的漫长的生活道路总会有一个尽头,我也该回过头去看看背后自己的脚印了。

我终于扭转我的开始僵化的颈项向后望去。并不奇怪,我看到两个人的脚印,在后面很远、很远的地方。在我的童年,在我的少年,甚至青年时期的一部分,我和哥哥尧林总是在一起,我们冒着风雪在泥泞的路上并肩前进的情景还不曾在我眼前消失。一直到一九二五年暑假,不论在家乡,还是在上海、南京,我们都是同住在一间屋子里。他比我年长一岁有余,性情开朗、乐观。有些事还是他带头先走,我跟上去。例如去上海念书这个主意就是他想出来,也是他向大哥提出来的。我当时还没有这个打算。离家后,一路上都是他照顾我,先在上海,后去南京,我同他在一起过了两年多的时间,一直到他在浦口送我登上去北京的火车。这以后我就开始了独往独来的生活,遇事不再征求别人的意见,一切由我自己决定。朋友不多,他们对我了解不深,他们到我住的公寓来,大家谈得热烈,朋友去后我又感到寂寞。我去北京只是为了报考北京大学。检查体格时医生摇摇头,似乎说我的肺部不好。这对我是一个意外的打击,我并未接到不让参加考试的通知,但是我不想进考场了。尧林不在身边,我就轻率地做了决定,除了情绪低落外,还有一个原因,我担心不会被录取。

从北京我又回到南京,尧林还在那里,他报考苏州东吴大学,已经录取了。他见到我很高兴,并不责备,倒安慰我,还陪我去找一个同乡的医生。医生说我"有肺病",不厉害。他知道我要去上海,就介绍我去找那个在"法租界"开业的医生(也是四川人,可能还是他的老师)。我在南京住了两天,还同尧林去游了鸡鸣寺、清凉山,就到上海去了。他不久也去了苏州。

他在苏州念书。我在上海养病、办刊物、写文章。他有时也来信劝我好好养病、少活动、读点书。我并没有重视他的劝告。我想到他的时候不多,我结交了一些新朋友。但偶尔遇到不如意的事情,情绪不好时,我也会想到哥哥。这年寒假,我到苏州去看他,在他们的宿舍里住了一夜。学生们都回家去了,我没有遇见他的同学。当时的苏州十分安静,我们像在南京时那样过了一天,谈了不少的话,总是谈大哥和成都家中的事。我忽然问他:"你不觉得寂寞吗?"他摇摇头带着微笑答道:"我习惯了。"我看得出他的笑容里有一种苦味。他改变了。他是头一次过着这样冷冷清清的生活。大哥汇来的钱不多,他还要分一点给我。因此他过得更俭省,别人都走了,他留下来,勤奋地学习。我了解他的心情,我觉察出他有一种坚忍的力量,我想他一定比我有成就,他可以满足大哥的期望吧。在闲谈中我向他提起一个朋友劝我去法国的事,他不反对,但他也不鼓励我,他只说了一句:"家里也有困难。"他讲的是真话,我们那一房正走着下坡路,入不敷出,家里人又不能改变生活方式,大哥正在进行绝望的挣扎,他把希望寄托在我们两个兄弟的"学成归来"。在我这方面,大哥的希望破灭了。担子落在三哥一个人的肩头,多么沉重!我同情他,也敬佩他,但又可怜他,总摆脱不掉他那孤寂瘦弱的身形。我们友爱地分别了。他送给我一只旧怀表,我放在衣袋里带回上海,过两三天就发觉表不见了,不知道它是在什么时候给扒手拿走的。

去法国的念头不断地折磨我,我考虑了一两个月,终于写信回家,向大哥提出要求,要他给我一笔钱做路费和在法国短期的生活费。大哥的答复是可以想象到的:家中并不宽裕,筹款困难,借债利息太高,等等,等等。他的话我听不进去,我继续写信要求。大哥心软,不愿一口拒绝,要三哥劝我推迟赴法行期两三年。我当时很固执,不肯让步。三哥写过两封信劝我多加考虑,要我体谅大哥的处境和苦衷。我坚持要走。大哥后来表示愿意筹款,只要求我和三哥回家谈谈,让我们了解家中经济情况。这倒叫三哥为难了。我们两个都不愿回家。我担心大家庭人多议论多,会改变大哥的决定。三哥想,出外三年,成绩不大,还不如把旅行的时间花在念书上面,因此他支持我的意见。最后大哥汇了钱给我。我委托上海环球学生会办好出国手续,领到护照,买到船票,一九二七年一月十五日坐海轮离开了上海。

出发前夕,我收到三哥的信(这封信我一直保存到今天),他写道:

  你这次动身,我不能来送你了,望你一路上善自珍摄。以后你应当多写信来,特别是寄家中的信要写得越详越好。你自来性子很执拗,但是你的朋友多了,应当好好的处,不要得罪人使人难堪,因此弄得自己吃苦。××兄年长、经验足,你遇事最好虚心请教。你到法国后应当以读书为重,外事少管,因为做事的机会将来很多,而读书的机会却只有现在很短的时间。对你自己的身体也应当特别注意,有暇不妨多运动,免得生病……

这些话并不是我当时容易听得进去的。

二

以上的话全写在我住院以前。腿伤以后,我就不可能再写下去了。但是在我的脑子里哥哥的形象仍然时常出现。我也想到有关他的种种往事,有些想过就不再记起,有些不断地往来我的眼前。我有一种感觉:他一直在我的身边。

于是我找出八个月前中断的旧稿继续写下去。

……我去法国,我跟三哥越离越远,来往信件也就越少。

我来到巴黎接触各种新的事物。他在国内也变换了新的环境。他到了北平转学燕京大学。我也移居沙多—吉里小城过隐居似的学习和写作的生活。家中发生困难,不能汇款接济,我便靠译书换取稿费度日,在沙多—吉里城拉封丹中学寄食寄宿,收费很少。有一个住在旧金山的华侨工人钟时偶尔也寄钱帮助,我一九二八年回国的路费就是他汇给我的。

我回国后才知道三哥的生活情况比我想象的差得多。他不单是一个"苦学生",除了念书他还做别的工作,或者住在同学家中当同学弟弟的家庭教师,领一点薪金来缴纳学费和维持生活。他从来没有向人诉苦,也不悲观,他的学习成绩很好,他把希望放在未来上面。

一九二九年大哥同几个亲戚来上海小住,我曾用大哥和我的名义约三哥到上海一晤。他没有来,因为他在暑假期间要给同学的弟弟补习功课。其实还有一个问题,我在去信中并不曾替他解决,本来我应当向大哥提出给他汇寄路费的事。总之,他错过了同大哥见面的机会。

一九三〇年他终于在燕京大学毕了业,考进了南开中学做英语教师。他在燕京大学学习了两个科目:英语和英语教学,因此教英语他很有兴趣。他借了债,做了两套西装,"走马上任"。

作为教师,他做出了成绩,他努力工作,跟同学们交了朋友。他的前途似乎十分平坦,我也为他高兴。但是不到一年意外的灾祸来了,大哥因破产自杀,留下一个破碎的家。我和三哥都收到从成都发来的电报。他主动地表示既然大哥留下的担子需要人来挑,就让他来挑吧。他答应按月寄款回家,从来不曾失过信,一直到抗战爆发的时候。去年我的侄儿还回忆起成都家中人每月收到汇款的情况。

一九三三年春天,三哥从天津来看我,我拉他同去游了西湖,然后又送他到南京,像他在六年前送我北上那样,我也在浦口站看他登上北去的列车。我们在一起没有心思痛快地玩,但是我们有充分的时间交换意见。我的小说《激流》早已在上海《时报》上刊完,他也知道我对"家"的看法。我说,我不愿意为家庭放弃自己的主张。他却默默地挑起家庭的担子,我当时也想象得到他承担了多大的牺牲。后来我去天津看他,在他的学校里小住三次。一九三四年我住在北平文学季刊社,他也来看过我。同他接触较多,了解也较深,我才知道我过去所想象的实在很浅。他不单是承担了大的牺牲,应当说,他放弃了自己的一切。他背着一个沉重的(对他说来是相当沉重的)包袱,往前走多么困难!他毫不后悔地打破自己建立小家庭的美梦。

他甘心做一个穷教员,安分守己,认真工作。看电影是他唯一的娱乐;青年学生是他的忠实朋友,他为他们花费了不少的精力。

他年轻时候的勇气和锐气完全消失了。他是那么善良,那么纯真。他不愿意伤害任何人,我知道有一些女性向他暗示过爱情,他总是认为自己穷,没有条件组织美满的小家庭,不能使对方幸福。三十年代我们在北平见面,他从天津来参加一位同学妹妹的婚礼。这位女士我也见过,是一个健美的女性,三哥同她一家熟,特别是同她和她的哥哥。她的父母给她找了对象,订了婚,却不如意,她很痛苦,经过兄妹努力奋斗(三哥也在旁边鼓励他们),婚约终于解除。三哥很有机会表示自己的感情,但是他知道姑娘父母不会同意婚约,看不上他这样一个穷女婿。总之,他什么也没有表示。姑娘后来另外找到一个门当户对的男人订了婚。至于三哥,他可能带着苦笑地想,我早已放弃一切了。我可没有伤害任何一个人啊!

他去"贺喜"之前,那天在文学季刊社同我闲聊了两三个小时,他谈得不多。送他出门,我心里难过。我望着他的背影,虽然西服整洁,但他显得多么孤寂,多么衰老!

三

一九三九年我从桂林回上海,准备住一个时期,写完长篇小说《秋》。我约三哥来上海同住,他起初还在考虑,后来忽然离开泡在大水中的天津到上海来了。事前他不曾来过一封信。我还记得中秋节那天下午听见他在窗下唤我,我伸出头去,看见一张黑瘦的面孔,我几乎不相信会是他。

他就这样在上海住下来。我们同住在霞飞坊(淮海坊)朋友的家里,我住三楼,他住在三楼亭子间。我已经开始了《秋》,他是第一个读者,我每写成一章就让他先看并给我提意见。不久他动手翻译俄国冈查罗夫的小说《悬崖》,也常常问我对译文的看法。他翻译《悬崖》所根据的英、法文译本都是我拿给他的。我不知道英译本也是节译本,而且删节很多。这说明我读书不多,又常是一知半解,我一向反对任意删改别人的著作,却推荐了一本不完全的小说,浪费他的时间。虽然节译本《悬崖》还是值得一读,他的译文也并不错,但想起这件事,我总感到内疚。

第二年(一九四〇年)七月《秋》出版后我动身去昆明,让他留在上海,为文化生活出版社翻译几本西方文学名著。我同他一块儿在上海过了十个月,仿佛回到了几十年前在南京的日子,我还没有结婚,萧珊在昆明念书,他仍是孤零零一个人。一个星期里我们总要一起去三四次电影院,也从不放过工部局乐队星期日的演奏会。我们也喜欢同逛旧书店。我同他谈得很多，可是很少接触到他的内心深处。他似乎把一切都看得很淡，很少大声言笑，但是对孩子们、对年轻的学生还是十分友好，对翻译工作还是非常认真。

当时我并没有想到，现在回想往事，我不能不责备自己关心他实在不够。他究竟有什么心事，连他有些什么朋友，我完全不知道。离开上海时我把他托给主持文化生活出版社的朋友散文作家陆蠡，这是一个难得的好人。他们两位在浦江岸上望着直航海防的轮船不住地挥手。他们的微笑把我一直送到海防，还送到昆明。

这以后我见到更多的人，接触到更多的事，但寄上海的信始终未断。这些信一封也没有能留下来，我无法在这里讲一讲三哥在上海的情况。不到一年半，我第二次到桂林，刚在那里定居下来，太平洋战争爆发，上海的消息一下子完全断绝了。

日本军人占领了上海的"租界"，到处捉人，文化人处境十分危险。我四处打听，得不到一点真实的消息。谣言很多，令人不安。听说陆蠡给捉进了日本宪兵队，也不知是真是假。过了一个较长的时期，我意外地收到三哥一封信，信很短，只是报告平安，但从字里行间也看得出日军铁蹄下文化人的生活。这封信在路上走了相当久，终于到了我眼前。我等待着第二封信，但不久我便离开了桂林，以后也没有能回去。

我和萧珊在贵阳旅行结婚，同住在重庆。在重庆我们迎接到"胜利"。我打电报到上海，三哥回电说他大病初愈，陆蠡下落不明，要我马上去沪。我各处奔走，找不到交通工具，过了两个多月才赶回上海，可是他在两天之前又病倒在床上了。我搭一张帆布床睡在他旁边。据说他病不重，只是体力差，需要休养。

我相信这些话。何况我们住在朋友家，朋友是一位业余医生，可以解决一些问题。这一次我又太大意了。他起初不肯进医院，我也就没有坚持送他去，后来还是听他说："我觉得体力不行了"，"还是早点进医院吧"，我才找一位朋友帮忙让他住进了医院。没有想到留给他的就只有七天的时间！事后我常常想：要是我回到上海第二天就送他进医院,他的病是不是还有转机,他是不是还可以多活若干年？我后悔,我责备自己,已经来不及了。

七天中间他似乎没有痛苦,对探病的朋友们他总是说"蛮好"。但谁也看得出他的体力在逐渐衰竭。我和朋友们安排轮流守夜陪伴病人。我陪过他一个晚上,那是在他逝世前两夜,我在他的床前校改小说《火》的校样。他忽然张开眼睛叹口气说:"没有时间了,讲不完了。"我问他讲什么。他说:"我有很多话。"又说:"你听我说,我只对你说。"我知道他在讲胡话,有点害怕,便安慰他,劝他好好睡觉,有话明天说。他又叹口气说了一句:"来不及了。"好像不认识我似的,看了我两眼,于是闭上了眼睛。

第二天早晨我离开病床时,他要说什么话,却没有说出来,只说了一个"好"字。这就是我们弟兄最后一次的见面。下一天我刚起床就得到从医院来的电话,值夜班的朋友说:"三哥完了。"

我赶到医院,揭开面纱,看死者的面容。他是那么黄瘦,两颊深陷,眼睛紧闭,嘴微微张开,好像有什么话,来不及说出来。我轻轻地唤一声"三哥",我没有流一滴眼泪,却觉得有许多根针在刺我的心。我为什么不让他把心里话全讲出来呢？

下午两点他的遗体在上海殡仪馆入殓。晚上我一个人睡在霞飞坊五十九号的三层楼上,仿佛他仍然睡在旁边,拉着我要说尽心里的话。他说谈两个星期就可以谈完,我却劝他好好休息不要讲话。是我封了他的嘴,让他把一切带进了永恒。我抱怨自己怎么想不到他像一支残烛,烛油流尽烛光灭,我没有安排一个机会同他讲话,而他确实等待着这样的机会。因此他没有留下一个字的遗嘱。只是对朋友太太讲过要把"金钥匙"送给我。我知道"金钥匙"是他在燕京大学毕业时因为成绩优良而颁发给他的。他一生清贫,用他有限的收入养过"老家",帮助过别人,这刻着他的名字的小小的"金钥匙"是他唯一珍贵的纪念品,再没有比它更可贵的了！它使我永远忘不了他那些年勤苦、清贫的生活,它使我今天还接触到那颗发热、发光的善良的心。

九天以后我们把他安葬在虹桥公墓,让他的遗体在一个比较安静的环境里得到安息。他生前曾在智仁勇女子中学兼课,五个女生在他墓前种了两株柏树。

他翻译的《悬崖》和别的书出版了,我们用稿费为他两次修了墓,请钱君匋同志写了碑文。墓上用大理石刻了一本摊开的书,书中有字:"别了,永远别了。我的心在这里找到了真正的家。"它们是我从他的译文中选出来的。我相信,他这个只想别人、不想自己的四十二岁的穷教师在这里总可以得到永久的安息了。第二次修墓时,我们在墓前添置了一个石头花瓶,每年清明和他的忌日我们一家人都要带来鲜花插在瓶内。有时我们发现瓶中已经插满鲜花,别人在我们之前来扫过墓,一连几年都是这样。有一次有人远远地看见一位年纪不大的妇女的背影,也不曾看清楚。后来花瓶给人偷走了。我打算第三次为他修墓,仍然用他自己的稿费,我总想把他的"真正的家"装饰得更美好些。但是已经没有时间了。不久发生了"文化大革命",我靠了边,成了斗争的对象。严寒的冬天在"牛棚"里我听人说虹桥公墓给砸毁了、石头搬光,尸骨遍地。我一身冷汗,只希望这是谣言,当时我连打听消息的时间和权利都没有。

后来我终于离开了"牛棚",我要去给三哥扫墓,才发现连虹桥公墓也不存在了。那么我到哪里去找他的"真正的家"?我到哪里去找这个从未伤害过任何人的好教师的遗骨呢?得不到回答,我将不停地追问自己。

我的名字

我这里要讲的只是我的笔名,不是我父亲给我起的学名。我的学名或本名已经被笔名"打倒"和"取代"了,这是我当初完全没有料到的。几十年来有人问我"贵姓",我总是回答"姓李",而人们却一直叫我"老巴","巴公","巴老"。

一九二八年八月,我在法国沙多—吉里城拉封丹中学食堂楼上宿舍里写完小说《灭亡》，用五个练习本誊好全稿，准备寄给在上海的朋友，请他代为印刷。在包扎投邮之前，我忽然想起，不能在书上印出我的本名，让人知道作者是谁。于是我在扉页上写了"巴金著"三个字。

这就是使用"巴金"这个笔名的开始。关于它我已经做过多次的解释，说明我当时的想法。我看用不着在这里多说了。其实多说也没有用处，不相信的人还是不相信，今天还有些外国人喜欢拿我这个笔名做文章。

我从来就不是一个形式主义者。我使用笔名，只是为了把真名（也就是把真人）隐藏起来，我不会在名字上花费精力、表现自己。其实在这之前（一九二二年）我也用过一个笔名发表小诗和散文，不过那个笔名（佩竿）容易暴露自己，而且过去发表的东西我也并不喜欢。在沙多—吉里养病的时候，我给美国旧金山华侨朋友出版的《平等》月刊写过好些杂感和短文，其中一部分就署名"佩竿"，但《灭亡》发表以后我便不再用这个笔名了。

小说《灭亡》在上海《小说月报》一九二九年一月号上发表，连载了四期。但"巴金"这个名字第一次的出现却是在一九二八年十月出版的《东方杂志》十九号上面。这要怪我暴露了自己。一九二八年我在沙多—吉里过了暑假后，到巴黎住了一个时期。有一天朋友胡愈之兄给我看一篇托洛茨基写的《托尔斯泰论》（法译文刊在巴比塞主编《世界》上面）。为了纪念托尔斯泰的百岁诞辰，他要我翻译这篇文章给《东方杂志》发表。过几天我译好全文要给愈之送去，忽然想起那个新的笔名，不加考虑就写在译稿上面。这样《灭亡》刊出，愈之他们就知道作者是谁了。

《灭亡》连载后得到读者的鼓励，使我有机会陆续发表作品。我走上文学道路，是比较顺利的。我并没有到处碰壁的经验，我交出去的稿子，只有一部中篇被刊物编辑部退回，这部退稿经过我改写后也找到了出版的地方。本来只打算用一次两次的笔名，却被我接二连三地用了下去。编辑先生喜欢熟悉的名字，读者也习惯见的笔名。

"巴金"收到各地读者的来信，我用笔名结交了不少新的朋友。起初我还可以躲在自己的本名后面过平凡人的日子。后来本名给笔名淘汰了，即使别人承认我姓李，我也不会得到安静。我想不必计较吧，反正人活着，用什么名字都行。一直到一九三三年年底小说《萌芽》被查禁，我的笔名在上海犯了忌讳，我才不得不改用新的笔名，先是"余一"，以后又是"王文慧"和"黄树辉"，还有"欧阳镜蓉"。然而不多久国民党上海市党部的图书杂志审查会就"被迫"撤销，"巴金"又不知从哪里钻了出来，不过活动范围也只限于书刊，因此认识"巴金"的人并不太多，即使我在公共场所出现，也不会让人识出。

解放后前十七年中我参加社会活动较多，无法再躲在本名后面过清闲日子，连我自己也几乎忘记了还有一个本名。它的唯一的作用就是作为户口簿上的户主。这些年我写得不多，但认识我的人越来越多。通过笔名，人和作品给连在一起了。我到任何地方，总有人认出我是什么书的作者，有赞美，也有批评。我自己很感到拘束，仿佛四面八方都有眼睛在注视我的一举一动，用我书中的句子衡量我的言行。说实话，有个时期我真想改换我的名字，让大家都忘记我。

于是所谓"文革"的风暴来了。今天提到那些日子，我还不寒而栗。我也说不清自己是怎样熬过来的。一九六六年八月上旬我在上海送走了出席亚非作家北京紧急会议的外宾，回到机关学习，就有一种由"堂上客"变"阶下囚"的感觉，而且看到批判我的大字报了。前有大海，后有追兵，头上还有一把摇摇欲坠的利剑，我只想活命，又不知出路在哪里。这个时候我收到一封读者来信，说我的笔名要不得，是四旧，是崇洋媚外，应当"砸烂"。我胆战心惊，立刻回信，表示同意，说今后决不再用。我已完全丧失"独立思考"的能力，脑子里只有"罪孽深重"四个大字。也许我头脑单纯，把名字的作用看得那么重大；也许我在"打如意算盘"，还以为脱掉作家的外衣便可以"重新做人"。都没有用！我的黑名字正是"文革派"、造反派需要的箭垛和枪靶，他们不肯把它一笔勾掉，反而到处为它宣传，散发我的言行录，张贴打倒我的大标语；在马路旁竖立我的大批判专栏；在工厂和学校召开我的"游斗"会;在杀气腾腾的批斗会上人们要"砸烂"巴金的"狗头";我自己也跟着举手高呼口号"打倒巴金!"

月复一月,年复一年,我不断地写检查,写"思想汇报",重复说着同样的话。我灰了心,断了念。"让它去吧"。

十年过去,我还是"巴金",改不了名字,也搁不了笔。看来我用不着为这个多花费脑筋了。今天我在医院里迎接了我的第八十个年头,来日无多,我应当加倍珍惜。多写一个字就多留下一个字。是"牛"是人,姓巴姓李,让后人去议论吧。

我的日记

最近我在《花城》杂志上读到杨沫的日记《风雨十年家国事》,单是开头的一段——一九六六年八月二十三日的日记,就使我浑身战栗,作者好像用锤头把一个字一个字打进我的灵魂。短短的一两页篇幅的文字记录了著名作家老舍、萧军、骆宾基……被斗、挨打的真实情况,这批斗,这痛打,导致了老舍同志的死亡。杨沫同志坦率地说:"这八月二十三日的一日一夜……也将与我的生命共存亡。"我理解她的心情。

我们许多人都有自己的"八月二十三日",都有一生也忘不了的血淋淋的惨痛经验。不少人受屈含冤痛苦死去,不少人身心伤残饮恨终身,更多的人怀着余悸活到现在。把当时的情况记录在日记里保存下来、发表出来的,杨沫同志似乎是第一个。作者的勇气使我钦佩。这是一个很不寻常的开头。对这个开头别人可能有不同的看法。有人认为家丑不可外扬,伤疤不必揭露;有人说是过去的已经过去,何必揪住不放。但是在不少人身上伤口今天仍在流血。十年"文革"并不是一场噩梦,我床前五斗橱上萧珊的骨灰还在低声哀泣。我怎么能忘记那些人兽不分的日子? 我被罚做牛做马,自己也甘心长住"牛棚"。那些造反派、"文革派"如狼似虎,兽性发作起来凶残还胜过虎狼。连十几岁的青年男女也以折磨人为乐,任意残害人命,我看得太多了。我经常思考,我经常探索:人怎样会变成了兽?对于自己怎样成为牛马,我有了一些体会。至于"文革派"如何化做虎狼,我至今还想不通。然而问题是必须搞清楚的,否则万一将来有人发出号召,进行鼓动,于是一夜之间又会出现满街"虎狼",一纸"勒令"就使我们丧失一切。我不怪自己"心有余悸",我唠唠叨叨,无非想看清人兽转化的道路,免得第二次把自己关进"牛棚"。只有牢牢记住自己的"八月二十三日",才有可能不再出现更多的"八月二十三日"。为了保护自己,为了保卫后代,我看杨沫同志这个头开得好。

称赞了别人以后我回顾自己,我什么也没有留下来。一九六六年九月我的家被抄,四年中的日记让作家协会分会的造反派拿去。以后我停笔大半年,第二年七月又开始写日记,那时我在作协分会的"牛棚"里学习,大部分时间都给叫出去劳动。劳动的项目不过是在花园里掏阴沟、拔野草,在厨房里拣菜、洗碗、揩桌子。当时还写过《劳动日记》,给"监督组"拿去挂在走廊上,过两天就不见了,再写、再挂、再给人拿走,三四次以后就没有再写了。《劳动日记》中除了记录每天劳动的项目外,还有简单的自我批评和思想汇报。写的时候总说是"真心悔改",现在深刻地分析也不过是用假话骗人争取"坦白从宽"。接着我又在一本练习簿上写日记,并不每天交出去审查,但下笔时总觉得"文革派"就坐在对面,便主动地写些认罪的话讨好他们。当然我在短短的日记里也记录了当天发生的大事,我想几年以后自己重读它们也可以知道改造的道路是何等艰难曲折。总之我当时是用悲观的眼光看待自己,我并没有杨沫同志的那种想法,更谈不到什么勇气。但即便是我写的那样的日记也不能继续下去。到这年八月底几个参加我的专案组的复旦大学学生勒令我搬到作协分会三楼走廊上过夜,在那里住过了两个星期,他们又把我揪到江湾复旦大学批斗,让我在学生宿舍里住了将近一个月,然后释放回家。我的日记却不知给扔到哪里去了。

一九六八年我向萧珊要了一本"学习手册",又开始写起日记来。我的用意不再是争取"坦白从宽",我已经看透造反派的心(他们要整你,你大拍马屁也没有用处)。我只是想记录下亲身经历的一些事情,不过为了保护自己,我继续"歌功颂德"。我每天在"牛棚"里写一段,尽管日记中并无违禁的字句,我不敢把日记带回家中,在那段时间只要是自称"造反派"的男女老少,都可以闯进我的家,拿走我的信件、手稿和别的东西。我以为把日记放在"牛棚"内,锁在抽屉里面比较安全。没有想到不到两个月,造反派、监督组忽然采取"革命行动"搜查"牛棚",勒令打开抽屉,把"学习手册"中的日记和"检查交代"、"思想汇报"的底稿等等全抄走了。从此我就没有再写日记。我不斗争,不反抗。我把一切全咽在肚里,把我的"八月二十三日"也咽在肚里。我深深感到内疚。

我的噩梦

十年"文革"中我白白地浪费了那么多宝贵的时间,却得到一身的后遗症。这两天天刚亮,在病房中陪伴我的女婿就对我说:"你半夜又在大叫。"他讲过三次,这就是说三天我都在做噩梦。

我一生做过太多的梦。但是噩梦做得最多的时期是"文革"期间。现在还应当加一句:和"文革"以后。这样说,并非我揪住"文革"不放,正相反,是"文革"揪住我不放。

在以前的"随想"中我讲过,我怎样在梦中跟鬼怪战斗,滚下床来。后来我又讲我怎样将牵引架当做堂吉诃德的风车。在梦中我还受到魔怪的围攻,无可奈何地高声呼救。更可怕的是,去年五月我第一次出院回家后患感冒发烧,半夜醒在床上,眼睛看见的却是房间以外的梦景。为了照顾我特意睡在二楼太阳间的女儿和女婿听见我的叫声,吃惊地来到床前,问我需要什么。我愣愣地望着他们,吞吞吐吐半天讲不清楚一句话。我似清醒,又似糊涂,我认得他们,但又觉得我和他们之间好像隔了一个世界。四周有不少栅栏,我接近不了他们。我害怕他们走开,害怕灯光又灭,害怕在黑暗中又听见虎啸狼嚎。我挣扎,我终于发出了声音。我说"小便",或者说"翻身",其实我想说的是"救命"。但是我发出了清晰的声音,周围刀剑似的栅栏马上消失了。我疲倦地闭上了眼睛,孩子们又关上灯放心地让我休息。

第二天午夜我又在床上大叫,梦见红卫兵翻过墙,打碎玻璃、开门进屋、拿皮带打人。一连几天我做着各种各样的噩梦,以前发生过的事情又在梦中重现;一些人的悲惨遭遇集中在我一个人身上。……幸而药物有灵,烧退得快,我每天又能够断续地安静地睡三四小时,连自己也渐渐地感觉到恢复健康大有希望了。

然而跟噩梦做斗争我只有失败的经验。不说做梦,单单听到某些声音,我今天还会打哆嗦,有一个长时期,大约四五年吧,为了批斗我先后成立了各种专案组、"批巴组"、"打巴组",成员常常调来换去,其中一段时间里那三四个专案人员使我一见面就"感觉到生理上的厌恶"。我向萧珊诉过苦,他们在我面前故意做出"兽"的表情。我总觉得他们有一天会把我吞掉。我果然梦见他们长出一身毛,张开大嘴吃人。我的噩梦并不是从这里开始,然而从这个时候起它就不断地来,而且越来越凶相毕露。我在梦中受罪,醒来也很感痛苦。我常常想:我已经缴械投降,"认罪服罪",你们何必杀气腾腾,"虐待俘虏"。有时为了活命我很想去哀求他们开恩,不要扭歪脸,不要像虎狼那样嚎叫。可是我站在他们面前,听见一声叫骂,立刻天旋地转,几乎倒在地上。他们好像猛虎恶狼扑在我的身上用锋利的牙齿啃我的头颅。不是钢铁铸成的头颅怎么经得起这样地啃来啃去?我的伤痕就是从这里来的,我的病就是从这里来的。我挣扎,并未得到胜利;我活下来,却留下一身的病。

人为什么变为兽?人怎样变为兽?我探索,我还不曾搞清楚。但是腿伤尚未治好,我又因神经系统的病住进医院了。

我的老家

日本作家水上勉先生去年九月访问成都后,经上海回国。我在上海寓中接待他,他告诉我他到过我的老家,只看见一株枯树和空荡荡的庭院。他不知道那是什么树。他轻轻地抚摩着粗糙的树皮,想象过去发生过的事情。

水上先生是我的老友,正如他所说,是文学艺术的力量把我们联结在一起的。一九六三年我在东京到他府上拜望,我们愉快地谈了南宗六祖慧能的故事。一九七八年我到北京开会,听说他和井上靖先生在京访问,便去北京饭店探望他们。畅谈了别后的情况。一九八〇年我四访东京,在一个晴朗的春天早晨,我和他在新大谷饭店日本风味的小小庭院里对谈我的艺术观和文学生活,谈了整整一个上午。那一盒录像带已经在我的书橱里睡了四年,它常常使我想起一位日本作家的友情。

水上先生回国后不多久,日中文化交流协会给我寄来他那篇《寻访巴金故居》。读了他的文章,我仿佛回到了离开二十几年的故乡。他的眼睛替我看见了我所想知道的一切,也包括宽广的大街,整齐的高楼……

还有那株"没有一片叶"的枯树。在我的记忆里枯树是不存在的。过去门房或马房的小天井里并没有树,树可能是我走后人们才种上的,我离家整整六十年了。几个月前我的兄弟出差到成都,抽空去看过"老家",见到了两株大银杏树。他似乎认出了旧日的马房,但是不记得有那么两株银杏。我第二次住院前有人给我女儿送来一本新出版的浙江《富春江画报》,上面选刊了一些四川画家的油画,其中一幅是贺德华同志的《巴金故居》,出现在画面上的正是一株树叶黄落的老树。它不像是水上先生看见的"大腿粗细的枯树",也可能是我兄弟看见的两棵银杏中间的一株。脑子里一点印象也没有,我无法判断。但是我多么想摸一下生长那样大树的泥土!我多么想抚摩水上先生抚摩过的粗糙、皱裂的树干……

在医院中听说同水上先生一起访华的佐藤纯子女士又到了上海,我想起那本画报,就让家里的人找出来,请佐藤女士带给水上先生。后来还是从佐藤女士那里收到了水上先生第二篇《寻访故居》文章的剪报。

我跟着水上先生的脚迹回到成都的老家,却看不到熟悉的地方和景物。我想起来了,一九八〇年四月我在京都会见参加旅游团刚从成都回国的池田政雄先生,他给了我一叠他在我的老家拍的照片,这些照片后来在日本的《野草》杂志上发表了。在照片上我看到了一口井,那是真实的东西,而且是池田先生拍摄下来的唯一的真实的"旧址"。我记得它,因为我在小说《秋》里写淑贞跳井时就是跳进这一口井。一九五八年我写了关于《秋》的《创作谈》,我这样说:"只有井是真实的东西。它今天还在原来的地方。前年十二月我到那里去过一趟。我跟那口井分别了三十三年,它还是那个老样子。井边有一棵松树,树上有一根短而粗的枯枝,原是我们家伙夫挑水时,挂带钩扁担的地方。松树像一位忠实的老朋友,今天仍然陪伴着这口老井。"但是在池田先生的照片上只有光秃秃的一口井,松树也不知在什么时候给砍掉。水上先生没有看到井,不知是人们忘了引他去看,还是井也已经填掉。过去的反正早已过去,旧的时代和它的遗物,就让它们全埋葬在遗忘里吧!

然而我还是要谈谈我的老家。

一九二三年五月我离开老家时,那里没有什么改变:门前台阶下一对大石缸,门口一条包铁皮的木门槛,两头各有一只石狮子,屋檐下一对红纸大灯笼,门墙上一副红底黑字的木对联"国恩家庆,人寿年丰"。我把这一切都写在小说《家》里面。《激流三部曲》中的高公馆就是照我的老家描绘的,连大门上两位"手执大刀,顶天立地的彩色门神"也是我们家原有的。大约在一九二四年我在南京的时候,成都城里修马路,我们家的大门应当朝里退进去若干,门面翻修的结果,石缸、石狮子、木对联等等都没有了。关于新的门面我只看到一张不太清楚的照片,听说大门两旁还有商店,照片上却看不出来。

一九三一年我开始写《激流》,当初并没有大的计划。我想一点写一点,不知不觉地把高公馆写成我们家那个样子,而且是我看惯了的大门翻修以前的我们的家。从大门进去,走出门洞,下了天井;进二门,再过天井,上大厅,弯进拐门;又过内天井,上堂屋,进上房;顺着左边厢房走进过道,经过觉新的房门口,转进里面,一边是花园,一边是仆婢室和厨房,然后是克明的住房,顺着三房住房的窗下,走进一道小门,便是桂堂。竹林就在桂堂后面。这一切全是如实的描写。在小说里只有花园是出于我的编造和想象。我当时用我们那个老公馆做背景,并非有意替它宣传,只是因为自己没有精密计划,要是脑子里不留个模型,说不定写到后面就忘记前面;搞得前后矛盾,读者也莫名其妙。关于我们老家的花园,只有觉新窗外那一段"外门"的景物是真实的,从觉新写字台前望窗外就看得见那口井和井旁的松树。我们的花园并不大,其余的大部分,也就是从"内门"进去的那一部分,我也写在另一部小说《憩园》里了。所以我对最近访问过成都的日本朋友樋口进先生说:"您不用在成都寻访我的故居,您把《激流》里的住房同《憩园》里的花园拼在一起,那就是我的老家。"

我离家以后过了十八年,第一次回到成都。一个傍晚,我走到那条熟悉的街,去找寻我幼年时期的脚迹。旧时的伴侣不知道全消失在什么地方。巍峨的门墙无情地立在我的面前。守门的卫兵用怀疑的眼光打量我。大门开了,白色照壁上现出一个圆形图案,图案中嵌着四个绛色篆文大字"长宜子孙"。这照壁还是十八年前的东西,我无法再看到别的什么了。据说这里是当时的保安处长刘兆藜的住宅,门墙上有两个大字"藜阁"。我几次走过"藜阁"门前,想起从前的事情,后来写了一篇散文《爱尔克的灯光》。那是一九四一年年初的事。

一九四二年我回成都治牙,住了三个月光景,不曾到过正通顺街。我想,以后不会再到那里去了。

解放后一九五六年十二月我第三次回成都,听说我的老家正空着没有人住,有一天和李宗林同志闲谈起来,他当时还挂名成都市市长,他问我:"你要不要去看看?"我说:"看看也好。"过了一天他就坐车到招待所来约我同去正通顺街,我的一个侄女正在我那里聊天,也就一起去了。

还是"黎阁"那样的门面，大门内有彩色玻璃门，"长宜子孙"的照壁不见了。整个花园没有了。二门还在，大厅还在，中门还在，堂屋还在，上房还在，我大哥的住房还在，后面桂堂还在，还有两株桂树和一棵香椿，桂堂后面的竹林仿佛还是我离家时那个样子。然后我又从小门转出来，经过三姐住房的窗下，走出过道，顺着大哥房外的台阶，走到一间装玻璃窗的小屋子。在《激流》中玻璃小屋是不存在的。在我们老家本来没有这样的小屋。我还记得为了大哥结婚，我父亲把我们叫做"签押房"的左边厢房改装成三个房间，其中连接的两间门开在通入里院的过道上，给大哥住；还有一间离拐门很近，房门开向内天井，给三哥和我两个住。到了我离家的前两三年，大哥有了儿女，房子不够住，我们家又把中门内台阶上左右两块空地改装成两间有上下方格子玻璃窗的小屋，让我和三哥搬到左边的那间去，右边的一间就让它空着。小屋虽小，冬天还是相当冷，因为向内天井的一面是玻璃窗，对面就是中门的边门，窗有窗缝，门有门缝，还有一面紧靠花园。中门是面对堂屋的一道门，除中间一道正门外，还有左右两道边门。关于中门，小说《家》描写高老太爷做寿的场面中有这样的话："中门内正对着堂屋的那块地方，以门槛为界，布置了一个精致的戏台……门槛外大厅上用蓝布帷围出了一块地方，作演员们的化妆间。"以后的玻璃小屋就在这"戏台"的左右两边。

我仿佛做了一场大梦。我居然回到了我十几岁时住过的小屋，我还记得深夜我在这里听见大厅上大哥摸索进轿子打碎玻璃，我绝望地拿起笔写一些愤怒的字句，捏紧拳头在桌上擦来擦去，我发誓要向封建制度报仇。好像大哥还在这里向我哭诉什么；好像祖父咳嗽着从右上房穿过堂屋走出来；好像我一位婶娘牵着孩子的手不停地咒骂着走进了上房；好像从什么地方又传来太太的打骂和丫头的哭叫。……好像我花了十年时间写成的三本小说在我的眼前活了起来。

李宗林同志让同来的人给我拍摄了一些照片：我站在玻璃小屋的窗前；我从堂屋出来；我在祖父房间的窗下……等等。我同他们谈话,我穿过那些空荡荡的房间,我走过一个一个的天井,我仿佛还听见旧时代的声音,还看见旧时代的影子。天色暗淡起来,我没有在门房里停留,也不曾找到我少年时期常去的马房,我匆匆地离开了这个把梦和真、过去和现实混淆在一起的老家,我想,以后我还会再来。说实话,对这个地方我不能没有留恋,对我来说,它是多么大的一座记忆的坟墓!我要好好地挖开它!

然而太迟了。一九六〇年我第四次回成都,再去正通顺街,连"藜阁"也找不到了。这一次我住的时间长一些,早晨经常散步到那条街,在一个部队文工团的宿舍门前徘徊,据说这就是在我老家的废墟上建造起来的。找不到旧日的脚迹我并不伤感。枯树必须连根挖掉。可是我对封建制度的控诉,我对封建主义流毒的揭露,决不会跟着旧时代的被埋葬以及老家的被拆毁而消亡。

再忆萧珊

昨夜梦见萧珊,她拉住我的手,说:"你怎么成了这个样子?"我安慰她:"我不要紧。"她哭起来。我心里难过,就醒了。

病房里有淡淡的灯光,每夜临睡前陪伴我的儿子或者女婿总是把一盏开着的台灯放在我的床脚。夜并不静,附近通宵施工,似乎在搅拌混凝土。此外我还听见知了的叫声。在数九的冬天哪里来的蝉叫?原来是我的耳鸣。

这一夜我儿子值班,他静静地睡在靠墙放的帆布床上。过了好一阵子,他翻了一个身。

我醒着,我在追寻萧珊的哭声。耳朵倒叫得更响了。……我终于轻轻地唤出了萧珊的名字:"蕴珍。"我闭上眼睛,房间马上变换了。

在我们家中,楼下寝室里,她睡在我旁边另一张床上,小声嘱咐我:"你有什么委屈,不要瞒我,千万不能吞在肚里啊!"……

在中山医院的病房里,我站在床前,她含泪望着我说:"我不愿离开你。没有我,谁来照顾你啊?!"……

在中山医院的太平间,担架上一个带人形的白布包,我弯下身子接连拍着,无声地哭唤:"蕴珍,我在这里,我在这里……"

我用铺盖蒙住脸。我真想大叫两声。我快要给憋死了。"我到哪里去找她?!"我连声追问自己。于是我又回到了华东医院的病房。耳边仍是早已习惯的耳鸣。

她离开我十二年了。十二年,多么长的日日夜夜!每次我回到家门口,眼前就出现一张笑脸,一个亲切的声音向我迎来,可是走进院子,却只见一些高高矮矮的没有花的绿树。上了台阶,我环顾四周,她最后一次离家的情景还历历在目:她穿得整整齐齐,有些急躁,有点伤感,又似乎充满希望,走到门口还回头张望。……仿佛车子才开走不久,大门刚刚关上。不,她不是从这两扇绿色大铁门出去的。以前门铃也没有这样悦耳的声音。十二年前更不会有开门进来的挎书包的小姑娘。……为什么偏偏她的面影不能在这里再现?为什么不让她看见活泼可爱的小端端?

我仿佛还站在台阶上等待车子的驶近,等待一个人回来。这样长的等待!十二年了!甚至在梦里我也听不见她那清脆的笑声。我记得的只是孩子们捧着她的骨灰盒回家的情景。这骨灰盒起初给放在楼下我的寝室内床前五斗橱上。后来,"文革"收场,封闭了十年的楼上她的睡房启封,我又同骨灰盒一起搬上二楼,她仍然伴着我度过无数的长夜。我摆脱不了那些做不完的梦。总是那一双泪汪汪的眼睛!总是那一副前额皱成"川"字的愁颜!总是那无限关心的叮咛劝告!好像我有满腹的委屈瞒住她,好像我摔倒在泥淖中不能自拔,好像我又给打翻在地让人踏上一脚。……每夜,每夜,我都听见床前骨灰盒里她的小声呼唤,她的低声哭泣。

怎么我今天还做这样的梦?怎么我现在还甩不掉那种种精神的枷锁?……悲伤没有用。我必须结束那一切梦景。我应当振作起来,即使是最后的一次。骨灰盒还放在我的家中,亲爱的面容还印在我的心上,她不会离开我,也从未离开我。做了十年的"牛鬼",我并不感到孤单。我还有勇气迈步走向我的最终目标——死亡,我的遗物将献给国家,我的骨灰将同她的骨灰搅拌在一起,撒在园中,给花树做肥料。

……闹钟响了。听见铃声,我疲倦地睁大眼睛,应当起床了。床头小柜上的闹钟是我从家里带来的。我按照冬季的作息时间:六点半起身。儿子帮忙我穿好衣服,扶我下床。他不知道前一夜我做了些什么梦,醒了多少次。

"从心所欲"

一

我总算闯过了八十的大关。人生八十并不是容易的事。未到八十的时候我常常想,过了八十总可以"从心所欲"吧。照我的解释,"从心所欲"也不过是做一两件自己想做的事,或者退一步说不再做自己不想做的事,对一个老人来说,这样的愿望大概不会是过分的要求吧。

可是连这个愿望也实现不了。人不断地找上门来,有熟人,也有陌生的读者,他们为了接连出现的各种"红白喜事"拉我去充当吹鼓手;他们要我给各式各样的报纸、书刊题词、题字,求我担任这样那样的名誉职务。我曾经多次解释:作家应当通过作品跟读者见面,不能脱离创作对读者指手画脚。我又说自己没有权利教训读者,也不敢命令别人照我的话办事。我从小不练书法,长大又不用功,我写字连自己也看不顺眼,说是"鬼画桃符"。要我题字,无非让我当众出丑,这是我不愿意做的事。有些人却偏偏逼着我做,我再三推辞,可是我的话不起作用。人家已经给我做了结论:我不过是一个只有名字的空壳,除了拿名字骗人或者吓唬人以外,再无别的用处。找上门来求这求那的客人认定:"这个空壳"行将入土,你不利用,就白白丧失最后的机会,所以总要揪住我不放。我呢,只好向他们哀求:"还是让我老老实实再写两篇文章吧。"倘使只是为了名字而活下去,那真没有意思,我实在不想这样地过日子。可是哀求、推辞、躲避有时也没有用,我还是不得不让步,这里挂一个名,那里应付一下。有人笑我"不甘寂寞",他却不知道我正因为太不寂寞感到苦恼。有人怪我"管事太多",其实除了写《随想录》,我什么事都没有管,而且也不会管。

当然我也不甘心任人摆布。我虽然又老又病,缺乏战斗意志,但还能独立思考,为什么不利用失败的经验保护自己?付了学费嘛,总要学到一点东西。过了八十,为什么还要唯唯诺诺,讨好别人,看人脸色,委屈自己?既然不能"从心所欲",不妨带着微笑闭户养神。这是我的"持久战"。我就是这样地争取到一点时间来写《随想录》的,我还想写一点别的东西,有时候真是想得如饥似渴。究竟为着什么?我自己分析,眼睛一闭一切都完了,我还有什么可以留恋的?有!那就是我的祖国,我的同胞,真想把心掏出来给他们。

我活了这么几十年,并不是白吃干饭,我写了那么一大堆书,不管好坏,究竟把我的见闻和感受写出多少,自己也说不清。既然别人给我做了"结论",为什么我自己不也来一个总结?我大概再没有机会参加批斗会了,没有人逼着我写检查,我自己也不会再写它。本来一笔糊涂账嘛,扔掉、忘掉,就算完事,这最痛快。可是想到将来会出现的评论、批判、研究、考察以及种种流言蜚语,我再也不能沉默。说实话,我前两天还在做可怕的怪梦,几张凶神恶煞的面孔最近常常在我眼前"徘徊"。我知道当时有一些人变成猛兽,后来又还原为"人",而且以革命者的姿态出现。这可能是好事。但在我的怪梦里那些还原为人的"人"在"不正之风"越刮越厉害的时候却又变成了猛兽。我们当然不能相信梦境。不过回忆过去,把一些经验写下去,即使做了一个不像样的总结,对后人也不会没有用处。我牢牢记住这样一句名言:"人啊,你们要警惕!"

我正是为了这个才活下去、写下去的。

二

我想起另一件事情。去年十月我在香港接受了中文大学授予的荣誉学位,典礼后几天在当地一家日报上我读到一篇"写真话"的文章。作者对中文大学对我的"赞词"有不同的意见，他引用我自己的话来批判我，挖苦我，证明我并不"坚强"，证明我没有"道德勇气"。这些话听起来并不悦耳，特别是在长篇赞词之后，它们好像当头一盆雪水使我感到很不舒服，但是一阵不舒服之后，我却觉得一度发热的头脑清醒多了。这文章里讲的正是我永远忘不了的一些"文革"中的事情。本来我就这样想：过去是抹杀不了的，未来却可以由我们塑造。不坚强可以变为"坚强"，没有"勇气"的人也会找到"勇气"。总之，事在人为。我欠了债并不想赖掉，有债就还，还清了债岂不很轻松！我提倡讲真话，争取讲真话，正是为了有错就认、认了就改，也是为了有病就治、治了就好。不错，世界上也有所谓"一贯正确"的人，他们生了疮还说是身上开花，要人家讲好话。我不会向他们学习。这些年我的惨痛的教训实在太多了。在牛棚里那些漫长的日子，总觉得有人把我的心放在油锅里反复熬煎。我想起小时候我父亲去世家中设灵堂请和尚诵经的情景。我仿佛又看见大厅上十殿阎罗的挂图。根据过去民间传说，人死后要给带去十座阎罗殿过堂、受审，甚至要走"奈何桥"、上刀山、下油锅接受种种残酷刑罚。

亡灵还要在这些地方重复自己一生的经历，不是为了"重温旧梦"，而是经受一次严格的审查，弄清是非、结束恩怨，然后喝"迷魂汤"忘记一切，从"转轮殿"出去，重新做人。我相信过这一套鬼话。不过，时间很短，阎罗图是和尚从庙里带来的，它们给收起以后我也就忘记了。不知道因为什么，过了五十年我又想起了它们。而且这一次和从前不同，我不得不把自己摆了进去，从我进"牛棚"开始，领导也好，"革命群众"也好，我自己也好，整天都把"重新做人"挂在嘴上，他们把我变成了"牛"，把所有和我类似的人都变成了"牛"，现在需要他们来执行阎王的职务，执行牛头马面的职务了。

十年浩劫中的头几年特别可怕，我真像一个游魂给带去见十殿阎王，过去的经历一桩桩一件件全给揭发出来，让我在油锅里接受审查、脱胎换骨。十幅阎罗殿过堂受审的图画阴风惨惨、鲜血淋淋，我不知道自己是人是鬼，是兽是魂，是在阴司还是在地狱。当时萧珊尚在人世,每天我睁开眼睛听见她的声音,就唤她的名字,我说:"日子难过啊!"倘使要我讲出自己的真实思想,那就是:没有希望,没有前途。我忍受不了阎罗殿长时期的折磨。我不曾走上绝路,只是因为我不愿意同萧珊分别。除了我对萧珊的那份感情外,我的一切都让"个人崇拜"榨取光了,那些年中间我哪里还有信心和理想?哪里还有什么"道德勇气"?一纸"勒令"就使我甘心变牛,哪里有这样的"坚强战士"?说谎没有用,人无法改变自己的本来面目,我也一样,我不想在自己脸上搽粉,也用不着给它抹黑。"骂自己不脸红",并非可耻的事,问题在于我是不是在讲真话。

然而那是非不分、人鬼难辨的十年终于过去了,在血和火的浩劫中我的每一根骨头都给扔在滚滚油锅里煎了千百遍,我的确没有"倒下去",而且也不会倒下去了,这一点"信心"我倒是有的。我并不讳言我多次给"造反派"揪到台上表演过"坐喷气式飞机"、低头认罪的种种丑剧。还有一次我和一些老年作家跪在作协分会大厅里地板上接受进驻机关的所谓"狂妄分子"、"革命"学生的批判,朋友西彦的牙齿就在这个下午给打掉了两颗。当时的情景还是那么鲜明,好像就发生在昨天一样,我并不曾脸红,也不觉得可耻。我只想:这奇耻大辱大概就是对我那些年的"个人崇拜"的一种惩罚或者一种酬劳吧。我给剥夺了做"人"的权利,这是自作自受,我无话可说。但是从此我就在想一个问题:不能让这奇耻大辱再落到我的身上。今天我也还没有忘记这个问题。究竟我有没有"勇气",是不是"坚强",要看我有没有"不让'文革'的悲剧再发生"的决心。我决不会再跪在地板上接受批判了。我想把那篇所谓《写真话》的文章当做镜子照照自己,可是我什么也看不清楚。作者把在"文革"中受尽屈辱、迫害的人,和在"个人迷信"大骗局中受骗的人作为攻击和批判的对象,像隔岸观火似的对自己国家、民族的大悲剧毫不关心,他即使没有进过"牛棚"、没有坐过"喷气式",也不是什么光彩的事。他的文章不过是向下一代人勾画出自己的嘴脸罢了。

"文革"博物馆

前些时候我在《随想录》里记下了同朋友的谈话,我说"最好建立一个'文革'博物馆"。我并没有完备的计划,也不曾经过周密的考虑,但是我有一个坚定的信念:这是应当做的事情,建立"文革"博物馆,每个中国人都有责任。

我只说了一句话,其他的我等着别人来说。我相信那许多在"文革"中受尽血与火磨炼的人是不会沉默的。各人有各人的经验。但是没有人会把"牛棚"描绘成"天堂",把惨无人道的残杀当做"无产阶级的大革命"。大家的想法即使不一定相同,我们却有一个共同的决心:决不让我们国家再发生一次"文革",因为第二次的灾难,就会使我们民族彻底毁灭。

我绝不是在这里危言耸听,二十年前的往事仍然清清楚楚地出现在我的眼前。那无数难熬难忘的日子,各种各样对同胞的伤天害理的侮辱和折磨,是非颠倒、黑白混淆、忠奸不分、真伪难辨的大混乱,还有那些搞不完的冤案,算不清的恩仇!难道我们应该把它们完全忘记,不让人再提它们,以便二十年后又发动一次"文革"拿它当做新生事物来大闹中华?!有人说:"再发生?不可能吧。"我想问一句:"为什么不可能?"这几年我反复思考的就是这个问题,我希望找到一个明确的回答:可能,还是不可能?这样我晚上才不怕做怪梦。但是谁能向我保证二十年前发生过的事不可能再发生呢?我怎么能相信自己可以睡得安稳不会在梦中挥动双手滚下床来呢?

并不是我不愿意忘记,是血淋淋的魔影牢牢地揪住我不让我忘记。我完全给解除了武装,灾难怎样降临,悲剧怎样发生,我怎样扮演自己憎恨的角色,一步一步走向深渊,这一切就像是昨天的事,我不曾灭亡,却几乎被折磨成一个废物,多少发光的才华在我眼前毁灭,多少亲爱的生命在我身边死亡。"不会再有这样的事了,还是揩干眼泪向前看吧。"朋友们这样地安慰我,鼓励我。我将信将疑,心里想:等着瞧吧,一直等到宣传"清除精神污染"的时候。

那一阵子我刚刚住进医院。这是第二次住院,我患的是帕金森氏综合症,是神经科的病人。一年前摔坏的左腿已经长好,只是短了三公分,早已脱离牵引架;我拄着手杖勉强可以走路了。读书看报很吃力,我习惯早晨听电台的新闻广播,晚上到会议室看电视台的新闻联播。从下午三点开始,熟人探病,常常带来古怪的小道消息。我入院不几天,空气就紧张起来,收音机每天报告某省市领导干部对"清污"问题发表意见;在荧光屏上文艺家轮流向观众表示清除污染的决心。听说在部队里战士们交出和女同志一起拍摄的照片,不论是同亲属还是同朋友;又听说在首都机关传达室里准备了大堆牛皮筋,让长发女人扎好辫子才允许进去。我外表相当镇静,每晚回到病房却总要回忆一九六六年"文革"发动时的一些情况,我不能不感觉到大风暴已经逼近,大灾难又要到来。我并无畏惧,对自己几根老骨头也毫无留恋,但是我想不通:难道真的必须再搞一次"文革"把中华民族推向万劫不复的深渊?仍然没有人给我一个明确的回答。小道消息越来越多。我仿佛看见一把大扫帚在面前扫着,扫着。我也一天、两天、三天地数着,等着。多么漫长的日子!多么痛苦的等待!我注意到头上乌云越聚越密,四周鼓声愈来愈紧,只是我脑子清醒,我还能够把当时发生的每一件事同上次"文革"进展的过程相比较。我没有听到一片"万岁"声,人们不表态,也不缴械投降。一切继续在进行,雷声从远方传来,雨点开始落下,然而不到一个月,有人出来讲话,扫帚扫不掉"灰尘",密云也不知给吹散到了何方,吹鼓手们也只好销声匿迹。我们这才免掉了一场灾难。

一九八四年五月在日本东京召开的四十七届国际笔会邀请我出席,我的发言稿就是在病房里写成的。我安静地在医院中住满了第二个半年。探病的客人不断,小道消息未停,真真假假,我只有靠自己的脑子分析。在病房里我没有受到干扰,应当感谢那些牢牢记住"文革"的人,他们不再让别人用他们的血在中国的土地上培养"文革"的花朵。用人血培养的花看起来很鲜艳,却有毒。倘使花再次开放,哪怕只开出一朵,我也会给拖出病房,得不到治疗了。

经过半年的思考和分析,我完全明白:要产生第二次"文革",并不是没有土壤,没有气候,正相反,仿佛一切都已准备妥善,上面讲的"不到一个月"的时间要是拖长一点,譬如说再翻一番,或者再翻两番,那么局面就难收拾了,因为靠"文革"获利的大有人在……

我用不着讲下去。朋友和读者寄来不少的信,报刊上发表了赞同的文章,他们讲得更深刻,更全面,而且更坚决。他们有更深切的感受,也有更惨痛的遭遇。"千万不能再让这段丑恶的历史重演,哪怕一星半点也不让!"他们出来说话了。

建立"文革"博物馆,这不是某一个人的事情,我们谁都有责任让子子孙孙,世世代代牢记十年惨痛的教训。"不让历史重演",不应当只是一句空话。要使大家看得明明白白,记得清清楚楚,最好是建立一座"文革"博物馆,用具体的、实在的东西,用惊心动魄的真实情景,说明二十年前在中国这块土地上,究竟发生了什么事情?!让大家看看它的全部过程,想想个人在十年间的所作所为,脱下面具,掏出良心,弄清自己的本来面目,偿还过去的大小欠债。没有私心才不怕受骗上当,敢说真话就不会轻信谎言。只有牢牢记住"文革"的人,才能制止历史的重演,阻止"文革"的再来。

建立"文革"博物馆是一件非常必要的事,唯有不忘"过去",才能做"未来"的主人。

怀念胡风

一

最近我在《文学报》上看到一篇关于"胡风丢钱、巴金资助"的短文,这是根据胡风同志过去在狱中写的回忆材料写成的。几年前梅志同志给我看那篇材料时,我在材料上加了一条说明事实的注。胡风逝世已经半年,可是我的脑子里还保留着那个生龙活虎的文艺战士的形象。关于胡风,我一直想写点什么,已经有好几年了,好像有什么东西堵住我的胸口,不吐出来,总感觉到透不过气。但拿起笔我又不知道话从哪里说起。于是我想到了五十年前发生的那件事情,那么就从那里开头,先给我那条简短的注作一点补充吧。

那天我们都在万国公墓参加鲁迅先生的葬礼,墓穴周围有一个人圈,我立在胡风的对面,他的举动我看得很清楚。在葬礼进行的中间,我看见有人向胡风要钱,他掏出来一包钞票,然后又放回衣袋里去。他四周都是人,我有点替他担心,但又无法过去提醒他。后来仪式完毕,覆盖着"民族魂"旗帜的灵柩在墓穴中消失,群众像潮水似的散去。我再看见胡风,他着急地在阴暗中寻找什么东西,他那包钞票果然给人扒去了。他并没有向我提借钱的话。我知道情况以后就对当时也在场的吴朗西说:"胡风替公家办事丢了钱,大家应当支持他。"吴朗西同意,第二天就把钱给他送去了,算是文化生活出版社预支的稿费。

我说"公家"因为当时我们都为鲁迅先生丧礼工作,胡风是由蔡元培、宋庆龄等十三人组成的治丧委员会的一个成员,我和靳以、黄源、萧军、黎烈文都是"治丧办事处"的人,像这样的"临时办事人员"大约有二十八九个,不过分工不同。我同靳以、黄源、萧军几个人十月十九日跟着鲁迅先生遗体到胶州路万国殡仪馆,一直到二十二日下午先生灵柩给送到万国公墓下葬,一连三天都在殡仪馆料理各样事情,早去晚归,见事就做。胡风是治丧委员会的代表,因此他是我们的领导,治丧委员会有什么决定和安排,也都由他传达。不过那个时候我们并不十分听领导的话,我们都是为了向鲁迅先生表示敬意主动地到这里来工作的,并无什么组织关系。我们各有各的想法,对有些安排多少有点意见,可是我们又见不到治丧会的其他成员,只好向胡风发些牢骚。我们也了解胡风的处境,他一方面要贯彻治丧会的决定,一方面又要说服我们这些"临时办事人员"。其实,我们这些人也没有多少意见,好像关于下面两件事我们讲过话:一是治丧费,二是送葬行列的秩序。详细内容我已经记不起了,因为后来我们弄清楚了就没有话讲了。不过第二件事,我还有一点印象:当时柩车经过的路线在"公共租界"区域内,两边有骑马的印度巡捕和徒步的巡捕,全都挂着枪。柩车到了虹桥路,巡逻的便是穿黑制服打白裹腿的中国警察,他们的步枪也全装上了刺刀,形势有些紧张,我们怕有人捣乱,引起纠纷,主张在呼口号散发传单方面要多加注意,胡风并不反对这个意见。我记得二十二日柩车出发前,他在廊上同什么人讲话,我走过他跟前,他还对我说要注意维持秩序,不要让人乱发传单。这句话被胡子婴听见了,可能她当时在场,后来在总结会上她向胡风提了意见,说是不相信群众。总结会是治丧会在八仙桥青年会里召开的,人到得不少,也轮不到我讲话,胡风也没有替自己辩护,反正先生的葬仪已经庄严地、平平安安地结束了。通过这一次的"共事",他给我留下这样一个印象,任劳任怨,顾大局。

这是一九三六年的事。我认识胡风大约在这一年或者前一年年底,有一天下午我到环龙路(即南昌路)去找黄源,他不在家,胡风也去看他,我们在门口遇见了,就交谈起来。胡风约我到附近一家小店喝杯咖啡,我们坐了一阵,谈话内容我记不起来了,无非讲一些文艺界的情况,并没有谈文艺理论、文学评论方面的问题,因为我从未注意这些问题。说实话连胡风的文章我也读得不多,似乎就只读过他在《文学》杂志上发表的作家论,此外一九三二年他用"谷非"的笔名写过文章评论《现代》月刊上的几篇小说,也谈到我的中篇《海的梦》,我发表过答辩文章,但也只是说明我并非他所说的"第三种人",我有自己的见解而已。我对他并无反感,他在一九二五年就给我留下了好的印象,他是我在南京东南大学附中的同学,我比他高两班,但我们在同一个课堂里听过一位老师讲世界史。在学校里他是一个活动分子,在校刊上发表过文章,有点名气,所以我记得他叫张光人。但是我们之间并无交往,他甚至不知道我的名字。一九二五年我毕业离校前,在上海发生了五卅事件,我参加了当时南京学生的救国运动。不过我不是活跃分子,我就只有在中篇小说《死去的太阳》中写的那么一点点经验。胡风却是一个积极分子,他参加了"国民外交后援会"(?)的工作,我在小说十一章里写的方国亮就是他。

虽然写得很简单,但是我今天重读下面一段话:"方国亮痛哭流涕地报告这几天的工作情况,他竟激动到在讲坛上乱跳,他嘶声地诉说他们如何每天只睡两三小时,辛苦地办事,然而一般人却渐渐消沉起来……方国亮的一番话也有一点效果,散会后又有许多学生自愿聚集起来,乘小火车向下关出发……"仿佛还看见他在讲台上慷慨激昂地讲话。他的相貌改变不大。我没有告诉他那天我也是听了他的讲话以后坐小火车到下关和记工厂去的。不久我毕了业离开南京。后来听人说张光人去了日本,我好像还读过他的文章。

一九三五年秋天我从日本回来后,因为译文丛书,因为黄源,因为鲁迅先生(我们都把先生当做老师),我和胡风渐渐地熟起来了,我相当尊重他,可是我仍然很少读他写的那些评论文章,不仅是他写的,别人发表的我也不读,即使勉强读了也记不牢,读到后面就忘记前面。我一直是这样想:我写作靠自己的思考,靠自己的生活,我讲我自己的话,不用管别人说些什么。当时他同周扬同志正在进行笔战,关于典型论,关于国防文学,关于其他。我不认识周扬,两方面的文章我都没有读过,不单是我,其他不搞理论的朋友也是这样。我们只读过鲁迅先生答复徐懋庸的文章,我们听先生的话,先生赞成什么口号,我们也赞成,不过我写文章从来不去管口号不口号。没有口号,我照样写小说。

胡风常去鲁迅先生家,黄源和黎烈文也常去。烈文是鲁迅先生的朋友,谈起先生关心胡风,觉得他有时太热情,又容易激动。胡风处境有些困难,他很认真地在办《海燕》,这是一份不定期的文艺刊物,刚出版了两三期,记得鲁迅先生的《出关》就发表在这上面,受到读者的重视。那个时候在上海刊行的文艺刊物不算太少,除生活书店的《文学》、《光明》、《译文》外,还有孟十还编的《作家》、靳以编的《文季月刊》、黎烈文编的半月刊《中流》。黄源编的《译文》停刊几个月之后又改由上海杂志公司发行。此外还有别的。刊物的销路有多有少,各有各的特色,一份刊物团结一些作家,各人喜欢为自己熟悉的杂志写稿。这些刊物不一定就是同人杂志。我们有一个共同的地方:敬爱鲁迅先生。大家主动地团结在先生的周围,不愿意辜负先生对我们的关心。

烈文和我搞过一个文艺工作者的宣言,表示我们抗日救亡的主张。由烈文带到鲁迅先生家请先生定稿、签名,然后抄了几份交给熟人找人签名,来得及就在自己的和熟人的刊物上作为补白刊登出来。我们这些人都没有参加当时的文艺家协会,先生又在病中,也不曾表示态度,所以我们请先生领衔发表这样一个声明。事前事后都没有开过会讨论,也不曾找胡风商量。胡风也拿了一份去找他的熟人签了名送来。发表这宣言的刊物并不多,不过《作家》、《译文》、《文季月刊》等五六种。过三个多月鲁迅先生病逝,再过两个月,到这年年底国民党上海市党部一次查封了十三种刊物,《作家》和《文季月刊》都在内,不讲理由,只下命令。

从我认识胡风到"三批材料"发表的时候大约有二十年吧。二十年中间我们见过不少次,也谈过不少话。反胡风运动期间我仔细回想过从前的事情,很奇怪,我们很少谈到文艺问题。我很少读他的文章,他也很少读我的作品。其实在我这也是常事,我极少同什么人正经地谈过文艺,对文学我不曾做过任何研究,也没有独特的见解。所以我至今还认为自己并不是文学家。我写文章只是说自己想说的话;我编辑丛书只是把可读的书介绍给读者。我生活在这个社会,应当为它服务,我照我的想法为它工作,从来不管理论家讲了些什么,正因为这样我才有时间写出几百万字的作品,编印那许多丛书。但是我得承认我做工作不像胡风那样严肃、认真。我也没有能力把许多有才华的作家、诗人团结在自己的周围。我钦佩他,不过我并不想向他学习。除了写书,我更喜欢译书,至于编书,只是因为别人不肯做我才做,不像胡风,他把培养人才当做自己的责任。他自己说是"爱才",我看他更喜欢接近主张和趣味相同的人。不过这也是寻常的事。但连他也没有想到建国后会有反胡风运动,他那"一片爱才之心"倒成为"反革命"的罪名。老实说这个运动对我来说是个晴天霹雳,我一向认为他是进步的作家,至少比我进步。靳以跟他接触的机会多一些,他们见面爱开玩笑,靳以也很少读胡风的文章,但靳以认为胡风比较接近党,那是在重庆的时候。以后文协在上海创刊《中国作家》杂志,他们两个都是编委。

我很少读胡风的著作,对他的文艺观也不清楚,记得有一次他送我一本书,我们谈了几句,我问他:为什么别人对你有意见?他短短地回答:"因为我替知识分子说了几句话。"这大概是在一九四八年,他后来就到香港转赴解放区了。我读到他在香港写的文章,想起一件往事:一九四一年春天我从成都回重庆,那是在"皖南事变"之后,不少文化人都去了香港。老舍还留在重庆主持抗战文协的工作,他嘱咐我:"你出去,要告诉我啊。胡风走的时候来找我长谈过。"胡风还在重庆《新蜀报》上发表过五言律诗,是从香港寄来的,前四句我今天还不曾忘记:"破晓横江渡,山城雾正浓,不弹游子泪,犹抱逐臣忠。"写他大清早过江到南岸海棠溪出发的心情,我想起当时在重庆的生活。一九四二年秋天我也到海棠溪搭汽车,不过我是去桂林。不到两年我又回到重庆,仍然经过海棠溪,以后就在重庆住下来。胡风早已回重庆了,他是在日军攻占香港以后出来的,住在重庆乡下,每逢文艺界抗敌协会开理事会,我总会在张家花园看见他。有时我参加别的会或者社会活动,他也在场。有一天下午我出席中苏文化协会主办的鲁迅先生逝世八周年纪念会。会场在民国路文化生活社附近,宋庆龄到会,中苏文协的负责人张西曼也来了,雪峰、胡风都在。会议照预定的议程顺利进行,开了一半宋庆龄因事早退,她一走会场秩序就乱了,国民党特务开始围攻胡风,还有人诽谤在上海的许广平,雪峰出来替许先生辩护,准备捣乱的人就吵起来,张西曼讲话,特务不听,反而训他。会场给那伙人霸占了,会议只好草草结束,我们几个人先后出来,都到了雪峰那里,雪峰住在作家书屋,就在文化生活社的斜对面。我们发了一些牢骚,雪峰很生气,胡风好像在严肃地想什么。我劝他小心,看样子特务可能有什么阴谋。像这样的事还有好些,但是当初不曾记录下来,在我的记忆里它们正在逐渐淡去,我想追记我们交往中的一些谈话,已经不可能了。

二

解放初期我和胡风经常见面。出席第一次全国文代会,我们不是一个团,他先到北平,在南方第一团。九月参加首届全国政协第一次会议,我们从上海同车赴京,在华文学校我们住在相邻的两个房间。我总是出去找朋友,他却是留在招待所接待客人。我们常在一起开会,却很少做过长谈。一九五三年七月我第二次去朝鲜,他早已移居北京,他说好要和我同行,后来因为修改为《人民文学》写的一篇文章,给留了下来。记得文章叫《身残志不残》,是写志愿军伤员的报告文学。胡风同几位作家到东北那所医院去生活过。我动身前两天还到他家去问他,是不是决定不去了。我到了那里,他们在吃晚饭,家里有客人,我不认识,他也没有介绍。我把动身日期告诉他,就告辞走了。我已经吃过饭,提了一大捆书,雇的三轮车还在外面等我。

不久,第二次全国文代会在北京召开,我刚到朝鲜,不便回国参加,就请了假。五个月后我才回国。五四年秋天我和胡风一起出席首届全国人民代表大会,我们两个都是四川省选出的代表,常在一处开会,见面时觉得亲切,但始终交谈不多。我虽然学习过一些文件,报刊上有不少关于文艺的文章,我也经常听到有关文艺方针、政策的报告,但我还是一窍不通。我很想认真学习,改造自己,丢掉旧的,装进新的,让自己的机器尽快地开动起来,写出一点东西。我怕开会,却不敢不开会,但又动脑筋躲开一些会,结果常常是心不在焉地参加许多会,不断地检讨或者准备检讨,白白地消耗了二三十年的好时光。我越是用功,就越是写不出作品,而且戴上了作家帽子就更缺乏写作的时间。最近这段日子由于难治的病,准备搁笔,又给自己的写作生活算一个总账,我想起了下面的三大运动,不由得浑身战栗,我没有在"胡风集团"、"反右斗争"或者"文化大革命"中掉进深渊,这是幸运。但是对那些含恨死去的朋友,我又怎样替自己解释呢?

三

去年三月二十六日中国现代文学馆正式开馆,我到场祝贺。两年半未去北京,见到许多朋友我很高兴,可是我行动不便,只好让朋友们过来看我。梅志同志同胡风来到我面前,她指着胡风问我:"你还认得他吗?"我愣了一下。我应当知道他是胡风,这是在一九五五年以后我第一次看见他。他完全变了,一看就清楚他是个病人,没有什么表情,也不讲话。我说:"看见你这样,我很抱歉。"我差一点流出眼泪,这是为了我自己。这以前他在上海住院的时候,我没有去看过他,也是因为我认为自己不曾偿还欠下的债,感到惭愧。我的心情只有自己知道,有时连自己也讲不清楚。好像是在第二天上午我出席作协主席团扩大会议,胡风由他女儿陪着来了,坐在对面一张桌子旁边。我的眼光常常停在他的脸上,我找不到那个过去熟悉的胡风了。他呆呆地坐在那里,没有动,也不曾跟女儿讲话。我打算在休息时候过去打个招呼,同他讲几句话。但是会议快要告一段落,他们父女就站起来走了。我的眼光送走他们,我有多少话要讲啊。我好像眼睁睁地望着几十年的岁月远去,没有办法拉住它们。我想起一句老话:"见一次就少一次。"我却想不到这就是我和他的最后一面。

后来在上海得到他病逝的消息,我打电报托人代我在他的灵前献一个花圈,我没有讲别的话,现在说什么,都太迟了。我终于失去了向他偿还欠债的机会。

但赖账总是不行的。即使还债不清或者远远地过了期,我总得让后人知道我确实做了一番努力,希望能补偿过去对亡友的损害。

胡风的冤案得到了平反。我读他的夫人梅志写的《胡风传》,很感动,也很难过。他受到多么不公平的待遇。他当时说过:"心安理不得。"今天他大概也不会"心安理得"吧。这个冤案的来龙去脉和它的全过程并未公布,我也没有勇气面对现实,设法知道更多的详情。他们夫妇到了四川,听说在"文革"期间胡风又坐了牢,最后给判处无期徒刑,他的健康才完全垮了下来。在《文汇月刊》上发表的梅志著作的最后一部分,我还不曾读到,但是我想她也不可能把事情完全写出,而且我也没有时间弄清楚我应当知道的一切了,留给我的不过两三年的工夫了。

四

还是来谈反"胡风集团"的斗争。

在那一场"斗争"中,我究竟做过一些什么事情?我记得在上海写过三篇文章,主持过几次批判会。会开过就忘记了,没有人会为它多动脑筋。文章却给保留下来,至少在图书馆和资料室。其实连它们也早被遗忘,只有在我总结过去的时候,它们才像火印似的打在我的心上,好像有一个声音经常在我耳边说:"不许你忘记!"我又想起了一九五五年的事。

运动开始,人们劝说我写表态的批判文章。我不想写,也不会写,实在写不出来。有人来催稿,态度不很客气,我说我慢慢写篇文章谈路翎的《洼地战役》吧。可是过了几天,《人民日报》记者从北京来组稿,我正在作协分会开会,讨论的就是批判胡风的问题。到了应当表态的时候,我推脱不得,就写了一篇大概叫做《他们的罪行应当得到惩处》之类的短文,说的都是别人说过的话。表了态,头一关算是过去了。

第二篇就是《关于胡风的两件事情》,在上海《文艺月报》上发表,也是短文。我写的两件事都是真的。鲁迅先生明明说他不相信胡风是特务,我却解释说先生受了骗。一九五五年二月我在北京听周总理报告,遇见胡风,他对我说:"我这次犯了严重的错误,请给我多提意见。"我却批评说他"做贼心虚"。我拿不出一点证据,为了第二次过关,我只好推行这种歪理。

写第三篇文章,我本来以为可以聪明地给自己找个出路,结果却是弄巧成拙,反而背上一个沉重的精神包袱。事情的经过我大概不会记错吧。我第二次从朝鲜回来,在北京住了一些日子,路翎的短篇《初雪》刚刚在《人民文学》上发表,荃麟同志向我称赞它,我读过也觉得好,还对人讲过。后来《洼地战役》刊出,反应不错,我也还喜欢。我知道在志愿军战士同朝鲜姑娘之间是绝对不允许恋爱的,不过路翎写的是个人理想,是不能实现的愿望。有什么问题呢？在批判胡风集团的时候,我被迫参加斗争,实在写不出成篇的文章,就挑选了《洼地战役》作为枪靶,批评的根据便是那条志愿军和当地居民不许恋爱的禁令。稿子写成寄给《人民文学》,我自己感到一点轻松。形势在变化,运动在发展,我的文章在刊物上发表了,似乎面目全非,我看到一些我自己也没有想到的政治术语,更不知道自己哪里来的权力随意给人戴上"反革命"帽子？看得出有些句子是临时匆匆忙忙地加上去的。总之,读头一遍我很不满意,可是过了一晚,一个朋友来找我,谈起这篇文章,我就心平气和无话可说了。我写的是思想批判的文章,现在却是声讨"反革命集团"的时候,倘使不加增改就把文章照原样发表,我便会成为批判的对象,说是有意为"反革命分子"开脱。《人民文学》编者对我文章的增改倒是给我帮了大忙,否则我会遇到不小的麻烦。就在这一年的《文艺月报》上刊登过一篇某著名音乐家的"检讨"。他写过一篇"彻底揭发"胡风的文章,是在第二批材料发表以后交稿的。可是等到《月报》在书市发售,第三批材料出现了,胡风集团的性质又升级了,于是读者纷纷来信谴责,他只好马上公开检讨"实际效果是替胡风黑帮分子打掩护"。连《月报》编辑部也不得不承认"对这一错误……应该负主要的责任"。这样的气氛,这样的环境,这样的做法……用全国的力量对付"一小撮"文人,究竟是为了什么？那么这个"集团"真有什么不能见人的阴谋吧。不管怎样,我只有一条路走了,能推就推,不能推就应付一下,反正我有一个借口:"天王圣明。"当时我的确还背着个人崇拜的包袱。我想不通,就不多想,我也没有时间苦思苦想。

　　反胡风的斗争热闹一阵之后又渐渐地冷下去了。他本人和他的朋友们那些所谓"胡风分子"在斗争中都不曾露过面,后来就石沉大海,也没有人再提他们的名字。我偶尔向熟人打听胡风的消息,别人对我说:"你不用问了。"我想起了清朝的"文字狱",连连打几个冷噤,也不敢做声了。外国朋友向我问起胡风的近况,我支支吾吾讲不出来。而且那些日子,那些年月,运动一个接一个,大会小会不断,人人都要过关。谁都自顾不暇,哪里有工夫、有勇气到处打听不该打听的事情。只有在"文革"中期不记得在哪里看到一份小报或者材料,说是胡风在四川。此外我什么都不知道,一直到"文革"结束,被颠倒的一切又给颠倒过来的时候,被活埋了的人才回到了人间,但已经不是原来的胡风了。

一个有说有笑、精力充沛的诗人变成了神情木然、生气毫无的病夫,他受了多大的迫害和折磨!不能继续工作,再没有比这更痛苦的了。关于他我知道的并不多,理解也并不深。我读过他那三十万言的"上书",不久就忘记了,但仔细想好像也没有什么大不对。为了写这篇"怀念",我翻看过当时的《文艺月报》,又找到编辑部承认错误的那句话。我好像挨了当头一棒!印在白纸上的黑字是永远揩不掉的。子孙后代是我们真正的裁判官。究竟对什么错误我们应该负责,他们知道,他们不会原谅我们。五十年代我常说做一个中国作家是我的骄傲。可是想到那些"斗争",那些"运动",我对自己的表演(即使是不得已而为之吧),也感到恶心,感到羞耻。今天翻看三十年前写的那些话,我还是不能原谅自己,也不想要求后人原谅我。我想,胡风作为一个文艺工作者要是没有受到冤屈、受到迫害,要是没有长期坐牢,无罪判刑,他不仅会活到今天,而且一定有不小的成就。但是现在什么也没有了。我还有什么话可说呢?

我是个衰老的病人,思想迟钝,写这样的文章很困难,从开头写它到现在快一年了,有时每天只写三五十个字。我想讲真话,也想听别人讲真话,可是拿起笔或者张开口,或者侧耳倾听,才知道说真话多么不容易。《文汇月刊》上《胡风传》的最后部分我也找来读了。文章未完,他们在四川的生活完全不曾写到,我请求梅志同志继续写下去。梅志称她的文章"往事如烟"。我说:往事不会消散,那些回忆聚在一起,将成为一口铜铸的警钟,我们必须牢牢记住这个惨痛的教训。

我还要在这里向路翎同志道歉。我不认识他,只是在首次文代会上见过几面。他当时年轻,是一位有才华的作家,可惜不曾给他机会让他的笔发出更多的光彩。我当初评《洼地战役》并无伤害作者的心思,可是运动一升级,我的文章也升了级。我不知道他的近况,只听说他丧失了精力和健康。关于他的不幸的遭遇,他的冤案,他的病,我怎样向后人交代?难道我们那时的文艺工作就没有失误?虽然不见有人出来承认对什么"错误应当负责",但我向着井口投掷石块就没有自己的一份责任?历史不能让人随意编造,沉默妨碍不了真话的流传,泼到他身上的不公平的污水也起不了什么作用,只是为了那些"违心之论"我决不能宽恕自己。

再思录

怀念从文[①]

一

今年五月十日从文离开人世,我得到他夫人张兆和的电报后想起许多事情,总觉得他还同我在一起,或者聊天,或者辩论,他那温和的笑容一直在我眼前,隔一天我才发出回电:"病中惊悉从文逝世,十分悲痛。文艺界失去一位杰出的作家,我失去一位正直善良的朋友,他留下的精神财富不会消失。我们三十、四十年代相聚的情景还历历在目。小林因事赴京,她将代我在亡友灵前敬献花圈,表达我感激之情。我永远忘不了你们一家。请保重。"都是些极普通的话。没有一滴眼泪,悲痛却在我的心里,我也在埋葬自己的一部分。那些充满信心的欢聚的日子,那些奋笔和辩论的日子都不会回来了。这些年我们先后遭逢了不同的灾祸,在泥泞中挣扎,他改了行,在长时间的沉默中,取得了卓越的成就。我东奔西跑,唯唯诺诺,羡慕枝头欢叫的喜鹊,只想早日走尽自我改造的道路,得到的却是十年一梦,床头多了一盒骨灰,现在大梦初醒,却仿佛用尽全身力气,不得不躺倒休息,白白地望着远方灯火,我仍然想奔赴光明,奔赴希望。我还想求助于一些朋友,从文也是其中的一位,我真想有机会同他畅谈。这个

[①] 本文原收入一九八九年四月湖南文艺出版社出版的《长河不尽流》,系该书"代序"。

时候突然得到他逝世的噩耗,我才明白过去那一段生活已经和亡友一起远去了,我的唁电表达的就是一个老友的真实感情。

一连几天我翻看上海和北京的报纸,我很想知道一点从文最后的情况。可是日报上我找不到这个敬爱的名字。后来才读到新华社郭玲春同志简短的报道,提到女儿小林代我献的花篮,我认识郭玲春,却不理解她为什么这样吝惜自己的笔墨,难道不知道这位热爱人民的善良作家的最后牵动着全世界多少读者的心?!可是连这短短的报道多数报刊也没有采用。小道消息开始在知识界中间流传。这个人究竟是好是病,是死是活,他不可能像轻烟散去,未必我得到噩耗是在梦中?!一个来探病的朋友批评我:"你错怪了郭玲春,她的报道没有受到重视,可能因为领导不曾表态,人们不知道用什么规格发表讣告,刊载消息。不然大陆以外的华文报纸刊出不少悼念文章,惋惜中国文坛巨大的损失,而我们的编辑怎么能安心酣睡,仿佛不曾发生任何事情?!"

我并不信服这样的论断,可是对我谈论规格学的熟人不止他一个,我必须寻找论据答复他们。这个时候小林回来了,她告诉我她从未参加过这样感动人的告别仪式,她说没有达官贵人,告别的只是些亲朋好友,厅子里播放死者生前喜爱的乐曲。老人躺在那里,十分平静,仿佛在沉睡,四周几篮鲜花,几盆绿树,每个人手中拿一朵月季,走到老人跟前,行了礼,将花放在他身边过去了。没有哭泣,没有呼唤,也没有噪音惊醒他,人们就这样平静地跟他告别,他就这样坦然地远去。小林说不出这是一种什么规格的告别仪式,她只感觉到庄严和真诚。我说正是这样,他走得没有牵挂、没有遗憾,从容地消失在鲜花和绿树丛中。

二

一百多天过去了。我一直在想从文的事情。

我和从文见面在一九三二年。那时我住在环龙路我舅父家中。南京《创作月刊》的主编汪曼铎来上海组稿,一天中午请我在一家俄国西菜社吃中饭,除了我还有一位客人,就是从青岛来的沈从文。我去法国之前读过他的小说,一九二八年下半年在巴黎我几次听见胡愈之称赞他的文章,他已经发表了不少的作品。我平日讲话不多,又不善于应酬,这次我们见面谈了些什么,我现在毫无印象,只记得谈得很融洽。他住在西藏路上的一品香旅社,我同他去那里坐了一会儿,他身边有一部短篇小说集的手稿,想找个出版的地方,也需要用它换点稿费。我陪他到闸北新中国书局,见到了我认识的那位出版家,稿子卖出去了,书局马上付了稿费,小说过四五个月印了出来,就是那本《虎雏》。他当天晚上去南京,我同他在书局门口分手时,他要我到青岛去玩,说是可以住在学校的宿舍里。我本来要去北平,就推迟了行期,九月初先去青岛,只是在动身前写封短信通知他。我在他那里过得很愉快,我随便,他也随便,好像我们有几十年的交往一样。他的妹妹在山东大学念书,有时也和我们一起出去走走看看。他对妹妹很友爱,很体贴,我早就听说,他是自学出身,因此很想在妹妹的教育上多下工夫,希望她熟悉他自己想知道却并不很了解的一些知识和事情。

在青岛他把他那间屋子让给我,我可以安静地写文章、写信,也可以毫无拘束地在樱花林中散步。他有空就来找我,我们有话就交谈,无话便沉默。他比我讲得多些,他听说我不喜欢在公开场合讲话,便告诉我他第一次在大学讲课,课堂里坐满了学生,他走上讲台,那么多年轻的眼睛望着他,他红着脸,一句话也讲不出来,只好在黑板上写了五个字"请等五分钟"。他就是这样开始教课的。他还告诉我在这之前他每个月要卖一部稿子养家,徐志摩常常给他帮忙,后来,他写多了,卖稿有困难,徐志摩便介绍他到大学教书,起初到上海中国公学,以后才到青岛大学。当时青大的校长是小说《玉君》的作者杨振声,后来他到北平工作,还是和从文在一起。

在青岛我住了一个星期。离开的时候他知道我要去北平,就给我写了两个人的地址,他说,到北平可以去看这两个朋友,不用介绍,只提他的名字,他们就会接待我。

在北平我认识的人不多。我也去看望了从文介绍的两个人,一位姓程,一位姓夏。一位在城里工作,业余搞点翻译;一位在燕京大学教书。一年后我再到北平,还去燕大夏云的宿舍里住了十几天,写完中篇小说《电》。我只说是从文介绍,他们待我十分亲切。我们谈文学,谈得更多的是从文的事情,他们对他非常关心。以后我接触到更多的从文的朋友,我注意到他们对他都有一种深的感情。

在青岛我就知道他在恋爱。第二年我去南方旅行,回到上海得到从文和张兆和在北平结婚的消息,我发去贺电,祝他们"幸福无量"。从文来信要我到他的新家作客。在上海我没有事情,决定到北方去看看,我先去天津南开中学,同我哥哥李尧林一起生活了几天,便搭车去北平。

我坐人力车去府右街达子营,门牌号数记不起来了,总之,顺利地到了沈家。我只提了一个藤包,里面一件西装上衣、两三本书和一些小东西。从文带笑地紧紧握着我的手,说:"你来了。"就把我接进客厅。又介绍我认识他的新婚夫人,他的妹妹也在这里。

客厅连接一间屋子,房内有一张书桌和一张床,显然是主人的书房。他把我安顿在这里。

院子小,客厅小,书房也小,然而非常安静,我住得很舒适。正房只有小小的三间,中间那间又是饭厅,我每天去三次就餐,同桌还有别的客人,却让我坐上位,因此感到一点拘束。但是除了这个,我在这里完全自由活动,写文章看书,没有干扰,除非来了客人。

我初来时从文的客人不算少,一部分是教授、学者,另一部分是作家和学生。他不在大学教书了。杨振声到北平主持一个编教科书的机构,从文就在这机构里工作,每天照常上、下班,我只知道朱自清同他在一起。这个时期他还为天津《大公报》编辑《文艺》副刊,为了写稿和副刊的一些事情,经常有人来同他商谈。这些已经够他忙了,可是他还有一件重要的工作,天津《国闻周报》上的连载:《记丁玲》。

根据我当时的印象,不少人焦急地等待着每一周的《国闻周报》,这连载是受到欢迎、得到重视的,一方面人们敬爱丁玲,另一方面从文的文章有独特的风格,作者用真挚的感情讲出读者心里的话。丁玲几个月前被捕,我从上海动身时,"良友文学丛书"的编者赵家璧委托我向从文组稿,他愿意出高价得到这部"好书",希望我帮忙,不让别人把稿子拿走。我办到了。可是出版界的形势越来越恶化,赵家璧拿到全稿,已无法编入丛书排印,过一两年他花几百元买下一位图书审查委员的书稿,算是行贿,《记丁玲》才有机会作为"良友文学丛书"之一见到天日。可是删削太多,尤其是后半部,那么多的××!以后也没有能重版,更说不上恢复原貌了。

五十五年过去了,从文在达子营写连载的事,我还不曾忘记,写到结尾他有些紧张,他不愿辜负读者的期待,又关心朋友的安危,交稿期到,他常常写作通宵。他爱他的老友,他不仅为她呼吁,同时也在为她的自由奔走。也许这呼吁、这奔走没有多大用处,但是他尽了全力。

最近我意外地找到一九四四年十二月十四日写给从文的信,里面有这样的话:"前两个月我和家宝常见面,我们谈起你,觉得在朋友中待人最好、最热心帮忙的人只有你,至少你是第一个。这是真话。"

我记不起我是在什么情形里写下这一段话。但这的确是真话。在一九三四年也是这样,一九八五年我最后一次看见他,他在家养病,假牙未装上,讲话不清楚。几年不见他,有一肚皮的话要说,首先就是一九四四年十二月信上那几句。但是望着病人的浮肿的脸,坐在堆满书的小房间里,我觉得有什么东西堵塞了咽喉,我仿佛回到了一九三四年、三三年。多少人在等待《国闻周报》上的连载,他那样勤奋工作,那样热情写作。《记丁玲》之后又是《边城》,他心爱的家乡的风景和他关心的小人物的命运。这部中篇经过几十年并未失去它的魅力,还鼓舞美国的学者长途跋涉,到美丽的湘西寻找作家当年的脚迹。

我说过我在从文家作客的时候,他编辑的《大公报·文艺》副刊和读者见面了。单是为这个副刊,他就要做三方面工作:写稿、组稿、看稿。我也想得到他的忙碌,但从未听见他诉苦。我为《文艺》写过一篇散文,发刊后我拿回原稿。这手稿我后来捐赠北京图书馆了。我的钢笔字很差,墨水浅淡,只能说是勉强可读,从文却用毛笔填写得清清楚楚。我真想谢谢他,可是我知道他从来就是这样工作,他为多少年轻人看稿、改稿,并设法介绍出去。他还花钱刊印一个青年诗人的第一本诗集并为它作序,不是听说,我亲眼见到那本诗集。

从文就是这样一个人。他不喜欢表现自己。可是我和他接触较多,就看出他身上有不少发光的东西。不仅有很高的才华,他还有一颗金子般的心。他工作多,事业发展,自己并不曾得到甚些报酬,反而引起不少的吱吱喳喳。那些吱吱喳喳加上多少年的小道消息,发展为今天所谓的争议,这争议曾经一度把他赶出文坛,不让他给写进文学史。但他还是默默地做他的工作(分配给他的新的工作),在极端困难的条件下,一样地做出出色的成绩。我接到香港寄来的那本关于中国服装史的大书,一方面为老友新的成就感到兴奋,一方面又痛惜自己浪费掉的几十年的光阴。我想起来了,就是在他那个新家的客厅里,他对我不止讲过一次这样的话:"不要浪费时间。"后来他在上海对我、对靳以、对萧乾也讲过类似的话。我当时并不同意,不过我相信他是出于好心。

我在达子营沈家究竟住了两个月或三个月,现在讲不清楚了。这说明我的病(帕金森氏综合症)在发展,不少的事逐渐走向遗忘。所以有必要记下不曾忘记的那些事情。不久靳以为文学季刊社在三座门大街十四号租了房子,要我同他一起搬过去,我便离开从文家。在靳以那里一直住到第二年七月。

北京图书馆和北海公园都在附近,我们经常去这两处。从文非常忙,但在同一座城里,我们常有机会见面,从文还定期为《文艺》副刊宴请作者。我经常出席。他仍然劝我不要浪费时间。我发表的文章他似乎全读过,有时也坦率地提些意见,我知道他对我很关心,对他们夫妇只有好感,我常常开玩笑地说我是他们家的食客,今天回想起来我还感到温暖。一九三四年《文学季刊》创刊,兆和为创刊号写稿,她的第一篇小说《湖畔》受到读者欢迎。她唯一的短篇集①后来就收在我主编的"文学丛刊"里。

三

我提到坦率,提到真诚,因为我们不把话藏在心里,我们之间自然会出现分歧,我们对不少的问题都有不同的看法。可是我要承认我们有过辩论,却不曾有争论。我们辩是非,并不争胜负。

在从文和萧乾的书信集《废邮存底》中还保存着一封他给我的长信《给某作家》(一九三七)。我一九三五年在日本横滨编写的《点滴》里也有一篇散文《沉落》是写给他的。从这两封信就可以看出我们间的分歧在什么地方。

一九三四年我从北平回上海,小住一个时期,动身去日本前为《文学》杂志写了一个短篇《沉落》。小说发表时我已到了横滨,从文读了《沉落》非常生气,写信来质问我:"写文章难道是为着泄气?!"我也动了感情,马上写了回答,我承认"我写文章没有一次不是为着泄气"。

他为什么这样生气？因为我批评了周作人一类的知识分子,周作人当时是《文艺》副刊的一位主要撰稿人,从文常常用尊敬的口气谈起他。其实我也崇拜过这个人,我至今还喜欢读他的一部分文章,从前他思想开明,对我国新文学的发展有过大的贡献。可是当时我批判的、我担心的并不是他的著作,而是他的生活、他的行为。从文认为我不理解周,我看倒是从文不理解他。可能我们两人对周都不理解,但事实是他终于做了为侵略者服务的汉奸。

回国以后我还和从文通过几封长信继续我们这次的辩论,因为我又发表过文章,针对另外一些熟人,譬如对朱光潜的批评,后来我也承认自己有偏见,有错误。从文着急起来,他劝我不要"那么爱理会小处"、"莫把感情火气过分糟蹋到这上面"。他责备我:"什么米

---

① 指《湖畔》,署叔文著,文化生活出版社一九四一年六月出版。

米大的小事如×××之类的闲言小语也使你动火,把小东小西也当成敌人,"还说,"我觉得你感情的浪费真极可惜。"

我记不起我怎样回答他,因为我那封留底的长信在"文革"中丢失了,造反派抄走了它,就没有退回来。但我记得我想向他说明我还有理性,不会变成狂吠的疯狗。我写信,时而非常激动,时而停笔发笑,我想:他有可能担心我会发精神病,我不曾告诉他,他的话对我是连声的警钟,我知道我需要克制,我也懂得他所说的"在一堆沉默的日子里讨生活"的重要。我称他为"敬爱的畏友",我衷心地感谢他。当然我并不放弃我的主张,我也想通过辩论说服他。

我回国那年年底又去北平,靳以回天津照料母亲的病,我到三座门大街结束《文学季刊》的事情,给房子退租。我去了达子营从文家,见到从文伉俪,非常亲热。他说:"这一年你过得不错嘛。"他不再主编《文艺》副刊,把它交给了萧乾,他自己只编辑《大公报》的《星期文艺》,每周出一个整版。他向我组稿,我一口答应,就在十四号的北屋里,每晚写到深夜,外面是严寒和静寂。北平显得十分陌生,大片乌云笼罩在城市的上空,许多熟人都去了南方,我的笔拉不回两年前朋友们欢聚的日子,屋子里只有一炉火,我心里也在燃烧,我写,我要在暗夜里叫号。我重复着小说中人物的话:"我不怕……因为我有信仰。"

文章发表的那天下午我动身回上海,从文、兆和到前门车站送行。"你还再来吗?"从文微微一笑,紧紧握着我的手。

我张开口吐一个"我"字,声音就哑了,我多么不愿意在这时候离开他们!我心里想:"有你们在,我一定会来。"

我不曾失信,不过我再来时已是十四年之后,在一个炎热的夏天。

四

抗战期间萧珊在西南联大念书,一九四〇年我从上海去昆明看望她,四一年我又从重庆去昆明,在昆明过了两个暑假。从文在联大教书,为了躲避敌机轰炸,他把家迁往呈贡,兆和同孩子们都住在乡下。我们也乘火车去过呈贡看望他们。那个时候没有教师节,教书老师普遍受到轻视,连大学教授也难使一家人温饱,我曾经说过两句话:"钱可以赚到更多的钱。书常常给人带来不幸。"这就是那个社会的特点。他的文章写得少了,因为出书困难;生活水平降低了,吃的、用的东西都在涨价,他不叫苦,脸上始终露出温和的微笑。我还记得在昆明一家小饭食店里几次同他相遇,一两碗米线作为晚餐,有西红柿,还有鸡蛋,我们就满足了。

在昆明我们见面的机会不多,但是我们不再辩论了,我们珍惜在一起的每时每刻,我们同游过西山龙门,也一路跑过警报,看见炸弹落下后的浓烟,也看到血淋淋的尸体。过去一段时期他常常责备我:"你总说你有信仰,你也得让别人感觉到你的信仰在哪里。"现在连我也感觉得到他的信仰在什么地方。只要看到他脸上的笑容或者眼里的闪光,我觉得心里更踏实。离开昆明后三年中,我每年都要写信求他不要放下笔,希望他多写小说。我说:"我相信我们这个民族的潜在力量,"又说:"我极赞成你那埋头做事的主张。"没有能再去昆明,我更想念他。

他并不曾搁笔,可是作品写得少。他过去的作品早已绝版,读到的人不多。开明书店愿意重印他的全部小说,他陆续将修订稿寄去。可是一部分底稿在中途遗失,他叹惜地告诉我,丢失的稿子偏偏是描写社会疾苦的那一部分,出版的几册却是关于男女事情的,"这样别人更不了解我了"。

最后一句不是原话,他也不仅说一句,但大意是如此。抗战前他在上海《大公报》发表过批评海派的文章引起强烈的反感。在昆明他的某些文章又得罪了不少的人。因此常有对他不友好的文章和议论出现。他可能感到有一点寂寞,偶尔也发发牢骚,但主要还是对那种越来越重视金钱、轻视知识的社会风气。在这一点我倒理解他,我在写作生涯中挨过的骂可能比他多,我不能说我就不感到寂寞。但是我并没有让人骂死。我也看见他倒了又站起来,一直勤奋地工作,最后他被迫离开了文艺界。

五

那是一九四九年的事。最初北平和平解放,然后上海解放。六月我和靳以、辛笛、健吾、唐弢、赵家璧他们去北平,出席首次全国文代会,见到从各地来的许多熟人和分别多年的老友,还有更多的献出自己的青春和心血的文艺战士。我很感动,也很兴奋。

但是从文没有露面,他不是大会的代表。我们几个人到他的家去,见到了他和兆和,他们早已不住在达子营了,不过我现在也说不出他们是不是住在东堂子胡同,因为一晃就是四十年,我的记忆模糊了,这几十年中间我没有看见他住过宽敞的房屋。最后他得到一个舒适的住处,却已经疾病缠身,只能让人搀扶着在屋里走走。我至今未见到他这个新居,一九八五年五月后我就未去过北京,不是我不想去,但我越来越举步艰难了。

首届文代会期间我们几个人去从文家不止一次,表面上看不出他有情绪,他脸上仍然露出微笑。他向我们打听文艺界朋友的近况,他关心每一个熟人。然而文艺界似乎忘记了他,不给他出席文代会,以后还把他分配到历史博物馆,让他做讲解员,据说郑振铎到那里参观一个什么展览,见过他,但这是以后的事了。这年九月我第二次来北平出席全国政协会议,接着中华人民共和国成立,北京又成为首都,这次我大约住了三个星期,我几次看望从文,交谈的机会较多,我才了解一些真实情况。北京解放前后当地报纸上刊载了一些批判他的署名文章,有的还是在香港报上发表过的,十分尖锐。他在围城里,已经感到很孤寂,对形势和政策也不理解,只希望有一两个文艺界熟人见见他,同他谈谈。他当时战战兢兢,如履薄冰,仿佛就要掉进水里,多么需要人来拉他一把,可是他的期望落了空。他只好到华北革大去了,反正知识分子应当进行思想改造。

不用说,他受到了不公平的待遇,不仅在今天,在当时我就有这样的看法,可是我并没有站出来替他讲过话,我不敢,我总觉得自己头上有一把达摩克利斯的宝剑。从文一定感到委屈,可是他不声不响、认真地干他的工作。政协会议以后,第二年我去北京开会,休会的日子我去看望过从文,他似乎很平静,仍旧关心地问到一些熟人的近况。我每次赴京,总要去看看他。他已经安定下来了。对瓷器、对民间工艺、对古代服装他都有兴趣,谈起来头头是道。我暗中想,我外表忙忙碌碌,有说有笑,心里却十分紧张,为什么不能坐下来,埋头译书,默默地工作几年,也许可以做出一点成绩。然而我办不到,即使由我自己做主,我也不愿放下笔,还想换一支新的来歌颂新社会。我下决心深入生活,却始终深不下去,我参加各种活动,也始终浮在面上,经过北京我没有忘记去看他,总是在晚上去,两三间小屋,书架上放满了线装书,他正在工作,带着笑容欢迎我,问我一家人的近况,问一些熟人的近况。兆和也在,她在《人民文学》编辑部工作,偶尔谈几句杂志的事。有时还有他一个小女儿(侄女),他们很喜欢她,两个儿子不同他们住在一起。

我大约每年去一次,坐一个多小时,谈话他谈得多一些,我也讲我的事,但总是他问我答。我觉得他心里更加踏实了。我讲话好像只是在替自己辩护。我明白我四处奔跑,却什么都抓不住。心里空虚得很。我总疑心他在问我:你这样跑来跑去,有什么用处? 不过我不会老实地对他讲出来。他的情况也逐渐好转,他参加了人民政协,在报刊上发表诗文。

"文革"前我最后一次去他家,是在一九六五年七月,我就要动身去越南采访。是在晚上,天气热,房里没有灯光,砖地上铺一床席子,兆和睡在地上,从文说:"三姐生病,我们外面坐。"我和他各人一把椅子在院子里坐了一会,不知怎样我们两个讲话都没有劲头,不多久我就告辞走了。当时我绝没想到不出一年就会发生"文化大革命",但是我有一种感觉我头上那把利剑,正在缓缓地往下坠。"四人帮"后来批判的"四条汉子"已经揭露出三个,我在这年元旦听过周扬一次谈话,我明白人人自危,他已经在保护自己了。

旅馆离这里不远,我慢慢地走回去,我想起过去我们的辩论,想起他劝我不要浪费时间,而我却什么也搞不出来。十几年过去了,我不过给添了一些罪名。我的脚步很沉重,仿佛前面张开一个大网,我不知道会不会投进网里,但无论如何一个可怕的、摧毁一切的、大的运动就要来了。我怎能够躲开它?

回到旅馆我感到精疲力竭,第二天早晨我就去机场,飞向南方。

六

在越南我进行了三个多月的采访,回到上海,等待我的是姚文元的《评新编历史剧〈海瑞罢官〉》。每周开会讨论一次,人人表态,看得出来,有人慢慢地在收网,"文化大革命"就要开场了。我有种种的罪名,不但我紧张,朋友们也替我紧张,后来我找到机会在会上做了检查,自以为卸掉了包袱。六月初到北京开会(亚非作家紧急会议),在机场接我的同志小心嘱咐我"不要出去找任何熟人"。我一方面认为自己已经过关,感到轻松,另一方面因为运动打击面广,又感到恐怖。我在这种奇怪的心境之下忙了一个多月,我的确"没出去找任何熟人",无论是从文、健吾或者冰心。

但是会议结束,我回到机关参加学习,才知道自己仍在网里,真是在劫难逃了。进了牛棚,仿佛落入深渊,别人都把我看作罪人,我自己也认为有罪,表现得十分恭顺。绝没有想到这个所谓"触及灵魂"的"革命"会持续十年。在灵魂受到熬煎的漫漫长夜里,我偶尔也想到几个老朋友,希望从友情那里得到一点安慰。可是关于他们,一点消息也没有。我想到了从文,他的温和的笑容明明在我眼前。我对他讲过的那句话,"我不怕……我有信仰"像铁锤在我的头上敲打,我哪里有信仰?我只有害怕。我还有脸去见他?这种想法在当时也是很古怪的,一会儿就过去了。过些日子它又在我脑子里闪亮一下,然后又熄灭了。我一直没有从文的消息,也不见人来外调他的事情。

六年过去了。我在奉贤县文化系统"五七干校"里学习和劳动,在那里劳动的有好几个单位的干部,许多人我都不认识。有一次我给揪回上海接受批判,批判后第二天一早到巨鹿路作协分会旧址学习,我刚刚在指定的屋子里坐好,一位年轻姑娘走进来,问我是不是某人,她是从文家的亲戚,从文很想知道我是否住在原处。她是音乐学院附中的学生,我在干校见过。从文一家平安,这是很好的消息,可是我只答了一句:我仍住在原处,她就走了。回到干校,过了一些日子,我又遇见她,她说从文把我的地址遗失了,要我写一个交给她转去。我不敢背着工宣队"进行串连",我怕得很。考虑了好几天,我才把写好的地址交给她。经过几年的改造,我变成了另外一个人,我遵守的信条是:多一事不如少一事。我并不希望从文来信。但是出乎我的意料之外,他很快就寄了信来,我回家休假,萧珊已经病倒,得到北京寄来的长信,她拿着五张信纸反复地看,含着眼泪地说:"还有人记得我们啊!"这对她是多大的安慰!

他的信是这样开始的:"多年来家中搬动太大,把你们家的地址遗失了,问别人忌讳又多,所以直到今天得到×家熟人一信相告,才知道你们住处。大致家中变化还不太多。"

五页信纸上写了不少朋友的近状,最后说:"熟人统在念中。便中也希望告知你们生活种种,我们都十分想知道。"

他还是像三十年代那样关心我。可是我没有寄去片纸只字的回答。萧珊患了不治之症,不到两个月便离开人世。我还是审查对象,没有通信自由,甚至不敢去信通知萧珊病逝。

我为什么如此缺乏勇气?回想起来今天还感到惭愧。尽管我不敢表示自己并未忘记故友,从文却一直惦记着我。他委托一位亲戚来看望,了解我的情况。七四年他来上海,一个下午到我家探望,我女儿进医院待产,儿子在安徽农村插队落户,家中冷冷清清,我们把藤椅搬到走廊上,没有拘束,谈得很畅快。我也忘了自己的"结论"已经下来:一个不戴帽子的反革命。

七

等到这个"结论"推翻,我失去的自由逐渐恢复,我又忙起来了。多次去北京开会,却只到过他的家两次。头一次他不在家,我见着兆和,急匆匆不曾坐下吃一杯茶。屋子里连写字桌也没有,只放得下一张小茶桌,夫妻二人轮流使用。第二次他已经搬家,可是房间还是很小,四壁图书,两三幅大幅近照,我们坐在当中,两把椅子靠得很近,使我想起一九六五年那个晚上,可是压在我们背上的包袱已经给摔掉了,代替它的是老和病。他行动不便,我比他好不了多少。我们不容易交谈,只好请兆和做翻译,谈了些彼此的近况。

我大约坐了不到一个小时吧,告别时我高高兴兴,没有想到这是我们最后的一面,我以后就不曾再去北京。当时我感到内疚,暗暗地责备自己为什么不早来看望他。后来在上海听说他搬了家,换了宽敞的住处,不用下楼,可以让人搀扶着在屋子里散步,也曾替他高兴一阵子。

最近因为怀念老友,想记下一点什么,找出了从文的几封旧信,一九八〇年二月信中有一段话,我一直不能忘记:"因住处只一张桌子,目前为我赶校那两份选集,上午她三点即起床,六点出门上街取牛奶,把桌子让我工作,下午我睡,桌子再让她使用到下午六点,她做饭,再让我使用书桌。这样下去,那能支持多久!"

这事实应当大书特书,让国人知道中国一位大作家、一位高级知识分子就是在这种条件下工作。尽管他说"那能支持多久",可是他在信中谈起他的工作,劲头还是很大。他是能够支持下去的。近几个月我常常想:这个问题要是早解决,那有多好!可惜来得太迟了。不过有人说迟来总比不来好。

那么他的讣告是不是也来迟了呢?人们究竟在等待什么?我始终想不明白,难道是首长没有表态,记者不知道报道应当用什么规格?有人说:"可能是文学史上的地位没有排定,找不到适当的头衔和职称吧。"又有人说:"现在需要搞活经济,谁关心一个作家的生死存亡?你的笔就能把生产搞上去?!"

我无法回答。

又过了一个多月,我动笔更困难,思想更迟钝,讲话声音更低,我感觉到自己身体的一部分逐渐在老死。我和老友见面的时候不远了……

倘使真的和从文见面,我将对他讲些什么呢?

我还记得兆和说过:"火化前他像熟睡一般,非常平静,看样子他明白自己一生在大风大浪中已尽了自己应尽的责任,清清白白,无愧于心。"他的确是这样。

我多么羡慕他!可是我却不能走得像他那样平静、那样从容,因为我并未尽了自己的责任,还欠下一身债,我不可能不惊动任何人静悄悄离开人世。那么就让我的心长久燃烧,一直到还清我的欠债。

有什么办法呢?中国知识分子的悲剧我是躲避不了的。

向老托尔斯泰学习[①]

几个月前我给冰心大姐写信发牢骚,抱怨自己的处境。我们通信话都很短,因为彼此熟悉、了解,许多话不需要写出来,发牢骚也不用长篇大论。我讲两三句,她就明白了,或者给我一点安慰,或者批评两句,其实批评的时候极少,我的牢骚常常引起她的共鸣,或者给她带来烦恼。

我从小爱发牢骚,但决非无病呻吟,而且我不善于言辞,不会表达自己的思想,用嘴讲不出来的,我只好靠笔帮忙,因此走上了写作的路。我不是经过刻苦钻研、勤奋读写,取得若干成就的。我不过借用文字作武器,在作品中生活,在作品中奋斗。不管拿着笔,或者放下笔,我都是在生活。写作几十年我从未想到什么成功,什么成就。摊开稿纸,我只有一个念头:奋笔前进。

我就奋笔前进吧。直到某一天出现了人畜互相转化的"魔法时代",我给捆住胳膊绑住脚,整整十一年没有能写一篇文章。我真的相信自己给"打翻在地,踏上一脚,永世不得翻身"了,忽然发现那些符咒都失了效力,我的手仍然能写字。在"牛棚"关了十年之后,我还

[①] 本文最初发表于一九九二年一月二十五日出版的《收获》第一期。

是一个"人",能用自己的脑子思考。我要继续前进,可是我已年逾古稀,奋笔无力了。

年轻时候我不高兴听见"老"字,我常常对朋友说:"我只要活到四十。"岂但四十!不知不觉中我已过了六十,开始感到疲倦,正考虑搁笔的时候却被当做"牛鬼"揪到干校,不准言老,也不敢言老了。在干校我和另一个审查对象抬一箩筐菜皮送到猪场,半路上跌进了垄沟,自己从水里爬上来,没有人关心地问一句,我只听见几声大笑。

只有十年梦醒我才懂得保护自己:让人称公称老,我才记起自己的年纪;疾病缠身,我才想到搁笔休息。活到八十七岁,我的确感到精疲力竭。但是今天和从前一样,我还得老老实实地活下去。我的原则仍然是讲真话,掏出自己的心。其实这不过老调重弹。我并非自吹自擂独家贩卖真货,或者我在传播真理,我唯一的宗旨是不欺骗读者,自己想说什么就写什么,不停地探索,不断地追求,倘使发现错误,就承认错误,决不坚持错误。读者是我真正的"评委",我并不要他们跟着我走。有话要讲,我才拿笔。我的手不听指挥,我又把笔放下。我需要安静。我也希望得到安静。但是我会得到安静么?

我的时间已经不多,我要好好地利用它。我渴望安静,也只是为了勤奋而有效地使用这支笔。我回顾过去,写作一生,我并未尽责,也未还清欠债,半夜梦醒,在床上想来想去,深感愧对读者,万分激动,我哪里来的安静?当然到了最后一刻我也会撒手而去,可能还有不少套话、大话、废话、空话、假话……把我送上西天,但是我留下的每张稿纸上都有这样三个字:讲真话。

俄罗斯大作家列夫·托尔斯泰被称为十九世纪世界的良心,他标榜"心口一致",追求"言行一致",为了讲真话,他以八十高龄离家出走,中途病死在火车站上。

向老托尔斯泰学习,我也提倡"讲真话"。我说得明明白白:安徒生童话里的小孩分明看见皇帝陛下"什么衣服也没有穿",就老老实实地讲了出来。我说的"讲真话"就是这样简单,这里并没有高深的学问。

最后的话[1]

一

树基：

书出到末卷，我可讲最后的话了。树基，感谢你接受我的委托编辑这个《全集》。我把《全集》交给你，因为我相信你会把它编成一部对读者有用的书。我写书有我的需要，每一篇都是如此。读者读书也有自己需要。我认为你懂得两方面的需要，容易帮助读者接触作者的心灵。你对我的作品有时也坦率地发表意见，而且你和我同一个时期在桂林、重庆生活过。后来在上海和北京我们还有很多交谈的机会。你给我写来那么多的信，对我的生活和我的文章，甚至一些字句也很关心，很注意。我并不常常听从你的意见，但我总是认真地考虑它们。

现在对自己的作品我打算再认真考虑一次。我要回头看看我一生走过的道路。

我说过我搁笔了，但又几次拿起墨水快干的笔。写几个叫人看得清楚的字，我感到吃力，但吐出心中的块垒，我很痛快。积累了多年的爱憎总要倾吐干净！因此我常觉得自己文章写得太多，也曾有过计划，只出版十卷本选集，其余概不重印。

你向我组稿，要编印我的《全集》。你说你打算把我这部书作为你最后的工作。你的话里流露出深的感情。你的确应该休息了，却又忘不了我的书。为了出版我的《全集》，你找我谈过几次。你的热情和决心打动了我，你的编辑、出版计划说服了我，一年后我终于同意了。我起初抱着消极的态度，以为每年看到一册，等书出齐，我已不在人世，不必为这些文字操心了。我的确不曾把这件事放在心上。

---

[1] 本文最初发表于一九九三年十一月二十五日出版的《收获》第六期，收入《巴金全集》第二十六卷时题作《后记》、《后记（之二）》。

可是后来看见书一本一本地印出来,经过书市转到读者手中,又仿佛心上压着什么,开始感到坐立不安了。究竟是我写的东西,不管好坏,总不能把责任完全推给你,好像跟我自己毫无关系。今天它们给带到读者面前接受审判,受罚的应当是我。你可能不同意这个"罚"字,那么就加一个"赏"字,有赏有罚吧。但无论如何,批评总是多于"赞赏",而且我这里所谓"赞赏"也只是读者的"接受",倘使受到读者普遍的拒绝,你的努力岂不完全浪费,而我的内疚也就更深了。

这样的遭遇《全集》也可能碰到。是糟粕,就让它毁灭,扔进垃圾堆里也行,我并无怨言。你应当有充分准备。

为了让你对我有更多的理解。我得谈一点有关我写作的事情。我自小就不聪慧,智力也不发达。即使记忆力不差,但作文课上成绩平平,毫无文采。"五四"以后,我学习白话文,给当地刊物写了几篇文章,也无非东抄西凑,自己反而理直气壮,认为我只是宣传新的思想,并不想成名成家。刊物停下来,我也就搁了笔。后来又写了些小诗、散文或不成篇的长诗,有的受了当时文学作品的影响,有的(如长诗)就只是为了发泄自己某一时期的感情。记得一九二二或二三年有几个深夜,大哥悄悄地坐进停放在大厅上的轿子,打碎轿帘上的玻璃。我的房间跟大厅只隔着一排木门,轿子里的声音,我听得清清楚楚。我感到痛苦,却没有办法。读书读不进,便拿起笔写点什么,竟然写了一首写不完的长诗《一个灵魂的呻吟》。大约有三四个这样的夜,笔记本上写了又涂,涂了又写,都是些不成行的断句。四年后,在巴黎,夜深人静,听到圣母院的钟声,想念许多人和许多事,坐立不安,就从床下旧皮箱里找出那首不成篇的诗文接着写下去,到第二年终于作为"未完成的诗"在小说《灭亡》中出现了。这说明我的第一篇小说是在寂寞、痛苦中写成的。其实所有我的作品都是在寂寞、痛苦中写成的。我写,是在倾吐我的感情,讲我心里的话。我没有才能,求学期中并无成就,不曾学会驾驭文字的本领。大哥帮助我出川求学,希望我专攻一门学问,可是到了巴黎,从哪里做起,我既无打算,更无把握,每夜,每夜圣母院的钟声敲在我的心上,仿佛在质问我:"怎么办?"

　　我写《灭亡》从开始到终卷,写了又停,停了又写,我并未想染指于文艺,我无技巧,又不懂艺术,因此也不想为自己说的话装饰。我希望得到人们的理解,文章能起一点作用。我愿意掏出心给人看,我还想把我的所见所闻和我所知道的一切全写出来,不掩饰地露出自己,不逃避地接受批评。

　　我写出了一本接一本的书。心中的火不灭,我不能不写,虽然肤浅、幼稚,而且啰嗦,但是读者鼓励我写,读者不嫌弃地接受它们。年轻人说我讲出了他们心中的话。三十年代、四十年代的青年把我当做他们的朋友。我的见闻、我的呼喊,甚至我那些不成篇的牢骚,它们都是真话,我不会存心欺骗读者。但是不能说我不曾欺骗过我自己。那么我怎么能说年轻朋友们就不曾受过骗? 在十八九岁的日子,热情像一锅煮沸的油,谁也愿意献出自己宝贵的血。我写了一本又一本的书,一次又一次地送到年轻读者的手中,我感觉到我们之间友谊的加深,但是二十年后,五十年代到八十年代的青年不再理解我了。我感到寂寞、孤独,因为我老了,我的书也老了,无论怎样修饰、加工,也不能给它们增加多少生命。

　　你不用替我惋惜,不是他们离开我,是我离开了他们。我的时代可能已经过去。我理解了自己,就不会感到遗憾。也希望读者理解我。

　　要求理解,并非要求宽容。理解之后,读者也许会把全书四分之二扔在垃圾箱里,那么我这一生写作上的努力就得到公平的待遇了。

巴金
一九八九年七月二十八日

二

树基:

　　你把我三年前写好的《全集》的《后记》寄还给我,问我有没有改动,要不要作什么补充。

我的回答是:另写一篇,不是改动,也不是补充,那么就算《后记》之二吧。

我已经没有夸夸其谈的时间了,伸出手来,我准备一次紧握。我饶舌了六七十年,不想再浪费读者宝贵的时光。人走了,但是印在纸上的字抹杀不了。我要为自己写的东西负责。不管我说真话还是讲假话,不管我的思想变化或未变,它总是在动,我也总是一条思路,我写文章绝非无话硬写,那是编造谎言。

你了解我,我为什么不止一次地告诉你编印《全集》就是对我自己的惩罚呢?我不能容忍编造的谎言,不管是"独家采访",或是"人云亦云"。我为什么坚持在十四卷末作为附录插进与徐开垒同志的对谈呢?我想让读者明白一件事情:我不能离开人民,我准备"改造自己,从头做起"。说是换一支笔写新人新事,我"毫不犹豫地选择了新的路"。这样才可以解释我的思想、我的文笔的改变,我甚至承认自己投降。从此我转了一个一百八十度的大弯,发表了新的文章。这些文章被称为"歌德派",回顾它们的产生,我并不后悔我写了它们,即使我写了自己不想说的话,即使我写了自己所不理解的事情,我也希望对我的国家和人民,我的文章会起一点好作用,我的感情是真诚的。不少的知识分子都是这样。经过一次接一次的运动,我跟读者的距离越来越远了。最有趣的是五八年春天,我在自己的院子里草地上捧着铜盆敲了整整一个下午,我是在响应号召"除四害"打麻雀。我的集子里还保留了不少这一类的豪言壮语,我写它们,只是为了完成别人给我的任务,当时我们是在互相鼓励,今天却说明我如何制造废品。

说到废品你不同意,你以为我谦虚。你不同意我那百分之五十的废品的看法。但是重读过去的文章,我绝不能宽恕自己。人们责问我为什么把自己搞得这样痛苦。正因为我无法使笔下的豪行壮语成为现实。难道我存心撒谎,为了保护自己?!难道借口真话不是真理我可以信口开河?!我反复解说只想用真话把我的心交给读者。

可是我究竟说了多少真话？我究竟让多少人看到我的心？

一句话，这二十六本集子里有多少真，又有多少假？我自己没有回答。有人说："那么看看《随想录》吧。"

《随想录》是我最后的著作，是解释自己、解剖自己的书，但这也只是刚刚开始，本来还想写《再思录》，却没有办法，"来日无多"了。我还需要讲什么呢？反反复复，唠唠叨叨，我把书一本一本地堆起来，也不见得就能说服读者。

我又想起了老托尔斯泰，他写了那么多的书，他的《全集》有九十大册，他还是得不到人们理解，为了说服读者，他八十一岁带着一个女儿离家出走。他决心改变自己的生活，却没有想到中途染病死在火车站上。①

这是俄罗斯大作家给我指出一条路。改变自己的生活，消除言行的矛盾，这就是讲真话。

现在我看清楚了这样一条路，我要走下去，不回头。

但是对我来说，这已经太迟了。我讲话吃力，写字困难；笔在我手里重如千斤；无穷无尽的感情也只好咽在肚里。不需要千言万语，让我们紧紧地握一次手无言地告别吧。

最后一段话是对敬爱的读者讲的，对他们我只要说："我爱你们。"是的，我永远忘不了他们。

巴金

一九九三年一月五日

---

① 据说托尔斯泰离家的信写好锁在抽屉里二十五年，最后出走，只能说是实现他的决心，可是他还是没有改变他的生活。——作者原注

《随想录》合订本[1]新记

一

三年前我答应三联书店在适当的时候出版《随想录》的合订本,当时我对是否能完成我的五卷书,自己并没有信心。说实话,我感到吃力,又好像出了门在半路上,感到进退两难。我知道老是唠唠叨叨,不会讨人喜欢,但是有话不说,将骨头全吞在肚里化掉,我并无这种本领。经常有一个声音催促我:"写吧!"我不断地安慰自己:"试试看。"只要有精神,有力气,能指挥笔,我就"试试看",写写停停,停停写写,终于写完了最后一篇"随想"。我担心见不了天日的第五卷《无题集》也在叽叽喳喳的噪音伴送中,穿过荆棘丛生的泥泞小路,进入灯烛辉煌的"文明"书市和读者见面了。

我做了我可以做的事。我做了我应当做的事。今后呢,五卷书会走它们自己的路,我无能为力了。这大概是我所说的"适当的时候"吧。那么我答应为合订本写的"新记"不能不交卷了。

千言万语,不知从何说起,一百五十篇长短文章全是小人物的喜怒哀乐,自己说是"无力的叫喊",其实大都是不曾愈合的伤口出来的脓血。我挤出它们不是为了消磨时间,我想减轻自己的痛苦。写第一篇"随想",我拿着并不觉得沉重。我在写作中不断探索,在探索中逐渐认识自己。为了认识自己才不得不解剖自己。本来想减轻痛苦,以为解剖自己是轻而易举的事,可是把笔当做手术刀一下一下地割自己的心,我却显得十分笨拙。我下不了手,因为我感到剧痛。我常说对自己应当严格,然而要拿刀刺进我的心窝,我的手软了。我不敢往深处刺。五卷书上每篇每页满是血迹。但更多的却是十年创伤的脓血。我知道不把脓血弄干净,它就会毒害全身。我也知道:不仅是我,许多的人伤口都淌着这样的脓血。我们有共同的遭遇,也有同

---

[1] 《随想录》合订本,北京三联书店一九八七年八月出版。

样的命运。不用我担心,我没有做好的事情,别的人会出来完成。解剖自己,我挖得不深,会有人走到我的前头,不怕痛,狠狠地挖出自己的心。

写完五卷书我不过开了一个头。我沉默,但会有更多的作品出现。没有人愿意忘记二十年前开始的大灾难,也没有人甘心再进"牛棚"、接受"深刻的教育"。我们解剖自己,只是为了弄清"浩劫"的来龙去脉,便于改正错误,不再上当受骗。分是非、辨真假,都必须先从自己做起,不能把责任完全推给别人,免得将来重犯错误。

二

怎么我又讲起大道理来了!当初为香港《大公报》写稿的时候我并未想到那些事情。我的《随想录》是从两篇谈《望乡》(日本影片)的文章开始的。去年我在家中接待来访的日本演员栗原小卷,对她说,我看了她和田中绢代主演的《望乡》,一连写了两篇辩护文章,以后就在《大公报》副刊上开辟了《随想录》专栏,八年中发表了一百五十篇"随想"。我还说,要是没有看到《望乡》,我可能不会写出五卷《随想录》。其实并非一切都出于偶然,这是独立思考的必然结果。五十年代我不会写《随想录》,六十年代我写不出它们。只有在经历了接连不断的大大小小政治运动之后,只有在被剥夺了人权在牛棚住了十年之后,我才想起自己是一个"人",我才明白我也应当像人一样用自己的脑子思考。真正用自己的脑子去想任何大小事情,一切事物、一切人在我眼前都改换了面貌,我有一种大梦初醒的感觉。只要静下来,我就想起许多往事,而且用今天的眼光回顾过去,我也很想把自己的思想清理一番。

碰巧影片《望乡》在京公映,引起一些奇谈怪论,中央电视台召开了座谈会,我有意见,便写了文章。朋友潘际坰兄刚刚去香港主编《大公报》副刊《大公园》,他来信向我组稿,又托黄裳来拉稿、催稿。我看见《大公园》上有几个专栏,便将谈《望乡》的文章寄去,建议为我开辟一个《随想录》专栏。际坰高兴地答应了。我最初替《望乡》

讲话,只觉得理直气壮,一吐为快,并未想到我会给拴在这个专栏上一写就是八年。从无标题到有标题(头三十篇中除两篇外都没有标题),从无计划到有计划,从梦初醒到清醒。从随想到探索,脑子不再听别人指挥,独立思考在发挥作用。拿起笔来,尽管我接触各种题目,议论各样事情,我的思想却始终在一个圈子里打转,那就是所谓十年浩劫的"文革",有一个时期提起它我就肃然起敬,高呼"万岁!"可是通过八年的回忆、分析和解剖,我看清了自己,通过自己又多多少少了解周围的一些人和事,我的笔经常碰到我的伤口。起初我摊开稿纸信笔写去,远道寄稿也无非为了酬答友情。我还有这样的一种想法:发表那些文章也就是卸下自己的精神负担。后来我才逐渐明白,住了十载"牛棚"我就有责任揭穿那一场惊心动魄的大骗局,不让子孙后代再遭灾受难。我边写、边想、边探索;愈写下去,愈认真、也愈感痛苦;越往下写越是觉得笔不肯移动,我时而说笔重数十斤,时而讲笔有千斤重,这只是说明作者思想感情的变化。写《总序》的时候,我并不觉得笔沉重,我也没有想到用"随想"作武器进行战斗。

我从来不是战士。而且就在《随想录》开始发表的时候,我还在另一本集子的序文中称"文革"为"伟大的革命"。十多年中在全国报刊上,在人们的口头上,"伟大的"桂冠总是和"文革"连在一起,我惶恐地高呼万岁也一直未停。但是在《爝火集》的序里我已经看出那顶纸糊的桂冠不过是安徒生的"皇帝的新衣"。我的眼睛终于给拨开了,即使是睡眼蒙眬,我也看出那个"伟大的"骗局。于是我下了决心:不再说假话!然后又是:要多说真话!开始我还是在保护自己。为了净化心灵,不让内部留下肮脏的东西,我不得不挖掉心上的垃圾,不使它们污染空气。我没有想到就这样的笔会变成了扫帚,会变成了弓箭,会变成了解剖刀。要清除垃圾,净化空气,单单对我个人要求严格是不够的,大家都有责任。我们必须弄明白毛病出在哪里,在我身上,也在别人身上……那么就挖吧!

在这由衰老到病残,到手和笔都不听指挥、写字十分困难的八年中,"随想"终于找到箭垛有的放矢了。不能说我的探索和追求有多大的收获,但是我的书一卷接一卷地完成了。我这个病废的老人居然用"随想"在荆棘丛中开出了一条小路,我已经看见了面前的那座大楼:"文革博物馆"。

三

我说过"随想"是我的"无力的叫喊"。但五卷书却不是我个人的私有物,我也不能为它们的命运作任何安排。既然它们"无力",不会引起人们注意或关心,那么就让它们自生自灭吧。在我们这样大的文明古国,几声甚至几十声间断的叫喊对任何人的生存都不会有妨碍。它们多么微弱,可以说是患病老人的叹息。

绝没有想到《随想录》在《大公报》上连载不到十几篇,就有各种各类叽叽喳喳传到我的耳里。有人扬言我在香港发表文章犯了错误;朋友从北京来信说是上海要对我进行批评;还有人在某种场合宣传我坚持"不同政见"。点名批判对我已非新鲜事情,一声勒令不会再使我低头屈膝。我纵然无权无势,也不会一骂就倒,任人宰割。我反复思考,我想不通,既然说是"百家争鸣",为什么连病人的有气无力的叹息也容忍不了?有些熟人怀着好意劝我尽早搁笔安心养病。我没有表态。"随想"继续发表,内地报刊经常转载它们,关于我的小道消息也愈传愈多。仿佛有一个大网迎头撒下。我已经没有"脱胎换骨"的机会了,只好站直身子眼睁睁看着网怎样给收紧。网越收越小,快逼得我无路可走了。我就这样给逼着用老人无力的叫喊,用病人间断的叹息,然后用受难者的血泪建立起我的"文革博物馆"来。

为什么会有人那么深切地厌恶我的《随想录》?只有在头一次把"随想"收集成书的时候,我才明白就因为我要人们牢牢记住"文革"。第一卷问世不久我便受围攻,香港七位大学生在老师的指挥下赤膊上阵,七个人一样声调,挥舞棍棒,杀了过来,还说我的"随想""文法上不通顺",又缺乏"文学技巧"。不用我苦思苦想,他们的一句话使我开了窍,他们责备我在一本小书内用了四十七处"四人帮",原来都是为了"文革"。他们不让建立"文革博物馆",有的人甚至不许谈论"文革",要大家都忘记在我们国土上发生过的那些事情。

为什么内地版的《真话集》中多一篇《鹰的歌》?我写它只是要自己记住、要别人知道《大公园》上发表的《随想录七十二》并非我的原文。有人不征求我的同意就改动它,涂掉一切和"文革"有关的句子。纪念鲁迅先生逝世四十五周年,我引用了先生的名言:"我是一条牛,吃的是草,挤出来的是奶和血。"难道是在影射什么?!或者在替谁翻案?!为什么也犯了忌讳?!

太可怕了!十年的折磨和屈辱之后,我还不能保卫自己叙说惨痛经历的权利。十年中间为了宣传骗局、推销谎言,动员了那么多的人,使用了那么大的力量,难道今天要轻轻地一挥手,就可以将十年"浩劫"一笔勾销?!"浩劫"绝不是文字游戏!将近八十年前,在四川广元县衙门二堂"大老爷"审案的景象还不曾在我眼前消失,耳边仿佛还有人高呼:"小民罪该万死,天王万世圣明!"

我不相信自己白白地活了八十几年。我以为我还在做噩梦。为了战胜梦魇,我写下《鹰的歌》,说明真话是勾销不了的。删改也不会使我沉默。到了我不能保护自己的时候,我就像高尔基所描绘的鹰那样带着伤"滚下海去"。

一切照常。一方面是打手们的攻击和流言蜚语的中伤,一方面又是长时期的疾病缠身,我越来越担心会完不成我的写作计划。我又害怕《大公园》主编顶不住那种无形的压力。为什么写到五卷为止?我估计我的体力和精力只支持到那个时候,而且我必须记下的那些事情,一百五十篇"随想"中也容纳得了。

我的病情渐渐地恶化。我用靠药物延续的生命跟那些阻力和梦魇作斗争更感到困难。在病房里我也写作,只要手能动,只要纸上现出一笔一画,我就坐在桌前工作。一天一天、一月一月地过去,书桌上的手稿也逐渐增多。既然有那个专栏,隔一段时间我总得寄去一叠原稿。

我常说加在一起我每天大约有五分之一的时间感到病痛。然而我并未完全失去信心,丧失勇气,花了八年的工夫我终于完成了五卷书的计划。

没有被打倒,没有给骂死,我的书还在读者中间流传。是真是假,是正是邪,读者将作出公正的判断。我只说它不是一部普通的书,它会让人永远记住那十年中间的许多大小事情。

四

可能有人批评我"狂妄自大",我并不在乎。我在前面说过第一卷书刚刚出版,就让香港大学生骂得狗血喷头。我得承认,当时我闷了一天,苦苦思考自己犯了什么错误。我不愿在这里讲五卷书在内地的遭遇,为了让《随想录》接近读者,我的确花费了不少的心血。我不曾中途搁笔,因为我一直得到读者热情的鼓励,我的朋友也不是个个"明哲保身",更多的人给我送来同情和支持。我永远忘记不了他们来信中那些像火、像灯一样的句子。大多数人的命运牵引着我的心。相信他们,尽我的职责,我不会让人夺走我的笔。

为什么不能写自己感受最深的事情?在"文革"的油锅里滚了十年,为什么不让写那个煎骨熬心的大灾难?有人告诉我一件事,据说有个西德青年不相信纳粹在波兰建立过灭绝种族的杀人工厂,他以为那不过是一些人的"幻想"。会有这样的事!不过四十年的时间,人们就忘记了纳粹分子灭绝人性的滔天罪行。我到过奥斯威辛的纳粹罪行博物馆。毁灭营的遗址还保留在那里,毒气室和焚尸炉触目惊心地出现在我面前。可是已经有人否定它们的存在了!

那么回过头来看"文革",我们到哪里去找到它的遗迹?才过去二十年,就有人把这史无前例的"浩劫"看作遥远的梦,要大家尽早忘记干净。我们家的小端端在上初中,她连这样的"幻想"也没有,脑子里有的只是作业和分数,到现在她仍然是我们家最忙的人,每天睡不到八个小时,唯有我不让人忘记过去惨痛的教训,谈十年的噩梦反反复复谈个不停,几乎成了一个大逆不道的罪人。

我写好第一百五十篇"随想"就声明"搁笔",这合订本的"新记"可能是我的最后一篇文章。我有满腹的话,不能信手写去,思前想后我考虑很多。六十年的写作生活并不使我留恋什么。和当初一样我并不为个人的前途担心。把自己的一切奉献出来,虽然只有这么一点点,我总算"说话算数",尽了职责。

讲出了真话,我可以心安理得地离开人世了。可以说,这五卷书就是用真话建立起来的揭露"文革"的"博物馆"吧。

巴金

一九八七年六月十九日

创作要目

1929 年　中篇小说《灭亡》由开明书局出版。

1931 年　中篇小说《死去的太阳》由开明书店出版;《雾》("爱情三部曲"之一)由新中国书局出版。短篇小说集《复仇》由新中国书局出版。

1932 年　中篇小说《海的梦》由新中国书局出版;《春天里的秋天》由开明书店出版。短篇小说集《光明》由新中国书局出版。散文集《海行》(又名《海行杂记》)由新中国书局出版。

1933 年　长篇小说《家》("激流三部曲"之一)由开明书局出版。中篇小说《雨》("爱情三部曲"之二)由良友图书公司出版;《砂丁》、《新生》由开明书店出版。短篇小说集《电椅》由新中国书局出版;《抹布》由北平星云堂书店出版。

1934 年　短篇小说集《将军》由生活书局出版。散文集《旅途随笔》由生活书局出版。传记《巴金自传》由第一出版社出版。

1935 年　中篇小说《电》("爱情三部曲"之三)由良友图书公司出版。短篇小说集《神·鬼·人》由文化生活出版社出版。散文集《点滴》由开明书店出版。

1936 年　中篇小说《爱情的三部曲》(《雾》、《雨》、《电》合集)由良友图书公司出版。短篇小说集《沉落》(又名《沦落》)由商务印书馆出版;《发的故事》由文化生活出版社出版。散文集《生之忏悔》由商务印书馆出版。回忆录《忆》由文化生活出版社出版。

1937 年　短篇小说集《雷》由文化生活出版社出版。散文集《短简》

	由良友图书公司出版;《控诉》由重庆烽火社出版。童话集《长生塔》由文化生活出版社出版。
1938年	长篇小说《春》("激流三部曲"之二)由开明书店出版。散文集《梦与醉》由开明书店出版。
1939年	散文集《感想》由重庆烽火社出版;《黑土》由文化生活出版社出版。
1940年	长篇小说《秋》("激流三部曲"之三)、《火》(共三部,1940—1945年)由开明书店出版。中篇小说《利娜》由文化生活出版社出版。
1941年	散文集《无题》、《龙·虎·狗》由文化生活出版社出版。
1942年	短篇小说集《还魂草》由文化生活出版社出版。散文集《废园外》由重庆烽火社出版。
1943年	短篇小说集《小人小事》由文化生活出版社出版。
1944年	中篇小说《憩园》由文化生活出版社出版。
1946年	中篇小说《第四病室》由良友图书公司出版。散文集《旅途杂记》由上海万叶书店出版。
1947年	长篇小说《寒夜》由上海晨光出版公司出版。散文集《怀念》由开明书店出版。
1948年	散文集《静夜的悲剧》由文化生活出版社出版。
1951年	短篇小说、散文等合集《巴金选集》由开明书店出版。散文集《纳粹杀人工厂——奥斯威辛》、《慰问信及其他》由平明出版社出版。
1953年	短篇小说、散文合集《英雄的故事》由平明出版社出版。散文、通讯合集《生活在英雄们中间》由人民文学出版社出版;《保卫和平的人们》由中国青年出版社出版。
1955年	《巴金短篇小说选集》由人民文学出版社出版。
1957年	散文集《大欢乐的日子》由作家出版社出版;《坚强的战士》由少年儿童出版社出版。
1958年	1958—1962年《巴金文集》(1—14卷)由人民文学出版社

出版。

1959 年	短篇小说、散文合集《巴金选集》、《新声集》由人民文学出版社出版。散文集《友谊集》由作家出版社出版。
1960 年	散文集《赞歌集》由上海文艺出版社出版。
1961 年	短篇小说集《李大海》由作家出版社出版。
1963 年	散文集《倾吐不尽的感情》由百花文艺出版社出版。
1965 年	散文集《大寨行》由山西人民出版社出版。
1978 年	散文集《巴金近作》(第1、2集,1978—1980年)由四川人民出版社出版。
1979 年	中短篇小说合集《海的梦》由人民文学出版社出版。散文集《爝火集》由人民文学出版社出版;《随想录》(第1集)由香港三联书店出版。
1980 年	《巴金中短篇小说选》(上下册)由四川人民出版社出版。《巴金选集》(上下卷)由人民文学出版社出版。
1981 年	《探索集》(《随想录》第2集)由香港三联书店出版。《创作回忆录》由香港三联书店出版。
1982 年	散文集《探索与回忆》(《巴金近作》第3集)由四川人民出版社出版;《忆念集》由宁夏人民出版社出版;《真话集》(《随想录》第3集)由香港三联书店出版。小说、散文等合集《巴金选集》(1—10卷)由四川人民出版社出版。
1983 年	《巴金散文选》中国文联出版公司出版。
1984 年	散文集《病中集》(《随想录》第4集)由香港三联书店出版;《愿化泥土》由百花文艺出版社出版。
1985 年	散文集《控诉集》由海峡文艺出版社出版。
1986 年	散文集《心里话》(《巴金近作》第4集)由四川文艺出版社出版;《十年一梦》由人民日报出版社出版;《巴金六十年文选》由上海文艺出版社出版。
1986 年	《无题集》(《随想录》第5集)由香港三联书店出版。《巴金全集》(1—26卷,1986—1994年)由人民文学出版社

出版。
1987年　书信集《雪泥集》、散文集《随想录》由三联书店出版。
1991年　《巴金书信集》由人民文学出版社出版。
1995年　散文集《再思录》由上海远东出版公司出版；《巴金自传》由江苏文艺出版社出版；《十年一梦》由人民日报出版社出版。

朱育颖

图书在版编目(CIP)数据

巴金精选集/巴金著. －北京：北京燕山出版社,2015.6(2018.5)
ISBN 978-7-5402-3869-8

Ⅰ.①巴… Ⅱ.①巴… Ⅲ.①小说-作品集-中国-现代 ②杂文集-中国-现代
Ⅳ.①I216.2

中国版本图书馆 CIP 数据核字(2015)第 129676 号

巴金精选集

巴金 著
责任编辑／尚燕彬
装帧设计／小　贾

北京燕山出版社出版发行
北京市西城区陶然亭路 53 号　邮编 100054
全国新华书店经销
北京市松源印刷有限公司印刷

开本 850×1168　1/32　印张 15　字数 409,000
2015 年 8 月第 1 版　2018 年 5 月第 2 次印刷

定价:38.00 元

版权所有　盗版必究